Alle Rechte, einschließlich das des vollständigen oder auszugsweisen
Nachdrucks in jeglicher Form, sind vorbehalten.

Sämtliche Personen dieser Ausgabe sind frei erfunden. Ähnlichkeiten mit
lebenden oder verstorbenen Personen sind rein zufällig.

Der Preis dieses Bandes versteht sich einschließlich der gesetzlichen
Mehrwertsteuer.

Umwelthinweis:
Dieses Buch wurde auf chlor- und säurefreiem Papier gedruckt.

Zwischen tausend Gefühlen

Sandra Brown
Dschungel der Gefühle
Seite 7

Rachel Lee
Geborgtes Glück?
Seite 173

Debra Webb
Riskanter Auftrag
Seite 303

Lindsay McKenna
Schöner als jeder Edelstein
Seite 481

MIRA® TASCHENBUCH
Band 20055
1. Auflage: Mai 2015

MIRA® TASCHENBÜCHER
erscheinen in der HarperCollins Germany GmbH,
Valentinskamp 24, 20354 Hamburg
Geschäftsführer: Thomas Beckmann

Copyright © 2015 by MIRA Taschenbuch
in der HarperCollins Germany GmbH

Titel der englischen Originalausgaben:

The Devil's Own
Copyright © 1987 by Sandra Brown
erschienen bei: Harlequin Enterprises, Toronto

Involuntary Daddy
Copyright © 1999 by Susan Civil-Brown
erschienen bei: Harlequin Enterprises, Toronto

Undercover Wife
Copyright © 2002 by Debra Webb
erschienen bei: Harlequin Enterprises, Toronto

Solitaire
Copyright © 1987 by Lindsay McKenna
erschienen bei: Harlequin Enterprises, Toronto

Published by arrangement with
Harlequin Enterprises II B.V./S.àr.l

Konzeption/Reihengestaltung: fredebold&partner GmbH, Köln
Umschlaggestaltung: pecher und soiron, Köln
Redaktion: Maya Gause
Titelabbildung: Thinkstock / Corbis
Satz: GGP Media GmbH, Pößneck
Druck und Bindearbeiten: CPI books GmbH, Leck – Germany
Printed in Germany
Dieses Buch wurde auf FSC®-zertifiziertem Papier gedruckt.
ISBN 978-3-95649-176-4

www.mira-taschenbuch.de

Werden Sie Fan von MIRA Taschenbuch auf Facebook!

Sandra Brown

Dschungel der Gefühle

Roman

Aus dem Amerikanischen von
Johannes Heitmann

1. KAPITEL

Der Mann war betrunken. Genauso jemanden suchte Kerry. Dichter Zigarettenqualm hing in der Luft der heruntergekommenen Bar. Kerry musterte den Mann, der auf einem Hocker am Tresen saß und von seinem Drink trank. Das Glas hatte einen Sprung, und die Flüssigkeit darin war dunkel und trübe. Den Mann störte das anscheinend nicht. Er trank einen Schluck nach dem anderen. Mit gespreizten Beinen saß er gebeugt vor seinem Glas, wobei er sich mit den Armen schwer auf den Bartresen stützte.

Die Bar war voll von Soldaten und käuflichen Frauen. Für diesen Zweck gab es im oberen Stockwerk einige Zimmer. An der Decke hingen große Ventilatoren, die sich im Rauch träge drehten. Der Duft von billigem Parfüm vermischte sich mit dem Schweißgeruch der Männer, von denen viele tagelang draußen im Dschungel gewesen waren.

Obwohl viel gelacht wurde, herrschte keine entspannte Stimmung. Keiner der Soldaten lächelte. Sie wirkten vielmehr gefühllos und hart, selbst in ihrer Freizeit.

Zum Großteil waren sie noch sehr jung, und doch erkannte man an ihren versteinerten Gesichtern, dass jeder Tag für sie den Tod bringen konnte. Die meisten von ihnen trugen die Uniform der Militärregierung, die das Land beherrschte. Sowohl die Einheimischen als auch die Söldner aus dem Ausland, alle hatten kalte ausdruckslose Augen, mit denen sie sich ständig voller Misstrauen in der Bar umsahen.

Der Mann, den Kerry Bishop beobachtete, machte da keine Ausnahme. Er konnte vom Äußeren her Amerikaner sein. Er hatte sehr muskulöse Oberarme, trug die Ärmel seines Hemds hoch aufgerollt, und sein langes dunkles Haar hing bis über den Kragen.

Er hatte sich anscheinend seit mehreren Tagen nicht mehr rasiert. Das konnte für Kerrys Plan sowohl von Vorteil als auch von Nachteil sein. Einerseits verdeckten die Bartstoppeln sein Gesicht, doch andererseits würde kaum ein Offizier der hiesigen Armee sich mehrere Tage hintereinander nicht rasieren. Der Präsident des Landes hielt viel auf eine äußerlich korrekte Erscheinung seiner Offiziere.

Egal, Kerry musste es einfach riskieren. Von allen hier war dieser Mann immer noch die beste Wahl. Er war nicht nur am betrunkensten, sondern wirkte auch am skrupellosesten. Wenn er erst wieder nüchtern war, würde es leicht für sie sein, ihn für ihren Plan zu kaufen.

Zuerst aber musste sie ihn hier herauslocken. Draußen vor der Tür stand ein Militärauto, zu dem Kerry die Schlüssel in der Rocktasche hatte. Jeden Augenblick konnte der Fahrer, der so unachtsam gewesen war, die Schlüssel im Schloss stecken zu lassen, hereinkommen, um nach ihnen zu suchen.

Langsam ging Kerry durch die Bar auf den Mann am Tresen zu. Sie ging zwischen tanzenden Pärchen hindurch, ohne auf eindeutige Zurufe zu achten oder auf Pärchen, denen in ihrer Lust der Weg hinauf in die Zimmer zu weit war.

Nach einem Jahr hier in Montenegro konnte sie nichts mehr verblüffen. Das Land steckte mitten in einem blutigen Bürgerkrieg, und in einem solchen Krieg benahmen sich viele Menschen wie Tiere. Trotzdem wurde Kerry rot, als sie sah, was einige Pärchen hier in aller Öffentlichkeit machten.

Sie versuchte sich nur auf ihr Vorhaben zu konzentrieren und ging weiter auf den Mann am Tresen zu. Je näher sie ihm kam, desto sicherer wurde sie, dass sie die richtige Wahl getroffen hatte.

Von Nahem sah er noch furchterregender aus. Er schüttete den Drink hemmungslos in sich hinein. Offensichtlich wollte er sich betäuben oder irgendwelchen Ärger vergessen. Vielleicht hatte ihn jemand beim Pokern betrogen.

Das konnte Kerry nur hoffen. Wenn er kein Geld mehr hatte, würde er eher auf ihr Angebot eingehen.

Im Bund seiner Hose steckte eine Pistole, und um einen Oberschenkel hatte er sich eine Machete geschnallt. Unten an seinem Barhocker standen drei Reisetaschen, die vollgepackt waren. Beim Gedanken daran, was er mit seinen Waffen alles anrichten konnte, erschauderte Kerry. Sicher hatte es seinen guten Grund, dass er hier allein trank und nicht belästigt wurde. In einer Bar wie dieser standen Streitereien normalerweise an der Tagesordnung, doch hier am Ende des Tresens befand sich außer diesem Mann niemand.

Leider war sie hier auch am weitesten vom Ausgang entfernt. Kerry wurde sich bewusst, dass sie ihn nicht unauffällig durch eine Hintertür hinausschleifen konnte. Sie würde mit ihm quer durch die Bar gehen müssen. Das bedeutete, dass sie überzeugend sein musste.

Entschlossen atmete Kerry tief durch und setzte sich auf den Hocker neben ihm. Die Gesichtszüge des Mannes waren hart und ohne jeden Anschein von Gefühlen. Kerry versuchte nicht daran zu denken, als sie ihn ansprach.

„Einen Drink, señor?" Ihr Herz schlug rasend, und ihr Mund war wie ausgedörrt. Doch sie zwang sich zu einem verführerischen Lächeln und legte entschlossen ihre Hand auf seine.

Hatte er sie nicht gehört? Er saß vollkommen reglos da und sah in sein leeres Glas. Gerade als sie ihre Frage wiederholen wollte, drehte er den Kopf und blickte auf ihre Hand.

Kerry fiel auf, dass seine Hand viel größer als ihre war. Mit den Fingerspitzen berührte sie gerade seine Fingerknöchel. Am Handgelenk trug er eine Armbanduhr mit mehreren Anzeigen. Ringe trug er keine.

Ihr kam es wie eine Ewigkeit vor, ehe er langsam an ihrem Arm entlang zu ihrer Schulter aufsah und schließlich in ihr Gesicht. Zwischen den Lippen hatte er eine Zigarette, und jetzt blickte er Kerry durch bläuliche Rauchschwaden an.

Das Lächeln hatte sie lange geübt, damit sie für eine von den anderen Frauen hier gehalten wurde. Die Augen waren dabei halb geschlossen, und die Lippen mussten befeuchtet und leicht geöffnet sein. Alles hing davon ab, dass sie ihn mit diesem „Komm-mit-mir"-Lächeln überzeugte.

Doch sie kam nicht zu diesem Lächeln. Als sie zum ersten Mal sein Gesicht richtig sah, hatte sie keine Kontrolle mehr über ihre Gesichtszüge. Ihr leicht geöffneter Mund und das Zittern ihrer Lider waren völlig unbeabsichtigt. Kerry atmete hastig ein.

Sie war total überrascht. Auf ein hässliches Gesicht war sie gefasst gewesen, doch der Mann sah gut aus. Eine einzige kleine Narbe zog sich über seine linke Augenbraue, und dadurch wirkte er eher interessant als entstellt. In seinem Gesicht lag nicht die Gewalttätigkeit, die Kerry erwartet hatte, sondern lediglich etwas Brütendes.

In seinem Blick lag nicht die Kälte der Männer, die dafür bezahlt wurden, dass sie töteten. Die heißen Gefühle, die Kerry darin erkannte, beunruhigten sie noch mehr als die Gleichgültigkeit, mit der er sie jetzt ansah. Der Mann roch auch nicht nach Schweiß. Auf seiner sonnengebräunten Haut lag ein feuchter Schimmer, doch er duftete nach Seife. Anscheinend hatte er sich erst vor Kurzem gewaschen.

Kerry unterdrückte den Schock und das beklommene Gefühl, die sein unerwartetes Aussehen merkwürdigerweise in ihr auslösten, und hielt seinem misstrauischen Blick stand. Sie zwang sich zu ihrem Lächeln, das sie so lange Zeit geübt hatte, und wiederholte ihre Frage, während sie seine Hand leicht drückte.

„Verschwinde."

Unwillkürlich zuckte Kerry zusammen. Der Mann hatte sich wieder von ihr abgewendet und zog seine Hand unter ihrer weg, um sich die Zigarette aus dem Mund zu nehmen und sie dann im überquellenden Aschenbecher auszudrücken.

Damit hatte sie nicht gerechnet. War sie so unattraktiv? Angeblich waren Söldner doch so hungrig nach Sex. Jeder Vater versteckte seine Tochter vor ihnen, aus Angst vor dem Ruf, den sie hatten.

Jetzt bot Kerry sich einem von ihnen an, und er sagte lediglich „Verschwinde" und wandte sich ab. Anscheinend sah sie schlimmer aus, als sie gedacht hatte. Das Jahr im Dschungel musste sie mehr verändert haben, als sie bemerkt hatte.

Natürlich hatte sie keine Gelegenheit gehabt, ihr Haar zu pflegen. Feuchtigkeitscremes und Lidschatten gehörten einer fernen Vergangenheit an. Aber wie attraktiv musste eine Frau denn sein, um einen Mann von seinem Schlag zu reizen?

Kerry überdachte kurz ihre Möglichkeiten. Ihr Plan war ohnehin schon voller Risiken. Sie brauchte jemanden, der dabei mitmachte. Wenn nicht, dann konnte sie heute Nacht nicht das erreichen, was sie sich vorgenommen hatte.

Sie blickte sich über die Schulter hinweg um und fragte sich, ob sie sich einen anderen Mann aussuchen sollte. Nein. Ihre Zeit war knapp, und sie musste schnell handeln. Wer auch immer den Wagen dort draußen unabgeschlossen abgestellt hatte, er konnte jeden Moment zurückkommen. Womöglich ließ er alle Anwesenden durchsuchen, bis er seinen Schlüssel fand. Vielleicht hatte er auch einen Zweitschlüssel. Auf jeden Fall wollte Kerry dann schon weit weg sein. Der Pritschenwagen war für sie genauso wichtig wie der Mann. Sie musste den Wagen stehlen, und die Gelegenheit war einmalig.

Außerdem war dieser Mann die beste Wahl. Er erfüllte alle Voraussetzungen, die sie sich überlegt hatte.

„Bitte, señor, einen Drink." Ohne zu zögern, legte Kerry die Hand auf seinen Schenkel direkt neben die Machete. Der Mann murmelte etwas Unverständliches. „Qué?", flüsterte sie auf Spanisch und nahm es als Anlass, ein Stück näher zu ihm zu rücken.

„Keine Zeit."

„Por favor."

Er sah sie wieder an. Kerry bewegte den Kopf leicht, sodass das Tuch ihr vom Kopf und von den Schultern rutschte. Das hatte sie sich von vornherein als letztes Mittel überlegt. Als sie Joe vor ein paar Tagen gebeten hatte, ihr ein Kleid zu stehlen, wie es die Frauen in der Taverne trugen, hatte sie nicht geahnt, dass er so genau wusste, wie diese Frauen gekleidet waren.

Das Kleid, das sie jetzt trug, stammte von einer Wäscheleine. Der Stoff war dünn vom jahrelangen Tragen und dem Waschen zwischen großen flachen Steinen. Das rote Blumenmuster war auffällig und geschmacklos. Außerdem war die Frau, der das Kleid gehörte, anscheinend etwas größer als Kerry gewesen. Die Schulterträger verrutschten ständig, und am Oberkörper lag es auch nicht richtig an.

Kerry wollte das Kleid an die Brust drücken, damit es nicht klaffte, doch sie zwang sich, es nicht zu tun. Starr vor Scham ließ sie den Mann ungehindert ihren Körper von den Schultern bis zu den Sandalen mustern. Dabei ließ er sich Zeit. Während Kerry gegen das Gefühl der Demütigung ankämpfte, betrachtete der Mann ihre halb entblößten Brüste, ihren Schoß, ihre langen bloßen Beine und ihre Füße.

„Einen Drink", sagte er schließlich.

Fast hätte Kerry erleichtert aufgeseufzt. Sie lächelte verführerisch, als sie dem Barkeeper die Bestellung zurief. Kerry blickte den Söldner neben sich ununterbrochen an, während der Barkeeper herüberkam, ihnen zwei Gläser und eine Flasche des hiesigen hochprozentigen Schnapses brachte und ihnen einschenkte. Ohne den Blick von Kerry zu wenden, zog der Söldner zwei Geldscheine aus seiner Hosentasche und legte sie auf den Tresen. Mit dem Geld in der Hand ging der Barkeeper wieder weg.

Der Mann hob sein Glas, nickte Kerry spöttisch zu und trank es in einem Zug leer.

Kerry nahm ihr Glas. Wenn sie Glück hatte, war es vorher ausgespült worden. Den Ekel unterdrückend, hob sie es an die Lippen und nahm einen Schluck. Der Schnaps schmeckte wie ein starkes Desinfektionsmittel. Es kostete sie enorme Selbstbeherrschung, das Zeug nicht sofort wieder auszuspucken, sondern zu schlucken. Augenblicklich protestierte ihr Magen, und Tränen traten ihr in die Augen.

Sofort sah der Mann sie misstrauisch an, wobei sich seine Lachfältchen vertieften. „Du trinkst sonst nicht. Weswegen bist du hergekommen?"

Kerry tat, als würde sie kein Englisch verstehen. Lächelnd legte sie wieder die Hand auf seine und neigte den Kopf zur Seite, sodass ihr das lange Haar über die nackte Schulter fiel. „Ich liebe dich", sagte sie mit starkem spanischem Akzent.

Der Mann stieß nur einen grunzenden Laut aus und schloss die Augen. Verzweifelt fragte Kerry sich, ob er kurz davor war, einzuschlafen.

„Wir gehen?", sagte sie rasch.

„Gehen? Mit dir? Ich habe dir gesagt, dass ich keine Zeit habe."

Sie leckte sich über die Lippen. Was sollte sie bloß tun? „Por favor."

Mit Mühe konzentrierte der Mann sich auf Kerrys Gesicht und starrte auf ihren Mund, als sie sich mit der Zunge die Lippen befeuchtete. Sein Blick schweifte zu ihren Brüsten. Vor Aufregung, ob sie ihren Plan durchführen konnte, atmete Kerry hastig, sodass ihre Brüste sich rasch hoben und senkten.

Sie wusste nicht, ob sie zufrieden sein oder sich fürchten sollte, als sie den lustvollen Ausdruck im Blick des Mannes erkannte. Er fuhr sich mit einer Hand an seinem Schenkel entlang und dachte offensichtlich darüber nach, ob er Kerry berühren sollte. An all diesen unbewussten Bewegungen erkannte sie sein erwachendes Verlangen. Das hatte sie bezweckt, und dennoch erschreckte sie diese Erkenntnis. Sie spielte mit etwas, worüber sie leicht die Kontrolle verlieren konnte.

Noch bevor sie diesen Gedanken beendet hatte, streckte der Mann die Hand unvermittelt aus und legte sie ihr um den Nacken. Kerry konnte so schnell nicht reagieren, als er sie vom Barhocker herunter zu sich herüberzog.

Die Beine hatte er gespreizt, und Kerry wurde dicht an ihn gepresst. Ihre Brüste wurden gegen seine Brust gedrückt, die muskulös und fest war. Irgendetwas Hartes drückte sich Kerry in die Magengegend, und sie hoffte, dass es der Griff seiner Pistole sei.

Noch bevor Kerry etwas sagen konnte, küsste der Mann sie auf den Mund. Gierig presste er ihr die Lippen auf den Mund. Seine Bartstoppeln kratzten, doch es war nicht unangenehm.

Alles in ihr sträubte sich gegen den Kuss, doch dann gewann ihr Verstand die Oberhand. Sie spielte hier eine Hure, die einen Kunden suchte, also durfte sie sich nicht gegen einen Kuss wehren.

Sie schmiegte sich an den Mann.

Als er mit der Zunge in ihren Mund eindrang, hätte sie beinahe ihren gesamten Plan fallen gelassen. Tief drang er in ihre Mundhöhle ein und ließ seine Zungenspitze wild und erotisch kreisen. Unbewusst krallte Kerry sich in dem Hemd des Mannes fest. Ohne den Kuss zu unterbrechen, schlang der Mann die Arme um ihre Taille und zog Kerry an sich, bis sie kaum noch atmen konnte.

Schließlich löste er den Mund von ihren Lippen und presste ihn an ihre Kehle. Kerry legte den Kopf in den Nacken und sah zur Decke. Der Anblick des sich langsam drehenden Ventilators machte sie nur noch benommener. Ihr kam es vor, als drehe sie sich selbst immer schneller im Kreis. Doch sie hatte nicht die Kraft, sich von dem Mann zu lösen.

Der Söldner ließ die Hände von ihrer Taille tiefer gleiten. Mit einer Hand strich er ihr über den Po. Mit der anderen berührte er sie an der Außenseite ihrer Brust. Kerry ließ es geschehen, ihr Atem ging schnell und flach.

Mit den Lippen sog er sanft an der empfindlichen Haut ihres Halses direkt unter dem Ohr. „Okay, señorita", murmelte er. „Du hast einen Kunden. Wohin gehen wir? Nach oben?"

Er stand auf und schwankte leicht vor und zurück. Da auch Kerry im Moment kaum das Gleichgewicht fand, standen sie einen Augenblick eng aneinandergeschmiegt, bevor sie die Beherrschung wiedergewonnen hatte.

„Mí casa."

„Zu dir nach Hause?", fragte er undeutlich nach.

„Sí, sí. Ja." Sie nickte mehrmals. Damit er es sich nicht anders überlegen konnte, bückte sie sich und griff nach einer seiner Reisetaschen. Sie war unglaublich schwer. Kerry konnte die Tasche kaum heben. Endlich hatte sie sich den Lederriemen über die Schulter gelegt.

„Lass nur. Ich kann ..."

„Nein!", widersprach sie und bückte sich nach der zweiten Tasche. Hastig warnte sie ihn auf Spanisch vor Dieben und wie gefährlich es sei, wenn Waffen in die Hände von Fremden gelangten.

„Hör auf damit. Ich verstehe kein Wort", stieß er aus. „Ach, vergiss es. Ich habe keine Zeit."

„Geht gut. Schnell zurück."

Als sie sich vorbeugte, um ihm beim Hochheben der dritten Tasche zu helfen, sah sie, dass er in ihren Ausschnitt starrte. Obwohl sie knallrot anlief, lächelte sie strahlend und hakte sich bei ihm ein. Dabei schmiegte sie ihre Brust an seinen Oberarm. Das hatte sie sich von den anderen Frauen abgeguckt. Schweigend ging der Mann neben ihr her.

Mit Mühe kämpften sie sich einen Weg durch die Bar, die noch voller geworden war. Betrunken torkelte der Mann neben Kerry entlang. Fast brach sie unter der Last der Taschen zusammen. Wortlos nahm der Mann ihr eine der Taschen ab. Ihm schien das Gewicht nichts auszumachen.

Als sie den Ausgang fast erreicht hatten, hielt ein Soldat Kerry am Arm fest und machte ihr ein eindeutiges Angebot auf Spanisch. Heftig schüttelte sie den Kopf und legte eine Hand auf die Brust des Söldners neben ihr. Der Soldat wollte gerade einen Streit anfangen, doch dann sah er den wütenden Blick des Söldners und änderte augenblicklich die Meinung.

Innerlich beglückwünschte Kerry sich zu ihrer Wahl. Ihr Söldner wirkte selbst auf die abgebrühten gewalttätigen Männer hier abschreckend. Niemand belästigte sie mehr auf dem Weg nach draußen.

Vor der Tür atmete Kerry tief ein. Die Luft hier war feucht und schwer, doch im Vergleich zu der Bar war es eine Erleichterung, hier zu atmen.

Kerry war dankbar dafür. So konnte sie wenigstens wieder klar denken. Am liebsten wäre sie stehen geblieben und hätte sich ausgeruht. Aber ihr Plan für heute war noch längst nicht zu Ende. Im Vergleich zu dem, was vor ihr lag, war das Bisherige ein Kinderspiel gewesen.

Den Söldner zog sie förmlich zum Auto, das glücklicherweise immer noch im Schatten eines Mandelbaums stand. Sie lehnte den schweren Mann gegen die Wand der Ladefläche, während sie den Wagen aufschloss. Früher hatte der Wagen anscheinend einem Obsthändler gehört, doch jetzt war das Wappen der Militärregierung auf die Tür gemalt.

Kerry schob den fast bewusstlosen Mann hinein und schloss schnell die Tür, bevor er wieder herausfallen konnte. Dann blickte sie sich hastig um und hob die Taschen mit seinen Waffen und der Munition auf die Ladefläche. Jeden Moment rechnete sie damit, dass jemand versuchen würde, sie aufzuhalten, oder sogar auf sie schoss. Gewöhnlich wurde in Montenegro erst geschossen und später gefragt.

Sie warf ein Tarnnetz über die Taschen und stieg auf der Fahrerseite ein. Entweder hatte der Söldner nicht bemerkt, dass sie in einem Wagen der Regierung saßen, oder es machte ihm nichts aus. Sobald sie die Tür neben sich geschlossen hatten, beugte er sich zu ihr.

Er küsste sie wieder. Offensichtlich hatte seine Begierde sich nicht gelegt, sondern sich vielmehr noch gesteigert. Die Abendluft hatte ihn anscheinend wieder nüchterner werden lassen. Diesmal war es nicht der Kuss eines Betrunkenen, sondern eines Mannes, der genau wusste, was er tat und wie er es am besten machte.

Mit der Zunge fuhr er verlangend ihre Lippen entlang, bis Kerry ihm nachgab und den Mund öffnete. Dann berührte er ihre Zungenspitze.

Dabei strich er unablässig über ihren Körper. Kerry konnte vor Empörung kein Wort herausbringen.

„Por favor, señor", sagte sie schließlich leise und schob ihn von sich.

„Was is'n los?", lallte er.

„Mein Haus. Wir fahren."

Sie griff nach dem Schlüssel, steckte ihn in das Zündschloss und ließ den Wagen an. Dabei versuchte sie, nicht auf die Liebkosungen seiner Lippen an ihrem Hals zu achten. Sie spürte seine Zähne an ihrem Ohr, und trotz der Hitze bekam sie eine Gänsehaut auf den Armen.

Sie legte den Rückwärtsgang ein und fuhr von der Bar weg. Aus dem Gebäude drang lautes Lachen und dröhnende Musik. Innerlich stellte Kerry sich auf drohende Rufe und Maschinengewehrsalven ein, doch sie erreichten unbemerkt die Straße.

Zunächst wollte sie ohne Licht fahren, aber dann entschied sie sich anders. Ein Militärfahrzeug ohne Licht würde Verdacht erregen, außerdem waren die Straßen hier voller Schlaglöcher und mit Steinen und Metallteilen übersät. Also schaltete sie die Scheinwerfer ein. Das Licht fiel auf verwüstete Bürogebäude und zerstörte Häuser. Selbst im dämmrigen Abendlicht war der Anblick der Hauptstadt des Landes bedrückend.

Stundenlang hatte Kerry darüber gegrübelt, wie sie aus der Stadt hinausgelangen sollte. An der Stadtgrenze waren auf jeder Straße Militärposten, die alle herausfahrenden Autos eingehend kontrollierten. Kerry hatte sich im Vorfeld mehrere Kontrollstationen angesehen, bis sie ihre Wahl getroffen hatte. Auf den weniger befahrenen Straßen waren die Wachen möglicherweise gründlicher. Ganz bestimmt würden sie ein Militärfahrzeug, das von einer Frau gefahren wurde, anhalten und durchsuchen. Kerry hatte deshalb einen belebteren Posten ausgesucht, an dem sie hoffentlich nur flüchtig angehalten wurde.

In Gedanken ging sie ihren Plan und das, was sie sagen wollte, noch einmal durch.

Allerdings fiel es ihr schwer, sich auf irgendetwas zu konzentrieren. Der Betrunkene neben ihr konnte die Hände nicht von ihr lassen. Hin und wieder sagte er etwas darüber, dass er keine Zeit habe, doch die meiste Zeit über küsste er sie auf den Hals und die Brust.

Einmal kam sie fast von der Straße ab, als er ihr mit der Hand unter den Rock fuhr. Sie konnte unmöglich Gas geben und schalten, wenn sie die ganze Zeit über die Knie zusammenpressen musste. Es blieb ihr nichts anderes übrig, als zuzulassen, dass er mit der Hand ihren Oberschenkel entlangfuhr und ihre Knie streichelte.

Fast hatte sie sich damit abgefunden, als er an ihrem Bein hinaufstrich. Ihr Magen fühlte sich bleischwer an, und sie schloss für den Bruchteil einer Sekunde die Augen. Dann versuchte sie ihr Bein aus seinem Griff zu winden.

„Por favor, señor", sagte sie bittend. Der Mann murmelte etwas Unverständliches. Kerry wusste, dass es bis zur Kontrollstation nicht mehr weit war, fuhr an den Straßenrand und stellte den Motor ab.

„Bitte, señor, ziehen Sie das an." Sie griff nach der Jacke und der Mütze, die sie in dem Wagen gefunden hatte.

Dem Mann schien ihr akzentfreies Englisch nicht aufzufallen. Er blickte sie nur verständnislos an. „Wie?"

Kerry zog ihm die Militärjacke über die Schultern. Die Jacke war zu schmal, aber das spielte keine Rolle. Wichtig waren lediglich die Rangabzeichen eines Offiziers auf den Schulterklappen. Sie vergewisserte sich, dass die Abzeichen deutlich zu erkennen waren, und setzte dem Mann die Mütze auf den Kopf, während er sich genauso ernsthaft bemühte, ihr die Träger des Kleides von den Schultern zu streifen.

„Meine Güte", flüsterte sie voller Abscheu. „Der benimmt sich ja wie ein Tier." Dann erinnerte sie sich an ihre Rolle und lächelte ihn verführerisch an, während sie ihm über die Wange strich. Auf Spanisch sagte sie ihm, was sie von ihm hielt, achtete jedoch darauf, dass es wie ein zärtliches Kompliment klang.

Sie ließ den Wagen wieder an und fuhr die kurze Strecke bis zum Kontrollpunkt.

Vor Kerrys Wagen standen zwei Autos. Der Fahrer des ersten hatte eine Auseinandersetzung mit dem Wachposten. Das konnte Kerry nur recht sein. Für den Posten bedeutete ein Militärfahrzeug weniger Ärger.

„Was passiert hier?", fragte der Mann neben ihr benommen. Er hob den Kopf und versuchte durch die schmutzige Windschutzscheibe etwas zu erkennen. Kerry zog seinen Kopf wieder zu sich herunter und sagte ihm, er solle ruhig ihr alles überlassen. Sie seien bald da. Als sie bis zur Schranke vorfuhr, ließ er den Kopf wieder gegen ihre Schulter sinken. Die Wache konnte kaum älter als sechzehn sein. Der Junge kam mit einer Taschenlampe auf sie zu und leuchtete direkt in ihr Gesicht. Kerry zwang sich zu einem Lächeln. „Buenas noches." Sie sprach mit betont heiserer erotischer Stimme.

„Guten Abend", erwiderte der Posten auf Spanisch. Er wirkte misstrauisch. „Was ist mit dem Captain los?"

Kerry lachte leise auf. „Er ist sturzbetrunken, der Arme. Ein tapferer Mann, aber der Alkohol hat ihn besiegt."

„Wo fährst du mit ihm hin?"

„Aus Mitleid nehme ich ihn mit zu mir." Sie zwinkerte vielsagend. „Er hat mich gebeten, ihm heute Nacht beizustehen."

Der junge Mann grinste sie an und betrachtete dann den reglosen Körper neben ihr. „Warum gibst du dich mit ihm ab? Wie wär's mit einem richtigen Mann?" Er gab Kerry eine ziemlich genaue Beschreibung seiner eigenen körperlichen Vorzüge, die ebenso übertrieben wie widerlich war.

Trotzdem lächelte Kerry ihn an und senkte die Wimpern. „Tut mir leid, der Captain hat für heute Nacht gezahlt. Vielleicht ein andermal."

„Vielleicht", stimmte er angeberisch zu. „Wenn ich dich mir leisten kann."

Spielerisch berührte sie die Hand des Wachmannes, lächelte noch einmal, hob bedauernd die Schultern und legte dann den Gang ein. Der junge Mann gab seinem Partner an der Schranke ein Zeichen, und Kerry fuhr weiter.

Eine ganze Zeit lang blickte Kerry genauso viel in den Rückspiegel wie nach vorn auf die Straße. Als ihr klar wurde, dass ihnen niemand folgte, lockerte sie den verkrampften Griff um das Lenkrad und sank erleichtert in den Sitz zurück.

Sie hatte es geschafft!

Der Söldner neben ihr hatte während der Unterredung mit dem Straßenposten glücklicherweise keinen Laut von sich gegeben. Jetzt waren sie aus der Stadt heraus und wurden nicht einmal verfolgt. In großem Bogen fuhr sie um die Stadt herum und bog in eine Abfahrt, die direkt in den Dschungel führte. Bald schon berührten sich die Bäume, die seitlich standen, über der Straße, sodass sie durch einen grünen Tunnel fuhren.

Die Straße wurde schmaler und holpriger, und der Kopf des Söldners, der an ihrer rechten Brust lehnte, wurde immer schwerer. Ein paar Mal hatte Kerry versucht, ihn zur Seite zu schieben, doch der Mann war zu schwer für sie. Schließlich gab sie es auf. Immerhin war es besser, wenn er schlief, als wenn sie sich ständig gegen seine Zudringlichkeiten wehren musste.

Kurz dachte sie daran, ob sie noch vor dem Ziel, das sie heute erreichen wollte, anhalten sollte, doch je weiter sie den Söldner von der

Stadt wegfuhr, desto besser würde ihre Position morgen bei der Auseinandersetzung mit ihm. So fuhr sie immer weiter und ertrug es, dass der Kopf des Mannes bei jedem Schlagloch in der Straße gegen sie stieß.
Allmählich wurde sie müde. Das endlose undurchdringliche Grün zu beiden Seiten der Straße war einschläfernd. Schließlich war Kerry so benommen, dass sie beinahe ihre Abzweigung verpasst hätte. Im letzten Moment riss sie das Lenkrad nach links herum, als sie die schmale Lücke zwischen den Bäumen entdeckte. Der Wagen bog in den Seitenweg ein, und Kerry stellte den Motor ab.
Die Vögel in den Bäumen fingen aufgeregt zu zwitschern an. Erst nach einiger Zeit schwiegen sie wieder. Jetzt war es vollkommen still.
Erschöpft seufzte Kerry auf und schob den Mann mit beiden Händen von sich. Sie streckte sich und kreiste mit den Schultern. Ihre Muskeln waren völlig verspannt, doch innerlich war sie überglücklich. Sie hatte es geschafft. Sie hatte den Mann hergebracht. Jetzt musste sie nur noch den morgigen Tag abwarten.
Der Söldner hatte da allerdings andere Vorstellungen.
Bevor sie sich darauf einstellen konnte, zog der Mann Kerry in die Arme. Sein Schlaf war offenbar erholsam gewesen. Die Küsse jedenfalls, mit denen er Kerry bedrängte, waren leidenschaftlicher denn je. Während er mit der Zunge über ihre Lippen fuhr, zog er das Oberteil ihres Kleides herunter und umfasste eine Brust.
„Nein!" Kerry sammelte ihre ganze Kraft und schob den Mann von sich. Er fiel nach hinten über und schlug mit dem Kopf an das Armaturenbrett. Dann fiel er zur Seite und sank zusammen. Mit den Schultern klemmte er jetzt zwischen dem Sitz und dem Ablagefach.
Er bewegte sich nicht und gab keinen Laut von sich.
Entsetzt starrte Kerry ihn an und hielt die Luft an. Nicht die leiseste Bewegung. „Oh nein, ich habe ihn umgebracht!"
Sie öffnete die Fahrertür. Sofort ging die Innenbeleuchtung an. Sobald Kerry sich an das helle Licht gewöhnt hatte, stieß sie den Mann vorsichtig an. Er stöhnte leise.
Schlagartig wandelte sich ihre Angst in Abscheu. Er war nicht tot, sondern lediglich vollkommen betrunken.
Sie versuchte ihn am Hemdkragen hochzuziehen, aber sie schaffte es nicht. Kerry kniete sich hin und zog an seinen Schultern, bis er wieder nach hinten sank und jetzt in der Ecke aus Beifahrertür und Sitz lehnte.
Sein Kopf hing vornüber, eine Wange lag an seiner Schulter. Am nächsten Morgen würde der Mann sicher einen steifen Nacken haben.

Das konnte Kerry nur recht sein. Wenn man sich so hemmungslos betrank, musste man die Folgen davon tragen.

In seiner momentanen Lage wirkte er allerdings nicht mehr so bedrohlich. Seine Wimpern waren lang und geschwungen. Das passte überhaupt nicht zu den harten männlichen Gesichtszügen. Im Licht der Wagenbeleuchtung erkannte Kerry, dass er zwar dunkelbraunes Haar hatte, aber es war durchsetzt mit rötlichen Strähnen. Außerdem bemerkte sie jetzt trotz seiner tief gebräunten Haut, dass seine Wangen mit Sommersprossen übersät waren.

Durch den offenen Mund atmete er tief aus und ein. Bei dieser sinnlichen vollen Unterlippe war es kein Wunder, dass er so gut küsste. Kerry riss sich schnellstens von diesem Gedanken los.

Bevor sie sich zu irgendwelchen Gefühlen zu ihm hinreißen ließ, sollte sie sicher lieber überlegen, wie er sich morgen früh ihr gegenüber verhalten würde. Wahrscheinlich würde er nicht sehr begeistert davon sein, bei ihrem Plan mitzumachen. Möglicherweise würde er wütend werden, noch bevor Kerry die Gelegenheit hatte, etwas zu erklären. Söldner waren dafür bekannt, dass sie schnell die Beherrschung verloren.

Kerry betrachtete die Machete. Entschlossen öffnete sie den Verschluss und nahm die Waffe an sich. Sie war unglaublich schwer. Unbeholfen hielt sie die Waffe in der Hand und warf sie schließlich von sich, nachdem sie sich beinahe geschnitten hätte.

Aber was sollte sie mit der Pistole machen?

Reglos blickte sie auf die Waffe. Sie war ratlos. Einerseits war es das Beste, den Mann vollkommen zu entwaffnen, andererseits steckte die Pistole vorn in seinem Hosenbund.

Kerry riss sich zusammen. Nach allem, was sie heute Abend schon erlebt hatte, war jetzt nicht der richtige Moment dafür, schamhaft zu werden.

Sie beugte sich vor und streckte die Hand aus, doch dann zögerte sie. Sie ballte die Hände zu Fäusten, als habe sie eine unglaublich schwierige Aufgabe zu lösen.

Schließlich streckte sie die Hand erneut aus und zog entschlossen am Griff der Pistole. Die Waffe bewegte sich keinen Zentimeter. Noch einmal versuchte sie es, diesmal zog sie stärker. Wieder nichts.

Kerry zögerte und überlegte, was sie tun könnte. Ihr blieb keine andere Wahl, sie musste dem Mann die Pistole abnehmen, ohne ihn dabei zu wecken.

Einen Moment starrte sie seine Gürtelschnalle an. Dann atmete sie tief durch und unterdrückte das Zittern ihrer Hände, während sie die Schnalle vorsichtig öffnete.

Der Söldner atmete tief aus. Augenblicklich erstarrte Kerry. Schließlich versuchte sie noch einmal, ihm langsam und beharrlich die Pistole aus der Hose zu ziehen, aber es ging immer noch nicht.

Gerade als sie den Hosenknopf berührte, atmete der Mann seufzend aus und stellte einen Fuß auf den Sitz. Dadurch wurde der Griff der Waffe noch fester zwischen seinem Magen und dem Hosenbund eingeklemmt.

Kerry bekam feuchte Hände. Sie wagte kaum sich vorzustellen, was geschehen mochte, wenn der Mann jetzt aufwachte und bemerkte, dass sie dabei war, ihm die Hose zu öffnen. Entweder erkannte er, dass sie versuchte, ihm die Waffe abzunehmen, oder er nahm an, sie wolle ihr Versprechen erfüllen. Seine Reaktion wäre sicher in beiden Fällen nicht sehr erfreulich.

Ein letztes Mal versuchte Kerry den Knopf zu öffnen, und diesmal ließ sie sich nicht von seinem tiefen Atmen ablenken. Sie kam sich ungeschickt vor, aber schließlich schaffte sie es. Wieder zog sie an der Waffe, wieder rührte sie sich nicht.

Kerry unterdrückte einen Fluch. Allmählich wurde sie ungeduldig. Sie griff mit zwei Fingern nach dem Haken des Reißverschlusses und zog so lange, bis er sich endlich bewegte. Kerry hatte geplant, die Hose nur so weit zu öffnen, dass sie an die Pistole herankam, doch jetzt öffnete sich der Reißverschluss vollkommen. Unwillkürlich zuckte Kerry zurück, dann zog sie die Pistole aus der Hose.

Der Mann atmete tief durch und bewegte sich wieder, aber er wachte nicht auf. Kerry presste die Pistole an die Brust, als sei es ein kostbarer Schatz. Vor Aufregung schwitzte sie am ganzen Körper.

Als sie endlich überzeugt war, dass der Mann fest schlief und sie die Waffe nicht zu ihrer eigenen Verteidigung brauchte, ließ sie die Pistole fallen. Hastig schloss sie die Autotür und setzte sich erschöpft und nachdenklich auf den Boden.

Vielleicht hatte sie doch keine so gute Wahl getroffen. Immerhin war es ein Leichtes gewesen, den Söldner zu entwaffnen. Allerdings war er betrunken, und Kerry brauchte sich keine Sorgen zu machen, dass er in den nächsten Tagen mit Alkohol in Berührung kam. Vorausgesetzt, alles lief, wie Kerry es sich vorstellte. In der Bar jedenfalls hatte er auf die anderen Soldaten abschreckend genug gewirkt. Auch körperlich schien er in bester Verfassung zu sein. Kerry war ihm heute Nacht nahe genug gekommen, um das beurteilen zu können. Seine festen kräftigen Muskeln verrieten Stärke und Ausdauer. Wenn dieser Mann sich einmal etwas in den Kopf gesetzt hatte, würde er alles daransetzen, sein Ziel zu erreichen. Hätte er sich den Kopf vorhin nicht gestoßen, würde Kerry jetzt immer noch seine Annäherungsversuche abwehren müssen.

Kerry wollte nicht weiter über ihn nachdenken. Sie war überzeugt, eine gute Wahl getroffen zu haben. Mit diesem Gedanken setzte sie sich auf den Fahrersitz, lehnte den Kopf gegen die Tür und schlief ein.

Ihr kam es vor, als habe sie die Augen kaum geschlossen, da wachte sie von einer Reihe von Kraftausdrücken auf, die sie bislang nur von Wänden öffentlicher Toiletten kannte.

2. KAPITEL

Rings umher erwachte der Dschungel. Überall raschelte das Laub und das Gestrüpp, und die Luft war erfüllt vom Zwitschern der Vögel und den schrillen Schreien von kleinen Affen.

Doch das Spektakel war nichts im Vergleich zu den Flüchen im Inneren der Fahrerkabine.

Kerry presste sich an die Fahrertür, während sie beobachtete, wie der Söldner allmählich aufwachte. Was immer er auch an Humor besessen haben mochte, es war vollständig verschwunden. Er wirkte vielmehr wie eine Schreckgestalt aus einem Märchenbuch. Die Haare standen wirr nach allen Seiten, sein Gesichtsausdruck war furchterregend – und noch dazu die Flüche. Aufstöhnend beugte er sich vor, stützte die Ellenbogen auf die Knie und verbarg das Gesicht in den Händen.

Nach einiger Zeit drehte er den Kopf zur Seite. Selbst diese leichte Bewegung schien ihm Schmerzen zu bereiten. Aus blutunterlaufenen Augen blickte er Kerry an. Ohne ein Wort zu sagen, tastete er nach dem Türgriff, öffnete die Tür und rollte buchstäblich aus dem Wagen.

Als er mit den Füßen den Boden berührte, stieß er erneut eine Reihe von Flüchen aus, deren fantasievolle Vielfalt Kerry nicht leugnen konnte. Der Lärm des Dschungels schien ihm Kopfschmerzen zu bereiten, jedenfalls hielt er sich den Kopf mit beiden Händen und stöhnte leise.

Kerry öffnete die Fahrertür. Vorsichtig suchte sie den Boden nach Schlangen ab, bevor sie ausstieg. Sie überlegte, ob sie eine seiner Waffen nehmen sollte, doch dann entschied sie, dass der Mann in seinem Zustand für niemanden eine Gefahr darstellte.

Langsam ging sie vorn um das Auto herum und beugte sich vor, um den Mann sehen zu können. Er stand breitbeinig und lehnte sich mit dem Rücken gegen den Wagen. Den Kopf hielt er immer noch vornübergebeugt mit den Händen.

Das leise Geräusch ihrer Schritte musste in seinen Ohren wie Donnerschläge klingen, sein Kopf fuhr herum.

Seine Augen waren hellbraun, und unter seinem Blick erstarrte Kerry.

„Wo bin ich?" Die Worte waren kaum zu verstehen. Seine Stimme war rau und heiser vom Rauchen und Trinken.

„In Montenegro", antwortete sie verängstigt.
„Welchen Tag haben wir?"
„Dienstag."
„Was ist mit meinem Flugzeug?"
Es schien ihm schwerzufallen, seinen Blick auf Kerry zu konzentrieren. Die Sonne schien jetzt heller, und er blinzelte und kniff die Augen vor dem grellen Licht zusammen. Als ein Vogel laut kreischend vorüberflog, zuckte er zusammen und stöhnte auf.
„Flugzeug?"
„Ja, richtig. Mein Flugzeug."
Als Kerry ihn nur verständnislos ansah, fing er an, die Taschen seines Hemds zu durchsuchen, was ihm sichtlich Mühe bereitete. Schließlich zog er aus einer Brusttasche ein Flugticket und ein Ausreisevisum hervor. Die selbst ernannte Regierung von Montenegro war im Erteilen von Ausreisegenehmigungen nicht sehr großzügig. Da sie so selten ausgegeben wurden, waren sie wertvoller als Gold. Es kostete ein Vermögen, an ein gefälschtes Visum zu gelangen.
Der Mann hielt Visum und Ticket in Kerrys Richtung. „Gestern Abend um zehn ging mein Flug."
Kerry schluckte. Gleich würde er sich bestimmt aufregen. Innerlich bereitete sie sich auf diesen Wutanfall vor. Doch äußerlich wirkte sie vollkommen gelassen. „Das tut mir leid. Sie haben ihn verpasst."
Langsam wandte er sich zu ihr und stützte sich mit der Schulter gegen den Wagen. Sein Blick war voller Feindseligkeit, und Kerry schrak zusammen.
Als er sprach, war seine Stimme leise und bedrohlich.
„Haben Sie etwas damit zu tun, dass ich ihn verpasst habe?"
Vorsichtig ging sie einen Schritt zurück. „Sie sind freiwillig mit mir mitgekommen."
Drohend kam er einen Schritt auf sie zu. „Sie haben ohnehin nicht mehr lange zu leben, Lady. Aber bevor ich Sie umbringe, wüsste ich gern, nur aus purer Neugier, weswegen Sie mich entführt haben."
Anklagend wies sie mit einem Finger auf ihn. „Sie waren betrunken."
„Das werde ich mein Leben lang bereuen."
„Woher sollte ich wissen, dass Sie zum Flugplatz müssen?"
„Habe ich das nicht erwähnt?"
„Nein."
„Ich muss es gesagt haben", beharrte er und schüttelte den Kopf.

„Haben Sie nicht."

Verächtlich sah er sie an. „Du bist nicht nur käuflich, sondern auch verlogen."

„Weder noch." Kerry wurde rot vor Zorn.

Von Kopf bis Fuß betrachtete der Mann sie eingehend. Doch im Gegensatz zu gestern in der Bar war sein Blick diesmal voller Verachtung. Bei diesem geringschätzigen Blick fühlte Kerry sich genau als das, wofür er sie hielt.

Bei Tageslicht wirkte ihr Kleid nur noch abgetragen und billig.

„Was für ein Spiel treibst du eigentlich?", erkundigte der Mann sich spöttisch.

„Überhaupt keins", erwiderte Kerry.

„Lief das Geschäft in den Staaten so schlecht, dass du hierherkommen musstest, um Geld zu machen?"

Wenn Kerry sich nicht so sehr vor ihm gefürchtet hätte, wäre sie jetzt zu ihm gegangen und hätte ihn geohrfeigt. So stand sie nur reglos mit zu Fäusten geballten Händen vor ihm.

„Ich bin keine Hure", stieß sie wutbebend aus. „Ich habe mich lediglich so verkleidet, um in die Bar zu kommen und Sie herauszuschleppen."

„Das hört sich doch ganz wie die Arbeit einer Dirne an."

„Halten Sie den Mund!", schrie sie. Sein Verhalten und seine Worte kränkten sie mehr, als sie es für möglich gehalten hätte. „Ich brauche Ihre Hilfe."

Der Mann blickte an seinen ausgewaschenen Jeans hinunter. Der Reißverschluss war immer noch offen. „Offensichtlich haben Sie sich bereits selbst zu helfen gewusst."

Kerry platzte beinahe vor Zorn. Gleichzeitig schämte sie sich zutiefst und brachte es nicht fertig, ihm in die Augen zu sehen.

Höhnisch lachte er auf. „Ich kann mich an nichts erinnern. Wie war es denn?"

„Sie sind ekelhaft", sagte sie schroff.

„So wild war ich?" Er rieb sich das Kinn. „Ich wünschte, ich könnte mich erinnern."

„Nichts ist geschehen, Sie Narr."

„Nein?"

„Sicher nicht."

„Sie wollten mich einfach nur ansehen?" Er betrachtete seinen offenen Reißverschluss.

„Hören Sie endlich auf!"
„Weshalb ist meine Hose dann offen?"
„Ich musste sie aufmachen, um Ihre Pistole herauszuziehen", fuhr sie ihn an. „Ich wollte mich nicht von Ihnen umbringen lassen."
Einen Augenblick dachte er schweigend nach. „Die Möglichkeit habe ich immer noch. Daran können Sie mich auch nicht hindern, wenn Sie mir meine Pistole und meine Machete wegnehmen. Ich könnte Sie leicht mit den bloßen Händen umbringen. Trotzdem wüsste ich gern, weshalb Sie mich daran gehindert haben, das Flugzeug zu bekommen. Arbeiten Sie für die Regierung?"
Fassungslos sah sie ihn an. Wie konnte er so etwas von ihr denken? „Sind Sie verrückt?"
Der Mann lachte bitter. „Gut möglich. Es sähe El Presidente ähnlich, eine amerikanische Hure für sich arbeiten zu lassen. Der Mann ist ein mieser Feigling."
„Mit ‚Feigling' haben Sie recht. Aber ich arbeite nicht für ihn."
„Also für die Rebellen. Was ist Ihre Aufgabe? Stehlen Sie Visa und Flugtickets?"
„Ich arbeite für niemanden in Montenegro."
„Für wen dann? Ich glaube kaum, dass der amerikanische Geheimdienst auf jemanden wie Sie zurückgreifen muss."
„Ich arbeite allein. Und keine Sorge, ich kann Sie gut bezahlen."
„Bezahlen? Wofür?"
„Ich möchte Sie anheuern. Nennen Sie mir Ihren Preis."
„So viel Geld können Sie gar nicht haben, Lady."
„Ich zahle jede Summe."
„Hören Sie zu. Keinen Job mehr in Montenegro. Ich will weg von hier." Drohend kam er auf Kerry zu. „Sie haben das wirklich toll hingekriegt. Es war der letzte Flug aus dem Land. Ab jetzt gibt es keine Auslandsflüge mehr. Haben Sie eine Ahnung, was ich anstellen musste, um dieses Visum zu bekommen?"
Kerry war sicher, dass sie es nicht wissen wollte. Sie fing hastig an zu reden, als er immer näher kam. „Die Verzögerung wird sich für Sie lohnen. Das schwöre ich. Und wenn Sie mir helfen, kann ich Sie aus dem Land herausbringen."
„Wie? Und wann?"
„Am Freitag. Ich brauche nur drei Tage lang Ihre Hilfe. Dann, das verspreche ich Ihnen, kommen Sie mit Taschen voller Geld nach Hause."

Endlich hörte er ihr aufmerksam zu. Nachdenklich sah er sie an. „Wieso ich? Abgesehen davon, dass ich betrunken war und Sie mich leicht entführen konnten."

„Ich brauche jemanden mit Ihrer Erfahrung."

„Hier laufen wirklich genug Leute herum. Sie hätten jeden in dieser stinkenden Bar nehmen können."

„Aber Sie wirkten irgendwie … am besten geeignet."

„Geeignet wofür?"

Kerry wich dieser direkten Frage aus. Zunächst musste sie ihn dazu bringen, noch ein paar Tage hier im Land zu bleiben. „Es ist ein harter Job. Ich brauche jemanden, der kampferprobt ist." Sie versuchte ihn bei seiner Eitelkeit zu packen. „Und er darf nicht zögern, wenn es brenzlig wird."

„Kampferprobt?" Verständnislos schüttelte er den Kopf. „Moment mal. Denken Sie, ich sei ein Söldner?"

Er brauchte keine Antwort. Ihr Gesichtsausdruck sprach Bände. Verwundert blickte Kerry ihm ins Gesicht, als er jetzt lächelte. Er lachte tief und laut. Dann fluchte er erneut, doch diesmal klang es nicht so gemein wie vorhin. Aufseufzend lehnte er sich wieder an den Transporter und legte den Kopf in den Nacken.

„Was ist los?", fragte Kerry, obwohl sie es lieber nicht wissen wollte. Sein Gelächter hatte eher spöttisch als belustigt geklungen.

„Sie haben sich den Falschen gegriffen. Ich bin kein Söldner."

Ungläubig musterte Kerry ihn. „Das ist nicht wahr!" Wie konnte er nur versuchen, sie so hinterlistig auszutricksen! „Sie haben den Präsidenten einen Feigling genannt. Und jetzt versuchen Sie selbst, sich vor einer schwierigen Aufgabe zu drücken."

„Sie haben völlig recht. Ich bin auch ein Feigling", fuhr er sie an. „Ich will lediglich meine Haut retten. Dass ich ein Held sei, habe ich nie behauptet. Aber es stimmt, dass ich kein Söldner bin."

Bei diesem Wutausbruch schrak Kerry zusammen. „Und was ist mit Ihrer Pistole und der Machete?"

„Zu meinem eigenen Schutz. Wer geht schon unbewaffnet in den Dschungel?" Wieder kam er einen Schritt auf sie zu. „Und hier herrscht obendrein Bürgerkrieg. Oder haben Sie das noch nicht bemerkt, Lady? Es interessiert mich nicht, was für ein Spiel Sie treiben. Ich jedenfalls werde jetzt zurück in die Stadt gehen und El Presidente um Gnade anflehen. Vielleicht lässt er mich ja noch aus dem Land."

Erneut sah er Kerry an und musterte ihr langes wirres Haar und ihr billiges buntes Kleid. „Ich werde ihm die Geschichte erzählen. Die schöne Frau, der ich nicht widerstehen konnte. Das wird ihm gefallen."

Er ging um sie herum und stellte sich vor den Kühler des Wagens. Verzweifelt hielt sie ihn am Ärmel fest. „Glauben Sie mir, das ist kein Spiel. Sie können nicht gehen!"

„Wollen wir wetten?" Er machte seinen Arm frei und ging zur Fahrerseite.

„Was ist mit den Waffen?", fragte Kerry und zeigte auf die Taschen im Pick-up.

Der Mann bückte sich und schnallte sich die Machete wieder um. „Sie wollen meine Waffen sehen? Na gut."

Er zog eine der schweren Taschen unter dem Tarnnetz hervor. „Bleiben Sie zurück", warnte er sie. „Ich möchte nicht, dass Ihnen etwas passiert, wenn es eine Explosion gibt."

Mit einem kräftigen Zug machte er eine der Taschen auf. Verblüfft starrte Kerry auf den Inhalt.

„Das ist eine Kamera."

Der Mann spielte den Erstaunten. „Nein, wirklich?" Rasch machte er die Tasche wieder zu. „Eine Spiegelreflexkamera, um genau zu sein."

„Heißt das, die Taschen sind alle voller Kameras?"

„Blenden, Filme und so weiter. Ich bin Fotojournalist. Ich würde Ihnen ja gern meine Karte geben, aber ich habe mit einigen Rebellen die Karten vor einer Woche gebraucht, um Feuer zu machen."

Von seinen spöttischen Bemerkungen bekam Kerry nichts mit. Sie sah nur auf die Reisetaschen. Darin hatte sie Waffen vermutet und gehofft, dass sie dadurch sicher aus dem Land herauskamen. Eine Zeit lang stand sie nur da und überlegte, welche Möglichkeiten ihr jetzt noch blieben.

Auf einmal wurde Kerry klar, dass der Mann gerade im Begriff war, im Dickicht zu verschwinden. Sie fuhr herum. „Wohin gehen Sie?"

„Ich muss mich mal erleichtern."

„Oh. Also gut, ich habe einen Fehler gemacht, aber ich möchte Ihnen immer noch ein Angebot machen."

„Vergessen Sie's. Ich habe meine eigenen Pläne, und zwar werde ich mit El Presidente einen Handel eingehen." Er schlug sich mit den Fäusten auf die Schenkel. „Wie konnte ich nur so dumm sein und das Flugzeug verpassen! Was haben Sie bloß angestellt, dass ich mit Ihnen aus der Bar gegangen bin? Haben Sie mir ein Schlafmittel verpasst?"

Auf diese Anschuldigung wollte sie gar nicht eingehen. „Sie waren schon betrunken, als ich Sie traf. Wieso haben Sie so viel getrunken, wenn Sie Ihr Flugzeug auf keinen Fall verpassen durften?"

„Ich habe gefeiert." An seinem verbitterten Gesichtsausdruck erkannte Kerry, dass sie einen wunden Punkt getroffen hatte. Er war auf sich selbst genauso wütend wie auf sie. „Ich konnte es nicht erwarten, aus diesem Land herauszukommen. Tagelang bin ich umhergezogen, um einen Platz in diesem Flugzeug zu ergattern. Soll ich Ihnen sagen, was ich tun musste, um mein Visum zu bekommen?"

„Nein."

„Ich musste El Presidente mit seiner Freundin fotografieren."

„Wobei?", fragte Kerry abfällig.

Gekränkt sah er sie an. „Ein Porträt, das ich wahrscheinlich an die ,New York Times' verkaufen werde, falls ich jemals wieder in die Vereinigten Staaten zurückkomme. Ihnen habe ich ja zu verdanken, dass ich mir darauf jetzt kaum noch Hoffnungen zu machen brauche."

„Wenn Sie mir nur zuhören würden, könnte ich Ihnen erklären, weshalb ich so dringend einen Söldner brauche, dass ich zu solchen Mitteln greifen musste."

„Ich bin kein Söldner."

„Sie sehen wie einer aus. Was glauben Sie denn, weshalb ich Sie sonst ausgesucht habe?"

„Keine Ahnung."

„Ich habe Sie aus all den Männern ausgesucht, weil Sie am rücksichtslosesten und gefährlichsten ausgesehen haben."

„Ich Glücklicher. Wenn Sie jetzt bitte entschuldigen würden …"

„Sie tragen zwar eine Kamera statt eines Gewehrs, aber Sie sehen trotzdem wie einer von den Söldnern aus." Der Mann konnte ihr immer noch von Nutzen sein. Wenn sie ihn für einen Söldner gehalten hatte, dann würden das auch andere tun. „Sie verkaufen Ihre Dienste an den Meistbietenden. Es kann sich wirklich für Sie lohnen, Mister …"

„O'Neal", antwortete er knapp. „Lincoln O'Neal."

Lincoln O'Neal! Kerry erkannte den Namen sofort, doch sie wollte sich nicht anmerken lassen, wie sehr sie beeindruckt war. Er war einer der bekanntesten und besten Fotojournalisten in der ganzen Welt. Während des Rückzugs aus Vietnam hatte er sich einen Namen gemacht, und seitdem waren seine Fotos aus jedem Krieg und jedem Krisengebiet rund um die Welt gegangen. Zweimal hatte er den Pulitzer-Preis gewonnen. Seine Arbeiten waren oft grausam und ohne jede Beschönigung.

„Mein Name ist Kerry Bishop."

„Es ist mir egal, wie Sie heißen, Lady. Wenn Sie mich jetzt bitte einen Augenblick in Ruhe lassen würden. Oder wollen Sie mir dabei zusehen?"

Seine abweisende Art wirkte nicht mehr abschreckend auf Kerry, sondern ließ sie in ihrem Entschluss nur noch fester werden. Er wandte sich ab und ging tiefer in den Dschungel hinein. Trotz ihrer leichten Sandalen ging Kerry hinter ihm her.

Wieder hielt sie ihn am Ärmel fest, und diesmal ließ sie nicht los. „Da sind neun Waisenkinder, die auf mich warten, damit ich sie aus diesem Land herausbringe", sagte sie hastig. „Ich arbeite für eine Hilfsorganisation in den Vereinigten Staaten. Drei Tage bleiben mir noch, um die Kinder zur Grenze zu bringen. Am Freitag wird dort ein Privatflugzeug landen und uns mitnehmen. Wenn wir nicht rechtzeitig am Treffpunkt sind, fliegt es ohne uns. Ich brauche Hilfe, um sicher die hundert Kilometer durch den Dschungel bis zur Grenze zu schaffen."

„Viel Glück dabei."

Fassungslos schrie sie auf, als er sich wieder abwandte.

Energisch krallte sie sich noch fester an seinen Ärmel.

„Haben Sie nicht gehört, was ich gesagt habe?"

„Jedes einzelne Wort."

„Und das ist Ihnen egal?"

„Ich habe damit nichts zu tun."

„Sie sind doch ein Mensch! Das fällt zwar schwer zu glauben, aber Sie sind es dennoch. Hier geht es um Kinder!"

Sein Gesicht wurde ausdruckslos. Kein Wunder, dass sie ihn für einen Söldner gehalten hatte. So eine Gefühllosigkeit hatte sie noch nicht erlebt.

„Lady, ich habe Hunderte von Kindern sterben sehen. Einige sind direkt vor mir verhungert, ohne dass ich ihnen helfen konnte. Auch mich macht so etwas betroffen. Durch meine Arbeit versuche ich, etwas dagegen zu unternehmen. Aber um in solchen Situationen arbeiten zu können, muss man innerlich hart werden. Also erwarten Sie jetzt keinen Tränenausbruch von mir."

Kerry ließ ihn los und ging zurück, als sei seine Herzlosigkeit ansteckend. „Sie sind entsetzlich."

„Na prima. Endlich sind wir uns mal einig. Ich fühle mich charakterlich nicht geeignet, auf neun Kinder aufzupassen."

Entschlossen richtete sie sich auf. So widerlich er auch war, sie hatte keine andere Wahl. Ihr blieb nicht die Zeit, zurück in die Stadt zu fahren und sich nach einem Ersatz umzusehen. „Sehen Sie es doch als einen Job wie jeden anderen an. Ich zahle Ihnen, was ich auch einem Söldner gezahlt hätte."

Unnachgiebig schüttelte er den Kopf. „Es wäre in keinem Fall so viel, wie ich zu Hause für die Fotos auf meinen Filmen bekommen würde."

„Drei Tage mehr können Ihnen doch egal sein. Für Ihre Fotos bekommen Sie am Freitag noch genauso viel wie heute."

„Aber ich werde in der Zwischenzeit nicht mein Leben aufs Spiel setzen. Das ist mir nämlich fast ebenso viel wert wie meine Filme. In diesem stinkenden Dschungel habe ich es oft genug riskiert. Ich habe einen sechsten Sinn dafür, wann es Zeit ist, sich aus dem Staub zu machen." Eindringlich sah er sie an. „Also, ich weiß nicht, wer Sie sind und was Sie an einem Ort wie diesem hier tun, auf jeden Fall geht es mich nichts an. Verstanden? Ich hoffe, dass Sie die Kinder hier herausbringen, aber ohne mich." Abrupt drehte er sich um und war nach wenigen Schritten im Dickicht verschwunden.

Niedergeschlagen ließ Kerry die Schultern sinken.

Langsam ging sie zum Transporter zurück. Beim Anblick der Pistole auf dem Boden erschauderte sie. Dieser Mann war kälter und gefühlloser als jeder Söldner. Mitgefühl schien für ihn ein Fremdwort zu sein. Wie konnte es ihm egal sein, was aus den Kindern wurde?

Sie blickte auf die Waffe. Ob sie ihn mit Waffengewalt dazu zwingen konnte, ihr zu helfen? Das war lächerlich. Sofort ließ sie den Gedanken wieder fallen. Kerry versuchte sich vorzustellen, wie sie die kleine Lisa auf einem Arm hielt und mit der freien Hand die Waffe auf den Mann richtete.

Wahrscheinlich würde er sie ohnehin alle mitten im Schlaf umbringen, bevor sie ihr Ziel erreichten.

Verärgert drehte sie sich um. Dabei fiel ihr Blick auf die Taschen, die hinten auf der Ladefläche lagen. Alles Kameras, dachte sie verächtlich. Wie hatte sie es bloß für Waffen und Munition halten können? Für ihn mochten sie wertvoll sein, für Kerrys Plan jedenfalls waren sie völlig nutzlos.

Wie tief musste ein Mann sinken, bevor ihm ein paar Filmrollen wichtiger waren als das Leben von neun Kindern ohne Eltern? Wie herzlos, wie kalt musste er sein? Wie konnte es jemandem wichtiger sein, Fotos von Menschen zu machen, sie zu beobachten, anstatt jemals auch nur ein wenig Mitgefühl für sie zu empfinden? Was waren schon Fotos?

Kerry stutzte. Schlagartig war ihr eine Idee gekommen. Bevor sie über die Folgen von dem, was sie vorhatte, nachdenken konnte, beugte sie sich über die erste Tasche und öffnete sie.

Lincoln fühlte sich schrecklich.

Bei jedem Kreischen eines Vogels hatte er das Gefühl, als würde der Schmerz seinen Kopf durchbohren. Ihm war übel, und er hatte Zahnschmerzen. Außerdem hatte er einen steifen Nacken. Durch vorsichtiges Betasten stellte er fest, dass er obendrein auch noch eine große Beule am Kopf hatte.

Am meisten Schmerzen jedoch bereitete ihm diese Frau. Kerry Bishop. Im Moment überlegte er, was er ihr antun sollte. Sie war dafür verantwortlich, dass er sein Flugzeug verpasst hatte.

Beim Gedanken daran überkam ihn heiße Wut. Wie hatte er so dumm sein und sich hemmungslos betrinken können! Doch es war einfacher, den Zorn auf diese Frau zu lenken.

Wie kam eine Frau wie sie eigentlich nach Montenegro? Und wie stellte sie es sich vor, neun Kinder unbemerkt hundert Kilometer durch den Dschungel zu bringen und in ein Flugzeug zu verfrachten?

Das klang alles wie ein schlechter Film. So etwas konnte einfach nicht gut gehen. Es war unmöglich.

Und diese Frau glaubte, dass er seinen Hals riskieren würde, um ihr zu helfen. Das war lächerlich. Lincoln O'Neal als der große Wohltäter!

Jeder, der ihn kannte, hätte gesagt, dass Lincoln immer der Beste sein wollte. Er war beliebt und wurde bewundert, war großzügig und gesellig. Aber wenn es einmal brenzlig wurde, dann war es besser, nicht auf ihn angewiesen zu sein. Denn dann machte Lincoln sich auf jeden Fall aus dem Staub und war nur sich selbst der Nächste.

An diese Grundsätze erinnerte Lincoln sich, als er zu dem Transporter zurückging. Erleichtert stellte er fest, dass die Frau sich offensichtlich beruhigt hatte. Sie lehnte an dem Wagen und kämmte sich die Haare. Das dichte, lange dunkle Haar hing ihr über die Schulter, und sie flocht es zu einem dicken Zopf.

Dieses Haar musste einer der Gründe gewesen sein, weshalb er gestern mit ihr gegangen war. Was sollte er mit einer Frau? Nach sechs Wochen hier in Montenegro sehnte er sich nach Sex. Aber er war zu wählerisch, um seine Triebe bei einer der Frauen aus den Bars zu befriedigen, die sich für Geld jedem hingaben. So weit war er noch nie gegangen.

Und gerade in der letzten Nacht hatte er allein sein wollen. Sein einziger Gedanke war das Flugzeug gewesen. Er hatte sich mit ein paar

Drinks betäuben und so schnell wie möglich aus diesem Land herauskommen wollen.

Doch selbst der Alkohol hatte die Erinnerungen an die Gräueltaten, die er in den vergangenen sechs Wochen hier gesehen hatte, nicht verdrängen können. Und so hatte er immer weiter getrunken. Anscheinend hatte er, wenn auch nicht die Erinnerungen, so doch zumindest sein Urteilsvermögen verloren.

Als diese Frau mit dem dunklen Haar, das trotz der verrauchten Luft in der Bar schimmerte, auf ihn zugekommen war, war er nur seinen körperlichen Trieben gefolgt. Der Kuss hatte den Ausschlag gegeben. Bei der Berührung ihrer Lippen war sein letztes bisschen Vernunft verschwunden.

Jetzt erkannte er, dass er gestern seine Urteilskraft nicht vollkommen verloren hatte. Die Frau war tatsächlich schön. Sie war sehr schlank, auf jeden Fall viel zu schlank für dieses lächerliche Kleid. Offenbar funktionierte sein Urteilsvermögen bezüglich Frauen auch, wenn er betrunken war.

Aber wie er sie für käuflich hatte halten können, war ihm jetzt unbegreiflich. Vielleicht sah er wie ein Söldner aus, aber diese Frau hatte nichts von einer Hure. Ihr dunkles Haar ließ sie zwar wie eine Einheimische aussehen, doch ihre Augen waren dunkelblau, und ihre Haut war viel zu hell. Selbst für eine dunkelhaarige Amerikanerin hatte sie sehr helle Haut.

Vor allem jedoch hatte sie nicht diesen verbitterten müden Gesichtsausdruck der Frauen, die sich für Geld hingaben, um etwas zu essen zu kaufen.

Jetzt im hellen Tageslicht wirkte sie frisch und unverkennbar amerikanisch. Sie passte viel eher in ein schönes Haus irgendwo in den Staaten, und Lincoln konnte sie sich richtig vorstellen, wie sie einen Kindergeburtstag vorbereitete. Doch sie stand hier auf der Lichtung im Dschungel. Wie war sie bloß aus der Stadt herausgekommen? Ohne es zu wollen, wurde Lincoln neugierig.

„Wie sind Sie an den Transporter gekommen?"

Sie schien durch seine Frage nicht überrascht zu sein und antwortete prompt. „Ich habe ihn gestohlen. Er stand vor der Bar, und der Schlüssel steckte im Zündschloss. Auf dem Sitz lagen eine Offiziersjacke und eine Mütze. Damit habe ich Sie verkleidet, als ich aus der Stadt fuhr."

„Wirklich schlau."

„Danke."

„Und an der Stadtgrenze haben Sie erzählt, dass ich Ihr Kunde für die Nacht sei."

„Richtig."

Er nickte anerkennend. „Ich habe eine Beule am Kopf", sagte er dann.

„Oh, das tut mir leid. Sie ... also, ich habe versucht ..." Kerry verstummte, und Lincoln vermutete, dass sie ihm etwas verschweigen wollte.

„Sprechen Sie weiter."

„Sie haben sich den Kopf am Armaturenbrett gestoßen."

Einen Augenblick sah Lincoln sie prüfend an, doch dann entschied er, dass es sinnlos war, sie weiter auszufragen. Er sah diese Frau heute ohnehin zum letzten Mal. Mittlerweile war er sicher, dass er vergangene Nacht nicht mit ihr geschlafen hatte. Auch wenn er noch so betrunken gewesen war, Sex mit dieser Frau, deren aufreizende Schenkel sich unter dem Kleid abzeichneten, hätte er nicht vergessen.

Doch bevor er sich in Fantasien verlor, sollte er sich lieber überlegen, was er tat, sobald er zurück in der Stadt war. Hoffentlich traf er El Presidente in guter Stimmung an. „Na, ein Glück, dass wir den Transporter haben. Dadurch kommen wir leichter zurück in die Stadt. Kommen Sie wieder mit, oder wollen wir uns hier verabschieden?"

„Das wird nicht nötig sein", entgegnete sie mit einem Lächeln.

„Wie bitte?"

„Wir fahren nicht zurück."

Allmählich wurde Lincoln ungeduldig. „Hören Sie, ich habe Ihnen meine Antwort bereits gegeben. Lassen Sie die Spielchen, ja? Geben Sie mir die Wagenschlüssel, und ich mache mich davon."

„Ich glaube nicht, dass Sie irgendwohin gehen, Mr O'Neal."

„Doch, und zwar in die Stadt. Jetzt." Er streckte die Hand aus. „Die Schlüssel."

„Ihre Filme."

„Was?"

Sie wies mit dem Kopf nach hinten, und Lincoln blickte in die Richtung. Jetzt erst sah er den wirren Haufen aus braunen Filmrollen, die wertlos in der prallen Sonne lagen.

Zunächst stöhnte Lincoln lediglich leise auf, doch dann schrie er seine Wut aus sich heraus. Er fuhr herum, ergriff die Frau und drückte sie nach hinten auf die Kühlerhaube. Mit einer Hand fasste er nach ihrer Kehle.

„Ich könnte Sie umbringen."

„Tun Sie es doch", erwiderte Kerry mutig. „Was macht schon ein Leben aus? Sie setzen auch das der neun Kinder gern aufs Spiel, wenn es um Ihre selbstsüchtigen Interessen geht."

„Selbstsüchtige Interessen? Fotografieren ist mein Beruf. Die Filme waren Tausende von Dollars wert, Lady."

„Ich zahle Ihnen, was immer Sie verlangen."

„Vergessen Sie's."

„Sagen Sie einen Preis."

„Ich will diesen Job nicht!"

„Weil Sie dabei ausnahmsweise mal auf jemand anderen als sich selbst aufpassen müssen."

„Stimmt genau."

„Also gut, dann verrate ich Ihnen, wie Sie aus der Situation noch einen Vorteil ziehen können. Lassen Sie mich los. Sie tun mir weh."

Kerry wand sich unter ihm. Doch sie hielt augenblicklich still, als sie spürte, dass sie dadurch sein körperliches Verlangen weckte. Seine Hüften hatte er gegen sie gepresst, und sie fühlte die Wirkung ihrer Nähe auf ihn deutlich.

Statt sie loszulassen, hielt Lincoln sie nur noch stärker fest. „Ich könnte auf Ihr Angebot von gestern zurückkommen", sagte er spöttisch.

„Das wagen Sie nicht."

Sein Lächeln wirkte keineswegs beruhigend. „Da wäre ich mir an Ihrer Stelle nicht so sicher."

„Sie wissen genau, weshalb ich Sie aus der Bar geholt habe."

„Das Einzige, was ich genau weiß, ist, dass ich Sie geküsst habe und heute früh mit offenem Reißverschluss aufgewacht bin."

„Es ist aber nichts geschehen", erwiderte sie. In ihrer Stimme schwang jetzt Angst mit.

„Noch nicht." Es klang drohend und gleichzeitig wie ein Versprechen, doch dabei ließ er sie allmählich los und half ihr auf. „Aber zuerst zum Geschäft. Von welchem Vorteil haben Sie gesprochen?"

Kerry rieb sich die Kehle und blickte ihn zornig an. „Ich spreche von der Story. Sie wären bei der Rettung von neun Waisenkindern dabei."

„Die illegal in die Staaten geflogen werden."

Sie schüttelte den Kopf. „Wir haben die Erlaubnis der Einwanderungsbehörde. Es sind bereits Elternpaare für die Adoption ausgewählt worden." Kerry bemerkte, dass er etwas nachdenklicher wurde, und hakte sofort nach. „Sie wären hautnah dabei, Mr O'Neal, und könnten alles auf Fotos festhalten. Diese Geschichte wäre viel eindrucksvoller als das, was Sie auf Ihren Filmen haben."

„Was ich hatte."

„Nun ja", stimmte sie schuldbewusst zu.

Forschend blickten sie einander an.

„Wo sind die Kinder?", fragte Lincoln schließlich.

„Fünf Kilometer nördlich von hier. Dort habe ich sie gestern Nachmittag in einem Versteck zurückgelassen."

„Was haben Sie bisher mit ihnen gemacht?"

„Ich unterrichte sie. Seit zehn Monaten bin ich jetzt hier. Ihre Eltern sind entweder tot oder werden vermisst. Das Dorf, aus dem die Kinder stammen, ist vor einem Monat abgebrannt. Seither haben wir in mehreren Unterschlüpfen gelebt, während die Vorbereitungen liefen, um sie aus Montenegro in die Vereinigten Staaten zu bringen."

„Und wer hat diese Vorbereitungen getroffen?"

„Die Hendren-Stiftung, benannt nach dem Missionar Hal Hendren, der hier vor zwei Jahren ermordet wurde. Seine Angehörigen haben die Stiftung nach seinem Tod gegründet."

„Und Sie glauben, dass dieses Flugzeug wie vereinbart zu dem Treffpunkt kommt?"

„Ganz bestimmt."

„Woher wissen Sie das?"

„Durch einen Boten."

Lincoln lachte laut auf. „Das ist wirklich lustig. Und Sie trauen diesem Boten?"

„Seine beiden Schwestern sind unter den Waisenkindern. Er will, dass sie von hier fortkommen. Ihr Vater wurde als Spion der Rebellen hingerichtet – und ihre Mutter ... Nun, sie starb auch."

Er lehnte sich an den Wagen und sah auf die zerknüllten Filmrollen. Das würde er dieser Frau nie verzeihen, doch die Tatsache blieb, dass die Filme ruiniert waren.

Ihm blieben zwei Möglichkeiten. Er konnte zurück in die Stadt fahren und diesen tyrannischen Präsidenten um Gnade anflehen. Selbst wenn er Erfolg hatte, würde er mit leeren Händen nach Hause kommen. Die andere Möglichkeit war jedoch genauso unerfreulich.

„Warum mussten Sie mich entführen?"

„Wären Sie denn mitgekommen, wenn ich lieb Bitte gesagt hätte?" Als Antwort murmelte er lediglich etwas Unverständliches. „Sicher nicht. Ich nahm an, dass sich kein Söldner freiwillig um eine Gruppe von Kindern kümmert."

„Da haben Sie recht. Jeder andere hätte sicher den Vorschuss einkassiert, wäre Ihnen zu dem Versteck gefolgt, hätte die Kinder beseitigt, wäre über Sie hergefallen, bevor er auch Sie umgebracht hätte, und abends wäre er mit sich und dem Tag zufrieden gewesen."

Kerry wurde blass und schlang die Arme um sich. „An so etwas habe ich nicht gedacht."

„Sie haben an vieles nicht gedacht. Wie zum Beispiel Nahrung und frisches Wasser."

„Ich dachte, Sie ... oder wer auch immer ... würde sich um die Einzelheiten kümmern."

„Das sind doch die wichtigsten Probleme", erwiderte er verärgert.

Es ärgerte sie, dass er zu ihr wie zu einem einfältigen Kind sprach. „Ich bin weder schwach noch dumm, Mr O'Neal. Ich kann sehr viel ertragen, wenn es sein muss, um diese Kinder aus dem Land zu schaffen."

„Vielleicht verlieren wir sie alle, bevor wir am Treffpunkt ankommen. Sind Sie darauf vorbereitet?"

„Wenn sie hierbleiben, schaffen sie es ohnehin nicht."

Einen Augenblick blickte er sie abschätzend an. Möglicherweise steckte doch mehr in ihr, als er zunächst angenommen hatte. Was sie letzte Nacht geschafft hatte, war beachtenswert. „Wo liegt der Treffpunkt?"

Ihr Gesicht strahlte vor Freude auf, doch sie lächelte nicht. Stattdessen drehte sie sich um und ging zu einem abgestorbenen Baum. Mit einem Stock stach sie in eine Öffnung, um zu prüfen, ob sich vielleicht eine Schlange dort verkrochen hatte. Dann griff sie hinein und zog einen Rucksack hervor. Während sie zurückkam, öffnete sie ihn und holte eine Karte heraus. Diese breitete sie auf der Kühlerhaube aus.

„Die Kinder sind hier", erklärte sie und zeigte die Stelle. „Und wir sind jetzt hier."

Lincoln war in den letzten Wochen genug mit den Rebellentruppen umhergezogen, um zu wissen, wo sich die Kämpfe hauptsächlich abspielten. Er blickte Kerry an. Sie sah erwartungsvoll zu ihm auf.

„Das ist tiefster Dschungel, und der ist fest in der Hand von Regierungstruppen."

„Ich weiß."

„Wieso gerade dort?"

„Gerade weil es so streng bewacht wird. In diesem Grenzgebiet benutzen sie nur schlechte Radargeräte. Das Flugzeug wird es leichter haben, unbemerkt zum Treffpunkt zu gelangen."

„Das ist alles glatter Selbstmord."

„Auch das weiß ich."

Verärgert wandte Lincoln sich ab. Wenn sie ihn mit diesem betörenden Blick ansah, konnte er sich gut vorstellen, dass er ihr gestern gefolgt war. Auch wenn sie nicht eine der Frauen aus den Bars war, sie wusste sehr gut, wie sie einen Mann zu etwas überreden konnte.

Obwohl er sturzbetrunken gewesen war, konnte er sich deutlich an den Kuss erinnern und wie sich ihr Körper angefühlt hatte. Allmählich fing er an, ihren Mut und ihre Klugheit zu bewundern. Am meisten jedoch sehnte er sich nach ihrem Körper, diesen schlanken langen Beinen und diesem seidigen langen Haar.

Noch während er die Entscheidung traf, wusste er, dass er es bereuen würde. „Fünfzigtausend Dollar." Fassungslos sah Kerry ihm in die Augen. „Das ist Ihr Preis?"

„Keinen Cent weniger." Entschlossen hob sie das Kinn. „Abgemacht."

„Einen Moment noch. Jetzt kommen meine Bedingungen. Ich bin der Boss, klar? Ich will keine Diskussionen und keine Beschwerden. Wenn ich Ihnen sage, etwas zu tun, dann tun Sie es, ohne nach einer Erklärung zu fragen." Dabei deutete er mit dem Zeigefinger bekräftigend auf ihre Nase.

„Seit fast einem Jahr lebe ich jetzt im Dschungel", wandte sie überheblich ein und schob seine Hand beiseite.

„In einer Schule zwischen Kindern. Das ist ein kleiner Unterschied. Jetzt müssen Sie mit ihnen im Schlepptau durch den Dschungel marschieren. Wenn wir nicht angegriffen werden, dann wäre das ein Wunder. Ich werde mich nur darauf einlassen, wenn es so läuft, wie ich es mir denke."

„Einverstanden."

„Gut. Brechen wir auf. Drei Tage sind nicht viel Zeit, um von hier bis zur Grenze zu gelangen."

„Sobald ich mich umgezogen habe, holen wir die Kinder und suchen Vorräte zusammen." Kerry zog eine beigefarbene Leinenhose, eine Baumwollbluse, Socken und Stiefel aus dem Rucksack.

„Offensichtlich haben Sie an alles gedacht."

„Einschließlich Trinkwasser." Sie reichte ihm eine Trinkflasche. „Bedienen Sie sich."

„Vielen Dank."

Unbeholfen stand sie vor ihm und hielt sich die Kleidung vor die Brust. „Würden Sie sich bitte umdrehen, während ich mich umziehe?"

Lincoln setzte die Flasche ab. Seine Lippen glänzten feucht. Mit dem Handrücken wischte er sich den Mund und sah Kerry unverwandt ins Gesicht.

„Nein."

3. KAPITEL

Lincoln O'Neal verschränkte die Füße, kreuzte die Arme vor der Brust und neigte den Kopf zur Seite. „Nein, ich werde mich nicht vom Fleck rühren."

Kerry konnte es nicht glauben. „Sind Sie tatsächlich so verroht, dass Sie mir nicht mal ein bisschen Privatsphäre zubilligen?" An seinem Grinsen konnte sie nichts Freundliches entdecken. „Machen Sie sich bloß keine Hoffnungen. Dann ziehe ich mich eben erst um, wenn wir am Versteck der Kinder sind."

„Sie haben doch gesagt, Sie seien nicht schwach."

Als Kerry sich daraufhin abrupt umdrehte, schlug sie ihm fast mit dem Zopf ins Gesicht. Das sollte also ein Test sein. Sie konnte es sich nicht leisten, auf seine Herausforderung nicht einzugehen. Immer noch bestand die Möglichkeit, dass er zurück in die Stadt fuhr. Es würde Kerry nicht einmal überraschen. Offensichtlich kannte er keinerlei schlechtes Gewissen. Im Augenblick jedenfalls musste sie auf seine hinterhältigen Spielchen eingehen.

„Also gut. Ich ziehe mich um." Sie wandte ihm den Rücken zu und tastete nach dem Reißverschluss des Kleides.

„Gestatten Sie."

Lincoln trat dicht hinter sie. Ohne zu zögern, zog er den Verschluss herunter. Er hakte kein einziges Mal. Anscheinend hatte er einige Erfahrung darin, Frauen auszuziehen.

Mit einem Mal war Kerry verunsichert. Sie wollte sich einfach vorstellen, sie sei am Strand und ziehe ihr Kleid aus. Doch sie hatte nicht damit gerechnet, dass Lincoln aktiv daran teilnehmen wollte. Sie spürte seinen Atem im Nacken, und fast hätte sie dem Drang nachgegeben, sich an ihn zu lehnen.

Ihr Rücken war jetzt nackt, und Kerry wurde heiß vor Zorn. Sie wusste, dass Lincoln sie ganz unverhohlen musterte.

„Danke", erwiderte sie knapp. Sie hatte gehofft, dass es abweisend und beherrscht klang, doch es war mehr ein atemloses Flüstern. Rasch ging sie einen Schritt vor. Einen Moment zögerte sie, dann zog sie die Träger von den Schultern, schob das Kleid über die Hüften herunter und trat zur Seite. Jetzt hatte sie nur noch den Slip und die Sandalen an. Die Sonne brannte auf ihre Haut, und gleichzeitig spürte sie die feuchte Luft am ganzen Körper. Kerry hatte das Gefühl, als würden selbst die Tiere im Dschungel verstummen, um sie zu beobachten.

Ihre Hände zitterten, als sie sich die Hose anzog. Sie schaffte es kaum, sie zuzuknöpfen. Hastig streifte sie die ärmellose Bluse über, knöpfte sie zu und stopfte sie in den Hosenbund. Dann zog sie den Zopf aus dem Halsausschnitt und bückte sich, um das Kleid aufzuheben, das sie unter anderen Umständen liebend gern weggeworfen hätte. Gerade als sie sich bückte, trat Lincoln hinter sie und umfasste ihre Taille mit beiden Händen.

„Fassen Sie mich nicht an", warnte sie ihn leise.

„Keine Chance, mein ..."

Er verstummte, als Kerry hochfuhr und sich umdrehte. Mit beiden Händen hatte sie seine Pistole umfasst und hielt sie auf seine Brust gerichtet.

„Wir beide haben eine geschäftliche Abmachung, Mr O'Neal. Mehr nicht. Normalerweise würde ich Ihnen nicht einmal die Uhrzeit sagen. Wenn Sie mir noch einmal zu nahe kommen, drücke ich ab."

„Das bezweifle ich." Äußerlich wirkte er völlig unbeeindruckt.

„Ich meine es ernst!", schrie Kerry und hielt die Pistole noch dichter vor ihn. „Gestern Nacht musste ich mir Ihre widerlichen Annäherungsversuche gefallen lassen, weil mir keine andere Wahl blieb, aber fassen Sie mich ja nie wieder an."

„Okay, okay."

Er hob die Hände langsam hoch, doch anstatt sie über den Kopf zu heben, schlug er Kerry blitzartig die Waffe aus den Händen. Polternd fiel sie zunächst auf die Kühlerhaube und dann zu Boden. Lincoln presste Kerry einen Arm an die Seite, während er ihr den anderen auf den Rücken drehte.

„Richten Sie niemals wieder eine Waffe auf mich, verstanden? Haben Sie verstanden?" Er schob ihren Arm noch höher, bis ihre Hand zwischen den Schulterblättern lag.

„Sie tun mir weh", stieß Kerry aus.

„Sie hätten mir noch viel mehr wehgetan, wenn sich ein Schuss gelöst hätte", schrie er sie unbeherrscht an.

„Ich weiß nicht einmal, wie sie funktioniert", schrie Kerry zurück.

„Das ist ein Grund mehr, sie nicht anzufassen."

„Es tut mir leid. Bitte." Vor Schmerz und Demütigung traten ihr Tränen in die Augen. Lincoln ließ ihren Arm herunter, hielt sie jedoch weiterhin fest an sich gedrückt.

„Eigentlich sollte ich Sie dafür allein lassen", sagte er leise. „Aber andererseits ..." Er verstummte und beugte den Kopf zu ihr herab.

„Nein!"
„Doch."
Sein Kuss war genauso besitzergreifend wie der in der letzten Nacht. Seine Lippen waren wild, fordernd und trotzdem unglaublich weich. Mit der Zunge drang er in ihren Mund ein. Augenblicklich verspannte Kerry sich, doch er beachtete ihren Widerstand nicht. Und als er ihre Zunge berührte, konnte Kerry nicht verhindern, dass sie den Kuss erwiderte.

Lincoln hob den Kopf. Langsam öffnete Kerry die Augen. Sie war wie betäubt. „Widerliche Annäherungsversuche, ja?" Spöttisch blickte er Kerry an. „Ich hatte den Eindruck, als fänden Sie den Kuss überhaupt nicht widerlich." Er strich Kerry über eine Brust und umfasste sie sanft. Durch die Bluse hindurch liebkoste er die Brustspitze.

„Aufhören." Mehr traute Kerry sich nicht zu sagen, aus Angst, dass er in ihrer Stimme die Lust, die er ihr bereitete, hören würde.

„Warum?"

„Weil ich es nicht will."

„Oh doch", sagte er überzeugt. „Vielleicht wird dies hier doch noch ein interessantes Unternehmen. Für uns beide. Warum Zeit verlieren?"

„Bitte nicht." Ihre Stimme klang unsicher, und Kerry konnte ein Aufstöhnen nicht unterdrücken, als er mit dem Daumen ihre aufgerichtete Brustspitze umkreiste.

„Du magst es", sagte er flüsternd an ihrem Ohr.

„Nein. Ich will es nicht."

„Oh doch." Er nahm ihr Ohrläppchen zwischen die Zähne und sog daran. „Auch wenn du das Gegenteil behauptest, du empfindest etwas dabei, das kannst du nicht leugnen." Lincoln schmunzelte, als er das Gewicht leicht verlagerte und Kerry sofort aufstöhnte. Aufreizend begann er sich an ihr zu reiben. „Es erregt dich genauso wie mich, gib es zu. Du bist eine leidenschaftliche Frau. Sonst hättest du mich gestern nicht aus der Bar entführen können."

„Du warst total betrunken. In deinem Zustand wärst du jeder Frau nachgelaufen."

„Nein. Ich war betrunken, aber ich habe erkannt, was sich bei dir unter der kühlen Oberfläche verbirgt. Warum verleugnest du deine Empfindungen?"

„Hör auf." Kerry legte alle Entschlossenheit in diesen Befehl, damit Lincoln nicht erkannte, welche Überwindung es sie kostete.

„Gut, wenn du es willst", willigte er widerstrebend ein und ließ die

Hand von ihrer Brust sinken. „Es wird die Zeit kommen, da wirst du mich darum bitten."

Seine Überheblichkeit wirkte heilsam auf Kerry. Schlagartig hatte sie sich wieder vollkommen unter Kontrolle. „Da kannst du lange drauf warten."

Sie schob ihn mit aller Kraft von sich, und diesmal gab er nach. Er lachte auf und hob seine Waffe wieder auf. In Gedanken versunken sah Kerry ihm zu, wie er die Pistole in den Hosenbund steckte, dann wurde ihr klar, wohin sie sah, und hastig blickte sie weg.

Selbstbewusst lächelte er. „Steig in den Wagen. Ich werde fahren. Dann kannst du die Stiefel während der Fahrt anziehen."

Sofort hatte er die Führung übernommen, und im Moment war es Kerry nur recht. Sie war völlig durcheinander.

Während der vergangenen Monate im Dschungel war Kerry so in der täglichen Arbeit mit den Kindern aufgegangen, dass sie die Gesellschaft von Männern nicht auch nur annähernd vermisst hatte. In den Staaten wartete niemand auf sie. Als sie nach Montenegro gegangen war, hatte es keinen Mann in ihrem Leben gegeben. Umso mehr warf sie jetzt die plötzliche Nähe von Lincoln O'Neal aus der Bahn.

Er hatte eine Leidenschaft in ihr geweckt, die sie gleichzeitig prickelnd und beschämend fand. Einerseits hatte sie Angst vor seinem Begehren, doch andererseits war sie davon gefesselt. Für Kerry verkörperte Lincoln eine ungeschliffene Männlichkeit, die ihr noch nie begegnet war. Der leicht salzige Geschmack seiner Haut, die Bartstoppeln in seinem Gesicht, die tiefe raue Stimme, all das sprach sie in einer Weise an, die sie nicht kannte. Sein muskulöser kräftiger Körper war genau das Gegenteil zu ihrer schlanken Figur.

Schade, dass er einen verkommenen Charakter hatte. Seine ganze Art war widerwärtig. Wenn die Waisenkinder nicht wären, wäre Kerry vor ihm geflohen, auch wenn sie damit ihren ganzen Stolz aufgab.

Sie war schon einmal in ihrem Leben benutzt worden, das wollte sie nicht ein zweites Mal erleben. Ihr Vater hatte sie hintergangen und war noch dazu hinterhältig gewesen. Lincoln O'Neal war wenigstens geradeheraus und direkt. Er gab offen zu, dass er der Beste sein wollte. Als die Betrügereien ihres Vaters damals aufgedeckt wurden, hatte Kerry aus Liebe zu ihm und aus Scham heraus geschwiegen. Diesmal wollte sie nicht schweigen. Sie schuldete Lincoln nichts außer den fünfzigtausend Dollar. Wenn es irgendetwas an ihm gab, das ihr nicht gefiel, würde sie es ihm ohne Zögern sagen.

Obwohl sie ihn nicht ausstehen konnte, war sie dankbar, dass Lincoln bei ihr war. Nicht einmal sich selbst wollte sie eingestehen, wie sehr sie sich davor gefürchtet hatte, den Weg mit den Kindern allein zu gehen. Auch in Begleitung von Lincoln standen die Chancen, dass sie alle unversehrt aus diesem Land herauskamen, noch schlecht genug.

„Vor uns liegt eine schmale Holzbrücke", sagte sie. Sie hatten die Fahrt über beide geschwiegen. Innerlich empfand Kerry Genugtuung bei dem Gedanken, dass Lincoln immer noch einen Kater hatte. „Direkt hinter der Brücke geht links ein Weg ab."

„Ins Dickicht hinein?", fragte er, ohne Kerry anzusehen.

„Ja. Die Kinder halten sich ein paar Meter von der Straße entfernt versteckt."

Er fuhr nach ihren Anweisungen weiter, bis der Transporter nicht weiter in das undurchdringliche Gewirr von Büschen und Bäumen vordringen konnte. „Ich muss hier anhalten."

„In Ordnung. Wir bleiben nicht lange hier."

Lincoln stellte den Motor ab, und Kerry stieg aus. „Hier entlang." Sie ging voraus und konnte es kaum erwarten, die Kinder zu sehen. Mit dem Zopf blieb sie an Ästen hängen, und Dornen zerkratzten ihr die Arme. „Wir könnten deine Machete brauchen."

„Wenn wir sie hier benutzen, hinterlassen wir nur unnötige Spuren", erwiderte er. „Solange es nicht absolut nötig ist, sollten wir das vermeiden."

„Natürlich. Daran hätte ich denken sollen." Es war Kerry peinlich, dass sie diesen dummen Vorschlag gemacht hatte.

Umso mehr freute sie sich, dass Lincoln das Versteck schließlich nicht bemerkte, als sie direkt davor standen. Kerry blieb stehen und drehte sich zu ihm um. Doch Lincoln sah sie nur verständnislos an.

„Joe", rief sie leise. „Joe. Alles in Ordnung. Du kannst herauskommen."

Lincoln zuckte leicht zusammen, als es direkt neben ihm raschelte. Zwischen Blättern, die so groß wie Regenschirme waren, blickten ihn mehrere dunkle Augenpaare an. Dann trat ein größerer schlanker Junge aus dem Dickicht hervor.

Lincoln schätzte das Alter des Jungen auf vierzehn. Er hatte einen abweisenden verschlossenen Gesichtsausdruck, und dadurch wirkte er älter, als es sein Körperbau vermuten ließ. Er blickte Lincoln mit einer Mischung aus offener Feindseligkeit und Misstrauen an.

„Das ist Lincoln O'Neal", stellte Kerry ihn vor. „Er wird uns helfen. Lincoln, das ist Joe, der Älteste der Kinder."

Rasch blickte Lincoln zu ihr hinüber. Es war das erste Mal, dass sie ihn mit dem Vornamen ansprach. Doch offenbar war es ihr nicht aufgefallen. Er streckte dem Jungen die Hand hin. „Hallo, Joe."

Joe erwiderte nichts und drehte sich abrupt um. Auf Spanisch rief er die anderen Kinder aus dem Versteck. Nach und nach kamen sie alle aus dem Dickicht. Eines der älteren Mädchen hielt ein Kleinkind auf dem Arm. Sie ging direkt auf Kerry zu und reichte ihr das Kind.

Vertrauensvoll schlang das kleine Mädchen sofort die Arme um Kerrys Nacken. Kerry küsste das Kind auf die Wange und strich ihm über das Haar. Die anderen Kinder umringten sie. Offensichtlich hatten sie ihr alle etwas Wichtiges zu berichten. Kerry bemühte sich, allen die gleiche Aufmerksamkeit zuzuwenden.

Lincolns Spanisch reichte gerade für eine Speisekarte. Die Kinder redeten so schnell auf Kerry ein, dass er nichts verstehen konnte. Nur ein Wort, das sie alle wiederholten, fiel ihm auf.

„‚Hermana', was bedeutet das?"

„Schwester", antwortete Kerry abwesend und rieb die Wangen des kleinen Mädchens mit Spucke sauber.

„Wieso nennen sie dich …?" Lincoln brauchte nicht weiterzufragen. Die Antwort wurde ihm schlagartig klar, und er erstarrte.

Kerry lachte gerade über die wirre Geschichte, die eines der Kinder ihr erzählte. Dann wandte sie sich wieder Lincoln zu. „Entschuldigung, was hast du gesagt?"

„Ich fragte, weshalb sie dich Schwester nennen."

„Oh, ich …"

Jetzt erst blickte Kerry ihn aufmerksam an, sah seine Verblüffung und erkannte, welchen Schluss er gezogen hatte. Er nahm offenbar an, sie sei eine Ordensschwester. Fast hätte sie das Missverständnis aufgeklärt, doch dann überlegte sie es sich anders. Hier lag eine Möglichkeit, wie sie ihn von weiteren Annäherungsversuchen abhalten konnte, ohne zu riskieren, dass er sie doch noch im Stich ließ.

Kerry suchte nach einem Grund, warum sie ihm die Wahrheit sagen sollte, doch sie konnte keinen finden. Für den Bruchteil einer Sekunde rang sie mit ihrem Gewissen, aber schließlich tat sie das alles nur für die Kinder.

Mit ernstem Gesichtsausdruck senkte sie den Blick. „Weshalb sonst sollten sie mich Schwester nennen?"

Unwillkürlich fluchte Lincoln.

Kerry blickte ihn streng an. „Achte darauf, was du sagst, bitte." Als er sich prompt entschuldigte, wusste sie, dass sie mit ihrem Trick Erfolg hatte. Sie musste sich beherrschen, um nicht laut aufzulachen. „Soll ich dir die Kinder vorstellen?"

„Sind sie alle so freundlich wie Joe?", wollte er wissen.

„Ich spreche Englisch", erwiderte der Junge zornig.

„Dann kann ich dir ja direkt sagen, dass du keinerlei Manieren hast", entgegnete Lincoln ungerührt.

Schnell mischte Kerry sich ein. „Joe, würdest du bitte das Feuer anfachen? Wir wollen noch etwas essen, bevor wir gehen."

Joe warf Lincoln noch einen wütenden Blick zu, bevor er Kerrys Bitte nachkam.

„Kinder", sagte Kerry auf Spanisch und zeigte auf Lincoln. „Das ist Señor O'Neal."

„Lincoln reicht vollkommen", wandte er ein.

Kerry erklärte es den Kindern. Neugierig sahen die Kinder zu Lincoln auf. Dann stellte Kerry sie Lincoln der Reihe nach vor. „Und die Jüngste hier ist Lisa", sagte sie abschließend.

Ernsthaft schüttelte Lincoln den Jungen die Hand und verbeugte sich förmlich vor den Mädchen, die sofort leise kicherten. Spielerisch stupste er Lisa auf die Nase, wobei er sich in Acht nahm, Kerry nicht zu berühren.

Auf Spanisch begrüßte er sie alle. Damit waren seine Sprachkenntnisse so gut wie erschöpft. „Sag ihnen, dass ich während der nächsten Tage auf sie aufpassen werde." Er redete langsam, sodass Kerry zwischendurch übersetzen konnte. „Aber sie müssen mir gehorchen ... die ganze Zeit über." Mit einem Blick machte er Kerry klar, dass sie darin eingeschlossen war. „Wenn ich ihnen sage, dass sie schweigen sollen ... dann dürfen sie keinen Laut von sich geben ... Sie dürfen nicht von der Gruppe weggehen ... niemals ... Wenn sie sich danach richten ... kommen wir alle zu dem Flugzeug ... und fliegen in die Vereinigten Staaten."

Bei den letzten Worten blickten die Kinder aufmerksam auf, und Lincoln merkte, wie sehr sie sich darauf freuten.

Nachdem sie einen Brei aus Bohnen und Reis gegessen hatten, begannen Kerry und die Kinder, die spärlichen Vorräte zusammenzupacken. Als sie damit fertig waren, holte Lincoln eine seiner Kameras und machte einige Aufnahmen.

„Schwester Kerry, könntest du ..."

„Bitte. Nenn mich Kerry."

Er nickte. Seit er wusste, dass sie eine Ordensschwester war, hatte er sie nicht mehr direkt angesehen. „Könntest du die Kinder für ein Gruppenfoto zusammenrufen?"

„Natürlich."

Kurz darauf hatten sich alle versammelt. Die Kinder waren aufgeregt und lächelten. Die kleine Lisa hatte den Daumen im Mund. Nur Joe wollte nicht in die Kamera sehen und blickte stattdessen mürrisch zur Seite. Kerrys Lächeln wirkte gezwungen.

„Also, los geht's." Lincoln schraubte die Linse wieder zu und hängte sich den Fotoapparat um den Hals. Dann hob er ein Paket mit Konservendosen hoch, die Joe in der vergangenen Nacht aus einem nahe gelegenen Dorf gestohlen hatte.

„Machst du normalerweise nicht Schnappschüsse?", fragte Kerry, als sie zum Transporter gingen.

„Dies hier ist nur für den Fall, dass es nicht alle von uns bis zum Flugzeug schaffen."

Bei dieser Antwort blieb Kerry unvermittelt stehen. „Meinst du wirklich, dass so etwas passieren kann?"

„Was denkst du denn, wo wir hier sind?" Lincoln wusste selbst nicht genau, weshalb er mit einem Mal so ärgerlich auf sie war. „Dort irgendwo sind Hunderte von Soldaten und Rebellen, für die Töten auf der Tagesordnung steht."

Innerlich zuckte sie zusammen, doch sie wollte ihre Angst nicht zeigen. „Möchtest du einen Rückzieher machen?"

Lincoln beugte den Kopf zu ihr. „Du hast recht. Am liebsten würde ich es tun. Und wenn du etwas mehr Vernunft hättest, würdest du das auch."

„Ich kann aber nicht."

Lincoln fluchte ausgiebig, und diesmal entschuldigte er sich nicht dafür. „Komm weiter, wir vergeuden Zeit."

Als sie beim Transporter anlangten, war er immer noch verärgert. Die Kinder kauerten auf der Ladefläche, zusammen mit dem Gepäck und Kerry.

„Tut mir leid, dass du nicht vorn bei mir sein kannst", sagte Lincoln, als er ihr Lisa auf den Schoß setzte. „Aber wenn wir angehalten werden, kann ich Joe als meinen Helfer ausgeben." Er musterte sie einen Augenblick. Selbst in der schlichten Bluse und der Hose sah sie bezaubernd aus. „Ohne dieses Kleid wirkst du nicht mehr wie eine …"

„Ich verstehe schon", unterbrach sie ihn. „Die Kinder werden ruhiger sein, wenn ich bei ihnen bin. Wenn du eine Patrouille siehst, warn mich rechtzeitig, damit ich das Tarnnetz über uns ziehen kann."

„Es wird sehr stickig darunter sein."

„Ich weiß."

„Wenn wir angehalten werden, müssen die Kinder absolut still sein."

„Ich habe ihnen das ein paarmal erklärt."

„Gut", sagte er ernsthaft. „Hast du etwas Wasser?"

„Ja. Hast du die Karte?"

„Ich habe den Weg im Kopf." Eindringlich blickte er sie an. „Wir können nur hoffen, dass wir dort ankommen."

Noch einmal sahen sie einander an, dann stieg Lincoln ein und ließ den Wagen an.

Niemals in ihrem Leben hatte Kerry sich so unwohl gefühlt, obwohl sie versuchte, sich vor den Kindern nichts anmerken zu lassen. Sie wurden auf der Ladefläche hin und her geworfen, das war unvermeidlich auf dem holprigen Weg. Wenigstens wurden durch das ständige Rütteln die Moskitos und andere Insekten verscheucht.

Unter dem Tarnnetz brauchten sie sich vorerst nicht zu verstecken, doch dafür brannte die Sonne die ganze Zeit über heiß und unbarmherzig auf sie nieder. Und wenn sie eine Zeit lang im Schatten der Bäume fuhren, wurde die Luft schlagartig so feucht und stickig, dass sie kaum atmen konnten.

Die Kinder beschwerten sich, dass sie Durst hatten, doch Kerry teilte das Wasser sehr vorsichtig ein. Möglicherweise dauerte es lange, bis sie wieder an frisches Wasser kamen. Außerdem mussten sie öfter anhalten, wenn die Kinder mehr tranken. Und Kerry wollte Lincoln nur ungern darum bitten.

Er fuhr noch weiter, als die Sonne bereits hinter die Baumwipfel gesunken war und nur noch ein dämmriges Zwielicht herrschte. Als sie durch ein verlassenes Dorf fuhren, war es mittlerweile stockdunkel. Lincoln hatte Kerry zur Vorsicht gesagt, sie solle sich und die Kinder unter dem Netz verstecken. Er umkreiste das Dorf, und als er sicher war, dass niemand sich mehr dort aufhielt, fuhr er noch einen Kilometer weiter und blieb auf einer Lichtung stehen.

„Hier bleiben wir über Nacht."

Dankbar griff Kerry seine Hand und ließ sich von ihm vom Wagen heben. Vorsichtig streckte sie sich, um die verkrampften Muskeln zu dehnen.

Lincoln versuchte, nicht auf ihre Brüste zu sehen, die deutlich hervortraten. Doch er konnte nicht vergessen, wie sie sich angefühlt und wie sich die Brustspitzen verhärtet hatten. Verlegen räusperte er sich. „Fühlst du dich hier sicher? Ich würde gern zurück zum Dorf gehen und mich ein wenig umsehen."

„Natürlich. Können wir ein Feuer machen?"

„Ich denke schon. Aber haltet es klein. Ich nehme Joe mit mir. Hier, nimm." Er zog die Pistole aus dem Hosenbund und reichte sie ihr.

Kerry nahm sie entgegen, betrachtete sie aber voller Unbehagen. „Ich habe dir schon heute früh gesagt, dass ich nicht weiß, wie man damit umgeht."

Rasch erklärte er ihr die Waffe. „Falls du sie benutzen musst, dann tu es am besten, wenn dein Ziel so dicht vor dir ist wie ich heute früh. Dann triffst du mit Sicherheit." Er lächelte leicht, und sie erwiderte das Lächeln. Lincoln drehte sich um und verschwand mit Joe in der Dunkelheit.

Kerry übertrug einem der Mädchen die Aufsicht über die anderen und schickte die Jungen zum Holzsammeln. Als Lincoln und Joe zurückkehrten, brannte ein kleines Feuer. Joe trug einen Stapel Decken, und Lincoln hielt zwei tote Hühner in der Hand.

„Das Feuer ist genau richtig", stellte er fest.

„Danke."

„Das hier ist nicht viel." Er wies auf die Hühner und hob entschuldigend die Schultern. „Aber das war alles, was wir finden konnten."

„Ich werde eine oder zwei der Dosen mit Gemüse aufmachen. Dann gibt es heute Eintopf."

Lincoln nickte und ging ein Stück weg, um die Hühner zu rupfen und auszunehmen. Dafür war Kerry ihm überaus dankbar.

Die Fahrt war für die Kinder so anstrengend gewesen, dass sie fast zu erschöpft zum Essen waren. Kerry munterte sie dazu auf. Möglicherweise war dies die letzte warme Mahlzeit für einige Tage. Schließlich waren alle satt und lagen auf der Ladefläche unter den Decken.

Kerry saß beim Feuer und trank eine Tasse Kaffee, als Lincoln zu ihr kam und sich nachschenkte. „Irgendetwas gesehen oder gehört?", erkundigte sie sich flüsternd.

„Nein. Alles ruhig. Aber gerade das macht mich nervös. Ich wüsste lieber, wo sie sind."

„Wen meinst du?"

„Jeden außer uns." Er lächelte. Im Schein des Feuers blitzten seine Zähne strahlend.

Kerry sah weg. Sie wollte ihn nicht attraktiv finden. „Du hast mich überrascht."

„Womit?"

„Du warst so nett zu den Kindern. Vielen Dank dafür."

„Ich danke dir für die Tablette gegen meine Kopfschmerzen. Sonst wäre ich jetzt noch so schlecht gelaunt wie heute früh."

„Ich meine es ernst. Du hast dich wirklich bemüht, und das weiß ich zu schätzen."

„Ich habe in meinem Leben schon viele schreckliche Dinge getan, aber ich war noch nie grausam zu Kindern", sagte er knapp.

Kerry wollte nicht weiter auf das Thema eingehen. Möglicherweise war es ihm peinlich, wenn man ihm Komplimente machte.

„Erzähl mir etwas von ihnen", sagte er nach einer langen Pause. „Zum Beispiel von Mary."

„Sie hat ihren Vater nie kennengelernt", begann Kerry. „Noch vor ihrer Geburt wurde er hingerichtet, weil er Flugblätter verteilt hatte. Ihre Mutter kam ins Gefängnis, und es wird angenommen, dass auch sie tot ist."

„Was ist mit Mike?"

Kerry hatte den Kindern bereits englische Namen gegeben, damit sie sich schon an die Namen gewöhnen konnten, mit denen sie in Amerika angeredet würden. Sie erzählte Lincoln die Herkunft der einzelnen Kinder.

„Carmen und Cara sind die Schwestern des Boten, sein Name ist Juan."

„Und Lisa?"

Kerry lächelte. „Sie ist niedlich, nicht? Ihre Mutter war erst dreizehn, als ein Soldat der Rebellen über sie herfiel. Bei Lisas Geburt starb sie."

„Was weißt du über ihn?"

Kerry sah in die Richtung, in die Lincoln blickte. Am Rand der Lichtung saß Joe und starrte in die Dunkelheit.

„Joe", sagte sie leise. „Das ist eine traurige Geschichte."

„Wie alt ist er?"

„Fünfzehn." Sie erzählte Lincoln kurz von Joes Herkunft. „Er ist sehr intelligent. Aber seine Vergangenheit hat Spuren hinterlassen. Oft ist er feindselig und boshaft."

„Er liebt dich."

„Was sagst du?" Ungläubig sah sie Lincoln an. „Sei nicht albern. Er ist noch ein Kind."

„Anscheinend ist er schnell erwachsen geworden."

„Aber in mich verliebt? Das ist unmöglich."

„Überhaupt nicht. Mit fünfzehn Jahren hat ein Junge bereits ..." Lincoln verstummte.

„Das kann schon sein", entgegnete Kerry, um das peinliche Schweigen zu durchbrechen. „Wie war das bei dir?" Sofort bereute sie die Frage. Das ging sie schließlich nichts an. Aus dem Augenwinkel heraus sah sie, dass Lincoln sie prüfend anblickte.

„Ich dachte immer, es ist die Aufgabe eines Priesters, die Beichte abzunehmen."

„Das stimmt. Es tut mir leid. Wir sprachen über Joe."

„Weißt du, was er mit dem Kleid gemacht hat, das du letzte Nacht anhattest?" Kerry schüttelte den Kopf. „Er hat es ins Feuer geworfen, als er sich unbeobachtet glaubte." Als er Kerrys ungläubigen Blick sah, nickte er nachdrücklich. „Ich habe gesehen, wie er es hineingeworfen und zugesehen hat, bis es völlig verbrannt war."

„Aber er hat es selbst gestohlen. Er wusste, weshalb ich es anziehen musste."

„Genauso wie er wusste, dass es dazu diente, dass ich jetzt hier bin. Er hasst sich selbst, weil er dabei mitgemacht hat."

„Das bildest du dir ein."

„Keineswegs. Er will dich beschützen."

„Das hat er noch nie getan. Wir sind nicht einmal in unmittelbarer Gefahr. Wovor will er mich schützen?"

„Vor mir." Lincolns Gesicht wurde vom Feuer beleuchtet. Er hatte sich das Hemd ausgezogen und trug nur ein ärmelloses T-Shirt. Seine Haut war glatt und glänzte. Sein dichtes lockiges Brusthaar schimmerte im Feuerschein rötlich. Auch Lincolns hellbraune Augen reflektierten das Licht des Feuers.

Kerry blickte weg.

Als Lincoln nach einiger Zeit schließlich das Schweigen brach, war seine Stimme rau. „Wieso hast du es mir nicht gesagt?"

„Da gab es nichts zu sagen", antwortete sie aufrichtig.

„Ich sehe das anders." Er wirkte jetzt ärgerlich. „Warum hast du mich nicht davon abgehalten, dich zu küssen?"

„Wenn du dich bitte erinnerst, das habe ich getan."

„Nicht sehr energisch."

Verblüfft sah sie ihn an. Wie konnte man nur so von sich überzeugt sein? „Ich wollte mich lieber küssen als umbringen lassen."

„Ich hatte nie vor, dich umzubringen, und das wusstest du genau. Ein Wort hätte genügt, und ich hätte dich in Ruhe gelassen."

„Heute Morgen vielleicht, aber wie war das vergangene Nacht?"

„Das war etwas anderes."

„Weil du betrunken warst?"

„Ja." Lincoln wusste, dass sie das nicht als Entschuldigung ansah.

„Was sollte ich denn denken?", verteidigte er sich. „Wie verhält sich denn ein Mann, der glaubt, eine Hure vor sich zu haben?"

„Das kann ich nicht beurteilen", erwiderte sie kühl.

„Jetzt weißt du es. Genauso habe ich mich gestern Nacht dir gegenüber verhalten. Dieses Kleid, das Haar, dein verführerisches Lächeln, wie sollte ich da widerstehen? Also verurteile mich nicht, weil ich darauf eingegangen bin."

„Schwester Kerry, alles in Ordnung?"

Lincoln und Kerry blickten hoch. Joe stand vor ihnen. Die Hände hielt er zu Fäusten geballt, und er sah Lincoln drohend an.

„Ja, Joe. Alles in Ordnung", versicherte Kerry. „Leg dich schlafen. Morgen wird ein anstrengender Tag."

Der Junge zögerte, doch schließlich ging er zum Wagen und setzte sich ins Fahrerhaus, wo Lincoln und er schlafen sollten.

Kerry und Lincoln blickten in das langsam verlöschende Feuer. Das Schweigen zwischen ihnen war bedrückend.

„Was hat dich dazu gebracht, diesen Beruf zu wählen?", fragte er.

Kerry zog die Knie an und stützte das Kinn auf. „Verschiedene Dinge. Es waren die Umstände."

Lincoln würde außer sich sein vor Wut, wenn er die Wahrheit herausfand. Schon jetzt fürchtete Kerry diesen Moment. Aber dann wären sie in Sicherheit in den Vereinigten Staaten. Bis dahin musste sie bei ihrer Geschichte bleiben. Damit schützte sie sich vor ihm.

Wenn sie ganz ehrlich war, diente es auch als Schutz vor sich selbst. Trotz all seiner rauen Seiten fand Kerry ihn anziehend. Sehr anziehend sogar. Er war ein Traumbild von Mann. Er sah fantastisch aus, führte ein aufregendes, außergewöhnliches Leben und scherte sich nicht um gesellschaftliche Regeln.

Sicher war er ein hervorragender Liebhaber. Seine Berührungen waren grob gewesen, doch in gewisser Weise hatte Kerry es genossen.

Dieser Mann stellte eine Herausforderung dar, der sich keine Frau entziehen mochte.

Auch wenn sie es sich nicht eingestehen wollte, er hatte sie erregt. Um sich selbst davor zu bewahren, eine große Dummheit zu begehen, würde sie ihre Geschichte aufrechterhalten. Im Grunde genommen legte sie gerade so eine Art Keuschheitsgelübde ab.

Ungeduldig stocherte er mit einem Stock in der Glut herum. Aus jeder seiner Bewegungen sprach Enttäuschung. „Wenn du einem Orden angehörst, wie konntest du so eine Rolle wie gestern spielen?"

„Ich war sehr verzweifelt. Das solltest du allmählich einsehen."

„Aber du warst so überzeugend."

Sie fühlte sich gleichzeitig geschmeichelt und verlegen. „Ich habe getan, was notwendig war."

Kerry spürte, dass er sie ansah, und musste ihn einfach auch ansehen. Über das Feuer hinweg blickten sie einander an. Beide erinnerten sich an die Berührungen und die Küsse, die sie verbanden.

Lincoln blickte als Erster weg. Sein Gesicht war angespannt. Innerlich fluchte er. „Vielleicht hast du dich in deiner Berufung geirrt. Wie gut du deine Rolle gespielt hast!" Seine Stimme klang spöttisch. „Aber du sagst, das war notwendig. Du musstest sichergehen, dass ich mit dir mitkomme. Dafür musstest du schon etwas bieten, du musstest …"

„Hör auf!"

„Bis ich nicht mehr klar denken konnte und nur noch meinem Trieb gefolgt bin."

„Ich habe dich belogen, das stimmt", rief sie aufgebracht. Sie wollte nichts mehr hören. „Ich habe dich getäuscht und betrogen. Und dann habe ich deine Umarmungen erdulden müssen. Wenn ich noch einmal die Wahl hätte, ich würde es wieder tun, um die Kinder hier herauszubringen."

„Vergiss mich nicht in deinen Gebeten", sagte er verbittert. „Ich habe es nötig."

Hastig schüttete er den Rest seines Kaffees ins Feuer. Es zischte, und zwischen ihnen beiden stieg eine Qualmwolke auf.

4. KAPITEL

Sie waren urplötzlich da. Die Büsche auf beiden Seiten des Weges bewegten sich, und im nächsten Moment war der Transporter von Rebellen umringt. Lincoln trat auf die Bremse, und leicht schleudernd kam der Wagen zum Stehen. Verängstigt schrien die Kinder auf. Auch Kerry schrie unwillkürlich auf und presste die kleine Lisa an sich.

Als der Straßenstaub sich legte, rührte sich immer noch niemand von ihnen.

Die Rebellen hielten Maschinengewehre in den Händen. Die Mündungen hielten sie auf den Wagen gerichtet. Es waren junge Männer, doch obwohl sich bei manchen gerade der erste Bartflaum zeigte, hatten sie alle den Gesichtsausdruck von Männern, die keine Angst vor dem Tod oder dem Töten hatten.

Ihrer Kleidung nach zu urteilen, lebten sie schon lange im Dschungel. Sie waren nicht nur zur Tarnung mit Schlamm beschmiert. Ihre Kleider waren verdreckt und von Blut und Schweiß verklebt. Die durchtrainierten Muskeln ihrer bloßen Arme glänzten im Sonnenlicht.

Lincoln, der seit dem Vietnamkrieg in so ziemlich jedem Krisengebiet der Erde gewesen war, erkannte in den verhärteten, reglosen Gesichtern, dass es Männer waren, für die der Tod zum Alltag gehörte. Ein Menschenleben, selbst ihr eigenes, bedeutete ihnen nicht viel.

Er wusste nur zu gut, dass er jetzt keinen Fehler machen durfte. Beide Hände ließ er auf dem Lenkrad liegen, wo sie von draußen deutlich sichtbar waren. Das Einzige, was im Moment für Kerry, die Kinder und ihn selbst sprach, war die Tatsache, dass sie offensichtlich nicht zur Armee des Präsidenten gehörten. Sonst hätten die Rebellen nicht gezögert zu schießen.

„Kerry", rief Lincoln nach hinten. „Bleib, wo du bist. Ich kümmere mich um alles. Beruhige die Kinder, so gut es geht. Sag den Leuten, dass ich jetzt die Tür aufmache und herauskomme."

Sie übersetzte Lincolns Worte ins Spanische. Auf den feindseligen Gesichtern zeigte sich keine Reaktion. Lincoln schloss daraus, dass sie einverstanden waren. Langsam ließ er eine Hand sinken. Sofort reagierten ein paar der Männer.

„No, no!", schrie Kerry entsetzt. Hastig flehte sie sie an, nicht zu schießen, und erklärte, dass Lincoln nur mit ihnen reden wollte.

Mutig ließ Lincoln die Hand erneut sinken und öffnete die Tür. Vorsichtig stieg er aus, hob die Hände über den Kopf und ging von dem Wagen weg. Unwillkürlich sog Kerry den Atem ein, als einer der Rebellen vorschnellte und Lincoln die Pistole aus dem Hosenbund riss. Sie befahlen ihm, die Machete abzuschnallen, und obwohl er kein Spanisch sprach, verstand er den drohenden Befehl und kam ihm ohne Zögern nach.

„Wir bringen die Kinder zu einem Ort an der Grenze", sagte er mit lauter deutlicher Stimme. „Dort finden sie Nahrung und Unterkunft. Es sind Waisenkinder. Wir sind nicht eure Feinde. Lass uns …"

Lincolns Erklärung wurde brutal unterbrochen, als einer der Männer auf ihn zukam und ihm ins Gesicht schlug. Blitzschnell fuhr Lincoln herum und duckte sich, er ballte die Fäuste und blickte den Angreifer wutentbrannt an. Bevor er sich wehren konnte, versetzte der Rebell ihm einen Schlag in den Magen, und Lincoln sank zu Boden.

Kerry sprang vom Wagen herunter und lief zu ihm. Sie achtete nicht auf die Maschinengewehre, die sofort auf sie gerichtet wurden.

„Por favor, bitte, señor, lassen Sie uns sprechen", bat sie hastig.

„Ich habe dir gesagt, du sollst dich da raushalten", stieß Lincoln mühsam hervor und kniete sich auf. „Geh zurück zum Wagen."

„Soll ich zulassen, wie sie dich zu Tode prügeln?", zischte sie tonlos zurück. Sie warf den Zopf in den Nacken und blickte zu dem Mann auf, der Lincoln geschlagen hatte. Am Abzeichen auf seinem Barett erkannte sie, dass er der Ranghöchste der Männer war. „Was Mr O'Neal gesagt hat, stimmt", erklärte sie auf Spanisch. „Wir bringen die Kinder lediglich an einen sicheren Ort."

„Sie fahren einen Wagen der Truppen von El Presidente." Er spuckte ihr vor die Füße.

Kerry beherrschte sich und hoffte, dass auch Lincoln sich nicht rühren würde. „Das ist richtig. Ich habe ihn der Armee gestohlen."

Einer der Leute zog Joe grob aus dem Wagen und durchsuchte das Fahrerhaus. Mit der Uniformjacke und der Mütze kam er zu seinem Anführer, der die Sachen Kerry anklagend entgegenschleuderte.

„Der Offizier hat sie im Wagen liegen lassen, als er in eine Bar ging, um zu trinken und sich mit Frauen zu amüsieren", erklärte Kerry. Die Rebellen bewegten sich misstrauisch.

„Was geht hier vor?", wollte Lincoln wissen. Er stand jetzt neben ihr. Seine Lippe war blutig, und er rieb sich unbewusst den Magen. Doch er schien nicht ernsthaft verletzt zu sein. Lediglich unglaublich wütend.

„Er hat mich gefragt, warum wir ein Militärauto fahren. Und dann musste ich die Uniform erklären."

Lisa fing an zu weinen. Ein paar der anderen Kinder wimmerten verängstigt. Der Führer der Gruppe wurde unruhig und blickte die Straße entlang. Es war nicht gut, so lange hier ungeschützt herumzustehen.

Er gab seinen Leuten eine Reihe von kurzen Befehlen. Einer der Männer befahl Joe, hinten zu den anderen Kindern zu steigen, und setzte sich hinter das Steuer.

„Was jetzt?", fragte Lincoln.

„Wir werden in ihr Lager gebracht."

Lincoln stieß einen Fluch aus. „Für wie lange?"

„Das weiß ich nicht."

„Und weswegen?"

„Sie wollen entscheiden, was aus uns wird."

Mit Waffen im Rücken gingen sie los. Kerry rief den weinenden Kindern zu, dass sie bald wieder bei ihnen sein würde. Sie konnte den Anblick der tränenverschmierten entsetzten Gesichter nicht ertragen, als der Transporter an ihnen vorbeifuhr. Der Führer der Rebellen rief dem Fahrer zu, er solle die Abkürzung nehmen. Offensichtlich waren sie nicht weit vom Lager entfernt.

Die Rebellen bewegten sich fast lautlos durch den Dschungel. Sie gingen durch das Dickicht, doch es bewegte sich kaum ein Zweig. Als Lincoln versuchte, sich weiter mit Kerry zu unterhalten, befahl man ihm, still zu sein. Obwohl er vor Wut fast platzte, gehorchte er.

Sie erreichten das Lager zur selben Zeit wie der Transporter, der aus der anderen Richtung kam. Es wurde Kerry erlaubt, zu den Kindern zu gehen. Sie kletterten von der Ladefläche und umringten Kerry, um Schutz bei ihr zu suchen.

Joe musste sich neben Lincoln an den Wagen stellen. Die Rebellen öffneten Lincolns Reisetaschen und begutachteten jedes Teil der Fotoausrüstung. „Sag ihnen, sie sollen ihre dreckigen Finger von meinen Kameras nehmen", rief Lincoln Kerry zu.

Sie warf ihm einen warnenden Blick zu, um ihm zu sagen, er solle ruhiger sprechen und sich beherrschen. Dann wandte sie sich an den Führer. „Mr O'Neal ist Fotograf von Beruf. Er macht Bilder und verkauft sie an Zeitschriften." Der Mann wirkte beeindruckt, aber immer noch misstrauisch.

Plötzlich hatte Kerry eine Idee und blickte zu Lincoln, der von einem der Rebellen mit dem Maschinengewehr bewacht wurde. „Hast du eine Sofortbildkamera?"

„Ja, habe ich."

„Und Filme dafür?" Sie sah Lincoln nicken. Kerry wandte sich wieder an den Rebellenführer, der sie unverhohlen von oben bis unten musterte. Sie ignorierte seinen anerkennenden Blick. „Würde es Ihnen gefallen, wenn Mr O'Neal ein Foto von Ihnen und Ihren Männern macht? Ein Gruppenbild."

Sie erkannte sofort, dass die Männer davon begeistert waren. Sie fingen an, untereinander Witze zu machen und sich gegenseitig anzustoßen, wobei sie ihre Waffen wie Spielzeuge benutzten.

Der Anführer schrie sie an, und augenblicklich verstummten sie alle wieder.

„Kannst du mir sagen, was hier vor sich geht?", verlangte Lincoln mit mühsam beherrschter Stimme.

Kerry erklärte ihm ihren Vorschlag. „Mit ein paar Fotos könnten wir hier wegkommen."

Lincoln sah in die Runde auf die feindseligen Männer. „Woher willst du wissen, was sie tun, wenn sie erst das Bild haben?"

„Dann denk dir doch was Besseres aus", entgegnete sie scharf. „Selbst wenn wir hier lebend herauskommen, verlieren wir kostbare Zeit."

Lincoln sah sie bewundernd an. Die meisten Frauen würden in einer Lage wie dieser die Nerven verlieren. Er wusste mittlerweile, dass Kerry sich blitzschnell auf unterschiedliche Situationen einstellen konnte.

„In Ordnung. Sag dem Anführer, dass sie sich alle aufstellen sollen, und vor allem soll er diesen Wachhund zurückrufen." Dabei blickte er den Mann an, der direkt vor ihm stand und die Waffe auf ihn gerichtet hielt. „Irgendwie muss ich ja an meine Kamera."

Sie übersetzte, was Lincoln gesagt hatte. Als sie erkannte, dass er von der Idee nicht so begeistert war wie seine Männer, machte sie ihm die Sache noch einmal schmackhaft. „Señor O'Neal ist berühmt. Er hat schon Preise gewonnen. Das Foto von Ihnen und den Männern wird überall erscheinen. Dadurch werden Ihr kämpferischer Mut und Ihre Tapferkeit in aller Welt bekannt."

Schweigend dachte der Mann darüber nach, dann grinste er zustimmend, und seine Leute, die ihn erwartungsvoll angesehen hatten, fingen wieder an, sich zu unterhalten und zu lachen.

„Hol deine Kamera", sagte Kerry zu Lincoln. „Fang mit Sofortbildern an, damit sie das Ergebnis gleich sehen können."

Lincoln genoss es, den Bewacher vor sich zur Seite zu stoßen, und beugte sich über seine Taschen. Die Ausrüstung lag achtlos im Staub auf dem Boden.

Während er einen Film einlegte, erkannte er, dass diese Bilder nicht nur ihr Leben retten konnten, sondern ihm auch Geld bringen würden. Kerry stellte währenddessen die Kämpfer in einer Gruppe zusammen. Gerade aufgerichtet und stolz standen sie beieinander und hielten ihre Waffen hoch.

„Sie sind bereit", sagte sie zu Lincoln.

„Was ist mit den Kindern?", fragte er, während er den Rebellen Handzeichen gab, sich dichter zusammenzustellen.

„Joe passt auf sie auf." Kerry erkannte, dass Lincoln in seinem Element war. Er hatte sich drei verschiedene Kameras umgehängt, und jeder Handgriff wirkte gekonnt.

„Sag ihnen, sie sollen stillhalten", sagte er. „Okay. Auf drei."

„Uno, dos, tres", zählte sie.

Es klickte, und sofort kam das Bild aus der Kamera. Kerry nahm es Lincoln ab. „Kannst du noch eins machen?"

„Ja. Zählst du wieder?"

Kurz darauf reichte Kerry dem Anführer die Bilder. Seine Männer standen um ihn herum und warteten darauf, dass sie etwas auf den Schnappschüssen erkennen konnten. Sobald sich die ersten Konturen zeigten, brachen sie in Gelächter aus und machten derbe Scherze untereinander. Offensichtlich waren sie mit den Fotos zufrieden.

Während sie die Schnappschüsse herumreichten, machte Lincoln die eigentlichen Fotos. Einige der Männer waren in einem Alter, in dem sie normalerweise ihren Abschluss an der High School machen würden, wenn sie in den Vereinigten Staaten leben würden. Doch statt Baseballschlägern hielten sie Maschinengewehre in der Hand. Auf Lincolns Fotos würde der Gegensatz ihrer überschäumenden Freude über die Schnappschüsse und der grausamen Waffen deutlich zur Geltung kommen. Lincoln wusste, dass dies hier hervorragende Bilder wurden.

„Jetzt, wo sie gerade so gut gelaunt sind, sollten wir von hier verschwinden", sagte er flüsternd zu Kerry. „Da du im Verhandeln so begabt bist, solltest du es ihnen erklären."

Kerry wusste nicht, ob sie das als Kompliment oder Beleidigung auffassen sollte, aber das spielte im Moment keine Rolle. Sie mussten so schnell wie möglich weiter. Jede Stunde zählte, und ihnen blieben lediglich zwei Tage, um die Grenze zu erreichen. Mit den Kindern kamen sie nur sehr langsam voran. Sie lagen schon jetzt hinter dem Zeitplan zurück.

Zögernd näherte Kerry sich den Männern. So beiläufig wie möglich sprach sie den Anführer an. „Können wir gehen?"

Schlagartig verstummten die Männer und blickten zu ihrem Anführer. Gespannt warteten sie auf seine Antwort.

Das Ansehen vor seinen Leuten war ihm wichtig. Auf keinen Fall wollte er das Gesicht vor ihnen verlieren. Dessen war Kerry sich voll bewusst, als sie ihn anflehte.

„Ihr seid tapfere Kämpfer. Es gehört nicht viel Mut dazu, Kinder zu terrorisieren. Die Männer von El Presidente sind solche Feiglinge, die gegen Frauen und Kinder kämpfen. Sie sind nicht so mutig wie ihr." Dabei wies sie auf die ganze Gruppe.

„Würdet ihr hilflosen Kindern etwas antun? Das glaube ich nicht, denn ihr kämpft für die Freiheit, für das Leben. Ihr alle habt selbst Kinder zurückgelassen, oder Brüder und Schwestern. Dies hier könnten eure Kinder sein." Mit dem Kopf wies sie auf die Waisen, die sich auf dem Transporter aneinandergedrängt hatten. „Helft mir. Lasst sie mich an einen sicheren Ort bringen, weg von den Kämpfen."

Der Anführer blickte zu den Kindern. Kerry meinte, in seinem Blick so etwas wie Mitleid zu erkennen. Dann sah er zu Lincoln, und sein Gesichtsausdruck wurde wieder feindselig.

„Bist du seine Frau?", fragte er Kerry und wies in Lincolns Richtung.

Über die Schulter sah sie Lincoln rasch an. „Ich …"

„Was hat er gefragt?" Lincoln gefiel der Blick des Mannes überhaupt nicht.

Kerry sah ihm in die Augen. „Er will wissen, ob ich deine Frau bin."

„Sag Nein."

„Nein? Aber wenn er glaubt …"

„Er wird dich benutzen, um mich zu quälen. Sag schon Nein."

Kerry wandte sich wieder an den Anführer. „Nein, ich bin nicht seine Frau."

Einen Augenblick sah der Anführer Kerry berechnend an. Dann grinste er, und schließlich brach er in Gelächter aus, in das seine Leute einfielen.

„Ja, ihr könnt gehen", sagte er zu Kerry.

Bescheiden blickte sie zu Boden. „Gracias, danke, señor."

„Aber zuerst soll Ihr Mann mich noch einmal fotografieren."

„Er ist nicht mein Mann."

„Sie lügen."

Kerry zuckte zusammen und blickte zu ihm auf. „Nein, ist er nicht.

Er bedeutet mir nichts. Ich habe Mr O'Neal bloß angestellt, damit er mir hilft, die Kinder in Sicherheit zu bringen."

„Ah, so ist das", sagte der Mann gedehnt. „Dann macht es ihm sicher nichts aus, mich mit Ihnen zusammen zu fotografieren."

Überrascht und erschreckt musterte sie ihn. „Mit mir?"

„Ja."

Einige seiner Männer lachten zustimmend und gratulierten ihm zu diesem schlauen Zug mit Schulterklopfen.

„Was ist los?", wollte Lincoln wissen, als Kerry sich wieder zu ihm umdrehte.

„Er möchte ein Foto von sich."

„Dann geh aus dem Weg, und ich mache eins."

„Mit mir zusammen. Er will ein Foto von sich und mir." Warnend sah sie Lincoln an. Sein Gesichtsausdruck war ebenso hart wie der der Männer hinter ihr. Drohend blickte er den Anführer an.

„Sag dem Mistkerl, was ich von ihm halte."

Kerry lächelte ihn dankbar an. Sie hatte gefürchtet, dass Lincoln es für ratsam halten würde, wenn sie sich mit diesem Ungeheuer zusammen fotografieren ließ. Stolz drehte sie sich um und wandte sich an den Anführer. Sein Blick war auf Lincoln gerichtet und voller Bosheit. Er griff nach Kerry und zog sie an sich.

„Lassen Sie mich los!" Sie wand sich los. Sofort hörte sie das Schnappen der Verschlüsse von mehreren Gewehren, doch sie ließ sich ihre Angst nicht anmerken. Abweisend blickte sie ihm in die Augen. „Ich werde mich nicht mit Ihnen fotografieren lassen."

„Dann stirbt Ihr Mann."

„Das glaube ich nicht. Sie sind kein gewissenloser Mörder." Innerlich war sie zwar vom Gegenteil überzeugt, aber sicher wollte er nicht als kaltblütiger Killer gelten.

Joe befahl den Kindern, von denen einige weinten, sich nicht zu rühren. Dann ging er zu Lincoln hinüber. Der Anführer teilte zwei Männer ein, die die beiden bewachen sollten. Die anderen verteilten sich auf der Lichtung, ohne Lincoln und Joe aus den Augen zu lassen.

Der Anführer lachte boshaft auf und legte Kerry eine Hand in den Nacken.

Sie blieb starr stehen. „Nehmen Sie die Hände weg." Doch der Mann zog sie nur noch näher an sich.

„Verdammt", schrie Lincoln auf. „Lass sie los!", fuhr er den Anführer an.

„Warum sind Sie so unnachgiebig?", fragte der Mann Kerry mit leiser Stimme. „Sie wissen gar nicht, wie viel Spaß Ihnen entgeht."

Auf einmal konnte Joe sich nicht länger zurückhalten. Er lief los, stolperte jedoch sofort, als ihm einer der Männer ein Bein stellte. Augenblicklich drückten sie ihm den Lauf eines Gewehrs in den Rücken und warnten ihn, sich nicht mehr zu bewegen.

„Oh nein", stöhnte Kerry entsetzt auf. Was sollte sie bloß machen? Joe durfte nichts geschehen. Sie schwankte.

„Sag ihnen, dass du eine Nonne bist", sagte Lincoln.

„Liest du keine Zeitungen?"

Sie hatte recht. Gläubige und Frauen wurden in letzter Zeit nicht mehr in den Kämpfen verschont, sondern oft noch grausamer behandelt. Der Anführer griff nach Kerrys Zopf und wickelte ihn sich um die Faust.

„Du widerliches Tier!" Lincoln machte einen Satz nach vorn. Einer der Rebellen stieß ihm den Gewehrlauf in den Magen. Aufstöhnend sank Lincoln zu Boden, wollte jedoch sofort wieder aufspringen.

„Lincoln, nicht!", schrie Kerry auf, als sie sich umdrehte, um zu sehen, was vor sich ging.

Der Anführer zog seine Pistole und zielte auf Lincoln. Kerry griff nach seinem Arm. „Bitte! Bitte nicht!"

„Ist er Ihr Mann?"

Sie blickte in seine kalten Augen und erkannte, dass er sie nur erniedrigen und verängstigen wollte. „Ja", sagte sie matt. „Ja, er ist mein Mann. Bitte lassen Sie ihn leben." Wieder und wieder flehte sie ihn an, und schließlich ließ er die Waffe sinken. Er rief den Männern ein paar Befehle und Anordnungen zu.

Kerry lief zu Lincoln und half ihm beim Aufstehen. „Schnell, er hat gesagt, wir können gehen."

Aufstöhnend hielt Lincoln sich den Magen und sah zu dem Anführer. Am liebsten hätte er ihn zusammengeschlagen, und wenn Kerry und die Kinder nicht dabei gewesen wären, hätte er es versucht. Doch Kerry zog ihn am Ärmel weiter und flehte ihn an, zu schweigen und in den Transporter zu steigen. Lincoln wusste, dass es das Klügste war, und wandte sich widerwillig von dem Rebellenführer ab.

Rasch sammelte er seine Fotoausrüstung zusammen, während Kerry die Kinder auf der Ladefläche beruhigte. Mutig ging sie zu dem Mann, der Joe bedrohte, schob ihn weg und half dem Jungen beim Aufstehen. Joe sah den Anführer genauso hasserfüllt an, wie Lincoln es getan hatte.

„Bitte, Joe, steig in den Wagen", sagte Kerry leise. „Mir geht es gut, und wir sind alle am Leben. Lass uns verschwinden." Sie stieg auf die Ladefläche und zog die kleineren Kinder an sich.

Lincoln kam um den Wagen herum. „Ich brauche meine Pistole und die Machete." Kerry fragte den Führer, ob sie die Waffen wiederbekommen konnten.

„Sagen Sie Ihrem Mann, er soll einsteigen und die Tür schließen."

Kerry gab den Befehl an Lincoln weiter, der widerwillig gehorchte. Dann legte der Rebell die Machete vor Kerry auf die Ladefläche. „Ich bin kein Narr. Die Pistole werde ich nicht zurückgeben."

Sie teilte es Lincoln mit. Er wollte anscheinend widersprechen, doch er überlegte es sich anders. Stattdessen legte er den Gang ein und fuhr von der Lichtung auf dem schmalen Pfad durch das Dickicht zum Weg zurück.

Bevor er weiterfuhr, hielt er an und stieg aus. „Ich weiß, dass es unerträglich heiß werden wird, aber ich will kein Risiko mehr eingehen. Zieht das Tarnnetz über euch."

Er half Kerry, das Netz über die Kinder auszubreiten. Dabei sah er sie prüfend an. „Hat er dir wehgetan?"

„Mir geht es gut", entgegnete sie knapp und wich seinem Blick aus. Er zog das Netz fest, und kurz darauf hörte Kerry, dass er wieder einstieg. Einen Augenblick später setzten sie die holprige Fahrt fort.

„Was hältst du davon?", erkundigte Kerry sich mit betont leiser Stimme.

„Es sieht verlassen aus." Lincoln sprach genauso leise.

Seit einigen Minuten beobachteten sie ein Haus, das zu einer verlassenen Zuckerrohrplantage gehörte. Während dieser Zeit hatten sie keine Bewegung bemerkt.

„Es wäre schön, unter einem Dach übernachten zu können."

Lincoln sah Kerry aufmerksam an. Als er vorhin nach langer Fahrt den Wagen angehalten hatte und das Tarnnetz zurückzog, hatten Kerry und die Kinder alle durcheinander gelegen. Einige der Kinder waren an Kerry geschmiegt eingeschlafen, sodass sie sich nicht mehr hatte rühren können. Aber sie hatte sich mit keinem Wort beklagt. Was konnte sie noch alles ertragen? Jetzt jedoch erkannte Lincoln ihre Erschöpfung.

„Du bleibst hier. Ich sehe mich mit Joe zusammen etwas um."

Zehn Minuten später waren sie zurück. „Es sieht aus, als sei dort seit langer Zeit niemand mehr gewesen. Mir erscheint es sicher. Sollen wir fahren, oder möchtest du zu Fuß gehen?", erkundigte Lincoln sich und setzte sich wieder hinter das Lenkrad.

„Ich glaube, für heute haben die Kinder und ich genug vom Autofahren. Wir werden laufen."

Sie begleitete die Kinder über die Lichtung. Früher musste es eine schöne Farm gewesen sein. Doch wie fast alles in diesem Land hatte es unter dem Bürgerkrieg gelitten. In den weiß getünchten Wänden waren Einschusslöcher, und der wilde Wein hatte alle anderen Pflanzen überwuchert. Die meisten Fensterscheiben waren zerbrochen, und die Eingangstür fehlte.

Die großen Zimmer boten wenigstens Schutz vor der brennenden Sonne und waren angenehm kühl. Nach den Stunden der Hitze unter dem Tarnnetz genossen Kerry und die Kinder den Schatten.

In der Küche gab es keinen Strom und kein Gas, und da Lincoln nicht wollte, dass sie ein Feuer machten, aßen sie kalte Bohnen und Fleisch aus der Dose. Wenigstens das Wasser aus der Leitung war klar und kalt. Kerry wusch den Kindern Gesicht und Hände und machte ihnen aus den Decken ein Nachtlager in einem der Zimmer zurecht.

Lincoln saß an einem der Fenster und hielt Wache. Ab und zu beobachtete er Kerry, wie sie zwischen den Kindern hin und her ging. Sie betete leise mit ihnen und erzählte ihnen von den Vereinigten Staaten und was sie dort alles erwartete.

Der Mond ging über den Baumwipfeln auf und beleuchtete durch das Fenster Kerrys Haar. Sie hatte den Zopf gelöst und die Haare mit den Fingern gekämmt. Ihr Haar hing jetzt glatt und lang über ihre Schultern und schimmerte im Mondlicht silbern, während sie von einem Kind zum nächsten ging. Sie hob Lisa auf den Schoß, küsste sie sanft auf die Stirn, wiegte sie leicht und summte dabei ein Schlaflied.

Lincoln sehnte sich nach einer Zigarette oder sonst etwas, um sich abzulenken. Selbst wenn er Kerry nicht ansah, war er sich jeder ihrer Bewegungen bewusst. Und er konnte nicht verhindern, dass er eifersüchtig auf das kleine Mädchen auf ihrem Schoß war.

Er war wütend auf sich und schämte sich. Selbst jetzt, obwohl er wusste, dass sie einem Orden angehörte, begehrte er Kerry mit brennendem Verlangen. Er sehnte sich danach, sie zu berühren, und wollte, dass sie seine Leidenschaft erwiderte.

Was war bloß mit ihm los? Er war genauso schlecht und verdorben wie die Rebellen, die Kerry lüstern angestarrt hatten. Es fiel ihm schwer, sich das einzugestehen, doch offensichtlich stand er mit diesen Männern auf einer Stufe. Er wollte nicht mehr an ihren Körper denken, doch er konnte es nicht verhindern.

Wie lang war es her, dass er mit einer Frau zusammen gewesen war? Auf jeden Fall zu lang. Doch so etwas hatte er schon früher erlebt, und nie war er von der Vorstellung so besessen gewesen wie jetzt. Und noch nie hatte sich sein Verlangen so auf eine einzige Frau bezogen.

Er konnte sich kaum auf irgendetwas konzentrieren. Ständig überkam ihn diese Erregung, und jedes Mal geschah es urplötzlich und unvermittelt. Beispielsweise, wenn Kerry ihm etwas Wasser reichte, bevor sie selbst einen Schluck nahm. Oder wenn er ihr bloß in ihre tiefblauen Augen sah, in deren Blick aufrichtiger Dank dafür lag, dass er ihnen half.

Lincoln war wütend auf sich selbst, fand aber nichts, um sich abzureagieren. Als einziger Ausweg für seine Wut blieb die Frau, die an seiner Verfassung schuld war.

„Sie schlafen alle", sagte Kerry leise, als sie zu ihm kam.

Lincoln saß auf dem Fenstersims und hatte ein Knie angezogen. Kerry schien seine düstere Stimmung nicht zu bemerken. Sie blickte nur fasziniert in den klaren Abendhimmel hinaus. Tief atmete sie ein, wobei sich ihre Brüste noch deutlicher unter der Bluse abzeichneten. Lincoln schaffte es nicht, den Blick von ihr zu wenden.

„Wieso hast du dem Mann nicht offen gesagt, dass du eine Nonne bist?"

Verwirrt sah sie ihn an. Die unvermittelte Frage riss sie aus ihren Gedanken. „Ich dachte, es würde nichts nützen."

„Vielleicht doch."

„Vielleicht hätte es seine Aufmerksamkeit nur auf eines der Mädchen gelenkt."

In Kriegszeiten war so etwas durchaus denkbar. Männer taten Dinge, die sie sonst abscheulich fanden. Lincoln wusste, dass Kerry recht hatte, und konnte nichts erwidern. Sein Ärger trieb ihn dazu, Kerry zu kränken. Sie sollte auch so leiden wie er selbst.

„Ich verstehe dich nicht", sagte er. „Du führst dich auf wie eine Heilige, und dabei benutzt du deinen Körper, um die Männer verrückt zu machen. Glaub mir, ich kann das beurteilen." Er stellte sich hin und beugte sich zu ihr.

„Bereitet dir das Vergnügen? Zu sehen, wie du auf Männer wirkst, ohne die Versprechen, die du mit deinem Körper machst, einzulösen?"

„Das ist widerlich, selbst von dir, von dem ich einiges gewöhnt bin.

Ohne es zu wollen, bin ich zum Spielball zwischen dir und diesem Ungeheuer geworden. Du musstest ja deine männliche Willensstärke mit ihm messen. Ich habe mich diesem grässlichen Mann nicht gebeugt und dadurch seinen Respekt gewonnen. Und anschließend habe ich ihn angefleht, damit er dein Leben verschont."

Wieder hatte sie recht, und das machte ihn nur noch wütender. „Tu mir bitte keinen Gefallen mehr, ja? Oder hast du die allgemeine Aufmerksamkeit so genossen, dass es dir nicht wie ein Gefallen vorkam?"

„Ich habe diesem Mann geschmeichelt, weil ich es musste. Genau wie ich mit dir flirten musste."

„Und beide Male hast du dich nur für die Kinder aufgeopfert", entgegnete er höhnisch.

„Genau!"

„Das ist wirklich ein Witz!"

„Es überrascht mich nicht, dass du das nicht verstehen kannst. Du hast nie an jemanden außer an dich selbst gedacht. Außer dir selbst liebst du niemanden."

Lincoln griff ihre Schultern und riss Kerry an sich.

Sofort tauchte Joe aus dem Dunkeln neben ihnen auf. Seine dunklen Augen schimmerten im Mondlicht. Bedrohlich starrte er Lincoln an. Fluchend ließ Lincoln Kerry los und wandte sich ab. Er war auf sich selbst ärgerlicher als je zuvor. Allmählich führte er sich wie ein Verrückter auf.

„Ich mache einen kleinen Rundgang. Bleib hier." Er ging hinaus und löste dabei die Machete aus dem Riemen, als warte er nur darauf, auf irgendetwas einzuschlagen.

Kerry sah ihm nach, bis er im Dunkeln verschwunden war. Besorgt rief Joe ihren Namen. Sie legte ihm beruhigend die Hand auf den Arm und lächelte verkrampft. „Alles in Ordnung, Joe. Mach dir keine Sorgen um Lincoln. Er ist nur sehr angespannt."

Der Junge wirkte nicht überzeugt, und Kerry war es auch nicht. Ihr war vollkommen schleierhaft, weshalb Lincoln sich so aufführte. Ihre Unterhaltungen endeten immer in Kränkungen. Sie benahmen sich beide wie streitende Kinder. Eigentlich hätten sie durch den Zwischenfall mit den Rebellen stärker zusammengeschweißt sein müssen, doch sie hatten sich nur noch mehr voneinander entfernt. Heute hatten sie sich gegenseitig das Leben gerettet, und dennoch benahmen sie sich wie Erzfeinde. Kerry brauchte Zeit, um darüber nachzudenken.

„Ich werde auch etwas hinausgehen, Joe."

„Aber er hat gesagt, du sollst hierbleiben."

„Das habe ich gehört, aber ich brauche frische Luft. Ich gehe nicht weit. Pass auf die Kinder auf, ja?"

Joe würde ihr nie eine Bitte abschlagen, und Kerry kam sich unfair vor, weil sie das ausnutzte. Im Moment jedoch musste sie allein sein. Sie ging zur Hintertür hinaus, um Lincoln nicht zu begegnen.

Die Steinplatten der Terrasse waren gesprungen und von Gras überwuchert. Wie viele Partys mochten hier stattgefunden haben? Was war aus den Bewohnern geworden? Sie mussten reich gewesen sein. Waren sie der Militärregierung zum Opfer gefallen?

Kerry fragte sich, ob sie die ehemaligen Bewohner vielleicht sogar kennengelernt hatte. War sie ihnen früher auf einer Abendgesellschaft vorgestellt worden? Bei Sekt und Kaviar?

Sie schob diese Gedanken beiseite und ging einen schmalen Weg entlang. Die Nachtluft war wunderbar kühl. Kerry folgte dem Weg durch den Garten und weiter ins Dickicht. Sie hörte das Geräusch von fließendem Wasser und ging in die Richtung. Fast wäre sie in den kleinen Fluss hineingelaufen, bevor sie ihn sah. Im Mondlicht glitzerte das Wasser wundervoll.

Kerry zögerte nur einen kurzen Moment. Dann zog sie die Stiefel aus, und Sekunden später stand sie bis zu den Knien im kühlen fließenden Wasser. Es war ein großartiges Gefühl. Eilig ging sie wieder hinaus, um ihre Hose auszuziehen. Nur mit Slip und Bluse bekleidet, ging sie wieder hinein.

In dem klaren Wasser wusch sie sich den Schweiß und den Schmutz der letzten Tage vom Körper. Der Strom wirkte wie eine Massage für ihre verspannten Muskeln. Schließlich beugte sie den Kopf ins Wasser und ließ ihr Haar darin treiben.

Sie hätte das Bad uneingeschränkt genießen können, wenn ihr nicht wieder Lincolns Worte eingefallen wären. Wie konnte er bloß glauben, dass sie die lüsternen Blicke des Rebellenführers genossen hätte? Merkwürdig, die Berührungen des Rebellen hatten sie angeekelt, bei Lincoln hatte sie dieses Gefühl nicht gehabt. Am Anfang hatte sie sich auch vor ihm gefürchtet, aber seine Berührungen hatte sie nie als widerwärtig empfunden. Verwirrend vielleicht. Und erregend. Aber nicht ekelhaft. Wenn er sie jemals wieder küsste …

Diesen Gedanken konnte sie nicht zu Ende führen. Plötzlich spürte sie einen Arm um den Oberkörper und wurde aus dem Fluss gerissen. Bevor sie einen Laut von sich geben konnte, wurde ihr der Mund zugehalten.

5. KAPITEL

Kerry wehrte sich wie ein wildes Tier. Sie biss in die Hand vor ihrem Mund und hörte ein schmerzhaftes Stöhnen. Doch als sie versuchte, den Mund wegzudrehen, wurde die Hand nur noch fester auf ihre Lippen gepresst. Jeder Laut von ihr wurde unterdrückt.

Mit aller Kraft trat sie nach hinten gegen die Schienbeine ihres Angreifers aus, wand und drehte sich wie wild, kratzte und schlug um sich und versuchte freizukommen, doch sie war einfach nicht stark genug. Sie hatte das Gefühl, als würden ihr durch die Umklammerung jeden Augenblick die Rippen gebrochen.

„Hör endlich auf, und sei still." Kerry erstarrte. Es war Lincoln.

Einerseits war sie wütend, dass er sie so erschreckte, aber gleichzeitig erleichtert, dass es keiner der Rebellen war, der sie entführen wollte.

„Hm-mhm-mm."

„Pst! Sei still." Seine Worte waren nicht mehr als ein Zischen an ihrem Ohr. Dann hörte sie andere Geräusche, die ihr zuvor nicht aufgefallen waren. Es war das Gelächter von Männern. Sie unterhielten sich auf Spanisch. Die Gespräche waren durchsetzt mit Kraftausdrücken, und zwischendurch hörte man das Klappern von Aluminiumtöpfen.

Es waren Soldaten, die in der Nähe ein Lager aufschlugen. Vorsichtig nahm Lincoln die Hand von Kerrys Mund weg. Ihre Lippen waren taub, doch sie zwang sich, Worte zu formen, ohne dabei einen Laut von sich zu geben.

„Was sind das für Leute?"

„Ich hatte keine Gelegenheit, sie zu fragen."

„Wo sind sie?"

„Direkt vor dem Haus."

Vor Schreck erstarrte sie. Ohne zu überlegen, drehte sie sich um und wollte zum Haus laufen. Lincoln hielt sie an der Bluse fest.

„Lass mich gehen! Die Kinder."

„Sie sind in Sicherheit." Währenddessen zog Lincoln sie ins Dickicht. „Geh hier hinein." Er zog einen Vorhang aus Ranken beiseite und schob Kerry hindurch.

„Aber die Kinder!"

„Sie sind sicher." Als er erkannte, dass sie widersprechen wollte, legte er ihr eine Hand auf den Kopf und drückte sie hinunter. Ihre Knie knickten ein, und Kerry landete auf dem weichen Boden. Bevor sie sich wieder aufrappeln konnte, gab Lincoln ihr einen Stoß. Sie fiel auf die Seite und rollte in eine Höhle aus Blättern. Lincoln kroch hinter ihr her und zog die Ranken wieder zusammen.

Er legte sich hinter sie. „Lieg still, und gib keinen Laut von dir", flüsterte er direkt an ihrem Ohr. „Keine Bewegung, kein Geräusch."

Kerry wollte etwas erwidern, doch sie spürte seinen festen Griff um ihren Oberkörper. Einen Augenblick später hörte auch sie die Geräusche. Jemand kam durch den Dschungel und führte dabei leise Selbstgespräche, während er näher kam.

Die Schritte kamen direkt auf sie zu, und die Machete, mit der der Mann sich den Weg frei schlug, berührte den Vorhang aus Weinranken, der sie verdeckte. Kerry hielt die Luft an und spürte, dass Lincoln das Gleiche tat. Vollkommen reglos lauschten sie auf die Geräusche.

Der Soldat ging an ihnen vorbei, doch sie entspannten sich nicht. Der Boden unter ihnen vibrierte immer noch von den Schritten, die sich langsam entfernten. Und wie erwartet kam der Mann zurück. Fast direkt vor dem Versteck blieb er stehen.

Sie hörten, wie er die Machete wieder einsteckte, und erkannten das Geräusch vom Anzünden eines Streichholzes. Kurz darauf drang der Rauch einer Zigarette zu ihnen ins Versteck.

Lincoln presste das Gesicht in Kerrys Nacken, und sie lauschten weiter vollkommen reglos. Kerry fielen alle möglichen Dinge ein, die sie verraten konnten. Ein Husten oder Niesen. Oder eine Schlange.

Sie begann zu zittern. Teils weil sie immer noch ihre durchnässte Bluse anhatte, teils aus Angst. Was würde geschehen, wenn man sie entdeckte? Was war mit den Kindern? Waren sie wirklich in Sicherheit, oder hatte Lincoln sie nur beruhigen wollen, damit sie sich nicht selbst in Gefahr brachte?

Nein, das würde er nicht tun. Andererseits hatte er offen zugegeben, dass er bei Gefahr zuerst an sich selbst dachte.

Zum Glück rauchte der Soldat nicht lange. Sie hörten, wie er die Machete wieder herausholte und die Schritte sich langsam entfernten.

Erst einige Minuten, nachdem sie nichts mehr hörten, löste Lincoln langsam den Druck um Kerrys Oberkörper, und eine Zeit lang taten sie beide nichts, als tief durchzuatmen.

„Was hat er gesagt?", wollte Lincoln wissen, als er sich wieder sicherer fühlte.

„Er hat sich beschwert, dass ausgerechnet er hier Wache laufen muss."

„Irgendetwas über uns?"
„Nein."
„Gut. Ich glaube, sie wissen nichts von uns. Alles in Ordnung?"
Kerry fürchtete sich zu Tode, aber sie antwortete: „Ja. Und die Kinder?"
„Sie waren sicher versteckt, als ich losging, um dich zu suchen." Über die Schulter hinweg versuchte sie, seinen Gesichtsausdruck zu erkennen.
„Das schwöre ich", sagte er. Ihr Misstrauen verletzte ihn.
Kerry bereute ihren Mangel an Vertrauen. Lincoln O'Neal war skrupellos, doch er würde nicht das Leben von Kindern aufs Spiel setzen, um sich selbst zu retten. „Was ist geschehen?"
Flüsternd gab Lincoln ihr einen kurzen Bericht. „Ich hörte die Wagen, als ich mich noch einmal umsah. Ich lief zurück, sah, dass du fort warst, und schickte die Kinder in den kleinen Keller unter der Küche."
„Den habe ich gar nicht bemerkt."
„Die Soldaten hoffentlich auch nicht", entgegnete er. „Joe passt auf die Kinder auf. Zuerst wollte er natürlich mitkommen und nach dir suchen. Ich musste ihm erst drohen, damit er dortblieb."
„Ich hätte nicht gehen sollen."
„Die Reue kommt ein bisschen spät, Miss Bishop." Trotz des Flüsterns war der Vorwurf unüberhörbar.
Kerry wollte etwas erwidern, hielt sich aber zurück. Im Moment sorgte sie sich zu sehr um die Kinder. „Hatten sie Angst?"
„Ja, ich habe versucht, sie zu beruhigen, und es als eine Art Versteckspiel dargestellt. Sie haben Wasser bei sich, und ich habe ihnen eine Belohnung versprochen, wenn sie ganz still sind. Ich habe ihnen gesagt, dass sie schlafen sollen. Wenn sie wach würden, wärst du wieder da."
„Meinst du, sie haben dich verstanden?"
„Hoffentlich. Wenn er sich nicht gerade mit mir gestritten hat, hat Joe übersetzt." Besorgt fuhr er fort: „Ich möchte nicht einer Truppe von Halsabschneidern die Anwesenheit von neun Waisenkindern erklären müssen."
Bei der Erinnerung an die Rebellen wurde Kerry übel. „Sind es dieselben, die wir heute getroffen haben?", fragte sie ängstlich.
„Ich weiß es nicht. Aber sie sind bestimmt nicht besser, egal, für welche Seite sie kämpfen. Ich hielt es für das Beste, ihnen aus dem Weg zu gehen."

„Richtig. Was ist mit dem Transporter?"

„Zum Glück habe ich ihn zwischen Büschen versteckt, nachdem ich abgeladen hatte."

Eine Weile lag Kerry still und versuchte zu verdrängen, dass Lincolns Beine direkt an sie gepresst waren.

„Ich hatte dir befohlen, im Haus zu bleiben", sagte er unvermittelt. „Du hast versprochen, dich genau an meine Anweisungen zu halten."

„Ich brauchte einfach frische Luft", erwiderte sie. Lincoln hatte recht, und das kränkte sie in ihrem Stolz. Wie hatte sie die Kinder bloß nachts allein lassen können! Wenn ihnen jetzt irgendetwas geschah, war das allein ihre Schuld.

„Wenn sie dich entdeckt hätten, wäre es mit uns allen aus gewesen." Lincoln ließ seinem Ärger freien Lauf. „Hast du das Bad wenigstens genossen?"

„Allerdings. Obwohl es recht kurz war." Auf einmal erstarrte sie. „Lincoln, meine Sachen, die Hose ..."

„Ich habe sie hinter einem Baum versteckt. Hoffentlich finden sie sie nicht."

„Wieso hast du sie nicht einfach mitgenommen?"

„Hör mal gut zu", entgegnete er gereizt. „Ich habe nur zwei Hände. Damit kann ich nicht gleichzeitig die Sachen tragen, dich aus dem Wasser ziehen und dafür sorgen, dass du nicht losschreist. Also habe ich die Sachen versteckt. In Ordnung? Sei froh, dass ich dich vor den Soldaten gefunden habe. Auch wenn du mich für einen Wüstling hältst, glaub mir, ich respektiere deine Ehre mehr, als sie es getan hätten."

Kerry wünschte, sie hätte mehr am Leib. Im Augenblick war die größte Gefahr vorüber, und sofort kreisten ihre Gedanken wieder um Lincoln und wie nah er ihr war.

Wie lange mussten sie sich wohl verstecken und hier liegen, ohne sich regen zu können? Erst jetzt wurde ihr klar, dass sie hier noch stundenlang bleiben mussten.

Das wurde sicher ungemütlich – und nicht nur, weil sie frieren würde. Lincolns Nähe wirkte sich verheerend auf sie aus. Unwillkürlich lehnte sie sich an ihn, ihr unterkühlter Körper suchte die Wärme.

„Was sie auch kochen mögen, es riecht gut", stellte sie fest, um sich auf andere Gedanken zu bringen.

„Denk nicht dran." Auch Lincolns Magen knurrte vor Hunger. „Wahrscheinlich ist es gegrillter Leguan oder etwas noch Schlimmeres", sagte er, um ihr den Appetit zu verderben.

„Sag so etwas nicht", wandte sie ein und streckte die Beine ein wenig aus. „Dabei muss ich sofort an alle möglichen Tierchen denken, die vielleicht gerade über mich hinwegkrabbeln."

„Lieg still." Lincoln biss die Zähne zusammen. Bei der leisesten Bewegung presste sie die Hüften stärker an ihn, und sie lagen ohnehin so dicht beieinander, dass sie sich praktisch an ihm rieb.

„Das versuche ich", sagte sie, „aber ich habe ständig Muskelkrämpfe."

„Ist dir kalt?"

„Ein bisschen", gab sie zu.

Tagsüber war es im Dschungel so heiß wie in einer Sauna, doch jetzt lagen sie auf dem feuchten Boden, und es wurde immer kühler. Kerry konnte nicht verhindern, dass sie mit den Zähnen klapperte.

„Du solltest lieber die nasse Bluse ausziehen."

Einige Sekunden lang erwiderte sie überhaupt nichts. Lincoln und sie lagen so reglos hintereinander, als würde der Soldat wieder vor den Ranken stehen. Am liebsten hätte Kerry den Vorschlag schlichtweg abgelehnt, doch bevor sie das sagen konnte, durchlief ein Zittern ihren Körper. Unter diesen Umständen würde jeder verschämte Vorwand lächerlich klingen.

Andererseits würde sie nur mit einem Slip bekleidet in Lincolns Armen liegen.

„Es geht schon", erwiderte sie halsstarrig.

Entnervt seufzte Lincoln auf. „Ich ziehe mein Hemd aus. Dann kannst du es überstreifen."

Kerry überdachte die Lage noch einmal. Eine Erkältung käme jetzt wirklich sehr ungelegen. „Also gut", willigte sie zögernd ein. „Wie ... wie sollen wir es machen?"

„Ich zuerst."

Mit möglichst wenigen Bewegungen hob er eine Hand zwischen ihren Rücken und seine Brust und knöpfte sich das Hemd auf. Vorsichtig, damit er kein einziges Blatt bewegte, setzte er sich halb auf und streifte sich das Hemd von den Schultern und den Armen. Als er fertig war, keuchte er vor Anstrengung.

„Hier", flüsterte er. „Jetzt du."

Kerry war dankbar, dass es stockdunkel war. Gleichzeitig entstand dadurch eine Intimität in der Höhle, die völlig von der übrigen Welt abgeschnitten wirkte. Einen Moment schloss Kerry die Augen und biss sich auf die Unterlippe. Dann sammelte sie ihren Mut und knöpfte sich die Bluse auf. Schwierig wurde es erst, als sie versuchte, sich das nasse Kleidungsstück vom Körper zu ziehen.

„Setz dich auf, so gut es geht", schlug Lincoln vor.

Ihr fiel die Heiserkeit in seiner Stimme auf, sie schob es aber darauf, dass er Angst davor hatte, dass sie entdeckt wurden. An einen anderen Grund wollte sie lieber nicht denken.

Ganz langsam hob sie den Oberkörper an, bis sie sich auf den Ellenbogen stützen konnte. Dann versuchte sie, die Bluse von der anderen Schulter zu ziehen.

„Warte, ich helfe dir."

Kerry spürte die warme Berührung von Lincolns Hand auf der Schulter. Langsam strich er ihren Arm hinab, wobei er die Bluse abstreifte. Am Ellenbogen angelangt, musste er etwas stärker ziehen. Dabei stieß er Kerry mit den Knöcheln in die Brust.

Unwillkürlich erstarrten sie beide.

„Entschuldigung", sagte er schließlich.

Kerry erwiderte nichts. Die ganze Situation war ihr so peinlich, dass sie kein Wort herausbrachte. Lincoln streifte das Hemd weiter, bis Kerry die Hand aus dem Ärmel ziehen konnte. Durch ihre unbequeme Lage taten ihr mittlerweile alle Muskeln vor Anspannung weh. Erschöpft ließ sie sich wieder sinken und atmete tief aus. An ihrem Rücken spürte sie die kühle Luft, als Lincoln den nassen Stoff beiseiteschob.

„Schaffst du den Rest allein?", fragte er.

„Ja, ich glaube schon."

Sie rollte sich wieder zurück und drängte sich dadurch noch dichter an ihn, während sie den anderen Ärmel von dem Arm abstreifte, auf dem sie gerade gelegen hatte. Sobald sie das Hemd ausgezogen hatte, rollte sie sich sofort wieder vor, um ihre Brüste zu bedecken. Es war so dunkel, dass Lincoln sie nicht sehen konnte, aber sie wussten beide, dass sie jetzt fast nackt war.

Es war für Kerry ein verwirrendes Gefühl.

Als Lincoln ihr sein Hemd über die Schulter hängte, zog sie es sofort um sich. Einerseits war es erleichternd, und der trockene Stoff wärmte sie, doch gleichzeitig roch es nach Lincoln. Sein Geruch hatte etwas Betörendes, und sein Hemd anzuhaben war beinahe so, wie in seinen Armen zu liegen.

„Besser?"

Kerry nickte. Ihr Haar war immer noch nass. Sie raffte es mit einer Hand zusammen und legte es sich auf den Kopf. Dadurch jedoch lagen ihr Nacken und ihre Schultern bloß, und Kerry spürte jeden von Lincolns Atemzügen auf der Haut. Sie wusste, dass er das ärmellose T-Shirt anhatte, aus dessen Halsausschnitt sein dichtes lockiges Brusthaar hervorquoll.

„Du zitterst immer noch." Er legte den Arm um sie und zog sie wieder an sich.

Obwohl sie die Augen schloss, sah sie in Gedanken seine muskulösen Arme vor sich. Erst heute früh hatte sie ihn mit nacktem Oberkörper gesehen, als er sich wusch. Während er sich Wasser über Kopf und Brust gespritzt hatte, hatte Kerry das Spiel seiner Muskeln beobachtet.

Jetzt wünschte sie sich, sie hätte nicht so genau hingesehen. Genau diese Muskeln, die sie noch heute früh bewundert hatte, hielten in diesem Moment ihren Körper. Hin und wieder fühlte sie, wie sich seine Arme anspannten und wieder lösten. Offenbar war auch Lincoln innerlich unruhig.

Heute Morgen hatten die Haare auf seinem Körper im Sonnenlicht rötlich golden geschimmert. Kerry wusste, dass seine Schultern genauso mit Sommersprossen übersät waren wie seine Wangen.

„Frierst du an den Beinen?" Weil er Kerrys Antwort ohnehin nicht glauben würde, fuhr Lincoln mit der Hand über ihren Schenkel und spürte die Gänsehaut. „Ich werde jetzt mein Bein über dich legen. Kein Grund zur Panik."

Am liebsten hätte sie laut gelacht. Keine Panik. Wie sollte sie denn ruhig bleiben, wenn er sie noch intensiver umklammern wollte?

Sie konnte nicht anders, als innerlich in Panik zu geraten. Als er den Schenkel über sie legte, spürte sie seine Erregung deutlich am Po. Der raue Stoff seiner Hose rieb an Kerrys weicher Haut.

„Ist dir überhaupt nicht kalt?", fragte sie mit tonloser Stimme.

„Nein, immerhin habe ich eine Hose an, und du trägst nur ..."

Das reichte. Es bestand kein Grund, es auszusprechen. Sie wussten beide nur zu gut, wie spärlich sie bekleidet war. Wieso das Gespräch auf ihren nassen Slip lenken? Besser war es, über irgendetwas zu sprechen. Bücher, Filme, Politik oder das Wetter. Jedes andere Thema war besser als dieses.

„Ich habe meine Wasserflasche bei mir. Möchtest du etwas trinken?"

„Nein", entgegnete sie flüsternd. Sie wollte nicht, dass er sich bewegte. Bei jeder Bewegung spürte sie seine körperliche Erregung, und dann konnte sie ihre Fantasie nicht kontrollieren.

Wie lange würde diese Nacht dauern? Und was war, wenn die Soldaten das Lager nicht im Morgengrauen abbrachen? Kerry drehte sich mit ihren Gedanken immer im Kreis. Sie musste ein Gespräch anfangen.

„Lincoln, erzähl mir von dir."

Was sollte er ihr erzählen? Dass er sich mit jeder Faser seines Körpers nach ihr sehnte? Dass er sein brennendes Verlangen kaum noch beherrschen konnte?

Er war zum Haus zurückgerannt, als er die Militärfahrzeuge entdeckte. Schon beim Eintreten hatte er ihr Anordnungen zugerufen, dass sie die Kinder wecken und in den Keller bringen solle. Als Joe ihm sagte, dass sie nicht da sei, hatte er nur fassungslos dagestanden.

Selbst als er beruhigend auf die Kinder eingeredet hatte, hatte er Kerry innerlich wüst beschimpft. Während er die Kellerluke verschlossen und unter einem Schränkchen verborgen hatte, hatte er seine Flüche nicht länger unterdrückt. Diese eigensinnige Frau könnte jetzt auch dort unten in Sicherheit sein, aber nein, sie musste draußen im Dschungel herumlaufen, wo es von Rebellen und Soldaten wimmelte.

Nur die Sorge um sie war stärker gewesen als seine Wut, als er Kerry gesucht hatte. Er hatte den Fluss bereits beim ersten Rundgang entdeckt. Auch er hatte der Versuchung nicht widerstehen können und ein rasches Bad genommen. Seinem Gefühl folgend war er deshalb den Weg zum Fluss entlanggelaufen.

Als er Kerry im Wasser entdeckte, war er zugleich erleichtert und rasend vor Wut gewesen. Hastig hatte er ihre Sachen versteckt und Kerry aus dem Wasser gezerrt. In seinem Gedächtnis hatte sich der Anblick ihres Körpers eingebrannt.

Lincoln wusste, dass sie volle Brüste hatte und dass ihre rosigen Brustspitzen leicht hervortraten. Jetzt konnte er diese Brüste nicht vergessen. Kerry lag so dicht vor ihm, und er wünschte sich nichts sehnlicher, als ihre Brüste zu berühren. Vorhin, als sie die Bluse ausgezogen hatte, wusste er, dass er nur den Kopf vorbeugen müsste. Es hatte ihn alle Überwindung gekostet, es nicht zu tun.

Genauso wusste er, dass ihr Po fest und rund war. Und unglaublich sexy. Dieser aufreizende Po presste sich gegen sein Verlangen. Lincoln hätte schreien können vor Begierde.

Er versuchte, nicht daran zu denken, wie ihr Haar im Mondlicht schimmerte oder wie ihre dunkelblauen Augen in der Sonne strahlten. Wenn er jetzt den Mund etwas vorbeugte, könnte er ihren zarten Nacken küssen.

Was konnte er bloß tun, um sich nicht weiter so zu quälen? Sie mussten sich ablenken. Egal, wie. Sicher fühlte Kerry sich genauso unwohl wie er selbst, wenn auch aus anderen Gründen.

„Was willst du über mich wissen?", flüsterte er.

„Wo bist du aufgewachsen?"

„In St. Louis."

„In einem schlechten Viertel?", fragte sie unwillkürlich nach. Er stieß verbittert den Atem aus. „So etwas kannst du dir gar nicht vorstellen."

„Und deine Eltern?"

„Sind beide tot. Mein Vater hat mich aufgezogen, weil meine Mutter bereits starb, als ich noch ein Kind war."

„Hast du keine Geschwister?"

„Nein, zum Glück nicht."

„Wieso Glück?"

„Auch so war es schon schwierig genug. Mein Vater hat in einer Brauerei gearbeitet. Nach der Schule war ich immer bis spät in die Nacht allein. Er wollte sich nicht meinetwegen einschränken. Mein Vater war ein ungehobelter, dickköpfiger Trinker. Sein Ehrgeiz reichte gerade, um die Miete und den Whisky bezahlen zu können. Was er am wenigsten brauchen konnte, war ein Kind, auf das er aufpassen musste. Sobald ich alt genug war, bin ich von zu Hause weggegangen. Danach habe ich ihn noch zweimal gesehen, bevor er starb."

„Woran ist er gestorben?"

„Beim Kegeln ist er einfach tot umgefallen. Er hatte einen Herzinfarkt. Sie haben ihn neben meiner Mutter beerdigt, als ich gerade in Asien war. Die Einzelheiten wurden mir schriftlich mitgeteilt."

Kerry wusste darauf nichts zu erwidern. Noch nie hatte sie jemanden aus einem solchen Elternhaus kennengelernt. Sie wechselte das Thema. „Wann hast du das Fotografieren entdeckt?"

„Auf der High School. Ich war bei der Schulzeitung, bekam eine Kamera und sollte die Bilder für die Zeitung machen. Nach kurzer Zeit war ich besessen vom Fotografieren."

„Wo bist du aufs College gegangen?"

„College?" Er lachte leise auf. „Überall auf der Welt. Ich habe durch Erfahrung gelernt."

„Verstehe."

„Das wage ich zu bezweifeln", wandte er ein.

Kerry wusste nicht, ob sich sein Ärger auf sie bezog, auf seinen lieblosen Vater oder sonst etwas. Doch sie wollte nicht näher nachfragen. Schließlich brach Lincoln das Schweigen.

„Was ist mit dir? Was hattest du für eine Kindheit?"

„Eine sehr behütete." Kerry lächelte bei der Erinnerung. Vor dem Skandal war ihr Leben so unbeschwert und leicht gewesen. Danach war alles anders geworden. „Wie bei dir sind meine Eltern beide tot, aber während meiner Kindheit waren sie noch am Leben."

„Du bist sicher auf eine Klosterschule gegangen."

„Ja", antwortete sie wahrheitsgemäß.

„Lass mich raten. Ihr musstet dunkelblaue Kostüme zu weißen Blusen tragen. Und alle hatten Zöpfe. Weiße Kniestrümpfe und schwarze Schuhe. Ausnahmslos saubere Hände und Gesichter."

Kerry lachte leise. „Stimmt."

„Und ihr hattet Latein, Griechisch und Sozialkunde."

Sie nickte und musste an all die Salons denken, in denen sie mit ihren Eltern gesessen hatte. Stundenlang hatte sie still sitzen und den für sie uninteressanten Unterhaltungen zuhören müssen. Kerry hatte beim Essen nie die falsche Gabel benutzt und sich jedes Mal bei den Gastgebern höflich bedankt. „Ja", antwortete sie, „mein Vater musste beruflich viel reisen. Vielleicht waren du und ich sogar zur selben Zeit am selben Ort."

Wieder lachte er bitter auf. „Ich glaube kaum, dass du an den Orten der Welt warst, wo ich herumgezogen bin."

Obwohl sie sein Gesicht nicht erkennen konnte, ahnte sie, dass Lincoln jetzt spöttisch lächelte. Allmählich verstand sie, weshalb er sich über ihre Vergangenheit lustig machte.

Kerry verstummte. Offenbar wollte auch Lincoln sich nicht weiter unterhalten. Er schmiegte sich etwas bequemer an sie, und trotz der Lage, in der sie sich befanden, schliefen sie beide ein.

Schlagartig wurde Kerry wach. Jeder Muskel in ihrem Körper bebte. „Was ist los?"

„Pst." Lincoln legte ihr einen Finger über die Lippen. „Es regnet nur." Schwere Tropfen fielen auf die Pflanzen ringsumher. In der Höhle aus Blättern klang das unglaublich laut, fast wie Schüsse.

„Oh nein." Kerry zog den Kopf bis an die Brust. „Das ist schrecklich."

Obwohl die Ranken sie vor dem Regen schützten, lief doch etwas von dem Wasser durch das Dickicht und tropfte auf Kerrys nackte Haut. Ihr ganzer Körper war verspannt. Sie wollte sich ausstrecken, um die Muskelkrämpfe zu lindern.

„Ich kann nicht hierbleiben. Ich muss hier raus."
„Nein", widersprach Lincoln scharf.
„Nur einen Augenblick. Einmal nur ausstrecken."
„Dabei würdest du klitschnass. Das würde alles bloß noch schlimmer machen. Es geht nicht, Kerry."
„Wir könnten uns durch die Küche ins Haus und in den Keller schleichen. Die Kinder werden sich schrecklich fürchten."
„Sicher schlafen sie fest. Außerdem ist Joe bei ihnen."
„Niemand wird uns sehen."
„Es ist zu riskant. Bestimmt haben sie Wachen eingeteilt."
„Ich will hier nicht länger bleiben."
„Und ich will nicht erschossen werden! Und was sie dir antun werden, kannst du dir sicher vorstellen." Erschreckt hielt Kerry den Atem an. „Jetzt sei ruhig. Wir gehen erst hier raus, wenn ich es sage."

Das Getöse des Regens war ohrenbetäubend. Kerry fühlte sich eingesperrt und meinte keine Luft mehr zu bekommen.

„Wie lange noch?", fragte sie.
„Ich weiß es nicht."
„Bis zum Morgengrauen?"
„Vielleicht."
„Wie spät ist es jetzt?"
„Ich schätze, ungefähr vier Uhr."
„Ich halte es nicht mehr aus, Lincoln." Sie konnte das Zittern in ihrer Stimme nicht unterdrücken. „Wirklich nicht."
„Du musst."
„Bitte, lass mich aufstehen."
„Nein."
„Bitte!"
„Ich habe Nein gesagt."
„Nur einen Augenblick. Ich habe …"
„Dreh dich um zu mir. Auf die andere Seite. Vielleicht hilft das."

Ihr Körper sehnte sich danach, sich zu bewegen. Kerry legte sich auf den Rücken und drehte sich dann weiter, sodass sie Lincoln das Gesicht zuwandte. Er legte den Arm um sie und umschloss ihre Schenkel mit den Beinen. Kerry legte die Hände auf seine Brust und lehnte den Kopf an seine Schulter. Lincoln stützte das Kinn auf ihren Kopf und hielt sie im Arm. In diese Geborgenheit ließ sie sich fallen, bis der Regen endlich aufhörte.

Kerry konnte nicht abschätzen, wie lange sie so gelegen hatten. Es konnten Minuten oder auch Stunden vergangen sein, als der Lärm des Regens um sie herum allmählich abebbte. Sie bewegte sich leicht und versuchte etwas Raum zwischen sich und Lincoln zu schaffen, doch dazu fehlte einfach der Platz.

„Es tut mir leid", flüsterte sie.

„Schon in Ordnung."

„Ich bin in Panik geraten. Wahrscheinlich, weil es hier so eng ist."

„Du hast Angst, Hunger und kannst dich nicht bewegen. Das geht mir genauso. Aber im Moment können wir dagegen nichts tun."

Seine Stimme klang merkwürdig, und Kerry wusste, warum. Auch sie konnte kaum sprechen. Sie spürte seinen Atem im Gesicht, mit den Fingern strich Lincoln beruhigend über ihren Rücken, und überall, wo er sie berührte, brannte ihre Haut wie Feuer.

„Warum hast du diesen Beruf gewählt, Kerry? Er passt überhaupt nicht zu dir."

Innerlich zuckte Kerry zusammen. Seit er sie für eine Nonne hielt, hatte er sie, abgesehen von den Streitereien, sehr rücksichtsvoll behandelt. Es fiel Kerry schwer, ihn zu belügen. Wenigstens teilweise wollte sie die Wahrheit sagen. Doch dann zögerte sie wieder. „Warum sagst du, es passt nicht zu mir?"

Lincoln konnte kaum einen klaren Gedanken fassen. Kerry war begehrenswerter als jede andere Frau, die er jemals im Arm gehalten hatte. Das passte überhaupt nicht mit seiner Vorstellung einer Nonne zusammen. Er spürte den sanften Druck ihrer Brüste, erinnerte sich an die Küsse und wie ihre Lippen unter seinen nachgegeben hatten. Lincoln konnte das einfach nicht mit einem Kloster und schwarzer Tracht in Verbindung bringen. Normalerweise verfügte er über eine gute Menschenkenntnis, doch diesmal hatte sie ihn anscheinend völlig im Stich gelassen.

„Du siehst nicht wie die Nonnen aus, die ich bisher gesehen habe."

„Nonnen sehen aus wie andere Menschen auch."

„Tragen sie alle solche Slips wie du?"

Kerry lief rot an. „Ich ... ich mag einfach solche Unterwäsche, das ist keine Sünde. Schließlich bin ich immer noch eine Frau."

Daran brauchte sie ihn nicht zu erinnern, diese Tatsache spürte Lincoln mit jedem Nerv seines Körpers. „Und wolltest du nie Kinder haben? Ich meine, du kannst fantastisch mit ihnen umgehen. Hast du nie daran gedacht, eigene zu haben?"

„Doch", antwortete sie ehrlich.

„Und einen Mann?"

„Auch daran habe ich gedacht", sagte sie leise. Sie fragte sich, ob Lincoln ihren hämmernden Herzschlag hören konnte. Noch nie hatte sie über Sex so lange nachgedacht wie in diesem Moment.

Deutlich erinnerte sie sich daran, wie Lincoln mit der Zunge in ihren Mund eingedrungen war, wie er sie umarmt und gestreichelt hatte. Sie hatte den fordernden Druck seiner Hüften gespürt. Sex mit diesem Mann musste großartig sein.

„Du hast daran gedacht, mit einem Mann zu schlafen?" Kerry nickte und rieb dabei die Nase an seinem Brusthaar. „Du hast dich gefragt, wie es sich anfühlt?"

Einen Augenblick presste sie die Lippen aufeinander, um ein Seufzen zu unterdrücken. „Natürlich."

Lincoln strich ihr über das Haar. „Es kann dir unglaubliche Freude bereiten. Würdest du das nicht gern erleben?"

Kerry glaubte, gleich zu zerfließen. „Doch."

„Und du", er räusperte sich, „findest es nicht schade, dass du es nie erleben wirst?"

Kurz zögerte sie mit einer Antwort. „Ich habe noch kein Gelübde abgelegt", sagte sie dann.

Unwillkürlich zuckte Lincoln zusammen. „Was?"

„Ich sagte ..."

„Ich habe dich gut verstanden. Was bedeutet das?" Er hatte das Gefühl, als würde seine Hand auf ihrem Rücken in Flammen stehen.

Kerry geriet in Versuchung, ihm hier und jetzt die Wahrheit zu sagen. Dann würde er mit ihr schlafen, das wusste sie sicher. Sie spürte seine körperliche Erregung und verbrannte förmlich vor Sehnsucht nach ihm. Was für eine Erlösung es sein musste, wenn ...

Nein. Sie musste an die Waisenkinder denken. Die Kinder waren auf sie angewiesen. Wenn sie die Flucht schaffen wollten, durften Lincoln und sie durch nichts abgelenkt sein.

Wenn sie sich jetzt liebten, würde alles viel schwieriger werden. Und zurück in den Vereinigten Staaten würde Lincoln sie vergessen, während sie sich vor Kummer verzehrte.

Kerry konnte sich keinem Mann so einfach hingeben, und für Lincoln war sie nur ein Abenteuer. Sicher würden sie beide Spaß daran haben, doch hinterher würde sie es bereuen.

Sie überlegte sich gut, was sie antwortete. „Das bedeutet, dass ich mir noch gründlich überlege, was ich mit meinem weiteren Leben anfange." Das war die reine Wahrheit. Kerry hatte noch keine Ahnung, was sie tun wollte, wenn sie erst die neun Kinder aus dem Land gebracht hatte. Lincolns Verständnis und Rücksichtnahme machten ihr ein noch schlechteres Gewissen, weil sie ihn hinterging.

Kerry blieb in seinen Armen liegen, doch die Spannung zwischen ihnen war nicht mehr so bedrückend. Bald darauf drang fahles Licht durch die Blätter, und wenn sie angestrengt lauschten, konnten sie Geräusche aus dem Lager der Soldaten hören. Der Duft von Kaffee und Essen ließ sie beide fast verrückt vor Hunger werden. Ein paar Mal hörten sie Schritte, doch keiner der Soldaten kam so nahe wie am Abend zuvor. Erleichtert hörten sie schließlich, wie die Motoren der Wagen angelassen wurden.

Eine Viertelstunde später kletterte Lincoln aus dem Versteck. „Bleib hier", sagte er zu Kerry.

Sie gehorchte. Im Grunde war sie dankbar, endlich einen Augenblick allein zu sein. Sie zog ihre Bluse wieder an, obwohl sie immer noch feucht war, und fuhr sich mit den Fingern durchs Haar. Es war voller Knoten. Kerry war noch damit beschäftigt, ihr Haar glatt zu streichen, als Lincoln die Ranken zur Seite schob.

„Alles in Ordnung", sagte er. „Sie sind weg."

6. KAPITEL

Kerry setzte sich ans Ufer des Flusses. Sie war am Ende ihrer Kräfte und sackte erschöpft in sich zusammen. Über Nacht schien die kleine Lisa um zwanzig Kilo schwerer geworden zu sein. Wenn Kerry sie noch eine Minute länger halten musste, würde sie sie fallen lassen. Sie setzte das Kind neben sich.

„Und jetzt?"

Sie bekam von Lincoln keine Antwort. Selbst die Kinder gaben keinen Laut von sich, als wüssten sie, dass sie vor einem schwierigen Problem standen, für das es vielleicht keine Lösung gab. Kerry schirmte die Augen gegen die grelle Sonne ab und sah Lincoln an.

Er stand reglos neben ihr, und Kerry konnte nicht erkennen, was er gerade dachte. An seinen Lippenbewegungen sah sie, dass er einen Fluch unterdrückte.

Rücksichtsvoll ließ sie ein paar Sekunden verstreichen, bevor sie ihn erneut ansprach. „Lincoln?"

Sein Kopf fuhr herum, und er sah zu ihr herab. „Woher soll ich das wissen? Ich bin Fotograf und kein Ingenieur."

Sofort bereute er seinen Wutausbruch. Es war schließlich nicht Kerrys Schuld, dass durch den Regen der Fluss zum reißenden Strom geworden war. Die Holzbrücke, über die er den Fluss hatte überqueren wollen, war weggespült worden.

Kerry war zwar der Grund für seine schlechte Laune, aber sie trug keine Schuld daran. Als er ihr die Stiefel und die Hose zum Versteck gebracht hatte, war ihm die Nacht und die Nähe zu ihr bereits wie ein Traum vorgekommen. Den ganzen Morgen über hatten sie sich nur gestritten; Lincoln war streitsüchtig gewesen, und Kerry hatte ihn die ganze Zeit über misstrauisch belauert.

Die Kinder hatten sie in der Küche angetroffen, und sofort hatte Lincoln Joe angeschrien, weshalb er nicht im Keller geblieben sei. Auch Joes Erklärung, dass er die Soldaten hätte wegfahren hören, und Kerrys Schlichtungsversuche hatten seine Wut nicht gemildert.

Zum Glück war der Wagen nicht entdeckt worden, und während Lincoln die Sachen auflud, hatten die Kinder gegessen, wobei sie es vermieden, Lincoln anzusehen. Lediglich Joe blickte ihn offen und feindselig an.

Schließlich war Lisa auf Lincoln zugelaufen und hatte ihm ein Stück Brot entgegengestreckt. Er hatte sich auf Spanisch bedankt und gelächelt, doch kurz darauf war seine Laune wieder so schlecht wie zuvor gewesen. Mit Kerry hatte er kaum ein Wort gesprochen, außer um ihr zu sagen, sie solle Joe klarmachen, dass zwischen ihnen während der Nacht nichts geschehen sei und er keinen Grund habe, eifersüchtig zu sein.

Jetzt hatte Kerry endgültig genug. Sie war selbst am Rand der Verzweiflung. „Dafür werden Sie von mir bezahlt, Mr O'Neal. Lassen Sie sich etwas einfallen!"

„Vielleicht hast du doch die falsche Wahl getroffen!", entgegnete er unbeherrscht.

Darauf konnte sie nichts erwidern, und so hielt sie den Mund und starrte auf den Fluss. Wieso brachte sie ihn immer dazu, dass er sich vor den Kindern wie ein Wilder aufführte? Sie hatten Angst vor ihm, und doch beobachteten sie ihn in der Hoffnung, dass er sie ans Ziel brachte.

Lincoln atmete tief durch. „Gib mir einen Augenblick Zeit zum Nachdenken, ja?" Er fuhr sich durchs Haar.

Die Brücke war auf der Karte eingezeichnet gewesen, doch offenbar hatte sie dem Wasser nicht standgehalten. Der Transporter stand direkt am Ufer, und die Kinder waren heruntergeklettert, neugierig, wie es jetzt weiterging. Joe schien es als Genugtuung zu empfinden, dass Lincoln nicht weiterwusste. Verächtlich blickte er ihn an. Und offenbar wusste auch Kerry keine Lösung und hoffte nur, dass ihm eine Idee kam.

Nach einer Weile ging Lincoln zum Wagen und durchsuchte das Gepäck. Dann kam er zu Kerry zurück. „Ich muss mit dir sprechen."

Sie stand auf, strich sich die Hose glatt und folgte ihm, nachdem sie die Kinder gewarnt hatte, vom Fluss wegzubleiben. Als sie außer Hörweite waren, fragte sie: „Was machen wir jetzt?"

„Ich habe einen Vorschlag, aber bitte lass mich ausreden." Eindringlich blickte er ihr in die Augen. „Lass uns die Kinder aufladen, umkehren und die nächstbeste Truppe, die wir antreffen, um Gnade anflehen."

Er machte eine Pause und wartete darauf, dass sie ihn anschrie. Doch sie sagte kein Wort. „Es spielt keine Rolle, ob wir uns der Regierung oder den Rebellen ausliefern. In jedem Fall werden wir ihnen schmeicheln und ihnen einreden, was für eine menschliche Geste es wäre, wenn sie uns helfen. Wir versprechen ihnen, der ganzen Welt von ihrer großzügigen Tat zu berichten." Ernsthaft legte er die Hand auf ihre Schulter. „Kerry, die Kinder haben Hunger, und wir haben keine Vorräte mehr. Das Trinkwasser ist auch bald aufgebraucht, und ich habe keine Ahnung, wo wir welches finden können. Ich weiß nicht, wie wir über den Fluss kommen sollen, ohne unser aller Leben aufs Spiel zu setzen. Im Wagen ist kaum noch Treibstoff, und eine Tankstelle werden wir kaum finden."

Er atmete tief durch, bevor er fortfuhr: „Selbst wenn wir es bis zum Treffpunkt schaffen sollten, woher willst du wissen, dass das Flugzeug von dieser Organisation kommen wird, um uns abzuholen?"

Lincoln erkannte, dass sie etwas entgegnen wollte, und sprach rasch weiter. „Sieh mal, ich bewundere dich für deinen Mut. Wirklich. Aber der ganze Plan war von Anfang an reiner Wahnsinn. Das musst du einfach zugeben." Auffordernd lächelte er sie an. „Was sagst du dazu?"

Kerry holte tief Luft, ohne den Blick von seinen Augen zu wenden. Als sie sprach, war ihre Stimme gefasst und ruhig. „Wenn du nicht willst, dass ich dir mein Knie in die Weichteile ramme, dann nimm die Hände von meinen Schultern."

Schlagartig verschwand sein Lächeln, und verblüfft ließ er die Hände sinken.

Steif drehte sie sich um und ging zurück zum Fluss. Doch nach wenigen Schritten hatte Lincoln sie eingeholt und hielt sie fest. „Warte doch eine Minute", rief er und drehte sie zu sich herum. „Hast du mir überhaupt zugehört?"

Sie versuchte sich aus seinem Griff zu befreien, doch diesmal ließ er sie nicht los. „Jedes einzelne feige und verachtenswerte Wort habe ich gehört!", schrie sie.

„Und du willst weiter?"

„Allerdings! Hinter dem Fluss sind es nur noch wenige Kilometer bis zur Grenze."

„Sie ist trotzdem unerreichbar."

„Diesen Kindern habe ich versprochen, dass ich sie zu ihren neuen Familien in den Vereinigten Staaten bringe, und genau das werde ich auch tun. Zur Not auch ohne dich." Zutiefst enttäuscht sah sie ihn an. „Und wenn du dich jetzt aus dem Staub machst, Lincoln O'Neal, siehst du keinen einzigen Cent von mir."

„Mein Leben ist mir wichtiger als Geld."

„Du hast größere Chancen, dein Leben zu retten, wenn du uns zum Flugzeug bringst, als wenn du dich einer Gruppe von Rebellen stellst. Was ist denn aus all deinen Warnungen geworden? Glaubst du, ich werde diese Leute, vor denen ich mich die ganze Zeit versteckt habe, auch noch um einen Gefallen bitten?"

„Die meisten der Kämpfer, egal auf welcher Seite, sind katholisch. Dein Stand würde dich schützen."

„Auf keinen Fall werde ich mich und die Kinder der Gnade von irgendwelchen gewissenlosen Männern ausliefern."

Langsam ließ Lincoln sie los. „Ich wollte nur wissen, wie entschlossen du wirklich bist."

Angewidert sah sie ihm in die Augen. „Soll das heißen ... du wolltest mich nur auf die Probe stellen?"

„Richtig. Ich musste sicher sein, dass du den nötigen Mut hast."

Kerry trat einen Schritt zurück. Sie ballte die Fäuste, als wolle sie Lincoln schlagen. „Du ekelst mich an."

Spöttisch verzog er die Lippen. Dann lachte er laut auf. „Das ist schon möglich, Schwester Kerry, und vielleicht wirst du mich noch mehr hassen, bevor wir dies hier hinter uns haben. Jetzt ruf die Kinder zusammen, während ich alles vorbereite."

Bevor Kerry Lincoln genau sagen konnte, was sie von seinen Spielchen hielt, ging er zum Wagen zurück. Ihr blieb keine andere Wahl, als ihm zu folgen. Die Kinder waren hungrig, durstig und erschöpft. Sie beantwortete ihre Fragen, so gut sie konnte, doch währenddessen ließ sie Lincoln nicht aus den Augen. Er war damit beschäftigt, ein Seil, das er im Wagen gefunden hatte, an einem Baumstamm festzubinden. Das andere Seilende band er sich um und watete in die reißende Strömung.

„Was hast du vor?", rief sie und sprang auf.

„Bleibt, wo ihr seid."

Die Kinder verstummten. Sie beobachteten Lincoln, der immer weiter in den Fluss watete. Schließlich konnte er sich in der Strömung nicht mehr auf den Beinen halten und begann zu schwimmen. Immer wieder wurde er unter Wasser gezogen, und Kerry hielt angstvoll den Atem an, bis sie seinen Kopf wieder auftauchen sah.

Endlich war er am anderen Ufer angekommen. Mühsam zog er sich an Land. Sobald er aus dem Wasser heraus war, sank er auf die Knie und rang keuchend nach Luft.

Als er sich etwas erholt hatte, machte er das andere Ende des Seils an einem Baum fest und zog ein paar Mal mit aller Kraft daran, bevor er zurück ins Wasser ging. Er zog sich an dem Seil entlang. Es war nicht so anstrengend wie Schwimmen, dennoch war es schwer, sich nicht von der Strömung mitreißen zu lassen. Erschöpft kam er wieder bei Kerry und den Kindern an.

„Verstehst du, was ich vorhabe?" Das Haar hing ihm nass ins Gesicht, und Kerry musste sich zusammenreißen, um ihm nicht die Strähnen aus der Stirn zu streichen.

„Ja, ich verstehe, aber was wird aus dem Wagen?"

„Der bleibt hier. Wir werden den Rest zu Fuß gehen."

„Aber ..." Sie verstummte. Gerade vorhin noch hatte er sie getestet und ihr klargemacht, dass die restliche Strecke die schlimmste würde. Und sie hatte das akzeptiert. „Also gut", sagte sie leise. „Was soll ich tun?"

„Du nimmst Lisa. Trag sie huckepack. Ich nehme Mary. Joe", er blickte den Jungen ernst an, „du nimmst Mike. Ich fürchte, wir beide werden den Weg mehrmals machen müssen."

Joe nickte.

„Ich kann doch auch mehr als einmal gehen", wandte Kerry ein.

Lincoln schüttelte den Kopf. „Du musst drüben bei den Kindern bleiben. Das hier wird kein Vergnügen, glaub mir. Erklär ihnen, was wir vorhaben, und mach ihnen bloß klar, wie wichtig es ist, dass sie sich an uns festhalten."

Während sie es den Kindern übersetzte, versuchte sie das Überqueren des Flusses wie ein großes Abenteuer darzustellen. Gleichzeitig betonte sie, wie gefährlich das Ganze war und dass sie sich festhalten mussten, egal, was geschah.

„Es kann losgehen", sagte sie zu Lincoln und bückte sich dann tief hinunter, damit Lisa auf ihren Rücken klettern konnte. Das kleine Mädchen schlang die Arme fest um Kerrys Hals und klammerte die Beine um ihren Oberkörper.

„Gut so, Lisa", sagte Lincoln und tätschelte ihr den Kopf.

Als sie ihn strahlend anlächelte, grinste er zurück. Kerry sah ihn an und wunderte sich darüber, wie gelassen er sich nach außen hin geben konnte. Einen Augenblick sah er Kerry in die Augen, dann wandte er sich ab und half Mary auf seinen Rücken.

„Hast du deinen Pass?", fragte er Kerry.

Von jetzt an würden sie nur noch das Allernötigste mitnehmen. Kerry hatte alles aussortiert, was nicht absolut wichtig war. „Er steckt in meiner Brusttasche. Die kann ich zuknöpfen."

„In Ordnung. Los geht's." Lincoln ging voran in den Fluss.

Kerry fielen sofort alle Horrorgeschichten über gefährliche Tiere im Wasser ein, doch bald darauf hatte sie keine Zeit mehr, sich darüber Gedanken zu machen. Während sie versuchte, in dem Schlamm nicht den Halt zu verlieren, redete sie beruhigend auf Lisa ein, die zu weinen angefangen hatte.

Das Seil war nur dünn und glitschig. Es fiel Kerry schwer, sich festzuhalten. Noch bevor sie die Mitte des Flusses erreicht hatte, bluteten ihre Hände.

Als sie den Grund unter den Füßen verlor und untertauchte, geriet sie in Panik und dachte schon, sie würde nie wieder hochkommen. Mit aller Kraft schaffte sie es, den Kopf aus dem Wasser zu ziehen, und vergewisserte sich schnell, dass auch Lisa Luft bekam. Das Wasser war ihnen beiden in Mund und Nase gekommen, und hustend rangen sie nach Luft. Kerry zwang sich dazu, sich weiterzuhangeln.

Ihr kam es wie Stunden vor, bis sie spürte, wie Lincoln ihr unter die Arme griff und sie aus dem Wasser zog. Mit Lisa auf dem Rücken ließ sie sich auf den schlammigen Boden sinken und sog die Luft ein. Nur undeutlich bekam sie mit, dass Lincoln Lisa von ihrem Rücken nahm. Kerry zitterte am ganzen Körper vor Erschöpfung, und es dauerte eine Weile, bis sie die Kraft fand, sich auf die Hände und Knie zu stützen und sich schließlich aufzusetzen.

Lincoln hielt Lisa auf dem Arm. Das Mädchen verbarg das Gesicht an seinem Hals und krallte sich mit den Händen in Lincolns nasses T-Shirt. Er strich ihr beruhigend über den Rücken, küsste sie auf die Schläfe, wiegte sie im Arm und redete leise auf sie ein. Kerry beneidete sie.

„Das hast du gut gemacht", sagte Lincoln zu ihr.

Das war ein mageres Kompliment, dennoch lächelte Kerry ihm mühsam zu. Lincoln reichte ihr Lisa zurück. Neben ihr saß Mary und weinte leise. Kerry zog die beiden Mädchen und Mike in die Arme. Sie gaben ein jammervolles Bild ab, aber sie waren froh, dass sie lebten.

„Nimm das hier", sagte Lincoln und legte die Machete neben Kerry. Es war die einzige Waffe, die sie noch besaßen. „Alles in Ordnung?", fragte er Joe.

„Natürlich", antwortete der Junge hastig.

„Dann lass uns gehen."

Sie wateten zurück in den Fluss. Kerry konnte sich nicht vorstellen, woher sie die Kraft dafür nahmen. Sie selbst konnte kaum den Kopf heben. Lincoln und Joe machten den Weg noch dreimal, bis sie alle Kinder sicher über den Fluss gebracht hatten. Bei der letzten Tour half Joe einem der älteren Mädchen, während Lincoln in zwei Taschen das nötigste Gepäck herüberbrachte.

Tränen traten Kerry in die Augen, als sie sah, wie die Reisetaschen, in denen er seine Fotoausrüstung gehabt hatte, im schmutzigen Wasser verschwanden. Lincoln hatte die Plastikhülle aus einer der Taschen herausgerissen und die Filmrollen darin eingewickelt. Anschließend hatte er sich die beiden Taschen mit dem Gürtel umgeschnallt.

Kerry hatte Mitleid mit ihm. Sie konnte nachfühlen, was er dabei empfinden musste. Wozu hatte sie diesen Mann gebracht? Wenn er sie nicht getroffen hätte, wäre er jetzt längst in den Vereinigten Staaten und würde seine Fotos verkaufen.

Doch die hoffnungsvollen Gesichter der Kinder um sie herum beruhigten ihr Gewissen. Sie hatte das Richtige getan, und wenn sie noch einmal vor der Entscheidung stehen würde, sie würde genauso handeln, um diesen Waisen zu einer besseren Zukunft zu verhelfen.

Schließlich kam Lincoln wieder am Ufer an. Kerry rechnete damit, dass er sich erst einmal ausruhen würde. Stattdessen kam er hastig aus dem Wasser heraus.

„Schnell, Kerry, bring die Kinder hinter die Bäume. Sie sollen sich hinlegen und nicht mehr bewegen."

Während sie die Kinder vom Ufer wegzog, fragte sie ihn: „Was ist denn los?"

„Ich fürchte, wir bekommen Gesellschaft. Schnell jetzt! Joe, sag den Mädchen, sie sollen still sein. Alles hinlegen!"

Als er sicher war, dass sie nichts zurückgelassen hatten, machte er das Seil von dem Baum los und warf es in den Fluss. Sein Atem ging schwer.

„Du bist vollkommen erschöpft", flüsterte Kerry.

„Ja", stimmte er keuchend zu. Er ließ den Wagen am anderen Ufer nicht aus den Augen.

„Glaubst du, dass uns jemand folgt?", fragte sie.

„Ich denke nicht, dass sie uns absichtlich verfolgen, aber es kam jemand. Das habe ich gehört."

„Wer?"

„Das spielt keine Rolle, wenn sie den Wagen mit dem Wappen der Regierung und das Seil entdecken."

„Wenn es Regierungstruppen sind, werden sie sich fragen, was aus ihren Kameraden geworden ist, und nachsehen kommen", sagte sie nachdenklich. „Und wenn es Rebellen sind …"

„Genau." Lincoln nickte. „Dann werden sie auch kommen. Pst. Da sind sie. Sag den Kindern, dass sie sich nicht rühren dürfen."

Rasch flüsterte Kerry es den Kindern zu, die es untereinander weitersagten. In diesem Moment kam ein Jeep am anderen Ufer an den Fluss. Dahinter tauchten noch mehrere Fahrzeuge auf. Es waren Rebellen.

Ein paar Männer stiegen aus. Sie hielten ihre Gewehre schussbereit. Vorsichtig gingen sie auf den verlassenen Wagen zu. Als sie sicher waren, dass es sich nicht um einen Hinterhalt handelte, durchsuchten sie den Wagen gründlich.

„Erkennst du einen von ihnen?"

„Nein." Kerry lauschte angestrengt, um etwas von ihrer Unterhaltung aufzuschnappen. „Sie überlegen, weswegen der Wagen nicht wieder umgekehrt ist, als er an die zerstörte Brücke kam. Im Moment fragen sie sich, ob die Soldaten sich an dem Seil durch den Fluss gezogen haben."

„Nur ein Verrückter würde versuchen, an diesem Seil über den Fluss zu kommen", murmelte Lincoln.

Kerry blickte ihn von der Seite an, und sie lächelten sich kurz zu.

Am anderen Ufer holte einer der Männer ein Fernglas hervor. „Nicht bewegen", zischte Lincoln. Der Rebell suchte das Ufer ab und sagte dann etwas.

„Er hat unsere Fußspuren im Schlamm entdeckt", übersetzte Kerry rasch. „Jetzt sagt er den anderen, dass wir ungefähr ein Dutzend sind."

„Ganz schön clever."

„Und jetzt sagt er …" Sie unterbrach sich, als noch andere Männer ans Ufer traten.

„Was ist?"

„Der eine dort ganz links."

„Was ist mit ihm?"

„Es ist Juan. Unser Bote."

Die beiden Schwestern des Mannes, Carmen und Cara, hatten ihn auch entdeckt. Eine von ihnen schrie leise auf und wollte aufstehen. „Unten bleiben!", zischte Lincoln ihr zu. Das Mädchen erstarrte. „Sag ihr, sie soll sich nicht bewegen. Auch wenn er ihr Bruder ist, wissen wir nicht, was die anderen vorhaben."

Flüsternd gab Kerry seine Worte weiter. Carmen erwiderte etwas, Tränen standen ihr in den Augen.

„Was sagt sie?"

„Ihr Bruder würde uns nicht verraten", übersetzte Kerry.

Lincoln war sich nicht so sicher. Er beobachtete das andere Ufer. Die Männer machten eine Rast und berieten sich untereinander. Hin und wieder wies einer von ihnen über den Fluss. Ein anderer nahm das Seil und riss mit beiden Händen daran. Es zerriss.

Kerry sah Lincoln an. Er hob die Schultern. „Ich sagte ja, dass es nur ein Verrückter versuchen würde."

Juan, der die Flucht der Waisen mit vorbereitet hatte, hörte nicht auf, das Ufer unauffällig abzusuchen. Nach einer halben Stunde stiegen sie alle wieder in die Jeeps.

„Worauf haben sie sich geeinigt?", erkundigte Lincoln sich.

„Sie wollen es bei einer anderen Brücke flussabwärts versuchen." An ihrem verschlossenen Gesichtsausdruck erkannte Lincoln, dass sie etwas verheimlichte. Er fasste nach ihrem Kinn und drehte ihr Gesicht zu sich. „Dann wollen sie hierherkommen und nach uns suchen", fügte sie zögernd hinzu.

„Das habe ich befürchtet. Also los, verschwinden wir." Noch einmal vergewisserte er sich, dass alle Jeeps verschwunden waren. Dann legte er die Marschordnung fest. Er würde vorangehen, und die Kinder sollten alle hintereinander laufen. Kerry in der Mitte, um aufzupassen, dass sie alle auf dem Weg blieben, und Joe am Schluss. Lincoln würde den Weg mit der Machete frei schlagen.

„Sag ihnen, dass wir uns beeilen müssen. Wir werden nur dann eine Rast machen, wenn es unbedingt nötig ist. Und sie dürfen sich nicht unterhalten." Er versuchte weniger ernsthaft auszusehen, als er die verängstigten Gesichter der Kinder bemerkte. „Und sag ihnen, dass ich stolz auf meine tapfere Truppe bin."

Kerry wurde warm unter seinem Blick. Sie wusste, dass sie in diesem Kompliment ganz bewusst eingeschlossen war.

Sie stellten sich auf und gingen in den Dschungel, durch dessen Dickicht sie nur vorankamen, weil Lincoln mit der Machete einen Weg frei schlug. Kerry beobachtete ihn. Sie war fasziniert von seinen muskulösen Schultern. In gleichmäßigen Schlägen hieb Lincoln nach links und rechts auf die Pflanzen ein. Der gleichförmige Rhythmus hatte eine betäubende Wirkung auf Kerry. Fast wie in Trance setzte sie einen Fuß vor den anderen.

Sie war benommen vor Hunger, Durst und Erschöpfung. Als sie davon überzeugt war, dass sie umfallen würde, wenn sie auch nur einen Schritt weiter ging, willigte Lincoln in eine Rast ein. Mitsamt der schlafenden Lisa auf dem Arm sank Kerry zu Boden. Die Kinder folgten schweigend ihrem Beispiel.

„Joe, reich die Wasserflasche herum, aber teil das Wasser sparsam ein." Schweigend gehorchte der Junge Lincolns Aufforderung. Lincoln wandte sich an Kerry. „Wie lange trägst du Lisa schon?", fragte er, als er sich neben sie setzte und ihr seine Trinkflasche reichte.

Kerry hielt die Flasche an Lisas aufgesprungene Lippen. „Ich weiß es nicht. Eine ganze Weile schon. Sie konnte vor Erschöpfung nicht mehr weiter."

„Von jetzt an werde ich sie tragen."

„Du kannst nicht gleichzeitig das Kind tragen und einen Weg durch das Dickicht schlagen." Sie streifte sich das verschwitzte Haar aus dem Nacken.

„Ich will nicht riskieren, dass du zusammenbrichst. Jetzt trink einen Schluck Wasser."

Als sie die Flasche wieder zudrehte und ihm zurückgab, sagte sie leise: „Es tut mir leid, dass du deine Kameras zurücklassen musstest."

„Ja, mir auch. Ich habe viel mit ihnen durchgemacht."

An seinem Lächeln erkannte sie, dass er sie neckte. „Ich meine es ernst."

„Ich kann sie ersetzen."

„Was ist mit den Filmen?"

„Angeblich sind die Behälter wasserdicht, hoffentlich stimmt das. Wenn ja, dann kann ich zu Hause eine Wahnsinnsstory verkaufen." Er stand auf. „Ich werde Lisa tragen. Keine Widerrede. Bis es dunkel ist, kommen wir sowieso nicht mehr weit."

Lincoln reichte ihr die Hand, und dankbar ließ Kerry sich von ihm hochhelfen. Er nahm Lisa huckepack und ging wieder ans vordere Ende der Schlange. Kerry hätte vor Dankbarkeit weinen können.

Mit der Zeit machten ihr die unzähligen Insekten nichts mehr aus, und auch nicht das Rascheln der Kleintiere dicht neben ihren Füßen. Die feuchte stickige Luft, die Hitze oder das ohrenbetäubende Geschrei und Gezwitscher der Vögel und Affen, all das nahm sie kaum noch wahr und konzentrierte sich nur darauf, hinter Lincoln herzulaufen und auf den Füßen zu bleiben.

Die Sonne war fast untergegangen, und es war beinahe vollkommen dunkel, als Lincoln anhielt. Sie waren an einem kleinen Bach angelangt, dessen Ufer dicht bewachsen waren. Dem Geräusch nach zu urteilen, musste in der Nähe eine Art Wasserfall sein. Lincoln setzte Lisa ab und ließ die Schultern kreisen.

Die Kinder waren zu erschöpft, um sich zu beklagen. Einige von ihnen schliefen auf der Stelle ein, und Kerry musste sie wieder aufwecken, damit sie etwas frisches Wasser aus dem Bach tranken. Sie hatten nichts mehr zu essen, doch die Kinder waren sowieso zu müde zum Essen.

Wie gern hätte Kerry die Stiefel ausgezogen und die Füße in den Bach gehalten! Doch dann würden ihre Füße anschwellen, und Kerry könnte die Stiefel nicht mehr anziehen. Es war sehr wahrscheinlich, dass sie angegriffen wurden, und aus diesem Grund war es undenkbar, dass sie die Stiefel über Nacht auszog. Lincoln suchte gerade die Umgebung ab, als sei es gut möglich, dass Feinde in der Nähe waren.

Schließlich kam er zu ihr und setzte sich neben sie. Als Kerry sein ernstes Gesicht sah, fragte sie: „Sind sie uns gefolgt?"

„Ich glaube nicht, dass sie unserer Spur gefolgt sind, aber dennoch sind sie uns dicht auf den Fersen. Ich rieche den Rauch ihres Lagerfeuers. Offensichtlich betrachten sie uns nicht als eine Gefahr." Während er sprach, rührte er aus Schlamm und Wasser einen Brei an. „Sorg dafür, dass die Kinder ruhig sind. Wenn sich irgendjemand nähert, den du nicht erkennst, dann versteck dich."

„Was hast du vor?", fragte sie ängstlich.

„Ich gehe in ihr Lager."

„In das Lager? Bist du verrückt?"

„Zweifellos. Sonst wäre ich gar nicht hier." Er lächelte. Kerry konnte es nicht erwidern. Lincoln winkte Joe zu sich. „Kommst du mit mir mit?"

„Ja", antwortete der Junge.

„Schmier dir etwas davon ins Gesicht und auf die Arme." Lincoln reichte ihm eine Handvoll von dem Brei, und Joe rieb sich damit ein.

Aufmerksam beobachtete Kerry diese Vorbereitungen. „Wieso wollt ihr dorthin?"

„Um Waffen zu stehlen."

„Warum? Bisher sind wir auch ohne den Gebrauch von Waffen ausgekommen." Sie versuchte das Zittern in ihrer Stimme zu verbergen, doch es gelang ihr nicht. Lincoln hörte ihre Angst.

„Kerry", sagte er ruhig. „Glaubst du wirklich, dass eine der beiden Parteien in diesem Bürgerkrieg zulässt, dass ein Flugzeug aus den Staaten landet, uns einsteigen lässt und wieder davonfliegt?"

Die Frage war eigentlich überflüssig, und Lincoln erwartete auch gar keine Antwort. Er sprach weiter. „Falls das Flugzeug tatsächlich kommt, und das scheinst du ernsthaft zu glauben, und falls wir alle hineingelangen, dann wird das in einem Kugelhagel geschehen. Wahrscheinlich werden wir aus allen Richtungen beschossen werden, und ich kann uns schlecht mit einer Machete verteidigen."

Der Gedanke an Gewehrfeuer erschreckte sie. Doch sie sah ein, dass Lincoln recht hatte. Die Krieger in diesem Konflikt würden ihnen sicher nicht freundlich hinterherwinken.

Wieso hatte sie bloß nicht schon früher daran gedacht, wie sie in das Flugzeug gelangen sollten? Sie hatte immer nur daran gedacht, den Treffpunkt zu erreichen. Bis dahin hatten ohnehin schon viele Hindernisse im Weg gestanden. Was würde aus den Kindern werden, aus Joe und aus Lincoln? Durch ihren Plan brachte sie jetzt alle in höchste Gefahr.

Kerry presste die Hand gegen den Mund, um ein Schluchzen zu unterdrücken. „Was habe ich getan?"

Lincoln legte ihr einen Arm um die Schulter und zog sie an sich. „Mach mir jetzt nicht schlapp." Er drückte sie fest. „Du warst bisher unglaublich. Und vielleicht wird ja alles gut gehen."

Kerry wollte noch länger von ihm gehalten werden, am liebsten für immer, doch er ließ sie schließlich los und reichte ihr dann die Machete. Ihr kam es vor, als sei die Waffe aus Blei.

„Benutze sie, wenn es sein muss", sagte Lincoln. „Wir sind so bald wie möglich wieder zurück."

Er ging von ihr weg. Kerry streckte die Hand nach ihm aus, doch sie erreichte ihn nicht mehr. „Lincoln!"

„Was ist?"

Sie wollte sich an ihn schmiegen und ihn bitten, sie nicht allein zu lassen, wollte ihn umarmen und nicht mehr loslassen. Er sollte sie beschützen vor dem Dschungel und den Gefahren. Er sollte sie küssen.

Stattdessen räusperte sie sich. „Bitte sei vorsichtig."

Es war stockdunkel. Durch den Schlamm im Gesicht war er praktisch unsichtbar, und wenn Kerry sein Atmen nicht gehört hätte, hätte sie nicht einmal gewusst, dass er vor ihr stand. Auch er schien zu zögern. Kerry spürte, dass er sie auch umarmen wollte.

Aber er berührte sie nicht. „Ich werde aufpassen", sagte er nur.

Erst nach einer Weile merkte sie, dass Lincoln und Joe schon gegangen waren. Sie war mit den acht Kindern allein.

7. KAPITEL

Es war kurz vor Tagesanbruch, als Lincoln und Joe zurückkehrten. Kerry, die in einen leichten Schlaf gefallen war, war so erleichtert darüber, dass ihnen nichts geschehen war, dass sie ihre enttäuschten Gesichter zunächst nicht verstehen konnte.

An ihrer Haltung erkannte sie, dass sie keinen Erfolg gehabt hatten. Beide gingen direkt zum Bach und wuschen sich den Schlamm ab. Dann tranken sie ausgiebig. Schließlich wandte Lincoln sich zu Kerry um und sah sie niedergeschlagen an.

„Was ist geschehen?", fragte sie.

„Wir haben nichts bekommen können." Lincoln sprach mit leiser Stimme. „Wir sind nicht einmal nahe an das Lager herangekommen. Sie waren auf der Hut, und das Lager wurde streng bewacht. Die ganze Nacht über sind wir herumgeschlichen, um vielleicht einen Wachposten zu finden, der eingeschlafen war. Aber nichts zu machen."

Er lehnte sich gegen einen Baum und ließ sich am Stamm auf den Boden gleiten. Dann legte er den Kopf zurück und schloss die Augen. „War hier alles ruhig?"

„Ja. Ein paar von den Kindern sind aufgewacht, weil sie Hunger hatten, aber ich habe sie wieder zum Schlafen gebracht."

Joe ahmte Lincoln nach, setzte sich an einen anderen Baum und machte auch die Augen zu. Er war jetzt ein Mann, der die Aufgaben eines Mannes erfüllte. Obwohl er Lincoln nicht mochte, bewunderte er ihn offensichtlich.

Kerry legte ihm eine Hand aufs Knie, und als der Junge sie ansah, sagte sie: „Ich bin stolz auf dich", und lächelte ihn an. Geschmeichelt erwiderte Joe das Lächeln. Sie ließ ihn ausruhen und setzte sich wieder neben Lincoln. „Wie weit ist es noch bis zur Grenze?"

„Knapp zwei Kilometer."

„Dann stehen wir nicht unter Zeitdruck." Das Flugzeug sollte mittags landen, weil die Grenztruppen dann hoffentlich gerade ihre Siesta hielten.

„Ich wünschte bloß, ich wüsste, was wir machen sollen, wenn wir erst am Treffpunkt sind." Lincoln seufzte ratlos.

Kerry versuchte ihm Hoffnung zu machen. „Wenn wir die Kinder nicht an Bord bringen können, dann versuchen wir eben, über die Grenze zu kommen."

„Und was dann?", fragte Lincoln gereizt nach und sah Kerry an. Seine Augen waren rot vor Müdigkeit. „Dort drüben erwartet uns doch genau das Gleiche wie hier." Er wies auf den Dschungel ringsumher. „Meilenweit nichts als dichter Dschungel. Wer weiß, wie weit es bis zum nächsten Dorf ist! Und die Nachbarländer haben ihre eigenen wirtschaftlichen Probleme. Sie nehmen keine Flüchtlinge aus Montenegro auf. Höchstwahrscheinlich werden sie uns abschieben. Und selbst wenn die Kinder Asylrecht bekommen, was sollen wir bis dahin tun? Woher bekommen wir Nahrung und Wasser? Wo sollen wir nachts schlafen?"

Seine ablehnende Haltung regte Kerry auf. „Also, du denkst ..."

„Pst!" Joe sprang auf und lauschte angestrengt. Er neigte den Kopf zur Seite und blickte warnend zu Kerry und Lincoln herüber. Dann verschwand er geräuschlos im Dickicht. Kerry wollte ihn zurückhalten, aber Lincoln legte ihr eine Hand auf die Schulter und drückte Kerry wieder herunter. Als sie den Mund aufmachte, schüttelte er den Kopf.

Kerry fragte sich, wo Joe blieb. Lincoln ging in die Hocke und spähte aufmerksam umher. Kerry kam sich nutzlos vor und hoffte nur, dass keines der Kinder einen Laut von sich gab.

Kurz darauf kam Joe zurück, dicht gefolgt von einem Rebellen. Kerry erkannte ihn sofort, sprang auf und lief zu ihm, ohne auf Lincolns warnende Gesten zu achten.

„Hallo, Juan", flüsterte sie auf Spanisch.

„Schwester", antwortete er leise und verbeugte sich vor ihr.

Lincoln trat zu ihnen. Die Anspannung fiel von ihm ab. Der Mann sah wie alle anderen Rebellen aus, doch er war jünger als die meisten von ihnen, höchstens sechzehn. Seine Gesichtszüge wirkten noch nicht so hart und gefühllos, obwohl man ihnen bereits die Kampferfahrung ansah. Kerry redete leise mit dem jungen Mann. Als er Lincoln misstrauisch ansah, erklärte Kerry ihm, wer Lincoln war.

„Er hat uns zwei Gewehre gebracht", erklärte sie Lincoln. „Mehr, sagt er, hätte er nicht unbemerkt stehlen können."

Kerry schreckte vor den Waffen zurück, als Juan eine an Lincoln und eine an Joe gab. Lincoln musterte die beiden Maschinengewehre kurz. „Sie scheinen in Ordnung zu sein. Wie sieht es mit Munition aus?" Der Rebell reichte ihm einige Patronengürtel. „Danke."

„De nada."

„Frag ihn, ob seine Leute wissen, wer wir sind und was wir vorhaben", sagte er zu Kerry.

„Er sagt Nein", erklärte sie Lincoln kurz darauf. „Weil wir in einem Militärwagen gefahren sind, glauben sie, wir seien vielleicht Deserteure, die sich den Rebellen anschließen wollen. Sie wollen uns jedenfalls folgen, bis sie Gewissheit haben."

„Das hatte ich befürchtet." Lincoln schwieg einen Moment. „Frag ihn, was geschehen würde, wenn er seinem Anführer erklärt, wer wir sind. Würde er uns in Ruhe lassen?"

Juan hörte Kerrys Übersetzung aufmerksam zu, dann schüttelte er energisch den Kopf und antwortete hastig.

„Er sagt, sie würden uns wahrscheinlich umbringen und versuchen, das Flugzeug für ihre eigenen Zwecke zu nutzen. Unsere einzige Hoffnung, sagt Juan, besteht darin, so schnell wie möglich in das Flugzeug zu kommen. Er will versuchen, seine Leute von dem Treffpunkt wegzuleiten."

„Ist ihm klar, dass einige seiner Leute sterben können, wenn sie versuchen, uns aufzuhalten?"

Kerry lächelte gezwungen, als sie Juans Antwort hörte. „Er meint, einige würden es verdienen."

Lincoln streckte die Hand aus, und der junge Mann schüttelte sie ernsthaft. „Alles, was du für uns tun kannst, ist uns als Hilfe willkommen."

Juan nickte. Er hatte den Sinn auch ohne Übersetzung verstanden.

Kerry schlug vor, dass Juan seine Schwestern weckte, um sich von ihnen zu verabschieden. Er schlich sich zu dem Platz, an dem sie schliefen. Sein Gesicht war voller Rührung, als er sie betrachtete, doch er winkte Kerry zu, sie solle die beiden schlafen lassen.

Er flüsterte ihr etwas zu. Sein Gesicht war ernst, und Tränen standen ihm in den Augen. Nach einem letzten Blick auf seine Schwestern nickte er Lincoln, Kerry und Joe zu und verschwand im Dickicht.

„Was hat er gesagt?"

Kerry wischte sich die Tränen aus dem Gesicht. „Er wollte nicht, dass die letzte Erinnerung seiner Schwestern an ihn ein Abschied sei. Er weiß, dass er sie wahrscheinlich nie wieder sieht und dass sie in den Vereinigten Staaten ein neues Leben anfangen. Ich soll ihnen von ihm ausrichten, dass er bereit ist, für die Freiheit seines Landes zu sterben. Wenn sie nie wieder von ihm hören, können sie davon ausgehen, dass er glücklich gestorben ist, weil er sie beide in Sicherheit und Freiheit wusste."

Sie schwiegen eine Weile, ohne sich zu rühren. Alle drei bewunderten den jungen Mann für seine Haltung. Jeder Kommentar dazu war überflüssig.

Lincoln zwang sich, das Schweigen zu durchbrechen, und wandte sich an Joe. „Weißt du, wie man damit umgeht?" Er wies mit dem Kopf auf die Waffe in den Händen des Jungen.

Während Lincoln Joe die Waffe erklärte, weckte Kerry die Kinder auf und wies sie an, so leise wie nur möglich zu sein. Sie gab ihnen Wasser und versprach ihnen, dass sie im Flugzeug etwas zu essen bekämen. Jenny und Cage hatten sicher daran gedacht.

Als sie alle fertig waren, machten sie sich auf den letzten Abschnitt ihres Wegs an die Grenze. Kerry bestand darauf, Lisa zu tragen, damit Lincoln mehr Bewegungsfreiheit hatte. Er hielt jetzt in der einen Hand die Machete und in der anderen das Maschinengewehr.

Es war kurz vor elf, als sie den Rand des Dschungels erreichten. An der Grenze zum Nachbarland war eine breite Schneise in den Urwald geschlagen worden. Bis zum gegenüberliegenden Grün des Dschungels war offenes Gelände von der Breite eines Fußballfelds.

„Da. Das ist der Platz, an dem er landen soll." Kerry wies auf die Schneise. Sie waren im Dickicht geblieben, konnten die freie Fläche jedoch gut sehen. „Siehst du den alten Wachturm? Dort wird er landen und dann wenden."

Lincoln kniff die Augen gegen das grelle Sonnenlicht zusammen und beobachtete das Gelände. „In Ordnung. Wir sollten so dicht wie möglich herangehen. Sag den Kindern, sie sollen zusammenbleiben und nicht zu nah an die Baumgrenze herangehen."

„Kannst du etwas entdecken?"

„Nein, aber ich bin mir ziemlich sicher, dass wir nicht die Einzigen sind, die sich hier in der Nähe versteckt halten. Gehen wir."

Vorsichtig gingen sie weiter, wobei sie darauf achteten, nicht zu dicht an die Schneise heranzukommen. Als sie auf der Höhe des Wachturms anlangten, hielt Lincoln an. „Wir werden hier warten." Er blickte rasch auf seine Uhr. „Es kann nicht mehr lange dauern."

Lincoln sagte Kerry, sie solle den Kindern noch einmal einprägen, dass sie gebückt weiterlaufen sollten, wenn sie Schüsse hörten. „Sag ihnen, dass sie nicht stehen bleiben dürfen, was auch immer passiert, Kerry. Das musst du ihnen absolut klarmachen."

Sie bereiteten die Kinder so gut wie möglich vor, dann zog Lincoln Kerry aus der Hörweite der Kinder und setzte sich hin. „Er hat noch eine Viertelstunde", sagte er nach einem Blick auf die Uhr.

„Cage wird kommen", sagte sie zuversichtlich.

Forschend blickte Lincoln sie an. „Wer ist dieser Cage Hendren eigentlich?"

„Das habe ich dir erzählt. Er ist Texaner. Sein Bruder wurde vor ein paar Jahren von den Truppen des Präsidenten erschossen."

„Das weiß ich alles. Aber was bedeutet er dir?"

Fast hätte sie glauben können, Lincoln sei eifersüchtig. Doch dazu kannte sie ihn mittlerweile zu gut. „Er ist der Ehemann meiner Freundin."

Eindringlich sah er ihr in die Augen. „Was war er für dich, bevor er sie geheiratet hat?"

„Nichts! Ich kannte ihn vorher gar nicht. Auch Jenny habe ich erst durch die Organisation kennengelernt."

Lincoln blickte weg. Er sagte nichts, aber Kerry erkannte, dass die Anspannung etwas aus seinem Gesicht wich.

„Du und ich, wir werden die Kinder begleiten", sagte er zu ihr. „Kannst du Lisa tragen?"

„Ja, sicher."

„Selbst wenn du rennen musst?"

„Ich werde es schaffen."

„Okay, ich laufe als Letzter. Joe bleibt zurück, bis wir alle im Flugzeug sind."

„Warum?", fragte sie erschreckt.

„Um uns Feuerschutz zu geben, falls jemand auf uns schießt."

„Oh." Jetzt erkannte sie mit Schrecken, dass Lincoln möglichen Schüssen länger ausgesetzt sein würde als alle anderen. Sein großer Körper bot nicht nur ein besseres Ziel, sondern er würde auch zweimal über die Schneise laufen müssen.

„Hier", sagte er.

Kerry sah auf die verpackten Filme, die er ihr in die Hand legte. „Was soll das?"

„Falls mir etwas zustößt, kommen wenigstens die Filme aus dem Land heraus."

Kerry wurde blass.

„Ich saß schon oft in der Klemme", fuhr er fort. „Aber so ernst war meine Lage noch nie. Das sind reine Vorsichtsmaßnahmen."

„Aber dieser Film ist noch in seiner Verpackung. Er ist gar nicht belichtet", sagte sie verwirrt.

„Doch. Ich habe die benutzten Filme wieder in die Plastikfolien gesteckt, damit sie wie neu aussehen. Das kann von Vorteil sein, wenn … wenn sich jemand für die Filme interessiert."

„Ich will mit deinen Filmen nichts zu tun haben, Lincoln. Ich könnte …"

„Hör mir zu. Falls mir etwas zustößt, versprich mir, dass du dafür sorgst, dass die Fotos entwickelt und veröffentlicht werden."

„Rede nicht so."

Er zog sein Taschentuch hervor, mit dem er sich immer den Schweiß abgewischt hatte, und band es Kerry um den Hals. „Haben das die Ritter früher nicht auch getan? Sie haben der Frau, die sie bewunderten, ein Andenken gegeben, bevor sie in den Kampf zogen."

„Hör auf", bat sie unter Tränen. „Ich halte das nicht aus. Bitte sag so etwas nicht. Ich will nicht einmal daran denken. Und außerdem bewunderst du mich nicht."

Lincoln lachte leise auf. „Und ob ich das tue. Ich gebe zu, dass ich dich am liebsten erwürgt hätte, als ich aufwachte und gemerkt habe, dass du mich entführt hast, um einen Job zu machen, den ich nicht haben wollte." Er sprach jetzt völlig ernsthaft. „Aber ich bewundere dich, Kerry. Du warst unglaublich mutig, du hast durchgehalten, auch wenn es noch so schwierig wurde. Falls ich keine Gelegenheit mehr haben sollte, es dir zu sagen …"

„Schluss jetzt! Du kannst mir das alles in Texas erzählen."

„Kerry", sagte er sanft, als er erkannte, dass der Kummer ihr vielleicht den Mut nahm, wenn es gleich darauf ankam. „Ich habe nicht die Absicht, hier in Montenegro zu sterben. Was nützt mir der dritte Pulitzer-Preis für meine Fotos, wenn ich schon tot bin? Außerdem möchte ich mir doch die fünfzigtausend von dir abholen."

Er lächelte sie an. Zum ersten Mal fiel Kerry auf, was für schöne Zähne er hatte. Im Kontrast zu der gebräunten Haut voller Bartstoppeln waren sie strahlend weiß. Sie wusste nicht, ob sie ihn schlagen oder küssen sollte.

Doch sie traute sich nicht, ihm zu zeigen, was sie für ihn empfand. Sie konnten es sich jetzt nicht leisten, rührselig zu werden. „Noch irgendwelche letzten Wünsche?", fragte sie deshalb betont heiter.

„Wenn du es schaffst und ich nicht, dann rauch eine Zigarette für mich und trink einen Whisky."

„Bourbon oder Scotch?"

„Spielt keine Rolle."

„Sonst noch was?"

„Ja. Leg kein Gelübde ab."

Er bewegte sich so schnell, dass Kerry nicht reagieren konnte. Plötzlich hielt er ihren Kopf und beugte das Gesicht dicht vor sie. „Das kann keine Sünde sein, es ist mein letzter Wunsch."

Lincoln küsste sie. Leidenschaftlich presste er die Lippen auf ihre. Sofort öffnete Kerry den Mund, und er drang mit der Zunge ein. Diese unvermittelte Lust traf Kerry wie ein Blitzschlag. Lincoln schien vollkommen Besitz von ihr zu ergreifen, und sie gab sich willenlos hin. Sie krallte sich in sein T-Shirt und legte den Kopf in den Nacken. Lincolns Bartstoppeln kratzten, doch Kerry machte es nichts aus. Sie kostete die Empfindung, seine Zunge in ihrem Mund zu spüren, rückhaltlos aus. Unbewusst presste sie sich an ihn, als ihr heiß wurde und ein Zittern durch ihren Körper lief.

Kerrys Reaktion machte Lincoln fast verrückt. Er vertiefte den Kuss noch und drückte sie dicht an sich. Als er die Spannung nicht mehr ertragen konnte, hob er aufstöhnend den Kopf. Ungläubig sah er ihr in die Augen und auf die blutroten feuchten Lippen.

„Kerry", stieß er atemlos aus.

Unbewusst fuhr sie sich mit der Zunge über die Lippen.

Lincoln stöhnte erneut auf. „Du bist wundervoll." Er küsste sie wieder. „Wenn wir nur etwas Zeit hätten, dann könnte ich dich berühren. Oh, wenn du wüsstest, wie ich mich danach sehne, deine Brüste zu berühren!" Flüchtig strich er mit der Hand über eine Brust. Kerry seufzte vor Verlangen leise auf. „Ich würde mit dir schlafen, Kerry, ich sehe, dass du es dir auch wünschst."

Ja, sie begehrte ihn. Und sie liebte ihn. Wenn er jetzt starb, würde er immer noch glauben, dass sie eine Nonne war! Das durfte sie nicht zulassen.

„Lincoln, da gibt es etwas …"

„Pst." Horchend hob er den Kopf.

„Aber ich muss dir unbedingt …"

„Nicht jetzt. Sei still." Lincoln schob sie von sich und stand auf. Dabei gab er ihr ein Zeichen, still zu sein. Kurz darauf konnte auch Kerry das Dröhnen eines Flugzeugs hören.

„Wir müssen noch über vieles sprechen, Liebling, aber dazu ist jetzt keine Zeit. Bereite die Kinder vor." Mit bemerkenswerter Ruhe traf er rasch die notwendigen Vorbereitungen. „Joe, geh auf deinen Platz."

„Ich bin bereit", antwortete Joe und hockte sich hinter einen Baum.

Das Flugzeug kreiste nicht erst über dem Gelände, sondern setzte gleich zur Landung an. Die Kinder wurden aufgeregt. Jetzt wurde ihr Traum wahr. Während sie alle angestrengt auf das Flugzeug starrten, beobachtete Lincoln das Gelände, ob er irgendeine Bewegung entdecken konnte.

Der Pilot machte eine tadellose Landung und blieb direkt vor dem alten Wachturm stehen.

„Lauf." Lincoln stieß Kerry an.

Sie presste Lisa an sich und machte zögernd ein paar Schritte auf das freie Gelände hinaus.

„Lauf!" Diesmal schrie Lincoln laut.

Kerry rannte los und schrie den Kindern zu, sie sollten ihr folgen. Dicht hinter sich hörte sie die schweren Schritte von Lincoln. Sie hatten die Hälfte der Strecke bereits hinter sich, als die ersten Schüsse fielen. Kerry erstarrte, und die Kinder fingen an zu schreien.

„Weiter! Nicht stehen bleiben", schrie Lincoln.

Er fuhr herum und schoss wild in die Richtung, aus der die Schüsse kamen. Er sah das Mündungsfeuer, als sie erneut schossen. Zwischen den Bäumen wirkte es wie kleine Funken, doch Lincoln hörte die Kugeln neben seinen Füßen in den Boden schlagen. Er schoss eine zweite Salve und rannte dann hinter Kerry und den Kindern her, die das Flugzeug fast erreicht hatten. Wie durch ein Wunder war niemand getroffen worden, obwohl sie alle verängstigt schrien.

Die Tür des Flugzeugs stand bereits offen. Lincoln drehte sich wieder um. Überall zwischen den Bäumen konnte er jetzt die Mündungsfeuer sehen. Offenbar war es Juan nicht gelungen, seine Leute von dem Treffpunkt wegzuleiten. Lincoln hoffte nur, dass sie ihn nicht durchschaut hatten.

Aus dem Augenwinkel heraus sah er, dass Joe aus seinem Versteck herauskam und losfeuerte. Damit brachte er einige der Rebellen dazu, rasch wieder im Dickicht in Deckung zu gehen. Dann sprang er selbst wieder hinter den Baum.

„Prima, Junge", murmelte Lincoln. Er blickte über die Schulter und sah, dass die Kinder in das Flugzeug gezogen wurden. Rückwärts laufend und aus der Hüfte heraus schießend, rannte er zu ihnen, um den Kindern an Bord zu helfen.

Als er sich wieder umsah, entdeckte er Jeeps voller Soldaten, die von der anderen Seite der Grenze her auf das Flugzeug zukamen. Das Nachbarland von Montenegro verhielt sich im Bürgerkrieg neutral, doch anscheinend wollten sie herausfinden, was hier geschah. Ein Offizier im ersten der Wagen rief etwas durch einen Lautsprecher, das Lincoln nicht verstehen konnte. Doch als er die ersten Warnschüsse hörte, konnte er sich den ungefähren Sinn denken.

Lincoln fluchte hemmungslos.

Jetzt wurden sie von beiden Seiten beschossen.

Eins der Kinder stolperte und fiel hin. Lincoln hastete zu ihm, hob es auf und rannte gebückt auf die Tür des Flugzeugs zu.

„Ist Mike getroffen?", schrie Kerry über den Lärm des Flugzeugs und die Schüsse hinweg.

„Er ist nur hingefallen. Steig endlich ein."

Lisa wurde Kerry aus dem Arm genommen und in den Laderaum gezogen. Lincoln hob Mike hoch, einem Paar ausgestreckter Arme entgegen. Der kleine Junge, dessen schmutziges Gesicht von Tränen nass war, wurde in Sicherheit gezogen. Außer Joe waren jetzt alle Kinder im Flugzeug. Der Junge schoss so wild um sich, dass die Rebellen sich nicht aus ihrer Deckung herauswagten. Aber bald würde ihm die Munition ausgehen. „Steig schon ein!", befahl Lincoln Kerry noch einmal.

„Aber du und Joe ..."

„Fang jetzt bloß nicht an, mit mir zu streiten."

Offenbar war der Mann im Laderaum der Gleichen Ansicht wie Lincoln. Immer noch protestierend, wurde Kerry hineingezogen. „Wenn mir etwas passiert, dann fliegen Sie los", rief Lincoln dem blonden Mann im Flugzeug zu.

„Nein!", schrie Kerry auf.

Lincoln sah ihr in die Augen. Dann wandte er sich um und rannte schießend zurück zu den Bäumen.

„Was hat er vor?", fragte Cage Hendren. „Wieso läuft er zurück?"

„Um noch einen Jungen zu holen, der uns Rückendeckung gegeben hat."

Cage nickte verstehend und sah dem Mann hinterher, der in Schlangenlinien über die Lichtung lief. Er kannte diesen Mann zwar nicht, aber entweder war das ein Held oder ein Verrückter.

„Cage, wir müssen los", rief der Pilot aus dem Cockpit.

Kerry griff nach Cages Arm. „Nein. Ohne die beiden werden wir nicht fliegen."

Cage erkannte die Entschlossenheit in ihrem Blick. „Noch nicht", schrie er in Richtung Cockpit.

„Einer dieser Verrückten könnte uns treffen, und die anderen versuchen, mit Jeeps ..."

„Noch dreißig Sekunden", verhandelte Cage, obwohl er wusste, dass der Pilot recht hatte. „Wir haben noch zwei Passagiere."

Kerry schrie auf, als sie sah, dass Lincoln zu Boden fiel.

„Alles in Ordnung", beruhigte Cage sie. „Er versucht nur, ihnen so wenig Zielfläche wie möglich zu bieten."

Aus seiner Kampfposition heraus rief Lincoln Joe zu, zum Flugzeug zu laufen, während er ihm Feuerschutz gab. Mit knatterndem Gewehr stürmte Joe aus dem Dickicht hervor. Er drehte sich im Kreis, während er lief, und schoss in alle Richtungen. Als er fast bei Lincoln angelangt war, knickte sein linkes Bein weg, und er fiel.

„Nein!", schrie Kerry. Sie wollte aus dem Flugzeug springen, aber Cage hielt sie zurück.

In diesem Augenblick trafen einige Kugeln das Flugzeug. Sie richteten noch keinen Schaden an, doch Cage wurde unruhig. Durfte er wegen der zwei Lebensmüden da draußen das Leben der Kinder im Flugzeug aufs Spiel setzen?

Er sah, wie Lincoln bäuchlings zu dem Jungen robbte, der mit dem Gesicht nach unten auf dem Boden lag. Offenbar redeten sie miteinander. „Der Junge lebt", sagte Cage zu Kerry.

„Oh, bitte. Sie dürfen nicht sterben." Tränen strömten ihr über das Gesicht.

„Cage, sie blockieren unsere Startbahn mit den Jeeps", rief der Pilot.

Die Kinder schrien durcheinander.

„Kerry, wir müssen los", sagte Cage.

„Nein, wir können sie nicht zurücklassen."

„Wir können alle sterben, wenn ..."

„Nein, nein!" Sie versuchte sich aus seinem Griff loszureißen. „Dann fliegt. Aber ohne mich."

„Du weißt, dass ich das nicht tun kann. Die Kinder brauchen dich."

Verzweifelt schluchzte sie, als sie sah, wie Lincoln sich auf ein Knie stützte. Er griff Joe unter einen Arm und zog ihn auf die Füße hoch. Joe konnte sich nicht halten. Sein linkes Bein hing schlaff herunter. Lincoln schwankte, als er sich Joes Arm um den Nacken legte. Dann schleppte er sich und den Jungen auf das Flugzeug zu.

Sie liefen mitten durch den Kugelhagel. Kerry sah die kleinen Staubfontänen, wenn die Kugeln in den Boden um Lincoln herum einschlugen. Die Rebellen kamen jetzt aus den Verstecken und liefen auf die Schneise hinaus, wobei sie unaufhörlich schossen.

„Kerry!"

„Nein, Cage! Du wirst dieses Flugzeug keinen Meter bewegen!"

„Aber ..."

Kerry formte die Hände zu einem Trichter um den Mund. „Lincoln! Lincoln, beeil dich!"

Lincoln schoss blind auf seine Verfolger, bis ihm die Munition ausging. Dann schleuderte er das Gewehr von sich, hob Joe wie ein Kind in die Arme und rannte zum Flugzeug.

„Sie kommen!", schrie Kerry.

„Fahr los", rief Cage dem Piloten zu. Er beugte sich vor und streckte die Hände aus dem Laderaum.

Kerry erkannte den schmerzhaften Ausdruck auf Lincolns Gesicht, kurz bevor sie den dunkelroten Fleck vorn auf seinem Hemd bemerkte. Sie war jetzt zu angespannt, um einen Ton von sich zu geben. Sie öffnete nur stumm den Mund und weinte.

Blutend lief Lincoln weiter. Sein Gesicht war vor Anstrengung verzerrt. Er stolperte auf die Tür zu und hob mit letzter Kraft Joe zu Cage empor. Cage ergriff Joes Hemdkragen und zog den Jungen hinein. Trotz seiner Schmerzen kroch Joe sofort stöhnend aus dem Weg. Das Flugzeug kam jetzt in Fahrt, und Lincoln musste rennen, um auf Höhe der Ladeluke zu bleiben.

„Geben Sie mir die Hand", schrie Cage.

Lincoln streckte die Hand so weit aus, wie er nur konnte, stolperte, fing sich zum Glück jedoch wieder, und schaffte es in einem letzten Kraftaufwand, Cages Hand zu ergreifen und sich festzuhalten. Die Beine knickten ihm weg, und er wurde ein Stück mitgeschleift, bevor es Cage gelang, ihn unter Aufbietung aller Kräfte und mit Kerrys Hilfe ins Flugzeug zu ziehen. Er rollte sich auf den Rücken und schnappte nach Luft, während Cage die Tür zuriegelte.

„Lass uns von hier verschwinden", rief Cage dem Piloten zu.

„Verstanden!"

Noch schwebten sie in Gefahr. Das Flugzeug wurde jetzt von allen Seiten beschossen, bevor sie volle Startgeschwindigkeit hatten. Kurz vor den Jeeps, die die Bahn versperrten, hob das Flugzeug vom Boden ab und flog um Haaresbreite über die Wagen hinweg.

Die Kinder schmiegten sich ängstlich aneinander. Die meisten weinten nicht mehr, doch sie waren immer noch verängstigt und aufgeregt. Schließlich war es ihr erster Flug. Sie starrten den großen blonden Mann an, der auf Spanisch mit ihnen redete und ihnen zulächelte.

Kerry strich behutsam über Lincolns Brust. „Wo bist du getroffen? Hast du Schmerzen?"

Mit Mühe öffnete er die Augen. „Alles in Ordnung. Kümmere dich um Joe."

Kerry kroch zu dem Jungen hinüber. Sein Gesicht war bleich, und seine Lippen waren weiß vor Schmerzen. Cage schob sie zur Seite. Er rieb Joes Arm mit einer Alkohollösung ab und gab ihm eine Spritze.

„Das ist ein Schmerzmittel", beantwortete er Kerrys unausgesprochene Frage.

„Ich wusste nicht, dass du so etwas kannst."

„Das wusste ich bisher selbst nicht", entgegnete er trocken. „Einer von den Ärzten im Dorf hat mir gestern Nacht einen Erste-Hilfe-Kurs gegeben."

Er schnitt das Hosenbein von Joes Hose auf und betrachtete die Schusswunde in seinem Oberschenkel. „Ich glaube, der Knochen ist nicht getroffen, aber der Muskel sieht nicht so gut aus."

Kerry schluckte. „Wird er wieder gesund werden?"

„Ich glaube schon." Cage lächelte ihr zu und drückte ihre Hand. „Ich werde die Wunde reinigen, so gut ich kann. Dann legen wir ihn bequem hin. Wenn wir in Reichweite sind, funken wir Jenny an. Sie wird dafür sorgen, dass ein Krankenwagen bereitsteht. Ach, übrigens", er strahlte sie mit seinem Lächeln an, für das er bei den Frauen von West-Texas bekannt war, „ich freue mich, dass du es geschafft hast."

„Wenn Lincoln nicht gewesen wäre, hätten wir es nicht geschafft." Jetzt, nachdem Joe durch das Medikament weggedämmert war, ging Kerry zu Lincoln zurück, der immer noch flach auf dem Rücken lag.

„Wer?", fragte Cage nach.

„Lincoln. Lincoln O'Neal."

„Du machst Witze!", rief Cage aus. „Der Fotograf?"

„Hat jemand meinen Namen gerufen?" Lincoln öffnete die Augen und versuchte sich aufzusetzen. Die beiden Männer grinsten sich an wie alte Freunde.

„Willkommen an Bord. Freut mich, Sie kennenzulernen." Cage schüttelte Lincoln die Hand.

„Danke."

Lincoln und Kerry wechselten einen Blick. Cage merkte sofort, dass hier etwas vorging, wobei er nur störte. „Ich ... ich sehe mal nach den Kindern. Kerry, vielleicht solltest du dich um Lincolns Wunde kümmern. Hier ist alles Nötige drin." Damit schob er ihr den Erste-Hilfe-Koffer zu und ließ die beiden allein.

„Was wolltest du dort vorhin eigentlich beweisen?", fragte Lincoln verärgert. „Ich hatte gesagt, ihr solltet ohne uns fliegen, falls irgendetwas geschieht. Aber du hörst ja nie auf das, was man dir sagt."

Kerrys Sorge wurde von ihrem Zorn verdrängt. „Entschuldige bitte", fuhr sie ihn an. „Ich habe nicht auf dich, sondern auf Joe gewartet. Hast du jetzt Schmerzen oder nicht?"

„Für die Wunde reicht ein Pflaster", sagte er und sah kurz auf seine blutende Schulter.

„Cage kann dir eine Spritze gegen die Schmerzen geben."

„Nein, schon gut. Ich kann Spritzen nicht ausstehen."

Einen Moment sahen sie sich nur verärgert an. Zuerst zuckten Kerrys Lippen verdächtig. Dann musste auch Lincoln lächeln. Gleichzeitig brachen sie in schallendes Gelächter aus.

„Wir haben es geschafft!", schrie Lincoln überschwänglich. „Wir haben es tatsächlich geschafft. Jetzt geht's nach Hause, Kerry."

„Nach Hause." Ihre Stimme war nur ein Flüstern.

Dann kippten ihre Gefühle erneut um. Kerry warf sich aufschluchzend gegen Lincolns blutverschmierte Brust, und während sie sich umarmten, weinte sie vor Erleichterung und Freude.

8. KAPITEL

Jenny Hendren hatte an etwas zu essen gedacht. Es gab Brote mit Erdnussbutter, Orangen und Äpfel und selbst gebackene Schokoladenkekse. In einer Kühlbox waren Getränke und Käsebrote. Sobald sie ihren Hunger gestillt hatten, schliefen die Kinder ein. Die Sitze waren alle aus dem kleinen Flugzeug entfernt worden, trotzdem hatten sie nicht viel Platz und lagen dicht gedrängt.

„Wie geht es Joe?", erkundigte Kerry sich bei Cage.

Er beugte sich über den verletzten Jungen und überprüfte den behelfsmäßigen Verband, mit dem er die Wunde abgedeckt hatte. „Er schläft tief."

„Ein Glück, dass du das Schmerzmittel dabeihattest."

„Das stimmt. Sonst hätte er jetzt höllische Schmerzen. Wie geht's dem anderen Patienten?"

„Er ist schlecht gelaunt, dickköpfig und widerspenstig." Nachdem Kerry sich ausgeweint hatte, hatte sie sich von Lincoln entfernt, der sofort wieder angefangen hatte, sie zu beleidigen. „Er will mit dir reden."

Cage ging zu Lincoln hinüber, der mit dem Rücken an einer Wand saß. Er sah genauso verantwortungslos aus wie in der Bar, als Kerry ihn zum ersten Mal gesehen hatte. Er war unrasiert, und seine Kleidung war schmutzig, blutverschmiert und zerrissen. Ständig fiel ihm das Haar in die Stirn.

„Kerry sagt, Sie wollen mit mir reden?" Cage hockte sich neben ihn.

„Vorhin haben Sie gesagt, Sie wollten über Funk mit Ihrer Frau sprechen." Cage nickte kurz. „Glauben Sie, sie kann dafür sorgen, dass ich eine Kamera bekomme, wenn wir landen?"

„Lincoln musste seine Ausrüstung in den Fluss werfen, als wir ihn überquerten", erklärte Kerry. „Wir konnten lediglich die Filme mitnehmen."

Verwundert blickte Cage die beiden an. „Klingt, als hättet ihr zwei ein richtiges Abenteuer hinter euch."

Verunsichert sah Kerry rasch zu Lincoln hinüber. „Ja, das haben wir. Weißt du, der Fluss …"

Cage hob abwehrend die Hände. „Das will ich alles ganz genau wissen, aber das wollen auch noch andere. Warum schläfst du nicht etwas, Kerry? Dann könnt ihr beide es einmal für uns alle erzählen." Dankbar lächelte Kerry ihn an. Cage wandte sich wieder an Lincoln. „Was für eine Kamera brauchen Sie, Lincoln?"

„Haben Sie etwas zum Schreiben?"

Cage schrieb sich die genauen Bezeichnungen auf, die Lincoln ihm nannte. „Ich will sehen, was sich machen lässt." Er ging ins Cockpit zu dem Piloten.

„Ein netter Kerl", stellte Lincoln fest.

Kerry lachte. „Nach allem, was ich weiß, war das nicht immer so."

„Wie meinst du das?"

„Als ich Jenny kennenlernte, war sie noch mit Hal Hendren, dem Bruder von Cage, verlobt, bevor er dann starb."

„Mit dem Missionar?"

„Genau."

Lincoln schüttelte verwirrt den Kopf. „Das klingt ziemlich kompliziert."

„Das ist es auch. Jenny kannte die beiden Brüder von klein auf. Die Familie hatte sie adoptiert, als ihre Eltern umkamen."

„Dann waren sie also alle eine große glückliche Familie."

„Richtig."

Lincoln zog die Brauen hoch. „Da scheint es ja drunter und drüber gegangen zu sein."

„Wohl kaum. Sie sind in einem Pfarrhaus aufgewachsen. Cages Vater ist Pfarrer."

„Pfarrers Kinder, Müllers Vieh, stimmt's? Kein Wunder, dass Cage mir sofort sympathisch war. Er muss ein ziemlicher Draufgänger gewesen sein."

„Bis Jenny ihn gezähmt hat."

Lincoln schmunzelte. „Auf diese Jenny bin ich ziemlich gespannt."

Kerry lachte. „Das kannst du ruhig, aber mach dir keine falschen Vorstellungen von ihr. Sie ist eine richtige Dame. Cage und sie sind einander völlig verfallen. Die beiden haben einen kleinen Sohn, und Jenny erwartet ein zweites Kind. Das ist sicher auch der Grund, weswegen sie nicht mitgeflogen ist."

„Wenn sie noch mit hier drin wäre, könnten wir alle nicht mehr atmen."

Jetzt erst fiel Kerry auf, wie eng sie alle aneinandergedrängt waren. Kerrys Knie lag auf Lincolns Schenkel. So unauffällig wie möglich zog sie es zurück.

Beide dachten an den Kuss, bevor das Flugzeug gekommen war. Lincolns ganzes Verlangen nach Kerry hatte in diesem Kuss gelegen. Stürmisch, hemmungslos und hungrig. Jedes Mal, wenn Kerry daran dachte, schlug ihr Herz schneller. Wenn Lincoln sich daran erinnerte, überkam ihn sofort körperliche Erregung.

„Hast du es bequem?", fragte sie heiser.

Abrupt blickte er zu ihr. Hatte sie seine Gedanken gelesen oder das äußerliche Zeichen seiner Erregung bemerkt? Doch sie sah auf seine Schulter und nicht auf seinen Schoß.

„Das geht schon", wiegelte er ab.

Kerry zitterte beim Anblick der Blutflecken auf seinem T-Shirt. Wie leicht hätte er sterben können! Er hatte sein Leben für sie alle aufs Spiel gesetzt. Für die Opfer, die er für sie und die Kinder gebracht hatte, würde Kerry ihn nie angemessen belohnen können. Ein kleines Dankeschön musste sie ihm allerdings geben.

„Lincoln?"

Da er sie nicht ansehen konnte, ohne vor Sehnsucht zu verbrennen, lehnte er den Kopf nach hinten und schloss die Augen. Als sie jedoch seinen Arm berührte, öffnete er die Augen wieder. „Ja?"

„Was du dort draußen für uns getan hast …" Sie unterbrach sich und blickte zu Boden. „Ich möchte dir für all das danken. Ich … ich …" Ihr fehlten die richtigen Worte. Alles, was ihr einfiel, klang mehr oder weniger wie eine Liebeserklärung. Dummerweise sagte sie das Erstbeste, was mit Gefühlen nichts zu tun hatte. „Sobald wie möglich bekommst du den Scheck über fünfzigtausend Dollar."

Einen Augenblick rührte er sich nicht. Dann riss er unvermittelt den Arm unter ihrer Hand weg. Am liebsten hätte er ihr genau erklärt, was sie mit dem Geld tun konnte. Dachte sie wirklich, dass er das alles des Geldes wegen getan hatte? „Verschwinde."

„Wie bitte?"

„Du hast richtig gehört."

„Aber ich verstehe nicht."

„Stimmt, du verstehst wirklich nichts."

„Warum fährst du mich so an? Ich wollte mich nur bei dir bedanken." Jetzt wurde auch Kerry wütend. Aus diesem Mann konnte niemand schlau werden. Er wollte einfach nicht, dass man nett zu ihm war. Anscheinend war er tatsächlich völlig gefühllos.

„Das hast du ja getan. Und jetzt lass mich in Ruhe."

„Mit dem größten Vergnügen." Sie wollte sich gerade zurückziehen, da bemerkte sie frisches Blut, das durch das T-Shirt sickerte. „Deine Schulter hat wieder zu bluten angefangen."

Gleichgültig betrachtete er die Stelle. „Macht nichts."

Kerry holte eine Rolle Verbandsmull aus dem Erste-Hilfe-Koffer. „Hier. Lass mich ..."

Lincoln hielt sie am Handgelenk fest, bevor sie seine Schulter berühren konnte. „Ich sagte, du sollst mich in Ruhe lassen. Schließlich hast du mich ja gerade eben daran erinnert, dass wir lediglich eine geschäftliche Abmachung hatten. Wundbehandlung war darin nicht eingeschlossen." Er senkte die Stimme. „Genauso wenig wie küssen. Wieso hast du es zugelassen, dass ich dich vorhin geküsst habe?" Er kam mit dem Gesicht dicht an sie heran. „Und du hast den Kuss recht leidenschaftlich erwidert, Engelchen. Denkst du, das habe ich nicht mitbekommen? Das hättest du dir auch sparen können. Auch ohne diesen Kuss hätte ich nicht weniger Einsatz gezeigt."

Vor Empörung lief Kerry rot an. „Das ist eine boshafte Unterstellung, die du da machst."

„Möglich. Genauso boshaft ist es, sexuelle Versprechen zu machen, die du nicht zu erfüllen gedenkst." Abfällig musterte er sie. „Wir sind quitt, Schwester Kerry. Sobald ich das Geld habe, bin ich verschwunden. Und Schluss. Ich mache noch ein paar Fotos vom Empfang der Kinder. Und glaub mir, ich kann es kaum erwarten, die ganze Sache hinter mir zu haben, um sie vergessen zu können."

Kerry zog die Hand zurück. Niemals zuvor hatte sie jemanden getroffen, der so unsensibel war. Sie war zutiefst enttäuscht. Doch das passierte ihr nicht zum ersten Mal in ihrem Leben. Sie wusste, dass es schmerzhaft war, aber mit der Zeit würde sie den Schmerz vergessen.

So weit wie möglich zog sie sich von Lincoln zurück, lehnte sich zurück und schlief den Rest des Fluges.

Cage rüttelte Kerry wach. „In einer Viertelstunde sind wir da, Kerry. Es ist besser, wenn du die Kinder weckst."

„Wie geht es Joe?" Der Junge stöhnte leise. Er hatte die Augen geschlossen, aber er wälzte den Kopf unruhig hin und her.

„Leider kommt er allmählich zu sich. Ich möchte ihm nicht noch eine Spritze geben. Das soll lieber ein Arzt machen."

„Cage." Kerry hielt ihn am Ärmel fest, als er ins Cockpit zurückwollte. „Ich möchte nicht von einer Horde von Reportern überfallen werden. Die Kinder werden ohnehin verängstigt genug sein. Wir sind alle schmutzig und erschöpft. Kannst du das regeln?"

Nachdenklich rieb er sich den Nacken. „Du bist eine Sensation, Kerry, weil ..."

„Ich weiß", unterbrach sie ihn rasch. Lincoln konnte jedes Wort mithören. „Aber du verstehst sicher, dass ich unbedingt etwas Ruhe brauche. Das ist für mich, die Kinder und die Eltern, die sie adoptieren wollen, das Beste."

„Ist mir klar, aber ob die Medien das auch so sehen? Seit Tagen warten Reporter am Flughafen auf deine Ankunft." Er sah Kerrys Verzweiflung und legte ihr beruhigend eine Hand auf die Schulter. „Wenn du allerdings kein Interview geben und die Kinder nicht dem ganzen Rummel aussetzen willst, dann soll es auch so sein. Ich werde dem Sheriff über Funk Bescheid geben, dass wir nicht belästigt werden wollen."

„Danke."

Die Kinder waren jetzt alle hellwach und redeten aufgeregt durcheinander, während sie aus den Fenstern sahen. Kerry musste lachen, als sie die Kommentare über das freie offene Land hörte. Für die Kinder, die nur den dichten Dschungel kannten, musste die Landschaft sehr merkwürdig aussehen.

Der erfahrene Pilot machte eine butterweiche Landung. Als das Flugzeug anhielt, musste zunächst Joe zum Krankenwagen geschafft werden, der ihn ins Krankenhaus bringen würde. Cage sprang aus dem Flugzeug und sprach kurz mit dem Arzt.

Lincoln stieg auch aus und sah sich nach einer schwangeren Frau mit einer Kamera um. Sie war nicht schwer zu finden. Kerry hatte recht. Jenny war eine Dame vom Scheitel der schimmernden braunen Haare bis zu den Sohlen ihrer flachen Schuhe. „Mrs Hendren?"

„Mr O'Neal?"

Sie lächelten sich an, und Jenny reichte Lincoln die Kamera, die er bestellt hatte. „Wir mussten etwas herumtelefonieren, bis wir genau diese Kamera fanden."

„Tut mir leid, Ihnen Umstände gemacht zu haben."

„Ich hoffe nur, dass es die richtige ist", sagte sie besorgt. „Ich kenne mich mit Fotoapparaten überhaupt nicht aus."

Lincoln genoss es, endlich wieder eine Kamera in den Händen zu halten. „Sie ist genau richtig. Das Geld kann ich Ihnen allerdings im Moment nicht wiedergeben." Sie lachten beide auf, als Lincoln an sich herunterblickte.

Mit geübten Bewegungen legte Lincoln einen Film ein, hob die Kamera und schoss ein Bild von den Krankenpflegern, die Joe auf einer Bahre aus dem Flugzeug hoben. Lincoln ging auf die Bahre zu. Joe entdeckte Lincoln als einziges bekanntes Gesicht unter vielen. „Halt durch, Kämpfer", sagte Lincoln, und zum ersten Mal, seit er ihn kannte, lächelte Joe Lincoln zu. Dieses schwache Lächeln hielt Lincoln auf einem Foto fest.

Der Arzt stieg hinter der Trage in den Krankenwagen. Als er sich umdrehte, um die Tür zu schließen, sah er Lincolns Wunde. „Sie sollten sich auch verarzten lassen."

„Später." Lincoln wandte sich mit der Kamera wieder der Tür des Flugzeugs zu.

Drinnen sprach Kerry mit ruhiger Stimme zu den Kindern. „Am Anfang wird alles fremd für euch sein. Aber habt keine Angst. Ihr bedeutet den Menschen hier sehr viel. Sie wollen euch kennenlernen."

„Wirst du uns allein lassen?", fragte der kleine Mike.

„Nein. Ich gehe nicht, bevor ich nicht sicher bin, dass ihr in euren neuen Familien glücklich seid. Alles klar?" Ernsthaft nickten die acht Kinder. „Gut. Dann los."

Sie half ihnen hinaus. Jenny und Cage begleiteten den jämmerlichen Zug zu einem Kleinbus. Kerry versuchte, Lincoln nicht zu beachten, als er sie fotografierte. Ein bisschen neidisch beobachtete sie, wie Cage Jenny in die Arme nahm und küsste.

Jennys Erleichterung, dass Cage nichts passiert war, sprach so deutlich aus ihrem Blick wie Cages Sorge, als er ihren dicken Bauch betrachtete. Während sie sich gegenseitig versicherten, dass es ihnen gut ging, wirkten sie nach außen hin wie frisch Verliebte.

Nachdem alle Kinder im Bus saßen, nahm Jenny Kerry in die Arme. „Jetzt ist mein Traum in Erfüllung gegangen", sagte Kerry leise. „Vielen Dank für eure Hilfe. Ihr seid beide wundervoll."

„Sei still. Du willst dich sicher erst mal ausruhen. Wir werden uns später ausführlich unterhalten. Cage", sagte Jenny und wandte sich an ihren Mann. „Steig du doch mit Mr O'Neal hinten zu den Kindern. Ich werde fahren."

„Ach, Entschuldigung, Mrs Hendren", mischte Lincoln sich ein. „Ich brauche ein Taxi zum nächsten Hotel und …"

Gleichzeitig brachen Cage und Jenny in schallendes Gelächter aus. „Wir haben hier nur ein einziges Taxi", erklärte Cage. „Wenn Sie jetzt anrufen, haben Sie Glück, wenn es übermorgen kommt. Und ein richtiges Hotel gibt es hier nicht."

„Außerdem", warf Jenny ein, „würde ich nicht zulassen, dass Sie uns einfach so verlassen, ohne dass ich mich bei Ihnen richtig bedanken kann. Jetzt steigen Sie schon ein, bevor wir in der Hitze zusammenbrechen."

Lincoln fügte sich und stieg hinten zu Cage in den Kleinbus. Lisa streckte verängstigt die Arme nach ihm aus. Lincoln nahm sie während der Fahrt zum Haus der Hendrens auf den Schoß.

„Ich habe die Reporter abgewimmelt, indem ich ihnen eine Presseerklärung von dir versprochen habe, Kerry. Die kannst du in aller Ruhe vorbereiten."

„Danke, Jenny."

„Du wohnst natürlich bei uns", fügte Jenny hinzu.

„Was wird mit den Kindern?"

„Wir haben ein paar Wohncontainer gemietet. Die stehen jetzt auf unserer Farm", antwortete Cage. „Dort warten Krankenschwestern, die die Kinder im Auftrag der Einwanderungsbehörde untersuchen wollen. Der Papierkram wird ein paar Tage dauern, bis alles für die Adoptionen geregelt ist. Erst dann reisen die Eltern an, um die Kinder abzuholen." Cage sah sich unter den Kindern um. „Welche von ihnen sind die beiden Schwestern?"

Kerry wies auf Juans Schwestern. Cage lächelte die beiden Mädchen an und erklärte ihnen, dass ihre zukünftigen Eltern bereits auf der Farm seien. „Sie warten auf euch. Sobald wir ankommen, könnt ihr sie kennenlernen."

Die beiden Mädchen, die traurig schwiegen, seit Kerry ihnen die Nachricht von ihrem Bruder mitgeteilt hatte, hielten sich verschüchtert an den Händen und blickten Hilfe suchend zu Kerry und Lincoln. Er hielt einen Daumen hoch und zwinkerte ihnen übertrieben zu. Sofort kicherten die beiden.

Kerry war von dem Haus und dem Grundstück der Hendrens beeindruckt. Als sie von der Straße abbogen und durch ein Tor fuhren, ließ Kerry ihrer Bewunderung freien Lauf.

„Vielen Dank", sagte Jenny. „Vor unserer Hochzeit hatte Cage gerade angefangen, das Haus zu renovieren. Seitdem haben wir einiges daran getan. Ich hänge sehr an der Farm."

Cage Hendren hatte früher als Ölsucher angefangen, und heute noch gehörten ihm einige Ölquellen. Doch als der Ölpreis fiel, hatte er vorsichtshalber sein Vermögen in Grundstücke und Viehzucht gesteckt. Während der Wirtschaftskrise hatte er deshalb keine großen Verluste hinnehmen müssen. Die Hendrens lebten jetzt zwar bescheiden, hatten es jedoch nicht unbedingt nötig.

Neben dem Pferdestall standen drei Wohncontainer nebeneinander. Noch bevor der Wagen stillstand, kamen ein Mann und eine Frau aus dem Haus gelaufen.
„Das sind Roxie und Gary Fleming", stellte Jenny vor.
Die Flemings nickten Lincoln und Kerry respektvoll zu, als sie ihnen die Hand gaben. Dann fragte Roxie nach Carmen und Cara.
Kerry zeigte auf die beiden Mädchen, und Roxie streckte ihnen strahlend die Hände entgegen. Einen Augenblick zögerten die beiden, bevor sie schüchtern auf die Frau zugingen und ihre Hände ergriffen.
So unauffällig wie möglich hielt Lincoln das Ganze auf Bildern fest. Das ergreifendste Foto zeigte Kerry, ohne die es diese Szene gar nicht gegeben hätte. Lincoln wusste sofort, dass dieses Bild ein Volltreffer war. Das Sonnenlicht spiegelte sich in den Tränen, die Kerry in den Augen standen.
Kerry wusste selbst nicht, weshalb sie so nervös war, als sie die Treppe herunterkam. Vielleicht weil es ihr wie eine Ewigkeit vorkam, seit sie zum letzten Mal ein Kleid getragen hatte. Dabei zählte sie das Kleid nicht mit, das sie in der Bar angehabt hatte, als sie Lincoln begegnet war.
Vielleicht schlug ihr Herz so hastig, weil er sie jetzt zum ersten Mal mit gewaschenem Haar, sauberer Haut und gefeilten Fingernägeln sehen würde. Jedenfalls zitterten ihre Knie so stark, dass sie kaum vorwärts kam.
Ihre Flucht aus Montenegro wirkte mittlerweile so unwirklich, obwohl es erst heute Morgen geschehen war. Den Nachmittag hatte sie damit verbracht, den Kindern zu helfen, sich an die vorübergehenden Unterkünfte zu gewöhnen. Sie hatten über die Ausstattung der Wohncontainer gestaunt. Die Krankenschwestern hatten sie untersucht und für gesund erklärt.
Mit Hilfe der Flemings und Cages Eltern, Bob und Sarah Hendren, hatte Kerry alle Kinder gebadet und ihnen Sachen angezogen, die ein Kaufmann aus La Bota gespendet hatte. Die Gemeinde von Bob Hendren hatte Lebensmittel gesammelt, sodass sie alle regelrecht schlemmen konnten.
Roxie lief ständig um ihre zukünftigen Töchter herum, und Gary musste seine Frau zurückhalten, damit die beiden Mädchen ein wenig zur Ruhe kamen. Kerry konnte nur hoffen, dass das Treffen der übrigen Kinder mit ihren Pflegeeltern auch so glücklich verlief.
Cage hatte Kerry zum Krankenhaus gefahren. Durch einen Hintereingang war sie unbemerkt von der Presse hineingekommen, um Joe

zu besuchen. Die Kugel war bereits aus seinem Bein entfernt worden, und jetzt war er von der Narkose benommen. Er lächelte schwach, als er Kerry erkannte. Der Arzt hatte ihr versichert, dass keine Behinderung zurückbleiben würde.

Als Kerry zurückkehrte, überredete Jenny sie zu einem Schaumbad. Erleichtert hatte Kerry dann die Sachen ausgezogen, in denen sie seit vier Tagen durch den Dschungel gelaufen war.

Nur als sie das Taschentuch losband, das Lincoln ihr um den Hals gebunden hatte, zögerte sie einen Augenblick. Dann wusch sie es im Waschbecken aus und hängte es zum Trocknen auf. Wenn Lincoln es nicht zurückverlangte, würde sie es behalten. Als Erinnerung an diese wilde, kurze und glühende, wenn auch unerfüllte Affäre.

Jetzt drangen Stimmen aus dem Esszimmer zu ihr. Kerry riss sich zusammen, öffnete die Tür und trat in das Zimmer, das nur von Kerzen erleuchtet wurde. Jenny erblickte sie als Erste.

„Da bist du ja!"

Cage pfiff bewundernd. „Welche Wunder Wasser und Seife doch bewirken können!"

Lincoln sagte nichts. Er war gerade dabei, eine Dose Bier zum Mund zu führen. Mitten in der Bewegung hielt er inne und starrte Kerry einen Augenblick reglos an, bevor er trank.

Kerry setzte sich auf einen freien Stuhl direkt gegenüber von Lincoln. „Das ist so lieb von dir, Jenny", sagte sie. Bewundernd betrachtete sie die Blumen auf dem Tisch, die Kerzen, das Porzellan und das Silberbesteck.

„Ich dachte, dass ihr beide ein ruhiges Abendessen verdient habt. Heute Mittag ging es ja etwas hektisch zu. Jetzt könnt ihr in aller Ruhe essen, die Kinder schlafen alle."

„Hoffentlich blamiere ich mich nicht", sagte Kerry und strich über eine Gabel, die vor ihr lag. „Ich kann mich kaum noch erinnern, wie man sich bei Tisch benimmt."

„Das wird dir sicher wieder einfallen", erwiderte Jenny schmunzelnd.

„Uns stört es sowieso nicht", fügte Cage hinzu und reichte ihr eine Schüssel. „Wir essen normalerweise immer mit unserem kleinen Trent, und seine Manieren sind grauenhaft."

„Ein niedliches Kind", warf Lincoln ein. „Durch ihn haben sich die anderen Kinder sofort zu Hause gefühlt."

„Ja", stimmte Cage zu. „Er hat ihnen gleich vorgeführt, wie man Eis aus der Waffel isst."

Kerry lachte. „Wo ist er jetzt?"

„Er schläft, zum Glück", sagte Jenny erschöpft. „Ihr könnt also in Ruhe essen."

Kerry war überrascht, wie herzlich Lincolns Lachen klang, wenn kein Spott darin mitklang. Tief und männlich, hatte es eine verheerende Wirkung auf Kerry. Offenbar hatte Cage, der die gleiche Statur wie Lincoln hatte, ihm eine Hose und ein Hemd geliehen. Lincoln hatte geduscht und sich die Haare gewaschen. Er hatte sie nach hinten gekämmt. Außerdem hatte er sich rasiert. Ohne Bartstoppeln wirkte sein Kinn noch kantiger und männlicher als vorher. Unter dem Hemd zeichnete sich der Verband um seine Schulter ab.

Während des Essens sprachen sie die meiste Zeit über die Waisenkinder.

„Ich habe Kopien von deiner Erklärung an die Leute von der Presse verteilt."

„Danke, Cage."

„Morgen ist Zeit genug, um dir von den Adoptiveltern zu berichten."

„Das ist nett. Ich bin so erschöpft, dass ich heute Abend kaum noch etwas aufnehmen kann", gab Kerry zu. „Ich bin sicher, dass ihr die Eltern sorgfältig ausgesucht habt. Sind alle von ihnen so wundervoll wie die Flemings?"

„Gary und Roxie sind Freunde von uns, aber die anderen werden sicher auch hervorragende Eltern abgeben."

Nach einer Pause wandte Jenny sich an Lincoln. „Ich hätte nie geglaubt, dass ich jemals die Ehre haben würde, eine Berühmtheit am Tisch sitzen zu haben."

„Wo?" Lincoln blickte sich nach allen Seiten um, als suche er die Berühmtheit.

Die Hendrens redeten so lange auf ihn ein, bis er von seiner abenteuerlichen Arbeit als Fotojournalist erzählte. Dabei spielte er die Gefahren herunter und berichtete von den lustigen Erlebnissen.

„Allerdings", sagte er schließlich nach zwei Stücken Apfelkuchen zum Dessert, „diese Flucht aus Montenegro war die bislang gefährlichste Situation, in die ich je geraten bin."

Den größten Teil des Nachmittags hatten Kerry und Lincoln damit verbracht, allen von ihren haarsträubenden Erlebnissen in Montenegro zu erzählen. Cage und Jenny, Cages Eltern und die Flemings hatten fassungslos zugehört.

„Ich habe es nicht eilig, wieder dorthin zu kommen", sagte Kerry jetzt.

„Das ging uns damals auch so", stimmte Cage ihr zu.

Überrascht sah Lincoln ihn an. „Sie waren auch dort? Wann?"

„Nach dem Tod meines Bruders."

„Das tut mir leid."

Cage nickte kurz. „Jenny und ich mussten Hal identifizieren und seine Leiche hierher überführen." Er griff nach Jennys Hand und drückte sie fest. „Das war für uns beide schlimm." Eine Weile schwieg er. „Obwohl Montenegro ein sehr schönes Land wäre, wenn dort nicht der Bürgerkrieg toben würde. Das tropische Klima ist irgendwie belebend."

Jenny und er blickten sich in die Augen und bekamen deshalb nicht mit, wie Kerry und Lincoln sich rasch einen Blick zuwarfen. Die beiden mussten unweigerlich an ihre Nacht im Versteck unter den Ranken denken. Diese Mischung aus prasselndem Regen, dem schweren Duft der Blumen des Dschungels und dem weichen Boden war so wirksam wie ein Liebestrank gewesen.

Jetzt erschien ihnen diese Nacht wie ein Traum, als wären sie zwei völlig andere Menschen gewesen. Waren sie sich tatsächlich so nahe gewesen? Kerry konnte sich kaum vorstellen, dass Lincoln sie in dieser Nacht gewärmt und beruhigt hatte. Nach dem, was er ihr heute an den Kopf geworfen hatte, kam ihr jene Nacht völlig unwirklich vor.

Kerry sah Lincoln über den Tisch hinweg an. Er war ein Fremder für sie. Obwohl sie Wasser und Brot geteilt, sich leidenschaftlich geküsst und voller Wut gestritten hatten, wusste sie kaum etwas von ihm.

„Ihr habt noch nicht erzählt, wie ihr euch getroffen habt", sagte Jenny auffordernd. „Wodurch haben Sie von Kerrys Arbeit erfahren, Lincoln?"

Kerry zuckte zusammen. Lincoln blickte ihr kurz in die Augen. Sein Blick wirkte verschlagen. Auch wenn er nach außen hin jetzt sauber und ordentlich war, Kerry kannte seinen Charakter. Hinterhältig und berechnend, ohne Rücksicht auf seinen Vorteil bedacht.

„Ich finde, das sollte Kerry erzählen", sagte er jetzt leise. Wenn sie sich traut, fügte er mit seinem verächtlichen Blick hinzu.

Kerry setzte sich aufrecht hin. Na gut, sie würde es erzählen. Auf keinen Fall wollte sie vor Lincoln als Feigling dastehen. „Ich habe ihn angeheuert." Lincoln lachte auf, und Kerry warf ihm einen verächtlichen Blick zu. „Also gut, ich … ich …"

„Sie hat mich entführt", erklärte Lincoln.

Kerry sprang wütend auf. Wie konnte er nur vor Cage und Jenny anfangen, mit ihr zu streiten! „Du kannst einfach nicht nett sein, oder?"

Auch Lincoln sprang auf. „Nett? Du hast mich entführt. Mit voller Absicht hast du meine Arbeit eines ganzen Monats zerstört. Du warst schuld daran, dass ich meinen Flug aus diesem entsetzlichen Land verpasst habe. Deinetwegen wurde ich bedroht, gejagt und angeschossen. Ich bin beinahe ertrunken, und du erwartest, dass ich nett bin?" Er atmete schwer und zeigte mit dem Finger anklagend auf Kerry, während er an die Hendrens gewandt fortfuhr: „Sie hat sich als Hure verkleidet und mich aus einer Bar abgeschleppt. Das ist es, was sie als ‚anheuern' bezeichnet. Ich ging mit ihr, weil ich dachte, dass ... Entschuldigung, Jenny."

„Nicht schlimm", sagte Jenny leise.

„Er vergisst zu erzählen, dass er sturzbetrunken war", warf Kerry verbittert ein. „Das mit dem Abschleppen müsst ihr wörtlich verstehen, der gute Mann konnte sich nämlich kaum noch auf den Beinen halten."

„Willst du dein Verhalten damit entschuldigen?", schrie Lincoln.

„Ich dachte, er wäre ein Söldner", sprach Kerry ungerührt weiter. „Und genau das ist er auch. Er wird für seine Arbeit und die Gefahr, in die er sich begeben hat, von mir bezahlt werden." Voller Verachtung fuhr sie fort: „Bevor ihr ihn als den großen Helden feiert, solltet ihr wissen, dass er keinen Schritt getan hätte, wenn ich nicht auf seine Forderung von fünfzigtausend Dollar eingegangen wäre. Sonst hätte er mich und die Kinder im Stich gelassen."

„Das ist nicht der Grund, weswegen ich das Geld verlangt habe, das weißt du sehr genau." Lincoln beugte sich drohend über den Tisch. „Das Geld sollte mir die zerstörten Filme ersetzen. So hoch ist nämlich ungefähr mein Verlust dadurch. Für die entsetzlichen vier Tage mit dir würde die Summe kaum ausreichen." Voller Wut warf er seine Serviette auf den Tisch. „Cage, würde es Ihnen sehr viel ausmachen, mich in die Stadt zu fahren?"

Jenny Hendren stand auf. „Sie wollen uns doch nicht verlassen?"

„Doch. Es tut mir leid, Jenny." Lincoln mochte die Frau sehr gern. Sie war direkt, freundlich, beherrscht und sanft. Genau das Gegenteil von Kerry Bishop. „Ich weiß Ihre Gastfreundschaft zu schätzen."

„Aber Sie können nicht fahren", widersprach Jenny bestimmend. „Nicht jetzt." Überrascht blickten alle zu ihr. Verlegen sprach sie weiter. „Sie wollen doch die Geschichte der Flucht verkaufen. Deshalb haben Sie heute doch die Fotos gemacht, oder?"

„Stimmt", sagte Lincoln zögernd.

„Und da Kerry alle Interviews ablehnt, scheint sie Ihnen die Exklusivrechte an der Story überlassen zu haben. Richtig, Kerry?"

Kerry stutzte einen Moment. „Richtig", sagte sie dann.

„Also, die Geschichte ist doch noch gar nicht zu Ende. Wollen Sie nicht Fotos machen, wenn die Kinder ihre neuen Eltern treffen? Und Sie können doch nicht fahren, solange Joe noch im Krankenhaus liegt."

Lincoln dachte darüber nach. In einer Hinsicht hatte Jenny recht. Die Story würde mehr einbringen, wenn er noch bis zum Ende blieb. Am Nachmittag hatte er bereits mit einigen Zeitschriften telefoniert und sich Angebote für seine Berichte machen lassen. Und er hatte die Exklusivrechte, auch wenn Kerry sicher nicht freiwillig zugestimmt hatte.

Andererseits konnte er unmöglich noch eine Stunde länger mit dieser Frau unter einem Dach bleiben, ohne entweder mit ihr zu schlafen oder sie zu erwürgen.

„Ich weiß nicht recht", setzte er an. „Vielleicht kann ich mir irgendwo ein Zimmer nehmen."

„Au!" Jenny verzog schmerzhaft das Gesicht und presste beide Hände auf den vorgewölbten Bauch.

9. KAPITEL

„Jenny!" Cage fuhr von seinem Stuhl hoch. Kerry und Lincoln sahen erschreckt zu, wie er sich neben Jenny kniete und mit den Händen über ihren Leib strich. „Was ist los?" Eine Zeit lang atmete sie nur keuchend, bevor sie etwas sagen konnte. „Nur einer von diesen Krämpfen."

„Ganz sicher? Nicht das Baby?"

„Nein, das glaube ich nicht. Dazu ist es noch zu früh."

„Setz dich wieder, Jenny", sagte Kerry und schob ihr den Stuhl unter.

„Es geht schon wieder. Wirklich", sagte sie und ließ sich langsam auf den Stuhl sinken. „Bei Trent hatte ich diese Krämpfe auch hin und wieder."

„Und jedes Mal bin ich fast zu Tode erschrocken", fügte Cage hinzu. „Soll ich den Arzt rufen?"

Jenny griff nach seiner Hand und küsste sie. „Nein. Mach doch nicht so einen Aufstand. Es tut mir leid." Entschuldigend lächelte sie in die Runde.

„Du hast dich heute zu sehr angestrengt", gab Kerry zu bedenken. „Bleib sitzen. Wir werden den Tisch abräumen und abwaschen."

Jenny protestierte, doch die drei fingen an, alles in die Küche zu tragen und wegzuräumen. Cage lief ständig besorgt um Jenny herum.

Eine halbe Stunde später half Kerry ihr ins Schlafzimmer hinauf. Niemand sprach mehr davon, dass Lincoln abreiste. Er dachte selbst erst wieder daran, als er auf die Terrasse hinausging. Als Cage kurz darauf zu ihm kam, sagte Lincoln: „Ich sollte wirklich gehen. Für Jenny stelle ich bloß eine zusätzliche Belastung dar."

„Das will ich nicht gehört haben. Sie können so lange bleiben, wie Sie wollen. Es sei denn, es stört Sie, mit Trent in einem Zimmer zu schlafen. Ich warne Sie, er schnarcht."

Lincoln schmunzelte. „Im Vergleich zu den vergangenen Tagen ist mir jedes Bett willkommen." Augenblicklich erstarb das Lächeln auf seinen Lippen. Er erinnerte sich daran, an Kerry geschmiegt auf der bloßen Erde geschlafen zu haben. Diese Erinnerung rief sehr gegensätzliche Gefühle in ihm wach. „Ist das Ihr Wagen dort drüben?", fragte er Cage. Er musste einfach das Thema wechseln. Seine Gedanken kreisten in letzter Zeit immer um das Gleiche.

„Ja. Kommen Sie mit. Ich zeige ihn Ihnen." Die beiden Männer gingen zu der Garage hinüber, in der ein Oldtimer stand. Cage war stolz auf den Wagen. In seiner Freizeit konnte er stundenlang an dem Auto herumbasteln.

Die beiden Männer unterhielten sich lange. Es tat Lincoln gut, nach langer Zeit einmal wieder mit einem Mann zu reden, der noch dazu auf seiner Wellenlänge lag. Sie respektierten sich gegenseitig, ohne darüber viele Worte zu verlieren.

Aus diesem Grund nahm Lincoln es Cage nicht übel, als der ihn auf die fünfzigtausend Dollar ansprach.

„Ich will das verdammte Geld überhaupt nicht."

„Das dachte ich mir." Cage ging nicht weiter auf das Thema ein.

„Sie und Jenny sind anscheinend sehr glücklich miteinander." Es war etwas Neues für Lincoln, mit einem glücklich verheirateten Mann zu reden.

„Das sind wir", stimmte Cage ohne Zögern zu.

„So jemanden trifft man selten."

„Ich weiß. Wir betrachten unser Glück auch nicht als etwas Selbstverständliches. Manchmal glaube ich, Jenny musste ihren Verstand aufgeben, um mich heiraten zu können." Die beiden Männer lachten. „Ich habe dafür mit dem Herumtreiben aufgehört. Sie wissen ja, für eine Frau tut man manchmal Dinge, an die man sonst nicht einmal denken würde."

Darin konnte Lincoln ihm nur voll und ganz zustimmen.

„Da wir schon von Jenny sprechen", sagte Cage, „ich gehe jetzt lieber zu ihr und schaue nach, wie es ihr geht. Bis morgen früh dann."

„Morgen kaufe ich mir etwas zum Anziehen. Vielen Dank für alles."

Sie schüttelten sich die Hand, und Cage ging zurück ins Haus.

Lincoln rauchte seine Zigarette zu Ende. Er mochte die Hendrens sehr und beneidete sie um ihr gemeinsames Glück. So nah, wie er es zwischen den beiden erlebte, hatte Lincoln noch nie zu einer Frau gestanden. Auch nicht zu seinen Eltern oder zu einem Freund.

Man merkte Cage und Jenny an, wie sehr sie einander liebten. Und ihren kleinen Sohn schienen sie genauso zu lieben. Nach Cages Worten zu urteilen, hatten die beiden obendrein auch noch ein erfülltes Sexualleben.

Lincoln hatte oft mitbekommen, wie die beiden sich liebevoll ansahen. In gewisser Weise machte es ihn eifersüchtig, dass ihn noch nie jemand so rückhaltlos geliebt hatte. Obwohl er es sich nicht eingestehen wollte, hatte er unbewusst das Gefühl, bisher etwas verpasst zu haben.

Worüber grübelte er da eigentlich nach? Er sollte sich lieber freuen, dass er noch am Leben war. Sein Beruf war aufregend, er kam viel herum und verdiente viel Geld damit. Die Frauen liefen ihm förmlich hinterher. Sie waren von seinem Geld, seinem Ruhm und seinem Ruf als Liebhaber fasziniert. Im Gegenzug machte er ihnen teure Geschenke, machte sie mit einflussreichen Leuten bekannt und bereitete ihnen die gleiche körperliche Lust, die sie ihm schenkten. Wenn er schließlich weiterreiste, vergaß er sie sofort.

Die Frauen in seinem bisherigen Leben hatten ihm nie viel bedeutet. Sie waren austauschbar. Keine von ihnen war wie Jenny Hendren gewesen. Oder wie …

Nein, er wollte nicht an Kerry denken. Doch wie sollte er vergessen, wie sie ausgesehen hatte, als sie zum Essen herunterkam? Er hätte nicht gedacht, dass sie so zart und weiblich aussehen konnte.

Der weiche Stoff des Kleides hatte an ihrem Körper gelegen. Der Rock hatte ihre langen schlanken Beine betont, und jedes Mal, wenn sie sich zur Seite beugte, hatte Lincoln den Blick nicht von ihren Brüsten wenden können. Im Kerzenlicht hatte ihr Haar wundervoll ausgesehen, und ihre Lippen hatten feucht geschimmert.

Lincoln hatte versucht, sich auf das Abendessen zu konzentrieren, und sein Magen hatte nach Nahrung geschrien, doch immer wieder war er in Gedanken nicht beim Essen, sondern bei Kerry gewesen.

Wie fast immer, wenn er an Kerry dachte, überkam ihn auch jetzt eine Erregung, die er nicht unterdrücken konnte. Irgendwie musste er sich abkühlen. In diesem Zustand würde er kein Auge zubekommen.

„Wie fühlt sich das an?"

„Wunderbar." Jenny seufzte auf.

Als Cage ins Schlafzimmer gekommen war, hatte Jenny bereits im Bett gelegen. Zuvor hatte Cage noch rasch in Trents Zimmer gesehen. Trent schlief fest, und das andere Bett war für Lincoln bezogen worden. Kerry schlief im Gästezimmer.

Rasch hatte Cage sich ausgezogen und zu Jenny ins Bett gelegt. Jetzt massierte er mit einem Öl vorsichtig ihren gewölbten Bauch. Das machten sie jeden Abend und genossen es beide gleichermaßen.

„Das Baby bewegt sich heute Abend nicht sehr viel", stellte Cage fest.

„Sie ruht sich von ihrer Vorstellung beim Essen aus." Seit der Arzt ihr gesagt hatte, dass sie wieder schwanger war, bestand Jenny darauf, dass es ein Mädchen werden würde. Sie wünschte sich eine blonde Tochter mit braunen Augen, um die Familie zu vervollständigen.

„Das war tatsächlich eine gute Show."

„Was soll das heißen?", fragte Jenny nach.

„Dass ich mir nicht sicher bin, ob du die Krämpfe nicht nur gespielt hast, um Lincoln im Haus zu behalten."

Jenny schob Cages Hand beiseite. „Ich mag solche Unterstellungen nicht, Cage."

Er lachte kurz auf. „Das habe ich mir gedacht. Ich merke doch, dass ich recht habe. Sonst würdest du nicht die Beleidigte spielen." Cage beugte sich vor und erstickte ihre Proteste mit einem Kuss. Als er den Kopf wieder hob, sah er sie prüfend an. „Habe ich Grund zur Eifersucht?"

„Auf wen?" Mit einem Finger strich sie ihm durch das dichte Brusthaar. Seine Küsse hatten immer noch die gleiche Wirkung auf sie wie am ersten Tag.

„Na, wenn du schon zu solchen Mitteln greifst, um Lincoln hier im Haus zu behalten …"

„Ich habe noch nichts gestanden. Aber findest du, dass ich ihn genötigt habe?"

„Und wie! Ich dachte, du bindest den armen Kerl noch am Esstisch fest, damit er das Haus nicht verlässt."

„Ich finde wirklich, dass er bleiben sollte, um Fotos zu machen, wenn die Kinder von ihren Eltern abgeholt werden. Und mein Krampf war nicht gespielt."

Cage sah ihr besorgt in die Augen. „War es ein schlimmer Krampf?"

„Nein. Es hat wirklich nichts zu bedeuten."

„Bestimmt nicht?"

„Ganz sicher."

Cage nahm noch etwas von dem Massageöl und begann Jennys Brüste mit langsamen kreisenden Bewegungen einzureiben.

Sie schloss die Augen und stöhnte lustvoll auf. Liebevoll blickte Cage auf sie herab. „Wie kannst du nur hochschwanger und trotzdem so schön sein, Jenny?"

„Findest du?" Sie hob die Hand und strich ihm eine blonde Strähne aus der Stirn.

„Wunderschön."

„Glaubst du, Lincoln findet Kerry schön?"

„Ich wusste, dass du etwas vorhast." Unschuldig sah sie ihn an. „Wovon sprichst du?"

„Du willst die beiden verkuppeln."

„Also, jeder kann deutlich erkennen ..."

„Jenny, halt dich da raus."

„... dass sie sich zueinander hingezogen fühlen."

„Sie haben sich angegiftet und angeschrien. Ich kann da keine Zuneigung erkennen."

Jenny stützte sich auf einen Arm. „Ich kann mich noch gut an unsere Kämpfe erinnern. Und auch über den Esstisch hinweg."

Einen Moment stutzte Cage, dann lachte er laut, als er sich erinnerte. „Stimmt. Es wurde dann aber noch eine ganz gemütliche Party zu zweit, wenn ich mich nicht irre." Er nahm sie in die Arme, ließ sie wieder zurück in die Kissen sinken und folgte ihr dabei in einem langen innigen Kuss. Als er den Kopf wieder hob, glänzten Jennys Augen, aber sie wollte noch einmal auf das Thema zurückkommen.

„Ich glaube, die beiden streiten sich, gerade weil sie sich so sehr zueinander hingezogen fühlen."

„Was sagt Kerry dazu?"

„Nichts. Findest du das nicht auch merkwürdig? Wenn möglich, vermeidet sie es sogar, seinen Namen auszusprechen. Nach allem, was die beiden erlebt haben, könnte man eher das Gegenteil erwarten. Sie bemüht sich, ihn nicht anzusehen, aber ich habe sie heute immer wieder dabei ertappt, dass sie ihn unauffällig beobachtete. Hat Lincoln dir irgendetwas in dieser Richtung erzählt?"

„Tut mir leid, Liebling", antwortete er und küsste ihren Hals. „Das war ein vertrauliches Gespräch unter Männern."

„Dann hat er also etwas über Kerry gesagt."

„Nein, hat er nicht. Aber er ist irgendwie unruhig. Als würde er unter Druck stehen. Er ist wütend."

„Woher willst du das wissen?"

„Weil ich die Anzeichen kenne. Ich weiß, wie es ist, wenn man sich nach einer Frau sehnt, die man nicht haben kann. Ständig läuft man erregt herum, ärgert sich über sich selbst, kann aber nichts dagegen tun." Mit der Zunge fuhr er über Jennys Brustspitzen. „Ach, wo wir schon beim Thema sind ..."

„Es geht nicht, Cage. Der Doktor sagt, ich bin schon zu weit."

„Ich weiß, aber ..." Er stöhnte auf, als Jenny ihn berührte. Mit den Lippen umschloss er ihre Brustspitze und strich mit der Hand an der Innenseite ihrer Schenkel hinauf.

„Cage."

„Ich weiß, was der Doktor sagt. Anscheinend fehlt ihm die Fantasie."

Es war zu still.

Kerry stand am Fenster des Gästezimmers und sah hinaus. Sie konnte nicht schlafen, obwohl sie todmüde war. Schließlich war sie zu dem Schluss gekommen, dass ihr nach einem Jahr in Montenegro die nächtlichen Geräusche des Dschungels fehlten.

Sie konnte sich auch nur schwer daran gewöhnen, dass sie nicht mehr von dichtem Urwald umgeben war. Abgesehen von einem einzelnen Baum, der vor dem Haus stand, und ein paar Sträuchern streckten sich hier auf der Farm nur die Felder bis zum Horizont. Kerry fühlte sich schutzlos.

Dann jedoch hörte sie ein Geräusch. Sie sah nach unten und entdeckte einen Schatten, der sich durch eine Pforte zum Swimmingpool der Hendrens schlich.

Es war Lincoln.

Wie immer, wenn Lincoln in der Nähe war, fing ihr Herz an, wie wild zu schlagen. Im Moment allerdings lag das zum Teil an der Wut, die sie auf ihn hatte. Wie konnte er bloß den Hendrens von ihrem Auftritt in der Bar erzählen! Kerry hatte sich bei ihm allmählich auf Taktlosigkeiten eingestellt, aber heute Abend hatte er sich selbst übertroffen.

Cage und Jenny waren sicher überrascht gewesen, dass er ihr geholfen hatte. Sie hatten zwar damit gerechnet, dass Kerry sich Unterstützung holte, doch bestimmt hatten sie nicht gleich einen berühmten Fotojournalisten erwartet.

Die Waisenkinder hatten es für Kerry unmöglich gemacht, Lincolns Rolle bei der Flucht herunterzuspielen. Immer wenn sie unsicher waren, was sie tun sollten, blickten sie Lincoln Rat suchend an. Obwohl er kein Spanisch sprach, machte er ihnen mit Gesten klar, wie sie sich verhalten sollten.

Sie alle sahen in ihm eine Art Ersatzvater, besonders die Jüngeren unter ihnen. Auch wenn er sich um diese Rolle nicht gerissen hatte, am Ende hatte er sie widerwillig akzeptiert. Und mittlerweile schien es ihm Freude zu bereiten, Lisa auf dem Arm zu halten oder kleine Ringkämpfe mit den Jungen zu veranstalten.

Kerry hatte geahnt, dass Cage und Jenny innerlich vor Neugier brannten, um Näheres zu erfahren, wie sie Lincoln kennengelernt hatte. Lediglich aus Höflichkeit hatten sie die ganze Zeit über nicht gefragt. Für Lincoln allerdings schien das ein Fremdwort zu sein. Aus purer Bosheit hatte er in allen Einzelheiten erzählt, wie und wo er Kerry getroffen hatte.

Den ganzen Tag über hatte sie gefürchtet, dass ihr Betrug ans Licht kommen würde. Und früher oder später würde Lincoln ganz sicher herausfinden, dass sie nicht die war, für die sie sich ausgegeben hatte. Kerry wollte dann möglichst weit von ihm weg sein. Er würde sicher vor Wut fast platzen.

Heute Morgen, als er sie geküsst hatte, war sie kurz davor gewesen, ihm die Wahrheit zu sagen. Doch dann war das Flugzeug gekommen, und nachdem sie sich wegen des Geldes gestritten hatten, hatte Kerry es ihm nicht mehr sagen wollen.

Als er nach dem Essen verkündet hatte, er wolle abreisen, war Kerry teils verzweifelt, teils erleichtert gewesen. Er sollte abreisen, bevor er herausfand, dass sie keine Nonne war. Andererseits tat ihr der Gedanke, dass er fort war, weh. Wahrscheinlich würde sie ihn niemals wiedersehen. Diese Vorstellung war entsetzlich. Zum Glück hatte Jennys ungeborenes Baby das Problem gelöst.

Jetzt beobachtete sie ihn aus ihrem Fenster im Obergeschoss, wie er am Rand des Swimmingpools entlangging und rauchte. Offenbar war sie nicht die Einzige, die keinen Schlaf fand.

Natürlich war es pure Lust, die ihn nicht zur Ruhe kommen ließ. Kerry hatte es in seinem Blick gelesen. Mochte er ihr auch feindselig gegenüberstehen, gleichgültig war sie ihm nicht. Das war ein schwacher Trost, denn sie waren unversöhnlich. Er wollte ständig mit ihr streiten, während sie ihn liebte.

Kerry sah, wie er seine Zigarette in einem Blumentopf ausdrückte. Er wirkte wie ein Besessener, als er die Hände über sein Gesicht legte und sich die Augen rieb. Sie glaubte einen leisen Fluch zu hören, aber vielleicht bildete sie es sich auch bloß ein. Immerhin fluchte er ständig.

Jetzt bückte er sich und zog die Stiefel, die Cage ihm geliehen hatte, aus. Die Stiefel, die er unterwegs angehabt hatte, waren so verdreckt gewesen, dass die Hendrens darauf bestanden hatten, sie mit den übrigen Kleidungsstücken wegzuwerfen.

Lincoln knöpfte sich das Hemd auf, zog es aus und ließ es auf die Steine fallen. An der Schulter sah Kerry den weißen Verband. Er öffnete seine Gürtelschnalle und machte den obersten Hosenknopf auf.

Kerry unterdrückte nur mühsam ein Seufzen, als sie erkannte, was er vorhatte. Die Nacht war dunkel und die Luft mild. Der leichte Wind, der in ihr Fenster wehte, war sanft und warm.

Es war die perfekte Gelegenheit, um schwimmen zu gehen.

Besonders, wenn einem heiß war vor Verlangen und man nicht schlafen konnte.

Kerry hielt die Luft an und rührte sich nicht. Fasziniert beobachtete sie seine Bewegungen, während er einen Knopf nach dem anderen öffnete. Dann steckte er die Daumen unter den Hosenbund und schob die Jeans bis zu den Knien herunter. Er ließ sie los und stieg aus den Hosenbeinen aus.

Eins wusste Kerry jetzt ganz sicher: Jenny kaufte Cages Unterwäsche. Solche Slips mit hohem Beinausschnitt sahen an einem Mann erotisch aus. Sie waren aus hellem Stoff und hoben sich deutlich von Lincolns schlankem Körper ab.

Der Pulsschlag pochte in ihren Schläfen, als Lincoln die Hände an die Hüften führte und die Daumen seitlich in den Slip steckte.

Dann stand er nackt am Rand des Swimmingpools.

Sein Körper war schön, und der Anblick ließ Kerry vor Zuneigung zu ihm schwach werden.

Sie sank auf die Knie und legte das Kinn auf das Fenstersims. Dabei ließ sie Lincoln keine Sekunde aus den Augen. Ohne Scham musterte sie ihn. Seine Körperbehaarung zeichnete sich dunkel von der Haut ab. Von der Brust lief sie nach unten hin schmal zusammen über den Nabel hinweg und verbreiterte sich dann um seine Männlichkeit.

Er wandte sich ab, um die Uhr abzunehmen, und Kerry sah seine muskulösen breiten Schultern, die schmalen Hüften um den festen runden Po. Mit ruhigen Schritten ging er um den Pool herum, und sein Gang erregte Kerry. Seine Schenkel waren schlank, die Waden fest.

Lange bevor sie sich sattgesehen hatte, tauchte er ins Wasser. Dabei machte er kaum ein Geräusch. Er tauchte längs durch das Becken hindurch, bevor er am anderen Rand wieder auftauchte und einen Augenblick unter dem Sprungbrett verharrte. Dann fing er an zu schwimmen. Seine Bewegungen waren geschmeidig, und wenn er die Arme aus dem Wasser hob, spiegelte sich das Mondlicht in den Tropfen auf seiner Haut.

Kerrys Körper schmerzte. Ihre Haut brannte wie Feuer, und bei jeder kleinsten Bewegung spürte sie jetzt den Stoff von Jennys Nachthemd an den Brüsten. Gleichzeitig fühlte sie tief in ihrem Körper ein ziehendes Verlangen, das sich immer mehr verstärkte.

Schließlich schwamm Lincoln an den Rand, legte die Hände flach auf die Steinplatten und stützte sich hoch, bis er mit den Füßen seitlich auf den Beckenrand kam. Als er aus dem Wasser heraus war, schüttelte er den Kopf und strich sich das Haar zurück. Einen Augenblick stand er reglos da, dann streifte er sich mit den flachen Händen das Wasser von Armen und Beinen.

Kerry stöhnte leise auf, als er sich über die Brust und den Bauch strich. Sie hatte jetzt doch ein schlechtes Gewissen, ihn zu beobachten, und schloss die Augen.

Als sie sie wieder öffnete, zog er gerade den Slip wieder an. Kerrys Mund war ausgetrocknet, während sie zusah, wie Lincoln den Slip zurechtzog.

Lincoln bückte sich und hob den Rest seiner Kleidung auf. Er ging zum Haus und verschwand aus Kerrys Blickfeld. Sie bewegte sich nicht, bis sie seine Schritte auf der Treppe hörte. Als er die Tür zu Trents Zimmer leise hinter sich geschlossen hatte, kroch Kerry ins Bett zurück.

Sie fühlte sich völlig entkräftet, doch sie kam nicht zur Ruhe. Jede Berührung der Decke auf ihrer Haut verursachte ein Prickeln in ihr. Kerry stieß die Laken mit den Füßen weg.

Lincoln hatte das Gefühl zu stören, als er morgens in die Küche kam und sah, dass Cage vor Jenny kniete und ihren Bauch betastete.

„Entschuldigung", sagte er hastig und ging wieder hinaus.

„Kommen Sie ruhig herein", rief Jenny. „Sie stören nicht. Cage fühlt nur gern, wie das Baby sich bewegt."

„Ich kann nicht herausfinden, ob es eine Ballerina oder ein Fußballspieler wird. Auf jeden Fall strampelt es kräftig."

Lincoln lächelte verlegen. „Ich habe keine Ahnung, was Babys betrifft."

Cage stand auf und goss Lincoln eine Tasse Kaffee ein. „Das Frühstück ist meine Sache. Was möchten Sie haben? Speck und Eier?"

„Klingt gut."

„Orangensaft, Lincoln?", fragte Jenny.

„Ja, gern." Er nahm das Glas, das sie ihm reichte.

„Haben Sie selbst keine Kinder?", erkundigte sie sich.

„Nein, bis vor einer Woche hatte ich noch nie mit welchen zu tun." Er wirkte zerstreut. „Ich war nie verheiratet."

„Ach so." Jenny lächelte zufrieden und trank einen Schluck Tee. Sie achtete nicht auf Cages vorwurfsvollen Blick, als er an den Tisch kam und Lincoln einen Teller hinstellte.

„Schlagen Sie zu", sagte er.

„Sieht toll aus. Essen Sie beide nichts?"

„Wir haben schon gefrühstückt", antwortete Jenny.

„Tut mir leid, dass ich so lange geschlafen habe. Sind alle anderen schon wach?"

„Ich habe Trent heute früh leise aus seinem Bett geholt, um Sie nicht zu wecken", sagte Cage. „Die Flemings und meine Eltern sind mit den ganzen Kindern ins Krankenhaus zu Joe gefahren."

„Trent hat solange gezetert, bis er auch mitgenommen wurde", fügte Jenny hinzu. „Ich fürchte, meine Schwiegermutter und meine Freundin verwöhnen ihn viel zu sehr."

Kerry wurde mit keinem Wort erwähnt. Lincoln zögerte, direkt nach ihr zu fragen, aber jetzt war eigentlich eine unauffällige Gelegenheit, das Gespräch auf sie zu bringen. Immerhin war sie nicht da.

„Wie ist Kerry zu Ihrer Organisation gekommen?", fragte er.

Verblüfft sahen Cage und Jenny einander an. „Hat sie das nicht erzählt?", fragte Cage. Lincoln schüttelte den Kopf und fing an zu essen.

„Sie kam eines Tages zu uns", erzählte Jenny. „Nach der Tortur wegen der Gerichtsverhandlung ihres Vaters wollte sie ..."

Lincoln ließ die Gabel sinken. „Was für eine Verhandlung?"

Wieder sahen Cage und Jenny sich fragend an. „Wooten Bishop", sagte Cage, als würde das alles erklären. Und das tat es auch.

„Wooten Bishop ist Kerrys Vater?"

Die beiden nickten gleichzeitig. Lincoln stieß hörbar die Luft aus. „Dieser Mistkerl!" Ungläubig schüttelte er den Kopf. „Die beiden habe ich nie in Verbindung gebracht. Jetzt erinnere ich mich, dass er eine Tochter hatte. Als die Sache damals herauskam, war ich gerade in Afrika."

„Er versuchte sie aus dem Skandal herauszuhalten. Trotzdem nahm sie das Ganze ziemlich mit."

„Natürlich." Lincoln blickte gedankenverloren in seine Tasse.

Es war erst ein paar Jahre her. Damals war der Name in aller Munde gewesen. Wooten Bishop hatte eine Bilderbuchkarriere als Diplomat gemacht. Er war aus Montenegro zurückbeordert worden, als herauskam, dass er die Informationen, die ihm durch seine Tätigkeit zugänglich waren, weiterverkauft und so seinen persönlichen Nutzen aus der politisch angespannten Lage in diesem Land gezogen hatte.

Über seine schmutzigen Geschäfte war ausführlich im Fernsehen berichtet worden, gefolgt von einer genauen Untersuchung, einer Anhörung im Senat und einem Gerichtsverfahren. Nur einen Monat nach seiner Verurteilung war er im Gefängnis an Herzversagen gestorben.

„Ich habe Kerry nach ihrer Kindheit gefragt", sagte Lincoln mit rauer Stimme. „Sie sagte etwas von ‚behütet'."

„Das stimmt", antwortete Jenny traurig, „jedenfalls vor dieser Tragödie. Kerry hat einmal gesagt, dass ihr Vater den Tod ihrer Mutter nie verkraftet hat. Seitdem sei er wesensverändert gewesen."

„Wusste Kerry von seinen Geschäften?"

Cage schüttelte den Kopf. „Nein. Sie hatte einen Verdacht, wollte es aber nicht glauben. Später musste sie dann erfahren, dass ihr Vater ein Volk ausgebeutet hat, das ohnehin nur sehr wenig besaß. Eine Zeit lang hat sie ihn gehasst. Dann empfand sie nur noch Mitleid für ihn. So ist es kein Wunder, dass sie zurück nach Montenegro gegangen ist, um etwas von dem Schaden, den ihr Vater angerichtet hat, wiedergutzumachen."

„Was hatte sie denn dort unten zu suchen? Sie hätte getötet werden können!" Lincoln schlug mit der Faust auf den Tisch.

„Sie haben recht, Lincoln." Beruhigend legte Jenny ihm eine Hand auf den Arm. „Kerry kam zu uns, weil sie nach Montenegro wollte, um zu unterrichten. Wir haben ihr gesagt, dass es auch hier viel zu tun gibt, womit sie dort helfen kann, ohne sich in Gefahr zu begeben. Aber darauf wollte sie sich auf keinen Fall einlassen."

Nach einer Pause fuhr Jenny fort: „Ich glaube, keiner von uns kann nachvollziehen, auf was sie alles verzichtete. Bis zu dem Skandal sind ihre Eltern mit ihr durch die ganze Welt gereist. Sie waren hoch angesehen und wurden von Staatsoberhäuptern empfangen."

„Sie hat sicher eine hervorragende Ausbildung", sagte Lincoln.

„Kerry war an der Sorbonne."

Lincoln schloss fassungslos die Augen.

Cage rührte in seiner Kaffeetasse herum. „Angeblich soll sie eine Affäre mit einem jungen Mann aus der englischen Königsfamilie gehabt haben. Aber als ich sie einmal damit aufzog, meinte sie, es sei nur ein Gerücht."

„Vielleicht wollte sie einfach nur ernst genommen werden", warf Jenny ein. „Sie wollte der Öffentlichkeit beweisen, dass mehr in ihr steckt als ein hübsches Gesicht."

„Ich verstehe es immer noch nicht", sagte Lincoln stirnrunzelnd.

„Was denn, Lincoln?"

„Warum gibt eine schöne, reizende, intelligente junge Frau wie Kerry alle Möglichkeiten, die sich ihr bieten, auf, um Nonne zu werden? Klar, dass sie nach dem Skandal mit ihrem Vater zeigen will, dass sie ein eigenständiger Mensch mit einem Gewissen ist, aber ist das nicht übertrieben? Ich meine ... Was ist denn los?"

Jenny und Cage blickten ihn fassungslos an. „Eine Nonne?"

10. KAPITEL

Cage überwand seine Verblüffung als Erster. „Wie kommen Sie denn auf die Idee?", wollte er von Lincoln wissen.

„Ist sie keine Nonne?", stieß Lincoln hervor.

Jenny schüttelte den Kopf. „Nein."

„Hat sie nie davon geredet?" Lincoln wollte es genau wissen. „Irgendwelche Schritte in diese Richtung unternommen?"

„Nicht dass ich wüsste."

Lincoln sprang von seinem Stuhl auf. Reglos sahen die Hendrens zu, wie er aus der Küche zur Treppe lief. Er nahm zwei Stufen auf einmal, stieß die Tür zum Gästezimmer auf und marschierte in den Raum.

Das Bett war gemacht und das Zimmer leer. Nur die Gardinen vor dem offenen Fenster wehten leicht im Wind.

Lincoln fuhr herum und lief wieder in die Küche hinunter. An so etwas wie Höflichkeit konnte er nicht mehr denken. „Niemand hat mir gesagt, dass sie schon aufgestanden ist", beschwerte er sich.

Jenny sah ihn lediglich aufmerksam an und drehte an einem Knopf ihrer Bluse. Cage trank seinen Kaffee. „Sie haben nicht danach gefragt", sagte er schließlich.

„Wo ist sie?"

„Ausgeritten", antwortete Cage ruhig. „Sie war schon sehr früh wach."

Mit größter Anstrengung hielt Lincoln sein irisches Temperament unter Kontrolle. Nur seine zu Fäusten geballten Hände verrieten die Anspannung, unter der er stand.

„Wir haben einen Kaffee getrunken, und dann fragte sie, ob sie sich eines der Pferde ausleihen könne. Ich habe ihr beim Aufsatteln geholfen. Danach ist sie in diese Richtung losgeritten." Cage wies mit dem Kopf auf die offene Prärie.

Lincoln sah in die angezeigte Richtung. „Wie lange ist sie schon weg?"

Insgeheim genoss Cage Lincolns Zustand und ließ sich mit der Antwort mehr Zeit als nötig. „Ich würde sagen, ungefähr anderthalb Stunden."

„Kann ich Ihren Transporter haben, Cage?" Am vergangenen Abend hatte Lincoln den Wagen in der Garage gesehen. Im Gegensatz zu den anderen Autos der Hendrens hatte der Transporter so ausgesehen, als werde er auch regelmäßig benutzt.

„Sicher." Cage stand gemächlich auf und zog die Schlüssel aus seiner Hosentasche. Er warf sie Lincoln zu.

„Danke." Unvermittelt drehte Lincoln sich um und lief durch die Hintertür hinaus. Seinem Gang merkte man an, dass er unterwegs war, um fürchterliche Rache zu nehmen.

Jenny stand auf und ging zum Fenster. Sie sah, wie Lincoln in den Wagen stieg und den Motor anließ. Er riss das Lenkrad herum und fuhr in einer Staubwolke davon.

„Cage, ich finde, du hättest ihm die Schlüssel nicht geben sollen. Er wirkte außer sich vor Wut."

„Wenn Kerry ihm erzählt hat, sie sei eine Nonne, dann ist er das sicher auch. Und ich kann ihn verstehen."

„Aber ..."

„Jenny", unterbrach er sie sanft, trat hinter sie und zog sie in die Arme. „Erinnerst du dich an den Abend, an dem ich hinter dem Bus hergefahren bin, in dem du gesessen hast? Damals war ich genauso aufgebracht wie Lincoln jetzt. Und mich hätte damals nichts und niemand aufhalten können. Hoffentlich hat Lincoln genauso viel Erfolg wie ich damals."

Lincoln trat das Gaspedal durch. Er wusste nicht genau, was er vorhatte, aber romantisch waren seine Gefühle nicht. Innerlich belegte er Kerry mit allen Schimpfwörtern, die er nur kannte. Als er nicht mehr weiterwusste, regte er sich über seine eigene Dummheit auf.

Kerry musste sich die ganze Zeit über insgeheim totgelacht haben! Sie hatte ihn tatsächlich zweimal hereingelegt. Erst spielte sie die Hure, und danach eine Nonne. Zwei völlige Gegensätze, und er war einfältig genug, ihr beides abzukaufen.

Was war bloß mit ihm los? Hatte ihm die tropische Hitze den Verstand weggebrannt? Wie hatte er, Lincoln O'Neal, bloß so leichtgläubig sein können!

Er war viel herumgekommen und kein liebestoller Jüngling mehr, der sich mit weiblichen Schlichen nicht auskannte. Warum hatte er Kerry nicht durchschaut? Sie war nicht die sich aufopfernde Gläubige, sondern eine gerissene Schauspielerin, die offensichtlich keine Hemmungen hatte, einen Mann so zu beeinflussen, dass sie das bekam, was sie von ihm wollte.

Selbst nachdem sie ihr Ziel erreicht hatte, hatte sie ihm nicht die Wahrheit gesagt. „Natürlich, um sich vor mir zu schützen", stieß Lincoln aus. „Um ihren hübschen Hals zu retten."

Ihr Körper und ihr Gesicht hatten Lincoln den Verstand und seine Menschenkenntnis gekostet. Er war nicht mehr der kühle, berechnende, misstrauische Mann, als den er sich kannte, seit er diese Bar mit ihr verlassen hatte. Mit Kerry, der hinterlistigen Tochter von Wooten Bishop.

Der Transporter polterte über den unebenen Weg.

Lincoln hatte keine Ahnung, wohin genau er fuhr, aber er hatte es eilig, anzukommen. Sicher kannte Kerry sich hier auch nicht gut aus. Dann war sie dicht bei der Straße geblieben, damit sie wieder zurückfand.

Er hatte sich nicht getäuscht. Nach zwanzig Minuten Fahrt kam er an einen künstlichen See, der als Wasservorrat diente. Das Ufer war mit kleinen Bäumen und dichtem Gras bewachsen. An einem Baum war eines von Cages Pferden angebunden.

Beim Geräusch des herankommenden Wagens stützte Kerry, die unter einem Baum auf einem Handtuch lag, sich auf einen Arm und schirmte mit der freien Hand die Augen gegen die Sonne ab. Zuerst dachte sie, es sei Cage, der in dem Wagen saß, doch als sie Lincoln erkannte, setzte sie sich auf.

Er stürmte aus dem Auto und lief auf Kerry zu, bis er direkt vor ihr stand. Sie blickte an ihm hoch und brauchte nicht lange zu rätseln, um herauszufinden, in welcher Stimmung er sich gerade befand. Lincoln war außer sich. Innerlich zitterte sie, obwohl sie nach außen hin seinem einschüchternden Blick standhielt.

„Du verlogenes Miststück!"

Kerry regte sich gar nicht erst auf. Sie wusste, dass er es herausgefunden hatte. Der einzige Ausweg war jetzt, dreist zu leugnen.

„Hör zu, Lincoln", setzte sie an und befeuchtete hastig die Lippen. Sie hob die Hände vor sich, als wolle sie ihn von sich fernhalten. „Bevor du voreilige Schlüsse ziehst …"

Er unterbrach sie, indem er sich vor sie kniete und sie bei den Schultern fasste. „Du meinst, bevor ich dir die Knochen breche."

Kerry wurde blass. „Das würdest du nicht tun."

„Und ob ich das würde! Aber vorher will ich wissen, warum in aller Welt du mir diese lächerliche Lüge aufgetischt hast."

„Habe ich nicht!" Sie versuchte sich aus seinem Griff zu winden, aber ohne Erfolg. Er hielt sie nur noch fester. „Ich habe nie gesagt, ich sei eine Nonne."

„Das habe ich mir doch nicht eingebildet."

„Du hast gehört, wie die Kinder mich Schwester nannten, und daraus deine Schlüsse gezogen."

Er presste die Zähne zusammen und zog Kerry dicht an sich heran. Sein Gesicht war eine wütende Maske. „Aber du hast mich in dem Glauben gelassen. Warum?", schrie er sie an.

„Um mich vor dir zu schützen."

„Bilde dir bloß nichts ein!"

Kerry wurde wütend bei dieser versteckten Beleidigung. „Ich wusste, was du vorhattest. Streite das nicht ab. Du wolltest aus dem Ganzen ein lustiges Abenteuer machen und nebenbei deinen Spaß mit mir haben."

„Ich Tarzan, du Jane."

„Es war kein Scherz. Du hast mich gezwungen, dich zu küssen und mich vor deinen Augen umzuziehen!"

„Ich habe nichts dabei gesehen, wofür du nicht schon vorher in dem billigen Kleid geworben hast!", schrie er zurück. „Und ob du es zugibst oder nicht, du hast die Küsse genossen."

„Nein!"

„Und wie!"

Kerry musste tief durchatmen, bevor sie weitersprechen konnte. „Ich dachte darüber nach, wie ich mich deinen Annäherungsversuchen entziehen kann, als die Kinder mir zufällig die Lösung zeigten."

„Warum haben sie dich Schwester Kerry genannt?"

„Am Anfang haben sie mich Mutter genannt, aber das wollte ich nicht. Schon damals hatte ich vor, sie hierher zu bringen, damit sie adoptiert werden. Ich fand es besser, wenn sie mich als ältere Schwester ansehen. Gib mir nicht die Schuld an deinem Missverständnis."

„Ich gebe dir die Schuld daran, dass ich mich lächerlich gemacht habe."

„Das habe ich nicht boshaft gemeint", rief sie aus.

„Komm schon. Du bist die Tochter eines der größten Schwindler aller Zeiten. Hat es dir nicht Spaß gemacht, mit mir wie mit einer Marionette zu spielen? Liegen dir diese Fähigkeiten nicht im Blut?"

Kerry zuckte zusammen, als er auf ihren Vater und seine Betrügereien anspielte. Offenbar wusste Lincoln auch von ihrer Vergangenheit. Sie konnte verstehen, dass er sie verachtete, dennoch tat ihr die Vorstellung weh, dass er ihr so eine Boshaftigkeit zutraute. „Ich habe dich in dem Glauben gelassen, ich sei eine Nonne, damit wir uns nur auf die Sicherheit der Kinder konzentrieren."

„Das glaubst du selbst nicht. Du wolltest dich nur vor meinen Händen retten."

„Ja schön. Es stimmt."

„Und vor meinen lüsternen Blicken."

„Ja!"

„Nicht zu vergessen, die Küsse."

„Richtig! Aber ich wollte es dir sagen", verteidigte sie sich. „Als du mich geküsst hast, bevor das Flugzeug kam."

„Ich kann mich nicht erinnern."

„Mir blieb keine Zeit. Es ging alles so schnell."

„Und was ist mit dem langen Flug? Und was ist mit gestern? Jenny und Cage hätten dich vor einem wilden Tier wie mir doch beschützt. Du hattest zahllose Gelegenheiten."

„Ich wusste, dass du genauso reagieren würdest, wie du es jetzt tust. Dass du wütend und ausfallend werden würdest."

Seine Stimme wurde zu einem bösen Flüstern. „Wut wird dem, was ich empfinde, nicht annähernd gerecht."

Ohne dass sie es verhindern konnte, fing Kerrys Unterlippe an zu zittern. „Ich wollte es nicht so weit kommen lassen. Es tut mir wirklich leid, Lincoln. Wirklich."

„Für Entschuldigungen ist es zu spät, Kerry."

„Ich weiß, dass ich mich als etwas ausgegeben habe, das ich nicht bin. Aber ich hatte keine andere Wahl, ich war verzweifelt. In erster Linie musste ich an die Kinder denken."

„Glaubst du, ich falle wieder auf deine ehrenwerten Absichten herein?", fragte er und lachte spöttisch. „Keine Chance. Ich will, dass du ganz klein wirst. Du sollst dir genauso schlecht vorkommen, wie es mir in der letzten Zeit ging. Nur das wird mich besänftigen."

„Was ... was hast du vor?"

„Das, was ich dir am ersten Morgen bereits versprochen habe", sagte er leise. „Du wirst mich anflehen, es zu tun."

„Nein!"

Kerry verstummte, als Lincoln sie auf das Handtuch zurückdrückte und sich auf sie legte. Ihre Hände klemmte er zwischen ihren Körpern ein. Mit einer Hand hielt er ihren Kopf fest und beugte sich über ihren Mund.

Sie versuchte freizukommen, gab jedoch kurz darauf erschöpft auf. Selbst mit größter Anstrengung konnte sie Lincoln nicht von sich schieben. Zum Treten konnte sie nicht ausholen, weil er ihre Beine zwischen seinen festhielt.

Kerry wollte ihre Lippen fest zusammengepresst lassen, aber es gelang ihr nicht. Lincoln benutzte seine Zunge, um ihren Widerstand zu brechen. Er leckte sanft über ihre Lippen, liebkoste ihre Mundwinkel und fuhr die Umrisse ihres Mundes entlang, bis Kerrys verängstigtes Atmen zu einem erregten Keuchen wurde. Schließlich entspannte sie sich und öffnete den Mund, ohne dass er sie mit Gewalt dazu zwang.

„Genau so. Genieß es."

Sein Kuss war sinnlich und aufwühlend. Lincoln presste die Lippen auf ihre und drang lustvoll in ihren Mund ein. Kerry wollte ihn dafür hassen, doch sie genoss es. Die Sinnlichkeit seiner Liebkosungen erregte sie. Diese Zunge wollte Kerry überall spüren, und sie fragte sich sehnsüchtig, ob der Rest seines Körpers sich genauso aufregend anfühlte.

Gleichzeitig wehrte sie sich dagegen, etwas anderes als Verachtung für ihn zu empfinden. Sie achtete nicht auf die Hitzewelle, die ihren Körper durchströmte, und die lustvollen Schauer, die sie innerlich erbeben ließen. Diese Empfindungen konnte Kerry nicht unterdrücken, doch sie schaffte es, völlig reglos unter ihm zu liegen, während sie sich danach sehnte, sich an ihn zu pressen.

„Du könntest genauso gut mitmachen", stieß er aus, als er fühlte, wie sie sich verspannte. Mit den Lippen fuhr er ihr über die Wange und küsste die zarte Haut, die jetzt leicht gerötet war. Lincoln ließ sich nicht die Zeit, diese unglaublich weiche Haut zu bewundern. Wenn er seinen Stolz bewahren wollte, durfte er keine zärtlichen Gefühle für Kerry in sich aufkommen lassen. „Ich werde sowieso nicht damit aufhören, bis du vor Lust verrückt nach mir bist. Je länger du dich sträubst, Kerry, desto länger wird es dauern."

„Hau ab, du Mistkerl!"

Tadelnd schüttelte er den Kopf. „Ist das die Sprache einer Nonne?"

„Hör auf!" Als Lincoln mit der Zungenspitze spielerisch ihr Ohrläppchen umkreiste, wollte Kerry ihn gereizt anfahren, doch ihr Protest klang mehr wie ein erregtes Aufstöhnen.

Lincoln erkannte den Klang ihrer Stimme sofort. Es war ihm nie schwergefallen, Frauen auf sexuellem Gebiet zu verstehen, egal, welche Sprache sie sprachen. Er achtete mehr auf den Klang der Stimme als auf die Worte. Kerrys Tonfall sprach für sich.

„Es gefällt dir?", fragte er leise und zog mit den Zähnen sachte an ihrem Ohr.

„Nein."

Lincoln lachte leise auf. „Wir wissen beide, dass du lügst. Es gefällt dir sogar sehr."

Er küsste die weiche Haut unter ihrem Ohr, rieb mit der Nase über diese Stelle und fuhr mit der Zunge darüber. Es war schwer zu beurteilen, ob Kerry sich jetzt unter ihm wand, weil sie freikommen oder ihm noch näher sein wollte.

Sein warmer Atem strich über ihr Gesicht. Es war ein prickelndes Gefühl, und als er mit offenem Mund über ihre Lippen strich, sträubte sie sich nicht. Er drang erneut mit der Zunge ein, und Kerry spürte es wie einen Stich, der sie bis ins Innerste traf.

Lincoln hob langsam den Kopf und blickte ihr eindringlich in die Augen. Kerry fragte sich, ob sie vielleicht unabsichtlich gestöhnt hatte. „Spürst du es?", fragte er sie heiser.

Zuerst dachte sie, er meine das Brennen, das ihren Körper erfüllte. Doch dann erkannte sie, dass er über das Zeichen seiner eigenen Erregung sprach, dessen Druck sie deutlich fühlen konnte. Kerry biss sich auf die Unterlippe und schloss verkrampft die Augen. Lincoln lachte spöttisch.

„Also spürst du es. In diesem Zustand habe ich mich die ganze Zeit über befunden, während du deine Spielchen mit mir getrieben hast. Dort im Dschungel ging es mir nicht nur wegen des Hungers und der Müdigkeit schlecht, sondern vor allem wegen des Verlangens nach dir, gegen das ich nichts tun konnte. Kannst du dir vorstellen, wie ich mich geschämt habe, weil ich dachte, dass du eine Nonne seist?" Seine Stimme klang ruhig, doch seine Worte taten Kerry weh, als hätte er sie beleidigend angeschrien.

Er schob eine Hand zwischen ihre beiden Körper. Als Kerry erkannte, was er vorhatte, erstarrte sie. „Nein!" Es war nur ein tonloses Flüstern.

„Warum denn nicht, Kerry? Möchtest du nicht erfahren, was du bewirken kannst?"

Als Lincoln seine Hose aufgeknöpft hatte, nahm er Kerrys rechte Hand und zog sie herunter. „Nein!", wiederholte Kerry, konnte jedoch nicht weiter protestieren, weil Lincoln ihren Widerspruch mit einem leidenschaftlichen glutvollen Kuss erstickte.

Bei der ersten intimen Berührung schossen Kerry zahllose Empfindungen durch den Kopf. Eine gewann schließlich die Oberhand: Sie wollte ihn anfassen und erkunden. Kerry wollte seine Härte, seine Empfindsamkeit und seine Wärme kennenlernen.

So lange wie möglich versuchte sie dieser Versuchung zu widerstehen, doch am Ende verlor sie die Beherrschung. Kerry gab dem Druck nach und umfasste ihn. Langsam tastete sie sich vor.

Lincoln stöhnte laut auf und hob den Kopf. Unbeherrscht schob er ihre Hand beiseite. „Nicht auf diese Weise, Kerry", fuhr er sie an. „So kommst du mir nicht davon. Du hörst niemals mit deinen Tricks auf, oder? Das liegt wahrscheinlich in der Familie. Immer noch einen Trick auf Lager. Aber diesmal nicht."

Er bemerkte ihren fassungslosen Blick nicht, sondern konzentrierte sich auf die Knöpfe an ihrem Baumwollshirt. Äußerlich gelassen öffnete er den obersten. „Ich kann mich kaum daran erinnern, wie du dich anfühlst. Du bist nicht sehr üppig, aber hübsch." Mit dieser Bemerkung löste er eine Welle des Zorns in Kerry aus. In ihrem Blick erkannte er ihre Wut und schmunzelte überheblich. „Und deine Brustspitzen reagieren prompt."

Sie lief rot an vor Wut, als er alle Knöpfe geöffnet hatte und das Hemd zur Seite schob. Kerry hatte sich einen BH von Jenny geliehen. Er passte genau, und so blieb Lincolns Fantasie jetzt nur wenig überlassen.

Einen Augenblick meinte Kerry, so etwas wie Reue in seinem Blick zu erkennen, bevor sein Gesichtsausdruck wieder hart und unnachgiebig wurde. „Mach ihn auf."

„Das werde ich nicht tun."

„Dann kannst du Jenny später den kaputten Verschluss erklären", erwiderte er und griff nach der Schnalle.

„Du bist widerlich."

„Mach ihn auf."

Mit versteinertem Gesicht öffnete Kerry den Verschluss. Nach einem höhnischen „Danke schön!" schob Lincoln die beiden Hälften des BHs auseinander und betrachtete Kerrys Brüste. Sein Blick brannte auf ihrer Haut wie das grelle Sonnenlicht.

Kerry verlor den Mut. Vor Scham schloss sie die Augen und sah deshalb nicht, wie Lincoln schluckte. Auch sein bedauernder Gesichtsausdruck entging ihr. Sie spürte nur, wie er mit den Händen über ihre Brüste strich, und seine kränkenden Worte dröhnten ihr in den Ohren.

„So habe ich es mir ausgemalt. Es ist nicht viel da, aber das bisschen ist hübsch."

Sie schlug nach seiner Hand, doch sofort hielt er ihre Gelenke mit einer Hand fest. Kerry zuckte zusammen, als er mit der freien Hand die Unterseite ihrer Brust umfasste und die Brust leicht nach oben drückte.

Mit dem Daumen strich er über die empfindsame Knospe. Als sie sich unter der Berührung aufrichtete, lachte er auf. Immer wieder fuhr er über die rosige Spitze, mal aufreizend langsam, mal mit schnellen erregenden Bewegungen, bis die Knospe sich ihm hart entgegenreckte.

„Sehr schön", stellte er heiser fest. „Jedenfalls fühlt sie sich gut an. Mal sehen, wie du schmeckst."

Bei der ersten Berührung seiner Zunge bäumte Kerry sich von dem Handtuch hoch. „Nein, nein", stöhnte sie und warf den Kopf von einer Seite zur anderen.

„Du überzeugst mich nicht, Kerry." Während er sprach, spürte sie seinen Atem direkt auf ihrer Brust.

Sie protestierte leise und biss sich auf die Unterlippe, um einen Aufschrei zu unterdrücken. Nicht aus Angst oder Abscheu, sondern vor Lust. Das Gefühl seiner warmen Zunge an ihrer Brust war unbeschreiblich. Er leckte sie, bis sie nass glänzte, dann wandte er sich der anderen Brust zu, und Kerry spürte den kühlen Wind auf der feuchten Haut.

„Bitte hör auf", bat sie ihn.

„Ich bin noch lange nicht fertig."

Sie schrie auf, als er eine Brustspitze zwischen die Lippen nahm und daran sog. Kerry seufzte leise bei jeder seiner aufreizenden Mundbewegungen. „Aufhören. Bitte", sagte sie atemlos.

Lincoln hob den Kopf. „Was willst du?" Mit der Zunge fuhr er flüchtig über ihre erregte Brustspitze.

„Dass du aufhörst."

„Wieso?"

„Weil ich es nicht will. Ich hasse dich."

„Mag sein, dass du mich hasst. Das ist sogar wahrscheinlich. Aber das gefällt dir." Wieder berührte er sie mit der Zungenspitze. „Oder nicht?"

„Nein."

„Wirklich nicht?" Er wiederholte die Frage zwischen aufreizenden Liebkosungen ihrer Brüste.

„Nein." Kerry schluchzte auf. „Oh, doch. Ja. Ja!"

„Das wusste ich." Er beugte den Kopf tiefer und küsste sie oberhalb des Nabels, während er den Reißverschluss ihrer Hose öffnete. Atemlos rang Kerry nach Luft. Sie bekam kaum mit, was er mit den Händen machte, und konnte sich nur auf die Berührung seiner Lippen konzentrieren, die sie überall gleichzeitig zu spüren meinte.

Unbewusst hob sie die Hüften an und half ihm, ihr die Hose abzustreifen. Lincoln küsste die leicht vorstehenden Beckenknochen und strich ihr mit den Lippen über den Nabel. Mit der Zungenspitze drang er spielerisch in die kleine Vertiefung ein und küsste schließlich durch ihren Slip hindurch ihren Venushügel.

Kerry unterdrückte einen Aufschrei und versuchte die Hände freizubekommen. Als ihr das gelang, kämpfte sie jedoch nicht gegen Lincoln, sondern vergrub die Finger in seinem Haar. Er fuhr fort, sie zu küssen. Überall, wo er sie mit den Lippen berührte, brannte ihre Haut heiß.

„Davon habe ich in der Nacht, als du in meinen Armen lagst, geträumt." Lincoln konnte kaum sprechen. Es war nur ein heiseres Flüstern. „Deine Brüste unter meinen Lippen, deine Schenkel, die sich für mich öffnen."

Kerry konnte sich nicht daran erinnern, dass er ihr den Slip ausgezogen hatte, doch jetzt bemerkte sie, dass Lincoln sie verlangend betrachtete. Sein hungriger Blick hätte sie eigentlich ängstigen müssen, doch das tat er merkwürdigerweise nicht. Sie wünschte sich nur, dass sie ihm gefiel.

Mit den Fingern strich er durch das dunkle Haar zwischen ihren Schenkeln, und unwillkürlich stellte Kerry die Knie auf. Lincoln drückte ihre Beine auseinander, senkte den Kopf dazwischen und berührte Kerry dort, wo sie sich seinen Mund am meisten wünschte.

Sie rief seinen Namen, als Lincoln sie dort küsste. Als er sie mit der Zunge liebkoste, konnte sie nur noch kraftlos stöhnen. Mit den Händen umfasste er ihre Hüften und stachelte ihre Erregung mit der gleichen Entschlossenheit an, mit der er auch alles andere tat.

Er ließ sie nicht zum Höhepunkt kommen, obwohl sie immer wieder kurz davor stand. Ihr Gesicht war feucht, als er sich schließlich wieder über sie beugte. „Sag mir, dass du mich willst."

Ihm kam es selbst wie ein Wunder vor, dass er noch sprechen konnte. Sein ganzer Körper pochte vor Lust. Er wollte in Kerry eindringen und sie an der Leidenschaft teilhaben lassen, die ihn verbrennen würde, wenn er sie nicht mit ihr teilte. Er wurde fast verrückt vor Begierde.

Und plötzlich kam ihm seine Rache wie ein schaler, bedrückender Sieg vor. Er wollte nicht über Kerry triumphieren. Er wollte sie besitzen, aber er wollte auch sehen, dass sie sich genauso nach ihm sehnte, wie er sich nach ihr. Er wollte das Glück in ihren Augen sehen – und nicht Unterwerfung.

Doch es war ihm unmöglich, sein jahrelanges Verhalten zu ändern. Niemand legte Lincoln O'Neal herein, ohne seine Rache zu spüren. Jedes bisschen Respekt und Zuneigung in seinem Leben hatte er sich erkämpfen müssen. Er konnte nicht bitten, er konnte nur verlangen.

„Sag, dass du mich willst", stieß er wieder hervor und presste die Zähne aufeinander, um seinen Körper zu beherrschen. Mit seiner Männlichkeit berührte er Kerry an der empfindsamsten Stelle.

„Ich will dich", seufzte Kerry.

„In dir", verlangte er.

„In mir."

Lincoln verlor die Beherrschung. Er drang kraftvoll in sie ein und nahm sie rücksichtslos. Voller Qual und Reue schrie er auf. Er wollte sich zurückziehen, doch er hatte keine Kontrolle mehr über seinen Körper.

Nach wenigen rhythmischen Bewegungen erreichte er den Höhepunkt. In völliger Hingabe barg er das Gesicht an Kerrys Hals und ließ die Schauer der Erregung in sich abebben.

Für einige Zeit blieb er vollkommen reglos auf ihr liegen. Als er schließlich die Kraft fand, sich aufzurichten, vermied er es, Kerry anzusehen. Mit anrührender Verlegenheit deckte er ihren Unterleib mit einer Ecke des Handtuchs zu. Dann legte er sich neben sie auf den Rücken und sah in das Geäst der Bäume über ihm. Dabei suchte er nach einer Bezeichnung, die sein abscheuliches Verhalten treffend beschrieb.

Bis noch vor wenigen Augenblicken war Kerry tatsächlich so unberührt gewesen, wie sie vorgegeben hatte. Sie war noch Jungfrau gewesen.

„Warum hast du es mir nicht gesagt?", wollte Lincoln wissen.

„Hättest du mir geglaubt?", fragte Kerry zurück.

„Nein", gab er zu. Er hätte ihr nichts geglaubt, was immer sie auch erzählt hätte.

Lincoln setzte sich auf und ließ den Kopf hängen.

Eine Weile fluchte er und beschimpfte sich selbst. Dann verstummte er. Schließlich traute er sich, Kerry anzusehen. Ihr Gesicht war tränenüberströmt, aber sie blickte ihn aus klaren Augen an.

„Hast du ... Schmerzen?"

Sie schüttelte stumm den Kopf, doch Lincoln glaubte ihr nicht.

„Hast du Wasser dabei?", erkundigte er sich.

„Am Sattel hängt eine Trinkflasche."

Er stand auf, zog die Jeans hoch und knöpfte sie zu. Dann ging er zu dem Pferd, das ruhig graste. Er machte die Flasche los, öffnete sie und befeuchtete sein Taschentuch. Anschließend ging er zu Kerry zurück und reichte ihr beides. Rücksichtsvoll wandte er sich ab.

„Danke."

Lincoln drehte sich wieder um. Kerry stand angezogen vor ihm und blickte ihn abwartend an. Er hatte sie nicht nur körperlich verletzt, sondern offensichtlich auch ihren Willen gebrochen. Ihre Augen glänzten nicht mehr. Sie sah ihn nur noch wie betäubt an.

„Du fährst mit mir zurück", sagte er. „Ich werde das Pferd am Wagen festbinden."

Nachdem er das erledigt hatte, kam er zu ihr zurück, griff ihren Ellbogen und führte sie zum Wagen. Besorgt achtete er darauf, dass sie nicht stolperte, und als sie sich vorsichtig hinsetzte, zuckte Lincoln unwillkürlich zusammen.

Für den Rückweg brauchten sie viel länger, als Lincoln auf der Hinfahrt gebraucht hatte. Aus Rücksicht auf Kerrys Verfassung und auch wegen des Pferdes, das neben dem Wagen hertrottete, fuhr er sehr vorsichtig und langsam.

Als sie schließlich an der Farm angelangten, fuhr er das Auto direkt in die Garage. Schweigend saßen sie einen Augenblick nebeneinander. Dann blickte er Kerry an. „Alles in Ordnung?"

„Ja."

„Kann ich irgendetwas für dich tun?"

Kerry blickte auf ihre Hände, die sie fest verschränkt hielt. Ja, er könnte sagen, dass er sie liebte. Mit Mühe hielt sie die Tränen zurück. „Nein."

Lincoln stieg aus. Bevor er ihr helfen konnte, war auch Kerry ausgestiegen und brachte das Pferd in den Stall, wo sich einer der Angestellten darum kümmerte. Immer noch schweigend, gingen Lincoln und sie zum Haus.

Alle waren auf der Terrasse versammelt. Cage und Jenny, Cages Eltern und die Flemings. Die Kinder spielten am Swimmingpool. Abgesehen von den lachenden Kindern herrschte eine gedrückte Stimmung.

Cage blickte auf, als Kerry und Lincoln zu ihnen kamen.

„Wir haben Probleme", sagte er zu ihr.

11. KAPITEL

Kerry versuchte sich ihre Verzweiflung nicht anmerken zu lassen. „Was für Probleme?" Sie setzte sich auf einen Stuhl, den Lincoln ihr hinstellte. „Ist etwas mit Joe? Er wird doch wieder gesund?"

„Ja, keine Sorge. Aber er ist sehr niedergeschlagen. Wir werden ihn auf die Farm holen, damit er nicht so allein ist", erklärte Jenny. „Wir stellen ein zusätzliches Bett in Trents Zimmer. Es wird gut für Joe sein, wenn Lincoln in seiner Nähe ist. Keine Widerrede", fügte sie an Lincoln gewandt hinzu.

„In wenigen Tagen werden ihn seine Adoptiveltern ja ohnehin abholen kommen", bemerkte Kerry.

Schweigend und betreten sahen alle zu ihr herüber. Schließlich sprach Cage, nachdem er sich gründlich geräuspert hatte. „Es ist leider so, dass wir keine Eltern für Joe gefunden haben."

Einen Moment sah Kerry ihn bloß fassungslos an. „Was?", schrie sie dann. „Das war meine Bedingung dafür, dass ich die Kinder dort rausbringe! Es war ausgemacht, dass sie alle erwartet werden."

„Das wissen wir doch", versuchte Jenny sie zu beruhigen. „Cage und ich fanden, dass die Kinder auf jeden Fall aus dem Land heraussollten. Du solltest keines zurücklassen, bloß weil keine Adoptiveltern warten."

„Die meisten Paare finden, dass Joe schon zu alt ist", sagte Cage leise.

„Ich verstehe." Kerry senkte den Kopf. Es war noch nicht einmal Mittag, und doch hatte sie das Gefühl, schon seit Ewigkeiten auf zu sein. Heute früh hatte sie erkannt, dass sie sich in den falschen Mann verliebt hatte, und dann hatte sich das, was eine wundervolle Erfahrung sein sollte, als Albtraum entpuppt. Und jetzt noch das hier! Der arme Joe! Er wusste von allen Kindern am besten, was diese Flucht für seine Zukunft bedeutete.

„Er darf nicht zurückgeschickt werden", sagte sie entschlossen.

„Dafür werde ich sorgen, glaub mir", antwortete Cage rasch. „Und wenn ich bis vor den Obersten Gerichtshof gehen muss."

„Ich werde mich auch für ihn einsetzen", warf Lincoln ein. „Ich kenne einige einflussreiche Leute."

„Hoffentlich wird das nicht nötig sein", sagte Kerry. „Ich ziehe mich schnell um, und dann werde ich telefonieren müssen."

„Ich fürchte, da ist noch etwas." Cage hielt sie fest, als sie aufstehen wollte. „Das Paar, das Lisa adoptieren wollte, hat angerufen. Die Frau ist schwanger geworden."

Tränen traten Kerry in die Augen. Ausgerechnet Lisa. Kerry hatte sich bemüht, nicht zu enge Beziehungen zu den Kindern aufzubauen, damit ihr die Trennung nicht so schwerfallen würde. Aber Lisa war mehr als die anderen von ihr abhängig gewesen und bedeutete ihr sehr viel.

„Die Entscheidung ist ihnen wirklich nicht leichtgefallen. Aber die Frau hatte bereits einige Fehlgeburten und braucht deshalb absolute Ruhe", erklärte Jenny.

Kerry sah zu Lisa, die im flachen Wasser des Pools herumplanschte. „Sie ist so niedlich. Es sollte nicht schwierig sein, Eltern für sie zu finden. Aber wenn morgen die anderen abgeholt werden, wird es ihr wehtun, zurückzubleiben."

„Wir werden bald ein Paar gefunden haben, das sie liebevoll aufnimmt", sagte Jenny. „Kerry, hast du Lust, mit mir in die Stadt zu fahren und Einkäufe zu erledigen?"

„Was ist mit Joe? Ich möchte hier sein, wenn er kommt", wandte Kerry ein.

„Bis dahin sind wir wieder zurück", beruhigte Jenny sie.

Kerry ging sich duschen und umziehen. Bevor sie mit Jenny losfuhr, ging sie noch einmal zum Swimmingpool. Cage und Lincoln hatten sich Badehosen angezogen und spielten mit den Kindern im Wasser. Cage warf Trent in die Luft und fing ihn jedes Mal dicht über dem Wasser wieder auf. Lincoln spielte mit Lisa.

Gerührt sah Kerry zu. Er lachte das Kind strahlend an. Jetzt blickte er zu Kerry hoch, die am Beckenrand stand. Musternd betrachtete er sie. Kerry war es peinlich. Dachte er gerade daran, wie sich ihr Körper angefühlt hatte? Sie hatte keine Geheimnisse mehr vor Lincoln. In ihrem Unterleib spürte sie ein Ziehen, doch es war nicht schmerzhaft.

Lisa streckte vom Wasser aus die Arme nach ihr aus, und Kerry ging in die Hocke. Lincoln nahm das Mädchen auf den Arm und trug sie zum Rand des Pools hinüber. Kerry küsste Lisa auf die nasse Wange. „Bis später, mein Liebling."

„Bis später", antwortete Lincoln. Überrascht sahen sie sich in die Augen. Dann stand Kerry hastig auf und ging zu Jenny, die bereits beim Auto auf sie wartete. Während sie auf den Wagen zuging, versuchte sie ihren rasenden Herzschlag zu beruhigen.

„Ich wusste gar nicht, dass Einkaufen so viel Spaß machen kann", sagte Kerry schließlich, nachdem sie mit Jenny durch mehrere Geschäfte gezogen war. „Hautcremes, Pflegespülung, Nagellack, an all das bin ich gar nicht mehr gewöhnt."

Sie saß neben Jenny im Wagen und begutachtete während der Rückfahrt ihre Einkäufe.

„Du solltest dich mal eine Woche so richtig ausspannen. Einfach gar nichts tun und das Leben genießen", empfahl Jenny.

Kerry schüttelte den Kopf. „Das geht nicht. Ich habe noch so viel zu tun."

„Du willst doch nicht etwa wieder nach Montenegro?"

„Nein. Dort ist es zu gefährlich geworden. Lebensmüde bin ich schließlich nicht." Sorgfältig packte sie ihre Einkäufe wieder zusammen. „Aber ich muss Geld sammeln für Nahrungsmittel und Medikamente." Nachdenklich sah sie aus dem Wagenfenster.

Nach einer Weile riss Jenny sie aus ihren Gedanken. „Du kannst nicht dein Leben lang versuchen, die Betrügereien deines Vaters wiedergutzumachen. Irgendwann musst du dein eigenes Leben führen."

Kerry seufzte auf. „Ich weiß."

„Cage und ich haben heute früh für eine große Überraschung gesorgt, stimmt's?"

Gerade wollte Kerry alles erzählen, doch sie hielt sich zurück. „Früher oder später hätte Lincoln es ohnehin erfahren."

„Tut mir leid. Wir haben gedacht, er wüsste, wer du bist. Und dann haben wir entdeckt, dass er dich tatsächlich für eine …"

„Bitte!" Kerry unterbrach sie hastig. „Ich schäme mich dafür schon genug. Erinnere mich nicht daran, dass ich ihn derart angelogen habe."

„Auch wenn es taktlos ist, ich muss es einfach wissen. Warum hast du ihm erzählt, du seist eine Nonne?"

„Du bist nicht taktlos, Jenny. Natürlich interessiert dich das." Sorgfältig überlegte sie, wie sie sich ausdrücken sollte. „Du weißt, wie ich ihn dazu gebracht habe, mir aus der Bar zu folgen?"

„Du hast dich als Prostituierte ausgegeben."

„Genau. Also, ich habe mich so benommen, wie … wie eine Prostituierte eben." Kerry blickte weg. „Lincoln ist ein gesunder Mann und …"

„Allmählich verstehe ich. Er wollte dich nicht in Ruhe lassen, als du ihm deine Lage erklärt hast."

Kerry nickte. „Was hättest du denn an meiner Stelle getan?"

„So etwas Geniales wäre mir niemals eingefallen." Jenny schmunzelte. „Er war ziemlich aufgebracht heute früh, als er die Wahrheit erfuhr."

„Das ist maßlos untertrieben."
„Hatte er sich beruhigt, als er dich gefunden hat?"
„Nein."
Jenny wollte Kerry nicht weiter bedrängen. Was auch immer geschehen war, es hatte sie beide ziemlich mitgenommen. Jetzt gingen sie sich noch mehr aus dem Weg als zuvor.

„Lincoln hat mich beschuldigt, ihn nur benutzt zu haben. Ich sei wie mein Vater", sagte Kerry leise. „Und wahrscheinlich hat er recht. Ich habe ihn benutzt." Tränen liefen ihr über die Wangen. Als Jenny das sah, griff sie mitfühlend nach Kerrys Hand. Kerry lächelte unter Tränen. „Du und Cage, ihr seid zu beneiden, weil ihr miteinander so glücklich seid."

„Ich weiß. Aber das ist nicht von allein gekommen, Kerry." Jenny sah kurz zu ihr hinüber. „Es gab eine Zeit, da habe ich ihn gehasst. Wir haben uns gestritten, sobald wir uns gesehen haben. Und ich hatte Angst vor Cage. Er wirkte hart und jähzornig. Irgendwann habe ich erkannt, dass mich die Eigenschaften an ihm, vor denen ich Angst hatte, gleichzeitig auch zu ihm hinzogen. Im Grunde hatte ich immer nur Angst vor meiner eigenen Reaktion auf seine Nähe."

Jenny schwieg einen Moment. Nach einem prüfenden Blick zu Kerry sprach sie weiter. „Lincoln erinnert mich an Cage. Die beiden sind einander ziemlich ähnlich." Wieder schwieg sie einen Augenblick. „Kerry, liebst du Lincoln?"

Kerry konnte die Tränen nicht aufhalten. „Ja", sagte sie schließlich leise. „Ja, aber es ist hoffnungslos."

„Das dachte ich damals auch. Aber glaub mir, Kerry. Es gibt immer einen Weg."

Die Hendrens waren der Meinung, dass es für die Kinder wichtig war, sich so schnell wie möglich an die amerikanischen Bräuche zu gewöhnen. Kerry war der gleichen Ansicht. Abends gab es deshalb Hotdogs und Eiscreme. Die Kinder waren beim Essen und auch später so ausgelassen und froh, dass Kerry sich für alle Strapazen entschädigt fühlte.

Joe, der kurz zuvor auf die Farm geholt worden war, humpelte auf Krücken zu Kerry hinüber. „Möchtest du kein Eis?"

„Später", antwortete Kerry. „Wie geht's deinem Bein?"

„Tut nur noch ein bisschen weh."

„Joe, ich wollte dir noch einmal sagen, wie mutig du gewesen bist." Der Junge wirkte verlegen. „Ich bin sehr stolz auf dich. Ohne deine Hilfe hätten Lincoln und ich es nicht geschafft."

Joe blickte zu Boden. „Er ist meinetwegen noch mal zurückgelaufen."

Kerry musste an die Ablehnung denken, mit der Joe zunächst auf Lincoln reagiert hatte. „Vielleicht solltest du dich bei ihm bedanken", schlug sie vor.

„Das hat er schon getan."

Kerry drehte sich um und hielt unwillkürlich den Atem an. Lincoln stand hinter ihr. Er war auch in die Stadt gefahren und hatte sich etwas zum Anziehen gekauft. Jetzt trug er eine neue Jeans und ein weißes Baumwollhemd. Offensichtlich war er beim Frisör gewesen und hatte sich Rasierwasser gekauft. Der herbe Duft passte zu ihm.

Lincoln legte Joe eine Hand auf die Schulter. „Aber er braucht sich nicht zu bedanken. Er hat uns Rückendeckung gegeben und mir genauso das Leben gerettet wie ich ihm."

Joe strahlte vor Stolz. Bisher hatte niemand den Mut gefunden, ihm zu sagen, dass für ihn noch keine neue Familie gefunden worden war. Doch es wäre auch nicht gut, diesen schönen Moment zu zerstören. Dann wurde Joe ernst und blickte zu Lincoln. „Als du zu uns kamst, dachte ich, du willst Schwester Kerry etwas antun. Jetzt weiß ich, dass du ihr niemals wehtun würdest. Es tut mir leid, wie ich mich benommen habe."

Lincoln kam nicht dazu, etwas zu erwidern, weil Trent in diesem Moment auf Joe zulief. Seit Joe auf der Farm war, wich Trent nicht von seiner Seite. Jetzt zerrte er ihn am Hosenbein mit sich, und Joe lächelte schüchtern, bevor er hinter Trent herhumpelte.

„Erst hier merke ich, wie viel Kind noch in ihm steckt", sagte Kerry, während sie ihm nachsah.

„Und er hat recht, was mein Verhalten dir gegenüber angeht", fügte Lincoln hinzu.

Rasch blickte Kerry von ihm weg. „Lass uns nicht darüber reden, bitte."

„Ich muss mit dir darüber sprechen." Er flüsterte fast, obwohl niemand in ihrer Nähe war. „Hast du Schmerzen?"

„Nein. Das habe ich dir bereits gesagt."

„Warum hast du mich bloß nicht gewarnt?"

„Das hatten wir doch alles schon. Du hättest mir nicht geglaubt." Kerry atmete tief aus. „Außerdem, was macht das schon für einen Unterschied? Früher oder später wäre es ohnehin geschehen."

„Aber nicht auf diese Weise." Einen Moment blickten sie sich an. „Habe ich dir wehgetan, Kerry?"

„Nein." Körperlich war es tatsächlich nur ein sehr kleiner Schmerz gewesen. Ihre Gefühle allerdings hatten mehr gelitten. Er hatte nicht aus Liebe oder aus Lust mit ihr geschlafen, sondern aus Rache. Ihr Stolz war völlig zerbrochen, und ihre Gefühle waren zutiefst verletzt, doch das würde sie ihm niemals sagen.

Sie neigte den Kopf zur Seite und blickte Lincoln an. „Das wolltest du hören, stimmt's? Wenn du mir wehgetan hättest, dann könntest du deinen Triumph nicht richtig auskosten. Du hast mir damals gesagt, ich würde dich darum bitten, und das habe ich jetzt getan. Du hast also bekommen, was du wolltest. Oder?"

„Nein!"

Verärgert kam er näher, und Kerry wurde bewusst, dass sie sich nicht einmal erinnerte, wie sich sein Körper anfühlte. Sie hatten miteinander geschlafen, und trotzdem kannte sie das Gefühl nicht, seine nackte Haut auf ihrer zu spüren. Trotz allem sehnte sie sich danach.

„Ich wollte dich demütigen, das stimmt. Aber ich wollte es nicht so weit kommen lassen. Und dann noch das erste Mal! Als ich es gemerkt habe, wollte ich aufhören, aber ich konnte einfach nicht." Lincoln wollte sie in die Arme nehmen, doch er wusste, dass das nicht ging. Stattdessen ließ er den Ärger an ihr aus. „Du musst zugeben, dass du ein bisschen alt für das erste Mal bist."

„Es gab keine Gelegenheit. Meine Mutter starb, als ich sechzehn war. Danach habe ich meinen Vater ständig begleitet. Ein Freund passte einfach nicht in den Terminkalender. Und in den letzten Jahren …"

„Hast du versucht, ihm das Gefängnis zu ersparen."

„Nein", fuhr sie ihn an. „Ich habe versucht, ihn davon abzuhalten, sich das Leben zu nehmen. Mir blieb keine Zeit, um Beziehungen zu Männern aufzubauen."

Lincoln bereute, was er gesagt hatte. „Das wusste ich alles nicht."

„Du weißt überhaupt nichts über mich."

„Und wessen Schuld ist das?" Nur in seinem Ärger fand Lincoln ein Ventil, um die Anspannung, unter der er in Kerrys Nähe stand, loszuwerden. „Und damit du es genau weißt, als Hure warst du überzeugender denn als Nonne."

Kerry kochte vor Wut. „Wie kannst du es wagen …!"

„Dein Haar, die feuchten Lippen, der verführerische Blick, die Hand auf meinem Schenkel, dieses Kleid …"

„Vergiss doch bitte das Kleid!"

„Kannst du mir wenigstens verraten, weswegen du überhaupt selbst dorthin fahren musstest, um diese Kinder zu retten? Wenn du mir fünfzigtausend Dollar zahlen konntest, wieso nicht einem Söldner, der diese Aufgabe für dich übernommen hätte? Du hättest bei dem Unternehmen leicht umkommen können."

„Das bin ich aber nicht!"

„Du wirst aber nicht zufrieden sein, bis es so weit ist. Erst dann wirst du überzeugt sein, genug für die Verbrechen deines Vaters gebüßt zu haben."

Kerry setzte sich aufrecht hin. „Was weißt du schon von Gewissen und Verpflichtungen? Du hast doch dein Leben lang nur an dich gedacht."

„Wenigstens habe ich mir mein Geld ehrlich verdient."

„Kann ich mal unterbrechen?", mischte Cage sich ein, der hinter ihnen stand. „Ich störe euch nur ungern bei eurem Streit, aber ich habe euch etwas mitzuteilen."

Kerry war dankbar für die Unterbrechung. „Was ist es, Cage?"

„Kommt mit zu den anderen."

Als sie sich zu den anderen setzten, stand Cages Vater auf.

„Meine Sarah und ich, wir haben uns den ganzen Tag lang darüber unterhalten, und wir haben einen Entschluss gefasst, von dem wir sicher sind, dass wir ihn nie bereuen werden." Er wandte den Kopf zur Seite. „Joe, was hältst du davon, bei uns zu leben?"

Eine Stunde später stand Kerry am Fenster ihres Zimmers und sah hinaus. Was Bob und Sarah entschieden hatten, war wundervoll. Kerry bekam jetzt noch vor Rührung einen Kloß im Hals, wenn sie daran dachte.

Joe hatte zunächst nicht verstanden, was genau geschah. Als er es begriff, hatte er gestrahlt vor Freude. „Sí, sí!", hatte er gerufen und mit dem Kopf genickt.

Später, nachdem die Kinder im Bett waren, hatte Kerry mit dem älteren Ehepaar gesprochen.

„Ich kann Ihnen gar nicht sagen, wie froh ich bin. Hoffentlich haben Sie sich nicht durch das, was ich heute Vormittag gesagt habe, bedrängt gefühlt", hatte sie ernsthaft gesagt.

Die beiden hatten sie in den Arm genommen. „Es wäre genau in Hals Sinn", sagte Bob. „In ein paar Jahren wird Joe ohnehin aufs College gehen. Bis dahin werden wir ihm alles beibringen, was er wissen muss, um sich zurechtzufinden."

„Sieh mal, Kerry", hatte Cages Mutter hinzugefügt. „Wir leben allein, seit Cage, Hal und Jenny aus dem Haus sind. Es ist so viel Platz da, und Joe wird frischen Wind mit sich bringen."

Diese Sorge war ihr wenigstens abgenommen. Kerry trat von ihrem Fenster zurück und legte sich ins Bett. Vielleicht fand sich morgen eine Lösung, was mit Lisa geschehen sollte. Ihre Gedanken wanderten zu Lisa und von Lisa zu Lincoln. Wieso hatten sie sich vorhin wieder angeschrien?

In diesem Moment hörte Kerry Schritte die Treppe hinaufkommen. Jenny und Cage waren längst im Bett. Es konnte nur Lincoln sein. Bevor sie ihre Meinung ändern konnte, sprang Kerry auf und lief zur Tür. Sie öffnete sie genau in dem Augenblick, als Lincoln vorbeiging. Überrascht sah er Kerry an.

„Ist irgendetwas nicht in Ordnung?"

Kerry schüttelte den Kopf und bereute bereits ihre unüberlegte Handlung. Sein Hemd war aufgeknöpft, und der Anblick seines dichten lockigen Brusthaars verwirrte Kerry. Unweigerlich folgte sie der Spur seiner Körperbehaarung mit den Blicken. Sein oberster Hosenknopf war offen, und Lincoln war barfuß. Das Haar war zerzaust, als habe er sich nachdenklich am Kopf gekratzt. Er sah wundervoll aus.

Als sie nur reglos dastand und nichts sagte, erklärte Lincoln: „Ich war unten, um noch eine Zigarette zu rauchen. Tut mir leid, wenn ich dich geweckt habe."

„Nein, du hast mich nicht geweckt", sagte sie hastig. „Ich wollte mich nur entschuldigen für das, was ich vorhin gesagt habe. Dass du nur an dich selbst denken würdest", fügte sie erklärend hinzu. „Das war wirklich dumm. Und es stimmt nicht. Du hast uns allen das Leben gerettet. Also, es tut mir leid."

Ein Blick in sein Gesicht verriet ihr, dass Lincoln an ihr hinuntersah. Sie trug ein Nachthemd, das sie sich heute gekauft hatte. Gegen das warme Licht der Nachttischlampe zeichneten sich ihre Konturen deutlich unter dem Hemd ab.

„Ich bin froh, dass du mich aufgehalten hast", sagte Lincoln mit heiserer Stimme. „Ich schulde dir nämlich auch noch etwas."

Sein Blick betörte sie. „Für heute Morgen hast du dich bereits entschuldigt."

„Das meine ich auch nicht."

„Was schuldest du mir denn?"

Lincoln drängte sie vor sich ins Zimmer zurück. „Eine Menge Vergnügen."

12. KAPITEL

Lincoln schloss die Tür hinter sich. „Vergnügen?", fragte Kerry. „Richtig, als Ausgleich für das, was dir heute Morgen entgangen ist. Ich habe viel genommen und nur sehr wenig gegeben. Das möchte ich jetzt wiedergutmachen." Lincoln kam auf sie zu, griff nach ihren Schultern und zog Kerry an sich.

„Aber das geht nicht." Ihr Protest klang schwach, und Kerry spürte selbst, wie sich die letzten Reste ihres Widerstands in Nichts auflösten.

„Wieso nicht?"

„Weil wir uns nicht einmal mögen."

Lincoln hob die Schultern. „Du bist ganz in Ordnung."

„Jedes Mal, wenn wir zusammen sind, streiten wir uns."

„Das macht das Leben doch erst interessant."

„Du wirst mir immer vorwerfen, dass ich dich getäuscht habe."

„Aber ich bewundere deine Raffinesse."

„Für mich wirst du immer ein Söldner sein, auch wenn du eine Kamera statt eines Gewehrs in den Händen hältst. Und ..."

„Und trotz allem fühlen wir uns körperlich zueinander hingezogen. Richtig?"

Kerry blickte ihm ins Gesicht. Sie versuchte sich alle Gründe ins Gedächtnis zu rufen, weshalb sie es nicht zulassen durfte, dass sie sich jetzt liebten. Doch ihr Körper wusste genauso viele Gründe, die dafür sprachen.

Sie legte Lincoln eine Hand auf die Brust. „Richtig."

„Dann sollten wir für heute Nacht unsere Auseinandersetzungen vergessen."

„Das sollten wir." Unter den Fingerspitzen spürte sie die lockigen Haare auf seiner Brust. Seine Haut war warm, und Kerry wollte das Gesicht daran schmiegen.

Sanft umfasste Lincoln ihr Kinn, hob es an und beugte ihren Kopf nach hinten. Dann presste er die Lippen auf ihren Mund und küsste sie leidenschaftlich. In Kerrys Kopf drehte sich alles. Sie nahm nur noch Lincolns Körper, seine Lippen und seine Zunge wahr.

Als er schließlich den Kopf hob, schmiegte Kerry sich kraftlos an ihn und legte die Wange an seine Brust. Sie hörte sein Herz schlagen und wusste, dass der Kuss ihn genauso erregt hatte wie sie.

„Du bist fantastisch", flüsterte er.

„Wirklich?"

„Glaub es mir. Ich habe da Erfahrung."

Als Kerry den Kopf hob, küsste er sie wieder. Dabei presste er sie dicht an sich. Kerry hätte aufgestöhnt, wenn er nicht ihre Lippen durch den Kuss verschlossen hätte. Lincoln küsste sie mit einer Leidenschaft, die etwas Verzweifeltes an sich hatte.

Kerry schlang Lincoln die Arme fest um den Nacken. Als ihre Brüste gegen seinen Oberkörper gepresst wurden, stöhnten Lincoln und sie gleichzeitig auf. Kerry fuhr ihm mit den Händen durchs Haar und stellte sich auf die Zehen, um seinem verlangenden Mund entgegenzukommen.

Schließlich löste Lincoln sich von ihren Lippen. Mit beiden Händen umfasste er ihre schlanke Taille. Kerry stellte sich wieder auf die Füße und strich über seine Ohren, die Wangen und den Hals bis hinunter zu seinen Schultern.

Als sie ihm in die Augen sah, lächelte Lincoln sie an. Kerry konnte sich nicht erinnern, dass Lincoln sie jemals so herzlich und offen angelächelt hatte. „Du hast ein schönes Lächeln", sagte sie leise.

Er lachte. „Wirklich?"

„Ja. Du lächelst nicht sehr häufig. Mich jedenfalls hast du meistens grimmig angesehen."

„Weil ich mich so sehr nach dir gesehnt habe."

Kerry erbebte innerlich.

„Ist dir kalt?", fragte er besorgt.

„Nein." Dann wurde ihr klar, wie absurd die Frage war, und sie lachte.

„Heiß?"

Kerry nickte. „Am ganzen Körper."

Lincoln legte die flache Hand auf ihren Magen und fuhr langsam über ihren Bauch hinab, bis seine Hand schließlich auf Kerrys Venushügel lag. „Hier auch?"

„Da besonders."

„Tut es noch weh?"

„Ein bisschen."

„Es tut mir leid."

„Mir nicht, Lincoln. Wirklich nicht", fügte sie hinzu, als er den Kopf ungläubig hob.

Er küsste sie leicht auf den Hals und auf das Ohrläppchen. „Ich möchte dich überall küssen", sagte er mit rauer Stimme.

Behutsam löste er Kerrys Arme von seinem Nacken. Als sie zu ihm aufsah, sagte er: „Nur mein glühendes Verlangen nach dir hat mich auf den Beinen gehalten, als wir stundenlang durch den Dschungel gelaufen sind. Normalerweise bin ich ein Feigling."

„Das glaube ich nicht", widersprach sie.

Er schmunzelte. „Na ja, du hast mich während meiner tapferen Woche erwischt. Auf jeden Fall habe ich fast ständig an deinen Körper gedacht und wie er sich anfühlen mochte." Mit den Fingerkuppen strich er ihren Hals hinab und über ihre Brüste. „Deine Brüste haben mich fasziniert. Wenn du dich bewegt hast oder nachdem wir durch den Fluss hindurch waren; am liebsten hätte ich sie ständig angestarrt."

„Du hast gesagt, sie seien klein."

„Das stimmt auch. Aber genau das mag ich." Er küsste sie wieder voller Lust, bis Kerry sich kaum noch auf den Beinen halten konnte.

„Ich möchte dich ansehen." Kerry war selbst überrascht, dass sie das sagte.

Lincoln zog das Hemd aus und ließ es neben sich auf den Boden fallen. Er stand reglos da. An seiner Schulter war noch eine rote Schramme zu sehen. Kerry musste daran denken, wie leicht er hätte umkommen können. Doch dann schob sie diesen Gedanken beiseite. Heute Nacht wollten sie alles andere vergessen.

Forschend berührte Kerry seine Brust und strich mit den Fingern durch das dichte Haar. Seitlich fuhr sie an seinem Brustkorb entlang bis zu seiner Taille, dann wieder zurück, wobei sie jeden Muskel ertastete. Dicht unterhalb seiner Brustwarzen hielt sie still.

„Berühr mich, wie ich dich berühre", sagte er angespannt.

Das Gefühl seiner aufgerichteten Brustwarzen unter den Fingerspitzen war aufreizend. Das Zittern, das ihn bei dieser Berührung durchlief, ermutigte Kerry. Sie beugte den Kopf und sog an einer der Brustwarzen. Mit der Zunge leckte sie daran, und unwillkürlich presste Lincoln seinen Unterleib an sie.

Als er kaum noch aufrecht stehen konnte, schob er Kerry sanft von sich und beugte sich wieder zu ihrem Mund herab. Er küsste sie hungrig. Dann zog er sie mit sich zum Fenster und setzte sich auf einen Stuhl. Kerry blieb vor ihm stehen.

„Zieh das Nachthemd aus."

Nach kurzem Zögern lächelte Kerry verführerisch und wandte Lincoln den Rücken zu. Mit langsamen Bewegungen streifte sie die schmalen Träger von den Schultern bis zu den Ellbogen herab. Dann zog sie die Arme heraus. Mit einem leisen Rascheln fiel das Nachthemd zu Boden. Sie spürte Lincolns Blick fast wie eine Berührung auf dem Rücken. Sie stieg aus dem Nachthemd und drehte sich langsam wieder zu Lincoln um. Als sie ihm in die Augen sah, brachte sein Blick ihren Pulsschlag zum Rasen. Aufreizend langsam hob sie die Arme, zog den Zopf über ihre Schulter und löste das Band. Dann kämmte sie die Haare mit den Fingern durch, bis sie ihr glatt über die Schulter bis auf die Brust fielen.

Lincolns Atem ging keuchend. Er war kurz davor, die Beherrschung zu verlieren, hielt die Spannung nicht länger aus. Aufstöhnend streckte er beide Hände nach Kerry aus und umfasste ihre Hüften. Er zog Kerry an sich und küsste den Ansatz ihrer Brüste. Wild umschlang er sie mit den Armen. Kerry fuhr ihm mit den Fingern durchs Haar, während er den Kopf von einer Seite zur anderen bewegte, um sie überall zu küssen.

Kerrys Knie gaben nach, und sie seufzte leise auf. Sofort sprang Lincoln auf und schloss sie in die Arme. Er murmelte Kerry etwas ins Ohr, doch sie konnte kein Wort verstehen. Sie hörte nur seine tiefe Stimme, spürte seinen Atem an ihrem Hals und schmiegte sich an ihn.

Mit einer Hand strich er ihren Bauch hinab, und Kerry spreizte die Schenkel. Als er mit einem Finger in sie eindrang, rief sie seinen Namen.

„Tut es weh?" Als Antwort schüttelte sie nur den Kopf. „Ich werde dir nie wieder wehtun, Kerry. Das schwöre ich."

Ohne den Kuss zu unterbrechen, zog er sich die Hose aus. Kerry spürte den Beweis seiner Erregung, und drängend vor Verlangen presste Lincoln sich an sie. Er legte die Hände um ihren Po und hob Kerry hoch.

Als sie sein Verlangen zwischen ihren Schenkeln spürte, gab sie sich ihren Empfindungen völlig hin. Sie warf den Kopf in den Nacken und bog sich Lincoln entgegen.

„Noch nicht", flüsterte er.

Er liebkoste sie wieder mit den Fingern. Erst zärtlich und vorsichtig, dann immer stürmischer streichelte er sie und stachelte ihre Erregung immer weiter an, bis Kerry aufschrie und sich an seinen Schultern festkrallte. Heiße Schauer durchliefen sie, als sie den Höhepunkt erreichte.

Sie sank kraftlos gegen ihn und versuchte ihren Atem unter Kontrolle zu bekommen. Lincoln hob sie auf die Arme und trug sie zum Bett, wo er sie vorsichtig niederließ. Kerry meinte, die Augen nicht länger offen halten zu können, doch der Anblick von Lincoln, der sich erregt über sie beugte, machte sie schlagartig wieder hellwach.

„Du bist schön." Ihre Stimme war kaum lauter als ein Flüstern. Als sie sein skeptisches Gesicht sah, nickte sie bekräftigend. „Und was du gerade gemacht hast, war auch sehr schön."

Lincoln berührte sie. „Und es war schön, dich zu beobachten. Dich zu spüren."

„Lincoln, ich … ich möchte …" Sie biss sich auf die Unterlippe.

„Zeig mir einfach, was du möchtest", sagte er leise.

Kerry strich über seine Hüften und seine Lenden. Lincoln stöhnte auf, und als sie sein Verlangen mit den Fingern umschloss und zum Zentrum ihrer Lust führte, hielt er sich nicht mehr zurück. Er drang in sie ein, und Kerry erzitterte. Als Lincoln sich zu bewegen begann, erwiderte sie lustvoll seinen Rhythmus.

„Nicht so schnell. Wir haben alle Zeit der Welt", flüsterte er, doch bald schon konnte auch er sich nicht länger zurückhalten.

Kerry ließ sich in ihren Empfindungen treiben, und als sie den zweiten Höhepunkt erreichte, erlebte sie ihn gleichzeitig mit Lincoln.

„Schläfst du?"

Kerry seufzte nur auf.

Lincoln blies sacht über eine ihrer Brüste. Er schmunzelte, als sich die Spitze augenblicklich aufrichtete.

Träge öffnete sie die Augen und sah ihn an. Sie lag auf dem Rücken, und Lincoln lag neben ihr auf dem Bauch.

„Erinnerst du dich an unsere Nacht in dem Versteck?", fragte er.

Kerry nickte lächelnd.

„Wenn ein Mann vor Erregung sterben könnte, wäre ich dort gestorben."

Sie lachte auf.

„Das ist nicht komisch."

„Ich weiß. Mir ging es ja genauso."

Einen Augenblick schwieg er. „Du bist wunderschön."

„Das hast du mir noch nie gesagt."

„Ich bin nicht sehr gut im Komplimenteverteilen."

Kerry strich ihm übers Haar. „Du lässt nicht gern jemanden an dich heran, nicht wahr?"

„Nein." Er legte ihr eine Hand an die Wange. „Aber ich bin dir heute Nacht sehr nahe. Lass uns jetzt nicht darüber reden."

Es gab so vieles, was sie ihm sagen wollte. Ihr Herz quoll über vor Liebe zu ihm. Doch Kerry sagte nichts. Damit würde sie ihn nur weiter von sich entfernen. Stattdessen beugte sie sich vor und küsste ihn auf die Stirn. Lincoln seufzte genussvoll, und Kerry begann, Küsse über seine Schultern und seine Brust zu verteilen.

Die Küsse und ihr langes seidiges Haar, das über seine Haut streifte, ließen Lincoln aufstöhnen. Dadurch ermutigt, setzte Kerry sich auf und begann seinen Rücken zu küssen. Sie arbeitete sich langsam weiter nach unten vor, bis sie an seinem Po angekommen war. Sanft strich sie mit den Händen darüber, dann drückte sie spielerisch seine festen Pobacken. Über die Schulter hinweg blickte Lincoln sie an.

„Dieser Versuchung konnte ich einfach nicht widerstehen", sagte sie schmunzelnd. Dann fuhr sie fort, seine Schenkel zu küssen.

„Kerry?"

„Ja?" Sie setzte sich auf. Als Lincoln sich auf den Rücken drehte, hielt sie den Atem an.

„Du musst nicht, wenn du nicht willst."

Kerry lächelte liebevoll und senkte den Kopf.

Lincoln stöhnte auf, als sie ihn mit den Lippen umschloss. Sie liebkoste ihn mit der Zunge, bis Lincoln leise ihren Namen rief. Kerry küsste ihn auf den Nabel.

Er zog sie über sich. Kerry senkte sich über ihn und bewegte sich unbewusst. Als sie fragend zu Lincoln sah, nickte er bloß und schloss aufstöhnend die Augen. Mit beiden Händen umfasste er ihre Hüften.

Sie beschrieb mit dem Becken kreisende Bewegungen, und schließlich beugte sie sich vor, sodass Lincoln ihre Brustspitzen mit den Lippen liebkosen konnte.

Kerry gab sich ihren Empfindungen hin. Sie wollte Lincoln tief in sich spüren, wollte, dass er ein Teil von ihr wurde. Mit jeder saugenden Bewegung seiner Lippen steigerte sich ihre Erregung, bis sie schließlich erneut mit Lincoln den Gipfel der Lust erreichte.

Kurz darauf lagen sie schwer atmend nebeneinander. Lincoln drehte sich auf die Seite und umarmte Kerry.

„Kerry, Kerry", sagte er leise. Mit einem Mal überkam ihn eine Mischung aus Glück, Zuneigung und tiefer Traurigkeit.

13. KAPITEL

Lincoln sehnte sich nach einer Zigarette. Er traute sich nicht, hier zu rauchen, um Kerry nicht durch den Qualm zu wecken, und allein lassen wollte er sie auch nicht.

Wenn er sich doch niemals auf sie eingelassen hätte! Wenn er nicht mit in ihr Zimmer gekommen wäre, sondern einfach ihre Entschuldigung entgegengenommen hätte, dann würde er sie nicht verletzen müssen. Er hätte dann leichter aus ihrem Leben verschwinden können. Doch er konnte sich nicht so einfach von Kerry trennen. Seit er ihr damals aus der Bar gefolgt war, dachte er an sie.

Selbst wenn er sich jetzt von ihr verabschieden würde, er könnte sie so leicht nicht vergessen. Und der Abschied selbst würde für sie beide schon schwer genug sein.

Ihr Lächeln, ihre Stimme, ihre Augen, wie sollte er sie je vergessen können? In dieser Nacht hatten sie sich wieder und wieder geliebt. Sie hatten nicht genug voneinander bekommen können, und Lincoln konnte sich nicht erinnern, jemals mit einer Frau zusammen gewesen zu sein, die seine Leidenschaft so erwidert hatte wie Kerry. Sie hatte völlig neue Empfindungen in ihm geweckt.

Und genau diese Empfindungen waren es, die ihm jetzt zu schaffen machten. Lincoln blickte zu Kerry, die fest schlief. Er musste lächeln.

Dann versuchte er sich auszumalen, wie er sich von ihr verabschieden sollte. Der Gedanke, dass ein anderer Mann sie irgendwann so sehen würde, wie er sie heute Nacht erlebt hatte, machte ihn eifersüchtig. Gab es irgendeine Stelle an ihrem Körper, die er nicht geküsst und gestreichelt hatte? Lincoln glaubte es nicht.

Heute Nacht hatte sie so unglaublich sinnlich und erotisch ausgesehen. Jetzt wirkte sie unschuldig wie ein Kind.

Rasch wandte Lincoln sich wieder ab und blickte aus dem Fenster. Am Horizont zeigte sich der erste helle Schimmer des Morgens.

Es war ein wunderschöner Sonnenaufgang, doch Lincoln nahm ihn kaum wahr. Heute würde er abfliegen. Jeder weitere Tag hier würde es nur noch schwerer machen.

Die Geschichte war nun zu Ende. Neue Foto-Aufträge warteten sicher schon auf ihn. Kerry hatte die Kinder alle sicher aus Montenegro herausgebracht. Abgesehen von Lisa würden alle heute von ihren zukünftigen Eltern abgeholt werden, und für sie würde sich ganz bestimmt leicht jemand finden.

Lincoln hatte das Angebot einer großen internationalen Zeitschrift für seine Fotoberichte ihrer Flucht angenommen. Finanziell hatte er dadurch für die nächste Zeit erst einmal ausgesorgt.

Wieso packte ihn jetzt nicht wie sonst nach Abschluss einer Geschichte diese Unruhe und der Drang, weiterzuziehen?

Die Antwort darauf lag hinter ihm im Bett, das wusste er. Er wollte sie nicht verlassen. Aber was konnte er ihr bieten? Ein kleines Apartment in Manhattan, dessen Küche aus einem Kühlschrank und einer Kaffeemaschine bestand und dessen Bad gleichzeitig als Dunkelkammer diente. Dorthin kam er höchstens einmal im Monat.

Selbst mit einer voll eingerichteten Wohnung in der Park Avenue – er passte einfach nicht zu einer Frau wie Kerry. Er kam von der Straße, war fünfunddreißig und ein Herumtreiber. Er hatte nicht einmal eine richtige Ausbildung.

Sie hatte im Luxus gelebt und sprach sicher mehr Sprachen, als er auf Anhieb hätte nennen können. Kerry hatte eine hervorragende Bildung, Manieren und kannte sich in der oberen Gesellschaftsschicht bestens aus. Auch wenn sie es nicht glaubte, niemand würde ihr die Verbrechen ihres Vaters nachtragen. Vielmehr würde sie jetzt wahrscheinlich als Heldin gefeiert werden.

Und sie war das Beste, was Lincoln O'Neal jemals begegnet war.

Aufseufzend ging Lincoln zu ihr und beugte sich vorsichtig über sie. Ohne sie würde das Leben für ihn zur Hölle werden. Er stützte sich mit einer Hand auf das Kopfende des Bettes. Fast hätte er sie geküsst, doch dadurch würde sie sicher aufwachen. Stattdessen berührte er mit dem Daumen ihre Lippen. Wie schön sie war! Und wie aufregend! Beim Gedanken daran, dass er sie heute zum letzten Mal sah, wurde Lincoln beinahe übel. Aber seine Entscheidung stand fest.

Er hatte diese Worte noch zu niemandem gesagt. Vielleicht zu seiner Mutter, doch bei ihrem Tod war er noch so jung gewesen, dass er sich jetzt nicht mehr erinnern konnte. Ganz bestimmt hatte er sie nie zu seinem gefühllosen, abweisenden Vater gesagt. Aber jetzt sagte er sie zu Kerry.

„Ich liebe dich."

Sekunden später zuckten ihre Augenlider. Lincoln fürchtete schon, er habe sie aufgeweckt, doch dafür wurde sie zu langsam wach. Sie streckte die Arme und Beine so lang aus, wie sie nur konnte. Bei dieser Bewegung rutschte das Laken über ihre Brüste hinunter.

Mit Mühe widerstand Lincoln der lustvollen Versuchung, eine ihrer Brustspitzen in den Mund zu nehmen und zärtlich daran zu saugen, bis Kerry hellwach war.

Als sie die Augen öffnete, blickte sie direkt auf Lincolns Achselhöhle. Schmunzelnd streckte sie die Hand aus und kitzelte ihn. Lincoln senkte den Arm und wandte sich ab.

„Es ist noch sehr früh", sagte er. „Du kannst noch liegen bleiben."

„Wenn du auf bist, will ich auch aufstehen. Oder kommst du noch mal zu mir ins Bett?"

Lincoln sah sie an, als sie ihn am Hemd zog. Der Blick ihrer dunkelblauen Augen war einladend. Sie saß aufrecht im Bett. Ihre Brüste waren unbedeckt und ihre Brustspitzen aufgerichtet. Das Haar hing ihr über die Schultern.

Er sehnte sich nach ihr. Sein Verlangen war beinahe übermächtig. „Nein, ich möchte eine Zigarette rauchen."

„Das kannst du doch hier tun."

Lincoln schüttelte den Kopf und blickte von ihr weg. „Ich möchte auch einen Kaffee trinken. Meinst du, Cage und Jenny haben etwas dagegen, wenn ich mir einen koche?"

„Bestimmt nicht."

Im Spiegel über der Kommode konnte Lincoln sehen, dass sie jede seiner Bewegungen verfolgte. Sie wirkte besorgt. Zweifellos hatte sie heute Morgen mit Zärtlichkeit und Zuneigung gerechnet. Lincoln wollte nicht einmal einen Kuss riskieren. Er wusste, wenn er sie noch einmal in den Armen hielt, würde er sie nie wieder gehen lassen.

„Ich sehe dich unten." Mit gesenktem Kopf ging er zur Tür.

„Lincoln?" Sie hatte das Laken bis unter die Achseln hochgezogen. Mit einem Mal schämte sie sich in ihrer Nacktheit. Verunsichert lächelte sie ihn an. Es brach ihm fast das Herz, sie so zu sehen. „Wieso diese Eile?"

„Ich habe heute viel zu erledigen. Sobald ich die Fotos vom Empfang der Waisen durch ihre Eltern habe, verschwinde ich." Er konnte ihren fassungslosen Gesichtsausdruck nicht ertragen und wandte sich ab. „Bis nachher."

Nachdem er die Tür hinter sich zugemacht hatte, blieb er einen Moment reglos im Gang stehen. Dann lief er die Treppen hinunter, wobei er das Leben und die Probleme, die es den Menschen bereitete, verfluchte.

Kerry ließ das Wasser der Dusche auf sich herabprasseln.

Es war kein Traum gewesen, sie spürte es an ihrem Körper, dass das alles wirklich geschehen war. Lincoln hatte mit ihr geschlafen, er hatte sie geliebt.

Er war sehr zärtlich gewesen, sinnlich, rücksichtsvoll und leidenschaftlich. Ihr war es vorgekommen, als habe er ihre geheimsten Wünsche und Sehnsüchte erkannt.

Heute früh war er ein Fremder gewesen, kühl und abweisend. Fast gleichgültig. Das traf Kerry tiefer als jeder Wutanfall von ihm.

Als sie nach dem Ankleiden die Treppe hinunterging, hoffte sie, dass Lincoln nur so schlecht gelaunt gewesen war, weil er seinen Kaffee und seine Zigarette haben wollte. Vielleicht war er ja ein Morgenmuffel.

An die andere Möglichkeit wollte Kerry lieber nicht denken: dass sie für ihn lediglich ein sexuelles Abenteuer war und er seine Neugier jetzt befriedigt hatte.

In dem Moment, als sie die Küche betrat, wusste sie, dass die zweite Möglichkeit zutraf. Gleichgültig sah er zu ihr hoch. In seinem Blick entdeckte sie nicht die Spur eines Gefühls für sie. Er nickte nur kurz und trank weiter von seinem Kaffee.

„Guten Morgen, Kerry", sagte Jenny, die Trent gerade fütterte. „Cage, würdest du Kerry bitte Saft eingießen?"

„Nur einen Kaffee, bitte."

„Was möchtest du essen?", erkundigte Jenny sich.

„Nichts, danke." Kerry nahm Cage die Tasse Kaffee ab. Sie hielt den Blick gesenkt. Was hatte sie denn erwartet? Liebesschwüre über den Küchentisch hinweg? Lincoln hatte ihr Vergnügen versprochen, und dieses Versprechen hatte er gehalten.

„Du siehst toll aus heute", stellte Jenny fest.

„Das stimmt." Cage nickte anerkennend. „Ein neues Kleid?"

„Ja. Danke schön." Sie trug ein gelbes Leinenkleid.

„Nach dem, was ich im Dschungel anhatte, muss einfach alles toll aussehen." Kerry versuchte unbeschwert zu klingen, aber mit wenig Erfolg. „Habt ihr heute schon etwas von den Kindern gehört? Sind sie bereit?"

„Vor ein paar Minuten war ich bei ihnen", sagte Cage. „Dort geht es drunter und drüber, aber sie packten ihre Sachen."

„Irgendwas Neues über Lisa?"

„Leider nicht", sagte Jenny.

Lincoln stand vom Tisch auf. Seit Kerry in der Küche war, hatte er kein einziges Wort gesprochen. Er hatte nicht einmal etwas gegessen.

„Ich habe Joe versprochen, ihn herunterzutragen. Ich gehe mal nachsehen, ob ich ihm beim Anziehen helfen kann." Er ging hinaus.

„Geh dir die Hände waschen, Trent", sagte Jenny und hob ihn aus dem Kinderstuhl. „Kerry, es ist noch reichlich Kaffee da. Cage, hilfst du mir bitte in der Waschküche?"

Dort diskutierten die beiden darüber, was mit Kerry und Lincoln los sein mochte und wie man ihnen helfen konnte. Cage war nach wie vor davon überzeugt, sie sollten sich aus allem heraushalten, es gehe sie nichts an.

„Aber sie lieben einander", widersprach Jenny. „Das weiß ich. Ich kann es fühlen!"

Es wurde bereits dunkel, als die Hendrens, Kerry und Lincoln auf der Terrasse saßen. Sie hatten alle einen anstrengenden Tag hinter sich und waren erschöpft.

Um die Stimmung von Anfang an aufzulockern, hatten sie mittags hinter dem Haus gegrillt. So hatten die Kinder schnell ihre Scheu vor den Adoptiveltern verloren.

Nettere Eltern hätte Kerry sich für die Kinder nicht wünschen können. Unter Tränen hatte sie ihnen hinterhergewinkt. Sie war sicher, dass sie sich alle in liebevollen Händen befanden.

Sie hatte keine Lobesreden über das, was sie getan hatte, zugelassen und war den Reportern und Fotografen nach Möglichkeit aus dem Weg gegangen. An diesem letzten Tag waren die Journalisten zur Farm vorgelassen worden und hatten Kerry natürlich mit Fragen bedrängt. Sie hatte wenig geantwortet und dabei stets darauf verwiesen, wie sehr die Kinder im vergangenen Jahr ihr Leben bereichert hätten.

Roxie und Gary Fleming waren mit ihren Töchtern abgereist, und vorhin waren Bob und Sarah Hendren mit Joe nach Hause gefahren. Sein Abschied von Lincoln war schmerzhaft gewesen. Der Junge hatte sich bemüht, nicht zu weinen, und auch Lincoln war sichtlich gerührt gewesen, während die beiden sich die Hände schüttelten und versprachen, in Kontakt miteinander zu bleiben.

Jetzt spielten nur noch Trent und Lisa auf dem Rasen. Offensichtlich fühlte Lisa sich nicht zurückgesetzt.

„In der Küche sind noch Reste vom Mittagessen", sagte Jenny.

„Nein danke", sagte Cage und sprach damit für alle. „Aber ein Bier könnte ich vertragen. Lincoln?"

„Ich muss wirklich los zum Flughafen."

Er hatte alles gepackt. Zwei Taschen mit der neuen Fotoausrüstung und seiner neuen Kleidung standen auf der Terrasse. Lincoln würde zunächst nach Dallas und von dort nach New York weiterfliegen.

Kerry hatte durch Jenny von seinen Reiseplänen erfahren. Den ganzen Tag über versuchte sie schon, sich ihre Niedergeschlagenheit nicht anmerken zu lassen. Obwohl sie auf unzähligen seiner Fotos war, hätte sie eine völlig Fremde für Lincoln sein können. In ein paar Wochen würde er sich vielleicht nicht einmal mehr an sie erinnern.

Heute Nacht würde sie Zeit genug zum Weinen haben. Bis dahin würde sie sich so gleichmütig wie möglich verhalten. Und im Schauspielern hatte sie mittlerweile einige Erfahrung.

„Für ein Bier wird die Zeit doch noch reichen", wandte Cage ein.

„In Ordnung", willigte Lincoln ein. „Ein Bier."

„Ich hole es." Jenny erhob sich mühsam vom Stuhl. „Ich muss sowieso ins Bad."

Sie ging nur ein paar Schritte, bevor sie aufstöhnte und ihren Bauch umfasste.

Cage sprang auf. „Was ist los? Wieder einer von diesen Krämpfen?"

„Nein." Jenny lächelte strahlend. „Dieses Mal ist es das Baby."

„Woher willst du das wissen? Hast du Schmerzen?" Cage stutzte kurz und blickte Jenny prüfend an. „Bist du ganz sicher?"

Jenny lachte schallend. Cage dachte anscheinend, dass sie wieder spielte, um Lincoln zum Bleiben zu bewegen. „Ganz sicher."

„Aber du bist drei Wochen zu früh."

„Das Baby ist da anderer Ansicht. Wenn du nicht möchtest, dass ich deine Tochter hier auf der Terrasse bekomme, dann solltest du lieber raufgehen und meinen Koffer holen."

„Ja, sofort. Jenny, setz dich hin!" Nach zwei Schritten blieb er wieder stehen. „Soll ich das Krankenhaus anrufen? Oder den Arzt? Wie oft bekommst du die Wehen? Was soll ich tun?"

„Zuerst beruhige dich mal. Dann holst du den Koffer. Kerry wird sicher den Arzt anrufen. Die Nummer hängt an der Wand daneben", sagte sie ruhig zu Kerry. „Lincoln, können Sie auf Trent aufpassen?"

Jenny ging zu ihrem Stuhl zurück und sah belustigt zu, wie alle durcheinanderliefen. Kerry blieb von allen noch am ruhigsten.

Als sie schließlich im Krankenhaus ankamen, griff Jenny nach Kerrys Hand, bevor sie in den Kreißsaal gebracht wurde.

„Es wird alles gut werden, das weiß ich." Sie lächelte Kerry vielsagend zu, bevor sie hinter einer Schwingtür verschwand.

Da Cage bei Jenny bleiben und bei der Geburt dabei sein wollte, mussten Kerry und Lincoln auf Trent und Lisa aufpassen und Cages Eltern und die Flemings anrufen.

Cage kam immer wieder in das Wartezimmer, um ihnen zu berichten, was sich darauf beschränkte, zu sagen, das Baby sei noch nicht da.

„Wie geht es Jenny?", wollte Kerry wissen.

„Sie ist so schön", rief er begeistert. „Wunderschön."

Als er ging, mussten Kerry und Lincoln über seine überschwängliche Liebe zu Jenny schmunzeln. Sobald sie jedoch einander ansahen, wurden sie wieder ernst. Kerry wandte sich den Kindern zu. Sie meinte, er würde die Liebe, die sie für ihn empfand, sonst deutlich sehen können.

Schließlich waren Trent und Lisa eingeschlafen. Kerry und Lincoln hatten Cage beide angeboten, die Kinder nach Hause zu fahren, doch das wollte er nicht.

„Jenny will, dass Trent hier ist, wenn das Baby kommt", sagte er. „Auf diese Art wird er sich nicht ausgeschlossen fühlen."

„Merkwürdig, dass die Kinder bei der Unruhe hier schlafen können", sagte Kerry und fuhr Trent durchs Haar.

„Ja", stimmte Lincoln zu. „Irgendwas Neues über Lisas Adoption?"

Kerry schüttelte den Kopf. „Die Organisation arbeitet daran. Hoffentlich macht die Einwanderungsbehörde keine Probleme." Kerry rieb sich die Arme, als sei ihr mit einem Mal kalt. „Aber sicher werden sie ein kleines Kind nicht dorthin zurückschicken." Sie blickte auf das schlafende Mädchen neben sich. Dann sah sie zu Lincoln auf. „Bevor du abfliegst, möchte ich dir nochmals für alles danken."

Er hob verwirrt die Schultern.

„Nein, bitte. Nimm meinen Dank an. Ohne dich hätten wir es nicht geschafft. Und ehe ich es vergesse …" Sie griff nach ihrer Handtasche und holte einen Scheck heraus, den sie vorhin ausgefüllt hatte. Sie hielt ihn Lincoln hin.

Er blickte von ihrem Gesicht zu dem Scheck. Mit einer unvermittelten Bewegung riss er ihr den Scheck aus der Hand. Er betrachtete ihn und stellte fest, dass sie ihr persönliches Konto damit belastete und dass sie eine schöne Unterschrift hatte. Dann riss er den Scheck in Fetzen.

„Warum tust du das?" Kerry hatte gehofft, dass sie so etwas wie einen Abschluss empfand, wenn sie ihm ihre Schulden bezahlte. Solange sie sich Lincoln noch verpflichtet fühlte, war er ein Teil ihres Lebens. „Es ist sauberes Geld. Das Vermögen meines Vaters habe ich nie angerührt. Von meiner Mutter habe ich etwas geerbt."

„Mir ist egal, woher das Geld kommt. Wir sind quitt, okay?"

Kerry öffnete unbewusst den Mund, als ihr die beleidigende Bedeutung seiner Worte klar wurde. „Ach so, ich verstehe. Du bist für deine Dienste bereits entlohnt worden." Sie sog die Luft ein. „Sag mal, Lincoln, war die letzte Nacht wirklich fünfzigtausend Dollar wert?"

Wütend sprang er auf.

„Es ist ein Mädchen!" Cages urplötzliches Erscheinen verunsicherte Kerry und Lincoln. Sie fuhren zu ihm herum. Cage grinste von einem Ohr zum anderen. „Etwas mehr als drei Kilo. Sie ist wunderschön, einfach perfekt. Jenny geht es gut. Es gab keine Komplikationen. Sobald sie gewogen und untersucht ist, könnt ihr die Kleine sehen." Nachdem er die Glückwünsche entgegengenommen hatte, bückte er sich zu seinem kleinen Sohn. „He, Trent, du hast jetzt ein kleines Schwesterchen."

Obwohl Kerry protestierte, bestand Cage darauf, dass sie als Erste zu Jenny und dem Kind hineinging.

Jenny war die einzige Mutter in dem Raum. Im Arm hielt sie das kleine Bündel, in dem ihre Tochter steckte.

„Ich hatte fast vergessen, wie schön es ist, sie zum ersten Mal zu halten", sagte sie nachdenklich, als sie in das kleine runzlige Gesicht blickte, das sie als schön empfand. Jenny wollte sie Aimee nennen.

Schließlich ging Kerry wieder aus dem Raum in der Gewissheit, dass sich in der Hendren-Familie alle innig liebten. Einerseits freute sie sich mit ihnen, andererseits wurde ihr dadurch die Leere in ihrem eigenen Leben bewusst.

Kerry hatte ihre Mutter früh verloren, und um die Taten ihres Vaters wiedergutzumachen, hatte sie das Leben von neun Kindern aufs Spiel gesetzt. Wenn sie sich selbst gegenüber ehrlich war, musste sie zugeben, dass sie der Welt dadurch hatte zeigen wollen, dass sie den Namen ihres Vaters trug, aber anders war als er.

Und hatte sie es sich nicht auch selbst beweisen wollen? Kerry ging ins Wartezimmer zurück. Cage hielt seinen schläfrigen Sohn auf dem Arm und beschrieb gleichzeitig Lisa auf Spanisch, wie hübsch seine Tochter war. Lisa saß bei Lincoln auf dem Schoß und hatte ihm eine Hand vertrauensvoll auf den Schenkel gelegt.

In diesem Augenblick wurde Kerry klar, was sie tun würde.

14. KAPITEL

„Ich war darauf nicht vorbereitet. Sie etwa?" Cages Frage war eigentlich überflüssig. Lincoln, der neben ihm im Auto saß, antwortete nicht, sondern sah unverwandt aus dem Fenster. „Mir fiel überhaupt nichts mehr ein, als Kerry sagte, sie wolle Lisa adoptieren."

Cage blickte kurz zu Lincoln hinüber. Seit sie zum Flughafen unterwegs waren, hatte er kaum ein Wort gesprochen. Wie üblich fuhr Cage zu schnell, und die Landschaft sauste nur so vorbei. An dem Ausblick konnte es also nicht liegen, dass Lincoln so still war. Allerdings konnte Cage sich gut den wahren Grund dafür denken.

Unbekümmert redete er weiter: „Was, glauben Sie, hat Kerry auf die Idee gebracht, das Kind allein großzuziehen?"

„Woher soll ich das wissen?", stieß Lincoln hervor. „Bei ihr weiß man nie, weshalb sie etwas tut. Sie ist eine Verrückte."

Cage lachte leise. „Ja, der Gedanke ist mir auch schon gekommen." Von der Seite sah er Lincoln prüfend an. „Das macht sie interessant, stimmt's? Diese Unberechenbarkeit."

Lincoln stieß verächtlich die Luft aus, verschränkte die Arme vor der Brust und ließ sich tiefer in seinen Sitz sinken. „Das ist nur ein anderes Wort für ‚Wahnsinn'. Mal eine Hure, mal eine Nonne. Welcher normale Mensch macht solche Spielchen? Diese Frau handelt erst und denkt später." Warnend hob er den Zeigefinger. „Irgendwann bringt sie sich damit in große Schwierigkeiten."

Cage unterdrückte ein Grinsen und überlegte, dass Kerry bereits bis zum Hals in Schwierigkeiten steckte. Und diese Schwierigkeiten hießen Lincoln.

Es war eine anstrengende Nacht gewesen, das sah man den Gesichtern der beiden Männer an. Sie waren unrasiert und hatten Ringe unter den Augen.

Doch heute Morgen war nicht mehr die Zeit geblieben, um zur Farm zurückzufahren. Lincoln hatte darauf bestanden, dieses Flugzeug zu nehmen und seinen Abflug nicht weiter hinauszuschieben. Cage konnte im Krankenhaus während der zahllosen Untersuchungen von Jenny und dem Baby ohnehin nichts ausrichten und hatte erst Kerry mit Trent und Lisa zur Farm gefahren und sich anschließend mit Lincoln auf den Weg zum Flugplatz gemacht.

Kurz und höflich hatten Kerry und Lincoln sich voneinander verabschiedet, wobei sie sich kaum angesehen hatten. Cage hatte es nicht übers Herz gebracht, Jenny zu sagen, dass Lincoln abflog. Sie wäre zu traurig gewesen, dass Kerry und Lincoln nicht zueinanderfanden. Cage war der Meinung, die beiden verdienten einen ordentlichen Tritt in den Hintern. Aber er wollte sich ja nicht einmischen. Doch einfach wollte er es Lincoln auch nicht machen.

„Den Ärger wird Kerry bald bekommen", sagte er.

Lincoln horchte auf. „Wieso?"

„Wegen der Adoption. Die Einwanderungsbehörde hat verlangt, dass die Kinder in Familien untergebracht werden. Als alleinstehende Frau fällt Kerry wohl kaum unter diese Kategorie."

„Es ist nicht mehr ungewöhnlich, dass Alleinstehende Kinder adoptieren können."

„Nein, aber es dauert länger. Und die Behörde hat eine Frist gesetzt, bis wann die Kinder adoptiert sein müssen."

„Sie werden kein vierjähriges Mädchen nach Montenegro zurückschicken", wandte Lincoln ein.

„Wahrscheinlich nicht." Cage lächelte mit übertriebener Zuversicht. „Und wenn doch, dann wird Kerry bei ihrem Dickkopf sicher mit Lisa zusammen wieder zurückgehen."

„Nach Montenegro? Da müsste sie ja verrückt sein!"

„Wenn Kerry sich etwas erst mal in den Kopf gesetzt hat …"

Mit zitternden Händen zündete Lincoln sich eine Zigarette an.

Ungerührt sprach Cage weiter. „Meine Jenny ist da ganz ähnlich. Wenn sie damals nicht schwanger geworden wäre –, wer weiß, ob sie mich geheiratet hätte? Als ich damals mit ihr schlief, war es das erste Mal, dass ich nicht ans Verhüten gedacht habe." Er lachte betont unbekümmert. „Wer weiß, vielleicht habe ich es unbewusst so gewollt."

Abrupt setzte Lincoln sich auf und sah starr geradeaus. „Kehren Sie um", sagte er unvermittelt.

„Aber Ihr Flugzeug …"

„Das ist jetzt egal!", rief Lincoln. „Fahren Sie zur Farm zurück."

Cage wendete augenblicklich und trat aufs Gas. Für den Rückweg brauchten sie nur halb so viel Zeit wie für die Hinfahrt. Lincoln kam es trotzdem wie eine Ewigkeit vor.

Dass er daran nicht gedacht hatte! Der Gedanke an Verhütungsmittel war ihm kein einziges Mal gekommen. Und das, obwohl Kerry und er die letzte Nacht kaum geschlafen hatten!

Cage hielt direkt vor dem Haus. „Wenn Sie nichts dagegen haben, fahre ich jetzt zurück ins Krankenhaus."

„Natürlich." Lincoln schnappte seine Taschen vom Rücksitz und sprang aus dem Wagen. Schwungvoll warf er die Tür hinter sich zu.

„Ich werde dort bestimmt für den Rest des Tages bleiben. Fühlen Sie sich wie zu Hause. Wenn Sie Trent los sein wollen, rufen Sie meine Eltern an, damit sie ihn abholen."

Lincoln war schon auf halbem Weg zur Tür und nickte nur, ohne hinzuhören. Cage lachte leise und fuhr davon.

In der Eingangshalle ließ Lincoln die Taschen fallen. Einen Augenblick musste er sich an das Dämmerlicht gewöhnen, dann ging er von einem Zimmer ins andere. Sie waren alle leer.

Hastig lief er die Treppe hinauf. Er stieß die Tür zum Gästezimmer auf, aber dort war auch niemand. Als er vor Trents Zimmer anlangte, machte er sich allmählich Sorgen. Wo war sie bloß?

Er gab der Tür einen Stoß, und sie schwang auf und schlug gegen die Wand. Kerry hatte sich umgezogen. Sie trug jetzt Jeans und ein T-Shirt. Sie war barfuß, und das Haar hing ihr offen über den Rücken hinab. Sie saß auf dem Rand des Bettes, in dem Lisa schlief. Trent schnarchte leise in dem anderen Bett vor sich hin.

Einen Moment sahen sie sich nur schweigend an.

Dann fuhr Kerry ihn an. „Ich bin fast zu Tode erschrocken!" Sie sprach mit gedämpfter Stimme, damit die Kinder nicht aufwachten, war jedoch wütend, weil Lincoln sie beim Weinen ertappt hatte. „Wieso musst du hier so hereingepoltert kommen? Ich dachte schon, es seien Einbrecher."

Mit drei Schritten stand Lincoln neben dem Bett und ergriff Kerrys Arm. Er zog sie hoch und hinter sich her aus dem Zimmer. Nachdem er die Tür hinter sich geschlossen hatte, blickte er Kerry streitsüchtig an. „Kein Problem für dich! Wenn ein Einbrecher kommt, dann spielst du einfach eine Karatemeisterin."

„Unglaublich komisch. Jetzt lass meinen Arm los!" Sie riss sich los. „Gerade habe ich die Kinder schlafen gelegt. Sie waren erschöpft, aber zu aufgeregt, um zur Ruhe zu kommen. Und jetzt platzt du hier herein ... Moment mal, wolltest du nicht schon auf dem Weg nach Dallas sein? Was machst du hier?"

„Dir einen Heiratsantrag."

„Warum?"

„Weil ich mich nicht vor meinen Verpflichtungen drücken will. Auf der Fahrt hat Cage mich an etwas erinnert."

„Woran?"

„Wir haben kein Verhütungsmittel benutzt." Er machte eine Pause, um diese Mitteilung bei Kerry wirken zu lassen. „Daran hast du nicht gedacht, stimmt's?"

Ihr Zögern war so kurz, dass er es nicht bemerkte. In diesem kurzen Augenblick hatte sie daran gedacht, ihn in dem Glauben zu lassen, sie seien unvorsichtig gewesen. Doch sie hatte sich vorgenommen, nie wieder jemanden zu täuschen. Das galt auch für Lincoln. Andererseits war sie außer sich vor Zorn, dass er ihr nur deshalb einen Antrag machte, weil er sich dazu verpflichtet fühlte.

„Doch, das habe ich." Es bereitete Kerry Genugtuung, sein verblüfftes Gesicht zu sehen. „Vor ungefähr einem Jahr habe ich daran gedacht", sagte sie ruhig. „Bevor ich nach Montenegro ging. Es bestand schließlich durchaus die Möglichkeit, dass jemand über mich herfällt. Deshalb nehme ich die Pille. Sie brauchen sich also keine Sorgen zu machen, Mr O'Neal. Ich befreie Sie hiermit von Ihrer Verpflichtung. Wenn du mich jetzt bitte entschuldigst, ich bin sehr müde."

Sie drehte sich um, kam aber nur wenige Schritte weit, bevor Lincoln sie einholte und festhielt.

„Was gibt es jetzt noch?", verlangte sie zu wissen.

„Du vergisst etwas", antwortete er.

„Und das wäre?"

„Lisa. Denkst du wirklich, sie werden dich Lisa adoptieren lassen?"

„Ja."

Trotz ihrer selbstbewussten Antwort entdeckte Lincoln den Zweifel in ihrem Blick und bohrte weiter. „Ich bin da nicht so sicher. Genauso wenig wie Cage und Jenny. Das hat Cage mir gesagt."

„Ich werde alle Möglichkeiten ausschöpfen."

„Du könntest trotzdem verlieren."

„Dann gehe ich mit ihr aus den Vereinigten Staaten fort. Nach Mexiko oder sonst wohin."

„Genau das, was du dir für das Kind gewünscht hast. Keine richtige Heimat, eine einsame Mutter, kein geborgenes Heim …"

„Ich werde sie nicht aufgeben", stieß Kerry gepresst hervor. „Ich liebe sie."

„Ich auch!"

„Stimmt das?", fragte Kerry leise.

Lincoln nickte knapp. „Es hat mich fast wahnsinnig gemacht, als ich mich heute früh von ihr verabschiedet habe. Hast du gesehen, wie sie sich an meinen Hals geklammert hat und mich nicht loslassen wollte?"

„Sie hat geweint, als du weggefahren bist, obwohl sie dir versprochen hat, es nicht zu tun."

Lincoln war sichtlich gerührt. „Siehst du, sie liebt mich auch."

Kerry wirbelten die Gedanken im Kopf herum, doch sie wollte sich nicht zu große Hoffnungen machen. Sie war oft genug enttäuscht worden. „Dann adoptiere du doch Lisa."

„Denkst du, als alleinstehender Mann hätte ich bessere Chancen? Wenn wir allerdings als Ehepaar die Adoption beantragen, haben wir gute Chancen. Und für Lisa wäre es das Beste. Sie braucht einen Vater und eine Mutter. Das weiß ich."

Kerry wurde überrollt von ihrer Zuneigung zu ihm. Der Grund von Lincolns misstrauischem Charakter lag darin, dass er nie die Liebe seiner Eltern richtig erfahren hatte. Sie wollte sich an ihn schmiegen und sein stoppeliges Kinn mit Küssen bedecken, doch sie hielt sich zurück.

„Das ist immer noch kein guter Grund, um zu heiraten", sagte sie. „Wir würden Lisa überfordern, wenn es von ihr abhängt, ob wir beide miteinander glücklich werden."

„Wir wären bei unserem Glück nicht auf sie angewiesen."

„Wirklich nicht?"

Lincoln wandte sich ab und ging ein paar Schritte fort. Dann drehte er sich wieder um und kam auf sie zu. „Lisa ist nicht der einzige Grund, weshalb ich dich heiraten will."

„Nein?"

„Nein. Der Gedanke, dich zurückzulassen, hat mir nicht gefallen. Du kannst einen zwar auf die Palme bringen, aber ich will dich."

„Im Bett."

„Ja."

„Ich verstehe." Kerrys Herz wurde schwer wie Blei.

„Und ..."

„Und?" Sie hob den Kopf und sah Lincoln fragend an.

Er fuhr sich mit der Hand durchs Haar und stieß die Luft aus. Jetzt wirkte er vollkommen verunsichert. „Cage sagte schon, dass du ganz schön dickköpfig sein kannst. Du willst also hören, dass ich es sage, ja?" Kerry blickte ihn unschuldig an. Innerlich fluchte Lincoln. Dann streckte er die Arme seitlich aus. „Ich liebe dich, okay?"

„Okay." Kerry warf sich ihm in die Arme. Lincoln drückte sie fest an sich. Sie küssten sich leidenschaftlich, dann holten sie keuchend Luft. „Ich dachte schon, du würdest das niemals sagen."

„Das dachte ich auch. Jedenfalls nicht, wenn du wach bist."
„Wenn ich wach bin?"
„Spielt keine Rolle", sagte er und lachte. „Ich liebe dich, Kerry. Und wie!"
„Ich liebe dich, ich liebe dich, ich liebe dich."
„Wahrscheinlich gebe ich einen schrecklichen Ehemann ab. Verdorben, taktlos."
„Wundervoll, talentiert, mutig."
Lincoln küsste sie wieder und hob sie dabei hoch.
Kerry schlang die Beine um seine Taille und verschränkte die Füße hinter seinem Rücken. Sanft sog er an ihrem Kinn und der zarten Haut ihres Halses, während er ihr zärtliche Worte ins Ohr flüsterte.
Als sie den Kopf hob, blickte er sie durchdringend an. „Ich kann dir nicht viel bieten, Kerry. Jedenfalls nicht an materiellen Dingen. Kein Auto, kein großes Haus ..."
Kerry legte ihm einen Finger über die Lippen. „Du hättest die fünfzigtausend Dollar behalten sollen. Dann wärst du jetzt reicher."
„Wirklich niedlich." Er küsste ihre Fingerspitzen. „Ich meine es ernst, Kerry. Ich habe Geld. Seit Jahren habe ich es angehäuft, aber ich habe nicht einmal ein passendes Haus für uns."
„Aber ich habe eins. In Charlotte in North Carolina."
„Das hast du mir nie gesagt."
„Du hast nie danach gefragt. Es ist schön. Ich weiß, dass es Lisa und dir gefallen wird."
„Außerdem hast du einen College-Abschluss."
„Dafür hast du zwei Pulitzer-Preise, und ich habe keinen einzigen."
„Du weißt, wie ich mein Geld verdiene. Ich werde oft von dir weg sein."
„Auf keinen Fall, Lincoln", sagte sie kopfschüttelnd. „Wenn du glaubst, ich lasse dich weiterhin allein durch diese Welt voll schöner Frauen reisen, wenn wir erst verheiratet sind, dann irrst du dich."
„Du willst mir doch nicht vorschlagen, dass du mit mir mitreisen wirst."
„Natürlich werde ich das."
„Du und Lisa?", fragte er ungläubig.
„Denk doch nur, was für Vorteile du dadurch hast."
„Nenn mir einen einzigen."
„Wie viele Sprachen sprichst du?"
„Ich kann ganz gut Englisch."

„Also, ich spreche vier Sprachen und kann mich in drei weiteren einigermaßen unterhalten. Wenn wir ihr Englisch beibringen, wird Lisa bald zweisprachig sein. Das ist doch eine Hilfe für dich."

„Ja, aber in ein paar Jahren wird Lisa zur Schule gehen und dann …"

„Ich bin Lehrerin, schon vergessen? Ich werde sie ausbilden."

„Aber das ist nicht dasselbe. Sie braucht …"

„Lincoln, willst du jetzt schon einen Rückzieher machen?"

„Nein. Ich will nur, dass du weißt, worauf du dich einlässt."

„Das weiß ich." Als er sie immer noch zweifelnd ansah, sagte sie: „Schau mal, wir haben diese entsetzlichen Tage im Dschungel überstanden. Da kann es doch von jetzt an nur noch besser werden."

Er lächelte und lachte dann auf. „Das ist ein Argument."

„Es wird sich für alles eine Lösung finden. Wir werden es schaffen. Alles zu seiner Zeit, okay?"

„Liebling, wenn ich dich so nah an mir spüre, bin ich mit allem einverstanden. Wenn wir nicht so viel anhätten, dann …"

„Daran habe ich auch schon gedacht." Kerry rieb sich an ihm, und Lincoln stöhnte vor Lust auf. Er trug sie ins Gästezimmer, und sobald er sie wieder auf dem Fußboden abgesetzt hatte, fingen sie beide an, sich gegenseitig die Kleider vom Leib zu reißen.

Sie gingen ins angrenzende Bad. Lincoln drehte das Wasser auf und schob Kerry vor sich in die Duschkabine. Unter dem Wasserstrahl pressten sie sich aneinander und liebten sich leidenschaftlich.

Eine ganze Zeit später ließen sie sich aufs Bett fallen. „Wir werden uns streiten", warnte Lincoln sie.

„Pausenlos", stimmte sie zu.

„Das macht dir nichts aus?"

Kerry schmiegte sich verliebt an ihn. „Da müssen wir hindurch. Und wenn ich mir etwas in den Kopf gesetzt habe, dann …"

„Dann führst du es auch zu Ende", ergänzte Lincoln lachend.

– ENDE –

Rachel Lee

Geborgtes Glück?

Roman

Aus dem Amerikanischen von
Kris Amegee

PROLOG

Undercoveragent Rafe Ortiz schlurfte müde in die Büroräume des Drogendezernats. In seinem weißen Baumwollhemd, der Kakihose mit den Bügelfalten und seinen Segelschuhen sah er aus wie jemand, der einen Jachtausflug machen wollte.

Es war acht Uhr morgens, und er hatte seit fast achtundvierzig Stunden nicht mehr geschlafen. Rafe sehnte sich nach seinem Bett und hoffte nur, dass er inzwischen nicht vergessen hatte, wo er in Wirklichkeit wohnte. In den vergangenen sechs Monaten als Undercoveragent war sein eigenes Leben weit in die Ferne gerückt, ganz so, als gehöre es zu einem anderen. Er hatte das Gefühl, nicht mehr zu wissen, wer er eigentlich war. Aber ehrlich gesagt hatte er das noch nie so genau gewusst.

Er brauchte unbedingt eine Auszeit, was jetzt auch möglich war, da er gerade einen Fall abgeschlossen hatte. Nur noch schnell ein paar Sachen im Büro klären und dann nichts wie zurück in sein eigenes Leben, das er vor sechs Monaten verlassen hatte.

„Das Setoner Krankenhaus hat angerufen", sagte die hübsche Empfangsdame, deren Namen er ständig vergaß. „Auf der Intensivstation verlangt jemand dringend nach Ihnen."

Rafe hatte das Gefühl, sein Herz würde aussetzen. Wen von seinen Kollegen könnte es erwischt haben? „Um wen handelt es sich?"

„Raquel Molina."

Sein Gesicht wurde zu einer Maske. „Das muss ein Irrtum sein."

„Ich weiß nur, dass sie dringend nach Ihnen verlangt. Wer ist sie?"

„Die Schwester von Eduardo Molina."

„Der Mann, den Sie im Frühjahr hinter Gitter gebracht haben? Das war doch ein richtig großer Fisch, nicht?"

Rafe antwortete nicht.

„Vielleicht hat Sie Informationen für Sie und will die loswerden, bevor sie stirbt."

Rafe warf ihr einen schwer zu deutenden Blick zu. „Ja, vielleicht." Er machte auf dem Absatz kehrt und ging zur Tür.

„Es tut mir leid, Mr Ortiz", sagte die junge Ärztin. Sie sah genauso erschöpft aus, wie er sich fühlte. „Ms Molina ist vor ungefähr einer Stunde gestorben."

Rafe sah sie verständnislos an.

„Es war eine Schusswunde", erklärte sie schließlich. „Die Polizei kann Ihnen mehr darüber berichten. Wir haben alles Menschenmögliche getan."

„Ich kannte sie kaum", sagte er ungläubig.

Die Ärztin maß ihn mit einem abweisenden kühlen Blick. „Was Sie nicht sagen! Dennoch gibt es da dieses kleine Problem. Und dessen werden Sie sich wohl annehmen müssen."

„Was für ein Problem?"

„Ms Molinas Letzter Wille war es, dass Sie das Kind aus Miami wegbringen, weg von ihrer Familie."

„Das Kind?" Raquel hatte kein Kind. Zumindest hatte sie ihm nichts davon erzählt. „Welches Kind?"

Die Ärztin sah ihn missbilligend an. „Kurz bevor sie starb, haben wir Ms Molina mittels Kaiserschnitt von einem acht Pfund schweren Jungen entbunden. Und Sie sind der Vater, Mr Ortiz."

1. KAPITEL

Rafe saß seiner Vorgesetzten Kate Keits gegenüber und blickte irritiert. Als Chefin war sie eigentlich gar nicht so übel, aber im Augenblick nervte sie ihn entsetzlich.

„Sind Sie sicher, dass das Baby von Ihnen ist, Rafe?", fragte sie. „Es wäre diesen verdammten Molinas zuzutrauen, so was nur zu inszenieren, um Zugang zu einem von uns zu bekommen. Ganz speziell zu Ihnen. Sie haben inzwischen ja fast die ganze Familie hinter Gitter gebracht."

„Es ist mein Kind."

„Woher wollen Sie das wissen?"

„Ich habe einen Vaterschaftstest machen lassen. Das Ergebnis kam letzte Woche. Mein Sohn. Mein Problem."

„Das können Sie laut sagen. Es ist ein Problem. Sie müssen schnellstens jemanden finden, der Ihnen das Baby abnimmt, sonst werde ich Sie anderweitig einsetzen müssen."

Das war ihm klar. Er wusste, dass er nicht als Undercoveragent arbeiten konnte, wenn er ein Kind zu versorgen hatte. Aber ihm fiel niemand ein, der sich monatelang um den Kleinen kümmern konnte, zumindest niemand, dem er vertraute.

„Sie hätten sich nie mit einer Verdächtigen einlassen dürfen, aber das wissen Sie ja selbst. Haben Sie schon erwogen, den Kleinen zur Adoption freizugeben?"

Daran gedacht hatte er. Er hatte sich sogar schon mehrfach auf den Weg zur nächsten Adoptionsstelle gemacht, um alles in Gang zu setzen. Aber jedes Mal war er unverrichteter Dinge wieder zurückgekehrt in seine kleine Einzimmerwohnung, die eher einem Loch als einer Wohnung glich und die seit Ankunft seines kleinen Sohnes ständig nach schmutzigen Windeln und saurer Milch roch.

„Und?", drängte Kate.

„Das kann ich nicht machen. Ich bin die einzige Familie, die er hat. Die Molinas kann man vergessen."

„Und? Was wollen Sie tun?", fragte sie. „Rafe, ich brauche Sie draußen auf der Straße. Wenn Sie nicht mehr als Undercoveragent arbeiten können, muss ich mir jemand anders suchen. Sie müssen sich entscheiden."

Er nickte zustimmend. „Ich habe Familie in Wyoming", erklärte er leise. „Geben Sie mir einen Monat Urlaub. Ich bringe den Kleinen hin und bitte sie, sich um ihn zu kümmern."

„Das klingt gut. Ich erledige den nötigen Papierkram, und Sie können Freitag Ihren Urlaub antreten."

Erleichtert verließ Rafe Kates Büro. Das war geklärt. Dennoch war er bedrückt, denn er hatte versäumt, ihr zu sagen, dass diese Familie in Wyoming aus nur einem Bruder bestand. Den er nicht kannte. Es handelte sich um einen Halbbruder, der überhaupt nichts von Rafes Existenz wusste. Wie er gehört hatte, war der Mann Polizist, aber das besagte noch lange nicht, dass er ihm auch seinen Sohn anvertrauen konnte. Rafe wusste aus eigener bitterer Erfahrung nur zu gut, dass Pflegeeltern nicht immer nur das Beste für ihren Schützling wollten. Er selbst war in einer Pflegefamilie aufgewachsen und hatte eine entsetzliche Kindheit gehabt. Aber den Molinas wollte er seinen Sohn auf keinen Fall überlassen. Es war ihnen zuzutrauen, dass sie den Kleinen schon von Kindesbeinen an in den Drogenhandel mit einbeziehen würden. Rafe blieb nichts anderes übrig, als zu hoffen, dass sich sein Halbbruder in Wyoming als aufrechtes und geachtetes Mitglied der Gesellschaft erwies.

Auf dem Nachhauseweg holte er Peanut, wie er seinen Sprössling nannte, von der Tagesstätte ab. Dann kaufte er noch Trockenmilch für den Kleinen und eine Straßenkarte. Er wollte wissen, wo genau Conard County in Wyoming lag, um überschlagen zu können, wie lange er und der Knirps ungefähr für die Fahrt brauchen würden.

Der Junge hat einen Namen, wies er sich selbst zurecht. Raquel hatte ihn Rafael genannt, nach seinem Vater. Irgendwie fand Rafe jedoch, dass dieser Name zu einem elf Pfund schweren schreienden Baby überhaupt nicht passte. In Rafael musste der Kleine erst noch hineinwachsen. Und bis dahin war er Peanut.

Peanut verschlief die Einkäufe, aber sobald sie wieder im Wagen waren und nach Hause fuhren, wachte er auf und verlangte lautstark sein Recht. Rafe hätte sich am liebsten Watte in die Ohren gestopft.

„Jetzt halt aber mal die Luft an, Peanut", rief er dem zornig schreienden Knirps zu. „Es sind doch nur noch zwei Blocks!" Noch zwei Blocks, dann würde er dem Jungen die schmutzige Windel wechseln und ihm die Flasche geben. Rafe fragte sich kopfschüttelnd, wie sich irgendjemand Babys wünschen konnte.

Er hatte in den letzten Tagen viel Übung gehabt, und so schaffte er es, mit Baby, Trockenmilch, Wegwerfwindeln und Straßenkarte in die Wohnung zu gelangen, ohne irgendetwas fallen zu lassen. Inzwischen schrie der Kleine in den höchsten Tönen.

Rafe eilte mit dem kleinen Schreihals ins Badezimmer, wo er sich einen provisorischen Wickeltisch eingerichtet hatte. Er befreite Peanut von der vollen Windel, wusch ihm den kleinen Po und puderte ihn ausgiebig, nachdem er ihn abgetrocknet hatte. Wenigstens die Probleme des Kleinen sind leicht zu lösen, dachte er schmunzelnd. Sobald Peanut sauber war, schluchzte er noch ein, zwei Mal, und dann lächelte er wieder.

„So, kleiner Mann, und jetzt gibt's was zu essen."

Rafe probierte die zubereitete Milch und prüfte die Temperatur. Er fand die Milch ziemlich ungenießbar, aber der Kleine trank gierig, bis die Flasche leer war. Dann gab er ein zufriedenes Bäuerchen von sich. Rafe wickelte ihn noch einmal und danach schlief sein kleiner Sohn mit einem seligen Lächeln auf dem Gesicht sofort ein.

Endlich hatte er etwas Zeit und Ruhe für sich. Er schob eine Tiefkühlpizza in den Ofen, schenkte sich ein Glas Milch ein und machte es sich mit einem Buch über Babypflege gemütlich.

Nachdem er die Hälfte der Pizza gegessen hatte, nickte er in seinem Sessel ein. Ganze Berge schmutziger Windeln verfolgten ihn in seinem Traum, aus dem er erst einige Stunden später auffuhr, geweckt von Peanuts forderndem Geschrei. Rafe hatte das Gefühl, überhaupt keine Pause gehabt zu haben. Seine Vaterpflichten schienen ihm jeden Freiraum zu nehmen.

Aber dieses Gefühl schwand sofort wieder. Nachdem er Peanut frisch gewickelt und gefüttert hatte, hielt er ihn im Arm, gab leise zärtliche Laute von sich und beobachtete, wie das Baby mit seinen Augen aufmerksam dem glitzernden Diamanten in seinem Ohr folgte.

Schließlich legte er den Kleinen auf eine Decke auf dem Boden und sah zu, wie er mit Ärmchen und Beinchen fröhlich ruderte, zufrieden mit sich und seiner kleinen Welt. Rafe schmunzelte. So einfach konnte das Leben also sein.

Dieser kostbare Moment wurde jäh unterbrochen, als jemand an seine Tür klopfte. Sofort war Rafe in höchster Alarmbereitschaft. Nur die engsten Kollegen kannten seine Adresse. Dieser nächtliche Besuch konnte nur Gefahr bedeuten.

Er zog seine Pistole aus dem Halfter, entsicherte sie, ging auf Zehenspitzen zur Tür und stellte sich seitlich davon auf. „Wer ist da?"

„Manny Molina."

Rafe fluchte innerlich und verharrte völlig regungslos. Manuel war der einzige Molina, dem er bisher noch keinerlei Verbindung zu Drogen hatte nachweisen können. Er schien genau das zu sein, für was er sich ausgab. Ein Gastronom.

„Sind Sie allein?"

„Klar bin ich allein. Ich will nur reden."

Rafe machte die Tür einen Spalt auf und spähte nach draußen. Manny war tatsächlich allein. „Wie haben Sie mich gefunden?"

„Wie finden Sie Leute?" Manny sah ihn kopfschüttelnd an. „Ich habe Sie natürlich beschatten lassen."

Rafe spürte, wie sich ihm die Nackenhaare sträubten. „Warum?"

„Wegen des Jungen. Ich will mit Ihnen über den Kleinen reden. Das ist alles, ich schwöre es. Und wenn Sie glauben, ich verrate den anderen, wo Sie zu finden sind, irren Sie sich gewaltig, Ortiz. Das da drinnen ist schließlich mein Neffe!"

„Na, dann brauche ich mir ja wirklich keine Sorgen mehr zu machen", meinte Rafe sarkastisch.

Manny zuckte die Achseln. „Ich habe nichts gegen Sie, Ortiz. Mein Bruder hat die Strafe gekriegt, die er verdient. Drogenhandel! Ich habe selbst Kinder, und ich will diesen Mist nicht auf der Straße haben. Raquel war auch dagegen. Aber lassen Sie uns doch drinnen reden."

„Was wollen Sie, Manny?"

„Ich will den Jungen sehen. Mein Fleisch und Blut. Das einzige Kind meiner verstorbenen Schwester. Können Sie das nicht begreifen?"

Widerstrebend, die Pistole fest im Griff, machte Rafe die Tür auf und ließ Manny rein. Der Mann trug einen dunklen Anzug mit Krawatte, jeder Zoll der erfolgreiche Geschäftsmann.

Ohne auf seine teure Kleidung zu achten, kniete sich Manny auf den Boden neben das Baby.

„Er kommt ganz nach Ihnen", meinte er nach eingehender Musterung. „Irgendwo habe ich mal gelesen, dass Kinder im ersten Lebensjahr immer dem Vater ähneln."

Peanut gurgelte fröhlich und wedelte aufgeregt mit Ärmchen und Beinchen.

Rafe vergewisserte sich schnell, dass sich niemand im Hausflur oder unten auf dem Hof versteckt hielt. Dann trat er zurück in die Wohnung, schloss die Tür und drehte sich um, gerade als Manny den Kleinen hochnahm. Das gefiel ihm gar nicht. Mit dem Rücken lehnte er sich gegen die Wohnungstür und versperrte Manny so den Weg nach draußen.

„Was wollen Sie, Molina?"

„Meinen Neffen besuchen", wiederholte der ungebetene Gast. „Das hier ist Raquels einziges Kind. Ich möchte ihn hin und wieder sehen. Und meine Mutter auch. Er ist schließlich ihr Enkel."

„Raquel wollte, dass ich den Jungen von der Familie fernhalte."

Manny lachte verächtlich. „Mich und Mummy hat sie damit sicherlich nicht gemeint."

„Sie hat Sie beide aber nicht ausgeschlossen."

„Wenn Sie den Kleinen nicht zu uns bringen wollen, kommen wir eben zu Ihnen. Hierher oder in den Park, wohin Sie wollen. Wie wollen Sie eigentlich als Undercoveragent arbeiten, jetzt, wo Sie den Jungen haben? Vielleicht sollten Sie ihn bei Mummy lassen, während Sie Ihrer Arbeit nachgehen."

„In Ordnung, ich werde darüber nachdenken", versprach er unwirsch. Er musste so schnell wie möglich eine Lösung finden – als er Manny vorhin vor seiner Tür hatte stehen sehen, war Rafe schlagartig klar geworden, dass seine Tage als Undercoveragent vorbei waren.

„Gut. Aber überlegen Sie nicht zu lange", mahnte Manny. „Mama sehnt sich danach, ihren Enkel in die Arme zu schließen. Wie heißt er übrigens?"

„Raquel hat ihm den Namen Rafael gegeben."

„Nach Ihnen, wie?" Manny nickte und sah sinnend auf das Baby in seinen Armen nieder. „Hören Sie, meine Schwester war damals echt fertig, nachdem Sie Eduardo verhaftet hatten."

Das wollte Rafe nicht hören. „Ich habe sie nie angelogen."

Manny lachte trocken. „Na, wer glaubt denn schon jemandem, der der Schwester eines bedeutenden Drogenhändlers erzählt, dass er als Undercoveragent des Drogendezernats tätig ist! Als sie es Eduardo erzählte, hat der sich schiefgelacht."

„Wäre besser für ihn gewesen, wenn er's geglaubt hätte."

Manny warf ihm einen abschätzenden Blick zu. „Sie scheinen wenig Sinn für Humor zu haben." Er musterte Peanut nachdenklich. „Wie dem auch sei. Ich verlange nicht viel von Ihnen. Der Junge sollte seine Familie kennen. Seinen Onkel, seine Großmutter, seine Cousins. Und wir werden dem Kleinen nicht schaden."

„Ich werde darüber nachdenken."

„Ich melde mich morgen Abend, einverstanden?"

„Gut."

Manny verabschiedete sich. Rafe blieb in der Tür stehen und blickte ihm nach, bis er den Hof durchschritten hatte. Dann schloss er die Tür und verriegelte sie. Erst jetzt merkte er, dass ihm der Schweiß auf der Stirn stand. Diesmal war alles gut gegangen.

Obwohl es bereits spät in der Nacht war, rief Rafe bei seiner Vorgesetzten an. „Manny Molina war gerade bei mir."

Kate Keits schwieg erschüttert. „Wie zum Teufel hat er Sie gefunden?"

„Er hat mich beschatten lassen."

Sie unterdrückte einen Fluch. „Sie müssen sofort untertauchen, Rafe. Fangen Sie schon mal an zu packen. Ich kümmere mich um alles andere." Sie hielt kurz inne. „Wenn die Molinas sich so ins Zeug legen, ist es verdammt ernst."

Rafe packte das Notwendigste ein. Die restlichen Sachen konnte er später holen, wenn überhaupt. Im Augenblick war nur wichtig, so schnell wie möglich aus der Stadt zu kommen.

Um fünf Uhr morgens, als sogar die Straßen von Miami noch leer genug waren, um jeden, der einen beschattete, sofort auszumachen, ging es los. Rafe fuhr eine Weile ziellos umher, und als er ganz sicher war, dass niemand ihnen folgte, fuhr er noch schnell zum Friedhof. Er hatte selbst keine Erklärung für diesen plötzlichen Entschluss.

Er nahm seinen Sohn auf den Arm, stieg aus dem Wagen und ging zu Raquels Grab. Dort stand er dann und räusperte sich verlegen. „Sieh mal, hier ist er. Es geht ihm gut, Rocky." So hatte er Raquel immer genannt. „Ich bringe ihn von hier weg. Manny will ihn haben, und ich traue ihm nicht. Deswegen verschwinden Peanut und ich. Wenn der Junge älter ist, bringe ich ihn her, damit er dich besucht."

Plötzlich brannten heiße Tränen in seinen Augen. Hastig wandte er sich ab und steuerte auf den Ausgang zu.

„Es tut mir so leid, kleiner Mann", sagte er zu dem winzigen Bündel in seinen Armen. „Es tut mir so leid, dass deine Mom tot ist. Ich weiß, dass ich sie nur schwer ersetzen kann, aber wir haben wohl keine andere Wahl und müssen das Beste daraus machen."

Er setzte seinen Sohn in den Babysitz, stieg ein und fuhr los. Wieder vergewisserte er sich, dass niemand ihnen folgte, und dann fuhr er auf direktem Wege Richtung Wyoming. Wenn seine Berechnungen stimmten, würde er fünf Tage für die Reise brauchen. Fünf Tage, und dann wären er und Peanut in einer völlig anderen Welt.

Angela Jaynes parkte ihren Wagen auf der Straße vor dem Haus im Schatten eines riesigen alten Baumes. Sie war eine zierliche schmale Frau mit blondem Haar und blauen Augen, die wehmütig blickten.

Conard City hatte sich in den fünf Jahren, seit sie zuletzt hier gewesen war, kaum verändert. Und Emmas Haus war noch genauso, wie sie es in Erinnerung hatte. Dasselbe zweistöckige Haus mit weißen Schindeln und dunkelbraunen Fensterläden.

Die Sonne stand schon tief am Himmel, und es wehte ein kühler Wind, der die Blätter über die Straße trieb. Man konnte den nahenden Winter förmlich riechen. Das kalte ungemütliche Wetter passte hervorragend zu Angelas Stimmung. Wäre es ein warmer sonniger Tag, wäre sie wahrscheinlich beleidigt gewesen.

Sie stieg aus, reckte und streckte sich kurz und blickte abwesend die Straße entlang, die gesäumt war von großen alten Häusern mit gepflegten Gärten und uraltem Baumbestand. Ob sich Conard City wohl je verändern würde?

Sie hoffte inständig, dass ihre Freundin schon zu Hause war, denn es war höchste Zeit, ihren Blutzuckerspiegel zu überprüfen. Seit ihrer letzten Mahlzeit war etwas zu viel Zeit vergangen und Angela spürte dieses wohlbekannte Gefühl der Schwäche in ihren Muskeln, die klare Warnung dafür, dass ihr Blutzuckerspiegel absackte. Sie hatte für solche Fälle zwar immer einige Bonbons parat, aber darauf griff sie nur ungern zurück, weil es danach immer einige Zeit dauerte, bis sich alles wieder eingependelt hatte.

Kaum hatte sie geklopft, da wurde die Tür auch schon aufgerissen, und Emma schloss sie in die Arme.

„Angela", freute sie sich, „wie schön, dich zu sehen!"

Angela drückte sie an sich, in dem glücklichen Gefühl, tatsächlich zu Hause zu sein. „Du hast zugenommen", bemerkte sie lachend, „und es steht dir prächtig."

„Ganze acht Pfund", stimmte Emma zu. „Gage behauptet, das sei darauf zurückzuführen, dass ich glücklich bin, und damit hat er recht." Emma trat einen Schritt zurück und musterte ihre Freundin. „Du siehst wunderbar aus", meinte sie, schüttelte aber gleichzeitig den Kopf. „Wunderbar, aber nicht gesund. Ist alles in Ordnung mit dir? Musst du etwas essen?"

„Also …"

Angela brauchte nicht weiterzureden. Emma zog sie schnell mit sich in die Küche. „Setz dich." Emma schob sie energisch zu einem Stuhl am runden Eichentisch, der die Küche zu beherrschen schien. Düfte, die einem den Mund wässerig machten, kamen aus dem Ofen.

„Ich mache gerade einen Schmorbraten", erklärte Emma. „Aber der braucht noch eine Weile, bis er fertig ist. Was möchtest du haben? Kekse? Milch?"

„Beides, bitte. Und ich brauche noch mein Blutzuckermessgerät aus dem Wagen."

„Das hole ich. Bleib du sitzen, und iss etwas." Emma stellte einen Teller mit Keksen und ein Glas mit Milch vor Angela.

Gleich darauf war sie zurück mit Angelas Handkoffer, der die nötigen Utensilien enthielt. „Soll ich das Insulin in den Kühlschrank stellen?"

„Ja, bitte." Angela holte das Blutzuckermessgerät hervor und pikte sich in den Finger. Die beiden Frauen hatten sich im College ein Zimmer geteilt, und dabei hatte Emma gelernt, fast genauso gut mit der Krankheit umzugehen wie Angela selbst.

Angela las den Messwert ab. Etwas zu niedrig, aber noch im grünen Bereich. Mit einem Seufzer packte sie das Gerät weg und nahm noch einen Keks.

Ihre Freundin musterte sie besorgt. „Alles in Ordnung?"

Sie nickte. „Ja, alles in Ordnung. Ich musste nur etwas essen."

„Bei deinem Anruf sagtest du, du hättest Probleme."

„Ach, weißt du, es ist mir einfach alles zu viel geworden. Der Job. Die Krankheit. Ich brauche einfach mal eine Auszeit."

Emma lachte. „Recht so. Erzähl, hast du gekündigt oder nur Urlaub genommen?"

„Ich habe gekündigt. Weißt du, diese Arbeit auf der Bank ... ich konnte sie nicht mehr länger ertragen. Vollstreckungswesen ist einfach nicht meine Sache." Angela versuchte, gelassen zu bleiben. „Ich will nie wieder mit dafür verantwortlich sein, dass Menschen ihr Zuhause, ihren Hof oder andere Habe verlieren."

„Das kann ich mir vorstellen."

Angela musterte Emma aufmerksam. „Macht es deinem Mann auch wirklich nichts aus, wenn ich einen ganzen Monat hier bin?"

„Aber nein, im Gegenteil,", beteuerte Emma. „Du kannst ihn ja selbst fragen, wenn er von der Arbeit nach Hause kommt. Er freut sich schon riesig darauf, dich kennenzulernen."

Angela lächelte und nahm sich noch einen Keks. „Und ich erst. Er muss ja was ganz Besonderes sein, wenn er dich deine Angst vor Männern vergessen ließ, nachdem ..." Sie sprach nicht weiter, weil sie den Zwischenfall im College nicht erwähnen wollte. Emma war damals brutal überfallen und halb tot in einer dunklen Ecke zurückgelassen worden.

„Ja, er ist ein ganz besonderer Mensch", bestätigte Emma versonnen. „Jemanden wie ihn müssen wir unbedingt auch für dich finden."

Angela schüttelte ablehnend den Kopf. „Bitte verschon mich." Es war schon schlimm genug, dass sie selbst mit ihrer Krankheit leben musste. Einem anderen Menschen war das nicht zuzumuten. Gut, es hatte einmal eine Zeit gegeben, da hatte sie noch geglaubt, trotz ihres Diabetes ein Recht auf Liebe zu haben. Inzwischen jedoch war sie eines anderen belehrt worden. Sie hatte nicht nur ihr ungeborenes Kind verloren, sondern auch ihren Verlobten, der ihr zu verstehen gegeben hatte, dass kein Mann eine Frau wollte, die keine gesunden Kinder zur Welt bringen konnte, die ständig mit einem Fuß im Krankenhaus war und die niemals spontan etwas unternehmen konnte, weil sie gezwungen war, nach einem festen Zeitplan zu leben.

In dem Augenblick ging die Hintertür auf, und Gage Dalton kam herein. Er sah Angela an und lächelte herzlich. „Na endlich. Das wurde aber auch Zeit, dass du uns mal besuchst. Hi, ich bin Gage." Er gab ihr die Hand und wandte sich dann seiner Frau zu. „Emma, haben wir noch Platz für einen weiteren Hausgast?"

„Sicher. Wer ist es denn?"

„Ich habe jemanden getroffen, den ich vom Drogendezernat her kenne. Na ja, kennen ist zu viel gesagt, wir sind uns ein paarmal begegnet. Er ist hier, um etwas mit Nate zu besprechen. Augenblicklich wohnt er im ‚Lazy Rest'. Das ist zwar kein übler Laden, aber er hat seinen drei Monate alten Sohn mit dabei."

„Ein Motel ist wirklich kein Ort für Babys", protestierte Emma. „Sag ihm, er ist uns herzlich willkommen. Wir haben genügend Platz." Sie wandte sich Angela zu. „Es sei denn, du würdest dich gestört fühlen? Du brauchst schließlich deine Ruhe, und Babys können ziemlich laut sein."

„Nein, nein, das ist schon in Ordnung", beruhigte Angela sie. „Ich liebe Kinder."

„Gut", freute sich Gage. „Ich rufe ihn gleich an."

„Schatz, könntest du zuerst Angelas Koffer aus ihrem Wagen holen? Sie wird sich nach der langen Fahrt ausruhen wollen."

Zehn Minuten später war Angela in ihrem Zimmer mit Blick auf die Straße. Mit einem wohligen Seufzer streckte sie sich auf dem Bett aus und schlief sofort ein.

Rafe hatte erst gezögert, Gages freundliches Angebot anzunehmen. Doch für Peanut war ein Privathaus besser als dieses laute Motel, und daher hatte er schließlich doch dankend angenommen.

Er hatte Gage im Büro des Sheriffs getroffen, wo er sich Nate Tate vorstellte. Dass sie Brüder waren, hatte er allerdings für sich behalten. Und er hatte sich ziemlich idiotisch benommen. „Hallo, ich werde mich einige Tage in Ihrer Stadt aufhalten. Ich bin Drogenfahnder, und ich trage eine Waffe."

Nate hatte ihn einen Moment lang ungläubig angestarrt. „Erwarten Sie irgendwelche Schwierigkeiten?"

Die Frage war vernünftig. Nate schien in Ordnung zu sein. Er sah jünger aus, als Rafe es von einem Mann Mitte fünfzig erwartet hätte, und er machte einen zuverlässigen und fähigen Eindruck, was Rafe sehr begrüßte.

Nate sah seiner Mutter genauso wenig ähnlich wie Rafe, der seinem Vater ähnelte. Wahrscheinlich kam auch Nate nach seinem eigenen Vater.

Als Rafe vor dem Haus der Daltons vorfuhr, stand Gage schon in der Haustür, neben sich eine umwerfende rothaarige Schönheit.

Gage lief auf den Wagen zu. „Wie kann ich helfen?", fragte er ohne Umschweife.

Rafe öffnete den Kofferraum. „Wenn Sie das Gepäck nehmen würden? Ich muss Peanut aus dem Wagen holen."

Behutsam holte Rafe das schlafende Baby samt Babysitz aus dem Auto, schnappte sich dann noch die Windeltasche und ging auf das Haus zu. Die schöne Frau trat zur Seite, um ihn hereinzulassen. „Hallo", sagte sie, „ich bin Emma Dalton."

„Rafe Ortiz. Und das hier ist Rafael junior, genannt Peanut."

Behutsam zog Emma eine Ecke der Decke von Peanuts Gesicht. „Wie süß!"

„Er ist ein braver Junge", erklärte Rafe. „Danke, dass wir bei Ihnen wohnen dürfen."

Emma bedachte ihn mit einem strahlenden Lächeln. „Wir konnten doch nicht zulassen, dass Sie beide im Motel wohnen. Außerdem haben wir genug Platz. Ihr Zimmer ist oben den Flur entlang, nach hinten raus. Fühlen Sie sich wie zu Hause. Abendessen gibt's in ungefähr einer Stunde. Wenn Sie Lust haben, kommen Sie ruhig schon vorher runter."

„Danke."

„Wir haben noch einen weiteren Hausgast", erklärte Gage. „Sie ist erst kurz vor Ihnen eingetroffen. Eine Freundin meiner Frau. Sie ist wirklich nett."

Ach du meine Güte, dachte Rafe, noch eine anständige Frau. Aus ihm unerfindlichen Gründen schien er nur mit solchen Damen zurechtzukommen, die dem horizontalen Gewerbe nachgingen, mit Drogen handelten oder Polizistinnen waren. Bei ihnen wusste er, wie er sich zu verhalten hatte.

„Soll irgendetwas von den Sachen hier nach unten?", fragte Gage, als sie in Rafes Zimmer angekommen waren. „Babynahrung und Fläschchen vielleicht? Es wäre einfacher für Sie, wenn Sie all das in der Küche unterbringen würden."

„Ja, prima. Danke."

Peanut wachte auf und verlangte lauthals nach Aufmerksamkeit. Rafe und Gage tauschten zerknirschte Blicke aus.

„Ich kümmere mich wohl besser erst um den Kleinen."

„Unbedingt. Und wenn Sie Hilfe brauchen, sagen Sie Bescheid. Ich hatte selbst einmal Kinder und bin ziemlich gut im Wickeln, Füttern und Beruhigen mitten in der Nacht." Und damit verließ Gage das Zimmer. Er wirkte auf einmal bedrückt.

„Danke", rief Rafe ihm noch nach. Dann nahm er Peanut hoch, und der Kleine hörte sofort auf zu schreien.

Peanuts innere Uhr stand immer noch auf Miami. Nachdem er gefüttert und frisch gewickelt war, zeigte er keinerlei Neigung, wieder einzuschlafen. Er wollte spielen. Rafe packte kurz seine Sachen aus, stellte das Bettchen auf und legte das, was er für das Fläschchen um vier Uhr morgens brauchte, so zurecht, dass er keinen unnötigen Lärm veranstalten würde, wenn der Kleine dann versorgt werden musste. Stolz auf sich und sein Organisationstalent betrachtete er das Resultat.

„Sieht schon fast wie zu Hause aus, Peanut", meinte er zu seinem Sprössling, der auf einer Decke auf dem Boden lag und mit Armen und Beinen ruderte und fröhlich gluckste.

„Was meinst du, sollten wir mal runtergehen? Vielleicht kann ich ein wenig über deinen Onkel Nate erfahren."

Mit dem Baby auf dem Arm, die Windeltasche über die Schulter geschlungen und eine schmutzige Windel in der Hand ging er runter. Gage und Emma saßen am Küchentisch und unterhielten sich leise.

Rafe entsorgte schnell die schmutzige Windel und setzte sich dann zu den beiden. Verlegenes Schweigen breitete sich aus, aber Peanuts Anwesenheit half schnell darüber hinweg.

„Er ist ja hellwach", meinte Emma überrascht.

„Um diese Zeit spielt er immer", erklärte Rafe. „Aber er schläft sowieso nicht mehr so viel wie zu Anfang."

„Machen Sie Urlaub hier?", fragte Gage schließlich.

„Könnte man sagen." So war es in seiner Abteilung zumindest offiziell vermerkt. Rafe wusste, auf was Gage hinauswollte. „Die Mutter des Kleinen starb kurz nach seiner Geburt. Und da haben Peanut und ich unsere Sachen gepackt. Wir mussten einfach mal weg. Stimmt's, Junge?"

Der Kleine gurgelte hocherfreut, ganz so als würde er seinem Vater beipflichten.

„Hier kann man sich gut wieder auf sich selbst besinnen", erklärte Emma. „Das kann ich bezeugen. Auch ich brauchte lange Zeit einfach einen Ort, wo ich mich verkriechen konnte, und den fand ich hier."

„Ja, ich auch", stimmte Gage zu.

„Und ich", ertönte eine zauberhafte Frauenstimme hinter Rafe. Er drehte sich um und sah in der Tür eine schmale zierliche Blondine, die allem Anschein nach gerade aufgewacht war.

Rafe wollte aufstehen, etwas, was er seit Jahren nicht mehr für eine Frau getan hatte, doch Gage legte ihm die Hand auf die Schulter und bedeutete ihm, sitzen zu bleiben.

„Angela, das ist Rafe Ortiz mit seinem Sohn. Rafe, Angela Jaynes."

Die blonde Frau streckte ihm die Hand hin. Er nahm sie und schüttelte sie behutsam, denn er konnte die zarten Knochen unter der warmen Haut spüren. Sie lächelte ein wenig unsicher. Wahrscheinlich war so ein zartes Wesen nicht an Männer mit Pferdeschwänzen und Diamantohrringen gewöhnt.

Dann wandte sie ihre ganze Aufmerksamkeit dem Kleinen zu. Ihre blauen Augen waren erfüllt von Wehmut. „Was für ein kleiner Schatz!" Sie streckte die Hand aus, und Peanut packte ihren Finger und hielt ihn fest, als hinge sein Leben davon ab. Angela lachte herzlich. „Was für eine Kraft!"

„Ja, er ist wirklich ziemlich kräftig." Rafe versuchte nicht einmal, den väterlichen Stolz zu unterdrücken.

„Na ja, früher oder später wird er mir meinen Finger bestimmt wiedergeben", meinte sie heiter und setzte sich neben Rafe. „Wie heißt er denn?"

„Rafael junior. Aber ich nenne ihn Peanut."

„Wie niedlich! Der Name gefällt mir." Sie sah sich kurz in der kleinen Runde um. „Wir sind also alle vor der großen grausamen Welt geflohen, wenn ich das recht verstanden habe?"

Alle lachten herzlich, bis auf Rafe, der das Ganze bisher nicht so gesehen hatte.

„Gage erzählte, dass Sie beim Drogendezernat sind?"

Rafe nickte nur kurz. Es behagte ihm gar nicht, wenn Leute anfingen, ihm Fragen zu stellen.

„Was genau machen Sie denn?", wollte Angela wissen.

„Ich jage Drogendealer", erwiderte Rafe kurz angebunden.

„Arbeiten Sie undercover?" Sie sah ihn mit großen Augen interessiert an.

„Manchmal."

„Das muss ziemlich beängstigend sein."

Beängstigend? So hatte er das noch nie gesehen. Für gewöhnlich machte es ihm entweder Spaß, oder es war schmutzige harte Arbeit. Aber Angst hatte er eigentlich zum ersten Mal gehabt, als Manny ihn und Peanut neulich nachts in seiner Wohnung aufgesucht hatte. „Was machen Sie denn beruflich?" Er wollte die Aufmerksamkeit so schnell wie möglich von sich lenken.

„Ich habe in der Kreditabteilung einer Bank gearbeitet. Vollstreckungswesen." Angewidert verzog sie das Gesicht. „Ich habe mir meinen Lebensunterhalt damit verdient, zu netten Menschen grausam zu sein. Aber das ist jetzt vorbei." Sie lächelte ein wenig gezwungen. „Kann ich dir was helfen?", fragte sie Emma.

„Du könntest den Tisch decken. Im Esszimmer haben wir's gemütlicher."

Die beiden Frauen suchten Geschirr und Besteck zusammen und verließen die Küche. Gage und Rafe waren allein.

„Ist jemand hinter Ihnen her?", fragte Gage leise.

Rafe zuckte die Achseln. „Könnte sein."

„Sie können hier so lange untertauchen wie nötig, Rafe."

„Danke. Aber diese Sache sollte in einigen Wochen geklärt sein." Wenn es überhaupt so lange dauerte. Sobald er wusste, dass der Kleine bei Nate Tate gut aufgehoben war, würde er abreisen. Aber der Gedanke, Peanut wegzugeben, behagte ihm gar nicht.

Er sah Gage fragend an. „Sind Ihre Kinder erwachsen?" Das Gesicht des anderen Mannes wurde zu einer ausdruckslosen Maske.

„Sie sind durch eine Autobombe umgekommen."

Rafe hätte sich die Zunge abbeißen können. „*Sie* waren das!" Er fühlte sich völlig hilflos. „Gott, es tut mir so leid ..."

Er hatte davon gehört. Alle hatten damals von dem Mann gehört, der seine ganze Familie kurz vor Weihnachten durch einen Bombenanschlag verloren hatte.

„Es tut mir unendlich leid", wiederholte er. „Ich wusste nicht, dass Sie das waren."

Gage machte eine Bewegung mit der Hand, als wolle er das Ganze vom Tisch wischen. Rafe sah auf das kleine Bündel in seinen Armen herab und spürte zum ersten Mal richtige Furcht.

„Wie dem auch sei", erklärte Gage nach einer kurzen Pause, „Sie können auf mich zählen."

Rafe glaubte ihm aufs Wort. Zum ersten Mal seit Langem hatte er das Gefühl, einem anderen Menschen vertrauen zu können.

„Erzählen Sie aber Emma und Angela nichts davon", bat Gage. „Angela ist hier, um sich zu erholen, und Emma ... nun, Emma hat in ihrem Leben schon einige schlimme Dinge erlebt. Ich möchte nicht, dass sie sich Sorgen macht."

2. KAPITEL

Peanut hatte sich noch nicht an die Zeitverschiebung gewöhnt. Er wachte schon gegen Mitternacht auf und verlangte sein Recht. Als Rafe jedoch die Milch, die er vorsorglich auf dem Nachttisch bereitgestellt hatte, prüfte, stellte er fest, dass sie sauer war. Und das bedeutete Verzögerung, eine Verzögerung, die dem Kleinen ganz und gar nicht gefiel. Er schrie wie am Spieß, und Rafe beeilte sich, mit ihm nach unten in die Küche zu kommen.

In der Küche brannte noch Licht. Angela Jaynes saß im Bademantel am Küchentisch, vor sich einen Teller mit Keksen und ein Glas Milch.

„Oh, ich wollte Sie nicht stören", sagte Rafe und blieb unschlüssig in der Tür stehen.

„Sie stören mich doch nicht." Sie lächelte zaghaft. „Wie es scheint, haben Sie ein Problem."

„Ja, er hat Hunger, und die Milch, die ich vorbereitet hatte, ist schlecht. Aber ich habe noch einen Vorrat im Kühlschrank."

Angela stand auf. „Lassen Sie mich das machen."

„Aber die Flasche muss erst noch ausgespült werden."

Nachdem sie das Fläschchen gereinigt hatte, fragte sie: „Wie viel braucht er?"

„Er trinkt so viel, wie er will."

„Ach ja? Muss das nicht genau abgemessen werden?"

Rafe war ganz überrascht, dass eine Frau ihm Fragen bezüglich Babypflege stellte, ganz so als wäre er der Experte. „Nein."

„Das muss schön sein."

„Wie meinen Sie das?"

Sie antwortete nicht. „Und was jetzt?"

„Jetzt stellen Sie die Flasche in heißes Wasser, um die Milch ein wenig zu erwärmen. Ich weiß nicht, ob es ihm schaden würde, sie direkt aus dem Kühlschrank zu trinken, aber da er nicht daran gewöhnt ist, möchte ich lieber kein Risiko eingehen."

Sie nickte und tat wie geheißen. Nach einigen Minuten schüttelte sie sich ein wenig Milch aufs Handgelenk, ganz wie ein Profi. „Jetzt ist sie warm genug." Sie gab ihm die Flasche.

Rafe bot Peanut den Schnuller, und schlagartig hörte das Geschrei auf. Der Kleine fing gierig an zu trinken, und es herrschte plötzlich eine himmlische Ruhe, die nur von dem zufriedenen Schmatzen des Babys unterbrochen wurde.

Dann fiel Rafe ein, dass Angela seine Frage nicht beantwortet hatte. „Was meinten Sie damit, dass es schön sein muss, so viel essen zu können, wie man will?"

Sie sackte ein wenig in sich zusammen und senkte kurz den Blick. Als sie ihn dann wieder ansah, erreichte ihr Lächeln die Augen nicht. „Ich bin Diabetikerin. Ich muss genau aufpassen, was ich esse."

„Tatsächlich? Klingt ziemlich nervig."

„Ich mache das nun schon seit meinem achten Lebensjahr. Man sollte meinen, ich hätte mich inzwischen daran gewöhnt."

„Nein, nein", sagte er langsam. „Ich kann mir vorstellen, dass das schwierig ist. Ganz besonders, wenn alle um einen herum essen, was und wann es ihnen gefällt."

„Na ja", meinte sie, sichtlich um Fassung bemüht, „die meiste Zeit denke ich nicht darüber nach. Ich bin ziemlich gut darin, Portionen abzuschätzen."

„Das kann ich mir vorstellen. Ich bin auch ziemlich gut darin, das Gewicht von Kokain zu schätzen."

Das entlockte ihr ein Lachen. „In letzter Zeit war ich etwas nachlässig", erklärte sie. „Deswegen bin ich hier, ich muss mich wieder auf die Reihe kriegen."

„Ja, dafür scheint hier der richtige Ort zu sein. Die beiden sind wirklich nett."

„Ich kenne Emma schon seit dem College. Gage habe ich allerdings erst jetzt persönlich kennengelernt."

„Ich kenne ihn eigentlich gar nicht", erklärte Rafe. „Wir sind uns nur ein paarmal über den Weg gelaufen, haben aber nie zusammengearbeitet."

„Ja, das erzählte er." Angela sah ihn unsicher an. „Darf ich ... darf ich das Baby mal halten?"

Für gewöhnlich mochte Rafe das nicht, aber bei Angela schien das etwas anderes zu sein. Er übergab ihr den Kleinen. Erst war sie ein wenig unsicher, was Peanut auch gleich registrierte. Er unterbrach seine Mahlzeit und gab einen kleinen Protestlaut von sich. Aber dann setzte der Kleine seine Mahlzeit zufrieden fort. „Und wie gefällt es Ihnen, Vater zu sein?"

„Das sage ich Ihnen, wenn er erwachsen ist."

Wieder lachte sie, und der Klang ihres Lachens gefiel ihm. „Ich komme aus Iowa", erzählte sie. „Und Sie?"

„Aus Miami."

„Oha! Dann ist das hier ja eine richtige Abwechslung für Sie."

„In der Tat." Eine sehr nette Abwechslung, dachte er bei sich. Zum ersten Mal, seit Manny in seiner Wohnung aufgetaucht war, hatte er das Gefühl, sich etwas entspannen zu können, nicht ständig auf der Hut sein zu müssen.

Peanut war satt und spuckte den Schnuller aus. Rafe nahm Angela den Kleinen ab, legte ihn sich an die Schulter und klopfte ihm sanft auf den Rücken. Peanut sah sich mit großen Augen neugierig um.

Angela lachte leise. „Er scheint gar nicht müde zu sein."

„Das überrascht mich nicht. Er ist eine richtige Nachteule."

„Das hat er wahrscheinlich von Ihnen."

„Wie haben Sie das erraten?" Ihre Blicke trafen sich, und wieder fühlte sich Rafe auf unerklärliche Weise zu dieser zarten Frau hingezogen. Dabei war sie doch gar nicht sein Typ! Irritiert konzentrierte er sich darauf, Peanut ein Bäuerchen zu entlocken. Und das kam auch prompt.

Angela lachte erheitert und stand auf. „Bitte entschuldigen Sie mich. Ich muss jetzt mein Insulin nehmen." Sie ging zum Kühlschrank, holte eine kleine Ampulle heraus und ging damit nach oben. Rafe stellte überrascht fest, dass er es gerngehabt hätte, wenn sie noch ein wenig geblieben wäre.

Nach einer Weile ging auch er nach oben, brachte seinen kleinen Sohn ins Bett und machte es sich dann mit einem Buch gemütlich.

Angela wachte zum ersten Mal seit Monaten erfrischt und ausgeschlafen auf. Rasch prüfte sie ihren Blutzuckerspiegel und injizierte sich dann das Insulin.

Ihre Oberschenkel sahen ziemlich mitgenommen aus. Überall Einstiche und kleine Dellen, die von den vielen Injektionen im Verlauf der Jahre herrührten. Aber das sah ja nur sie. Schnell zog sie sich ein Sweatshirt an und eine Sporthose, schlüpfte in ihre Laufschuhe und ging nach unten.

Emma war gerade dabei, Speck und Eier zu braten. Sie reichte Angela ein Glas Orangensaft. „Das Frühstück ist gleich fertig. Hast du gut geschlafen?"

„Besser als seit Monaten. Danke, Emma."

Die Freundin lächelte sie an. „Ich freue mich so, dass du hier bist. Wir haben uns viel zu lange nicht gesehen, Angela." Sie stellte einen Teller mit Rührei und Frühstücksspeck auf den Tisch und legte kurz darauf zwei Stück Toastbrot dazu. „Lass es dir schmecken."

Emma leistete ihr mit einer Tasse Kaffee Gesellschaft. „Ich muss in ungefähr zwanzig Minuten los zur Bibliothek. Ich hoffe, es macht dir nichts aus, dass ich dich allein lasse, wo du doch gerade erst angekommen bist?"

„Aber nein. Du kannst doch nicht dein ganzes Leben wegen meines Besuchs umkrempeln."

Angela widmete sich ihrem Frühstück, und die beiden Freundinnen saßen eine Weile in vertrautem Schweigen zusammen.

„Wie krank warst du?", fragte Emma schließlich.

Angela seufzte. „Mein Blutzuckerspiegel hat so verrücktgespielt, dass ich in den letzten zwei Monaten zwei Mal im Krankenhaus gelandet bin. Glücklicherweise war ich beide Male nicht allein, als ich ohnmächtig wurde."

„War es nur der Stress?"

„Nein, ich hatte nicht nur Stress. Ich war auch deprimiert. Diese Arbeit hat mich nicht erfüllt; wie kann sie das auch? Ich mochte nicht essen, habe öfter mal mein Insulin vergessen und die Dinge allgemein schleifen lassen. Die Arbeit im Vollstreckungswesen ist einfach nicht mein Ding. Den Leuten ihr ganzes Hab und Gut wegnehmen ... weißt du, es handelt sich da ja nicht um Leute, die leichtfertig gelebt haben, es sind Menschen, die einfach Pech hatten."

„Du hast bestimmt alles nur Menschenmögliche getan."

„Alles, was ich tun durfte." Angela schüttelte den Kopf. „Es war nicht genug."

„Deswegen hast du also gekündigt."

„Ja. Und jetzt muss ich mir überlegen, wie es weitergehen soll."

„Du musst jetzt erst mal ausruhen. Der Rest regelt sich von allein." Und damit machte Emma sich auf den Weg zur Arbeit in die Bücherei und Angela begann ihren Morgenlauf. Auf dem Marktplatz legte sie eine Pause ein und setzte sich auf eine Bank, um das geschäftige Treiben um sich herum zu beobachten.

Sie saß immer noch gedankenverloren da, als Gage Dalton aus dem Büro des Sheriffs trat und sie entdeckte. Er winkte ihr fröhlich zu und kam zu ihr rüber.

„Geht's gut?", fragte er und setzte sich neben sie.

„Oh ja. Es ist ein wunderschöner Tag heute."

„Wir hatten einen Anruf aus Miami. Jemand wollte Rafe sprechen. Ich habe ihn angerufen, aber er nimmt nicht ab. Wahrscheinlich, weil es nicht sein Telefon ist."

„Seine Art von Arbeit lässt ihn wohl nicht einmal im Urlaub in Ruhe."

Gage war plötzlich sehr ernst. „Es ist eine Arbeit, die einen nie in Ruhe lässt. Soll ich dich mitnehmen, oder willst du zu Fuß zurück zum Haus?"

Da es sowieso an der Zeit war, ihren Blutzuckerspiegel zu überprüfen, nahm Angela sein Angebot gerne an.

„Du kennst Rafe also vom Drogendezernat her?"

„Wir sind uns ein paarmal begegnet. Wie ich gehört habe, hat er einen sehr guten Ruf als Undercoveragent. Aber er soll schwierig sein."

„Inwiefern?"

Gage zuckte die Achseln. „Na ja, er hat seinen eigenen Kopf, liebt seine Unabhängigkeit. Aber was immer er tut, es scheint zu funktionieren."

„Es ist eine gefährliche Arbeit, nicht?"

„Oh ja. Seine Arbeit ist wahrlich nichts für ängstliche Naturen. Man arbeitet im Untergrund und schwebt ständig in Lebensgefahr. Kein leichter Job."

„Aber du hast ihn auch gemacht." Angela erinnerte sich, dass Emma ihr etwas in der Art erzählt hatte.

„Ja. Als ich noch jung und wild war. Dafür habe ich auch teuer bezahlt. Das ist es ja. Irgendwann wird einem immer die Rechnung präsentiert. Und Rafe ist schon ziemlich lange dabei. Wenn man mit Gaunern und Verbrechern zusammenlebt, muss man sich dementsprechend verhalten, sonst fliegt man auf."

„Das bedeutet wohl, dass man nach der Arbeit nicht nach Hause kommt."

„Das wäre viel zu gefährlich. Manchmal braucht man Monate, vielleicht sogar Jahre, um an den Mann heranzukommen, den man festnageln will. Während der Zeit darf man keinerlei Hinweise auf seine wahre Identität geben. Ich war verheiratet und hatte Kinder, und das passt nicht zum Leben eines Undercoveragenten. Schließlich bin ich ausgestiegen, aber zu spät. Jemand hat mich und meine Familie gefunden und hat sich gerächt."

Er fuhr in die Einfahrt, stellte den Motor ab und sah sie ernst an. „Beamte des Drogendezernats mögen in Büchern vielleicht romantische Helden abgeben, im wahren Leben aber sind sie keine guten Partner, zumindest nicht, solange sie noch im Einsatz sind."

Angela spürte, dass sie leicht errötete. „Ich war nur neugierig."

Gage lächelte. „Ich weiß. Aber ich dachte, eine kleine Warnung wäre nicht fehl am Platz."

Rafe saß mit dem Baby auf der Veranda. Die beiden schienen den schönen Vormittag zu genießen.

„Hallo", grüßte er freundlich.

„Sie sollen Kate Keits anrufen", informierte Gage ihn.

Das Lächeln auf Rafes Gesicht war wie weggewischt. „Hat sie gesagt, warum?"

„Ich fürchte, nein."

Rafe stand auf und übergab Gage das Baby. „Wenn's Ihnen nichts ausmacht? Darf ich mal telefonieren?"

„Tun Sie sich keinen Zwang an." Sobald Rafe im Haus verschwunden war, wandte sich Gage an Angela. „Können Sie den Kleinen nehmen? Ich muss zurück ins Büro, ich habe einen Termin mit einem Anwalt."

Sie hatte noch einige Minuten Zeit, bevor sie ihren Blutzuckerspiegel messen musste. Obwohl sie sich körperlich gut fühlte, setzte sich Angela zur Sicherheit in den Korbstuhl und vergewisserte sich, dass das Baby nicht fallen konnte, auch wenn sie das Bewusstsein verlieren sollte. Dann wartete sie darauf, dass Rafe zurückkam.

Zärtlich sah sie auf das schlafende kleine Bündel in ihrem Arm herab. Wie friedlich alles schien – was für ein beruhigendes Gefühl, einfach hier zu sitzen und das Baby zu betrachten!

Rafe wählte besorgt Kate Keits Nummer. Er kannte seine Chefin und wusste, dass sie nur anrufen würde, wenn es ernste Probleme gab.

Kate war sofort am Telefon. „Rafe, sind Sie völlig sicher, dass der Kleine Ihr Sohn ist?"

Die Frage überraschte ihn. „Ja, das habe ich Ihnen doch schon gesagt. Was zum Teufel ist los, Kate?"

„Sind Sie in der Geburtsurkunde als Vater eingetragen?"

„Aber ja, Kate. Was soll das alles?"

Sie seufzte. „Halten Sie sich fest, Ortiz. Vor vier Tagen war Manuel Molina hier. Er wollte wissen, wo Sie sind. Angeblich waren Sie mit ihm verabredet, um die Besuchszeiten zu regeln."

„Das habe ich gesagt, um ihn loszuwerden."

„Das habe ich mir gedacht. Ich sagte ihm, dass Sie Urlaub genommen hätten und ich nicht wüsste, wo Sie sind."

„Danke, Kate. Das weiß ich zu schätzen." Es überraschte ihn gar nicht, dass Manny Molina sich nicht so leicht abschütteln ließ.

„Moment, das war nicht alles. Ich habe heute einen Brief von Molinas Anwalt erhalten. Sie wissen schon, einer von diesen widerlich schleimigen Briefen mit knallharter versteckter Drohung. Man könne alles freundschaftlich regeln oder auch nicht. Und man wolle wissen, wo Sie sich aufhalten."

Rafe fluchte leise.

„Wie dem auch sei, ich habe der Sache einen Riegel vorgeschoben. Sie sind im Urlaub, und ich weiß nicht, wo. Aber seien Sie wachsam, mein Freund."

„Ja." Da war es wieder, dieses Gefühl, das er in der Nacht gehabt hatte, als Manny Peanut auf den Arm genommen hatte. Nur stärker. Irritiert rief er sich zur Ordnung. Gefühle waren fehl am Platz, sie beeinträchtigten das Urteilsvermögen. „Was hofft Manny damit zu erreichen? Ich bin der Vater des Jungen."

„Keine Ahnung, Rafe." Kate seufzte laut. „Mir wäre viel wohler, wenn ich mir sicher wäre, dass es ihm tatsächlich um den Kleinen geht."

„Mir auch."

Nachdem er aufgelegt hatte, starrte Rafe gedankenverloren aus dem Fenster. Er konnte Angela mit dem Baby auf der Veranda sehen. Der Anblick war so friedlich und perfekt, dass ihm fast die Tränen kamen. Niemals würde er seinen Sohn den Molinas überlassen.

Angela steckte sich ein Bonbon in den Mund und gleich danach ein zweites. Sie hatte sich mit dem Lauf übernommen. Jetzt war ihr leicht schwindelig. Da öffnete sich die Tür, und Rafe trat hinaus auf die Veranda. „Ich glaube, Sie sollten ihn jetzt lieber nehmen", meinte sie ein wenig zu fröhlich.

Er tat sofort wie geheißen. „Was ist?", fragte er besorgt. „Sie sind sehr blass."

„Mein Blutzuckerspiegel ist ein wenig niedrig. Ich habe es heute Morgen mit dem Laufen übertrieben."

„Brauchen Sie irgendetwas?"

„Ich habe zwei Bonbons gegessen. Mir geht es gleich wieder besser."

„Sicher?"

Er sah so ehrlich besorgt aus, dass sie nur schwer ein Lachen unterdrücken konnte. „Ganz sicher."

Rafe setzte sich in den anderen Sessel. „Ich leiste Ihnen einfach Gesellschaft, bis es Ihnen besser geht."

Angela war ein wenig irritiert. „Ich brauche keinen Aufpasser.

Schließlich lebe ich seit siebenundzwanzig Jahren mit dieser Krankheit und weiß, was zu tun ist."

„Das bezweifle ich nicht."

„Sie brauchen mir keine Gesellschaft zu leisten."

„Vielleicht nicht."

Sie blitzte ihn böse an. „Sind Sie immer so schwierig?"

„Ja. Und Sie?"

Sie war betroffen. „Wie meinen Sie das?"

„Sagen Sie Menschen, die um Sie besorgt sind, immer, dass sie sich zum Teufel scheren sollen?"

Verlegen senkte sie den Blick. „Ja, ich glaube schon."

„Ja, ich auch."

Seine Antwort entlockte ihr ein Lachen und vertrieb das Selbstmitleid, das von ihr Besitz ergreifen wollte.

„Ich entscheide für mich, wo's langgeht, und damit basta. Und ich habe einen großen Fehler: Ich sage immer die Wahrheit."

„Sogar, wenn Sie es mit Drogenhändlern zu tun haben?"

„Sogar dann. Sie wären überrascht, wie viele die Wahrheit für eine ausgemachte Lüge halten. Ich sage immer, dass ich vom Drogendezernat bin. Die meisten glauben mir nicht, lachen sich schlapp und verkaufen mir dann ihren Stoff. Und so erwische ich sie. Mir ist schon früh in meiner Karriere als Drogenfahnder klar geworden, dass ich mit der Wahrheit am weitesten komme."

„Aber doch wohl nicht immer?"

Rafe schüttelte den Kopf. „Nein, nicht immer, aber häufig." Er setzte sich ruckartig auf. „Sie müssen uns entschuldigen. Wir sind nass."

In diesem Moment fing Peanut auch schon an zu schreien.

„Undichte Windel." Er stand auf. „Kommen Sie allein zurecht?"

„Ja, danke. Wirklich. Danke, dass Sie um mich besorgt waren."

Er nickte und sah sie plötzlich mit leerem Blick an. „Lesen Sie nur nicht zu viel da hinein."

Angela hätte ihm eine runterhauen können. Was bildete sich dieser Kerl eigentlich ein? Zugegeben, sie fühlte sich unwiderstehlich zu ihm hingezogen und in Gedanken ... Unsinn! Er konnte unmöglich ihre Gedanken gelesen haben. Wahrscheinlich war er es einfach gewöhnt, dass die Frauen sich ihm an den Hals warfen. Nun, bei ihr konnte er lange darauf warten.

Dennoch erlaubte sie sich den Luxus, ein wenig zu träumen. Rafe hatte ziemlich breite Schultern, und wenn sich der Stoff seiner Hosen über seinen Oberschenkeln spannte, sah man, wie muskulös seine Beine waren. Aber er war auch sehr arrogant. Noch ein Grund, ihn auf Abstand zu halten.

„Hier, trinken Sie das." Rafe trat mit einem Glas Orangensaft auf die Veranda. „Das ist besser als Bonbons."

So einfach, ihn auf Abstand zu halten, wird es wohl doch nicht sein, dachte sie verzagt, nachdem er wieder im Haus verschwunden war.

3. KAPITEL

„Also, so kommen wir nicht weiter, Peanut", erklärte Rafe seinem Sohn.

Das Baby lag auf dem Boden, glücklich und zufrieden, satt und frisch gewickelt. Aufgeregt versuchte der Kleine, zu einem Spielzeugtier zu krabbeln, das nur wenige Zentimeter von ihm entfernt lag.

„Ich kann mich hier nicht ewig versteckt halten", fuhr Rafe fort. Vielleicht sollte er mit dem Sheriff reden, ihm alles offen darlegen. Das wäre auf jeden Fall besser, als hier herumzuhängen, nichts zu tun und ständig auf der Hut sein zu müssen.

Er hob seinen Sohn hoch, setzte ihn in den Kindersitz für den Wagen, warf sich die Windeltasche über die Schulter und trug dann den Sitz samt Baby nach unten.

Angela saß immer noch auf der Veranda, das Glas mit dem Orangensaft halb voll.

„Alles in Ordnung mit Ihnen? Wirklich?"

Sie sah ihn aus großen Augen ohne das leiseste Lächeln an. „Mir geht's gut."

Rafe zögerte. „Sie sehen aber nicht gut aus."

„Das ist ja jammerschade."

„Oh." Ihm wurde klar, dass sie sauer auf ihn war. „Habe ich etwas falsch gemacht?"

„Lassen Sie mich einfach in Ruhe."

Er wich zurück. „Sonst noch was?"

„Ja. Erklären Sie mir doch mal, wie Sie zu dem Irrglauben kommen, dass jede Frau in Ihrer Nähe sich automatisch zu Ihnen hingezogen fühlt."

„Hab ich so was behauptet? Niemals!"

„Sie haben es angedeutet."

Er schüttelte vehement den Kopf. „Ich habe gar nichts angedeutet. Wieso, fühlen Sie sich etwa zu mir hingezogen?"

„Überhaupt nicht!"

„Dann haben wir ja auch kein Problem, oder?" Er warf ihr ein strahlendes Lächeln zu. „Ich bin froh, dass wir das geklärt haben." Fröhlich pfeifend ging er die Treppe runter zu seinem Wagen.

Er schnallte den Babysitz auf der Rückbank fest, stieg auf der Fahrerseite ein, warf noch einen Blick zurück auf die Frau, die da jetzt ein wenig verloren auf der Veranda saß, und fuhr los.

Vor dem Büro des Sheriffs angekommen, sammelte er sich kurz und stieg dann entschlossen aus. Er musste Klarheit schaffen, sonst würde er Manny Molina nie loswerden. Mit der Windeltasche über der Schulter und Peanut auf dem Arm ging er ins Büro des Sheriffs.

Tate stand neben der Telefonistin. Er war ein großer braun gebrannter Mann mit einem charakterstarken Gesicht. Seine Stimme war heiser, als er mit der ältlichen Telefonistin sprach, die die Luft mit ihrem Zigarettenqualm verpestete.

„Sieh mal einer an", meinte er mit einem freundlichen Lächeln, „unser Drogenfahnder samt Anhang. Was können wir für Sie tun?"

„Könnte ich Sie unter vier Augen sprechen, Sheriff?"

„Aber sicher. Kommen Sie in mein Büro." Nate führte Rafe in sein Büro, deutete auf einen Sessel und schloss die Tür. Dann ging er um den Schreibtisch herum und setzte sich.

„Und?", begann Nate. „Haben Sie Ihre Waffe verloren, oder ist Ihnen auf der Hauptstraße ein großer Drogenhändler über den Weg gelaufen?"

Rafe verstand die Anspielung. Der Sheriff war über seine Anwesenheit in seinem Bezirk alles andere als erfreut.

Er lehnte sich zurück, tätschelte Peanuts Po und sah den Sheriff an. „Für gewöhnlich nehme ich meinen Sohn nicht mit, wenn ich an einem Auftrag arbeite, Sheriff."

„Warum nicht? Ein Baby ist eine ausgezeichnete Deckung."

„Würden Sie mir glauben, wenn ich Ihnen sage, dass ich einfach nur auf Urlaub hier bin?"

„Nein. Denn Touristen verirren sich für gewöhnlich nicht hierher."

„Aber ich bin in der Tat nicht beruflich hier, Sheriff."

„Dann erzählen Sie mal. Ich kriege Paranoia, wenn sich Fremde in meiner Stadt grundlos herumtreiben."

„Ich wohne bei Gage Dalton. Er ist doch einer Ihrer Beamten, richtig?"

„Gage ist mein einziger Vollzeitbeamter. Er sagt, dass er Ihnen ein paarmal begegnet ist, Sie aber nicht kennt."

Also hatte Tate ihn überprüft. Rafe musste lächeln. „Mir scheint, wir haben einiges gemein, Sheriff. Denn ich bin hier, um Sie zu überprüfen."

Das gefiel Tate gar nicht. Sein Gesicht wurde zu einer starren Maske. „Vielleicht hätten Sie die Güte, mir zu sagen, wieso ein Beamter des Drogendezernats an mir interessiert sein sollte."

„Das Drogendezernat hat kein Interesse an Ihnen. Aber ich." Rafe räusperte sich kurz. „Haben Sie je eine Marva Jackson gekannt?", fragte er dann ohne weitere Umschweife.

Nate saß stocksteif. Etwas in seinem Blick wurde distanziert und kalt. „Ja. Vor langer Zeit einmal. Steckt sie in Schwierigkeiten?"

Rafe schüttelte den Kopf. „Sie ist tot. Ist vor über zwanzig Jahren gestorben."

„Warum fragen Sie dann jetzt nach ihr?"

Rafe zögerte, aber es hatte ja keinen Sinn, früher oder später musste er Farbe bekennen. „Sie war meine Mutter."

Nate schien auf einmal wie versteinert, schien kaum zu atmen. Peanut bewegte sich unruhig in Rafes Arm, steckte den Daumen in den Mund und schlief dann beruhigt weiter.

Endlich sprach Nate. „Sie war auch meine Mutter."

„Ich weiß."

Nach endlosen Minuten des Schweigens sagte Nate: „Warum verdammt noch mal hast du das denn nicht gleich gesagt?"

Rafe fühlte sich peinlich berührt. „Ich weiß nicht", nuschelte er verlegen. „Ich dachte, ich müsste dich erst einmal überprüfen, rausfinden, was für ein Mensch du überhaupt bist."

Sein Bruder nickte. „Das kann ich nachvollziehen. Unerwünschte Verwandte können einem schon auf den Geist gehen."

„Ich habe nie welche gehabt, kann da also nicht mitreden", meinte Rafe. Er blickte auf Peanut herab. „Aber jetzt habe ich den Kleinen."

„Keine Frau?"

„Wir waren nicht verheiratet. Sie kam um in der Nacht, als das Baby geboren wurde."

„Das tut mir leid."

Rafe sah aus dem Fenster. „Ich kannte sie kaum."

Nate lehnte sich in seinem Sessel zurück. „Ich nehme an, du wurdest geboren, gleich nachdem Marva verschwunden war."

„Nachdem sie verschwunden war?"

„Den Anschein hatte es zumindest. Ich bin gleich nach meinem achtzehnten Geburtstag zur Armee gegangen. Als ich nach meinem ersten Jahr in Vietnam nach Hause kam, war sie weg, mit allem, was nicht niet- und nagelfest war. Ich hab mehrmals versucht, sie zu finden, hatte aber kein Glück. Na ja, vielleicht habe ich mich einfach nicht genug bemüht. Marva hat mir ehrlich gesagt auch nicht gefehlt. Sie war Alkoholikerin, und es war fast unmöglich, mit ihr auszukommen. Heutzutage werden solchen Leuten die Kinder weggenommen. War sie clean, nachdem sie hier wegzog?"

„Eine Weile schon, glaube ich."

„Und wo blieb sie ab? Was ist passiert?"

Rafe seufzte und drückte das Baby unbewusst fester an sich. „Sie ist mit einem Rodeoreiter durchgebrannt. Das war mein Vater, Paul Ortiz. Sie landeten schließlich in Killeen in Texas. Kurz nachdem ich geboren wurde, verdrückte sich mein Vater. Sie fing wieder an zu trinken, und als ich zehn war, haben mich die Behörden ihr weggenommen. Ein Jahr später ist sie gestorben."

„Das tut mir leid."

Rafe sah auf und blickte Nate über den Schreibtisch hinweg an. „Warum? In meinen Ohren klingt es ganz so, als wäre deine Kindheit nicht einen Deut besser gewesen als meine. Vielleicht war sie ja noch schlimmer."

„Wenn ich gewusst hätte, dass ich einen Halbbruder habe, hätte ich Himmel und Hölle in Bewegung gesetzt, um dich von ihr wegzuholen. Ich hätte dich selbst großgezogen."

Rafe war unsicher, wie er reagieren sollte. Er spürte, wie etwas in ihm vorging. Dass er niemals wieder so sein würde, wie vor dieser Begegnung. Und es war ihm nicht klar, ob ihm das gefiel. „Du wusstest aber nichts von meiner Existenz", sagte er nur.

„Vielleicht hätte ich mich stärker bemühen sollen."

„Hör mal, es war nicht meine Absicht, dir Schuldgefühle einzuflößen. Ich wollte dich nur kennenlernen. Ich hatte dir was voraus, denn sie hat mir von dir erzählt."

„Tatsächlich? Also, viel Gutes kann das nicht gewesen sein."

„Aber auch nichts Negatives. Nur dass sie hier in dieser Gegend einen Sohn hat. Als ich dann zu Pflegeeltern kam, wollte ich mit dir Verbindung aufnehmen, wusste aber nicht, wie. Dann wurde ich älter, und die Idee kam mir nur noch verrückt vor. Und dann wurde ich selbst Vater."

„Und plötzlich gewann Familie an Bedeutung."

„So könnte man sagen." Rafe wollte seinem Halbbruder seinen ursprünglichen Plan auf keinen Fall auf die Nase binden.

Nate nickte verständnisvoll. „Nun, jetzt hast du eine Familie, Bruder. Ich habe eine Frau, sechs Töchter, einen Sohn, einen ganzen Haufen Schwiegersöhne und einige Enkelkinder. So viel Familie, wie du dir nur wünschen kannst. Warum kommst du nicht heute Abend zum

Essen und lernst uns kennen? Natürlich sind nicht alle da, aber einige kann ich schon zusammentrommeln, und meine Jüngste wohnt sowieso noch zu Hause."

Rafe hatte nicht erwartet, so schnell und herzlich aufgenommen zu werden. „Vielen Dank", murmelte er unbeholfen, „aber das ist viel zu kurzfristig und deine Frau …"

„Die wird total begeistert sein, dich kennenzulernen", unterbrach ihn Nate. „Marge ist ein absoluter Familienmensch. Sie wird dich mit offenen Armen empfangen. Aber wenn es dir zu schnell geht …?"

Das tat es. Rafe hatte einfach Angst, von einer ganzen Familie erdrückt zu werden.

„Was hältst du davon", schlug Nate vor, der die Gefühle seines Bruders zu ahnen schien, „wenn wir es langsam angehen und du, Marge und ich uns morgen bei Maude zum Mittagessen treffen? Danach können wir entscheiden, wie's weitergehen soll."

„Das hört sich gut an." Rafe war erleichtert.

„Ich glaube, wir haben viel nachzuholen, Bruder. Ich freue mich schon darauf."

Rafe war sich nicht sicher, ob er Nates Gefühle teilte. Was war nur los mit ihm? Er hatte endlich den entscheidenden Schritt gewagt, und jetzt fühlte er plötzlich einen Widerstand in sich, der schwer zu durchbrechen war.

Als er mit dem Baby zurückkam, war Angela in der Küche und machte sich gerade ein Sandwich mit Thunfisch. Sie zögerte kurz, beschloss dann aber doch, Rafe auch ein Sandwich anzubieten, obwohl sie ihm lieber aus dem Weg gegangen wäre. Irgendwie hatte sie das Gefühl, dieser Mann könne in ihr lesen wie in einem offenen Buch.

Sie seufzte leise, legte das Messer hin, wusch sich die Hände und ging dann nach oben. Rafes Tür war zu, aber sie konnte hören, wie er mit dem Baby sprach. Also klopfte sie.

Einige Sekunden später öffnete er die Tür, das Baby auf dem Arm. „Ja?"

„Ich wollte nur wissen, ob Sie auch ein Sandwich haben wollen. Ich bin gerade dabei, mir eines zu machen."

„Oh, gern. Danke. Ich komme gleich runter."

Sie musterte ihn kurz. „Ist alles in Ordnung?"

„Ja, sicher. Peanut ist nur ein bisschen quengelig. Er ist etwas wund."

Angela nickte. „Ich bin unten in der Küche."

Rafe machte die Tür zu und ging zurück zu dem Ratgeber über Babypflege, der offen auf dem Bett lag. Er hatte Peanut die Windeln wechseln wollen. Seine schmutzige Windel war voll gewesen mit einer ganz übel riechenden Masse, die seine zarte Haut angegriffen hatte. So etwas hatte Rafe in seiner kurzen Zeit als Vater noch nicht erlebt. Er war ratlos.

Nachdem er den Kleinen sorgfältig gewaschen hatte, wickelte er ihn in ein großes flauschiges Handtuch. Er wollte Peanut so mit nach unten nehmen, um zu vermeiden, dass die mit Plastik überzogene Wegwerfwindel den Schaden noch verschlimmerte, weil sie keine Luft an die Haut des Babys ließ. Der Kleine hatte aufgehört zu quengeln und schien sich wieder richtig wohlzufühlen. Nach dem Mittagessen wollte Rafe zur Apotheke fahren und eine der im Ratgeber empfohlenen Salben kaufen.

Angela hatte inzwischen den Tisch gedeckt. Für Rafe hatte sie zwei Sandwiches gemacht.

„Kennen Sie sich in Babypflege aus?"

Sie schüttelte den Kopf. „Überhaupt nicht."

„Ich auch nicht. Das hier ist eine Art Lernen durch die Praxis."

Sie lachte. „So ist es wahrscheinlich für die meisten Leute."

„Ja." Rafe merkte, dass sie seinem Blick auswich, und das bedrückte ihn. Was war nur los mit ihm? Er hatte hart daran gearbeitet, ein Mann zu sein, der keinerlei Gefühle zuließ, und urplötzlich schien er in Gefühlen geradezu zu ertrinken. Er sollte sich lieber zusammenreißen.

Aber diese Ermahnung brachte nichts. Ihm fiel auf, wie schlank und zart Angelas Hände waren, als sie ihr Sandwich aufnahm, wie elegant ihre Bewegungen. Sie war so anders als die Frauen, mit denen er für gewöhnlich zu tun hatte. Völlig anders.

Er biss ein Stück von seinem Sandwich ab und beobachtete sie unauffällig weiter. Die Art, wie sich ihr Haar im Nacken kräuselte, erweckte in ihm den Wunsch, die Hand auszustrecken und sie genau da zart zu berühren.

„Das Sandwich ist prima", bemerkte er stattdessen. „Danke."

Sie lächelte, wich seinem Blick aber immer noch aus. „Da müssen Sie dem Thunfisch danken, nicht mir."

„Das ist etwas schwierig, wenn man bedenkt, in welchem Zustand er ist."

Sie lachte herzlich. Für einen Moment nur trafen sich ihre Blicke, und Rafe war völlig hingerissen von ihr. Aber das durfte nicht sein. Er konzentrierte sich auf sein Sandwich.

„Wissen Sie, wo hier in der Nähe eine Apotheke ist?", fragte er, bemüht, sicheren Gesprächsstoff zu finden.

„Ecke Main und Fourth Street. Warum?"

„Ich glaube, Peanut hat einen Ausschlag", erwiderte er.

„Wieso nennen Sie ihn so?"

Er sah ihr direkt in die Augen. „Wieso nicht?"

„Verzeihung", meinte sie verlegen. „Ich wollte nur wissen, ob es dafür einen besonderen Grund gibt."

„Oh." Jetzt war es an Rafe, verlegen zu sein. Er seufzte leise.

„Stimmt etwas nicht?", fragte Angela.

„Das ist das dritte Mal, dass Sie mir diese Frage stellen."

Angela fühlte sich brüskiert. „Verzeihung. Sie sitzen da wie zehn Tage Regenwetter und seufzen. Ich verspreche Ihnen, ich werde nicht wieder fragen."

Rafe kam sich wie ein Idiot vor. Ihm war der Appetit vergangen. „Entschuldigen Sie. Ich bin nervös. Habe wahrscheinlich zu viel Zeit auf der Straße verbracht. Vielen Dank für das Mittagessen. Ich mache den Abwasch, wenn ich zurück bin."

Er stand auf, nahm das Baby und verschwand.

Fassungslos starrte sie ihm nach. Da hatte sie nur ganz normale Anteilnahme gezeigt, und dieser Rüpel hatte sie abgekanzelt. Dieser Flegel! Von jetzt an würde sie ihn einfach ignorieren.

Es war schon spät am Nachmittag, und ein eisiger Herbststurm kam auf. Angela beschloss, ihren Spaziergang abzukürzen und umzukehren. Nur um Rafe Ortiz aus dem Weg zu gehen, war sie nicht bereit, ihre Gesundheit aufs Spiel zu setzen.

Als sie zu Hause ankam, stand Emma leise vor sich hin summend in der Küche und bereitete Abendessen zu. Von Rafe und Peanut keine Spur.

„Wie war dein Tag?", fragte Emma.

„Herrlich. Ich gehe nur noch kurz nach oben. Danach helfe ich dir."

„Hilfe kann ich immer gut gebrauchen."

Angela war froh, dass Rafes Zimmertür geschlossen war. Sie hatte wenig Lust, diesen Mann zu sehen.

Ihr Blutzuckerspiegel war noch völlig in Ordnung, und darauf war sie stolz. Es war schon eine ganze Weile her, seit ihre Werte zu dieser Tageszeit so gut gewesen waren.

Schnell machte sie sich frisch und ging dann wieder nach unten in die Küche. Inzwischen war Gage eingetroffen, und Angela spürte einen schmerzhaften Stich in der Brust, als sie Emma und ihren Mann in inniger Umarmung sah. Sie ging ins Wohnzimmer, um die Freunde nicht zu stören.

Und dort sah sie Rafe. Er lag ausgestreckt auf dem Sofa, neben sich ein offenes Buch. Er schlief tief und fest. Das Baby lag schlafend auf seiner Brust, sicher gehalten von seiner Hand.

Erst der Anblick des Ehepaares in liebevoller Umarmung, dann dieses friedliche Bild von Nähe und absolutem Vertrauen, das war einfach zu viel für Angela. Der Schmerz, der sie durchfuhr, war unerträglich. Niemals würde jemand sie halten, wie Gage Emma gerade jetzt in diesem Augenblick hielt, und niemals würde ein Mann je auf ihrem Sofa ein Nickerchen machen mit ihrem Baby im Arm.

Blind vor Tränen, machte sie auf dem Absatz kehrt, stürzte aus dem Zimmer und eilte die Treppe hoch in ihr Zimmer, um sich die Wunden zu lecken.

„Angela?" Es klopfte leise an ihrer Tür. Emmas Stimme klang besorgt. „Angela?"

Sie rieb sich die vom Weinen geröteten Augen und machte die Tür auf. „Es ist alles in Ordnung, Emma. Ehrlich. Manchmal stehe ich mir einfach selbst im Weg."

Emma nickte, trat ins Zimmer und machte die Tür hinter sich zu. „Was ist denn los?"

„Ach, das sind alte Sachen. Und die kommen einfach hin und wieder hoch und werfen mich aus der Bahn. Das ist alles."

Die Freundin musterte sie besorgt. „Wenn du mich brauchst, ich bin immer für dich da. Das weißt du doch, oder?"

Angela nickte. „Entschuldige, ich wollte dir doch mit dem Essen helfen."

„Zerbrich dir darüber nicht den Kopf. Gage macht sich nützlich. Er hilft mir gern. Angeblich hilft es ihm abzuschalten."

Angela musste lachen. „Vielleicht sollte ich dann auch helfen."

„Wahrscheinlich. Küchenarbeit ist eine ausgezeichnete Therapie." Emma strich ihr leicht über die Schulter. „Wie wär's mit einer Umarmung? So was hilft für gewöhnlich auch."

Und Emmas Umarmung half wirklich. Angela genoss die Wärme der Freundin und hätte sich am liebsten die Seele aus dem Leib geheult.

„Es ist völlig in Ordnung, Selbstmitleid zu haben", tröstete Emma sie leise. „Mir hat das auch geholfen." Sie trat zurück, setzte sich auf das Bett und klopfte einladend auf den Platz neben sich. „Komm, setz dich, und lass uns reden."

Angela setzte sich.

„Weißt du", begann Emma, „manchmal weine ich auch heute noch, weil ich keine Kinder bekommen kann."

Angela atmete tief und zittrig ein und nickte. „Ich weiß. Wie kommst du damit zurecht?"

„Ich sage mir, dass es für Gage nicht gut wäre."

Angela sah sie überrascht an. „Wieso nicht?"

„Weil Gage seine Frau und seine kleinen Kinder durch eine Autobombe verloren hat. Er hat mir gesagt, dass er nachts nie wieder würde schlafen können, wenn er sich um Kinder sorgen müsste."

„Wie furchtbar!" Plötzlich fühlte Angela sich richtig schäbig, dass sie derart von ihren eigenen Problemen erfüllt gewesen war.

„In letzter Zeit hat er öfter von Adoption gesprochen, aber ich bin mir nicht sicher, ob er das nicht nur meinetwegen tut." Emma hob ein wenig hilflos die Schultern. „Ich weiß nur, ich bin unheimlich dankbar, dass ich Gage habe – und ich fühle mich schrecklich, dass ich trotzdem noch mehr will."

Angela nickte. „Ich weiß. Ich meine, ich bin wegen meines Diabetes manchmal so niedergeschlagen, habe in letzter Zeit derart in Selbstmitleid gebadet. Aber ich darf nicht vergessen, dass es Menschen gibt, die diese Krankheit schon als Kinder bekommen und nicht so lange leben wie ich oder die, wenn sie noch leben, krank und behindert sind. Ich habe wirklich Glück gehabt. Ich darf das nur nicht vergessen."

„Das ist leichter gesagt als getan." Emma lächelte traurig. „Aber es ist nicht nur Glück, dass du es so weit geschafft hast. Du bist immer sehr diszipliniert gewesen und hast gut auf dich geachtet."

„Nur in letzter Zeit nicht. Ich bin es manchmal einfach leid, immer auf alles achten zu müssen, nie über die Stränge schlagen zu können." Angela schüttelte den Kopf. „Ich weiß, ich bin kindisch."

„Das sind wir alle hin und wieder. Und das ist auch völlig in Ordnung."

Nachdem Emma gegangen war, legte sich Angela noch eine Weile hin und dachte über das Gespräch nach.

4. KAPITEL

„Wollen Sie heute mit mir zu Mittag essen?", fragte Rafe, als er zusammen mit Angela das Frühstücksgeschirr spülte. Gage und Emma waren schon zur Arbeit gegangen, und das Baby schlummerte friedlich in seinem Babysitz, der mitten auf dem Tisch stand.

Angela sah Rafe an, als wäre er verrückt geworden. „Warum?", fragte sie fassungslos.

„Ich treffe mich mit dem Sheriff und seiner Frau zum Mittagessen. Ich dachte, vielleicht hätten Sie Lust, mich zu begleiten. Ist mal was anderes."

„Ich könnte doch hier für Sie auf den Kleinen aufpassen."

„Nein, nein, ich möchte Peanut mitnehmen."

„Ach so?" Was führte Rafe nur im Schilde? „Na gut, wenn Sie wollen, kann ich ja mitkommen", meinte sie schließlich ziemlich ruppig und verabschiedete sich, um ihren Morgenlauf zu machen.

Nach dem Lauf duschte sie kurz, zog sich um und machte sich dann einen kleinen Imbiss zurecht. Während sie noch beim Essen war, erschien Rafe mit dem Baby in der Küche.

„Hören Sie, ich habe überhaupt keine Wintersachen für Peanut."

Angela konnte sich ein Lächeln nicht verkneifen. „Wenn man bedenkt, dass Sie aus Miami kommen, ist das verständlich."

„Ja, stimmt. Ich muss ihm eine Jacke oder so was kaufen. Eigentlich könnte ich auch eine gebrauchen. Wenn Sie nichts dagegen haben, können Sie uns ja begleiten."

„Ich esse nur eben auf."

Er leistete ihr Gesellschaft, und schließlich gewann ihre Neugier die Oberhand. „Worum geht es überhaupt bei diesem Mittagessen?" Sie wusste inzwischen, dass er es hasste, wenn man ihm Fragen stellte.

Rafes Gesicht blieb für einen Moment verschlossen, doch dann seufzte er und sagte: „Ich habe noch niemandem davon erzählt, aber der Sheriff ist mein Halbbruder. Wir haben uns gerade erst kennengelernt."

„Im Ernst? Das ist ja irre."

„Und irgendwie schwierig. Ich fühle mich ehrlich gesagt ziemlich unsicher, wie ich mich ihm gegenüber verhalten soll. Er ist mein Bruder – und ein Fremder zugleich."

„Sie wollen mich also dabeihaben, um die Situation etwas zu entspannen?"

Rafe nickte und hatte auf einmal etwas von einem kleinen scheuen Jungen.

Angela senkte den Blick, irgendwie gerührt von der Tatsache, dass er ihre Hilfe brauchte. Und sie rechnete es ihm hoch an, dass er den Mut hatte, das auch zuzugeben. Sie lächelte ihn an. „Ich helfe gern, wenn ich kann."

„Danke. Also, essen Sie auf, und fangen Sie an zu helfen."

Der kleine Einkaufsbummel machte richtig Spaß, und nachdem Vater und Sohn wintergerecht ausgestattet waren, eilten sie zu dem Restaurant, in dem Marge und Nate schon auf sie warteten. Angela kannte die Tates von früheren Besuchen, und dementsprechend herzlich fiel auch die Begrüßung aus. Nate stellte Marge und Rafe einander vor, und Rafe beschäftigte sich dann eingehend damit, den Kindersitz des Kleinen sicher auf einem der Stühle zu deponieren. Er fühlte sich unbehaglich in dieser ihm doch sehr ungewohnten Situation.

Maude, die Besitzerin des Restaurants, kam als rettender Engel mit der Speisekarte. „Was für ein süßes Kerlchen!", sagte sie, als sie Peanut entdeckte. „Ich bringe euch gleich die Getränke." Und weg war sie. Nate und Rafe wechselten einen langen Blick, und Marge sah von einem zum anderen. Schließlich war sie es, die das Schweigen brach.

„Nate hat mir erzählt, dass du beim Drogendezernat bist, Rafe."

Er nickte.

„Ist es nicht interessant, dass ihr beide, unabhängig voneinander, bei der Polizei gelandet seid?"

„Das ist wirklich faszinierend", fiel Angela ein in dem Versuch, die Unterhaltung in Gang zu bringen. „Ich hätte nie gedacht, dass es ein Polizisten-Gen gibt."

Einen Moment lang befürchtete sie, ihr Versuch, humorvoll zu sein, wäre gescheitert, doch dann lachten alle herzlich.

„Ich lese Zeitschriften von hinten nach vorn", verriet Nate.

„Ich auch", bestätigte Rafe.

Marge schüttelte den Kopf. „Und ich dachte, einer von der Sorte reicht."

„Okay, bevor wir mehr in die intimen Details vordringen, lasst uns erst mal was essen", meinte Nate fröhlich. „Ich sterbe vor Hunger."

Nachdem sie ihre Bestellung aufgegeben hatte, wandte sich Nate an Rafe. „Ich begreife nicht, warum sich unsere liebe Mutter nie die Mühe gemacht hat, mir von dir zu erzählen. Warum hat sie sich nie mit mir in Verbindung gesetzt?"

„Keine Ahnung", meinte Rafe. „Sie hat mir nur gesagt, dass es dich gibt und dass du hier oben lebst. Und einmal hat sie erwähnt, dass du Polizist bist."

„Das ist eigenartig. Wenn sie das wusste, muss sie sich ja zumindest einmal nach mir erkundigt haben." Nachdenklich trank Nate von seinem Kaffee und lehnte sich dann mit einem Seufzer in seinen Stuhl zurück. „Eigentlich war es wirklich ein fieser Zug von ihr, mir nicht mitzuteilen, dass ich einen Bruder habe. Ich hatte mir immer einen gewünscht."

„Ich auch." Rafe legte den Kopf schief. „Irgendwie ist es schon ein komisches Gefühl. Wie stellt man es an, sich nach all dieser Zeit zusammenzuraufen?"

„Schritt für Schritt, nehme ich an."

Marge hatte einen Vorschlag. „Ja, so wie Männer das eben machen. Ihr solltet euch zusammen ein Footballspiel ansehen und euch dabei betrinken. Oder ein Wochenende lang zum Angeln fahren."

Die beiden Männer lachten amüsiert. Angela spürte, wie langsam die Anspannung aus beiden wich.

„Weißt du", nahm Marge den Gesprächsfaden wieder auf, „Nate hatte eine ziemlich haarige Kindheit."

Rafe sah sie an. „Inwiefern?"

„Na ja", begann Marge, „Marva war ..." Sie zögerte.

„Sie war eine Nutte und Alkoholikerin." Nate nahm kein Blatt vor den Mund. „Sie hat mir zwar den Nachnamen Tate gegeben, aber ich möchte wetten, dass sie nicht wusste, wer mein Vater war. Ich will sie nicht allzu sehr verurteilen, schließlich hat sie auf diese Weise die Miete gezahlt, aber wenn sie nicht so viel getrunken hätte, hätte sie wahrscheinlich richtige Arbeit finden können."

Marge strich ihm mitfühlend über den Arm. Zu Rafe und Angela gewandt meinte sie: „Jedenfalls war Nate als Teenager ein echter Rebell. Mein Vater verbot mir, mit ihm auszugehen." Sie lachte amüsiert. „Ihr seht ja, was für eine gehorsame Tochter ich war. Du warst wahrscheinlich auch ziemliche aufrührerisch, Rafe?"

Einen Moment lang befürchtete Angela, dass Rafe nicht antworten würde. Dann schüttelte er den Kopf. „Im Gegenteil. Ich habe schon früh gelernt, dass es leichter war, mich so zu verhalten, wie die Leute es von mir erwarteten."

„Kluger Mann", meinte Nate. „Ich wollte ständig mit dem Kopf durch die Wand. Ich glaube, das habe ich mir immer noch nicht ganz abgewöhnt."

Alle schmunzelten. Peanut wählte genau diesen Augenblick, um sich in Erinnerung zu bringen. Rafe reagierte wie ein alter Hase. Mit geübter Hand nahm er seinen Sohn auf den Arm und holte ein Fläschchen aus der Windeltasche. Angela entschuldigte sich, um in den Waschraum zu gehen und sich Insulin zu spritzen. Marge folgte ihr.

„Die beiden brauchen einige Minuten für sich", erklärte sie.

Angela nickte, holte ihre Sachen hervor und überprüfte kurz ihren Blutzucker. Es wäre ihr lieber gewesen, wenn Marge nicht dabei gewesen wäre, aber die zeigte keinerlei Anzeichen, gehen zu wollen.

„Oh, Sie sind Diabetikerin. Das tut mir leid. Ich habe eine Freundin, die seit dem fünfzehnten Lebensjahr an Diabetes leidet. Das ist alles andere als ein Vergnügen, nicht wahr?"

„Ehrlich gesagt ist es scheußlich." Angela stach sich in den Finger und drückte einen Blutstropfen auf den Teststreifen, den sie dann in das kleine Gerät einführte. „Neunzig. Etwas zu niedrig."

„Ich gehe und bitte Maude um ein Glas Orangensaft."

„Danke." Angela schenkte Marge ein herzliches Lächeln, was diese erwiderte. Marge verließ den Waschraum, und Angela konnte sich ungestört ihr Insulin spritzen, bevor sie sich wieder zu den anderen gesellte.

Rafe hatte Peanut mit zur Herrentoilette genommen, um ihm eine frische Windel zu geben. Als Angela das hörte, lachte sie. „Schon wieder?"

„Jedes Mal, wenn sie aufwachen, und jedes Mal, wenn sie getrunken haben. Ganz automatisch", bestätigte Marge.

Nate grinste. „Wir ertranken lange Zeit geradezu in Windeln. Wie viele Jahre waren es insgesamt, Marge?"

„Ich glaube, es waren so an die zwölf Jahre, in denen zumindest eines unserer Kinder stets Windeln trug."

„Oha!" Angela staunte.

Marges Augen sprühten vor Vergnügen. „Ich fühlte mich so befreit, als unsere Jüngste keine Windeln mehr brauchte. Von einem Tag auf den anderen hatte das tägliche Windelwaschen ein Ende."

Rafe kam mit dem Baby auf dem Arm zurück und setzte sich. „Kennt ihr einen guten Arzt?", fragte er ohne Einleitung.

Marge beugte sich vor. „Mehrere. Was ist denn?"

„Ich glaube, der Kleine hat Durchfall."

Marge stand auf. „Ich rufe gleich mal Dr. Randall an. Am besten, du schaust gleich nach dem Essen mal bei ihm vorbei."

„Danke, Marge."

Angela berührte zart die Hand des Kleinen. Sofort griff Rafe junior zu und nahm ihren Zeigefinger in seine kleine Faust. Sein Köpfchen zitterte vor Anstrengung, als er versuchte, zu Angela aufzublicken. „Es scheint ihm nicht schlecht zu gehen, Rafe."

„Nein, aber, na ja, ich hab noch keine Erfahrung, und ich finde, ich sollte auf Nummer sicher gehen."

„Das würde ich auch tun."

Rafe sah seinen Halbbruder über den Tisch hinweg an. „Es gibt da noch etwas, was ich dich fragen wollte."

„Schieß los."

„Meine ... die Mutter des Babys ... ihre Familie ist ziemlich tief in den Drogenhandel verwickelt."

Nate nickte. „Tolle Familie."

„Wie dem auch sei, Rocky ... Raquel ... bat mich, das Baby von ihnen fernzuhalten. Leider ist ihre Familie nicht bereit, den Kleinen einfach so zu vergessen. Meine Chefin hat mich gestern angerufen und mir gesagt, ich solle die Augen aufhalten. Einer von denen sucht mich und hat sogar einen Anwalt eingeschaltet."

Nate zog die Brauen zusammen. „Das hört sich nicht gut an."

„Ist es auch nicht." Rafe tätschelte den Rücken des Babys. Peanut schlief an seiner Schulter ein. „Also, für den Fall, dass die rauskriegen, dass ich in der Stadt bin, würdest du demjenigen, der nach mir fragt, bitte meine Adresse verschweigen?"

„Was mich angeht", erklärte Nate, „werde ich jedem, der nach dir fragt, sagen, dass ich dich nicht kenne. Mach dir keine Sorgen, Bruder. Ich sorge dafür, dass meine Männer die Augen offen halten."

„Danke. Der Typ heißt Manuel Molina. Manny Molina. Soweit wir wissen, ist er sauber, aber ..." Rafe schüttelte den Kopf. „Der Großteil seiner Familie ist im Drogengeschäft, und ich trau ihm einfach nicht über den Weg. Erst im Frühjahr habe ich seinen Bruder eingelocht."

„Also hat er es auf dich abgesehen." Nate nickte und lehnte sich zurück, als Maude mit dem Essen erschien, es ihnen wortlos servierte und dann wieder ging.

„Wenn dieses Pack hinter dir her ist, solltest du dir vielleicht einen neuen Job suchen", fuhr Nate danach fort. „Besonders jetzt, wo der Kleine da ist."

Rafe betrachtete sinnend seinen Sohn. „Der Gedanke ist mir auch schon gekommen", sagte er leise.

„Sie werden tatsächlich von einem Haufen Drogenhändlern verfolgt?", fragte Angela ungläubig, als sie wieder im Wagen saßen.

„Also, so würde ich es nicht ausdrücken. Schließlich ist es noch niemandem gelungen, Manny irgendetwas mit Drogen anzuhängen. Allem Anschein nach ist er ein anständiger Geschäftsmann, obwohl ich ihm das nicht abnehme."

„Und Manny hat andere Verwandte, die nicht so anständig sind?"

„Oh, einen ganzen Haufen. Wie ich schon sagte: Die ganze Familie hat mit Drogen zu tun, alle außer Manny und Rocky."

„Rocky war ... Ihre Freundin?"

Rafe zögerte kurz. „Sie war die Mutter des Babys, ja."

Was für eine eigenartige Antwort, dachte Angela. Wollte er damit vielleicht sagen, dass er und Rocky nichts füreinander empfunden hatten? Hatte er die Frau nur dazu benutzt, an ihren Bruder heranzukommen?

Rafe setzte sie vor dem Haus ab und fuhr dann mit dem Baby weiter zum Arzt.

Als er wenig später die Arztpraxis verließ, war es empfindlich kalt geworden. Peanut blinzelte erstaunt, als die Kälte sein Gesichtchen traf.

„Ja, kleiner Mann, für mich ist diese Kälte auch ein Schock", bestätigte Rafe dem Kind, als er mit ihm über den Parkplatz ging. „Ich kann nicht begreifen, wie jemand freiwillig in einem solchen Klima leben kann."

Er kaufte noch kurz das Medikament, das der Arzt verschrieben hatte, und fuhr dann direkt nach Hause. Angela war wie vom Erdboden verschluckt, was ihn erleichterte. In ihrer Gegenwart wurde er nervös, konnte sich nicht richtig entspannen.

Peanut wollte spielen, also legte Rafe eine Decke auf den Boden seines Zimmers und streckte sich neben dem Kleinen aus. Und während er mit seinem Sohn so dalag, wanderten seine Gedanken zurück zu Angela.

Er wusste einfach nicht, wie er sich in ihrer Gegenwart verhalten sollte. Sie gehörte zu den Menschen, mit denen er normalerweise kaum in Berührung kam. Freunde hatte er keine, denn dafür hatte er nie Zeit gehabt. Und jetzt hatte er Gelegenheit und Zeit, Freundschaften zu schließen, aber keine Ahnung, wie er das anstellen sollte. Über Babypflege gab es zahlreiche Bücher, aber wie man Freundschaften schloss, das stand in keinem Buch.

Es verunsicherte ihn, dass er sich zu Angela hingezogen fühlte. Wenn er sie sah, fiel ihm auf, wie zerbrechlich sie war, wie zart ihre Haut. Und wie erschöpft sie schien. Gleichzeitig fragte er sich, wie ihr Körper sich wohl anfühlen, wie ihre Haut schmecken mochte. Er wollte sie in die Arme schließen und ihr sagen, dass alles gut würde. Und genau mit solchen Regungen kam er nicht zurecht.

In seinem Leben gab es weder Platz noch Zeit für so eine Frau, denn sie war keine Frau für eine Nacht. Nicht einmal Rocky, der es gelungen war, seinen Schutzwall zu durchbrechen, hatte er näher an sich herangelassen. Er hatte mit ihr geflirtet, weil sie ihm Zugang zu und Informationen über ihren Bruder verschaffen konnte. Nie im Traum hatte er daran gedacht, ein neues Leben mit ihr zu zeugen. Er seufzte.

Die Vergangenheit ließ sich nicht mehr ändern, aber er konnte verhindern, dass er einen weiteren großen Fehler machte. Egal, was er für Angela empfand, er musste es für sich zu behalten. Das Chaos war so schon groß genug.

Nach dem Abendessen spielten die Daltons, Angela und Rafe Karten. Sie saßen gemütlich um den Esstisch herum. Peanut, der vom Spielen am Nachmittag völlig erschöpft war, schlummerte zufrieden in seinem Babysitz.

Angela hatte ziemlich Schwierigkeiten, sich auf das Spiel zu konzentrieren, denn jedes Mal, wenn sie aufblickte, sah sie, dass Rafe sie beobachtete. Jedes Mal, wenn sich ihre Blicke trafen, löste das etwas in ihrem Innern aus.

„So muss es gewesen sein, bevor es das Fernsehen gab", sinnierte Emma nach einer besonders fröhlichen Runde.

„Wie meinst du?", fragte Angela.

„Was konnten die Leute denn sonst abends machen? Sie unterhielten sich mit ihren Nachbarn, sie lasen, sie spielten Karten. Heute macht man das fast gar nicht mehr. Heute kümmert man sich doch kaum noch umeinander, kennt seine Nachbarn sehr oft nicht einmal, weil man wie angewurzelt vor dem Fernseher sitzt."

„Die Leute begegnen sich wahrscheinlich nur noch, wenn sie den Müll rausbringen oder sich Drogen vom Dealer an der Ecke kaufen."
Die Vorstellung rief heiteres Gelächter hervor.
„Schon gut", meinte Emma, „ich gebe mich geschlagen."
„Ich nehme an, alle Dinge haben Nachteile", überlegte Angela. „Für jeden Fortschritt, den wir machen, müssen wir etwas opfern."
„Stimmt", bestätigte Emma. „Ich wollte mich auch nicht beschweren. Mir fiel nur auf, wie nett es ist, einfach hier zu sitzen und Karten zu spielen."
„Ja, du hast völlig recht", freute sich Angela.
Rafe streifte sie mit einem Blick, sie sah das Lächeln in seinen Augen, und dieses Lächeln rief ein unglaubliches Glücksgefühl in ihr hervor.
Gegen zehn Uhr zogen sich Emma und Gage zurück, und Angela und Rafe waren allein. Dann meldete sich das Baby, und Rafe ging mit dem Kleinen nach oben, um sich um ihn zu kümmern.
Angela machte sich einen kleinen Imbiss, wie jeden Abend. Sie musste noch eine Stunde warten, bevor sie sich das Insulin spritzen konnte. Und ihr wurde die Zeit lang. So hatte sie sich bei früheren Besuchen bei Emma nie gefühlt. Sie waren immer bis spät in die Nacht auf gewesen, hatten herumgealbert und sich über ihre Zeit im College unterhalten. Aber Gages Anwesenheit hatte all das verändert. Die Nähe der Freundin fehlte ihr, und sie war traurig.
Wie albern! schalt sie sich. Froh sollte sie sein, dass Emma geheiratet hatte und so glücklich war. Sie sollte sich schämen, Neid und Eifersucht zu empfinden, aber war es denn zu viel verlangt, auch etwas Glück für sich haben zu wollen? Warum musste sie Diabetes haben und von allem ausgeschlossen sein?
Seit sie Rafe kennengelernt hatte, war sie ständig am Träumen. Sie war sich nicht einmal sicher, ob sie ihn überhaupt mochte, und konnte sich ihre Gefühle einfach nicht erklären. Fest stand nur, dass er sie völlig aus dem Gleichgewicht brachte.
Und wie zur Bestätigung erschien er wieder. „Peanut schläft tief und fest", gab er bekannt. „Zumindest für ein, zwei Stunden."
„Holt er Sie immer noch aus dem Schlaf?"
„Nicht mehr ganz so oft. Letzte Nacht hat er tatsächlich von drei bis sieben durchgeschlafen."
Angela lächelte gezwungen. „Dann besteht ja Hoffnung."
„Scheint ganz so."
„Möchten Sie auch Käse und Kekse?"

„Nein! danke. Ich nehme nur ein Glas Milch. Sie auch?"
„Ja, bitte."
Er brachte auch ihr ein Glas Milch, setzte sich ihr gegenüber an den Tisch, und sie unterhielten sich über den Kleinen. Angela war überrascht, dass sie noch so fit war.
„Fühlen Sie sich je ausgebrannt?", fragte sie ihn unvermittelt.
Rafe sah sie nachdenklich an. „Nein, eigentlich nicht. Ich bin manchmal müde, so wie jeder andere auch, aber das ist auch alles."
„Ich kann mich nicht einmal dazu bringen, darüber nachzudenken, was ich tun werde, wenn ich wieder zu Hause bin."
„Vielleicht ist das gut so. Sie sind schließlich hier, um sich zu erholen."
„Das stimmt." Sie zwang sich, noch ein Stück Käse zu essen.
„Warum sind Sie ausgebrannt? Ist es Ihre Arbeit? Ihre Krankheit?"
„Beides, glaube ich."
„Das ist dann sehr schwerwiegend."
„Witzbold."
Seine Mundwinkel zuckten verräterisch. „Immerhin sind das insgesamt sechzig Prozent Ihres Lebens."
„Wohl eher neunzig." Sie lachte verlegen. „Nun hör sich einer an, wie ich jammere."
„Jammern ist in Ordnung. Ich tu so was auch."
„Sie? Wann jammern Sie denn?"
„Ich jammere normalerweise bei der Arbeit." Sein Lächeln vertiefte sich und reichte schon fast bis zu den Augen. „Wenn mir ein Auftrag nicht gefällt."
„Das ist etwas anderes. Was ich meine, ist, dass ich mein Leben nicht mag."
Rafe starrte nachdenklich in seine Milch. „Ich mag meines auch nicht besonders, Angela."
Sie hatte das Gefühl, ihm sei das eben erst klar geworden, und es rührte sie, dass er diese Erkenntnis mit ihr teilte. „Was mögen Sie daran denn nicht?"
Er warf ihr einen abschätzenden Blick zu. „Gefühle, die einen mitten in der Nacht ungebeten überfallen." Aber dann schüttelte er den Kopf. „Nein, das ist es nicht. Nicht wirklich. Seit der Geburt des Kleinen bin ich nicht mehr auf der Straße gewesen. Ich nehme an, ich habe einfach zu viel Freizeit."
„Und das ist schlecht?"

Rafe zuckte die Achseln. „Wenn man viel zu tun hat, kommt man nicht so viel zum Nachdenken. Oder vielleicht", fuhr er fort, „werde ich einfach erwachsen. Wie ich gehört habe, ist das ganz normal, wenn man plötzlich für ein Kind verantwortlich ist. Aber irgendwie gibt es einem das Gefühl, alt zu sein."

„Wirklich?" Angela musste lächeln.

„Wirklich. Es ist schwer, sich wie ein Kind zu fühlen, wenn ein Kind auf einen angewiesen ist."

Angela zögerte, bevor sie ihre nächste Frage stellte. „Meinen Sie, man muss ein Kind sein, um als Undercoveragent zu arbeiten?"

Er überlegt, „Vielleicht nicht für andere, aber für sich selbst ja. Ich habe mich immer wie ein Junge gefühlt, der irgendein Spiel spielte."

Sie merkte, dass er in der Vergangenheit sprach, und das stimmte sie nachdenklich. „Ein gefährliches Spiel."

„Oh ja. Sehr gefährlich. Aber das hat mich vorher nie gestört."

„Und jetzt?"

„Jetzt denke ich darüber nach."

„Was ist mit diesem Mann, der Sie und das Baby sucht? Sind Sie seinetwegen beunruhigt?"

„Ein wenig."

„Aber er wird nie darauf kommen, Sie hier oben in Wyoming zu suchen."

„Wahrscheinlich nicht. Und egal, was passiert, die werden Peanut nicht kriegen. Nie werde ich zulassen, dass mein Kind kriminellen Elementen ausgesetzt ist."

„Aber Sie sagten doch, dass dieser Manny möglicherweise nicht kriminell ist."

„Vielleicht nicht er, aber der Rest der Familie Molina sicherlich. Sogar die Großmutter des Jungen, obwohl man, wenn man Manny von ihr reden hört, annehmen muss, sie sei eine Heilige."

„Wirklich?" Angela war erstaunt. Sie hätte niemals die Worte ‚Großmutter' und ‚kriminell' miteinander in Verbindung gebracht.

„Ich werde mich wohl versetzen lassen müssen. Die Zeit als Undercoveragent ist endgültig vorbei."

„Wird Ihnen Miami denn nicht fehlen?"

Er machte ein abfälliges Geräusch. „Es ist doch nur eine Stadt. Und außerdem mag ich sie nicht besonders. Aber genug von mir. Was ist mit Ihnen?"

„Was soll mit mir sein?"

„Sie sagten, Sie fühlten sich ausgebrannt. Ihren Diabetes können Sie zwar nicht loswerden, aber was wollen sie gegen den Rest unternehmen?"

„Ich weiß es nicht. Es ist erbärmlich, aber mir fällt momentan nichts ein, was ich sonst noch tun könnte."

„Können Sie denn nicht eine andere Aufgabe in der Bank übernehmen?"

Sie schüttelte den Kopf. „In der Bank stehen die Chancen für mich bei null. Außerdem erscheint mir sowieso alles so sinnlos."

„Sinnlos? Was ist sinnlos?"

Angela wedelte ziellos mit der Hand. „Alles."

„Sie meinen das Leben? Wieso denn? Jedem geht es doch mal schlecht."

„Aber mir geht es seit meinem achten Lebensjahr schlecht", begehrte sie auf. „Ich leide an einer chronischen unheilbaren Krankheit, an der ich jederzeit sterben kann. Wenn sie mich nicht gleich umbringt, dann wahrscheinlich Stück für Stück."

„Haben Sie sich immer so hoffnungslos gefühlt?"

„Nein, ich ..." Angela konnte es nicht länger ertragen. Sie sprang auf und verließ fluchtartig den Raum. Sie schämte sich ihrer Krankheit und hasste sich dafür, dass sie sich vor Rafe so hatte gehen lassen.

Sie hörte, dass er ihr folgte, und eilte so schnell und so leise es ging die Treppe hoch zu ihrem Zimmer, riss die Tür auf, trat schnell ein, aber nicht schnell genug, um ihm die Tür vor der Nase zuzuschlagen.

Sie atmete zittrig ein, bemüht, die aufsteigenden Tränen zu unterdrücken. „Was wollen Sie?"

„Es tut mir leid", sagte er.

„Sie brauchen sich nicht zu entschuldigen. Ich will einfach nur allein sein."

„Hören Sie, ich hatte noch nie eine chronische Krankheit. Ich kann mir also nicht vorstellen, wie man sich dabei fühlt. Aber ich weiß genau, wie es ist, wenn einem ständig der Tod über die Schulter blickt. Damit habe ich gelebt. Aber ich hatte noch Glück. Ich brauchte nicht Tag ein, Tag aus damit zu leben."

„Und?" Mehr brachte Angela nicht heraus.

„Und es tut mir leid, wenn ich Ihnen das Gefühl vermittelt habe, Sie nicht ernst zu nehmen. Ich wollte nur wissen, ob Sie ständig so empfinden. Die Hölle, in der Sie dann leben würden, ist für mich einfach unvorstellbar."

Sein Mitgefühl trieb ihr die Tränen in die Augen. „Ich denke nicht ständig daran", presste sie schließlich hervor.

„Das wäre auch nicht möglich. Dann würden Sie ja den Verstand verlieren."

Angela nickte kurz und atmete noch einmal ganz tief ein in dem Versuch, sich zu fangen. „Es wird schon wieder. Ich fühle mich nur in letzter Zeit ziemlich niedergeschlagen." Sie wünschte, er würde gehen.

„Es ist in letzter Zeit wohl besonders schwer gewesen, wie?"

Sein Einfühlungsvermögen und Mitgefühl überraschten sie. Sie hatte ihn für einen kalten unnahbaren Mann gehalten. „Jeder macht mal schwere Zeiten durch", meinte sie störrisch. „Ich schaffe das schon."

„Aber klar doch." Er zeigte keinerlei Anzeichen, gehen zu wollen.

„Hören Sie", meinte sie schließlich, „Sie brauchen sich keine Sorgen zu machen, dass ich irgendwelche Dummheiten mache. Ich werde einfach noch zwanzig Minuten warten, dann pünktlich mein Insulin nehmen und ins Bett gehen."

„Klingt gut." Aber er ging immer noch nicht. Eindringlich musterte er ihr Gesicht, ganz so, als würde er nach etwas suchen.

„Es ist wirklich alles in Ordnung, Rafe", sagte sie mit fester Stimme. „Danke, dass Sie sich Sorgen machen."

Er nickte langsam. „Aber das ist es ja gerade, was mich fertigmacht. Dass ich mich um Sie sorge."

„Was?"

„Vergessen Sie's", sagte er. „Ich weiß nicht einmal, wie ich es mir selbst erklären soll, ganz zu schweigen einem anderen Menschen." Er wandte sich zum Gehen und seufzte dann. „Oh verdammt!"

„Was bedrückt Sie denn?"

Er drehte sich wieder zu ihr um. „Keine Ahnung. Ich. Du." Er legte die Arme um Angela und zog sie an sich.

Es tat ihr gut, seine starken Arme um sich zu spüren. Wie fantastisch er doch roch, nach Seife und Mann, eine verwirrende Mischung, unter die sich noch ein leichter Babygeruch mischte.

„Wenn du jemanden brauchst, mit dem du reden möchtest, weck mich einfach." Seine Stimme klang rau. „Ich weiß genau, wie das sein kann. Es hat schon viele Nächte in meinem Leben gegeben, in denen ich ein offenes Ohr gebraucht hätte."

Angela hob das Gesicht und sah ihn forschend an. Er nahm das als Einladung und berührte ihren Mund zart mit seinen Lippen.

„Ich kann das nicht sehr gut", flüsterte er heiser.

„Was?" Auch sie flüsterte, wollte den magischen Moment nicht zerstören.

„Jemanden trösten. Ich hab das noch nie gemacht."

Das war wohl mit das Traurigste, was sie je gehört hatte. Sie vergaß ihre eigenen Probleme, hob die Hand und strich ihm sanft über die Wange. „Du machst das ganz prima."

Rafe schloss fest die Augen, ganz so, als würde diese Berührung einen wahren Gefühlsorkan in ihm entfesseln. Er drückte sie enger an sich und küsste sie noch einmal, etwas fester, suchend, fast fragend. Angela erwiderte den Kuss und hoffte, ihn ebenso trösten zu können.

Sobald sie jedoch reagierte, versteifte er sich. Er ließ sie los und trat einen Schritt zurück. „Was wir hier machen, ist alles andere als klug." Damit wandte er sich ab und verließ schnell ihr Zimmer.

Angela war völlig verwirrt und fühlte sich so allein und leer, wie sie sich nur einmal zuvor in ihrem Leben gefühlt hatte, damals, als sie ihr Baby und ihren Verlobten verloren hatte.

Rafe hatte ja recht. Es war ganz und gar nicht klug. Doch wie sollte sie je vergessen, dass es geschehen war?

5. KAPITEL

Als Rafe im spärlichen Licht der Nachttischlampe um vier Uhr morgens seinen kleinen Sohn fütterte, fühlte er sich so einsam, wie er sich nicht mehr gefühlt hatte, seit er seiner Mutter weggenommen und in eine Pflegefamilie gesteckt worden war. Obwohl sie nicht gut für ihn gesorgt hatte, hatte Rafe nie daran gezweifelt, dass Marva ihn geliebt hatte.

Nachdenklich blickte er auf das kleine Bündel in seinen Armen, das ihn mit ernsten Augen aufmerksam beobachtete. Gefühle der Einsamkeit, Gefühle überhaupt hatte er immer abgeblockt. Wahrscheinlich war der Kleine daran schuld, dass er sie jetzt zuließ. Die Berührung der kleinen Händchen rief eine Flut an Emotionen hervor, der sich Rafe einfach nicht entziehen konnte.

Was hatte sich Raquel nur dabei gedacht? Warum war es ihr Wunsch gewesen, dass er den Kleinen bekam? Er dachte an Rockys unglaubliche Verwundbarkeit und spürte ein schmerzhaftes Ziehen in der Brust. Sie war einsam und leicht verletzbar gewesen, gar nicht die feurige Latina, die sie immer herausgekehrt hatte. Und er hatte sie verletzt.

Da Peanut genug getrunken hatte, stellte Rafe die Flasche auf den Nachttisch, legte sich den Kleinen an die Schulter, stand auf und ging mit ihm im Zimmer umher, während er ihm den Rücken sanft tätschelte. Peanut gab kleine Gurgelgeräusche von sich. Der Spaziergang im Zimmer schien ihm zu gefallen.

Während Rafe auf und ab ging und darauf wartete, dass Peanut sein Bäuerchen machte, wanderten seine Gedanken zurück zu Angela. Er hätte sie nicht küssen dürfen. Ihm war ihre Verletzbarkeit unter die Haut gegangen, und seine eigene, neu entdeckte Emotionalität hatte ihn kalt erwischt. Doch Gefühle konnte er sich nicht leisten. Er musste um jeden Preis Abstand halten.

Sollte er das Risiko eingehen und nach Miami zurückfahren? Besser nicht, denn sobald Manuel Molina wusste, wo er war, wären er und der Kleine in Gefahr. Es war nicht auszudenken, wie vielen Leuten Manny erzählt hatte, wo Rafe wohnte. Ein Wort ins falsche Ohr, und Peanut wäre Vollwaise.

Sollte er den Kleinen Nate Tate überlassen und allein wieder nach Hause fahren? Nein! Das kam für ihn einfach nicht mehr infrage.

Gedanken dieser Art hielten ihn noch lange wach, lange nachdem der Kleine wieder eingeschlafen war, bis die Sonne aufging und das

Baby lauthals sein Recht verlangte. Und das bedeutete, dass Rafe nach unten gehen und sich Angela stellen musste. Er wechselte dem kleinen Schreihals die Windeln, nahm ihn auf und ging mit ihm nach unten, ohne Hemd und Schuhe und völlig übernächtigt.

Gage brach gerade zur Arbeit auf, als Rafe in die Küche kam. Emma und Angela saßen am Küchentisch.

„Morgen", murmelte Rafe und steuerte gleich auf den Kühlschrank zu.

„Ich hole Ihnen einen Kaffee, Rafe", sagte Emma. „Soll ich Ihnen Frühstück machen?"

„Ich habe keinen Hunger, aber danke." Er nahm eine saubere Flasche und begann mit geübter Hand, seinem kleinen Sohn das Morgenfläschchen zuzubereiten.

„Wie geht es ihm?", wollte Emma wissen.

„Er hat keinen Durchfall mehr", informierte er sie kurz angebunden.

„Wie schön!"

„Ja." Rafe wollte schnell wieder nach oben, aber Emma hatte ihm inzwischen schon frischen Kaffee eingeschenkt, und der Duft stieg ihm verlockend in die Nase. Also setzte er sich ergeben an den Tisch. Mit einer Hand fütterte er das Baby, mit der anderen nahm er die Tasse und trank dankbar seinen Kaffee.

Emma verließ die Küche, um sich für die Arbeit fertig zu machen. Und Rafe und Angela waren allein. Die Luft schien plötzlich schwer vor ungesprochenen Worten.

Schließlich hielt Angela es nicht länger aus. Sie stand auf, spülte ihr Geschirr kurz unter fließendem Wasser ab und stellte es in den Geschirrspüler. „Sollten Sie später noch etwas für den Kleinen einkaufen müssen, passe ich gern auf ihn auf. Nur jetzt muss ich mich für meinen Lauf fertig machen, weil ich sonst hinter meinem Plan hinterherhinke."

Sie sagte es so, als würde es ihr nichts ausmachen, zeitlich gebunden zu sein, aber er wusste es besser. Er sah auf, und ihre Blicke begegneten sich. Der Schmerz, der in ihren Augen stand, traf ihn tief.

Sie verließ die Küche, noch ehe Rafe reagieren konnte.

Oben in ihrem Zimmer zog sich Angela schnell ihre Joggingsachen an. Sie war traurig. Rafes Blick war kalt und distanziert gewesen. Schade. In der Nacht hatte er so warm und mitfühlend gewirkt.

Wie hatte sie nur annehmen können, dass sich irgendetwas zwischen ihnen geändert hatte? Rafe hatte in ihr ein Verlangen erweckt, das sie seit Jahren konsequent unterdrückt und verleugnet hatte. Er hatte sie daran erinnert, dass sie eine Frau war, mit den Sehnsüchten und Bedürfnissen einer Frau. Und das machte ihr zu schaffen.

Schnell ging sie nach draußen in die Kälte. Der Lauf würde ihr diese Flausen schon vertreiben.

Wie jeden Tag kam sie am Büro des Sheriffs vorbei, und auf dem Rückweg gesellte sich Nate Tate zu ihr. Sie freute sich über seine Gesellschaft.

Sie liefen eine Weile schweigend nebeneinander her. Angela war sicher, dass Nate einen Grund dafür hatte, sie zu begleiten.

„Was halten Sie von Rafe?", fragte er schließlich.

Die Frage überraschte sie ein wenig. „Er scheint ein harter einsamer Mann zu sein."

„Das denke ich auch." Er seufzte. „Ich kann nicht verstehen, warum Marva mir nichts von ihm gesagt hat."

„Vielleicht wusste sie, dass Sie ihn ihr weggenommen hätten."

Nate dachte eine Weile nach. „Vielleicht. Sie war eine miserable Mutter. Wenn Rafes Erfahrungen auch nur im Entferntesten meinen geähnelt haben, dann hat er sich selbst großgezogen."

„Rafe scheint ganz gut zurechtzukommen", schwindelte sie.

„Wirklich? Das sehe ich anders. Ich bin kaum je einem Mann begegnet, der so einsam schien." Sie liefen um die Ecke in die Fourth Street hinein. „Völlig gefangen in der eigenen Einsamkeit. Wenn das Leben einem genügend Schläge verabreicht, lässt man nichts und niemanden mehr an sich heran."

Als sie am Haus waren, bat Angela ihn herein. „Sie können sich ein wenig mit Rafe unterhalten. Ich werde nicht im Weg sein, denn ich muss etwas essen und mich dann duschen."

„Danke."

Rafe schlief tief und fest auf dem Sofa, das Baby sicher im Arm. Er hatte geduscht, sich rasiert und angezogen. Nur die Schuhe fehlten. Irgendwie rührte Angela der Anblick seiner nackten Füße fast ebenso sehr wie der Anblick des schlafenden Babys in seiner Armbeuge.

„Kommen Sie, ich mache einen Kaffee", flüsterte sie. „Vielleicht wacht er dann auf."

Nate nickte und folgte ihr in die Küche. Angela kochte frischen Kaffee und holte dann ihren obligatorischen Imbiss aus dem Kühlschrank. Sie wählte Obst. Nate wollte nichts essen.

Als der Kaffee fertig war, schenkte sie ihm eine Tasse ein und entschuldigte sich dann kurz, um zu duschen.

„Keine Eile. Ich genieße den Frieden und die Stille."

Rafe wusste, dass sie im Haus waren. Er wäre ein schlechter Polizist, wenn er nicht bei dem leisesten Geräusch aufgewacht wäre. Aber er wollte nicht, dass sie wussten, dass er wach war. Er lauschte ihren Stimmen, die aus der Küche drangen, aber erst als Angela nach oben ging, stand er auf und kam mit Peanut auf dem Arm in die Küche.

Nate saß mit dem Rücken zur Tür. Ohne sich umzudrehen, meinte er: „Ich dachte mir schon, dass du wach bist, Bruder. Ich nehme an, du gehst Angela aus dem Weg."

Rafe war überrascht und ein wenig verärgert, dass sein Bruder ihn so schnell durchschaut hatte. „Ich brauchte einfach ein Weilchen, um richtig wach zu werden", war seine lahme Entschuldigung. Er ging zur Kaffeemaschine, schenkte sich eine Tasse ein, lehnte sich an die Anrichte und musterte seinen Halbbruder. „Wolltest du mich sehen?"

Nate lehnte sich in seinem Stuhl zurück, legte die Beine locker übereinander und nahm einen Schluck Kaffee. „Es kam plötzlich über mich. Ich dachte mir, da wir Brüder sind, sollten wir vielleicht versuchen, einander besser kennenzulernen."

„Dass wir Brüder sind, ist doch reiner Zufall."

Nate nickte gemächlich. „Stimmt. Aber ich denke doch, dass es einen Grund gibt, warum du mich nach all diesen Jahren kennenlernen wolltest."

Rafe begegnete Nates Blick ganz ruhig, obwohl es in seinem Innern tobte. Konnte der Mann Gedanken lesen? „Der Kleine gab den Anstoß. Familie ist wichtig für Kinder, und die Molinas zählen da nicht."

„Na gut." Nates Gesichtsausdruck blieb nachdenklich. „Wie wär's mit Freitagabend zum Essen bei uns? Du kannst einige von deinen Nichten kennenlernen. Übrigens können sie es kaum erwarten, den Kleinen zu sehen."

Rafe nickte zustimmend. Er wollte Nates Misstrauen nicht noch schüren, indem er wieder mit Ausflüchten kam. „Danke. Wir kommen gern."

„Bring doch Angela mit", schlug Nate vor und stand auf. Er trug seine Tasse zum Spülbecken. „Ich muss wieder an die Arbeit. Wir sehen uns."

Nachdem Nate gegangen war, sah Rafe seinen Sohn in komischer Verzweiflung an. „Wie zum Teufel bin ich bloß in diese Situation geraten, Peanut?"

Bring doch Angela mit! Aber klar doch. Ihr würde der Vorschlag wahrscheinlich ebenso wenig gefallen wie ihm.

Aber sie überraschte ihn. Sie war sofort bereit, ihn zu den Tates zu begleiten, und schien richtig glücklich, als er den Kleinen in ihrer Obhut ließ, damit er einkaufen konnte.

Aus reiner Gewohnheit ließ Rafe den Blick über die Straße schweifen, während er an der Kasse der Apotheke stand. Und dort, auf der anderen Straßenseite vor dem Gerichtsgebäude stand Manny Molina. In Sekundenschnelle war Rafe wieder ganz Undercoveragent, die Sinne aufs Äußerste geschärft.

Er fragte die verwirrte Kassiererin nach dem Hinterausgang, schnappte sich seine Einkäufe und verschwand durch die Tür, die sie ihm gezeigt hatte. Sein Wagen stand vor der Apotheke, aber er beschloss, ihn dort stehen zu lassen, und kehrte äußerst beunruhigt auf Schleichwegen zurück zum Haus.

Rafe junior war in Spiellaune, also legte Angela eine Decke auf den Boden im Wohnzimmer und setzte sich im Schneidersitz neben den Kleinen, während der auf dem Rücken lag und selig glucksend strampelte.

Sie war völlig fasziniert von dem Baby und vergaß darüber all ihre Probleme. Hin und wieder konnte sie einfach nicht anders, sie musste ihn aufheben und herzen.

Als die Hintertür zuschlug, nahm sie an, dass Emma früher nach Hause gekommen war. Doch dann stand Rafe plötzlich im Wohnzimmer.

„Manny ist in der Stadt", sagte er.

Angela sah erschrocken auf. „Bist du sicher?"

„Den Kerl erkenne ich überall. Ich habe ihn von der Apotheke aus gesehen. Ich bin dann durch die Hintertür entwischt. Hör zu, ich werde Nate und Gage anrufen. Würdest du die Hintertür abschließen?"

„Mach ich."

Sie stand sofort auf und tat, worum er sie gebeten hatte. Rafe schien äußerst beunruhigt. Sie hörte ihn in der Küche telefonieren. Klein Rafe gurgelte fröhlich im Wohnzimmer. Bei so alltäglichen Geräuschen war es schwer zu glauben, dass Gefahr im Verzug war.

Jetzt erhielt sie einen Einblick in Rafes Welt, die ihn nun scheinbar eingeholt hatte. Sie musste unter allen Umständen vermeiden, dass seine

Welt in ihre eindrang. Ihre war so schon schwierig genug. Vielleicht wäre es besser, wenn sie abreiste.

Aber da war noch das Baby. Und das brauchte so viele Beschützer, wie es kriegen konnte.

Sie nahm den Kleinen auf und trug ihn in die Küche. Rafe legte gerade den Hörer auf. „Nate wird das Haus im Auge behalten", sagte er. „Gage ist augenblicklich unterwegs bei einer Ermittlung, aber sobald er zurück ist, wird Nate ihn nach Hause schicken."

Sie sah ihn an, das Baby fest an sich gedrückt. „Meinst du wirklich, dass das nötig ist? Will dieser Mann Peanut denn entführen?"

„Ich weiß nicht, was in ihm vorgeht. Und das gefällt mir nicht. Und mir gefällt auch nicht, dass er mir bis hierher folgen konnte. Offensichtlich will Molina mehr als nur gelegentliches Besuchsrecht."

„Vielleicht solltest du deine Chefin anrufen und ihr sagen, was los ist."

Rafe lehnte sich gegen die Anrichte. „Ich glaube nicht, dass das besonders klug wäre." Er verschränkte die Arme über der Brust.

„Aber warum denn nicht?"

„Weil ja irgendjemand Manny verraten haben muss, wo ich zu finden bin."

„Verdächtigst du deine Chefin?"

„Eigentlich nicht. Aber wir scheinen einen Maulwurf im Dezernat zu haben. Erst hat Manny meine Wohnung gefunden und behauptet, dass er mich beschatten ließ. Und jetzt das? Da ist was faul."

„Du lebst in einer hässlichen Welt." Die Worte platzten aus ihr heraus, ein vehementer Protest gegen die Angst, die in ihr aufstieg, Angst um das Baby in ihrem Arm. „Wie konntest du ein Kind in eine solche Welt setzen?"

„Glaub mir, das war nicht geplant."

„Du scheinst überhaupt nicht gut zu planen."

Sein Gesichtsausdruck wurde so hart und verschlossen, wie sie ihn noch nie gesehen hatte, und seine Augen blitzten zornig. „Du lebst auch nicht gerade in einer hübschen Welt, Angela. Wenigstens nehme ich unschuldigen Menschen nicht ihr Zuhause weg."

Angela fühlte sich, als hätte er sie geohrfeigt. Sie starrte ihn fassungslos an, ihr Herz schlug rasend schnell.

„Ich verfolge Verbrecher, Angela, Menschen, die anderen Menschen schaden und sie verletzen oder noch schlimmer. Siehst du den Knirps in deinen Armen? Ich fände es wirklich schön, wenn ich während der

Zeit, wo er in die Schule geht, sicher sein könnte, dass da nicht irgendwo an irgendeiner Straßenecke ein Dealer steht, der über Mittel und Wege nachsinnt, wie er ihn drogenabhängig machen kann. Ich verfolge Menschen, die Drogen importieren, damit sie reich werden durch das Elend von Tausenden. Ich verfolge Menschen, die gegen das Gesetz verstoßen. Und hinter wem bist du her? Hinter Menschen, die ihr ganzes Leben lang ehrlich waren und hart gearbeitet haben, die nur ein paar schlechte Jahre hatten, was gar nicht ihre Schuld war. So wie ich das sehe, bist du nicht viel besser als einige der Leute, die ich verfolge."

Angela konnte kaum noch atmen. „Nimm …", sie rang nach Luft. „Nimm das Baby, ich will es nicht fallen lassen."

Er sah sie betroffen an. Mit einem Satz war er bei ihr, nahm ihr Peanut ab und stützte sie mit dem anderen Arm. „Was brauchst du?", fragte er schroff. „Orangensaft? Setz dich. Setz dich einfach auf den Boden."

Gestützt von ihm glitt sie zu Boden und lehnte sich erschöpft an die Schrankzeile. Sie schloss die Augen und ließ den Kopf zurückfallen. Der kalte Schweiß stand ihr auf der Stirn.

„Hier."

Erschöpft öffnete sie die Augen und sah das Glas mit Orangensaft, das er ihr anbot, fühlte, wie er es ihr gegen die Lippen hielt. Sie öffnete den Mund und spürte den kühlen Saft hineinströmen. Sie schluckte.

Als er das Glas wieder wegnahm, war es leer. „Was sonst noch?", fragte er kurz angebunden. „Was kann ich tun?"

Es gelang ihr, den Kopf zu schütteln. „Das Baby …"

„Dem geht es gut. Er versucht, die Fliesen zu zählen. Angela, sag mir, was du noch brauchst. Sag es."

„Alles in Ordnung."

Rafe fluchte leise und setzte sich dann im Schneidersitz neben sie. „Passiert das jedes Mal, wenn du dich aufregst?"

Es kostete einfach zu viel Mühe zu antworten. Sie versuchte es nicht einmal. Stattdessen schloss sie die Augen.

„Heh!" Seine Stimme klang fast sanft. „Lass mich nicht allein. Mach die Augen auf."

Sie wollte ihn nicht ansehen, dennoch öffnete sie die Augen. „Mein Blutzucker muss von Anfang an zu niedrig gewesen sein", erklärte sie schließlich.

Er warf ihr ein schiefes Lächeln zu. „Es passiert also nicht jedes Mal, wenn du dich aufregst?"

„Nein, nein." Ihr war die ganze Sache peinlich. Sie hätte sich am liebsten in ihr Zimmer zurückgezogen, war aber zu schwach, um die Treppe hinaufzugehen.

Er überraschte sie, indem er ihr sanft eine Locke aus dem Gesicht strich. „Du siehst schon besser aus", sagte er entschieden. „Nicht sehr viel, aber etwas. Junge, hast du mir einen Schrecken eingejagt!"

„Tut mir leid."

„Nein, mir tut es leid. Ich hätte dich nicht derart angreifen sollen. Das war nicht fair, und was ich sagte, stimmt auch nicht."

„Oh doch, es stimmt. Wenn dem nicht so wäre, hätte es mir nicht so wehgetan." Ganz allmählich kam sie wieder zu Kräften. Es fühlte sich nicht mehr so an, als wären sie und ihr Körper voneinander getrennt. Sie spürte den harten Boden unter und den Schrank hinter sich.

„Nein", sagte er, „es stimmt nicht. Es ist nur ... also ..." Er wich ihrem Blick aus und zuckte dann verlegen mit den Schultern. „Du bist mir einfach unter die Haut gegangen, Angel. Das tust du ständig."

Wenn sie voll bei Kräften gewesen wäre, wäre sie wahrscheinlich spätestens jetzt aufgestanden und hätte die Flucht ergriffen. Sie wollte ihm nicht unter die Haut gehen, sie wollte diesem gefährlichen Mann nicht noch näher kommen. Stattdessen blieb sie einfach sitzen und fragte sich stumpf, wohin das alles führen würde.

Er musterte sie kurz, dann beugte er sich vor und hob das Baby auf. „Hier", sagte er und setzte ihr Peanut auf den Schoß. „Deine Beine sind weicher als der Boden. Schaffst du das für kurze Zeit?"

„Es geht mir wieder besser", versicherte sie ihm. „Wirklich."

„Gut. Ich bin gleich zurück. Ich will mich nur kurz vergewissern, dass draußen alles in Ordnung ist."

Da war die Bedrohung wieder. Zurückgebracht von diesen wenigen Worten. Aber statt sich aufzuregen, seufzte Angela nur leise und betrachtete das Baby auf ihrem Schoß. „Wir schaffen das schon", sagte sie.

Peanut wurde allmählich müde. Seine kleinen Augenlider wurden schwer, und er nuckelte an seinem Fäustchen.

Rafe war wenige Minuten später wieder da. „Auf der anderen Straßenseite steht ein Wagen, aber von Manny keine Spur." Er beugte sich vor und nahm ihr das Baby vom Schoß. Dann zog er sie hoch. „Setz dich auf den Stuhl", bat er. „Du bist immer noch blass. Ich bringe nur kurz den Kleinen ins Bett. Bin gleich wieder da."

In der Tür drehte er sich noch einmal zu ihr um. „Brauchst du dein Blutzuckergerät?"

Ein Blick auf die Uhr sagte ihr, dass es schon wieder Zeit war für ihre Insulinspritze. Sie nickte. „Es ist in der schwarzen Tasche auf meiner Kommode."

Rafe kam zurück mit dem Gerät. „Was genau musst du machen?", fragte er interessiert und setzte sich ihr gegenüber.

Sie kam zu dem Schluss, dass es albern wäre, jetzt das Sensibelchen zu spielen. „Ich steche mir in den Finger, drücke einen Tropfen Blut auf den Teststreifen, stecke ihn in das Gerät und lese die Werte ab."

„Wäre es dir lieber, wenn ich den Raum verlasse?"

Sie schüttelte den Kopf und wählte einen Finger, der noch nicht allzu zerstochen war. „Er ist immer noch etwas zu niedrig", sagte sie, nachdem sie die Werte abgelesen hatte.

„Was kannst du dagegen tun?"

„Ich esse einige Kekse." Danach die Insulinspritze. Dann, eine halbe Stunde später, wieder essen. Und so würde das ewig weitergehen, für den Rest ihres Lebens.

Er holte ihr die Kekse. „Möchtest du auch ein Glas Milch?"

„Das könnte zu viel sein. Bitte nur ein Glas Wasser."

Er brachte ihr das Wasser und setzte sich. „Und was genau ist passiert, Angela? Bitte, ich möchte es gern verstehen. Erst schien alles in Ordnung mit dir, und dann plötzlich ging es dir schlecht."

„Ich nehme an, mein Blutzuckerspiegel war von vornherein etwas zu niedrig. Dann wurde ich wütend, und der plötzliche Adrenalinstoß ließ den Blutzuckerspiegel weiter absacken. So einfach ist das."

Er nickte. „Ich verstehe."

Sie knabberte verlegen an ihrem Keks. „Es ist einfach peinlich", gestand sie schließlich.

„Aber warum? Menschen sind manchmal krank. Ich verstehe nicht, was daran peinlich ist."

„Du hast deinen Arbeitsplatz wahrscheinlich noch nie auf einer Trage verlassen, weil du am Schreibtisch ohnmächtig geworden bist."

„Ah."

„Das ist mir in den letzten paar Monaten mehrfach passiert. Ich war dabei. Dich blicken die Ärzte nicht ernst an und sagen: ‚Sie müssen besser auf sich achten. Sie müssen sich strikter an Ihren Plan halten. Sie sollten es inzwischen wirklich besser wissen.'"

„Nein, aber ich habe Chefs, die ab und an so ziemlich das Gleiche zu mir sagen." Er grinste etwas schief. „Aber zugegeben, ich werde auf keiner Trage herausgekarrt, es sei denn, ich werde angeschossen."

„Du bist schon mal angeschossen worden?" Sie sah ihn erschrocken an.

Er schüttelte den Kopf. „Nein, noch nie. Ich bin ein paar Mal mit dem Messer angegriffen worden, aber da musste ich nur ein wenig genäht werden."

„Das ist ja schrecklich!"

„Nicht schrecklicher als das, was du durchmachst."

„Das wird durch meine eigene Unachtsamkeit verursacht."

„Desgleichen bei mir. Ich werde nur verletzt, wenn ich nicht aufpasse. Aber du … Angela, du kannst nicht alles, was in deinem Leben passiert, im Voraus wissen. Ich kann sehr gut verstehen, dass es dir hin und wieder entgleitet." Er lächelte sie strahlend an, und dieses Mal erreichte das Lächeln sogar seine Augen. „Du darfst nicht zu hart mit dir ins Gericht gehen."

In dem Augenblick trat Gage durch die Hintertür ein. „Hallo, Leute", sagte er und schloss die Tür hinter sich. „Der böse Bube ist also in der Stadt, wie?"

„Ich habe ihn entdeckt, als ich in der Apotheke war, also habe ich meinen Wagen dort gelassen."

„Soll ich ihn holen?"

Rafe schüttelte den Kopf. „Ich weiß nicht, ob Manny meinen Wagen kennt. Vermutlich ja. Außerdem fällt das Floridakennzeichen bestimmt auf."

„Dann lassen wir ihn da stehen." Gage zog sich einen Stuhl heran und setzte sich rittlings darauf. „Nate hat einen Wagen vor dem Haus postiert."

„Den habe ich gesehen." Rafe zögerte kurz und fuhr dann fort: „Ich weiß nicht, ob das so sinnvoll ist. Die Molinas riechen einen Bullen schon auf hundert Meter Entfernung."

Gage grinste. „Na schön, ich bitte Nate, ihn abzuziehen."

„Ich möchte einfach keine Leuchtreklame vor dem Haus. Wahrscheinlich sollte ich sowieso lieber gehen."

„Nein!", protestierte Angela erschrocken. Dieser Gedanke gefiel ihr ganz und gar nicht.

„Angela hat recht", stimmte Gage zu. „Sie können nicht für den Rest Ihres Lebens auf der Flucht sein, nur wegen irgendeines Idioten."

„Ich möchte aber niemanden in Gefahr bringen."

Gage winkte ab. „Wie zum Teufel soll dieser Typ wissen, wo Sie stecken? Sie verstecken sich einfach hier im Haus mit dem Baby. Und wenn das Kind an die frische Luft muss, dann können Emma oder ich uns darum kümmern – oder Angela. Momentan sollten wir diesen Typen einfach beobachten."

„Ist jemand auf ihn angesetzt?"

„Noch nicht. Aber in dieser Stadt sticht ein Fremder hervor wie ein verbundener Daumen. Besonders jemand, der Fragen stellt. Und irgendwann muss er sich ein Zimmer für die Nacht suchen, und davon gibt es hier nicht allzu viele. Bis Mitternacht wissen wir, wo Molina untergekommen ist. Und sollte er irgendetwas versuchen, wird er erfahren, dass das Leben für jemanden, der sich mit Nate Tates Bruder anlegen will, äußerst schwierig sein kann."

„Also", meinte Angela fröhlich, „ich weiß nicht, wie es euch geht, aber ich fühle mich schon viel besser."

Gage lachte, und kurz darauf stimmte auch Rafe ein. Mit einem Blick auf Angela meinte er: „Ich nehme an, ich werde sehr viel Karten spielen müssen."

„Wir werden schon eine Möglichkeit finden, die Zeit totzuschlagen", erklärte sie impulsiv und fragte sich im selben Moment, wieso sie sich eigentlich mit einschloss.

Rafe stand auf, ging zum Küchenfenster und sah hinaus. „Ich kann mir nicht erklären, wie mich dieser Typ gefunden hat."

„Soll ich Ihre Chefin anrufen? Mal auf den Busch klopfen, ohne ihr zu sagen, wo Sie stecken?"

Rafe schüttelte den Kopf. „Danke. Aber ich kann nicht sicher sein, dass das nicht den falschen Leuten zu Ohren kommt."

„Verstehe. Daran hatte ich nicht gedacht."

„Es kann kein Zufall sein, dass dieser Kerl hier auftaucht. Irgendjemand muss geplaudert haben."

6. KAPITEL

In dieser Nacht schlief Rafe gut. Gegen Mitternacht hatte Gage berichtet, dass Manny sich im „Lazy Rest Motel" ein Zimmer genommen hatte, und das zeigte ja, dass der Mann gar nicht vorhatte, sich zu verstecken.

Als Peanut aber dann nicht wie üblich um vier Uhr nach seinem Fläschchen verlangte, wachte Rafe genau fünfzehn Minuten später auf und sprang voller Panik aus dem Bett. Ein Blick auf seinen Sohn beruhigte ihn jedoch sofort wieder, denn der schlief tief und fest und atmete ganz normal.

Rafe fühlte sich ganz schwach vor Erleichterung. Da er nun schon wach war, ging er runter in die Küche, um sich etwas zu trinken zu holen und gleichzeitig eine Flasche für Peanut vorzubereiten, denn bestimmt würde der Kleine nicht bis sieben Uhr durchschlafen.

Die Küche wurde nur vom Mondlicht erhellt, das durch das Fenster trat. Rafe spürte sofort, dass er nicht allein war. An der Hintertür sah er einen Schatten. Das Herz schlug ihm bis zum Hals. „Wer ist da?", fragte er heiser, sein ganzer Körper in Alarmbereitschaft.

Angelas Stimme erklang zittrig aus der Dunkelheit. „Himmel, hast du mich erschreckt!"

„Tut mir leid." Er entspannte sich. „Warum stehst du hier im Dunkeln?"

„Ich dachte, ich hätte draußen was gehört."

Und schon schlug sein Herz, das sich gerade beruhigt hatte, wieder heftiger. „Wo?"

„Draußen bei der Garage. Ich wollte mir gerade ein Wasser holen, da hörte ich es."

„Du bleibst hier", sagte er zu Angela. „Beobachte alles vom Fenster aus. Falls irgendwas passiert, rufe Gage. Ich geh raus und sehe mal nach."

„Nein!" Sie legte ihm beschwörend die Hand auf den Arm. „Nein, Rafe! Vielleicht ist er bewaffnet."

„Ich glaube nicht, dass Manny so dumm wäre." Sollte er seine Pistole von oben holen? Das würde zu viel Zeit kosten. Falls Manny da draußen herumschlich, wollte er ihn erwischen. „Mir wird nichts passieren. Er erwartet mich ja nicht."

„Die Hintertür knarrt, wenn du sie öffnest", warnte Angela.

„Richtig. Ich nehme die Haustür." Er legte ihr kurz beschwichtigend die Hand auf die Schulter und ging nach draußen.

Die kalte Luft traf ihn wie ein Schlag, denn er trug nichts weiter als seine Jeans. Barfuß schlich er die Verandatreppe runter und an die Seite des Hauses. Im Mondlicht sah er jedes Detail. Nur in die Garage selbst konnte er nicht sehen.

Seine Sinne waren aufs Äußerste gespannt. Er war sich nur allzu sehr bewusst, wie deutlich er im Mondschein zu sehen war. Nichts geschah. Keiner sprang ihn aus dem Hinterhalt an. Nichts war zu hören. Nur das Rascheln des Windes.

Noch zwei Schritte, und er hatte das Garagentor erreicht. Das Tor war verschlossen, das Schloss intakt. Vielleicht das Fenster?

Vorsichtig glitt er an der Garagenseite entlang bis zum Fenster. Auch das war fest verschlossen. Alles schien in Ordnung. Um in die Garage zu kommen, bräuchte er den Schlüssel, und das bedeutete, er müsste Gage wecken.

Er lauschte angespannt. Aus der Garage war nichts zu hören. Und auch sonst herrschte absolute Stille. Eine Minute verging. Noch eine.

Plötzlich war er in gleißendes Licht getaucht.

„Hier spricht die Polizei", tönte eine Stimme über Lautsprecher. „Hände hoch und keine Bewegung!"

Rafe wusste nicht, ob er lachen sollte oder weinen.

Angela stürzte aus dem Haus, der Hausmantel gab ihre langen anmutigen Beine frei, so sehr war sie in Eile. „Es ist alles in Ordnung. Wir haben ein Geräusch gehört. Er wollte nur nachsehen!"

In den umliegenden Häusern gingen die Lichter an. Gleich würde die ganze Nachbarschaft wach sein. Rafe lachte.

„Ich weiß gar nicht, was da so komisch ist", empörte sich Angela und verschränkte fröstelnd die Arme über der Brust.

Der Deputy, ein Riese von einem Mann mit langem pechschwarzem Haar und markanten Gesichtszügen, dachte gar nicht daran, den Scheinwerfer auszustellen. Er näherte sich Rafe, den Schlagstock griffbereit.

„Hallo, Micah", begrüßte Angela ihn fröstelnd. „Es ist alles in Ordnung. Dieser Mann ist ein Gast der Daltons."

„Angela Jaynes?"

„Richtig. Wir haben uns vor einigen Jahren bei Nate Tate kennengelernt."

Der Deputy nickte und musterte Rafe eingehend. „Dann müssen Sie Ortiz sein."

„Stimmt." Rafe nahm die Hände runter. „Angela hat ein Geräusch aus der Nähe der Garage gehört, und ich wollte nur mal nachsehen."

„Nächstes Mal sollten Sie uns anrufen", wies ihn der Deputy zurecht und ging dann rüber zum Garagenfenster und leuchtete mit der Stablampe ins Innere. „Sie sollten Gage holen", bat er dann Angela. „Wir müssen uns da drinnen umsehen."

Kaum hatte er seinen Satz beendet, tauchte Gage schon auf, bekleidet nur mit Jeans und Stiefeln.

„Was ist hier los?", fragte er. „Hallo, Micah."

„Gage." Der große Mann nickte. „Geräusche aus der Garage. Hast du einen Schlüssel?"

„Ich hol ihn."

Micah sah Rafe an. „Die wichtigste Aufgabe, die das Büro des Sheriffs augenblicklich hat, ist die, dafür zu sorgen, dass Sie, Ihr Junge und die Daltons in Sicherheit sind. Haben Sie verstanden?"

Rafe nickte geknickt. „Tut mir leid. Ich wollte nur nicht, dass er sich aus dem Staub macht."

Angela trat näher an Rafe heran. Sie wollte ihn verteidigen. „Es ist alles meine Schuld. Ich hätte anrufen sollen. Ich war mir nur nicht sicher, was ich gehört hatte, und ich wollte keinen unnötigen Wirbel machen."

Micahs wie in Stein gemeißelte Gesichtszüge gaben ein wenig nach. „Ach nein?" Er wies kurz auf die Schar der Nachbarn, die sich inzwischen vor dem Haus der Daltons versammelt hatte. „Mir scheint, wir haben mehr Wirbel, als es der Fall gewesen wäre, wenn Sie einfach angerufen hätten."

Rafe musste lachen. „Verzeihung", entschuldigte er sich, „aber das hier ist einfach zum Schießen."

Da musste sogar Micah lächeln. In diesem Moment erschien Gage mit dem Schlüssel in der einen und seiner Pistole in der anderen Hand. Er hatte sich seine kugelsichere Weste übergezogen.

„Dann mal los. Gehen wir rein", meinte er.

Er schloss gerade die Garagentür auf, als Emma den Kopf aus der Tür steckte. „Rafe? Das Baby schreit. Soll ich ihn aus dem Bettchen nehmen?"

„Wenn es Ihnen nichts ausmacht, Emma. Wahrscheinlich braucht er 'ne neue Windel und sein Fläschchen."

Micah und Gage vergewisserten sich, dass sich niemand in der Garage versteckt hielt.

„Was immer du gehört hast, Angela", erklärte Gage, „aus der Garage kam es nicht."

Micah verabschiedete sich und ging, um die Nachbarn zu beruhigen. Einige Sekunden später war der Scheinwerfer ausgeschaltet, und es kehrte wieder Ruhe ein.

„Ich komme mir so dumm vor", gestand Angela.

„Dann sind wir schon zwei", beruhigte sie Rafe, nahm ihren Arm und geleitete sie zurück ins Haus. „Wir sind alle nervös. Das ist völlig verständlich."

„Es ist immer besser, vorsichtig zu sein." Gage hielt ihnen die Tür auf. „Doch da Sie die Zielscheibe sind, Rafe, würde ich es begrüßen, wenn Sie mich nächstes Mal wecken, damit ich nachsehe."

Emma saß am Küchentisch, Peanut im Arm, und der Kleine nuckelte eifrig an seiner Flasche. „Wir wissen doch gar nicht, ob überhaupt einer von uns Zielscheibe ist."

„Schatz, das Problem ist", erklärte Gage, „dass wir nicht einmal wissen, welcher Gefahr wir ausgesetzt sind."

„Genau", stimmte Rafe ihm zu. „Manny Molina ist ein einziges großes Fragezeichen. Ich habe keine Ahnung, was er möglicherweise tun wird. Geben Sie mir den Kleinen. Dann können Sie wieder zu Bett gehen."

„Mir macht das Spaß." Emma strahlte. „Sie können ihn wiederhaben, wenn er fertig ist. Wenn es Ihnen nichts ausmacht?"

„Überhaupt nicht."

Angela holte sich ein Glas Wasser und setzte sich neben Emma. „Aber hattest du nicht gesagt, dass Manny gar nicht in kriminelle Aktivitäten verwickelt ist?"

„Nicht, soweit wir wissen."

„Aber", meldete sich Gage, „wir wissen nicht, wie weit er gehen würde, um das Baby zu kriegen. Oder ob er sich an Rafe rächen will, weil der seinen Bruder hinter Gitter gebracht hat. Nur weil der Kerl nicht im Drogengeschäft ist, bedeutet das noch lange nicht, dass er nicht einige ziemlich miese Sachen abziehen könnte."

Einige Minuten später gingen Emma und Gage wieder nach oben. Rafe lief langsam in der Küche auf und ab, Peanut an der Schulter, damit der sein Bäuerchen machte.

„Ich bin auch müde", erklärte Angela kurz darauf. „Gute Nacht, Rafe."

Bald danach ging auch Rafe hoch, um Peanut ins Bett zu bringen und sich selbst noch ein wenig hinzulegen. Und während er die Treppe raufging, erinnerte er sich an den zauberhaften Anblick, den Angelas

Beine geboten hatten, als sie hinausgeeilt war in die Kälte. Rafe schüttelte den Kopf, wollte dieses Bild vergessen, aber es hatte sich festgesetzt und verfolgte ihn bis in seinen Traum.

Angela hatte verschlafen. Noch bevor sie die Augen öffnete, war ihr klar, dass ihr Blutzuckerspiegel zu niedrig war. Irritiert stand sie auf, warf sich den Bademantel über und eilte schlecht gelaunt nach unten.

Sie war so wütend auf sich, dass sie nicht einmal Rafe bemerkte, der in der Küche saß. Sie riss die Kühlschranktür auf und schenkte sich mit zittriger Hand ein Glas Saft ein. Ihr war klar, dass sie durch ihre Wut nur noch mehr Zucker verbrannte, aber das half auch nichts.

„Schlecht geschlafen?", fragte Rafe leise.

„Ich habe verschlafen."

„Die meisten Leute sind deswegen nicht gleich sauer."

„Die meisten Leute sollen auch nicht um Punkt acht Uhr ihr Insulin nehmen und essen", gab sie bissig zurück.

„Oh."

„Ja. Oh."

„Und wenn dein Blutzucker niedrig ist, wirst du sauer?"

Sie hätte ihm an die Gurgel fahren können. „Nur etwas. Richtig sauer bin ich, weil ich weiß, dass ich von meinem Plan abgekommen bin und es jetzt dauert, bis alles wieder in Ordnung ist."

Er nickte. „Und wie machst du das?"

„Wie mache ich was?"

„Alles wieder in Ordnung bringen?"

„Ich verändere die Mischung von schnell und langsam reagierendem Insulin."

„Und du weißt, wie man das macht?"

„Natürlich."

„Dann ist ja alles in Ordnung."

Sie war fassungslos. War ihm denn nicht klar, wie sehr diese Krankheit ihr Leben einschränkte, wie bedrückend das alles war?

Dann tat der Orangensaft seine Wirkung. Sie wurde ruhiger und erkannte, wie albern es war, auf Rafe wütend zu sein, dass das wieder nur dieses erbärmliche Selbstmitleid war, das sie immer wieder packte.

„Ist gleich wieder alles in Ordnung", meinte sie leicht verlegen.

„Klar. Denn du machst das ja schon seit fast dreißig Jahren. Mir scheint, du bist ziemlich gut darin. Ehrlich gesagt, ich bewundere dich."

Das Lächeln, das er ihr schenkte, nahm ihr den Atem. Er hatte kein

Recht, sie so anzulächeln, ihr solche Dinge zu sagen. Er hatte absolut kein Recht, eine solche Wirkung auf sie auszuüben, dass sie sich ihm am liebsten in die Arme geworfen hätte.

„Geh, und nimm dein Insulin", fuhr er fort. „Ich mache dir dein Frühstück. Die übliche Menge, oder muss die verändert werden?"

Seine Fürsorge verwirrte sie. „Das ... das Übliche."

„Gut, ich kümmere mich darum."

Angela ging nach oben. Sobald sie nicht mehr in Rafes Nähe war, konnte sie wieder klarer denken. Er hatte sie davon abgehalten, wieder in Selbstmitleid zu baden, und das hatte er auf ganz liebevolle, fast sanfte Art gemacht. Dann hatte er sie gelobt. Sie schüttelte bewundernd den Kopf. Der Mann sollte für das Präsidentenamt kandidieren. Er war einfach umwerfend.

Als sie dann wieder nach unten kam, war sie angezogen und fühlte sich besser.

Rafe servierte ihr das Frühstück. „Kein Frühsport heute?"

„Nein. Dafür ist alles zu sehr durcheinander. Ich werde mich einfach darauf konzentrieren, alles wieder ins Gleichgewicht zu bringen."

„Gute Idee. Wie wär's, wenn wir drei nach deinem Frühstück ein wenig in die Berge fahren? Es ist ein so schöner Tag."

Und genau das taten sie dann auch. Rafe war derjenige, der daran dachte, ihre Ausrüstung zur Blutzuckerkontrolle und das Insulinbesteck mitzunehmen. Zusätzlich zu den Windeln und anderen Sachen für Peanut packte er auch noch etwas zu essen für sie ein. So unkonzentriert, wie Angela war, hätte sie all das vergessen.

Rafe versteckte sich hinten im Wagen, bis sie ein ganzes Stück vor der Stadt waren. Dann hielt Angela an, und er stieg zu ihr nach vorn.

„Ist irgendwas unternommen worden in Sachen Manny Molina?", fragte sie.

„Ich habe Nate gebeten, nichts zu tun, bis wir wissen, was er vorhat. Das ist besser so. Aber lass uns nicht über ihn reden, einverstanden?"

„In Ordnung." Sie musterte Rafe verstohlen von der Seite. Er hatte sich im Beifahrersitz zurückgelehnt, die Augen geschlossen und genoss sichtlich das Sonnenlicht.

Er war ein so gut aussehender Mann. Nein, nicht eigentlich gut aussehend, dafür war sein Gesicht zu hart und sonnengegerbt. Er sah nicht wie ein Model oder ein Filmstar aus. Aber er war attraktiv. Sehr attraktiv. Das spanische und das angelsächsische Erbe hatten sich in ihm hervorragend vermischt.

Sie versuchte, sich auf die Straße zu konzentrieren. Als sie dann wieder zu ihm hinsah, musterte er sie mit unergründlichem Blick.

„Starr mich nicht so an." Sie lachte verlegen.

„Warum nicht? Du bist das Hübscheste, was es hier zu sehen gibt."

Sein unerwartetes Kompliment raubte ihr den Atem. Warum sagte er so etwas?

„Für gewöhnlich stehe ich auf dunkle Haare", meinte er mit schläfriger Stimme. „Aber dein Haar, wusstest du, dass es fast silbrig ist? Wie Feenstaub."

Angela spürte, wie ihr das Blut in die Wangen stieg und ihr Herz ganz unvernünftig zu pochen begann.

„Das ist im Haus gar nicht zu sehen", fuhr er fort, so als würde er über eine Tapete sprechen. „Aber hier draußen in der Sonne ... du hast unglaubliches Haar."

„Danke." Ihre Stimme klang belegt.

„Und du hast eine süße Nase", sprach er weiter – mit einem Lächeln in der Stimme. „Eine süße kleine Nase."

„Sie ist nicht klein!"

„Nein, sie passt zu dir. Kein Riesenzinken so wie meine Nase."

Automatisch warf sie ihm einen Blick zu und sah, dass er breit grinste. „Hör auf!" Sie musste lachen. „Du machst mich verlegen. Und du hast keinen Riesenzinken!"

„Ich nehme an, ich würde mit einer kleineren Nase blöd aussehen", stimmte er zu. „Bringe ich dich in Verlegenheit?"

„Ja."

„Das wollte ich nicht. Ich habe dieses Problem."

Sie bemerkte, dass er den Blick von ihr abwandte, und ihr wurde klar, dass er nicht mehr scherzte. „Was denn für ein Problem?"

„Ich weiß nicht, wie ich mich dir gegenüber verhalten soll."

„Warum verhältst du dich mir gegenüber nicht genauso wie zu allen anderen?"

„Genau das ist das Problem."

„Ich versteh nicht."

Rafe seufzte und schloss die Augen. „Normalerweise reagiere ich auf Typen, nicht auf Einzelpersonen."

Angela dachte darüber nach, wusste aber nicht, was er damit meinte. „Ich verstehe nicht."

Er setzte sich auf und schüttelte den Kopf. „Es ist schwer zu erklären. Aber zerbrich dir besser nicht den Kopf. Ich werde aufhören, dich in Verlegenheit zu bringen."

Er hatte sich wieder in sich zurückgezogen. Angela unterdrückte einen frustrierten Seufzer. Kaum glaubte sie, ein wenig mehr über ihn zu erfahren, zog er sich zurück.

Sie fanden einen Parkplatz, von dem ein Wanderpfad in den Wald führte.

„Wir können nicht zu weit gehen", bemerkte Rafe. „Wir müssen zu viel mit uns mitschleppen."

Angela trug die Decken und ihre Ausrüstung, und Rafe nahm die Windeltasche, den Beutel mit dem Essen und das Baby.

Es war ein perfekter Tag für eine Wanderung, nicht zu kalt, aber kühl genug, um beim Gehen nicht ins Schwitzen zu geraten. Die Sonne schien durch die Tannen, und hie und da waren einige späte Wildblumen zu sehen.

Sie entdeckten eine Lichtung mit dichtem Grasteppich, die von der Sonne erwärmt wurde. „Lass uns hier Rast machen", schlug Rafe vor.

Sie breiteten eine Decke auf dem Gras aus und setzten sich mit Peanut drauf. Der Kleine schien von der ungewohnten Umgebung wie verzaubert und gluckste und gurrte selig.

„Er bleibt inzwischen viel länger wach." Rafe legte sich auf die Ellenbogen zurück. „Irgendwie finde ich das toll. Am Anfang hat er so viel geschlafen, dass er mir eigentlich wie ein Fremder vorkam. Und jetzt bleibt er immer länger wach und wird allmählich zu einer richtigen kleinen Persönlichkeit."

Angela stieß einen kleinen Seufzer aus und legte den Kopf zurück, bot ihn der Sonne dar und schloss die Augen. In der Nähe plätscherte leise Wasser, und der Wind strich durch die Baumwipfel. Ein perfekter Tag auf einem perfekten Planeten.

„Was du vorhin gesagt hast darüber, dass du auf Typen und nicht so sehr auf Einzelpersonen reagierst, Rafe?"

„Ja?"

„Ich mache genau das Gleiche."

„Inwiefern?"

„Ich traue Männern nicht."

Rafe überlegte kurz, bevor er antwortete. „Das ist vielleicht gar nicht so dumm, Angela. Ich glaube, den meisten von uns ist nicht zu trauen, wenn es um Frauen geht."

„Wirklich? Und was ist mit Gage? Und Nate? Mir scheint, denen kann man vertrauen."

„Das sind Ausnahmen, das kannst du mir glauben."

„Du hast keine besonders hohe Meinung von dir selbst."

Er lachte trocken. „Nein, ich bin einfach ehrlich. Dieser Knirps da beweist es doch. Ich hab mir zur falschen Zeit die Hose ausgezogen, unter den falschen Umständen, und das wusste ich. Ich habe nicht nachgedacht. Und was resultierte daraus? Ein Kind, von dem ich nicht einmal wusste, bis die Mutter starb. Das lässt mich nicht gerade vertrauenswürdig erscheinen, oder?"

„Aber du sorgst gut für ihn."

Er hob abwehrend die Schultern. „Ich bin einfach ein guter Schauspieler. Gib mir eine Rolle, und ich spiele sie besser als die meisten. Das Kind braucht einen Vater, also spiele ich den."

„Du spielst nicht, Rafe. Ich habe dich mit dem Kleinen beobachtet."

„Dann leiste ich eben gute Arbeit, Angel. Ich lebe die Rolle des Vaters. Genauso, wie ich die Rolle des Agenten des Drogendezernats lebe."

„Ich glaube nicht, dass du wirklich so hart bist, wie du glaubst."

„Ach nein?"

„Ich habe echte Gefühle in dir gesehen."

„Mach dir nichts vor, Angel. Trau mir nicht. Ich bin ein großartiger Schauspieler."

Das war jetzt das zweite Mal, dass er sie Angel nannte, und diesmal hielt sie es nicht für einen Versprecher. Der Name berührte sie auf eine Weise, die ihr Angst machte. Sie blickte von ihm zum Baby und versuchte, ihrer Gefühle Herr zu werden.

Peanut meldete sich quengelig. Rafe gab dem Kleinen mit geübter Hand eine neue Windel, holte dann das Fläschchen heraus und begann, seinen Sohn zu füttern.

Angela sah den beiden zu, war gerührt von der zärtlichen Art und Weise, in der sich Rafe um Peanut kümmerte, und konnte nicht glauben, dass all das nur gespielt war. Aber auch wenn es echt war, bedeutete das nicht, dass Rafe fähig war, etwas für einen anderen Menschen, abgesehen von Peanut, zu empfinden.

„Musst du nicht auch etwas zu dir nehmen?"

Diese besorgte Frage konnte doch auch nicht gespielt sein. Oder? Egal. Sie machte ihren Test, ging dann kurz hinter einen Busch, um sich ihr Insulin zu spritzen, holte sich ein Sandwich aus dem Beutel und fing an zu essen.

Danach legte sie sich zurück auf die Decke und schloss die Augen. Sie hörte, wie er sich um den Kleinen kümmerte und sich danach selbst etwas zu essen nahm.

Das Baby schien einzuschlafen. Sie hörte, wie Rafe sich neben ihr bewegte, machte sich aber nicht die Mühe, die Augen zu öffnen. Die wärmenden Sonnenstrahlen auf ihrem Gesicht machten sie schläfrig.

Plötzlich stand etwas zwischen ihrem Gesicht und der Sonne. Sie machte die Augen auf. Rafe lag neben ihr, den Kopf auf die Hand gestützt, und sah auf sie herab.

„Entschuldige", murmelte er. „Ich wollte dich nicht wecken."

„Ich hab nicht geschlafen."

„Du solltest dir nicht alles, was ich sage, so zu Herzen nehmen."

Angela wusste nicht, was sie darauf erwidern sollte.

„Sich mit mir abzugeben muss manchmal ungefähr so sein, als hätte man es mit einer wütenden Klapperschlange zu tun."

„Es ist nicht gerade leicht."

Er schüttelte den Kopf. „Nein. Ist es auch noch nie gewesen. Mein Leben lang hat man mir erzählt, dass ich schwierig bin. Irgendwie bin ich nicht wie andere Leute."

Er sagte das ohne Selbstmitleid, für ihn war es einfach eine Tatsache. „Wer sagt denn das?"

„Alle. Meine Mutter. Meine Pflegeeltern. Meine Kollegen. Raquel."

Raquel. Angela fing an, diesen Namen zu hassen. „Was hat sie gesagt?"

„Dass ich ein Ungeheuer bin. Dass kein normaler Mensch mit einer Frau schlafen und dann ihren Bruder festnehmen könne. Und sie hatte recht."

„Sie war wütend", tröstete Angela.

„Ja, sie war wütend. Aber sie hatte trotzdem recht! Ich hätte nie mit ihr schlafen dürfen. Ich weiß nicht, warum ich es überhaupt getan habe."

„Sie muss sehr attraktiv gewesen sein."

„Ja, das war sie. Aber es gibt viele attraktive Frauen auf der Welt, und mit denen schlafe ich nicht."

Sein Verhalten machte ihm ganz offensichtlich sehr zu schaffen. Für einen Menschen, der keine Gefühle hatte, war er ziemlich aufgewühlt.

„Wie dem auch sei, ich habe Mist gebaut, und zwar in großem Stil."

„Wie ist Raquel gestorben?"

„Sie wurde aus einem vorbeifahrenden Wagen angeschossen. Sie haben Peanut noch per Kaiserschnitt aus ihr rausgeholt, ein paar Stunden später ist sie gestorben."

„Oh Gott."

„Und die Kugel galt nicht einmal ihr. Es war eine Auseinandersetzung zwischen befeindeten Banden."

„Das ist ja furchtbar."

„Es gibt da draußen so viele schreckliche Dinge, nicht nur die Drogen. Und ich möchte nicht, dass mein Sohn so einem Umfeld ausgesetzt ist. Auf keinen Fall wird er bei den Molinas aufwachsen. Dieser Drogenhandel ist eine einzige menschliche Kloake."

„Aber Raquel hatte nichts damit zu tun, oder?"

„Als sie jünger war, hat man sie als Kurier eingesetzt. Aber dann wurde sie erwachsen und weigerte sich teilzunehmen. Zumindest soweit ich weiß."

Angela war von diesem Einblick in eine ihr völlig fremde, unheimliche Welt total schockiert.

Er seufzte und schüttelte den Kopf. „Entschuldige. Wir sind hier rausgefahren, um unsere Probleme zu vergessen und um zu entspannen."

„Man kann vor Problemen sowieso nicht davonlaufen."

„Das stimmt." Er streckte sich neben ihr aus und legte die Hände hinter den Kopf. „Ich bin froh, dass wir hergefahren sind. Es ist leichter, alles Hässliche hinter sich zu lassen, wenn man umgeben ist von so viel Schönheit und Ruhe."

Angela lag ganz ruhig, mit geschlossenen Augen, neben ihm. Sie ließ ihrer Fantasie freien Lauf, erinnerte sich an seinen Kuss und malte sich aus, wie es sein würde, wenn er sie einfach in die Arme nehmen würde.

Ein Schatten verdunkelte ihr Gesicht. „Angela?"

Widerwillig öffnete sie die Augen. Er hatte sich über sie gebeugt und musterte sie besorgt.

„Ist alles in Ordnung mit dir?", fragte er.

Ohne zu überlegen, hob Angela die Arme, legte sie ihm um den Hals und zog ihn an sich.

7. KAPITEL

Für den Bruchteil einer Sekunde spürte Angela Rafes Widerstand, doch dann schloss er die Augen und küsste sie.

Es war nicht der zarte Hauch eines Kusses wie zuvor. Diesmal war sein Mund fordernd. Und die Erkenntnis, dass er sie ebenso begehrte wie sie ihn, entfesselte ihr Verlangen. Leidenschaftlich gab sie sich dem Kuss hin.

Rafe lag auf ihr, umfing ihren Kopf mit den Händen und begann, ihren Mund mit der Zunge zu erkunden, schien nicht mehr von ihr lassen zu wollen, war ganz vertieft. Für Angela schwand die Welt um sie herum. Es existierten nur noch dieser Mann und ihr Verlangen nach ihm. Sie drängte sich ihm entgegen und hatte nur noch einen Wunsch – sich ihm hinzugeben.

Langsam ließ Rafe eine Hand in ihre Bluse gleiten, unter den BH. Dann streichelte er ihre Brust, fuhr immer wieder über die harte erregte Knospe. Angela vergaß ihre Vorsätze, knetete begehrend seine muskulösen Schultern, wollte nur noch Erfüllung.

Und dann fing das Baby an zu schreien.

Für einen Moment verharrten die beiden völlig regungslos. Als sich ihre Blicke trafen, fühlte Angela, wie die Scham in ihr aufstieg. Rafe kniff kurz die Augen zu, dann setzte er sich auf und nahm das Kind hoch. Sie fühlte sich entsetzlich. Wie hatte sie sich derart gehen lassen können?

„Es tut mir leid", sagte er über die Schulter hinweg.

„Schon gut. Vergiss es", presste sie hervor, sprang auf und verschwand im Wald. Sie musste jetzt unbedingt allein sein.

Als sie schließlich zu der Lichtung zurückkehrte, hatte Rafe bereits alles zusammengepackt. „Wir müssen gehen", sagte er, als wäre nichts passiert. „Es wird immer kälter. Ich möchte nicht, dass der Kleine sich erkältet."

Schweigend gingen sie zurück zum Wagen und fuhren los. Angela war froh, dass Rafe am Steuer saß. So konnte sie die Augen schließen und sich ganz in sich selbst zurückziehen.

„Es tut mir leid, dass du dich wegen mir jetzt schlecht fühlst." Rafes Stimme klang ganz geknickt.

Angela wusste nicht, was sie darauf sagen sollte.

„Es ist nie besonders erfreulich, etwas zu kosten, was man nicht haben kann."

Sie versuchte, gefasst und gleichgültig zu wirken. „Ist schon gut. Ich bin es gewohnt, dass Männer mich wegstoßen."

„Wie bitte?" Rafe klang irritiert. „Wer sagt denn, dass ich dich wegstoße?"

„Du brauchst nicht nett zu mir zu sein, Rafe."

„Ich bin nicht nett zu dir! Könnte es sein, dass wir gerade aneinander vorbeireden?"

Jetzt war ihre Wut wieder da. Dieser arrogante Kerl – allmählich hatte sie es satt, dieses Spielchen von Nähe und Distanz. „Das wird es wohl sein."

Als sie sich der Stadt näherten, setzte sich Angela hinters Steuer und Rafe versteckte sich auf dem Rücksitz, bis sie bei den Daltons angelangt waren. Angela fuhr die Einfahrt hoch bis zur Hintertür, stieg aus und sah sich aufmerksam um.

„Die Luft ist rein", erklärte sie schließlich und öffnete die Wagentür. Rasch verschwand Rafe mit dem Baby im Haus, und Angela parkte den Wagen vor dem Haus.

Als sie ins Haus kam, war von den beiden nichts zu sehen. Gut. Sie wollte mit diesem Mann sowieso nichts mehr zu tun haben.

Emma kam früher als gewöhnlich von der Arbeit nach Hause. Sie fühlte sich fiebrig und ging gleich zu Bett. „Wahrscheinlich habe ich mir eine Grippe eingefangen", murmelte sie, als Angela ihr einen heißen Tee nach oben brachte.

„Jetzt ruhst du dich erst einmal aus. Ich kümmere mich so lange um das Abendessen", erwiderte die Freundin. Sie blieb noch ein Weilchen an Emmas Bett sitzen und wartete, bis sie eingeschlafen war. Danach ging sie nach unten in die Küche.

Kurz darauf erschien Gage, der allerdings gleich nach oben verschwand, um nach seiner Frau zu sehen. Angela konnte sich eines wehmütigen Gedankens nicht erwehren. Es musste schön sein, jemanden zu haben, der sich um einen sorgte, wenn man krank war.

„Habe ich da gerade Gage gehört?"

Sie war noch so in ihre Gedanken vertieft, dass sie zusammenzuckte, als Rafe sie so unvermutet ansprach. Sie wirbelte herum. „Emma hat die Grippe und hat sich hingelegt. Gage ist oben, um nach ihr zu sehen."

„Die Grippe?" Er sah auf das Kind in seinen Armen. „Oh, dann sollte ich vielleicht lieber mit ihm oben bleiben, damit er sich nicht ansteckt."

„Ich kann dir das Abendessen nachher raufbringen, wenn du möchtest."

Er sah sie mit seinen dunklen Augen ernst an. „Nein, ich möchte nicht, dass du mich bedienst. Außerdem schläft der Kleine für gewöhnlich, wenn wir zu Abend essen."

Das Abendessen verlief ruhig. Gage leistete seiner Frau oben Gesellschaft, und Rafe und Angela waren allein.

Der Wind rüttelte an den Fenstern. „Wie ist das Wetter zu dieser Jahreszeit in Florida?", fragte sie.

„Heiß." Rafe häufte sich etwas Kartoffelbrei auf die Gabel. „Na ja, nicht so heiß wie im Sommer. Für gewöhnlich herrschen dann Temperaturen bis zu fünfunddreißig Grad. Jetzt sind es nur an die fünfundzwanzig. Manchmal sogar niedriger."

„Wie herrlich!" Angela fröstelte. Wieder klapperte das Fenster, und diesmal heulte der Wind richtig. „Mir scheint, es wird kälter."

„Ich fände es schön, wenn es schneien würde. Das wäre für mich mal was Neues."

Angela konnte sich ein Leben ohne Schnee überhaupt nicht vorstellen. „Ich hasse es, auf Schnee zu fahren. Und jeden Winter muss man das wieder neu erlernen."

Rafe lachte leise. „Habt ihr denn viel Schnee da, wo du wohnst?"

„Es reicht. Genug, um sich nach wärmeren Gefilden zu sehnen."

Wieder herrschte eine Zeit lang Schweigen, nur unterbrochen von dem gelegentlichen Heulen des Windes.

„Wenn du je nach Miami kommen solltest, lass es mich wissen. Ich würde dich gerne in der Stadt rumführen."

Angela sah überrascht auf. „Das ist sehr nett von dir. Danke."

Gage trat mit dem Tablett in die Küche.

„Wie geht es Emma?", fragte Angela.

„Den Umständen entsprechend. Ich fahr noch mal schnell los und kaufe Multivitaminsaft. Wir haben keinen mehr." Er spülte die Teller vom Tablett kurz ab und stellte sie dann in den Geschirrspüler. „Das Essen war vorzüglich, Angela."

„Danke. Hör mal, wenn du möchtest, hole ich den Saft."

„Nein, ist schon gut." Er lächelte flüchtig. „Es macht mir Spaß, für Emma die Krankenschwester zu spielen."

„Es muss schön sein, jemanden zu haben, um den man sich kümmern kann." Angela konnte die Sehnsucht in ihrer Stimme nicht ganz unterdrücken.

„Das ist es auch. Macht das Leben lebenswert." Gage nahm seine Jacke und öffnete die Hintertür. „Bin gleich wieder da."

Der kurze Moment, in dem die Tür auf war, hatte genügt, um die eisige Kälte in die Küche eindringen zu lassen. „Die Luft fühlt sich wirklich nach Schnee an." Sie wollte aufstehen, um nach draußen zu sehen, aber Rafe hinderte sie daran, indem er seine Hand auf ihre legte. Die Berührung war so unerwartet und elektrisierend, dass sie ihre Hand zurückriss. Ihr Blick traf Rafes und die Einsamkeit, die sie in seinen Augen sah, berührte sie.

„Iss, Angela", sagte er leise. „Du weißt, dass du essen musst."

„Ich wollte doch nur kurz aus dem Fenster sehen."

„Nachdem du gegessen hast. Sonst geht es dir wieder schlechter."

Sie wollte sich gegen ihn auflehnen, wollte ihn anschreien und ihm sagen, dass das ihre Angelegenheit sei, aber seine Fürsorge fühlte sich so herrlich an, dass sie schwieg und brav weiteraß. Rafe stand auf und ging zum Fenster. „Hier kommt der Wetterbericht", sagte er. „Es gibt tatsächlich leichtes Schneegestöber."

„Wirklich?" Sie sprang auf, gesellte sich zu ihm am Fenster und zog den Vorhang auf. Die wirbelnden Flocken im Schein des Küchenlichtes hatten etwas Verwunschenes. „Oh ist das schön!" Angela war begeistert.

„Es ist großartig." In Rafes Stimme klang so etwas wie Ehrfurcht. „Du isst nicht", schalt er sie gleich darauf streng.

„Schon gut, schon gut." Sie versuchte, mürrisch zu klingen, aber das Lachen gewann die Oberhand. Aus ihr unerfindlichen Gründen schien ihr Appetit zurückzukehren. Sie setzte sich und aß weiter.

„Wie wär's mit einem Kaffee nach dem Essen?", schlug er vor. „Ich mache ihn."

„Klingt verlockend."

Als Rafe und Angela die Küche aufräumten, kam Gage zurück. Er stellte schnell die Flaschen mit dem Saft in den Kühlschrank und entschuldigte sich dann, um nach oben zu seiner Frau zurückzukehren. „Ich lese ihr jetzt am besten etwas vor", erklärte er. „Dann kommt sie auf andere Gedanken und vergisst ihr Fieber."

Rafe und Angela tauschten einen Blick aus. „Das ist schön", sagten sie gleichzeitig.

Gage lachte und verließ die Küche.

„Er weiß, wie man liebt", meinte Angela versonnen.

„Ja." Rafe sah sie an. „Ich bin mir nicht sicher, ob ich das auch weiß." Die Ehrlichkeit und Verletzbarkeit, die aus dieser Bemerkung klang, überraschte und rührte sie. „Du liebst deinen Sohn."

Sie nahmen ihren Kaffee mit ins Wohnzimmer, stellten den Fernseher an und machten es sich auf dem Sofa bequem.

Angela war sich Rafes Nähe sehr bewusst, und es fiel ihr schwer, sich auf die Fernsehsendung zu konzentrieren. Es wäre so leicht, sich ihm etwas entgegenzuneigen, ihn zu berühren. Schon allein die Vorstellung ließ ihr Herz schneller schlagen.

Als das Baby anfing zu schreien, war sie fast schon erleichtert. Rafe sprang sofort auf und eilte nach oben, während Angela versuchte, ihre Fantasien zu zügeln. Gut, dass er nicht wusste, wie es um sie bestellt war.

„Würdest du ihn nehmen, während ich ihm sein Fläschchen mache?" Er hielt ihr den kleinen Schreihals entgegen.

„Gern." Allerdings war ein zornig schreiendes Baby doch nicht so einfach zu handhaben, wie sie es sich vorgestellt hatte. Der Kleine strampelte und wand sich in ihren Armen, dass es eine Mühe war, ihn festzuhalten.

Als Rafe mit der Flasche kam, nahm sie sie ihm ab. „Lass mich das machen", bat sie und steckte dem Baby den Schnuller in den Mund. Sofort fing der Kleine zu trinken an. „Das macht mir Spaß. Ich habe so selten Gelegenheit, mich um ein Baby zu kümmern."

Er setzte sich neben sie, und zwar so, dass er sie direkt ansehen konnte. Den Arm legte er auf die Rückenlehne des Sofas. „Du kannst wirklich keine Kinder bekommen?"

Sie schüttelte den Kopf. „Es wäre dumm. Das Risiko für mich und ein Baby ist einfach zu groß. Wenn ich meinen Diabetes besser im Griff hätte, vielleicht, aber …" Sie zuckte traurig die Achseln und konzentrierte sich ganz auf den Kleinen.

„Es tut mir leid. Ich weiß, dass das für Frauen sehr wichtig ist."

„Für Männer nicht?"

„Vielleicht für einige. Ich habe vorher nie an so etwas gedacht."

„Für einige ist es tatsächlich wichtig." Die unbeabsichtigte Verbitterung in ihrer Stimme war nicht zu überhören.

„Sagst du das aus eigener Erfahrung?"

Sie sollte es ihm erzählen. Dann hätte er allen Grund, sie zu meiden, und sie würde sich keiner falschen Hoffnung mehr hingeben.

„Ich war verlobt", begann sie. „Er hieß Lance. Zunächst schien er mit dem Diabetes prima zurechtzukommen. Natürlich hatte ich ihn damals gut im Griff. Ich nehme an, ihm war nicht wirklich klar, worauf er sich eingelassen hatte." Ihre Stimme zitterte.

„Und dann?"

„Dann wurde ich schwanger. Fast von Anfang an war das ein Albtraum. Ich musste jede Woche zum Arzt, mein Blutzuckerspiegel spielte verrückt, und schließlich landete ich im Krankenhaus. Ich hatte das Bewusstsein verloren. So was passiert, wenn der Blutzuckerspiegel richtig in die Höhe schießt. Ich verlor das Baby, und der Arzt meinte, es wäre besser, nicht noch einmal schwanger zu werden. Und Lance, na ja, Lance machte Schluss. Er wollte eine normale Frau und normale Kinder."

„Dieser Mistkerl!"

Sie schüttelte den Kopf. „Nein. Er hat nur die Wahrheit gesagt. Und er hatte recht. Mit mir verheiratet zu sein wäre so, als würde man im Krankenhaus leben. Vier Mal am Tag Spritzen, Mahlzeiten in regelmäßigen Abständen, keine Spontaneität. Ich hätte sonntags nicht länger schlafen, nicht mal kurz auf einen Hamburger irgendwo einkehren oder nach dem Kino noch 'ne Kleinigkeit essen können. Und ein solches Leben war für ihn nicht akzeptabel."

„Wahrscheinlich kann man es auch so sehen." Fast abwesend berührte Rafe eine Locke in ihrem Nacken. Seine leichte Berührung ließ sie wohlig erschauern.

„Aber man kann es auch anders sehen", fuhr er fort.

„Ja?"

Rafe nickte, und diesmal streichelte er ihren Nacken zärtlich. „Dieser Kerl hätte sich nach deinem Zeitplan richten können. Er hätte sonntags mit Freuden früh aufstehen können, um mehr Zeit mit dir zu verbringen."

„Bist du etwa ein Romantiker?"

Er schüttelte den Kopf. „Nein. Im Gegenteil, ich bin realistisch. Dein Zeitplan darf nicht geändert werden. Warum also sollte ein Mann ihn dann nicht zu seinem Vorteil nutzen? Ein frühes Frühstück am Sonntagmorgen mit der Sonntagszeitung. Vielleicht auf der Terrasse. Eier und Frühstücksspeck für zwei. Heißer Kaffee."

Angela musste lächeln. „Aus deinem Mund hört sich das alles so schön und einfach an."

„Das könnte es auch sein."

Sie schüttelte den Kopf. „Aber ich kann keine Kinder kriegen. Das ist doch der Grund, weshalb die meisten Leute heiraten."

„Wenn das der Grund ist, sind die meisten Leute dumm."

Sie blickte auf das Baby in ihren Armen und verstand, warum es Menschen so wichtig war, Kinder zu haben.

„He, ich wollte dich nicht traurig machen!"

Sie blickte Rafe an, sah die Sorge in seinem Gesicht. Und eine unterschwellige Zärtlichkeit. „Hast du auch nicht." Ihr gelang ein schiefes Lächeln. „Es geht mir gut."

Er glaubte ihr nicht. Noch immer streichelte er sanft ihren Nacken, eine Berührung, die sie tröstete. Und als das Baby schließlich satt war, fühlte sie sich in zweierlei Hinsicht beraubt.

Rafe nahm ihr den Kleinen ab. „Ich gebe ihm nur mal schnell eine neue Windel."

Angela hatte nicht mehr die Kraft, Rafe an dem Abend noch einmal zu begegnen. Also ging sie rasch nach oben und verkroch sich in ihrem Zimmer. Noch nie hatte sie sich so verlassen gefühlt.

Das Abendessen am Freitagabend bei den Tates war nett. Drei von Nates Töchtern waren da. Krissie, die Jüngste, die noch zur Schule ging, Carol, die als Krankenschwester arbeitete und deren Mann zurzeit verreist war, und Wendy, ebenfalls Krankenschwester, die mit ihrem Mann Billy Joe Yuma gekommen war. Obwohl alle Rafe das Gefühl gaben, herzlich willkommen zu sein, war die Atmosphäre ein wenig steif. Familien, so überlegte Rafe, entstehen eben nicht über Nacht.

Von seinem kleinen Sohn hatte er an diesem Abend kaum etwas. Alle wollten ihn halten, auch Marge Tate, die ihm sofort anbot, jederzeit auf den Kleinen aufzupassen.

Später, als die älteren Mädchen nach Hause und Krissie nach oben zu Bett gegangen waren, saß Rafe mit Peanut, Marge und Nate noch bei einer Tasse Kaffee zusammen.

„Geht es Emma wieder besser?", wollte Marge wissen.

„Sie ist heute schon etwas aufgestanden, aber sie fühlt sich noch ziemlich schwach."

„Und Angela? Schade, dass du sie nicht mitgebracht hast."

„Sie fühlte sich nicht besonders."

„Na, hoffentlich wird sie nicht auch noch krank."

„Ja, das hoffe ich auch." Die Wahrheit war wohl eher, dass Angela seine Gesellschaft mied. Er konnte es ihr nicht verdenken. Er hätte sie nicht küssen dürfen.

Jetzt hielt Nate den Kleinen, und Rafe bemerkte, wie sicher und geborgen das Kind in seinen Armen aussah.

„Übrigens", sagte Nate, „weiß ich jetzt, was Manny Molina will."

Rafe spürte, wie sich sein Puls beschleunigte. „Was?"

„Irgendwann in den nächsten Tagen wird dir ein Hilfssheriff ein Schriftstück zustellen. Ich habe nicht verraten, wo du bist, aber weder ich noch Gage können das ewig geheim halten."

„Ein Schriftstück? Worum geht es?"

„Um das Sorgerecht."

„Also wirklich!"

Nate lächelte leise. „Genau das dachte ich auch."

„Er kann doch wohl kaum erwarten, dass ein Gericht ihm das Kind zuspricht! Nicht bei seiner Familie. Außerdem ist das hiesige Gericht doch gar nicht dafür zuständig. Ich wohne nicht hier."

„Molina sieht das anders. Er behauptet, dass du hierhergezogen bist in der Absicht, ihm und seiner Familie den Zugang zu dem Kind zu verweigern." Nachdenklich tätschelte Nate Peanuts Popo. „Vielleicht ist das alles aber auch nur ein Versuch, dich aus deinem Versteck zu locken."

Nervös stand Rafe auf und begann, im Zimmer auf und ab zu gehen. „Das kann er nicht machen."

„Aber er macht es. Ich würde vorschlagen, du besorgst dir einen guten Anwalt und versuchst, die Angelegenheit im Keim zu ersticken. Auf jeden Fall solltest du deine Lebensführung überdenken."

Nate brachte ihn und das Baby nach Hause. Jetzt gab es keinen Grund mehr, sich auf dem Rücksitz zu verstecken. Manny würde so oder so rauskriegen, wo er wohnte. Und da er das Sorgerecht am Gericht vor Ort beantragt hatte, war es kaum zu erwarten, dass er Rafe mit einer Waffe nachstellen würde.

Als Rafe seinen kleinen Sohn zur Nachtruhe fertig gemacht hatte, war er in keiner guten emotionalen Verfassung. Er musste unbedingt mit jemandem reden, aber es war spät, und alle im Haus schliefen schon.

Da fiel ihm ein, dass Angela sich normalerweise gegen Mitternacht ihr Insulin spritzte. Also musste sie noch wach sein.

Entschlossen ging er den Flur entlang zu ihrem Zimmer und klopfte. Als er keine Antwort erhielt, schloss er daraus, dass sie immer noch nichts mit ihm zu tun haben wollte. Niedergeschlagen machte er kehrt und wollte gerade gehen, als die Tür aufgemacht wurde. Angela stand da im Bademantel, die Haare wirr, ganz so, als hätte sie geschlafen. „Was ist los?", fragte sie.

„Ich muss mit jemandem reden", erklärte er.

Sie zögerte.

„Wir können nach unten gehen, wenn es dir lieber ist."

Sie trat schnell zurück. „Komm schon rein." Sie zeigte auf den Sessel in der Ecke, schloss die Tür und setzte sich im Schneidersitz aufs Bett. „Was ist passiert?"

„Manny hat das Sorgerecht für das Baby beantragt."

„Wie kann er es wagen?" Ihre Augen blitzten zornig. „Es ist nicht sein Kind! Du bist der Vater."

„Ja. Das kann ich beweisen. Ich hab einen Test gemacht."

Etwas in ihrem Gesicht veränderte sich leicht. „Was hättest du gemacht, wenn der negativ ausgefallen wäre?"

„Teufel, wie soll ich das wissen?" Rafe rieb sich müde die Augen. „Ich weiß nicht mal mehr, was ich damals gedacht habe. Ich war geschockt. Konnte es nicht glauben. Ich meine, Raquel hätte mir wenigstens mitteilen können, dass sie schwanger war!"

„Das stimmt."

„Andererseits gehe ich davon aus, dass sie den Kleinen allein großziehen wollte. Sie wollte nicht, dass ich etwas mit ihm zu tun habe. Nicht bis sie im Sterben lag und es sonst keinen gab, dem sie das Kind anvertraut hätte."

„Da könntest du recht haben."

„Natürlich", meinte er ungeduldig. „Es gibt keine andere Erklärung dafür. Sie hat mich gehasst. Ich weiß, dass sie mich gehasst hat."

„Vielleicht ist es leichter für dich, wenn du das glaubst."

Er fluchte. „Du kannst eine richtige Psychobraut sein, weißt du das?"

„Und du ein richtiger Psychokrüppel!"

Er starrte sie verdutzt an. „So hat mich noch niemand genannt."

„Sie hat dir etwas bedeutet, nicht wahr?", sagte Angela leise.

„Ja." Er schluckte ein undefinierbares Gefühl herunter und räusperte sich. „Ja, ein bisschen." Es fiel ihm schwer, das zuzugeben. Schließlich hatte er sich ja lange genug etwas anderes vorgemacht.

„Warum hast du dich dann nicht bei ihr gemeldet?"

„Weil sie mich hasste. Ich habe ihren Gesichtsausdruck gesehen. Wir konnten kein gemeinsames Leben aufbauen, nicht nachdem ich sie verraten hatte."

„Warum sollst du sie verraten haben? Schließlich hast du ihr doch von Anfang an gesagt, dass du für das Drogendezernat arbeitest."
„Ja, aber sie hat mir nicht geglaubt."
„Wie kannst du dir da so sicher sein?"
Rafe war fassungslos. „Was zum Teufel redest du da?"
„Na ja, sie musste doch zumindest ahnen, dass du ihren Bruder verhaften würdest. Dass du auf der richtigen Seite stehst."
„Bei den Molinas ist die richtige Seite die der Familie, egal, was die tut. Auch wenn sie mir geglaubt hat, muss sie davon ausgegangen sein, dass ich ihren Bruder nicht festnehmen würde."
„Hmm." Angela schüttelte langsam den Kopf. „Das kann man auch anders sehen. Immerhin hat Raquel ihren Sohn dir gegeben und nicht ihrem Bruder. Die Solidarität mit der Familie scheint ihr also doch nicht das Wichtigste gewesen zu sein."
Rafe schluckte. Plötzlich erschien ihm Raquels Verhalten in einem anderen Licht. „Und wohin führt mich das?"
Angela wickelte sich fester in ihren Bademantel ein. „Na ja, erstens denke ich, dass sie dir durchaus abnahm, dass du ein Undercoveragent der Drogenbehörde bist. Und zweitens glaube ich, dass sie dich benutzt hat, um von ihrer Familie wegzukommen. Vielleicht wollte sie einfach raus aus diesem ganzen kriminellen Sumpf und hat dich als Rettungsleine benutzt."
Rafes Empfindungen überschlugen sich. „Warum war sie dann so wütend auf mich, als ich ihren Bruder festnahm?"
„Vielleicht hat sie diese Wut und den Hass auch nur gespielt, damit keiner in ihrer Familie merkte, wie erleichtert sie in Wirklichkeit war."
Rafe stand auf, ging zum Fenster, zog den Vorhang zurück und starrte hinaus in die Dunkelheit.
„Ist das klug?", fragte Angela. „Manny könnte dich sehen."
„Das macht nichts. Er wird mir nichts antun, jetzt, da er den Antrag bei Gericht eingereicht hat."
„Eltern haben Rechte, die über denen der übrigen Familie stehen", versuchte Angela ihn zu beruhigen.
„Aber nicht, wenn die Eltern für untauglich erachtet werden."
„Du bist nicht untauglich!"
„Nein?" Er zog den Vorhang wieder zu und sah sie grimmig an. „Welchen Eindruck wird es vor Gericht machen, wenn herauskommt, dass ich nicht einmal wusste, dass Raquel schwanger war?"
„Woher solltest du das wissen, wenn sie es dir nicht gesagt hatte?"

„Aber warum hat sie es mir nicht gesagt? Daraus kann man alle möglichen Schlüsse ziehen. Und dann meine Reise hierher. Es gibt eine Person, die im Zeugenstand aussagen könnte, wieso ich Nate in Wahrheit aufgesucht habe."

„Er ist dein Bruder."

„Weißt du, warum ich hergekommen bin, Angela? Es ging mir nicht darum, Nate kennenzulernen. Zumindest nicht ausschließlich. Ich hatte vor, das Baby bei Nate zu lassen, um dann wieder mein altes Leben aufzunehmen."

Sie sah ihn schockiert an.

„Und jetzt kannst du es auch bezeugen", sagte er niedergeschlagen, stand auf und ging zurück in sein Zimmer. Dort setzte er sich auf einen Stuhl neben seinen kleinen Sohn und wachte über seinen Schlaf. Vielleicht würde Manny das Baby bekommen. Und wenn ja, wusste Rafe nicht, was er tun würde.

8. KAPITEL

Der Morgen war grau und bedeckt. Hin und wieder fielen noch einige Schneeflocken. Der Wind war eisig, und nach ihrem morgendlichen Lauf freute sich Angela über die Wärme im Haus. Emma fühlte sich gesund genug, um zur Arbeit zu gehen, und Gage hatte sie begleitet, offenbar nicht so ganz überzeugt, dass sie schon wieder arbeiten sollte.

Das Haus war ungewohnt still. Rafe war mit dem Baby oben in seinem Zimmer. Angela hatte ihn beim Frühstück nicht gesehen. Sie wurde das Gefühl nicht los, dass er sie nach ihrem Gespräch gestern Nacht mied.

Sie hätte ihn so gern getröstet, wusste aber nicht, wie. Gut, sein Geständnis hatte sie schockiert, aber sie war überzeugt, dass er inzwischen nicht mehr plante, Peanut seinem Bruder zu überlassen.

Seufzend knabberte sie an einem Keks. *Du solltest dich wirklich um deine eigenen Angelegenheiten kümmern und dir diesen eigenartigen Mann aus dem Kopf schlagen.*

Das Telefon klingelte. Sie ging ran. „Hier bei Daltons."

„Hallo, Angela", erklang Emmas herzliche Stimme. „Wie geht es dir?"

„Sehr gut, Emma. Und, wie fühlst du dich heute?"

„Einfach prima. Gage lässt mich nicht aus den Augen, und das genieße ich." Sie lachte. „Könntest du mir einen Gefallen tun und die Steaks zum Auftauen aus der Kühltruhe nehmen?"

Angela tat, wie ihr geheißen. Es war inzwischen fast elf Uhr, und immer noch hatte sie nichts von Rafe gesehen oder gehört. Ob er noch schlief? Nachdem sie geduscht und sich Jeans und ein Sweatshirt angezogen hatte, klopfte sie beherzt an seine Tür.

Als er die Tür aufmachte, trug er nur eine Jogginghose, die bestimmt schon bessere Zeiten gesehen hatte. Seine dunklen Haare standen ihm wirr um den Kopf herum, und seine Augen waren geschwollen.

„Entschuldige, habe ich dich geweckt?"

„Ich wollte gerade aufstehen. Was ist los?"

Jetzt, wo sie ihm gegenüberstand, wusste sie nicht mehr, was sie sagen sollte. Sie war verlegen. Außerdem – Rafes nackter Oberkörper gab ihren Gedanken eine Richtung, die sie auf jeden Fall vermeiden wollte.

„Ich ... ich habe mir nur Sorgen um dich gemacht."

„Mir geht's gut."

Offensichtlich schien er nicht zu einer Unterhaltung aufgelegt zu sein. Deshalb wandte Angela sich ab, um zu gehen. Da berührte er ihre Schulter. „Könntest du mir einen Gefallen tun?"

Ihr gelang ein Lächeln. „Gern."

„Würdest du Peanut mit nach unten nehmen und ihm sein Fläschchen geben? Ich muss jetzt erst mal dringend duschen."

Das Baby im Arm zu halten, es zu versorgen machte ihr große Freude, erfüllte sie mit einer ungeahnten Zufriedenheit. Der Kleine war hellwach und neugierig. Mit großen Augen schaute er Angela an und freute sich ganz eindeutig seines Lebens. Als sie ihm die Flasche bot, fing er gierig an zu trinken.

Sie setzte sich in den Schaukelstuhl im Wohnzimmer und genoss den Augenblick. Mit dem Baby im Arm erschienen ihr ihre Zweifel und Ängste plötzlich vollkommen belanglos. Peanut schaffte es, ihr zu zeigen, was wirklich wichtig war im Leben.

Rafe erschien zwanzig Minuten später, aber er hatte es nicht eilig, seinen Sohn zu nehmen. Er setzte sich Angela gegenüber und beobachtete sie, wie sie sich um den Kleinen kümmerte.

„Er ist heute Morgen sehr aufgeweckt", meinte sie.

Rafe nickte zustimmend. „Bereit, die Welt zu erobern."

„Du willst ... du willst ihn doch nicht immer noch weggeben?"

Er schüttelte den Kopf. „Nein. Und auf keinen Fall kriegt Manny ihn. Ich kann den Jungen nicht hergeben, aber ich will auch meine Arbeit nicht aufgeben. Es ist alles ein Riesenschlamassel. Ich nehme an, ich werde mich in Zukunft mit einem richtig ruhigen Leben anfreunden müssen."

„Ist denn das so schlimm?"

„Keine Ahnung. Ich habe noch nie ein ruhiges Leben geführt. Ich merke schon jetzt, wie ich Rost ansetze."

Angela konnte nicht anders, sie musste lachen. „Eigentlich siehst du gar nicht rostig aus."

„Ich gehe mal besser nach oben und wechsle dem Kleinen die Windel", meinte Rafe abrupt.

Sie blickte ihm nach und wartete eine ganze Weile auf ihn. Doch er kam nicht mehr zurück. Schließlich ging sie rauf in ihr Zimmer. Ihr war plötzlich kalt, und sie fühlte sich leer. Das Leben war manchmal so verdammt einsam.

Gage kam am Spätnachmittag nach Hause. Rafe war bis vor einer Stunde in seinem Zimmer geblieben. Er hatte allmählich das Gefühl, dass Angela schon viel zu viel von ihm wusste. Noch nie hatte er sich einer Frau so geöffnet. Besser, er hielt sie auf Distanz.

Aber Gage machte ihm einen Strich durch die Rechnung.

„Wie geht es Emma?", fragte Rafe, als Gage die Haustür hinter sich schloss.

„Es geht ihr gut, ihr ist nur ein wenig kalt. Ich wollte ihr schnell einen Pullover holen. Und wie geht es euch hier?"

„Alle außer mir schlafen."

Gage lächelte. „Könntest du den Angela geben, wenn sie aufwacht?" Er zog einen Brief aus der Jackentasche. „Der war heute für sie in der Post."

Rafe nahm den Brief entgegen. „Klar."

Gage holte den Pullover, und zwei Minuten später war er wieder aus der Haustür. Rafe blieb noch ein Weilchen am Küchentisch sitzen, lauschte dem Summen des Kühlschranks und den Windböen und starrte gedankenverloren nach draußen.

Schließlich raffte er sich auf und ging mit dem Brief nach oben. Er klopfte an, und Angela öffnete unverzüglich. Sie maß ihn mit achtsamem Blick.

„Gage bat mich, dir diesen Brief zu geben", erklärte er. „Er ist heute gekommen."

Sie nahm den Umschlag und betrachtete ihn. „Von meinem ehemaligen Arbeitgeber. Danke." Sie öffnete den Umschlag sofort.

Doch statt des erwarteten Geschäftsbriefes enthielt er eine Seite liniertes Papier, das wohl aus einem Schulheft stammte. Das Blatt war mit blauer krakeliger Schrift bedeckt. Angela entfaltete es, fing an zu lesen, schnappte nach Luft und ließ den Brief fallen. Sie wandte sich ab und bedeckte den Mund mit der Hand.

Rafe hob den Brief auf und überflog ihn besorgt.

Liebe Ms Jaynes,
Sie können sich wahrscheinlich nicht mehr an mich erinnern, aber Sie haben im letzten Frühjahr unseren Hof enteignet. Ich möchte mich bei Ihnen bedanken dafür, dass Sie alles in Ihrer Macht Stehende getan haben, um die Enteignung zu verhindern. Ich wollte Sie nur wissen lassen, dass mein Mann vor zwei Wochen Selbstmord begangen hat. Ich weiß überhaupt nicht, was die Kinder und ich jetzt machen sollen …

Rafe ließ den Brief fallen und zog Angela in seine Arme. Sie gab keinen Laut von sich, aber ihre heißen Tränen nässten sein Hemd, als er ihren Kopf an seine Brust drückte. „Ganz ruhig", sagte er mit belegter Stimme. „Es ist nicht deine Schuld."

Als sie am ganzen Körper anfing zu zittern, schob er sie sanft zum Bett und setzte sich mit ihr hin, hielt sie weiter in den Armen und ließ sie sich ausweinen.

„Diese Schweine hätten dir den Brief nie schicken dürfen", sagte er leise. „Das hätten sie dir nicht antun dürfen."

„Warum nicht? Ich bin dafür verantwortlich." Ihre Stimme brach.

„Nein. Himmel, Angel, du hast die Regeln für dieses Spiel nicht aufgestellt. Das war die Bank. Die Aktionäre. Und du hast den Mann auch nicht dazu gebracht, Selbstmord zu begehen. Du hast ihm weder eine Waffe noch einen Strick gegeben. Es ist nicht deine Schuld!"

Sie hob ihr tränennasses Gesicht und sah ihn an. „Doch. Vielleicht hätte ich einen Ausweg finden können."

„Die Frau hat geschrieben, dass du alles in deiner Macht Stehende getan hast. Sogar sie weiß das. Angel, du hast diese Schläge nicht ausgeteilt. Das war das Leben."

„Ich erinnere mich an die Kinder", sagte sie verzweifelt. „Ich erinnere mich immer noch an diese Kinder." Sie verbarg das Gesicht an seiner Schulter, und er hielt sie fest, wiegte sie sanft und wartete, bis der Ausbruch vorbei war.

Allmählich versiegten ihre Tränen, ganz so, als hätte sie keine Kraft mehr zu weinen.

„Ich muss sofort etwas essen. Diese Aufregung ..."

„Was brauchst du?"

„Bonbons ... auf der Kommode."

Nur ungern ließ Rafe sie los. Schnell ging er zur Kommode, wickelte ein Bonbon aus und steckte es ihr liebevoll in den Mund. Dann setzte er sich wieder neben sie und hielt sie in seinen Armen. Nach einer Weile drehte sie sich zu ihm um und schmiegte sich an ihn. Sie weinte nicht mehr.

Rafe war überrascht, wie sehr er es genoss, sie zu trösten. Irgendwie fühlte er sich nützlich. Es war ein schönes Gefühl, gebraucht zu werden.

Und da war noch mehr. Eine unglaubliche körperliche Anziehungskraft. Und eine nie gekannte Nähe. Diese Frau hatte seine emotionalen Schranken bereits überwunden, und das fühlte sich gut und richtig an. Angela schien in seine Arme zu gehören.

Sie lag entspannt an seiner Brust, und er begann, ihren Rücken zu streicheln. „Alles in Ordnung? Brauchst du noch ein Bonbon?"

„Es geht mir gut", murmelte sie. Dann hob sie ihr Gesicht und sah ihn aus verweinten, leicht geschwollenen Augen abwartend an. Ihr Mund war leicht geöffnet, sie bewegte sich nicht, atmete kaum und schien das Gleiche zu empfinden wie er.

Da übermannte ihn sein Verlangen. Nichts existierte mehr für ihn außer Angela und die vollen rosigen Lippen, die nur Zentimeter von seinem Mund entfernt waren, nichts außer dieser Frau und ihrem weichen warmen Körper, der sich einladend gegen seinen presste.

Als sein Mund mit dem ihren verschmolz, erkannte er, wie sehr er Angela brauchte. Gut, er war wieder im Begriff, einen Fehler zu machen. Aber das war ihm im Moment egal.

Ihr Mund war warm und schmeckte nach Kirschbonbon. Köstlich. Sie erwiderte seinen Kuss mit heftiger Leidenschaft, was Rafes Verlangen noch steigerte. Ihre Zungen fanden sich zu heißem Spiel.

Er spürte, wie sie zitterte, und sie umschlang ihn, als hätte sie Angst zu fallen.

Gott, sie sollte Angst haben – und er auch. Denn das, was sie hier taten, war gefährlich für zwei Menschen, die momentan so leicht verletzbar waren. Für zwei Menschen, die viele Gründe hatten, ihren Gefühlen nicht nachzugeben.

Sie lagen eng umschlungen auf dem Bett und küssten sich mit solcher Hingabe und solcher Verzweiflung, dass auch die letzten Barrieren fielen. Angela presste ihren Körper verlangend an seinen und seufzte. Jetzt konnte Rafe sich nicht mehr zurückhalten.

Er riss an ihrem Pullover, zog ihn ihr über den Kopf. Und sie bemühte sich ebenso eifrig, ihm das Sweatshirt auszuziehen. Er half, soweit er konnte, während er mit ihrer Jeans beschäftigt war. Während er ihr die Hose auszog, schüttelte er hastig seine Schuhe ab. Angelas Jeans flog in die Ecke, er stand geschwind auf und entledigte sich seiner Hose und seiner Shorts.

Endlich war er nackt, und noch nie im Leben hatte sich Nacktsein so richtig angefühlt. Es war so, als hätte er nur auf diesen Augenblick hingelebt.

Für den Bruchteil einer Sekunde blickte er auf Angela herab, wie sie dalag, nur mit BH und Höschen bekleidet. Sie war immer noch etwas zu dünn, aber trotzdem wunderschön, mit den Rundungen genau an den richtigen Stellen.

Er beugte sich vor, zog ihr das Höschen aus und küsste die zarte Wölbung ihres Bauches. Dann legte er sich neben sie und zog ihr den BH aus.

Angela schnappte nach Luft, riss ihre blauen Augen auf und sah ihn mit plötzlicher Unsicherheit an.

„Ich kann aufhören", flüsterte er heiser. „Ich kann noch aufhören." Er wollte es zwar nicht, aber er war es ihr schuldig, auch wenn ihr zarter Körper ihn fast um den Verstand brachte.

Eine Sekunde lang geschah nichts, dann zog sie ihn an sich. Er wollte sich Zeit nehmen, aber sein Verlangen kannte keine Rücksicht. Er suchte ihre Brust mit dem Mund, knabberte an der harten Knospe und strich mit dem Finger darüber. Immer wieder. Angela stöhnte, wölbte sich ihm entgegen.

Er legte sich auf sie und hob ihre Beine an, bis sie völlig offen unter ihm lag. Mit den Fingern erkundete er ihre Weiblichkeit. Sie war feucht und bereit und hob sich fordernd seiner Hand entgegen.

Und er beugte sich ihrer Forderung, drang tief in sie ein mit seiner harten Männlichkeit, tief hinein, wohin er gehörte.

Für einen kurzen Moment verharrten sie bewegungslos, schienen fast schwerelos, als fürchteten sie, dieses wunderbare Gefühl zu zerstören. Dann begann Rafe, sich zu bewegen. Erst langsam, dann schneller und immer schneller.

Er öffnete die Augen leicht und betrachtete Angela, wie sie ihren Kopf zurückgeworfen hatte, die Augen geschlossen, die geschwollenen Lippen leicht geöffnet.

Sie waren einander so nahe, wie es zwei Menschen nur sein konnten. Und als ihn die Leidenschaft zu immer höheren Höhen trieb, erkannte er, dass er sich noch nie so ganz gefühlt hatte wie in diesem Augenblick.

Und dann schwanden auch seine letzten Gedanken, gingen unter in einer Explosion der Erfüllung, die tief aus seiner Seele herauszukommen schien, und er hörte seinen eigenen Aufschrei, in den Angela voller Glück mit einstimmte.

Das Baby weinte und riss Angela heraus aus einer warmen wohligen Tiefe. Sie spürte, wie Rafe sich bewegte, wie er sich aufsetzte.

„Tut mir leid", murmelte er leise und berührte zärtlich ihre Lippen mit dem Mund. „Ich bin gleich wieder da."

Sie bewegte sich nicht, öffnete nicht einmal die Augen, sondern lauschte nur seinen Schritten.

Als er gegangen war, fühlte sie sich nackt. Und allein. Oh Gott, was hatte sie nur getan? Sie hatte sich doch geschworen, nie wieder einen Mann an sich heranzulassen. Nie wieder verletzt zu werden.

Rafe würde nicht zurückkommen. Das Baby war eine gute Ausrede dafür, sich gleich nach dem Liebesakt wieder aus dem Staub zu machen. Sie hatte doch gewusst, dass es zwischen ihnen nie mehr geben würde als Sex. Und dennoch hatte sie sich ihm völlig hingegeben. Warum sollte sie also ihm die Schuld geben? Es war ihre eigene Dummheit.

„Alles in Ordnung?"

Sie zuckte erschrocken zusammen, als sie Rafes Stimme hörte. Sie sah auf. Da stand er, völlig nackt, Peanut auf dem Arm und das Fläschchen in der Hand.

„Entschuldige, dass es so lange gedauert hat." Es schien so, als könnte er ihre Gefühle erahnen. „Der gnädige Herr hier hatte Hunger."

Ihr gelang ein heftiges Nicken, dann drückte sie das Gesicht wieder ins Kissen. Sie hörte kurz das Quietschen der Bettfedern und spürte, wie die Matratze nachgab, als er sich hinsetzte. Kurz darauf war er unter der Decke neben ihr. Das Baby hatte er in die Mitte zwischen ihre beiden nackten Körper gelegt. Sie wagte einen Blick und sah, wie Rafe auf der Seite lag, abgestützt auf einen Ellenbogen. Er gab seinem Sohn die Flasche und sah sie an.

Sie rollte sich auf die Seite, spürte das Baby an ihrer nackten Haut. Ein Baby, das sie an ihre Brust drückte, als wäre es ihr eigenes. Diesen zauberhaften Augenblick wollte sie genießen, ihn in ihr Gedächtnis einbrennen.

„Es tut mir leid", sagte Rafe noch einmal.

„Was denn?"

„Dass ich dich einfach so allein gelassen habe. Es war ein schlechter Zeitpunkt. Aber eines habe ich inzwischen gelernt: Babys wählen immer einen schlechten Zeitpunkt."

„Ja", stimmte sie versonnen lächelnd zu, „das stimmt wirklich. Aber was soll's? Sie sind einfach perfekt."

Er erwiderte ihr Lächeln. „Dieser ist es mit Sicherheit."

Peanut hatte ausgetrunken, lag zwischen ihnen und wollte jetzt spielen.

Lachend überließ Angela ihm ihren Zeigefinger, an dem er mit voller Kraft zog. Sie beugte sich zu ihm und küsste ihn auf die Stirn.

„Du wärst eine gute Mutter, Angela." Rafes Stimme klang belegt.

Sie blickte zu ihm auf, doch noch ehe sie seinen Gesichtsausdruck richtig deuten konnte, war er aufgestanden und nahm das schläfrige Baby hoch.

„Ich bringe ihn nur schnell ins Bett." Damit war er verschwunden.

Und plötzlich war Angela wütend. Wütend auf Rafe, auf das ganze Universum, auf sich. Wie konnte sie ihn nur so nahe an sich heranlassen! Sie sprang aus dem Bett, sammelte seine Kleidungsstücke ein und warf sie hinaus auf den Flur. Dann machte sie ihre Tür zu und verschloss sie.

Als Rafe seine Sachen im Flur vor ihrer geschlossenen Tür fand, wusste er nicht, ob er lachen oder verärgert sein sollte. „Sie ist so verdammt kratzbürstig", murmelte er vor sich hin. Dann musste er doch lachen. Sie war genau wie er – schwierig und immer auf der Hut.

Er sammelte seine Sachen ein und zog sich an. Dann ging er nach unten, um Kaffee zu machen.

Gerade als er sich die erste Tasse einschenkte, klopfte es laut an der Haustür. Rafe ging und öffnete.

„Ich suche einen gewissen Rafael Ortiz", erklärte der Hilfssheriff.

„Der bin ich."

Der Hilfssheriff überreichte ihm einen dicken Umschlag. „Hiermit stelle ich Ihnen ein Schriftstück zu, Sir." Er nickte, drehte sich um und ging die Stufen hinunter zurück zu seinem Wagen.

Rafe stand in der offenen Haustür und spürte kaum den eisigen Wind. Eine ohnmächtige Wut erfüllte ihn.

„Rafe?" Angela stand hinter ihm. „Was ist?"

Er drehte sich um und schlug die Haustür zu. „Dieser miese Kerl, Manny! Mir ist ein Schriftstück zugestellt worden."

„Nate hatte dir gesagt, dass das passieren würde."

„Ich weiß." Er schmiss die Unterlagen hin. „Aber erst wenn es passiert, wird es real. Molina wird was erleben! Ich schneid' ihm die Eier ab!"

„Okay, ich mach uns dann ein Omelette daraus. Mit etwas Salz, Pfeffer und Ketchup schmecken Mannys Eier wahrscheinlich recht gut."

Diese Bemerkung kam so unerwartet, dass er erst sie fassungslos anstarrte und dann vor Lachen brüllte. „Ja, mit Ketchup. Nein, viel besser, mit scharfer Salsa." Er fluchte zwar noch, war aber längst nicht mehr so wütend wie noch vor einer Minute.

„Du solltest das Schriftstück vielleicht lesen", schlug sie behutsam vor. „Nur für den Fall. Damit du weißt, was du unternehmen musst."

„Da gibt es nicht viel zu überlegen. Ich muss den besten Anwalt in diesem Nest finden und dafür sorgen, dass die Klage abgewiesen wird."

„Übrigens, es …", Angela zögerte, „es tut mir leid, dass ich deine Sachen vor die Tür geschmissen habe. Ich weiß nicht, was mit mir los war."

„Ich schon. Das war das Klügste, was du tun konntest, Lady. Ich bin Gift für jeden, der mit mir in Berührung kommt."

Damit schnappte er sich den Umschlag und verschwand in der Küche. Sie sah ihm traurig nach.

9. KAPITEL

Nach dem Wochenende war es mit den leichten Schneegestöbern endgültig vorbei, und der Schnee fiel dicht und anhaltend. Montagmorgen lagen schon fünf Zentimeter, und die schweren grauen Wolken deuteten darauf hin, dass noch mehr Schnee zu erwarten war.

Rafe hatte eine Anwältin gefunden, mit der er um elf Uhr einen Termin hatte. Als Angela mit vor Kälte geröteten Wangen von ihrem Morgenlauf zurückkam, schluckte er seinen Stolz hinunter und bat sie, auf das Baby aufzupassen, während er diesen Termin wahrnahm.

In der Kanzlei musste er zehn Minuten warten, bis er zu Constance Crandall vorgelassen wurde. In ihrem Büro brannte ein gemütliches Feuer im Kamin, das einen die Kälte draußen vergessen ließ.

Constance Crandall, eine noch ziemlich junge Frau, musterte ihn eingehend aus grünen Augen. Ihre Jugend irritierte Rafe.

„Wie lange sind Sie schon Anwältin?", fragte er fast barsch.

„Seit einem Jahr." Die Frage schien sie nicht zu kränken.

„Glauben Sie, dass Sie diesem Fall gewachsen sind?"

„Ich habe mich während des Studiums auf Familienrecht spezialisiert und habe im vergangenen Jahr sechs Sorgerechtsfälle erfolgreich vertreten."

Das war zwar nicht umwerfend viel, aber welche Alternative hatte er schon? Er übergab ihr das Schriftstück. „Dieser Mann ist der Onkel meines Sohnes. Er will mir mein Kind nehmen."

„Das Gesetz tendiert dazu, die Rechte der Eltern vor die Rechte anderer Verwandter zu stellen, Mr Ortiz."

Sie las den Schriftsatz schnell durch. „Er wohnt in Miami. Und Sie?"

„Ich auch."

„Dann hat Wyoming keine Gerichtsbarkeit. Der Gerichtsstand in solchen Angelegenheiten ist der Wohnort des Kindes. Allerdings wird so das Problem einfach nach Miami verlagert. Wie denken Sie darüber?"

„Ich weiß nicht. Ich möchte die Sache schnell geklärt haben, ein für alle Mal."

„Nun, vielleicht fällt uns ja etwas ein. Besteht auch nur die leiseste Möglichkeit, dass das Zuhause des Kindes hier ist und nicht Miami?"

Rafe zögerte. „Wäre es für mich von Vorteil, die Sache hier zu klären?"

"Vorteilhafter als in Miami? Kann ich nicht sagen. Zumindest wird es hier schneller erledigt sein. Wir sind nicht so überlastet. Fällt Ihnen denn spontan ein Grund ein, warum ein einheimischer Richter sich für Sie statt für den Kläger entscheiden sollte? Haben Sie hier Verwandte?"

Als Rafe zögerte, erinnerte sie ihn daran, dass sie der Schweigepflicht unterlag.

"Nate Tate ist mein Halbbruder", erklärte er daraufhin. "Deswegen bin ich auf Besuch hier. Ich dachte, er könnte sich um den Kleinen kümmern, bis ich meinen Job auf die Reihe gekriegt habe." Das war zwar etwas vage, aber er konnte sich nicht dazu bringen, zuzugeben, dass er Peanut ursprünglich ganz seinem Bruder hatte überlassen wollen.

Sie lächelte. "Nate Tate? Oh, Sie hätten wirklich nichts Besseres sagen können, Mr Ortiz. Ja. Dann wäre es für Sie auf jeden Fall von Vorteil, diese Angelegenheit hier klären zu lassen. Und jetzt erzählen Sie mir bitte alles, was Sie über Manuel Molina wissen."

Als Rafe wieder im Haus war, fand er Angela im Wohnzimmer, wo sie mit dem Baby spielte. Peanut konzentrierte sich ganz auf ihr Gesicht. Sie pfiff leise. Und jedes Mal, wenn sie einen Ton pfiff, spitzte Peanut die Lippen und machte es ihr nach, brachte auch einen kleinen Pfeifton hervor.

"Hast du das gesehen?" Sie lachte glücklich. "Er ist ein so kluger Junge, nicht wahr, Peanut?"

Der Kleine gluckste, man hätte meinen können, er lachte.

Für einen Augenblick vergaß Rafe all seine Sorgen. Er sah voller Stolz und Freude zu, wie sein Sohn immer und immer wieder auf Angelas Pfeifen hin auch ein kleines Pfeifen ausstieß.

Ihm fiel auf, wie glücklich sie aussah, wie sehr sie in dem Baby aufging, und er spürte ein neues ungewohntes Glücksgefühl in seinem Herzen. Gleichzeitig aber war er auch ein wenig eifersüchtig, dass diese liebevollen Blicke nicht ihm galten.

Als ob sie seine Gedanken lesen könnte, lächelte sie ihn warmherzig an. "Wie ist es gelaufen?"

"Ganz gut, glaube ich. Komm doch mit in die Küche. Ich erzähle dir alles, während ich Kaffee mache." Constance Crandall hatte ihn zwar gewarnt, mit niemandem über den Fall zu reden, aber er war fest überzeugt, dass seine Geheimnisse bei Angela sicher waren. Etwas Derartiges hatte er noch nie zuvor von einem anderen Menschen behaupten können.

Während er den Kaffee zubereitete und ihr alles berichtete, saß Angela mit Peanut auf dem Schoß am Küchentisch.

„Mit anderen Worten, ich habe der Anwältin einfach alles über Manny und Nate erzählt", schloss er seinen Bericht.

Angela sah ihn fragend an. „Auch dass du ursprünglich vorhattest, Peanut bei Nate zu lassen?"

„Also, das habe ich etwas abgeschwächt. Ich habe ihr gesagt, dass ich ihn bei Nate lassen wollte, bis ich meine Arbeitssituation ins Reine gebracht hatte. Und das ist jetzt ja auch die Wahrheit. Sie ist der Meinung, ich sollte alles hier klären, weil jedes Gericht im Umkreis ohne Zögern Nate oder eben Nates Bruder das Sorgerecht zusprechen würde."

Angela lachte und freute sich. „Genau!"

Dann fiel ihr auf, dass Rafe nicht lachte, und sie wurde schlagartig wieder ernst. „Aber? Ich spüre ein Aber."

„Na ja, ich muss Nate noch die ganze Sache gestehen, und mein ursprünglicher Plan lässt mich in einem ziemlich schlechten Licht erscheinen."

Angela sah ihn jetzt fast liebevoll an. „Ich glaube, Nate wird das verstehen, Rafe. Er ist ein Mann mit Herz und Verstand."

Rafe schüttelte den Kopf. „Er wird mich für verrückt erklären. Mein Kind einem Fremden anzuvertrauen? Ich war wirklich nicht ganz dicht."

„Soll ich mit Nate reden?"

Er seufzte. „Nein, das muss ich schon selbst machen."

„Dann ruf ihn an, und bring es hinter dich."

Er stand auf, um sich noch einen Kaffee einzuschenken und dann zu telefonieren, als es an der Haustür klopfte. „Was denn jetzt? Noch mehr Schriftsätze?"

Er ging zur Haustür. Mit Peanut auf dem Arm, folgte Angela ihm in den Flur. Als Rafe die Tür aufmachte, sah sie einen kleinen, rundlichen, spanisch aussehenden Mann dort stehen.

„Manny?" Rafe war überrascht.

„Ortiz. Lassen Sie mich rein, bevor ich zum Eiszapfen werde." Ohne eine Einladung abzuwarten, schob er sich an Rafe vorbei in den Flur.

„Da ist ja mein Neffe!" Manny deute auf Angela, die das Baby im Arm hielt. „Ist es zu fassen! Ich wusste es! Sie sind vielleicht ein Vater! Ich dachte, wir könnten eine einvernehmliche Lösung finden, aber wenn Sie meinen Neffen einer Fremden überlassen wollen ..."

„Ich bin keine Fremde, Mr Molina", unterbrach ihn Angela.

„Nein, ist sie nicht", bestätigte Rafe hastig.

„Wer zum Teufel ist sie dann?"

Rafe sah Angela an, und sie erwiderte seinen Blick. Dann sagte er zu ihrer beider Überraschung: „Sie ist meine Verlobte."

„Deine Verlobte?", zischte Angela. Sie hatte Rafe unter einem Vorwand in die Küche gezogen, während Manny im Flur blieb. „Bist du verrückt geworden? Wie kannst du nur so lügen?"

„Ich war Undercoveragent. Ich lüge, was das Zeug hält. Für jedes wahre Wort, das ich je gesagt habe, habe ich zehn Lügen erzählt." Auch er flüsterte. Sie war sich nicht sicher, ob seine Augen vor Schalk oder Zorn blitzten.

„Du hast gesagt, dass du immer die Wahrheit sagst."

„Nicht wenn mein Leben oder das Leben von jemandem, den ich liebe, in Gefahr ist."

Sie sah ihn wütend an. „Ich fasse es nicht!"

„Hör mal, es ist ja nur, bis wir ihn los sind. Einverstanden? Das wird dich doch nicht umbringen. Außerdem geht es nicht um uns. Es geht um das Baby."

Sie sah auf den Kleinen herab. Schließlich sagte sie: „Wir sollten lieber sein Fläschchen zubereiten. Ich will nicht, dass dieser Wurm da draußen irgendetwas in der Hand hat gegen uns."

Manny wartete immer noch im Flur, und als sie zurückkamen, musterte er sie misstrauisch. „Kleiner Streit zwischen Liebenden?"

„Nein." Rafe ließ sich auf keine Diskussion ein. „Und ich glaube auch nicht, dass ich überhaupt mit Ihnen reden sollte. Falls Sie es vergessen haben, wir befinden uns im Rechtsstreit."

Manny winkte ab. „Mein Anwalt sagt, dass der Richter die Sache abweisen und dass sie in Miami verhandelt werden wird. Also, raus damit. Wer ist das? Irgend so 'ne Schlampe, die Sie unterwegs aufgegabelt haben?"

Rafe hatte sich nur mühsam unter Kontrolle. „Wagen Sie es nicht, derart über meine Verlobte zu reden. Verschwinden Sie, Molina. Und zwar sofort!" Er wies auf die Haustür. Nach einigen Sekunden drehte sich Manny wortlos um und verließ wütend das Haus.

„Was für ein unangenehmer Zeitgenosse!", meinte Angela, als er weg war.

Rafe drehte sich zu ihr um. „Ich habe ihn nie besonders gemocht."

„Ich verstehe auch, warum."

„Hör mal, was diese Verlobung betrifft ..."
„Es gibt keine Verlobung."
„Wir beide wissen das, aber könnten wir es noch eine Weile für uns behalten?"
Sie zögerte kurz und sah ihn wachsam an. „Ich werde keinen Meineid leisten."
„Das verlange ich doch gar nicht von dir. Nur, wenn Manny das glaubt, dann wird er vielleicht eher aufgeben."
„Na gut. Wenn du jetzt den Kleinen nehmen würdest? Ich muss nach oben und mir mein Insulin spritzen."
Er lächelte, als er ihr Peanut abnahm. „Danke, Angel."

Als Angela wieder in die Küche kam, telefonierte Rafe gerade. Wahrscheinlich mit Nate. Sie begann, sich ihr Mittagessen zuzubereiten, und beschloss, nichts für Rafe zu machen. Sollte er sich doch selbst etwas kochen.

Ihre Beine waren ein wenig zittrig, und ihr war leicht schwindelig. Mühsam konzentrierte sie sich auf das, was sie tat. Sie fühlte sich, als ob sie auf Watte stehen würde. Alles war so seltsam verschoben, wie in Zeitlupe. Abwesend beobachtete sie, wie der Kopfsalat, den sie gerade aus dem Kühlschrank genommen hatte, ihren Händen entglitt und zu Boden fiel. Ihre Beine zitterten, sie streckte die Hand aus nach einem Stuhl ...

Sie kam erst wieder zu sich, als sie in eine Decke gehüllt auf einer Trage lag und Schneeflocken auf ihrem Gesicht spürte. Himmel, es war schon wieder passiert! Dann sah sie Rafes Gesicht über sich. „Du wirst ins Krankenhaus gefahren", erklärte er. „Ich komme gleich nach ..."

Sie glaubte, dass er ihr einen Kuss auf die Stirn gegeben hatte, war sich aber nicht sicher. Die Türen des Krankenwagens schlossen sich, und ihr schwand erneut das Bewusstsein.

Rafe eilte ins Haus zurück und holte hastig Angelas Autoschlüssel. Sie war so blass gewesen. Und als sie umfiel, war ihm, als hätte sein Herz aufgehört zu schlagen. Was, wenn sie allein gewesen wäre, als das passierte? Dieser Gedanke war ihm unerträglich.

Er nahm Peanut nur ungern mit ins Krankenhaus, aber er hatte keine andere Wahl. Er packte den Kleinen warm ein und fuhr los, halb verrückt vor Angst ...

Halb verrückt vor Angst. Das letzte Mal, als er in einem Krankenhaus war, hatte er erfahren, dass Raquel tot und er Vater geworden war.

Einen Moment lang sah er sich, wie er mit Peanut vor Raquels Grab stand, aber sein Verstand spielte ihm einen Streich, denn plötzlich stand da Angelas Name auf dem Grabstein geschrieben.

„Oh Gott", stöhnte er. „Wir können das nicht noch einmal durchmachen."

Wir. Er und das Baby. Keiner von ihnen konnte noch einen Verlust verkraften. Und als ihm das klar wurde, erkannte er auch, dass Angela dem Kind so nahestand, wie es Raquel nie getan hatte, weil sie keine Gelegenheit mehr dazu gehabt hatte.

Er konnte den Gedanken, dass Angela sterben könnte, nicht ertragen. „Sie wird nicht sterben", stieß er vehement aus und wusste nicht einmal, wen er damit mehr trösten wollte, sich oder seinen Sohn.

Nate war schon im Wartebereich der Notaufnahme. „Sie kümmern sich gerade um sie."

„Ist sie bei Bewusstsein?"

Nate schüttelte den Kopf. „Aber Doc Randall sagt, dass sie bald wieder in Ordnung sein wird."

„Hoffentlich." Rafe schloss kurz die Augen. „Weißt du, sie ist einfach umgefallen. Wie ein gefällter Baum. Und ihr Gesicht war so bleich ..."

„Was war denn los?"

„Keine Ahnung. Ich meine, Manny tauchte auf. Das sorgte schon für Spannung. Und sie ist heute Morgen gelaufen. Ich weiß nicht viel über diese Krankheit, aber vielleicht war sie durch die Kälte etwas unterzuckert. Dann haben wir uns gestritten, und sie ging nach oben, um sich Insulin zu spritzen. Als ich mit dir telefonierte, kam sie runter, fing an, das Essen zuzubereiten, und plötzlich ... lag sie da."

„Ich glaube, dass diese Krankheit hin und wieder außer Kontrolle gerät, egal, wie sehr man nach Plan lebt. Du solltest dir keine Schuld geben."

Rafe war überrascht, wie gut ihn der Mann durchschaute. „Es gibt vieles, wofür ich mir die Schuld zu geben habe."

„Das trifft auf jeden von uns zu. Und deswegen sollte man sich nicht auch noch verantwortlich fühlen für Dinge, die man nicht ändern kann. Was wolltest du eigentlich mit mir besprechen?"

Einen Moment lang konnte sich Rafe überhaupt nicht erinnern. Dann, als ihm alles wieder einfiel, erzählte er Nate in einem Anfall von Selbsthass die ganze hässliche Geschichte, wieso er überhaupt gekommen war.

„Aber jetzt willst du den Kleinen nicht mehr hergeben, wie?"

Rafe schüttelte beschämt den Kopf. „Niemals. Schon als ich hier ankam, war ich mir ziemlich sicher, dass ich den Jungen nicht hergeben könnte, nicht einmal an dich."

Nate nickte. „Dann ist es ja gut. Also, wenn du möchtest, dass Marge und ich uns einige Wochen oder Monate um den Kleinen kümmern, während du dein Leben in neue Bahnen lenkst, ist das in Ordnung. Und falls du immer noch möchtest, dass wir ihn ganz aufnehmen, würden wir das auch tun. Wir sind eine Familie, Bruder. Wir lassen Familienangehörige nicht im Stich."

Nate musste wieder zurück an seine Arbeit, aber er ging nicht, bevor Rafe ihm nicht auch noch alles über die Anwältin und ihren Vorschlag berichtet hatte.

„Das hört sich gut an." Nate zögerte kurz. „Vielleicht solltest du auch überlegen, ob du überhaupt noch nach Miami zurückwillst."

Und darüber dachte Rafe nach, nachdem sein Bruder gegangen war. Vielleicht ging es Manny auch gar nicht um das Kind, sondern nur darum, sich an ihm zu rächen. Je weiter von Miami entfernt Peanut und er wohnten, desto sicherer waren sie. Kein schlechter Gedanke. Rafe hatte sein bisheriges Leben mehr als satt. Dieser ganze Sumpf, dieses ständige Versteckspiel. Irgendwie hatten die letzten Tage einen neuen Menschen aus ihm gemacht. Das erste Mal in seinem Leben fühlte er sich ... vollständig. Ganz so, als ob er endlich bei sich angekommen wäre. Und wenn er ehrlich war, lag es nicht allein an Peanut ...

Gerade als seine Gedanken zu Angela wanderten, kam sie aus dem Behandlungsraum. Sie war sichtlich verlegen, und ihre Kleidung war leicht zerknittert, aber sie sah viel besser aus als vorher.

„Es ist mir so schrecklich peinlich", sagte sie, sobald sie ihn sah.

„So ein Schwachsinn, Angel." *Gott, warum kann ich sie nicht einfach in den Arm nehmen, sondern muss schon wieder den Unberührbaren spielen?* Rafe sah ihr ernst in die Augen. „Was ist passiert?"

„Mein Blutzucker war zu niedrig. Ich bin einfach zu nachlässig gewesen." Sie zuckte mit den Achseln. „Ich bin einfach dumm."

Er hielt Peanut in einem Arm. Mit der anderen Hand nahm er ihre Hand. „Du bist nicht dumm. Ich sage dir, was dumm ist. Ich habe vergessen, eine Jacke für dich mitzubringen, und draußen ist es eisig kalt."

„Das macht nichts."

„Nimm meine Jacke."

Sie schüttelte den Kopf. „Ich bin Kälte gewöhnt, mehr als du. Mach einfach die Heizung im Wagen an, und fahr dann bis vor die Tür, damit ich einsteigen kann."

„Das hatte ich sowieso vor. Aber ich hole das Auto erst, wenn du meine Jacke angezogen hast."

„Du sturer Kerl. Einverstanden."

„Sehr schön, wir machen Fortschritte. Nimmst du den Kleinen, während ich den Wagen hole?"

Sie sah ihn erstaunt an. „Bist du sicher, dass du ihn mir anvertrauen kannst?"

„Natürlich. Ich vertraue dir."

„Nachdem ich einfach so umgefallen bin?"

Er schüttelte den Kopf, wies auf einen Stuhl und wartete, bis sie sich gesetzt hatte. Dann übergab er ihr Peanut. „Ich glaube, dein Blutzuckerspiegel ist im Augenblick so, wie er sein sollte. Also streite nicht mit mir, sonst sinkt er wieder."

Noch vor Einbruch der Dunkelheit setzte ein Schneesturm ein. Nach dem Abendessen zogen Rafe und Gage los, um einige Vorräte einzukaufen für den Fall, dass sie eingeschneit würden. Das Baby schlief. Angela und Emma machten sich Kräutertee, setzten sich gemütlich ins Wohnzimmer und lauschten dem Heulen des Windes.

„Zu Beginn des Winters finde ich es urgemütlich, wenn es draußen so pfeift und schneit. Bringt mich irgendwie in Weihnachtsstimmung. Apropos – du bleibst doch bis zum Weihnachtsfest?"

Angela war erstaunt. „Emma, ich kann euch nicht so lange zur Last fallen. Ihr müsst es inzwischen doch leid sein, Hausgäste zu haben. Und bis Weihnachten …" Sie schüttelte den Kopf.

„Es gibt nur einen Grund, warum ich dich früher abreisen lassen würde", erklärte Emma. „Wenn du wirklich meinst, dass du in dein eigenes Leben zurückkehren musst, dann verstehe ich das. Aber wenn du nicht in Eile bist, wäre ich glücklich, wenn du bleiben würdest."

„Aber Gage …"

„Gage freut sich genauso sehr wie ich. Manchmal kann dieses große alte Haus ziemlich leer sein …" Ihre Stimme verlor sich, und sie senkte den Blick. „Mir wird auch das Baby fehlen."

„Mir auch."

Ihre Blicke trafen sich voller Verständnis. Die Freundinnen wussten beide, was der Verlust dieses Traumes bedeutete.

„Du gehörst doch zur Familie", fuhr Emma beharrlich fort. „Wenn du nicht in Eile bist, dann bleibe bitte noch hier."

„Ich werde es mir überlegen. Danke, Emma." Aber Angela wusste, dass sie nicht bleiben konnte. Ihre Ersparnisse würden nicht ewig reichen. Und je länger sie ohne Arbeit blieb, desto schwieriger würde es sein, einen neuen Job zu finden. Außerdem musste sie fort, bevor sie sich noch mehr an Rafe und das Baby gewöhnte.

Denn sie hing schon jetzt an Rafe. Obwohl er so völlig undurchschaubar war. Abwechselnd kalt und warm. Verschlossen und dann wieder redselig. Jedenfalls genau der Typ Mann, der ihr außer Kummer rein gar nichts bringen würde.

Sie hatten sich geliebt, und es war einfach wunderbar gewesen. Aber auch ein Fehler. Sie hatten sich einem momentanen Verlangen hingegeben, und inzwischen wollte sich keiner von ihnen an diese Augenblicke erinnern.

Eine gemeinsame Zukunft war für sie nicht denkbar. Die einzige Gemeinsamkeit, die sie zu haben schienen, war ihre Liebe zu Peanut. Und das war einfach nicht genug.

Angela schüttelte unwillig den Kopf. Warum dachte sie überhaupt an so etwas? Sie blickte auf und begegnete dem wissenden Blick der Freundin. „Was hältst du von Rafe?", fragte sie Emma, mit der sie schon in der Vergangenheit alles geteilt hatte.

Ihre grünen Augen blitzten vergnügt. „Nun, zumindest wird es mit diesem Mann nie langweilig sein."

Angela spürte, wie ihr das Blut in die Wangen stieg. „Das habe ich nicht gemeint."

„Natürlich nicht. Ich glaube, er wurde noch tiefer verletzt, als er sich selbst bewusst ist."

Angela nickte nachdenklich. „Damals, nach Lance, habe ich mir geschworen, nie wieder eine Beziehung einzugehen."

Emma lachte herzlich. „Der gute alte Lance. Wie oft hätte ich ihm den Hals umdrehen können! Er war sowieso nicht der richtige Mann für dich. Was du brauchst, ist ein Mann, der sich dir öffnen, sein Leben mit dir teilen kann. Einer, der dir zuhört. Probleme sind oft leichter zu bewältigen, wenn man sie gemeinsam angeht. Ich meine, wir sind alle schon irgendwann einmal vom Leben verletzt worden. Und manchmal kann der Schmerz gelindert oder gar geheilt werden, wenn man ihn mit jemandem teilt."

Angela wurde nachdenklich. „Da ist was Wahres dran." Sie stellte ihre Tasse ab, stand auf und ging langsam im Wohnzimmer auf und ab und dachte an Rafe. Sie liebte es, wie er das Baby liebte. Und im Lichte dessen, was Emma gerade darüber gesagt hatte, wie sehr er wohl verletzt worden war, vermutete sie, dass er Peanut liebte, weil das Kind der einzige Mensch auf Erden war, der ihn nicht verletzen konnte. Weil er der einzige war, der ihn so sehr brauchte, dass Rafe nichts zu befürchten hatte.

Sie bezweifelte, dass er dieselbe Art von Liebe für jemanden aufbringen könnte, der nicht so vollkommen von ihm abhängig war. Das Risiko für ihn wäre zu groß. Und auch sie befand sich allmählich auf gefährlichem Terrain. Es war höchste Zeit, dass sie an sich dachte.

In einem Anfall plötzlicher Entschlossenheit drehte sie sich zu Emma um und sagte: „Ich werde Ende der Woche abreisen, Em. Ich muss wirklich zurück und mich nach einer Arbeit umsehen."

„Das könntest du auch von hier aus machen."

„Ich habe noch andere Dinge zu erledigen."

Emma bedachte sie mit einem wissenden Blick. „Du musst tun, was für dich das Beste ist."

10. KAPITEL

Sie wurden nicht eingeschneit. Noch vor Mitternacht hatte es aufgehört zu schneien, und bis zum Morgen waren die Straßen freigeräumt. Emma und Gage konnten wie gewohnt zur Arbeit gehen. Rafe stand in der Küche und war wie geblendet von dem unglaublich hellen Sonnenlicht, das vom Schnee draußen reflektiert wurde.

Peanut saß in seinem Babysitz auf dem Tisch, gurgelte glücklich und versuchte, das Licht mit den Händchen einzufangen. In diesem Moment bedauerte er, dass der Kleine nicht älter war. Zu gern wäre er mit ihm nach draußen gegangen, um einen Schneemann zu bauen.

Angela kam durch die Hintertür rein und stampfte energisch den Schnee von den Laufschuhen. Er drehte sich zu ihr um. Ihre Wangen waren von der Kälte gerötet, und ihre Augen strahlten.

„Es ist so schön da draußen", sagte sie atemlos.

„Du siehst halb erfroren aus."

„Bin ich auch."

„Willst du was Heißes trinken?"

„Kaffee wäre toll. Ich muss duschen."

Als Angela zwanzig Minuten später wiederkam, trug sie einen marineblauen Pullover und eine Wollhose. Ihr blondes Haar war frisch gewaschen und duftig.

„Essen", sagte sie, schenkte Rafe ein strahlendes Lächeln und ging schnurstracks zum Kühlschrank.

Er war froh, dass sie wieder so frisch und gesund schien. Nie wieder wollte er sie so leichenblass erleben wie gestern.

Sie brachte ihre Kekse und den Kaffee zum Tisch und setzte sich zu ihm und Peanut. Der Kleine erkannte sie sofort und stieß begeisterte Laute aus. Sie bot ihm ihren Finger, den er umgehend mit seiner kleinen Hand umschloss.

Angela knabberte an ihren Keksen und trank genüsslich von dem Kaffee. „Du solltest wirklich rausgehen, die Kälte genießen und im Schnee herumtollen. Ehe du dich versiehst, wirst du wieder in Miami in der Sonne braten und dir wünschen, es wäre kälter."

„Wir braten nicht in Miami, wir verdampfen. Aber wir werden wohl noch eine Weile hierbleiben. Ich werde mich nach einer Wohnung umsehen, denn das Baby und ich können schließlich nicht die ganze Zeit hier bei Emma und Gage wohnen."

„Und deine Arbeit?"

Er zuckte die Achseln. „Vielleicht bekomme ich Sonderurlaub. Wenn nicht, werde ich mich nach einer anderen Arbeit umsehen."

„Aber deine Arbeit war dir doch so wichtig."

„*War* ist das entscheidende Wort. Meine Perspektive scheint sich verändert zu haben."

Sie nickte nachdenklich und biss von ihrem Keks ab. „Ich freue mich wirklich, dass du alles auf die Reihe gekriegt hast", meinte sie schließlich. „Es gibt nur einen Stolperstein in deinem Plan."

„Und der wäre?"

„Deine Verlobte fährt Ende der Woche nach Hause."

Er antwortete nicht, sondern sah sie nur in einer Mischung aus Unglauben und Entsetzen an.

Mit leicht scharfer Stimme fuhr sie fort. „Du wirst dir etwas für Manny einfallen lassen müssen. Aber du bist ja nach eigener Aussage ziemlich gut im Lügen."

Er glaubte nicht, dass er etwas getan hatte, womit er diesen Seitenhieb verdiente, doch statt zornig zu werden, war er nur verwirrt. Angelas Verhalten war ihm ein Rätsel.

„Ja, ich bin ziemlich gut im Lügen", bestätigte er schließlich.

„Gut. Also, ich wünsche dir und Peanut nur das Beste. Ich bin sicher, alles wird gut werden. Denn ehrlich gesagt kann ich mir nicht vorstellen, dass irgendjemand annehmen könnte, dass Manny besser für das Baby wäre als du." Sie stand auf, lächelte kühl und verließ die Küche.

Und Rafe fühlte sich einmal mehr in seiner Ansicht bestätigt, dass man Menschen nicht trauen konnte, weil sie früher oder später versuchen würden, einen zu verletzen.

Angela wäre liebend gern in ihrem Zimmer geblieben, bis Emma nach Hause kam, aber sie musste runter in die Küche, um sich ihr Mittagessen zur üblichen Zeit zuzubereiten. Und das ärgerte sie, denn sie wollte Rafe unter keinen Umständen begegnen.

Sie wusste nicht einmal, was sie dazu veranlasst hatte, sich ihm gegenüber derart aufzuführen. Warum hatte sie ihm so zugesetzt?

Zugegeben, sie war enttäuscht. Nachdem sie sich am Samstag geliebt hatten, hatte sie erwartet, dass sich ihre Beziehung vertiefen würde. Dem war nicht so, und sie hoffte inständig, dass sie ihre Lektion nun endgültig gelernt hatte. Nie wieder würde sie sich verlieben.

Sie konnte nicht länger in ihrem Zimmer bleiben. Es war Zeit für ihr Insulin, und danach musste sie unten etwas essen.

Als sie in die Küche kam, war Rafe nirgendwo in Sicht. So konnte sie sich ungestört ein Sandwich und eine Tasse Suppe machen und in Frieden essen ... und in absoluter Einsamkeit.

Am Donnerstagmorgen schien die Sonne. Die Luft war fast frühlingshaft, und Angela genoss ihren Lauf in vollen Zügen.

Als sie wieder im Haus war, ging sie sofort nach oben, um zu duschen. Als sie danach in die Küche kam, war sie nicht gerade begeistert, Rafe und Peanut dort vorzufinden. Er schien auf sie gewartet zu haben.

„Wenn du gegessen hast", begann er fast verlegen, „könntest du mir dann einen Gefallen tun?"

Sie nahm an, dass sie auf das Baby aufpassen sollte. „Sicher."

„Oh gut. Wir wollen uns einige Wohnungen und Häuser ansehen, und ich möchte, dass du uns begleitest."

Sie wollte ihren Ohren nicht trauen. „Aber warum? Es wird euer Zuhause sein."

„Ja schon. Aber ich hab doch gar keine Ahnung, was wir brauchen. Ich meine, vielleicht sind wir hier, bis Peanut anfängt zu krabbeln oder gar zu laufen. Und deswegen möchte ich gern eine zweite Meinung."

„Aber ich weiß nicht mehr als du", sagte sie abweisend.

„Entschuldige. Ich hätte nicht fragen sollen."

Sie hasste es, wenn er höflich wurde, denn dann konnte sie nicht Nein sagen. „Na gut, aber ich bin mir wirklich nicht sicher, ob ich überhaupt eine Hilfe sein werde." Insgeheim jedoch freute sie sich darauf, die nächsten Stunden mit Rafe zu verbringen.

„Sehr schön. Als Gegenleistung lade ich dich zum Essen ein", freute er sich. „Nimm also mit, was du für deinen Blutzucker brauchst."

Sie war gerührt, dass er daran dachte.

Vor dem Mittagessen sahen sie sich zwei Wohnungen an, die sie allerdings für unpassend befanden, weil sie im dritten Stock lagen.

„Ein kleines Häuschen wäre für euch beide vielleicht das Richtige", meinte Angela, während sie zu Maude's Restaurant zum Mittagessen gingen. „Dann kann Peanut im Garten spielen, wenn er älter ist. Falls du überhaupt so lange hierbleiben möchtest."

„Vielleicht zieht sich diese Sache ja über die nächsten fünf Jahre hin."

„Was ist mit deiner Arbeit?"

„Ich habe die nächsten drei Monate unbezahlten Urlaub. Und danach ... na ja, darum kümmere ich mich, wenn es so weit ist."

„Du hast dich also wirklich entschieden."

„Was den Jungen betrifft? Worauf du dich verlassen kannst."

Maude war wie üblich ziemlich barsch zu ihren Gästen. Sie musterte Rafe mit eingesäuertem Gesicht und sagte: „Ihr Freund geht mir auf die Nerven."

„Mein Freund?"

„Dieser Typ, der Ihnen aus Miami gefolgt ist."

„Was hat er denn angestellt?"

„Er will mir erzählen, wie ich mein Restaurant führen soll. Als hätte ich das nicht prima allein geschafft in den letzten vierzig Jahren! Für wen hält der sich eigentlich?"

Rafe fing an zu lachen. „Das sieht Manny ähnlich. Er hat ein Restaurant in Miami."

„Wir sind hier aber nicht in Miami."

„Ich weiß das. Er anscheinend nicht."

„Egal, sagen Sie ihm, dass er bleiben kann, wo der Pfeffer wächst, wenn ihm meine Bedienung und mein Essen nicht passen."

„Das müssen Sie ihm schon selbst sagen, Maude. Er ist nicht mein Freund." Rafe sah Angela amüsiert an. Die entschuldigte sich kurz, um sich auf der Toilette ihr Insulin zu spritzen.

Als sie zum Tisch zurückkam, waren Rafe und Peanut verschwunden. Sie nahm an, dass mal wieder Zeit zum Windelwechseln war. Sie setzte sich gerade, als Manny Molina ins Restaurant kam und sie entdeckte.

„Na, wen haben wir denn da?", sagte er gespielt kameradschaftlich. „Wenn das nicht Ortiz' Verlobte ist!"

Innerlich zuckte Angela bei diesem Wort zusammen, aber äußerlich blieb sie gelassen. „Mr Molina, Sie sollten nicht mit mir reden."

„Aber warum denn nicht? Sie haben schließlich nichts mit dem Fall zu tun." Ungebeten setzte er sich ihr gegenüber. „Und, wo ist der große Held? Wo ist das Baby? Haben sie Sie verlassen?"

Sie wusste, dass sie sehr vorsichtig sein musste, um Rafe in keinerlei Schwierigkeiten zu bringen. „Was haben Sie eigentlich für ein Problem, Mr Molina?"

„Problem? Ich habe kein Problem, Lady. Er hat ein Problem. Er hat das Baby seiner Familie weggenommen."

„Er ist die Familie des Babys."

Manny schüttelte den Kopf. „Er ist nur der Hengst, der meine Schwester geschwängert hat und sich dann aus dem Staub machte. Ihr Verlobter kann über meinen Bruder Eduardo sagen, was er will, aber er selbst ist auch nicht besser. Jahrelang war er auf der Straße – wie ein Penner und Gauner. Er gibt sich mit Leuten ab, die ich keine zehn Kilometer weit an meine Kinder heranlassen würde."

„Das ist seine Arbeit."

„Das ist egal, Lady. Rafael Ortiz ist keinen Deut besser als mein Bruder. Und das werde ich vor Gericht beweisen."

Plötzlich war Rafe da, Peanut auf dem Arm. „Belästigen Sie meine Verlobte, Molina?" Seine Stimme hatte einen drohenden Unterton.

„Verlobte! Dass ich nicht lache! Lügen Sie nur ruhig weiter, Ortiz, das wird Ihnen vor Gericht auch nichts bringen."

Maude kam herangerauscht. „Soll ich die Polizei rufen?" Sie sah Manny direkt ins Gesicht. „Ich habe Ihnen schon mal gesagt, Sie sollen verschwinden und sich hier nicht mehr blicken lassen. Das war mir ernst. Sie belästigen meine Gäste. Ich gebe Ihnen dreißig Sekunden!"

Manny ging. Er murmelte wütend vor sich hin. Und Angela schlug das Herz bis zum Halse. „Er wird allmählich fies."

„Was hat er gesagt?"

„Dass du kein Deut besser seist als die Leute, gegen die du ermittelst."

Rafe zuckte die Achseln und setzte Peanut in seinen Babysitz. „Mag sein. Aber ich sorge nicht dafür, dass Leute drogenabhängig werden, und ich beliefere Süchtige nicht mit Stoff. Oh, und ich verstoße nicht gegen das Gesetz."

„Nie?"

Er sah sie ernst an. „Nein", sagte er kurz. „Nie. Das heißt zwar nicht, dass ich nie in Versuchung gerate, Dinge zu beschleunigen, aber nein. Früher oder später machen die Gauner die Fehler, die nötig sind, damit ich sie schnappen kann. Wenn nötig, kann ich sehr geduldig sein."

Nach dem Mittagessen gingen sie zu einem Makler, der so viel zu tun hatte, dass er ihnen die Schlüssel zu mehreren Häusern gab und sie bat, sie sich allein anzusehen.

Das erste Haus hatte nur ein Schlafzimmer und die Böden waren gefährlich uneben. Das zweite Haus stank ekelerregend nach Katzenurin, sodass sie es sich ersparten, es näher zu inspizieren. Doch das dritte Haus schließlich erschien geradezu perfekt. Es war gerade frisch gestrichen worden, innen und außen, hatte zwei Schlafzimmer, und Küche und Bad waren in den letzten fünf Jahren modernisiert worden. Alles war sehr gepflegt.

Ohne überhaupt nachzudenken, begann Angela mit Vorschlägen für die Möblierung. Dort würde gut ein Sofa hinpassen, hier einige Pflanzen, und die Vorhänge ... Als sie merkte, wie Rafe ihr mit einem gedankenverlorenen Lächeln auf den Lippen zuhörte, unterbrach sie sich. „Entschuldige."

Er schüttelte den Kopf. „Sprich weiter. Es ist schön, dir zuzuhören. Wirklich. Du hast tolle Ideen."

Sie errötete verlegen. „Danke."

Das Baby im Arm, trat er dicht an sie heran, blieb nur wenige Zentimeter vor ihr stehen. „Du sehnst dich nach einem Zuhause, nicht wahr?"

„Ich habe ein Zuhause."

„Nicht so eins, das ich meine."

Irgendwie hatte er recht. Das wurde ihr jetzt klar. Ihre Wohnung war nicht wirklich ihr Zuhause, sondern nur eine Wohnung, in der sie zufälligerweise wohnte.

„Ich möchte ein Zuhause haben", erklärte er. „Eigentlich habe ich noch nie eines gehabt. Gut, dieses Haus wird auch nicht mehr als ein Zwischenstopp für Peanut und mich sein. Aber irgendwann will ich ein wirkliches Zuhause haben."

Sie wusste genau, was er meinte. Auch sie war immer noch auf der Suche nach ihrem Leben. Wie Dornröschen wartete sie auf den Prinzen, der sie wach küssen würde. Nur dass es für sie keinen Prinzen gab. Niemals.

„Mach kein solches Gesicht", bat er fast schroff.

„Was für ein Gesicht?"

„Als würdest du gleich weinen." Er beugte sich so dicht zu ihr, dass sein Atem ihre Wange und ihre Lippen streifte. „Du wirst dein Zuhause finden, Angel. Das weiß ich."

„Nein ..." Sie trat vor ihm zurück. „Nein, das werde ich nicht. Kein Mann wird mich je haben wollen. Hör auf, Rafe! Hör auf, und bring mich nach Hause. Dieses Haus ist in Ordnung. Hier kannst du einige Monate wohnen. Ich muss jetzt packen ..."

„Angel ..."

„Nenn mich nicht so! Was ist, bringst du mich jetzt nach Hause, oder muss ich zu Fuß gehen?"

„Können wir nicht darüber reden?"

„Wir haben nichts zu besprechen."

Widerwillig fuhr Rafe sie nach Hause. Dort angekommen, eilte Angela sofort rauf in ihr Zimmer, wo sie wie von Furien gejagt anfing, ihre Sachen völlig ungeordnet in den Koffer zu werfen. Natürlich konnte sie ihn danach nicht schließen, und das war wirklich der Tropfen, der das Fass zum Überlaufen brachte. Schluchzend warf sie sich auf das Bett und ertrank in Selbstmitleid. Das Leben war so unfair. Sie hätte niemals hierherkommen sollen. Die zwei Wochen hatten ihr nur all die Dinge vorgeführt, die sie niemals haben würde. Zu sehen, wie glücklich Emma und Gage miteinander waren, und dann Rafes Nähe …

Jemand klopfte leise an ihre Tür, aber sie ignorierte es. Als sie hörte, wie ihre Tür aufging, fuhr sie schnell herum und sah Rafe.

„Lass mich in Ruhe", fuhr sie ihn an.

Er seufzte. „Ich habe das Gefühl, dass ich dir etwas getan habe, und ich will wissen, was."

„Verschwinde! Mir steht nicht der Sinn nach Vernunft!"

Er trat ein und warf die Tür knallend ins Schloss. „Mir auch nicht!"

Sie hatte ihn noch nie zornig gesehen. Er machte ihr Angst. Aber das wollte sie ihm nicht zeigen. „Benimm dich nicht wie ein Gorilla! Türenknallen macht auf mich rein gar keinen Eindruck."

„Ich habe sie nicht mit Absicht zugeknallt! Angela, du machst mich rasend, ich könnte … ich könnte …"

„Was? Mich schlagen?"

„Ich habe noch nie im Leben eine Frau geschlagen und werde auch gar nicht erst damit anfangen!" Er fuhr sich nervös mit den Fingern durchs Haar und musterte sie zornig. „Hör zu, Angel …"

„Ich will nicht zuhören. Ich will in Ruhe gelassen werden."

„Sag mir einfach, was ich getan habe!" Er brüllte diese Worte heraus, und die Stille danach war so intensiv, dass Angela vermeinte, ihren Herzschlag hören zu können.

„Entschuldige", sagte er abrupt. „Ich hätte nicht brüllen sollen. Bitte erklär mir, was ich getan habe."

„Nichts."

„Nichts? Du wirst wütend über nichts?"

„Ja."

„Das glaube ich nicht."

„Und somit sind wir in einer Sackgasse, richtig?" Sie setzte sich auf und sah ihn böse an. „Wenn du jetzt gehen würdest, kann ich zu Ende packen."

Aber er blieb. Er ließ sich in den Sessel fallen, der ihr gegenüberstand, schlug die Beine übereinander und musterte sie nachdenklich. „Versuchen wir's mal anders. Ich weiß, dass ich ein ziemlicher Idiot bin und unheimlich viel Mist gebaut habe. So weit bin ich schon gekommen. Aber ich werde mich nie auf die Reihe kriegen, wenn man mir nicht sagt, was ich verkehrt mache."

Trotz ihrer Wut und Widersprüchlichkeit tat er ihr plötzlich leid. „Du bist kein Idiot."

„Bin ich nicht? Wie kommt es dann, dass ich so viel Mist baue?"

„Jeder baut mal Mist. Da muss man kein Drama draus machen."

Er musterte sie durchdringend. „Weißt du", sagte er schließlich, „ich dachte, dass ich einen ziemlich guten Schutzwall errichtet hätte, aber deiner ist einfach unschlagbar."

Sie fühlte sich ertappt. „Ich weiß nicht, was du meinst."

„Nein? Wie wär's dann, wenn wir zu unserer Unterhaltung von vorhin zurückkehrten? Ich war bereit zuzugeben, dass ich ein Zuhause will. Wieso ist das ein Problem für dich?"

Sie zuckte die Achseln.

„Siehst du? Du kannst nicht einmal darüber reden. Der Unterschied zwischen uns ist, dass ich bereit bin, zuzugeben, was ich will. Ich treibe dich zum Wahnsinn, richtig?"

„Das habe ich nie gesagt!"

„Das würdest du auch nie. Aber ich kann es dir ansehen. Ich mache dich wütend, weil ich dir näherkomme und mich dann wieder zurückziehe. Und weißt du was? Ich kann es dir nicht einmal verdenken."

Sie antwortete nicht, presste nur die Lippen zusammen.

„Aber du ... du bist noch viel extremer. Du machst die Tür zu und ziehst die Zugbrücke hoch, noch bevor sich jemand dir überhaupt nähern kann."

„Das stimmt nicht!"

„Oh doch. Und es wird immer offensichtlicher, also muss ich zu nahe herangekommen sein."

In dem Augenblick hasste sie ihn. Wenn Blicke töten könnten, wäre er in diesem Moment tot umgefallen.

„Nur zu, schau mich nur so giftig an. Wahrscheinlich habe ich es nicht anders verdient. Aber eines solltest du dir merken, Angel. Ich ziehe mich vielleicht zurück, wenn ich es mit der Angst zu tun kriege, aber ich komme immer wieder. Du jedoch willst abreisen. Damit gibst du mir ja nicht einmal eine Chance."

„Welche Chance? Für dich bin ich doch nur eine weitere Raquel."

Er presste die Lippen fest zusammen. „Das war unter der Gürtellinie, Liebste."

„Ich bin nicht deine Liebste!"

„Und du wirst auch nie jemandes Liebste sein, wenn du kein Risiko eingehst."

„Du gehst mir doch aus dem Weg, seit wir uns geliebt haben!" Die Worte waren raus, noch ehe sie sich bewusst war, dass sie sie gesprochen hatte. Sie war entsetzt.

„Das stimmt", gab er zu. „Ich hatte Angst. Und welche Entschuldigung hast du? Hast du auch Angst, Angela?"

„Hör mal, diese ganze Unterhaltung bringt nichts. Ich reise ab – und du wirst mit deinem Leben das tun, was du willst. Wir werden uns nie wieder begegnen. Wen also interessiert es schon, wer von uns der größere Idiot ist?"

„Mich interessiert es. Es ist mir wirklich wichtig zu wissen, dass ich diesmal kein Idiot bin." Er kniete vor ihr hin, nahm ihr Gesicht in beide Hände und küsste sie.

„Ich will verdammt sein, wenn ich den gleichen Fehler zweimal mache", sagte er leise, und noch ehe sie dahintergekommen war, was er damit meinte, küsste er sie wieder, und sie konnte und wollte sich nicht länger wehren. Sie legte die Arme um seinen Hals, und als er sie auf das Bett drückte und zwischen ihren Beinen kniete, war sie einfach froh, Rafe so nah bei sich zu spüren. Sie wollte nicht mehr streiten, nicht mehr nachdenken, sondern nur noch diesen Mann lieben. Auch wenn es das letzte Mal sein würde.

Sein Gewicht auf ihr fühlte sich gut und richtig an. Sie schlang die Beine um seine Hüften und zog ihn noch näher an sich. Auf dieses Signal schien er gewartet zu haben. Voller Verlangen schob er ihre Bluse hoch und öffnete den Verschluss ihres Büstenhalters.

Angela fühlte die kühle Luft auf ihrer nackten Haut, empfand eine leichte Gänsehaut. Oder war es die Art, wie Rafe sie ansah? Bevor sie seinen Blick richtig deuten konnte, spürte sie seine Lippen auf ihrer Haut, heiß und feucht und fordernd.

Sie war verloren, und es kümmerte sie nicht. Wenn sie diesem herrlichen Wahnsinn noch hätte entkommen können, sie hätte es nicht gewollt. Nicht jetzt. Mit den Konsequenzen konnte sie sich später auseinandersetzen.

Was jetzt zählte, war nur das Geschenk, das er ihr bot. Sie wollte ganz und gar aufgehen in diesem Augenblick, auch wenn das Ende und der damit verbundene Schmerz abzusehen waren.

Mit seinem Mund wärmte er ihre Brust, zog und sog an der zarten Spitze, bis sie hart und geschwollen war. Dann küsste er die andere und liebkoste sie auf die gleiche sinnenverwirrende Weise. Angela stöhnte auf und krallte sich in seine Schultern, versuchte, ihm noch näher zu kommen, wünschte, dass diese Vertrautheit für immer wäre.

Und dann hörte sie sich sagen: „Das ist auch keine Lösung, Rafe."

Er ließ ab von ihrer Brust und hob den Kopf. „Nein, aber es wird doch einiges klarer."

„Wir sollten nicht …" Warum schwieg sie nicht? Ihr ganzer Körper sehnte sich nach ihm, sehnte sich nach Erfüllung.

„Wir sollten", sagte er bestimmt und umschloss ihr Gesicht mit den Händen. „Anders komme ich nicht an dich heran. Wenn das alles ist, was ich von dir kriegen kann, dann nehme ich es mir."

Tief in ihrem Innern wusste sie, dass sie diese Momente köstlicher Leidenschaft mit ihm, die ungeahnten Höhen, die sie erklimmen würden, ewig in ihrer Erinnerung bewahren würde. Morgen war früh genug, um sich die Wunden zu lecken.

11. KAPITEL

Irgendwann schien Angela fast aus sich herauszutreten. Alles schien unwirklich, fern, völlig unwichtig. Nur Rafes Berührung zählte. Seine Küsse waren die einzige Realität, seine Zärtlichkeit, das Gewicht seines Körpers, das sie in köstlicher Lust gefangen hielt.

Er entkleidete sie langsam. Der Hose folgte das Höschen, und sie hob sich leicht, damit er ihr die Bluse und den Büstenhalter ganz ausziehen konnte. Dann bedeckte er sie mit seinem Körper, ließ sich von ihren Schenkeln umfangen, und sie empfand das sinnlichste erotischste Gefühl, das sie je erlebt hatte – der Druck des voll bekleideten Körpers eines Mannes gegen ihre ungeschützte Blöße.

Sie wagte kaum zu atmen, genoss dieses köstliche Ausgeliefertsein, spürte Rafes verlangende Männlichkeit, die noch gefangen war hinter dem Reißverschluss seiner Hose. Und plötzlich hatte sie es gar nicht so eilig damit, dass er sich entkleidete. Sie genoss diese für sie neue Situation in vollen Zügen.

Als wüsste er genau, was in ihr vorging, hielt er ihre Hände mit seinen gefangen und trieb sie halb zum Wahnsinn, indem er ihren Mund, Hals und ihre Brüste küsste.

Und dann setzte er den feurigen Pfad seiner Küsse fort, hin zu ihrer Taille, ihrem Bauch und dann noch tiefer. Angela hielt den Atem an in Erwartung dessen, was sie noch nie erlebt hatte.

Er spielte mit dem weichen Flaum auf ihrem Venushügel, sie rang nach Atem und bog sich ihm instinktiv entgegen. Dann setzte er sein erotisches Spiel fort, bis sie heiser seinen Namen flüsterte, wieder und wieder.

Als er sie mit seiner Zunge berührte, war das Gefühl so stark, dass sie vor Lust fast aufschrie. Ein lang anhaltendes tiefes Stöhnen entfuhr ihr. Ihr ganzer Körper schien konzentriert auf das kleine Bündel Nerven, das sich in den Falten ihrer Weiblichkeit verbarg.

Sie schnappte nach Luft, als er mit einem Finger in sie eindrang, und schrie auf, als er sie wieder mit der Zunge berührte. Nie im Traum hätte sie vermutet, dass ihr Körper zu so starken Empfindungen fähig wäre, dass in völligem Ausgeliefertsein ein derartiger Genuss zu finden war.

Sie spürte seinen warmen Atem dort, wo nicht einmal in ihrer Fantasie je der Atem eines anderen Menschen hinkam, fühlte die feuchte Wärme seiner Zunge, das leichte Kratzen seiner Bartstoppeln, und all das steigerte das Feuer, das in ihr loderte, noch mehr. Sie wollte, dass dies ewig so weiterging, immer und ewig ...

Aber das tat es nicht. Schon viel zu bald erreichte sie den Höhepunkt, der so gewaltig, so berauschend war, dass er ihr fast die Sinne raubte. Nur allzu schnell kam sie wieder zurück in die Wirklichkeit.

Rafe ließ von ihr ab und stand auf. Angela öffnete die Augen nur so weit, dass sie ihn beobachten konnte, wie er sich auszog. Sie konnte sich nicht bewegen. Konnte keinen Laut von sich geben. Obwohl sie sich danach sehnte, Rafe zu berühren, war sie zu schwach, um auch nur die Hand zu heben.

Oh, er ist so schön, dachte sie. Einfach perfekt. Wohlgeformte Muskeln, schlank, braun gebrannt. Sie wünschte, sie hätte ein Foto von ihm, das sie immer bei sich tragen konnte.

Doch noch ehe sich irgendwelche Traurigkeit in ihr Bewusstsein einschleichen konnte, drehte er sie auf dem Bett um, streckte sich neben ihr aus und küsste sie, um ihr zu zeigen, dass es noch nicht vorbei war.

Eine Zeit lang bedachte er sie nur mit Küssen, ganz so als spürte er, dass sie sich von dem, was sie soeben entdeckt und erlebt hatte, erholen musste.

Und in dem Maße, in dem sie sich erholte, kehrte auch die Kraft und Leidenschaft in ihren Körper zurück. Niemals würde sie genug bekommen können von Rafe.

Aber dies war für sie die letzte Gelegenheit, ihn überhaupt zu haben.

Plötzlich war sie voller Energie, stützte sich auf die Ellenbogen und sah auf ihn herab. Seine dunklen Augen waren verhangen, und er legte sich zurück, als würde er sie einladen, sich an ihm zu bedienen. Angela beugte sich vor, küsste ihn und schmeckte sich selbst an seinen Lippen.

Er lächelte, als sie anfing, ihn zu streicheln.

„Was magst du gern?", fragte sie heiser. Eine solche Frage hatte sie noch nie gestellt. Aber noch kein Mann hatte sie je so selbstlos geliebt, wie Rafe es gerade getan hatte, so als wäre nichts von Bedeutung außer ihrer Lust, als zählte nur die Erfüllung ihrer Sehnsucht.

„Das, was du magst. Alles, was du magst."

Seine belegte Stimme erregte sie, und sie empfand ein aufkommendes Machtgefühl. Sie wurde kühner und begann, seinen Körper zu erkunden, bis hin zu seinen Schenkeln. Sein Lächeln vertiefte sich, und seine Lider wurden schwerer.

Sie entdeckte, dass seine kleinen Brustwarzen hart wurden, wenn sie über sie strich. Neugierig und erregt über die Entdeckung versuchte sie es immer wieder und entlockte ihm einen genießerischen Seufzer. Sein Körper reagierte ähnlich wie ihrer. Das hätte sie nie gedacht.

Indem sie seine Lust anfachte, steigerte sie auch ihr eigenes Verlangen. Sie leckte ihn, biss sogar sanft zu und wurde belohnt mit wollüstigem Stöhnen, das sie noch kühner werden ließ.

Dann küsste sie ihn überall und nahm schließlich seine harte Männlichkeit in den Mund, umspielte sie mit der Zunge und berauschte sich an seinem Stöhnen. Rafe war vollkommen in ihrer Macht, war ebenso hilflos wie sie zuvor.

Doch noch ehe sie diesen Gedanken weiterverfolgen konnte, setzte er sich kurz auf, packte sie bei den Schultern, zog sie auf sich und drang in sie ein.

Sie saß rittlings auf ihm, bewegte sich nicht, wie gelähmt von dem wunderbaren Gefühl, ganz von Rafe erfüllt zu sein. Sie schloss die Augen, warf den Kopf zurück, ihr Körper nur noch das Gefäß seiner Lust und des Zaubers, den sie zusammen bewirkten.

Rafe umfasste ihre Brüste und drückte sanft die geschwollenen Spitzen. Angela stöhnte auf und bewegte sich auf ihm, erst langsam, dann immer schneller, und gemeinsam erreichten sie die höchsten Höhen der Ekstase.

Eng umschlungen lagen sie unter der Decke. Nach dem, was sie gerade gemeinsam erlebt hatten, brauchte Angela Rafes Nähe, seine Arme um sich. Sie wollte sich vorgaukeln, wenn auch nur für einen Moment, dass es immer so weitergehen würde.

Ihm schien es ähnlich zu gehen. Er nickte kurz ein, aber ansonsten hielt er die dunklen Augen offen, sah sie an, als fürchte er, sie könne verschwinden.

„Musst du etwas essen?", fragte er träge.

„Mir geht es gut." Sie war gerührt, dass er so besorgt um sie war.

„Bist du sicher?"

„Ja."

„Dir mag es gut gehen, aber auf mich trifft eher super zu."

Sie musste lächeln. „Ja, das bist du wirklich."

„Nein. Ich meine, durch dich geht es mir super."

„Danke."

Er lächelte und gab ihr einen Kuss auf die Schulter. Sie schmiegte sich dichter an ihn. Wie schade, dass dieser Moment nicht ewig währen würde!

„Du siehst traurig aus", bemerkte Rafe.
„Ich bin auch ein wenig traurig." Dies zuzugeben fiel ihr schwer.
„Ich auch." Er seufzte und zog sie noch fester an sich. „Musst du wirklich abreisen?"
„Ich muss mein Leben wieder aufnehmen."
„Ja, das musst du wohl. Ich werde hier wahrscheinlich eine ganze Weile tatenlos herumhängen."
„Das geht vorbei."
„Klar. Aber bist du sicher, dass du nicht ein bisschen bleiben kannst? Ich wünschte, du würdest nicht abreisen."
Ihr wurde warm ums Herz. Sie betrachtete sein Gesicht eingehend, wollte genau wissen, was er damit sagen wollte. Aber er gab keine weitere Erklärung ab. *Ich wünschte, du würdest nicht abreisen.* Das konnte so viel bedeuten ... oder so wenig.
„Angel?"
Sie öffnete die Augen. Rafe sah sie unverwandt an. „Bitte bleib", wiederholte er. „Nur noch eine Woche."
Eine Woche war alles, was er wollte. Ein Teil von ihr lehnte sich dagegen auf, ein anderer Teil sehnte sich danach, seinem Wunsch Folge zu leisten. Nur eine Woche geborgtes Glück. Eine Woche so tun, als hätte sie ein ganz normales Leben.
„Einverstanden", hörte sie sich sagen.
Er lächelte, drückte sie an sich und überschüttete sie mit Küssen, bis sie lachen musste und ihre Traurigkeit vergaß.
„Toll", freute er sich. „Und jetzt, wenn ich mich nicht irre, wird es Zeit für dein Insulin."
„So spät ist es schon?" Sie sah zur Uhr. „Tatsächlich!"
„Ja. Und ich kann Emma und Gage unten beim Kochen hören."
Angela spürte, wie ihr die Wärme ins Gesicht stieg. „Sie sind zu Hause?"
„Sicher. Aber wenn sie etwas ahnen, werden sie dich bestimmt nicht damit in Verlegenheit bringen, dass sie es erwähnen. Aber wir müssen runtergehen und ihnen helfen."
Sie nickte verlegen und setzte sich auf.
„Warte", bat Rafe.
Sie sah ihn unsicher an.
„Lass mich zusehen, während du dir das Insulin spritzt. Erzähl mir alles darüber."
Sie wollte den Kopf schütteln.

„Nicht." Er legte ihr einen Finger auf die Lippen. „Es ist ein Teil von dir. Du brauchst es nicht vor mir zu verbergen."

„Aber es ist nicht nötig …"

„Doch, das ist es", widersprach er. „Bevor du mir nicht damit vertraust, vertraust du mir überhaupt nicht."

Vertrauen! Als wäre Vertrauen nötig für ein Abenteuer von einer Woche. Aber sie verstand, was er meinte. Und vielleicht war es ganz gut so. Wenn er sich ekelte, wollte sie es lieber gleich wissen.

Seine interessierten Blicke machten sie nervös. Plötzlich war sie sich ihrer Nacktheit und der vielen Einstiche auf ihren Schenkeln peinlich bewusst. Ihre Hand zitterte, als sie sich zur Blutabnahme in den Finger stach.

„Vier Mal am Tag?", fragte er. „Deine Finger tun dir bestimmt oft weh."

„Ja."

Sie zog die Spritze auf, wischte kurz mit einem in Alkohol getränkten Wattebausch über den Oberschenkel und gab sich die Spritze. Danach warf sie die Spritze weg und wischte die Einstichstelle erneut mit dem Wattebausch ab.

Rafe überraschte sie damit, dass er sich vorbeugte und ihren Oberschenkel genau an der Stelle küsste, wo sie sich gerade gespritzt hatte.

„Danke für dein Vertrauen", sagte er, „es bedeutet mir sehr viel. Und jetzt werde ich nach dem Baby sehen."

Er stand auf, zog sich Shorts und Jeans an, las sein Hemd und die Schuhe vom Boden auf, küsste sie flüchtig auf die Lippen und verließ ihr Zimmer.

Emma und Gage freuten sich, als Angela verkündete, sie wolle doch noch eine Woche bleiben.

Nach dem Abendessen schlug Rafe einen Spaziergang vor. Emma entschuldigte sich, sie wollte ein Bad nehmen und alles für den morgigen Tag vorbereiten. Und Gage wollte Emma Gesellschaft leisten.

So machten Rafe und Angela dann mit Peanut allein einen gemächlichen Spaziergang durch die Dunkelheit.

Als sie wieder im Hause waren, fütterte er den Kleinen und legte ihn schlafen. Unterdessen ging Angela in ihr Zimmer, spritzte sich ihr Insulin für die Nacht und ging dann unter die Dusche.

Sie spürte den Luftzug, als Rafe zu ihr unter die Dusche trat. Er bedachte sie mit einem sinnlichen Lächeln, nahm ihr die Seife aus der

Hand und begann, sie sanft massierend und streichelnd zu waschen.

Es war ein so erotisches Gefühl, dass ihr die Knie weich wurden und sie sich instinktiv an seinen Schultern festhielt.

„Ist es so gut?", fragte er leise und lächelte. Sie erwiderte sein Lächeln. Ihre Lider wurden schwer. Sie gab sich ganz den Gefühlen hin, die er körperlich und emotional in ihr auslöste. Sie fühlte sich so umsorgt. So ... sexy.

Der heiße seifige Waschlappen war sowohl hart als auch weich. Rafe strich ihr über den Rücken, massierte ihren Po, wusch zärtlich ihre Brüste und ihren Bauch und beugte sich dann runter, um ihr die Beine zu waschen. Zuerst wusch er die Außenseiten ihrer Schenkel, dann die Innenseite, bis er zu ihrer Weiblichkeit kam. Hingebungsvoll widmete er sich dem verborgensten Teil ihrer selbst.

Sie brannte. Ein sinnliches Brennen, das sich so gut anfühlte, dass sie sich wünschte, es würde nie enden. Aber dann drückte er ihr Seife und Waschlappen in die Hand, und sie wusste, dass sie nun an der Reihe war.

Und das war fast ebenso schön, gab es ihr doch Gelegenheit, das Spiel seiner Muskeln zu bewundern, seinen knackigen Hintern, seine langen starken Beine. Seine Brust, die breit und muskulös war, seinen Bauch, flach und hart wie ein Waschbrett. Seine Männlichkeit war erregt, nur für sie. Sie streichelte ihn sinnlich und genoss die leisen Laute, die er von sich gab.

Dann entdeckte sie die Narben an seiner Seite und sah ihn fragend an.

„Messerstiche", erklärte er mit einem Achselzucken.

Angela war plötzlich betroffen. Sie wusste nicht, wieso sie diese Narben nicht schon vorher bemerkt hatte, aber jetzt, wo sie sie sah, erfüllten sie sie mit Schmerz.

„Angel, das war vor langer Zeit. Zerbrich dir nicht den Kopf darüber."

Aber die harte Realität hatte sich Eintritt verschafft. Plötzlich schien dieses erotische Spiel nicht mehr richtig zu sein. Zu unernst. Schnell wandte sie sich um und duschte sich ab.

„Angel?"

„Schon gut", sagte sie hastig. „Alles in Ordnung. Ich muss nur kurz allein sein."

Sie wagte es kaum, ihn anzusehen. Als sie sich endlich dazu bringen konnte, war sein Gesicht verschlossen und hart.

„Wie du meinst", sagte er tonlos.

Sie stieg aus der Wanne, nahm sich ein Handtuch und wickelte sich darin ein. Dann hob sie ihr Nachthemd und ihre Hausschuhe auf, lief in ihr Zimmer und verschloss die Tür hinter sich.

Dann soll sie doch gehen, dachte Rafe, während er den Seifenschaum abduschte. Er hatte es wirklich satt, dass sie ständig einen Rückzieher machte und ihn ausschloss. Und ganz ohne ersichtlichen Grund.

Er verstand sie einfach nicht. Fühlte sie sich von ein paar Narben abgestoßen? Das konnte er nicht glauben.

Vielleicht sollte er lieber das Handtuch werfen und aufgeben. Wenn er morgen früh aufwachte, würde Angela wahrscheinlich schon abgereist sein. Er musste sich damit abfinden. Die Lady wollte ihn nicht. Punkt. Ende. Schluss.

Aber es raubte ihm den Schlaf.

Am Montagmorgen fragte sich Angela, wieso sie sich überhaupt bereit erklärt hatte, noch die ganze Woche zu bleiben. Rafe redete kaum mit ihr. Aber was ihr wirklich zu schaffen machte, war die Tatsache, dass sie zum ersten Mal in ihrem Leben wegen ihres Verhaltens von einem Mann zurückgewiesen wurde – und nicht wegen ihres Diabetes.

Den ganzen Morgen überlegte sie, ob sie sich bei ihm entschuldigen sollte. Aber wie sollte sie ihm ihr Verhalten erklären? Sie verstand sich ja selbst nicht mehr.

Als sie von ihrem Morgenlauf zurückkehrte, waren Rafe und Peanut in der Küche. Rafe bereitete ein spätes Frühstück vor.

„Guten Morgen."

„Morgen." Er sah schlecht gelaunt und übernächtigt aus.

„Äh ... Rafe, ich ... ich möchte mich für mein Verhalten entschuldigen."

Es schien ihn nicht sonderlich zu interessieren. Er häufte Rührei auf einen Teller neben vier Scheiben Toast und setzte sich dann Peanut gegenüber, der in seinem Babysitz auf dem Küchentisch saß.

„Ist doch egal", sagte er schließlich.

„Nein, ist es nicht. Ich weiß nicht, was in mich gefahren ist. Es tut mir wirklich leid. Ich will gar nicht so sein", erklärte sie. „So bin ich noch nie gewesen."

Das Telefon klingelte. Ohne aufzustehen, drehte sich Rafe im Stuhl um und nahm den Hörer ab. „Hier bei Daltons. Oh, hallo, Connie. Wie geht's?"

Connie? In Angela stieg Eifersucht auf. Wer war Connie? Wahrscheinlich eine Kollegin. Oder seine Chefin. Sie versuchte, nicht hinzuhören. Er stellte einige knappe Fragen, die ihr nichts sagten, legte auf und setzte seine Mahlzeit fort.

„Also", meinte sie schließlich, „ich denke, es gibt keinen plausiblen Grund dafür, dass ich noch den Rest der Woche hierbleibe. Ich werde packen und morgen abreisen."

„Könntest du bis Mittwoch warten? Das eben war meine Anwältin. Die Richterin möchte uns beide sprechen. Ich habe ihr gesagt, dass du bald nach Iowa zurückfährst. Und deswegen will sie den Termin, wenn möglich, auf morgen legen."

„Warum? Ich kann doch gar nichts beitragen. Es sei denn, die Richterin hält uns für verlobt." Ihr Zorn gewann die Oberhand. „Genau! Dieser blöde Manny hat sich wahrscheinlich darüber ausgelassen, und jetzt will die Richterin wissen, was für ein Mensch ich bin. Ich fasse es nicht!"

Er sagte gar nichts, aß nur still weiter.

„Na, dann reise ich heute Nachmittag ab", erklärte sie. „Dann kannst du da hingehen und lügen, was das Zeug hält. Kannst die wildesten Geschichten über deine Verlobte erzählen."

„Ich lüge nur, wenn es unbedingt nötig ist, und niemals unter Eid."

„Das engt die Wahrheit ziemlich ein, nicht?"

Er sah sie an. „Wenigstens lüge ich mich selbst nicht an. Ich will dir mal eines sagen, Angel. Du könntest ein wirklich wunderbarer Mensch sein, wenn du lange genug aus deinem Schneckenhaus herauskommen würdest, um dich nur ein wenig für jemand anders außer für dich selbst zu interessieren."

Damit stand er auf, nahm das Baby und ging.

Angela begleitete Rafe dann doch am nächsten Morgen zum Gerichtstermin.

Richterin Williams war eine nett aussehende Frau Mitte vierzig. „Ich habe mir diesen Sorgerechtsfall durchgesehen, Mr Ortiz. Ich sehe keinen Grund, dieses Verfahren unnötig in die Länge zu ziehen. Deswegen möchte ich Ihnen einige Fragen stellen, um Klarheit zu gewinnen. Ich hoffe, dass ich danach dann zu einem Entschluss kommen kann. Ihre Anwältin hat mir schon gesagt, dass der DNS-Test ergeben hat, dass Sie der biologische Vater des Kindes sind. Wir werden eine Kopie des Testergebnisses anfordern. In seiner Anzeige gibt Mr Molina an, dass Sie das Kind entführt haben, um zu verhindern, dass Mr Molina und seine Familie Zugang zu dem Kind haben. Was haben Sie dazu zu sagen?"

Rafe blickte auf seinen kleinen Sohn. Angela hielt den Atem an.

„Das stimmt zum Teil, Euer Ehren", gab er schließlich zu. „Als Raquel ... die Mutter des Babys, Raquel Molina ... im Sterben lag, sagte sie der behandelnden Ärztin, sie wünsche, dass ich das Kind aufziehe und es von der Familie fernhalte. Ich war ganz ihrer Meinung."

„Und wieso?"

„Weil die Familie Molina tief im Drogenhandel steckt."

„Und woher wissen Sie das?"

„Ich bin Drogenfahnder."

„Aha." Die Richterin lehnte sich in ihrem Sessel zurück. „Wie viele Familienmitglieder sind darin verwickelt?"

„Nun, ich habe Mr Molinas Bruder letztes Jahr wegen Drogenhandels festgenommen. Wir haben Beweise, dass Mr Molinas Mutter ... die Großmutter des Babys ... auch darin verwickelt ist, und eine Zeit lang war sogar die Mutter des Babys als Kurier mit dabei."

„Und Mr Manuel Molina?"

Rafe zögerte, und wieder hielt Angela den Atem an. „Zum jetzigen Zeitpunkt gibt es keinerlei Beweise, dass er direkt darin verwickelt ist."

Richterin Williams nickte und las in ihren Unterlagen. „Er sagt, er sei Gastronom."

„Es hat den Anschein."

Die Richterin machte sich eine Notiz. „Welche anderen Gründe hatten Sie dafür, mit dem Kind hierherzukommen?"

„Also, es gab einige", erklärte Rafe langsam. „Wahrscheinlich hätte ich Miami nicht so Hals über Kopf verlassen, wenn Manny Molina nicht eines Nachts unangemeldet bei mir aufgetaucht wäre. Er hatte mich beschatten lassen."

„Und was ist daran so schlimm?"

„Ich bin ... ich war Undercoveragent, arbeitete auf der Straße. Manny hatte meine Deckung auffliegen lassen, meine Wohnung gefunden, und er hat mit Leuten zu tun, die nachweislich im Drogengeschäft sind. Schlimmer noch, ich habe seinen Bruder festgenommen. Ich wollte nicht abwarten und sehen, was noch kommen würde. Ich hatte Angst, dass er das Baby entführen und mich erpressen würde."

Wieder nickte die Richterin. „Also kamen Sie hierher. Gab es andere Gründe, warum Sie Miami verließen?"

Angela nahm an, dass dieser Punkt ganz besonders wichtig sein könnte, und hörte aufmerksam zu. Wie würde Rafe antworten?

„Nun, ich habe einen Bruder hier. Einen Halbbruder. Nathan Tate. Ich dachte, er könnte sich vielleicht meines Sohnes annehmen, bis ich meine Angelegenheiten geregelt hatte."

„Welche Angelegenheiten?"

„Na ja, mir ist klar, dass ich nicht mehr als Fahnder arbeiten kann, jetzt, wo ich ein kleines Kind zu versorgen habe. Also muss ich mich nach etwas anderem umsehen."

„Haben Sie das Kind bei Ihrem Bruder gelassen?"

Rafe schüttelte den Kopf. „Ich konnte den Gedanken nicht ertragen."

Angela fühlte mit ihm.

„Haben Sie vor, mit dem Kind nach Miami zurückzukehren?"

Er schüttelte vehement den Kopf. „Auf keinen Fall. Möglicherweise muss ich für kurze Zeit zurück, um einige Dinge zu regeln, aber auf keinen Fall werde ich meinen Sohn dort aufziehen."

„Welchen Ort sehen Sie also als Wohnort des Kindes an?"

Angela befürchtete Schwierigkeiten bei dieser Frage. Beherzt antwortete sie. „Er sucht gerade ein Haus zur Miete hier."

Die Richterin sah sie tadelnd an, wandte sich dann aber wieder Rafe zu. „Stimmt das, Mr Ortiz?"

Rafe nickte. „Ja."

„Also sehen Sie diese Stadt im Augenblick als Wohnsitz des Kindes an?"

„Ja, das tue ich."

„Nun, dann ist der Gerichtsstand klar. Mr Molina akzeptiert die Entscheidung dieses Gerichtes dadurch, dass er seine Klage hier einreichte, und jetzt bestätigen Sie, dass hier der Wohnsitz des Kindes ist. Anscheinend stimmen Sie und Mr Molina zumindest in dieser Frage überein." Sie lehnte sich vor. „Mr Ortiz, wenn Sie das Kind hierlassen, während Sie nach Miami zurückkehren, wo wird es dann wohnen?"

„Bei Nathan Tate."

Angela war so, als lächele die Richterin leise. „Sheriff Tates Charakter ist diesem Gericht wohl bekannt. Aber ich muss Ihnen noch eine weitere Frage stellen. Mr Molina behauptete, dass Sie das Kind in der Obhut einer Fremden gelassen hätten, die Sie als Ihre Verlobte ausgegeben haben."

Angela wurde ganz nervös, ihr Mund trocken.

„Ist Ms Jaynes eine Fremde für Sie?"
Rafe sah Angela an, und sie erwiderte seinen Blick.
„Ms Jaynes ist keine Fremde, Euer Ehren. Sie ist eine Freundin."
„Ms Jaynes?"
Angela lächelte, fast ein wenig einfältig. „Wir sind uns nicht fremd, Euer Ehren. Ich kenne Mr Ortiz sehr gut und achte und bewundere ihn sehr."
„Sind Sie mit ihm verlobt?"
Angela zögerte kurz und sah die Richterin dann entschlossen an. „Nein, Euer Ehren, wir sind nicht verlobt. Mr Ortiz hat das nur gesagt, um Mr Molina mundtot zu machen, als er unangemeldet erschien und sich ekelhaft aufführte. Wir sind nur Freunde."
„Leben Sie in wilder Ehe?"
Sie schluckte und sah die Richterin dann an. „Nein. Wir wohnen bei Freunden, aber wir leben nicht zusammen. Was nicht bedeuten soll, dass ich es nicht gern täte."
Jetzt ruckte Rafe richtiggehend zusammen und starrte sie an.
„Es ist ganz einfach, Frau Richterin", erklärte Angela. „Für Mr Ortiz steht das Wohl des Babys an erster Stelle. Ich habe es mit eigenen Augen gesehen. Und er würde nie im Leben etwas tun, was seinem Sohn schaden könnte. Kein Kind könnte sich einen besseren Vater wünschen."
Wieder vermeinte Angela, ein leises Lächeln auf dem Gesicht der Richterin zu sehen, als diese sich an Rafe wandte. „Im Grunde genommen geht es darum, Mr Ortiz, dass ich der Behauptung nachgehen muss, sie wären bereit, das Kind einer Fremden zu überlassen."
Rafe blickte der Richterin fest in die Augen und sagte entschlossen: „Das mag mir anfangs ein oder zwei Mal durch den Kopf gegangen sein, Euer Ehren. Es war für mich ein Schock, plötzlich Vater eines Säuglings zu sein."
Die Richterin nickte ermutigend.
„Es kam so völlig unerwartet", fuhr Rafe fort. „Es war überwältigend. Ehrlich gesagt dachte ich daran, das Kind zur Adoption freizugeben, weil ich mich für ungeeignet hielt, ein Kind aufzuziehen. Ich wusste ja nicht einmal, wie man ein Baby versorgt. Und dann war da meine Arbeit als Fahnder." Er seufzte. „Wie dem auch sei, ich fuhr hierher in der Hoffnung, dass Nate sich um das Kind kümmern würde, bis ich alles geregelt hatte. Denn ich konnte den Gedanken, den Kleinen zur Adoption freizugeben, einfach nicht ertragen. Ich würde ihn um

nichts auf der Welt hergeben. Ich werde mir andere Arbeit suchen und tun, was notwendig ist, um ein guter Vater zu sein."

Die Richterin verriet mit keiner Gesichtsregung, was in ihr vorging. „Danke, Mr Ortiz. Damit sind meine Fragen abgeschlossen. Sie werden meine Entscheidung in wenigen Tagen erfahren."

Als sie vor dem Gerichtsgebäude standen, wandte sich Rafe an seine Anwältin. „Ich habe es vermasselt, nicht? Ich hätte nie zugeben sollen, dass ich einmal daran gedacht hatte, Peanut zur Adoption freizugeben."

Connie sah nachdenklich drein. „Ich weiß nicht so recht. Wenn Sie mir das früher erzählt hätten, hätte ich Ihnen auf jeden Fall geraten, das nicht zu erwähnen."

Er nickte niedergeschlagen. „Wir sollten lieber nach Hause fahren", meinte er zu Angela. „Es wird Zeit für dein Insulin. Übrigens, ich danke dir, dass du gesagt hast, du wünschtest, dass du mit mir leben könntest."

Am Nachmittag fing es wieder an zu schneien. Rafe stand im Wohnzimmer und sah zu, wie die Flocken herunterschwebten. Anfangs waren sie geschmolzen, sobald sie den Boden berührten. Inzwischen aber hatten sie sich aufgehäuft und überzogen das braune erfrorene Gras mit einer weißen Decke. Rafe war niedergeschlagen und malte sich alles Mögliche aus, um den Kleinen behalten zu können.

„Was wirst du tun?"

Angelas Stimme schreckte ihn aus seinen Gedanken auf. Er drehte sich zu ihr um. Sie stand in der Tür und sah ihn fragend an.

„Tun?"

„Wenn du Peanut nicht behalten darfst."

„Dann nehme ich ihn und verschwinde. Ich werde meinen Sohn niemandem überlassen. Niemals."

Sie nickte. „Das hatte ich mir gedacht."

„Was soll ich denn sonst machen? Ich kann nicht anders."

Er wandte sich ab und starrte wieder aus dem Fenster. Halb wünschte er, Angela würde gehen und ihn mit seinem Selbstmitleid allein lassen. Aber andererseits wünschte er sich, dass sie zu ihm treten und ihn in die Arme schließen würde. Ihm zeigte, dass es auch Gutes im Leben gab. Gutes wie Angela.

„Das Schlimmste ist", sagte er, bemüht mit fester Stimme zu sprechen, „dass ich überzeugt bin, dass Manny das nur macht, um sich an mir zu rächen, nur weil er und seine Familie mich hassen. Das Baby ist Manny völlig egal. Ich gebe meinen Sohn nicht her."

„Das wirst du auch nicht müssen."

„Ich wünschte, ich wäre mir so sicher. Die Richterin denkt da wahrscheinlich anders, weil kein guter Vater sein Kind je zur Adoption freigeben würde."

„Sie denkt wahrscheinlich, dass du ein ungemein aufrichtiger Mann bist. Und dass viel Mut nötig war, um so ehrlich zu sein, wie du es warst."

Er lachte verbittert. „Und ich hab noch gesagt, ich würde lügen, um jemanden, der mir wichtig ist, zu schützen. Ich hätte lügen sollen." Er wandte sich halb ab. „Wie dem auch sei, ich danke dir für all deine Hilfe, Angel."

„Schon gut."

„Hast du das ernst gemeint, als du sagtest, du wünschtest, dass wir zusammenlebten?"

Die Frage kam für sie völlig unerwartet. Das merkte er an der Art, wie sie die Augen aufriss, wie sie aufzuhören schien zu atmen. Er erwartete schon, dass sie auf dem Absatz kehrtmachen und das Zimmer verlassen würde, aber sie überraschte ihn.

Die Stille im Raum war fast greifbar.

„Ja", bekannte sie mit fester Stimme.

Dieses eine Wort hallte in der Stille. Er vermeinte, Schockwellen zu fühlen, die sein Herz und seinen Verstand in Aufruhr versetzten.

„Nur ja?", fragte er schließlich. „Keinerlei Einschränkungen? Keine Einwände?"

„Einfach nur ja", sagte sie heiser. „Nur ja."

Er wandte sich ab und starrte wieder nach draußen. „Gut. Ich hoffe, dass diese verdammte Richterin mich mein Baby behalten lässt."

Angelas unausgesprochene Frage war fast schon fühlbar, doch Rafe weigerte sich zu antworten. Schließlich verließ sie das Zimmer. War auch besser so. Solange noch nicht feststand, ob er sich mit Peanut aus dem Staub machen musste, konnte er keinerlei Pläne machen. Das wäre nicht fair.

In den darauffolgenden zwei Tagen verbrachten Rafe und Angela viel Zeit miteinander. Sie spielten Karten, um sich abzulenken. Sie unterhielten sich über Belanglosigkeiten. Es schien, als wäre alles in ihrem Leben zum Stillstand gekommen, als warte alles auf die erlösende Entscheidung.

„Ich könnte wahrscheinlich einen anderen Job bei der Polizei bekommen", meinte Rafe.

„Und ich gehe vielleicht wieder zurück auf die Uni. Mein Hauptfach war Englisch. Ich wäre immer gern Lehrerin geworden."

Er nickte. „Du gehst gut mit Kindern um."

Darüber musste sie lachen. „Ich gehe gut mit einem Kind um."

Freitagmorgen war Rafe dann so nervös, dass er unruhig im Erdgeschoss des Hauses herumging. Angela ließ ihren morgendlichen Lauf ausfallen. Sie wollte ihn nicht allein lassen. Die Spannung war fast unerträglich.

Kurz nach elf Uhr klopfte es an der Haustür. Sie eilten hin, Rafe war zuerst da, riss die Tür auf, und da stand Connie, mit einem strahlenden Lächeln auf dem Gesicht.

„Hier", sagte sie und übergab ihm einige zusammengeheftete Blätter. „Ich wollte Ihnen die Entscheidung persönlich übergeben. Beschwerde abgewiesen."

„Und das bedeutet?" Rafe sah sie verständnislos an.

„Die Richterin hat Molinas Fall abgewiesen. Das bedeutet, dass das Baby Ihnen zugesprochen ist, Rafe."

Seine Hände, die die Unterlagen hielten, fingen an zu zittern, und seine Augen füllten sich mit Tränen.

Dann warf Rafe den Kopf zurück und juchzte so laut, dass die Fenster fast geklirrt hätten. Angela fing an zu lachen. Und juchzte dann auch, als er sie plötzlich hochhob und sie im Kreis herumwirbelte. Connie lachte herzlich und umarmte die beiden.

Als er sich ein bisschen beruhigt hatte, fragte er seine Anwältin. „Hat die Richterin ihre Entscheidung begründet?"

Connie schüttelte den Kopf. „Was Richterin Williams im Grunde genommen gesagt hat, ist, dass Molina keine Rechtsgrundlage hat. Punktum. Und sie gibt ihm keine Möglichkeit für eine Berufung. Es ist vorbei, und zwar endgültig."

Das ist es wirklich, dachte Angela, nachdem Connie gegangen war. Rafe saß mit seinem Sohn auf dem Wohnzimmerboden und erklärte ihm ernsthaft, dass er nie wieder Angst zu haben brauchte, seinen Vater zu verlieren.

Sie betrachtete die beiden eine Weile. Das Herz tat ihr weh. Schließlich ging sie nach oben. Er brauchte sie nicht mehr. Es war an der Zeit abzureisen.

„Und wohin willst du?"

Angela blickte von ihrem Koffer auf. Rafe stand in der Tür und sah sie empört an.

„Nach Hause", erklärte sie mit ruhiger Stimme. „Du brauchst mich nicht mehr."

„Wer sagt das? Habe ich das gesagt?"

Sie schüttelte den Kopf, spürte plötzlich ihren Herzschlag. „Das brauchst du mir nicht zu sagen, Rafe. Du hast mich gebeten zu bleiben, bis die Richterin mich befragt hatte. Ich bin länger geblieben, weil ich das Gefühl hatte, dass du etwas Gesellschaft brauchtest, bis die Entscheidung gefallen war. Aber jetzt ist alles geregelt, und ich muss mein Leben wieder aufnehmen."

„Hmm. Du läufst also schon wieder davon?"

„Ich laufe nicht davon."

„Tust du nicht? Komisch, mir kommt es ganz so vor."

Angela schüttelte den Kopf und fuhr mit dem Packen fort. „Nein, es ist nur, dass … na ja, du musst auch mit deinem Leben weitermachen."

„Aber du läufst nicht davon?"

„Natürlich nicht!"

„Wenn ich dir also sage, ich möchte, dass du bleibst, dann wirst du nicht davonstürmen wie ein verängstigtes Reh?"

Sie warf ihm einen wütenden Blick zu.

„Gut", meinte er zufrieden. „Wir machen Fortschritte. Ich kann dir also sagen, dass ich mit dir zusammen ein Zuhause haben möchte?"

Sie wollte ihren Ohren nicht trauen. Schließlich stieß sie hervor: „Was meinst du damit?"

„Ich möchte, dass du und ich zusammen sind. Ich möchte, dass du dein Leben noch eine kurze Zeit in der Warteschleife lässt, bis ich in Miami gewesen bin und meine Zukunft auf die Reihe gekriegt habe."

„Aber warum? Möchtest du, dass ich mich um Peanut kümmere?"

„Ich möchte, dass du mir dabei hilfst, für Peanut zu sorgen. Ich möchte, dass du mit mir kommst. Ich werde mir Arbeit außerhalb des Drogendezernats besorgen. Ich werde mich irgendwohin versetzen lassen, wo du auf die Uni gehen kannst, und wir werden uns ein Zuhause schaffen. Du und ich und Peanut."

Angela hatte das Gefühl, keine Luft mehr zu bekommen. Der Hals schmerzte ihr, und sie hatte Angst, große Angst, zu glauben, was sie gehört hatte.

„Aber wir streiten uns ständig", stieß sie atemlos hervor.

„Nicht ständig. Nur häufig. Ich weiß nicht, wie es dir ergeht, aber mir macht das nichts aus. Wir werden uns wahrscheinlich so oft streiten, bis wir uns aneinander gewöhnt haben. Bis du anfängst, mir zu vertrauen."

„Aber ich vertraue dir", sagte sie schwach und setzte sich auf das Bett.

„Vielleicht ein wenig, aber nicht vollkommen. Aber", meinte er mit einem fast schüchternen Lächeln, „ich bin überzeugt, dass du mir irgendwann völlig vertrauen wirst. Wieso auch nicht?"

Angela lachte ein wenig zittrig.

Rafe kniete sich vor sie und nahm ihre Hände in seine. „Ich verstehe ja, wieso du mir nicht vertraust, Angel. Aber du musst mir die Chance geben, dir zu beweisen, dass ich nicht so bin wie dieser andere Typ. Das ist alles, worum ich bitte. Eine Chance."

„Aber warum, Rafe? Warum?"

„Weil ich dich liebe", sagte er nur.

Sie schloss die Augen, überwältigt von widerstreitenden Gefühlen der Angst, der Freude, der Hoffnung, der Liebe und der Furcht. „Wirklich?", flüsterte sie.

„Ja, wirklich", sagte er mit fester Stimme. „Glaube mir, das ist ein Gefühl, dass man nicht falsch interpretieren kann. Ich liebe dich. Und ich tue alles für dich, genauso, wie ich es für Peanut tun würde. Und es ist mir ein Bedürfnis, dass auch du mich brauchst."

„Aber ich bin krank", wandte sie ein.

„Na und? Ich werde auch einmal krank sein. Wer garantiert mir, dass ich nicht irgendwann eine schwere Krankheit habe und du mich pflegen musst? Es gibt im Leben keine Garantien. Soweit ich es beurteilen kann, musst du nur etwas vorsichtiger mit dir umgehen als andere Leute, und du brauchst Injektionen. Himmel, wenn das eine Krankheit ist, dann hätte ich lieber die als viele andere, die mir einfallen."

„Ich könnte ... ich könnte jederzeit sterben, Rafe." Sie musterte sein Gesicht eingehend.

„Das könnte auch bei mir der Fall sein. Und bei jedem anderen auch. Aber die meisten Menschen lassen nicht zu, dass dieser Gedanke ihr Leben beherrscht."

„Ich kann keine Kinder kriegen."

„Ich habe schon eines. Und ich brauche kein zweites. Aber wenn du möchtest, können wir welche adoptieren."

Etwas blühte in ihr auf, so schön und wundervoll, dass es ihr die Tränen in die Augen trieb.

„Es ist doch so, Angel, wir können so ungefähr alles tun, was wir wollen. Wir müssen es nur wollen. Und das trifft auch auf dich zu. Du musst nur aufhören zu sagen ‚Ich kann nicht' und anfangen zu sagen ‚Ich kann'."

Sie nickte langsam. Die Tränen liefen ihr über das Gesicht.

„Und jetzt", meinte er und sah sie mit seinen dunklen Augen an, die so viel Wärme ausstrahlten, „würde ich noch gerne wissen, ob du vor Entsetzen weinst oder vor Glück."

„Vor Glück", sagte sie mit belegter Stimme. Dann konnte sie nicht mehr an sich halten. Sie schlang ihm die Arme um den Hals und drückte ihn so fest an sich, wie sie nur konnte. Er legte die Arme um sie, und sie wusste, dass sie zu Hause war.

„Ich liebe dich, Rafe."

Er wurde ganz still, trat ein wenig zurück und blickte suchend in ihr Gesicht. „Sag das noch einmal, Angel. Bitte."

„Ich liebe dich, Rafe."

„Oh Gott, ich habe mein ganzes Leben darauf gewartet, das zu hören. Sag es noch einmal und wieder und wieder."

Und so wiederholte sie es, immer wieder, erfüllt von Glück.

Und er beteuerte ihr seine Liebe.

Es war richtig, es war gut, und es war alles, was zählte.

EPILOG

„Angel! Bist du so weit?" Rafe war in der Küche ihres Hauses in Virginia. Die Morgensonne strömte durch die Fenster. Er stellte die letzte Schüssel in den Geschirrspüler und machte ihn an. Dann nahm er seine Krawatte von der Stuhllehne und band sie sich um.

Nach fünf Jahren fühlte er sich immer noch nicht wohl in Anzug und Krawatte, aber das war nebensächlich. Seine Tage als Undercoveragent waren vorbei. Seine Arbeit als Ausbilder bei der Polizeiakademie machte ihm große Freude. Und er freute sich darauf, Weihnachten in Conard County bei seinem Bruder und dessen Familie zu verbringen.

„Wir sind fertig", sagte Angela von der Küchentür aus. Er drehte sich um und sah seine Frau und seine drei Kinder. Peanut, der es inzwischen vorzog, Rafie genannt zu werden. Die zwölfjährige Melinda, die Rafe und Angela vor drei Jahren adoptiert hatten. Melinda hatte Diabetes und war durch den Tod ihrer Eltern zur Vollwaise geworden. Und dann war da Squirrel, der mit richtigem Namen Jason hieß. Ihn hatten sie als Kleinkind adoptiert, weil seine alleinstehende Mutter keine Möglichkeit gehabt hatte, für ihn zu sorgen. Er war ein aufgeweckter Bursche. Die drei Geschwister verstanden sich prächtig.

„Sind wir so weit?", fragte Rafe.

„Ja!", antworteten sie alle.

„Dann rein in den Wagen mit euch. Wir fahren!"

Auf dem Weg zur Tür blieb Angela stehen, um Rafe einen Kuss zu geben. „Ich liebe dich", flüsterte sie.

„Ich liebe dich auch", flüsterte er zurück. Er liebte sie alle. Und indem er sie liebte, hatte er das Zuhause gefunden, das er vorher nie gehabt hatte.

– ENDE –

Debra Webb

Riskanter Auftrag

Roman

Aus dem Amerikanischen von
Rainer Nolden

1. KAPITEL

„Was gibt's denn so Wichtiges, dass es nicht bis übermorgen warten kann? Da hätte ich doch sowieso meinen Bericht abgeliefert." John Logan ließ sich in einen der gepolsterten Sessel fallen, die neben dem Schreibtisch des Direktors standen. Er und seine Partnerin hatten seit über acht Monaten keinen Urlaub mehr gehabt. Sie hatten eine Auszeit dringend nötig – mehr als nötig. Und jetzt hatte dieser unvorhergesehene Trip nach Washington, D. C., Logans Terminplan für den heutigen Tag ziemlich durcheinandergebracht.

Er bemühte sich, locker zu wirken. Der Jetlag machte ihm ziemlich zu schaffen. Vielleicht sind es aber auch die Margaritas vom vergangenen Abend, überlegte er schmunzelnd. Ein Lächeln umspielte seine Lippen, als er an die Party dachte, deren einzige Teilnehmer er und diese niedliche Señorita gewesen waren. Zu dumm, dass der Anruf in der Morgendämmerung ihn aus dem zerwühlten Bett getrieben und ihnen die Gelegenheit zu einem prickelnden Abschluss vermasselt hatte.

„Wir haben ein Problem." Lucas Camp, der stellvertretende Direktor von Mission Recovery, dem Ressort für riskante Spezialaufträge, lehnte an der Schreibtischkante seines Vorgesetzten, Direktor Casey und fixierte Logan mit ernstem Blick.

Der Unterton in Lucas' Stimme riss Logan aus seinen lustvollen Gedanken und holte ihn in die Gegenwart zurück. Plötzlich hatte er ein beklemmendes Gefühl in der Brust. Er kannte diesen Ton und diesen Gesichtsausdruck. Lucas war dabei, ihm auf möglichst schonende Weise etwas Unaufschiebbares mitzuteilen. Und was immer es sein mochte – es war auf jeden Fall nichts Gutes.

Logan richtete sich in seinem Sessel auf, während er fieberhaft überlegte, was alles passiert sein konnte. „Was ist das denn für ein Problem?"

Direktor Thomas Casey trat in den dämmerigen Lichtkreis, den die Messinglampe auf seinem Schreibtisch verbreitete. Der Mann hielt sich fast immer im Schatten auf. Er arbeitete zwar noch nicht lange für die Organisation, aber sein Ruf als jemand, der stets aus dem Hintergrund heraus agierte, war in der kurzen Zeit geradezu legendär geworden.

Logans Sinne schalteten auf höchste Alarmstufe. Forschend betrachtete er Casey. Etwas war im Busch – und zwar keine Kleinigkeit, so wie es aussah.

„Möglicherweise müssen wir den Südamerika-Auftrag abbrechen." Casey durchbohrte Logan mit einem Blick seiner blauen Augen, dessen Intensität ihn an Laserstrahlen erinnerte. „Taylor ist nämlich tot."

Tot?

Logan schoss aus seinem Sessel hoch. Die Nachricht schockierte ihn so sehr, dass ihm gar nicht bewusst war, was er tat. Jess Taylor war seine Partnerin. Vor zwei Tagen hatten sie sich getrennt, um eine kurze Verschnaufpause einzulegen, ehe sie sich an den Auftrag machten, der sie nach Südamerika führen sollte. Wieso war sie jetzt tot? Benommen schüttelte Logan den Kopf. Das musste ein Irrtum sein.

„Wir hatten doch gerade ... sie wollte ..." Logan verstummte, als er die Blicke sah, die auf ihn gerichtet waren. Unmöglich, dass die beiden Männer, seine Vorgesetzten, ihn anlogen. „Wie ist es passiert?" Er klang so rau, dass er seine eigene Stimme kaum wiedererkannte.

„Sanchez hat sie erschossen. In Los Angeles vor dem Flughafengebäude", antwortete Lucas ruhig. „Wir wissen, dass er es war, denn es gab drei Augenzeugen. Aufgrund ihrer Personenbeschreibung ist jeder Zweifel ausgeschlossen."

Logan wurde wütend. Sanchez, dieser widerwärtige Dreckskerl! Er hätte ihn besser getötet, als er damals die Gelegenheit dazu hatte. Aber Sanchez hatte um Gnade gewinselt und geschworen, alles über die Kuriere auszuplaudern, die im mexikanischen Drogenhandel arbeiteten. Dessen Boss, Pablo Esteban, versuchten die Männer von Mission Recovery seit fast einem Jahr das Handwerk zu legen. Und Jess war voll auf Sanchez' Nummer hereingefallen. Logan hatte ihm zwar kein Wort geglaubt, aber er hatte wieder einmal auf Jess' normalerweise untrügliche Instinkte vertraut. Jetzt bedauerte er es – aber nicht halb so sehr, wie Sanchez es bedauern würde.

„Wo steckt er?"

Lucas zog die Augenbrauen hoch, als er Logans zornbebende Stimme hörte. „Wir kümmern uns schon um Sanchez."

„Ich werde mich um ihn kümmern", betonte Logan. Vor lauter Wut waren seine Muskeln total verkrampft.

„Sie haben bereits Ihren Auftrag", wies Casey ihn in seinem ruhigen, bestimmenden Tonfall zurecht, mit dem er schon zahlreiche Gesprächspartner über seine wahren Gefühle getäuscht hatte.

Thomas Casey war stets und in jeder Situation auf geradezu lebensgefährliche Weise zum Äußersten entschlossen. Der Auftrag stand für ihn immer an erster Stelle. Das war allerdings so üblich bei Mission

Recovery, die so sehr im Geheimen arbeitete wie sonst keine Organisation der amerikanischen Regierung. Sie war gegründet worden, um alle anderen Dienststellen der USA zu unterstützen. Wann immer CIA, FBI, die Steuerbehörden oder die Drogenfahndung mit ihrem Latein am Ende waren, wurden die Kollegen von Mission Recovery gerufen, um die Sache zu Ende zu bringen. Die bestens trainierten Spezialisten dieser Elitetruppe waren mit sämtlichen Aspekten der Terrorbekämpfung und militärischer Unterwanderung vertraut. Wenn alle anderen Möglichkeiten versagt hatten, wurde ein Experte aus ihren Reihen mit der Lösung des Problems beauftragt. Hier handelte es sich auch um einen solchen Fall. Aber nun hatte der Tod von Jess alles verändert.

Logans Zorn richtete sich gegen Casey. „Jess ist tot. Es wird verdammt schwer sein, den Auftrag jetzt zu Ende zu bringen. Ohne Partnerin habe ich keinen Zugang zu Estebans innerstem Kreis. Haben Sie etwa vergessen, dass es ein Pauschalarrangement war? Es galt nur für Paare."

„Es gibt vielleicht noch eine Möglichkeit." Lucas öffnete den Aktenordner, der in Reichweite auf Caseys Schreibtisch lag. „Erin Bailey." Er klopfte mit dem Finger auf eine achtzehn mal fünfundzwanzig Zentimeter große Fotografie, bei deren Anblick Logan erschrak.

Das üppige Haar war zu lang und blond anstatt schwarz, die Lippen vielleicht ein wenig voller. Doch ansonsten hätte die Frau auf dem Bild eine fast perfekte Doppelgängerin von Jess sein können.

„Wer zum Teufel ist das?" Logan konnte seinen Blick nicht von dem Foto lösen. Die Rundung ihrer Wangen, die schmale Linie ihrer Nase und die ungewöhnlich blauen Augen sahen genauso aus wie bei Jess. Es war ebenso bedrückend wie unheimlich.

Lucas schien mit dieser Reaktion gerechnet zu haben. Jedenfalls bemühte er sich, verständnisvoll zu klingen. „Sie ist amerikanische Staatsbürgerin und eine erstklassige Hackerin. Allerdings nicht im herkömmlichen Sinne. Sie ist spezialisiert auf Computersicherheitssysteme. Sie hat sich das Hacken beigebracht, um ihre Fähigkeit als Sicherheitsexpertin zu vervollkommnen."

Computer? Die waren die Spezialität von Jess gewesen. Auf ihr Talent konnten sie nicht verzichten, wenn der Südamerika-Auftrag erfolgreich abgeschlossen werden sollte. „Wie sind Sie auf sie gekommen?"

„Reiner Zufall", erklärte Lucas. „Die Rekrutierungsgruppe hat sie ausfindig gemacht."

Logan wusste, was es mit der Rekrutierungsgruppe auf sich hatte. Sie bestand aus einem Dutzend Männer und Frauen, die nichts anderes taten, als nach Personen Ausschau zu halten, die auf einem bestimmten Gebiet über einzigartige und herausragende Fähigkeiten verfügten. Vor drei Jahren hatte die Rekrutierungsgruppe auch Logan entdeckt. Inzwischen gehörte auch er zu den Spezialagenten, die sowohl physisch als auch psychisch extrem belastbar waren – was sie auch sein mussten, wenn sie mit Problemen konfrontiert wurden, die die nationale und internationale Sicherheit gefährdeten.

Plötzlich überwog Neugier seine Wut, und er fragte: „Haben Sie sie etwa schon angeworben?"

„Nein", antwortete Casey. „Wir wollten zunächst einmal hören, ob Sie mit dieser Lösung ein Problem haben."

Vor allen Dingen! Casey würde sich den Teufel darum scheren, ob Logan damit ein Problem hatte oder nicht. Wenn die Frau zu haben war, würde der Auftrag selbstverständlich zu Ende gebracht werden, ob ihm Erin Bailey passte oder nicht.

„Wir haben uns gedacht, dass es nicht in Ihrem Sinne sein kann, wenn die anstrengende Arbeit, die Sie und Jess in den letzten Monaten geleistet haben, für nichts und wieder nichts gewesen sein soll", meinte Lucas diplomatisch. „Und Erin Bailey ist unsere einzige Hoffnung, um diesen Auftrag durchführen zu können."

Logan hätte den Auftrag am liebsten zum Teufel gewünscht. Aber sein Instinkt hielt ihn davon ab. Er war eben ein Profi durch und durch. Jess war tot. Das war entsetzlich. Trotzdem hatte dieser Auftrag die allerhöchste Priorität. Hätte es ihn statt Jess getroffen – sie hätte genauso gehandelt.

„Wo ist sie?", fragte Logan barsch.

„Im Staatsgefängnis von Atlanta."

Logans Blick wanderte von Lucas zu dem irritierenden Foto und wieder zurück. „Was hat sie denn getan?" Die harmlos wirkende Frau auf dem Bild sah ganz und gar nicht so aus, als sei sie zu kriminellen Handlungen fähig. Was die Angelegenheit nur komplizierter macht, überlegte Logan. Wie zum Teufel würde sie unter solchen Voraussetzungen in Estebans Umgebung überleben können?

„Nichts, sagt sie." Lucas wirkte amüsiert. „Aber das sagt schließlich jeder, der im Gefängnis sitzt."

„Sie hat sich Zugang zu den Sicherheitssystemen einiger großer Unternehmen im Südosten der Staaten verschafft, um an Aufträge für die kleine, aber aufstrebende Firma für Computersicherheit zu gelangen, bei der sie gearbeitet hat", erklärte Casey. "Sie hat fünf Jahre gekriegt. Davon hat sie gerade vier Monate abgesessen, und nach jüngsten Berichten zu urteilen, bekommt ihr das Gefängnisleben nicht besonders gut."

Lucas und Casey wechselten einen Blick. Logan hätte darauf gewettet, dass das Unbehagen dieser Bailey in ihrer neuen Umgebung mehr mit Mission Recovery als mit ihrer derzeitigen Situation zu tun hatte. Bei derlei Spielchen pflegten die Verantwortlichen die Karten nämlich stets so zu mischen, dass die Organisation ein gutes Blatt in der Hand hatte.

Na wennschon! Logan nahm die Akte und betrachtete Erin Bailey genauer. Wie aus der beigefügten Personenbeschreibung hervorging, war sie ungefähr so groß wie Jess und wog auch etwa so viel wie sie. Rund eins fünfundsechzig, zweiundfünfzig Kilo. Er runzelte die Stirn. "Hat sie Familie? Oder einen Freund, der Schwierigkeiten machen könnte?"

Lucas schüttelte den Kopf. "Nicht einen Menschen. Sie war offenbar mit ihrem Boss verlobt, als man sie verhaftete. Er hat unter Eid ausgesagt, nichts von ihren kriminellen Aktivitäten gewusst zu haben. Er macht übrigens nicht den Eindruck, als ob er sie sonderlich vermisst, wenn man ihn in Gesellschaft der Brünetten sieht, mit der er im Moment zusammen ist."

Irgendetwas an dieser Geschichte störte Logan, aber die persönlichen Probleme der Frau gingen ihn schließlich nichts an. "Warum glauben Sie, dass sie mitmachen wird?" Er sah Casey durchdringend an. "Wir wissen doch alle, wie riskant die Sache ist."

"Erin Bailey will in ihr altes Leben zurück." Casey griff über den Schreibtisch und nahm Logan die Akte aus der Hand. Er blätterte durch die Seiten, bis er gefunden hatte, was er suchte. Nachdem er einen kurzen Blick darauf geworfen hatte, schloss er die Akte und ließ sie auf die glänzende Platte seines Mahagonischreibtischs fallen. "Und ich möchte darauf wetten, dass sie sich die Gelegenheit nicht entgehen lassen würde, ein bisschen Rache zu üben. Wir wissen bereits, dass ihr Freund sie reingelegt hat. Aber für den Fall, dass sie an Vergeltung nicht interessiert sein sollte, haben wir für einen anderen Anreiz gesorgt. Es steht alles in der Akte." Casey lächelte, was ihn fast menschlich erscheinen ließ. "Ich habe ein Arrangement für Sie vorbereitet, damit Sie ihr ein Geschäft anbieten können."

Logan verspannte sich innerlich. Er fragte sich, ob diese Bailey töricht genug wäre, sich auf einen Handel mit dem Teufel persönlich einzulassen. Aber Logan würde keine Zeit mit Überlegungen darüber verschwenden, wer die größere Bedrohung für Erin Bailey darstellte – Esteban oder Mission Recovery.

„Und wenn sie unser Angebot akzeptiert?", wollte Logan wissen.

Das Lächeln verschwand und machte dem grimmigen Gesichtsausdruck Platz, der Logan beim neuen Leiter der Einheit schon vertraut war. „Dann haben Sie genau eine Woche Zeit, um aus Erin Bailey Jessica Taylor zu machen."

Erin träumte. Sie stand mitten auf einer wunderschönen grünen Wiese, in der zahllose Kornblumen und Gänseblümchen wuchsen. Ein weiter Himmel, dessen strahlendes Blau nur hier und da von ein paar weißen Wolkentupfern unterbrochen wurde, erstreckte sich bis zum Horizont.

Im Traum schloss Erin die Augen und drehte sich langsam um die eigene Achse. Das hohe Gras kitzelte ihre Knöchel. Unter ihren nackten Füßen fühlte es sich weich an. Ein süßer Duft strömte von allen Seiten auf sie ein. Der Geruch von wild wachsenden Blumen ... von üppig wucherndem Gras ... das Aroma der Freiheit ...

„Aufstehen!"

Erin war augenblicklich hellwach. Sie blinzelte in die Dunkelheit und erkannte die Silhouette einer Person, die vor ihrem Klappbett stand. Eine Welle von Furcht schwappte über ihr zusammen, als eine kräftige Hand ihre Schulter packte und sie heftig schüttelte. Um Himmels willen – sollte Roland, der Wärter, sich entschieden haben, seine Drohung wahr zu machen? Oder war es ihre Zellengenossin, die es auf sie abgesehen hatte? Panik legte sich wie eine Eisenklammer um ihre Brust. Erin wollte schreien, aber ihre Kehle war wie zugeschnürt.

„Was ... was machen Sie da?", brachte sie schließlich mühsam hervor. Es war bereits weit nach Mitternacht. Im gesamten Zellentrakt herrschte tödliche Stille.

„Ich habe gesagt, Sie sollen aufstehen", wiederholte die barsche Stimme in einem heiseren Flüsterton.

Das war eine andere Stimme. Sie gehörte nicht dem Wärter, der sie bedroht hatte. Mit einem Seufzer der Erleichterung kroch sie unter der dünnen Bettdecke hervor und versuchte sich in der Dunkelheit zurechtzufinden. Sie tastete nach ihren Schuhen. Dann richtete sie sich auf und strich mit einer hastigen Bewegung ihren verknautschten Gefängnisoverall glatt.

Der Wärter riss ihre Arme nach vorn und legte ihr Handschellen an. „Und stellen Sie jetzt keine Fragen. Ich will nicht, dass Sie den ganzen verdammten Block aufwecken."

Er leuchtete ihr mit der Taschenlampe ins Gesicht. Erin kniff die Augen zusammen, um nicht geblendet zu werden, und nickte zum Zeichen, dass sie verstanden hatte. Mit einem vernehmlichen Klicken erlosch das Licht. Wohin brachte er sie jetzt mitten in der Nacht? Was hatte er vor? Sie runzelte die Stirn. Und warum hatte er ihr Handschellen angelegt? Ehe sie noch weiter darüber nachdenken konnte, schob der Wachmann sie unsanft durch die Tür, die er hinter ihr zuschlug und verschloss.

Nur das Geräusch von Gummisohlen auf dem Zementboden war zu hören, als sie an den endlosen Reihen von Zellen vorbeigingen. Hin und wieder wurde die beklemmende Stille von einem Husten oder Schnarchen unterbrochen, das aus den Zellen in den Flur drang. Aber keiner der Insassen wurde wach, um sich zu fragen oder auch nur mitzubekommen, was mit Häftling Nr. 541-22 passierte.

Erin brannte darauf zu wissen, wohin sie gingen, aber vor lauter Angst wagte sie nicht zu fragen. Zu oft hatte sie schon erlebt, welchen Preis Gefangene für die Missachtung von Anweisungen hatten zahlen müssen. Der Wachmann hatte ihr befohlen, den Mund zu halten; also gehorchte sie. Das Herz schlug ihr bis zum Hals, und das Blut dröhnte ihr in den Ohren. Wie hätte sie jemandem an diesem Ort vertrauen können? Das trübe Licht, das den endlos langen Korridor schwach erhellte, ließ sie ihre Gefangenschaft nur umso stärker empfinden. Wie sollte sie bloß die noch vor ihr liegenden vier Jahre und acht Monate überstehen? Ihr wurde allein schon von dem abgestandenen Schweißgeruch übel, der die Gänge durchzog.

Am Ende des Ganges öffnete eine Wärterin die Sicherheitsschleuse, die aus dem Trakt hinausführte. Im schwachen Licht einer Schreibtischlampe konnte man die mürrischen Gesichtszüge der Frau erkennen. Die Tür fiel hinter Erin und ihrem Begleiter ins Schloss, und sie verspürte eine Mischung aus Angst und Erleichterung. Zwar fühlte sie sich in ihrer Zelle einigermaßen sicher vor der Hinterhältigkeit, die um sie herum existierte, aber gleichzeitig kam es ihr so vor, als ob diese widerwärtige Umgebung sie in ihrem knapp sechs Quadratmeter großen grauen Raum zu ersticken drohte.

Statt Erin in den großen Besuchertrakt zu bringen, blieb der Wärter zögernd vor einer der Türen stehen, die zu den Besprechungszimmern führten. Es war derselbe Raum, in dem Erin zwei Mal mit ihrem Anwalt zusammengetroffen war – die einzigen Gelegenheiten, bei denen er so etwas wie Interesse an ihrem Fall bekundet hatte.

„Ich warte hier draußen, um Sie in Ihre Zelle zurückzubringen." Mit diesen Worten, die mehr nach einer Warnung als einer Feststellung klangen, öffnete er die Tür und wartete darauf, dass sie eintrat.

„Ich verstehe das alles nicht." Plötzlich verspürte Erin den unbändigen Drang wegzulaufen. „Warum bringen Sie mich hierher?"

„Gehen Sie schon." Der Mann deutete mit der Hand zur Tür. „Sie haben Besuch." Er klang ziemlich ungeduldig, geradezu verärgert.

Besuch? Für sie? War dieser Mistkerl Jeff gekommen, um sich zu entschuldigen? Wollte er ihr sagen, dass die ganze Sache nur ein gigantisches Missverständnis war? Dass sie nun wieder frei war? Fast wäre Erin bei diesem Gedanken in Gelächter ausgebrochen. Er hatte sie benutzt. Sie biss die Zähne zusammen, denn der Schmerz lauerte nach wie vor hinter der Fassade von Beherrschung, die sie nur mühsam aufrechterhielt. Er hatte ihr Leben und ihre Karriere ruiniert. Alles. Sie würde niemals wieder einen Job bekommen, für den sie ein polizeiliches Führungszeugnis vorweisen musste. Dafür war er mit heiler Haut aus der Angelegenheit herausgekommen. Sie hatte für ihn den Kopf hingehalten. Alle seine Versprechungen waren nichts als Lügen gewesen.

Und jetzt musste sie den Preis für ihre Dummheit zahlen.

Erin straffte die Schultern und holte tief Luft. Wer immer es war, der sie mitten in der Nacht sprechen wollte – Jeff war es bestimmt nicht. Ihr Anwalt war es mit Sicherheit ebenfalls nicht. Er hatte ihr von Anfang an gesagt, dass sie keine Chance hatte. Natürlich hatte Jeff ihn engagiert. Was war sie bloß für eine Närrin gewesen!

Mit einem lauten Krachen fiel die Tür hinter ihr ins Schloss. Erin zuckte zusammen, als sie hörte, wie der Schlüssel umgedreht wurde. Sie hasste nichts so sehr, wie eingesperrt zu werden. Kaum hatte sie den Gedanken zu Ende gedacht, schienen die Wände auf sie zuzukommen und sie einzuengen. Wie sollte sie bloß den Rest ihrer Strafe überstehen? Ihr Atem ging schnell und flach. Das Schicksal und Jeff hatten ihr keine andere Wahl gelassen. Sie war eine Gefangene, und niemand würde kommen, um sie zu retten.

Bleib ruhig! befahl sie sich. *Konzentrier dich auf etwas anderes. Auf dieses Zimmer zum Beispiel.* Sie kannte es von früheren Besuchen. Diesmal war es nur schwach erleuchtet. Mitten in der Nacht fiel natürlich kein Licht durch das Fenster an der gegenüberliegenden Wand. Eine nackte Glühbirne über dem leeren Tisch in der Mitte des Raumes verbreitete einen trüben Schein. Die beiden Stühle waren leer.

„Setzen Sie sich."

Als sie die Stimme hörte, fuhr Erin erschrocken herum. Sie kannte den hochgewachsenen dunkelhaarigen Mann nicht, der in den Lichtkreis an den Tisch trat. Sie hatte nicht einmal bemerkt, dass er dort gewartet hatte. An einen so gut aussehenden Typen wie diesen hätte sie sich bestimmt erinnert. Ein leichter Bartschatten verdunkelte sein Kinn und seine markanten Gesichtszüge. Sein weißes Baumwollhemd war leicht zerknittert. Seine Jeans wirkten ein wenig verwaschen und so abgetragen, dass sie inzwischen bequem sitzen mussten. Er sah übernächtigt aus, als sei er gerade von einer anstrengenden Reise zurückgekehrt oder vor wenigen Minuten aufgewacht und in dieselben Kleider geschlüpft, die er am Tag zuvor getragen hatte.

Er machte keine Anstalten, seinen Namen zu nennen, und Erin stellte keine Fragen. Sie durchquerte das Zimmer und setzte sich auf den Stuhl auf ihrer Seite des Tisches. Schließlich war sie eine Gefangene ohne Rechte. Wenn man ihr befahl zu springen, dann sprang sie. Erin hatte nicht vor, auch nur eine Minute länger als unbedingt nötig in diesem Zimmer zu bleiben.

Der Mann nahm ebenfalls Platz und begann, durch die Akte zu blättern, die vor ihm auf dem Tisch lag. „Mein Name ist John Logan, Miss Bailey. Ich bin hergekommen, um Ihnen einen Vorschlag zu machen." Sein Blick war durchdringend, abschätzend.

Seine Augen verwirrten sie. Sie waren dunkelbraun, beinahe schwarz, und ihnen schien nicht die geringste Einzelheit zu entgehen. Erin kämpfte gegen die Erwartung an, die in ihr zu keimen begann. Sie wollte sich keine Hoffnungen machen, dass dieser Mann sie auf irgendeine Weise aus dieser Hölle retten würde, in die sie durch ihre falschen Entscheidungen geraten war.

„Es ist mitten in der Nacht", entgegnete sie. „Ist das nicht eine etwas merkwürdige Zeit für geschäftliche Verhandlungen, Mr Logan?"

Erin hatte auf schmerzvolle Weise am eigenen Leib erfahren, dass Besprechungen außerhalb der üblichen Geschäftszeiten in der Regel eher dubios waren. Außerdem kannte sie diesen Mann überhaupt nicht. Was für eine Art Vorschlag konnte er ihr schon machen? Arbeitete er für den Bezirksstaatsanwalt? Vielleicht waren sie darauf gekommen, dass es sich doch lohnte, an Jeff dranzubleiben. Aber dagegen sprachen die nachlässige Kleidung ihres Besuchers und die Tatsache, dass die Zeit für geschäftliche Unterredungen längst vorbei war.

Er schloss die Akte, lehnte sich in seinen Stuhl zurück und fixierte sie durchdringend. Erin hielt seinem Blick stand. Sie würde ihm nicht den Triumph gönnen, dass sie zuerst die Augen niederschlug. Zum Teufel, sie war bereits im Gefängnis – was konnte er ihr da noch Schlimmeres antun? Doch dann erinnerte sie sich mit Schaudern an die Gefahren, die in diesen Mauern drohten. Davon gab es eine ganze Reihe – entsetzliche und entwürdigende Dinge, die man mit ihr anstellen konnte.

„Sie haben erst vier Monate von Ihrer Strafe verbüßt." Er rieb sich mit der Hand das Kinn, als ob er müde und seine Geduld erschöpft sei. „Fünf Jahre sind eine sehr lange Zeit, Miss Bailey."

Erin drehte ihr rechtes Handgelenk in den Handschellen hin und her. Sie verstand immer noch nicht, warum der Wachmann sie ihr für diese Unterhaltung angelegt hatte. Schließlich gehörte sie nicht zu den gewalttätigen Insassen. Und zählen konnte sie auch allein. „Ich bin mir durchaus im Klaren über die verbleibende Zeit, Mr Logan."

Er beugte sich vor, und sein Blick wurde noch durchdringender. „Dann würde ich mich an Ihrer Stelle auch nicht darüber beklagen, zu welcher Tages- oder Nachtzeit Ihnen Ihre einzige Hoffnung auf Freiheit angeboten wird."

Freiheit? Wer war dieser Mann? Wovon redete er? „Wer hat Sie hergeschickt?", verlangte sie zu wissen. Sie fürchtete sich davor, seinen Äußerungen zu glauben – und gleichzeitig hatte sie Angst, ihnen keinen Glauben schenken zu können.

„Das darf ich Ihnen nicht sagen." Er verschränkte die Arme auf der Tischplatte und verdeckte die Akte. „Und selbst wenn ich es Ihnen sagen würde, dann wüssten Sie auch nicht mehr als jetzt."

„Das verstehe ich nicht." Zum ersten Mal, seitdem sie das Zimmer betreten hatte, empfand Erin Angst um ihre Sicherheit. Stand der Wachmann noch vor der Tür, wie er ihr gesagt hatte? „Ich glaube, ich gehe jetzt besser zurück in meine Zelle."

Sie wollte aufstehen, aber seine nächsten Worte ließen sie in ihrer Bewegung innehalten.

„Ich könnte dafür sorgen, dass dieser Albtraum für Sie schon bald zu Ende ist."

Sie glaubte ihm kein Wort. „Wie wollen Sie das denn anstellen?", fragte sie in der Gewissheit, dass es nicht wahr sein konnte. Trotzig reckte sie das Kinn vor und sah ihn herausfordernd an. Sie verlangte einen Beweis für seine Behauptung.

„Die Leute, für die ich arbeite, sind sehr einflussreich. Wenn Sie mit uns kooperieren, werden sie dafür sorgen, dass Ihnen Ihre Strafe erlassen wird. Sie werden wieder frei sein und können tun und lassen, was Sie wollen."

Das klang zu schön, um wahr zu sein. Die Sache musste einen Haken haben. „Und was muss ich dafür machen?" Sie betrachtete die gleichmäßigen Züge seines anziehenden Gesichts, die Linien und Fältchen, das Spiel von Licht und Schatten, das sich darin abzeichnete. Seine Miene war ausdruckslos, und auch seine tiefdunklen Augen verrieten nicht die geringste Kleinigkeit. Konnte sie ihm wirklich trauen? Egal, wie gut er aussah oder wie wichtig er zu sein schien. Sie kannte ihn nicht. Er war ein Fremder. Ein Fremder immerhin, der genug Einfluss hatte, mitten in der Nacht in ein Staatsgefängnis zu kommen und den Aufsichtsbeamten Befehle zu erteilen. Diese Erkenntnis verursachte ihr eine Gänsehaut.

Er beobachtete sie eine Weile, ehe er ihre Frage beantwortete. „Wir brauchen Sie für eine Aufgabe, die für die nationale Sicherheit von äußerster Bedeutung ist. Sie werden die Identität einer anderen Person annehmen, und Sie werden sehr eng mit mir zusammenarbeiten. Ohne Sie ist dieser Auftrag nicht durchzuführen."

Nationale Sicherheit? Die Identität einer anderen Person? „Wessen Identität?" Sie musste träumen. Das konnte unmöglich die Realität sein. Solche Situationen gab es doch nur im Film.

„Vor dem Einsatz werden Sie in alle Einzelheiten eingewiesen." Er nahm einen Aktenkoffer vom Boden und stellte ihn auf den Tisch. Nachdem er ihn geöffnet hatte, legte er die Akte hinein, schloss den Koffer und erhob sich. „Noch irgendwelche Fragen?"

„Warten Sie." Sie widerstand dem Drang, die Hand auszustrecken und ihn zu berühren, um sich zu vergewissern, dass er tatsächlich existierte. Die ganze Situation war absolut unwirklich. Er konnte doch nicht im Ernst erwarten, dass sie zustimmte, ohne zu wissen, worauf sie sich einließ. Sie musste mehr darüber erfahren. „Ich kann mich nicht entscheiden, ohne genauere Einzelheiten zu wissen. Erzählen Sie mir mehr darüber. Außerdem brauche ich Zeit, um darüber nachzudenken."

In seinen angespannten Gesichtszügen zuckte es ungeduldig. „Wir haben aber keine Zeit. Wenn Sie sich zur Mitarbeit entschließen, werden Sie genau das tun, was ich Ihnen sage, wenn ich es Ihnen sage. Und es gibt keinerlei Diskussionen." Er nahm den Aktenkoffer vom Tisch. „Also – machen Sie mit oder nicht?"

Erin schüttelte den Kopf. Das war absolut verrückt. „Was ist das denn für ein Auftrag? Und wo wird er ausgeführt?"

„Ich kann Ihnen weder die eine noch die andere Frage beantworten. Sie werden diese Informationen bekommen, wenn es nötig ist. Im Moment ist das alles, was Sie wissen müssen. Also – wie lautet Ihre Entscheidung?"

Erins Verärgerung war ebenso groß wie ihre Furcht. „Sie können nicht im Ernst von mir erwarten, dass ich einfach Ja sage. Da gibt es schließlich noch einiges zu bedenken."

„Zum Beispiel?" Er legte den Kopf schräg und sah sie durchdringend an. „Etwa ob Sie überleben werden, falls Ihre Mitgefangene Evans auf die Idee kommt, mit Ihnen das Gleiche zu tun wie mit diesem Richter in Savannah?" Erwartungsvoll zog er die Augenbrauen hoch. „Oder vielleicht wollen Sie mal sehen, was dem Wärter – wie heißt er doch gleich? Roland? – noch so alles einfällt, während Sie hier die Jahre, Monate und Tage Ihrer Strafe verbüßen."

Wie hatte er davon erfahren? Niemand konnte etwas darüber wissen. Sie hatte es keinem erzählt. „Wer sind Sie?"

„Ich bin eine männliche Fee, Erin Bailey. Ich kann Ihre geheimsten Wünsche erfüllen. Ich kann Ihren guten Ruf wiederherstellen und dafür sorgen, dass Ihr Freund Jeff für seine Hinterhältigkeit zahlen muss." Zwei lange Sekunden sah Logan ihr unverwandt in die Augen. Dann drehte er sich auf dem Absatz um und ging zur Tür. Erst dort blieb er wieder stehen und warf ihr einen letzten, ebenso herausfordernden wie herablassenden Blick zu. „Drinnen – oder draußen?"

Erin schluckte die Angst hinunter, die ihr die Kehle zuschnürte. Und wenn er nun die Wahrheit sagte? Wenn das wirklich ihre einzige Chance war, die Freiheit zurückzugewinnen? *Ich könnte dafür sorgen, dass dieser Albtraum für Sie schon bald zu Ende ist.* Allein die Aussicht, dass Jeff seine gerechte Strafe bekommen würde, verursachte ihr ein Schwindelgefühl im Kopf.

Bei dieser Vorstellung empfand sie fast so etwas wie Vorfreude. Dennoch zögerte sie ihre Antwort noch ein wenig hinaus. „Eines müssen Sie mir aber sagen", beharrte sie.

Sie konnte die Gereiztheit, die von dem gut aussehenden Fremden ausging, förmlich spüren. Dennoch wartete er auf ihre Frage.

„Dieser Auftrag, bei dem ich Ihnen helfen soll – ist er gefährlich?"
Der Ausdruck in seinen Augen änderte sich. Alle Anzeichen von Großspurigkeit und Herablassung verschwanden aus seiner Miene. In der Stille, die folgte, bis er ihr antwortete, hämmerte Erin das Herz bis zum Hals.
„Sehr."
Dieses einzelne Wort hallte in ihren Ohren nach und ließ in ihr erneut das Gefühl von Verzweiflung wach werden. Ohne sie aus den Augen zu lassen, klopfte er an die Tür, die sofort geöffnet wurde. Er ging hinaus, ohne sie hinter sich zu schließen. Jetzt war es an ihr, eine Entscheidung zu treffen.
Drinnen oder draußen.

2. KAPITEL

Drei knappe Worte. *Ich mache mit.* Der Blick, mit dem Logan sie gemessen hatte, schien eine Ewigkeit zu dauern. Sie glaubte, in den dunklen Augen eine Art Bedauern wahrzunehmen, ehe er sich an den Wachmann wandte und ihm sagte, dass er Erin mitnehmen würde. Der Wärter hatte ihr sofort die Handschellen abgenommen, als ob der Gefängnisdirektor persönlich ihm den Befehl dazu gegeben hätte. Das Herz schlug ihr immer noch bis zum Hals, und ihre Handflächen waren schweißnass, als sie zwanzig Minuten später auf den Rücksitz des großen schwarzen Geländewagens sank, der vor dem Haupteingang des Gefängnisses geparkt war. Jede Sekunde in diesen zwanzig Minuten hatte vernehmlich durch Erins aufgewühlte Gedanken getickt. Es erschien ihr immer noch unmöglich, dass das, was sie gerade erlebte, tatsächlich passierte – aber genau das war der Fall. Sie war frei, um mit diesem Fremden zu gehen, der mitten in der Nacht bei ihr aufgetaucht war.

Logan schloss die Tür an ihrer Seite und nahm auf dem Sitz neben dem Fahrer Platz, der geduldig auf sie gewartet hatte.

„Flughafen?", fragte der Mann hinter dem Steuer des Geländewagens.

„Ja."

Mit einem kurzen, abschätzenden Blick musterte der Fahrer sie im Rückspiegel. Ein Schauer lief ihr bei dieser raschen Prüfung über den Rücken, aber sie zwang sich, das unbehagliche Gefühl zu verdrängen. Sie musste stark sein. Die Angelegenheit war zu wichtig, als dass ihr jetzt ihre Furcht in die Quere kommen durfte. Sie war draußen! Ein Schwindelgefühl erfasste sie und ließ sie erzittern. Noch ein paar Meter, und sie würde die letzten Barrieren überwunden haben, die zwischen ihr und der Freiheit lagen.

Der Wagen setzte sich in Bewegung und wurde schneller, während er über die lange Zufahrt rollte. Erin hielt den Atem an, als sich die schweren Gefängnistore öffneten und sie ungehindert hindurchfuhren. Ihre Erleichterung war so überwältigend, dass sie das Gefühl hatte, unter der berauschenden Wirkung einer Droge zu stehen.

Doch etwa zehn Sekunden später gewann die Realität wieder die Oberhand. Worauf hatte sie sich da bloß eingelassen? Die Angst kroch ihr den Rücken hinauf und verdrängte das süße Gefühl der Unbeschwertheit, als ihr bewusst wurde, dass sie mit zwei Fremden durch die Dunkelheit fuhr – mit unbekanntem Ziel. Sie drehte sich in ihrem Sitz um und schaute auf die grauen Gefängnismauern und den Sicherheitszaun, die hinter ihr zurückblieben und immer kleiner wurden. Eine winzige Hoffnung keimte in ihr auf, als ihr bewusst wurde, dass sie diesen entsetzlichen Ort tatsächlich verließ. Das war kein Traum, nicht einmal ein Tagtraum. Wozu immer sie sich bereit erklärt hatte – jetzt hatte es begonnen. Sie war draußen!

Als die grellen Lampen, die das Gelände erhellten, nur noch ein ferner schwacher Schein waren, drehte sie sich wieder nach vorn. Jetzt musste sie mit den Konsequenzen ihres Entschlusses fertigwerden.

Endlich war sie die verhasste Gefängniskleidung los. Stattdessen trug sie Jeans, ein T-Shirt und die Turnschuhe, mit denen sie vor vier Monaten hierhergekommen war. Der Rest ihres persönlichen Besitzes – Ausweis, Schmuck, Fotos und so weiter – steckte in einem großen wattierten Umschlag, den Logan an sich genommen hatte. Er hatte ihr gesagt, dass sie diese Dinge im Moment nicht benötigte. Ein neuer Gedanke schoss ihr durch den Kopf. Sie nagte an ihrer Unterlippe, als die Angst ihr wieder zu schaffen machte. Hatte sie möglicherweise nur ein Gefängnis gegen das andere eingetauscht? Wohin fuhren sie? Was würde passieren, wenn sie ihr Ziel erreicht hatten?

„Warum fahren wir zum Flughafen?" Ihre Stimme klang dünn in der beklemmenden Stille.

„Wir müssen ein Flugzeug bekommen", erwiderte Logan, ohne sich nach ihr umzudrehen. „Mehr brauchen Sie im Moment nicht zu wissen."

Sie öffnete den Mund, um etwas zu entgegnen, schloss ihn dann aber wieder. Es hatte keinen Zweck, auf Antworten zu bestehen, wenn sie genau wusste, dass er ihr keine geben würde. Das Letzte, was sie wollte, war, den Mann gegen sich aufzubringen, in dessen Händen nun ihr Schicksal lag. Das Gefängnis hatte die Verantwortung für sie auf ihn übertragen. Sie stand in seinen Diensten; sie war von seinem Wohlwollen abhängig.

Es war genau wie bei Jeff.

Bei der Erinnerung an ihn lief ihr eine Gänsehaut über den Rücken. Aber nein. Das stimmte nicht ganz. Dieser Mann hatte nichts mit ihrem früheren Verlobten gemein. Die Informationen, die Logan ihr bisher gegeben hatte, so spärlich sie auch sein mochten, schienen wahr zu sein. Er arbeitete für die Regierung, dessen war sie sich inzwischen hundertprozentig sicher. Sie hatte seine Beglaubigungsschreiben und die

Gerichtsformulare gesehen, als er ihre Entlassungspapiere unterschrieben hatte. Niemand im Gefängnis – genau genommen nicht einmal sie selbst – hatte irgendetwas infrage gestellt. Die Vorstellung, die Freiheit zurückzugewinnen, war viel zu verlockend gewesen, und schließlich waren ihre Bedenken in alle Winde zerstreut.

Doch jetzt meldeten sich diese Bedenken wieder zu Wort. Er hatte gesagt, dass er sie für eine Aufgabe brauchte, bei der es um die nationale Sicherheit ging. Sie würde in die Rolle einer anderen Person schlüpfen. Der Auftrag war äußerst gefährlich. Nur – welche Kenntnisse oder Erfahrungen konnte sie diesem Mann oder ihrem Land schon bieten?

Wieder griff die Angst wie mit eiskalten Fingern nach ihr. Fast wäre sie unter der Wucht dieses Gefühls zusammengebrochen. Verbissen kämpfte sie dagegen an. Sie schlang die Arme um ihren Körper und zwang sich, ruhig zu bleiben, wenigstens nach außen hin. Wenn der Zeitpunkt gekommen war, würde man ihre Fragen schon beantworten. Das hatte er ihr versichert. Es bestand also kein Grund, die Nerven zu verlieren – vor allem nicht in diesem Moment.

Sie straffte die Schultern und hob trotzig den Kopf. Was immer nötig war, um die Freiheit zurückzugewinnen – sie würde es machen. Sie war nicht länger das kleine, vertrauensvolle Dummchen von vor zwei Jahren. Es war eine bittere Lektion für sie gewesen – aber jetzt wusste sie, dass sie nicht jedem trauen durfte. Vor allem keinem Mann, dem seine Arbeit über alles ging. Unwillkürlich fiel ihr Blick auf John Logans dunklen Hinterkopf. Bei einem Mann wie ihm wusste sie instinktiv Bescheid. Nun ja, ihm brauchte sie ja auch nicht zu vertrauen – jedenfalls nicht in dieser Hinsicht. Und sie hatte bestimmt nicht vor, ihn persönlich kennenzulernen. Das hier war eine rein geschäftliche Angelegenheit. Sie musste nur seinen Anweisungen folgen, und sie würde ihr altes Leben zurückbekommen. Sie wünschte es sich mehr als sonst irgendetwas auf der Welt.

Was auch am nächsten Tag passieren würde, an einer Sache bestand kein Zweifel: Im Moment, in dieser Minute war sie in Freiheit.

Und das musste fürs Erste genügen.

Während der vergangenen vier Monate hatte sie jeden einzelnen Tag abgehakt. Die Zeit, die vor ihr lag, würde sie auf die gleiche Weise bewältigen.

Zu ihrer Überraschung fuhren sie nicht nach Hartfield, dem internationalen Flughafen von Atlanta. Stattdessen parkte der Fahrer den Wagen in der Nähe eines Flugzeughangars auf dem PDK Airport, dem bevorzugten Ausweichflugplatz für kleinere Maschinen. Das Flugzeug, ein kleiner Düsenjet, wie ihn Geschäftsleute gern benutzten, glänzte im Schein der Startbahnbeleuchtung. Sie folgte Logan und dem Fahrer zum Flugzeug, neben dem ein Mann auf sie wartete.

„Wir sind vollgetankt und abflugbereit", sagte der Mann zu Logan. Er war fast genauso groß wie Logan, ein wenig älter vielleicht. Aber er sah genauso durchtrainiert aus.

Das musste der Pilot sein. Trotz seines zerfurchten Profils wirkte er sehr freundlich. Ihrer Meinung nach sah keiner der Männer wie ein Geheimagent aus. Nun ja, vielleicht mit Ausnahme von Logan. Ihn umgab diese Aura von Gefahr ... ein Geheimnis, das auf seine Art sehr anziehend war. Andererseits konnte sie nur nach dem urteilen, was sie in Filmen gesehen hatte. Und das waren vermutlich nicht die besten Vergleichsmöglichkeiten.

Vor lauter Erschöpfung und Beklemmung stieß sie unwillkürlich einen tiefen Seufzer aus. Sofort bereute sie es, denn Logan und der Fahrer des Geländewagens drehten sich gleichzeitig nach ihr um und starrten sie an. Erin schluckte mühsam und versuchte, sich unter ihren durchdringenden Blicken nicht noch mehr verunsichern zu lassen, als sie es ohnehin schon war.

Nach einer Weile, die Erin unendlich lang erschien, wandte Logan sich wieder dem Piloten zu. „In fünf Minuten sind wir so weit."

Der Pilot nickte und ging ins Flugzeug, gefolgt von dem Fahrer, der schmächtiger und nicht ganz so groß war wie die anderen. Erin vermutete, dass er Latino war, obwohl er perfekt und akzentfrei englisch sprach.

Erin spürte, dass Logan sie betrachtete, aber sie konnte sich nicht überwinden, ihm in die Augen zu sehen. Als es sich nicht länger vermeiden ließ, hob sie den Kopf und wappnete sich für seinen Blick. Wieder sagte sie sich, dass sie alles machen würde, was er von ihr erwartete. Sie musste es tun.

„Das ist Ihre letzte Chance, Bailey. Wie sieht's aus? Sind Sie noch dabei?"

Wie konnte er glauben, dass sie jetzt einen Rückzieher machte, wo sie schon so weit gegangen war? Auf keinen Fall würde sie in dieses schreckliche Gefängnis zurückgehen. „Natürlich bin ich noch dabei", entgegnete sie scharf. Ihre Stimme zitterte ein wenig und klang selbst in ihren eigenen Ohren etwas hohl.

Wenn diese dunklen Augen sie doch nur nicht so durchdringend anschauten! Für den Bruchteil einer Sekunde glaubte Erin, darin so etwas wie Besorgnis zu sehen, aber dann war dieser Ausdruck auch schon wieder verschwunden.

„Na gut. Aber sagen Sie hinterher nicht, ich hätte es Ihnen nicht angeboten."

Ehe Erin eine passende Antwort einfiel, hatte er sich schon umgedreht und ging zum Flugzeug. Sie blinzelte. Plötzlich war sie sich ihrer Sache gar nicht mehr sicher. Er hatte ihr gerade die letzte Chance geboten, ihre Meinung doch noch zu ändern. Sie hatte sie nicht wahrgenommen. War das möglicherweise ein Fehler? Würde sie Atlanta jemals wieder sehen, wenn sie jetzt in diese Maschine stieg? Würde sie ihre Sehnsucht nach Freiheit möglicherweise mit dem Tod bezahlen müssen?

Es gab niemanden, an den sie sich hätte wenden können. Niemand, der sich um sie sorgte oder der sie vermissen würde, wenn sie nicht mehr da war. Ihre Eltern waren schon vor vielen Jahren gestorben. Verwandte hatte sie auch keine. Und Jeff – nun, der war ein absoluter Mistkerl gewesen. Der würde sie ganz bestimmt nicht vermissen. Die Tatsache, dass sie überhaupt keine Freunde hatte, die sie um Rat hätte fragen können, war einzig und allein ihre Schuld. Sie hatte immer viel zu viel gearbeitet. Arbeit, Arbeit, Arbeit. Etwas anderes hatte sie nicht gekannt, nachdem sie vor drei Jahren das College verlassen hatte. Und was tat sie jetzt? Sie ging mit einem vollkommen fremden Mann Gott weiß wohin, um etwas zu tun, von dem sie nicht die geringste Ahnung hatte, was es sein würde.

Einen Meter vor der offenen Flugzeugtür blieb Logan noch einmal stehen. „Von hier an gibt's kein Zurück mehr, Bailey. Wenn Sie noch immer entschlossen sind, mitzumachen, dann schauen Sie von jetzt an besser nicht mehr hinter sich. Denn in Ihrem Leben wird ab sofort nichts mehr so sein, wie es einmal war."

Selbst wenn ihr eine passende Antwort eingefallen wäre, hätte sie sie ihm nicht geben können. Ihre Kehle war wie zugeschnürt – vor Angst und einigen anderen Gefühlen, über die sie im Moment lieber nicht nachdenken wollte. Trotzdem oder vielleicht gerade deswegen bewegten sich ihre Füße vorwärts, fast automatisch, auf das Unbekannte zu. Hin zu diesem Mann, der ihr alles bot – und eigentlich überhaupt nichts.

Doch er brauchte sich keine Sorgen zu machen. Sie würde schon nicht zurückblicken.

Sie waren noch keine halbe Stunde in der Luft, als Erin bereits wie ein Baby schlief. Eigentlich hätte Logan das gleichgültig lassen können, aber das tat es nicht. Er hatte die Angst in ihren Augen sehr wohl bemerkt, als er ihr das Geschäft angeboten hatte. Sie hatte gezögert, aber ihre Sehnsucht nach Freiheit war zu groß. Ihre Bedenken waren so rasch in sich zusammengefallen wie ein Kartenhaus bei der leichtesten Berührung. Sogar der Umstand, dass er sich geweigert hatte, selbst ihre unverfänglichsten Fragen zu beantworten, hatte ihr nicht wirklich zu denken gegeben.

Kurz vor dem Betreten des Flugzeugs hatte er ihr noch eine letzte Chance geboten, ihre Meinung zu ändern, aber sie hatte sie nicht genutzt. Für das, was von nun an passierte, war er nicht länger verantwortlich.

Wirklich nicht?

Immerhin hätte er seinen Vorgesetzten den Plan ausreden können, sie für diesen Auftrag anzuwerben. Es war eine gefährliche Angelegenheit – selbst für einen erfahrenen Undercoveragenten wie ihn. Und für Erin Bailey war es ein Himmelfahrtskommando. Über diese Tatsache war sie sich durchaus im Klaren – irgendwie jedenfalls. Auf dem Flugplatz hatte er die Besorgnis in ihren Augen wahrgenommen. Aber sie hatte ihre Angst unterdrückt und die Maschine bestiegen.

Sie war aus härterem Holz geschnitzt, als er zunächst angenommen hatte. Er hatte ihr geraten, ein wenig zu schlafen, sobald sie ihre Reiseflughöhe erreicht hatten. Sie hatte gehorcht – vermutlich mehr, weil sie erschöpft war, und nicht, um ihm einen Gefallen zu tun.

Die kommenden sechs Tage würden darüber entscheiden, ob der Auftrag erfolgreich durchgeführt werden konnte. Die Zeit reichte zwar bei Weitem nicht aus, ihr all das beizubringen, was sie wissen musste. Logan konnte bestenfalls darauf hoffen, eine Katastrophe zu vermeiden, indem er sie bis an die Grenzen ihrer Leistungsfähigkeit – und darüber hinaus – trieb, um zu sehen, ob und wann sie zusammenbrechen würde. Wenn sie diesem Druck nicht gewachsen war, dann würden sie nämlich beide sterben, und die Chance, an Esteban heranzukommen, wäre für immer vertan. Logans wichtigstes Ziel war es, ihre psychische und physische Stärke zu testen. Er musste in Erfahrung bringen, wie viel sie aushalten konnte. Wenn sie erst einmal bewiesen hätte, dass sie imstande war, in jeder Lage einen kühlen Kopf zu behalten, wartete bereits der nächste Crashkurs auf sie. In dem ging es um illegale Drogen und militärische Waffen. Es war nicht nötig, dass sie genauso viel wusste wie Jess, aber es musste zumindest so aussehen, als wüsste sie über alles Bescheid. Das war der entscheidende Punkt.

Ein falsches Wort, eine falsche Bewegung in Gegenwart von Esteban oder seinen Leuten, und sie war tot.

Logan schloss die Augen und lehnte sich in seinen Sitz zurück. Das alles passte ihm überhaupt nicht, aber es gab einfach keine andere Möglichkeit. Jess hätte genauso gehandelt, wenn sie noch am Leben wäre. Ihr Tod war unfair, ungerecht. Drei Jahre hatten sie zusammen gearbeitet. Sie war die beste Partnerin, die er jemals gehabt hatte. Er öffnete die Augen und drehte den Kopf zur Seite, um seine neue, vorübergehende Partnerin zu betrachten, deren Aussehen und ausgezeichnete Computerkenntnisse sie in diese missliche Lage gebracht hatten.

Erin Bailey war hübscher und von sanfterer Weiblichkeit als Jess. Aber Bailey würde es niemals mit Jess' außergewöhnlichen Fähigkeiten als Agentin aufnehmen können – nicht in einer Woche, nicht in drei Jahren, noch nicht einmal in tausend. Bailey wusste nichts über dieses Leben – bis auf den Schwachsinn, den sie vermutlich in Filmen gesehen oder in Büchern gelesen hatte. Der Alltag eines Geheimagenten, der in der ganzen Welt zum Einsatz kam, war nicht halb so glamourös, dafür doppelt so gefährlich, wie es die Unterhaltungsindustrie vorgaukelte. Falls Bailey glaubte, nur eine Rolle im neuesten James-Bond-Film zu spielen, dann konnte sie sich auf ein paar böse Überraschungen gefasst machen.

Sie hatte keine Ahnung, in welcher Gefahr sie bereits jetzt schwebte. Und dabei hatte ihr eigentlicher Auftrag noch nicht einmal begonnen.

Der Morgen dämmerte am Horizont, als Erin schlaftrunken aus dem Flugzeug stolperte. Ihre Beine fühlten sich an wie Gummi. Sie konnte kaum glauben, dass sie während des ganzen Fluges geschlafen hatte. Sie rieb sich die letzten Reste von Müdigkeit aus den Augen und versuchte, sich auf ihre neue, unbekannte Umgebung zu konzentrieren. Eine wüstenähnliche Gegend wurde in der Ferne von Bergen gesäumt, die sich bis in die vom Tagesanbruch rosarot gefärbte Unendlichkeit zu erstrecken schienen. Die Luft roch anders – frischer. Aber sie fühlte sich irgendwie dünner an.

„Wo …", sie räusperte sich, „… wo sind wir?"

Logan, der jetzt keinen Aktenkoffer mehr trug, verlangsamte sein Tempo nur unwesentlich, um ihr einen Blick über die Schulter zuzuwerfen. „Mexiko. Ein paar Kilometer von San Cristobal entfernt."

Verwirrt runzelte Erin die Stirn, während sie ihm zu dem Jeep folgte, der auf sie wartete. Mexiko – was machen wir denn in Mexiko? fragte sie sich. Seinem zielstrebigen Verhalten nach zu urteilen, konnte er es kaum erwarten, endlich mit der Arbeit zu beginnen. Ein Auftrag wartete auf sie. Sie schaute sich noch einmal um. Die Gegend war gottverlassen. Weit und breit kein Haus, nicht einmal eine Tankstelle. Sie versuchte nachzurechnen, wie lange sie in der Luft gewesen waren. Doch sie kam zu keinem Ergebnis, da sie sich nicht sicher war, um wie viel Uhr sie das Gefängnis verlassen hatten. Ungefähr vier oder fünf Stunden musste ihre Reise gedauert haben.

Ein paar Minuten, bevor der Pilot mit dem Landeanflug begonnen hatte, war sie von Logan geweckt worden. Er schlug ihr vor, einen Kaffee zu trinken und sich in der Flugzeugtoilette ein wenig frisch zu machen, da sie nach der Landung eine lange Fahrt vor sich hätten. Gehorsam hatte Erin seinen Rat befolgt. Der Kaffee war fantastisch gewesen. Falls Logan ihn gemacht hatte, so war er ein Könner auf diesem Gebiet. Es gab auch süße Brötchen, aber Erin beschloss, den Tag nicht mit einer überhöhten Zuckerdosis zu beginnen. Jetzt schaute sie sich noch einmal in der unbekannten Umgebung um, kletterte auf den Rücksitz des Jeeps und fühlte sich auf einmal vollkommen leer. Sie war sich ziemlich sicher, dass diese Leere mehr von ihrer Beklommenheit als vom Hunger herrührte.

Jetzt war es allerdings ein wenig zu spät, um an einen Rückzug zu denken. Logan hatte gesagt, wenn sie erst einmal im Flugzeug sei, würde es keinen Weg zurück mehr geben. Obwohl sie ihn kaum vierundzwanzig Stunden kannte, hatte sie das untrügliche Gefühl, dass er nichts sagte, was er nicht auch so meinte.

Ihr Herz schlug schneller und sorgte für einen neuen Adrenalinstoß in ihren Adern. Weglaufen war auch keine Lösung. Noch einmal ließ sie ihren Blick über die öde Gegend wandern. Sie hätten sie sofort erwischt, und selbst wenn es ihnen nicht gelingen sollte, weil das Glück zufälligerweise auf ihrer Seite war, würde sie niemals den Weg zurück in eine bewohnte Gegend finden. Campen war nie ihre starke Seite gewesen. Sie hatte praktisch keinen Orientierungssinn und außerdem nicht die geringste Ahnung, wie sie mitten in der Wüste Wasser hätte finden oder ein Feuer anzünden können. Musste man dazu nicht Stöckchen aneinanderreiben? Sie war eben durch und durch ein Stadtmensch.

Der Mann, der den Geländewagen gefahren hatte, setzte sich hinter das Steuer des Jeeps. „Dann wollen wir mal", sagte er in einem Ton, der angesichts der Umstände viel zu fröhlich klang. Erin konnte beim besten Willen nichts Positives in der Situation entdecken. Wahrscheinlich würde sie bald sterben, und sie konnte nichts dagegen tun, da sie immer noch eine Gefangene ohne Rechte war – und diese beiden Männer waren ihre neuen Wächter.

Logan schob seine Designersonnenbrille zurecht und sagte etwas zu dem Fahrer, das Erin beim Lärm des Motors nicht verstehen konnte. Der Mann nickte und gab mehr Gas. Erin klammerte sich an ihren Sitz, um nicht aus dem Fahrzeug geschleudert zu werden, und schaute John Logan zum ersten Mal genau an. Als sie sich im Gefängnis kennengelernt hatten, war sie zu nervös gewesen, um ihm mehr als flüchtige Aufmerksamkeit zu schenken, und im Geländewagen auf dem Weg zum Flughafen war es zu dunkel gewesen. Dass sie während des Fluges sofort eingeschlafen war, hatte sie zwar als Entspannung empfunden, aber deswegen war ihr auch keine Zeit geblieben, den Mann genauer unter die Lupe zu nehmen, der nun praktisch ihre Seele besaß.

Er sah gut aus. Das hatte sie vorher schon bemerkt. Die morgendlichen Bartstoppeln warfen einen Schatten auf sein markantes Kinn und unterstrichen den Eindruck von Gefährlichkeit. Seine Haut war tief gebräunt. Sie fragte sich, ob er wohl viel Zeit in einem solchen Klima verbrachte. Seine Hemdsärmel waren hochgekrempelt und gaben den Blick frei auf muskulöse Arme. So stark, wie er war, hatten seine Gegner bestimmt kein leichtes Spiel mit ihm. Und groß war er. Bestimmt ein Meter neunzig oder mehr, schätzte sie. Er hatte einen schlanken Körper. Er sagte nicht viel, jedenfalls nicht zu ihr. Und wenn er sprach, dann mit tiefer und volltönender Stimme. Trotzdem klangen seine Befehle nicht barsch.

Sein Haar war kurz geschnitten und formte sich auch ohne Festiger oder modisches Gel zu einer ordentlichen Frisur. Er hatte einen prächtigen Haarwuchs. Seidenglatt und sehr dicht. Sie legte den Kopf schräg, um seine breiten Schultern besser ins Visier nehmen zu können. Stark und ausladend. Verlässlich, aber …

Er schaute ihr direkt ins Gesicht, als hätte sie ihre Gedanken laut ausgesprochen. Erschrocken hielt sie die Luft an. Natürlich konnte er nicht ihre Gedanken lesen, aber als er seine Sonnenbrille abnahm und auf ihre Brust starrte, hatte sie einen Moment lang das Gefühl, dass er doch dazu imstande war. Ihr Puls schlug schneller, als sein Blick auf dieser Stelle verweilte, ehe er gemächlich zu ihrem Gesicht hinaufwanderte.

„Haben Sie etwas auf dem Herzen, Bailey?"

Sie schüttelte den Kopf. „Nein, nein, es ist alles in Ordnung."

Er schaute sie einen Moment zu lange an, ehe er seinen Blick abwandte. Erin schloss die Augen und atmete tief durch. Sie würde schon stark genug sein. Schließlich konnte sie sich nicht von jedem seiner Worte oder Blicke aus der Fassung bringen lassen. Sie musste auf alles vorbereitet sein, das dieser Auftrag von ihr verlangte. Es war ihre einzige Chance, in ihr früheres Leben zurückkehren zu können. Gleichgültig, wie gefährlich der Auftrag war – sie musste es schaffen.

Ins Gefängnis zurückzugehen war ganz bestimmt keine Lösung.

„Wo sind wir hier?", fragte Erin. Ihre Stimme klang seltsam laut nach der zweistündigen Fahrt, während der nur das Brummen und Grollen des Motors zu hören gewesen war.

Der Fahrer hatte den Jeep vor einer Ansammlung von Gebäuden geparkt, die wie die Überreste einer historischen Stadt aussahen; dann war er zwischen den Häusermauern verschwunden. Misstrauisch zog Erin die Augenbrauen hoch, als sie ihren Blick noch einmal über die ramponierten Häuser schweifen ließ. Das war keine Stadt, sondern ein Meer von Ruinen.

„Kommen Sie, Bailey."

Erschrocken drehte sie sich um und stellte fest, dass Logan neben dem Jeep auf sie wartete. Er reichte ihr seine Hand. Immer noch verdutzt oder vielmehr ein wenig betäubt, griff sie danach und erlaubte ihm, ihr beim Aussteigen behilflich zu sein. Seine Hand fühlte sich warm an. Warm und fest. Genau das brauchte sie in diesem Moment ganz dringend.

„Wo sind wir hier?", wiederholte sie ihre Frage, denn sie konnte ihre Neugier nicht verbergen.

„Für die kommenden sechs Tage ist es unser Zuhause", entgegnete er, ohne ihre Frage wirklich zu beantworten.

Als er losgehen wollte, hielt sie ihn am Arm fest. Seine Haut fühlte sich heiß unter ihren Fingern an. Rasch zog sie die Hand zurück und massierte ihre Finger, während sie sich daran zu erinnern versuchte, was sie gerade hatte sagen wollen.

„Was ist?", knurrte er, während er sie durch die Gläser seiner beeindruckenden Sonnenbrille musterte.

Sie schaute wieder auf das Dorf, das vor ihnen lag. Genau das war es: Der Ort wirkte wie ein altes Dorf, das harte Zeiten erlebt hatte und von seinen Einwohnern verlassen worden war. „Wie sind Sie auf dieses

Nest gekommen?" Sie schaute wieder zu ihm hoch, obwohl sie seine Augen durch die dunklen Gläser gar nicht erkennen konnte. „Ist das die Gegend, wo der Auftrag erledigt werden muss?" Dann schüttelte sie den Kopf. „Das alles ergibt doch keinen Sinn. Ich verstehe es nicht." Mit einer vagen Geste deutete sie zum Dorf hinüber. „Was hat denn das hier mit nationaler Sicherheit zu tun?"

Er nahm seine Brille ab, steckte sie in die Tasche und sah sie mit seinen dunkelbraunen Augen an. „Das hier ist unser vorläufiges Trainingscamp." Mit einer Kopfbewegung deutete er auf die Ansammlung von schlichten Hütten aus Lehm und Kalk. „Der Gouverneur von Chiapas hat sie uns zur Verfügung gestellt, weil er unserem stellvertretenden Direktor einen Gefallen schuldete. Wir haben hier alles, was wir brauchen. Jetzt kommen Sie endlich." Er drängte sie weiter. „Wir machen gleich eine ausführliche Besichtigungstour. Und dann werden wir essen." Er schaute auf sie hinab. Zweifelnd zog er die Augenbrauen hoch. „Sie werden all Ihre Kräfte benötigen. Heute Nachmittag beginnen wir mit der ersten Lektion."

Erin folgte Logan in ein Gebäude, das verlassen zu sein schien. In der verfallenen Kapelle, die mitten im Ort stand, war eine Kommandozentrale eingerichtet worden. Hier gab es ein Satellitensystem, das für die Verbindung zur Außenwelt sorgte, aber auch altmodischere Kommunikationsmöglichkeiten wie Sprechfunk. Zwei Computer waren eingeschaltet und mit dem Internet verbunden. Ein wuchtiger Generator sorgte für die nötige Energie.

Logan zeigte Erin ein Zimmer, das er Speisesaal nannte, und einen Fitnessraum. Die Badezimmer waren nicht gerade eine Augenweide, aber sie verfügten über heißes Wasser, Seife und Shampoo. Was konnte ein Mädchen, das einen gefährlichen Auftrag zu erledigen hatte, mehr verlangen? Warum soll man nicht die positiven Seiten sehen? fragte sie sich, während sie sich nach Kräften bemühte, das Beste aus der Situation zu machen.

Sechs der kleineren Gebäude seien als Wohnräume hergerichtet worden, erklärte Logan, als sie auf diese Häuser zugingen. „Dieses hier ist Ihres", sagte er. Dann deutete er auf eine Hütte, die ihrer gegenüberstand. „Ich werde dort wohnen."

Sie steckte den Kopf in das Zimmer, das er ihr gezeigt hatte, und war angenehm überrascht von dem kleinen, aber gemütlich eingerichteten Häuschen. „Das ist ja besser, als ich erwartet habe", gab sie zu, als sie sich wieder ihm zuwandte. „Ich hatte nicht damit gerechnet, mehr als einen Schlafsack auf der Erde vorzufinden." Sie versuchte ein Lächeln, aber es wollte ihr nicht recht gelingen. Sie war einfach zu erschöpft, und das alles war zu anstrengend, um genügend Begeisterung zu zeigen, egal, wie sehr sie sich auch bemühte.

Das hier ist die Wirklichkeit, sagte sie sich immer wieder. Und sie war frei. Das war schließlich alles, worauf es ankam, oder?

Erin betrachtete die etwa zwölf bewaffneten Männer, die geschäftig hin und her liefen. Nun ja, *frei* war vielleicht doch nicht der richtige Ausdruck.

„Wenn ich erst einmal Ihre Stärken und Schwächen kenne, werden wir uns genauer mit den Kenntnissen und Fähigkeiten beschäftigen, die Sie für diesen Auftrag benötigen."

Jetzt war sie hier in Mexiko in der Nähe von Guatemala, falls ihre geografischen Kenntnisse sie nicht im Stich ließen, und sie hatte nicht die geringste Ahnung, aus welchem Grund. „Können Sie mir denn jetzt etwas mehr über den Auftrag erzählen?" Fragen kostet ja schließlich nichts, rechtfertigte sie sich.

„Hier entlang, Bailey", sagte er statt einer Antwort, womit er nicht nur das Thema wechselte, sondern auch kurzerhand den Verlauf ihrer kleinen Besichtigungstour änderte.

Das nächste Gebäude, das sie betraten, war eines der größten und nur schwach erleuchtet. Beim Einatmen nahm sie einen öligen Geruch wahr, den sie nicht sofort zuordnen konnte. Sie kniff die Augen zusammen, um im Dämmerlicht die Kisten besser erkennen zu können, die mitten im Raum standen. Es handelte sich um Transportbehälter – hölzerne Lattenkisten, stellte sie fest. Logan blieb vor einer Gruppe von drei Boxen stehen. Sie schaute hinein. Unwillkürlich fuhr sie zurück, als sie den Inhalt sah.

Waffen. Eine Menge Waffen.

„Eine Beretta M9", erklärte Logan, als er sie aus der Kiste nahm. „Eine Pistole, die hervorragend zur Verteidigung im Nahkampf geeignet ist."

„Die M4 hier", fuhr er fort, während er die erste Waffe beiseitelegte und nach einem Gewehr griff, wobei er ihren entsetzten Gesichtsausdruck nicht zu bemerken schien, „ist eine leichte Waffe mit Magazin, Schulterstütze und variabler Schussgeschwindigkeit. Man kann sie nach seinen speziellen Bedürfnissen einstellen. Ideal für den Nahkampf, aber auch Ziele in größerer Entfernung sind leicht zu treffen. Besonders gut geeignet für präzise tödliche Schüsse."

„Warten Sie mal!" Erin trat noch einen Schritt zurück, und das Herz schlug ihr bis zum Hals. „Ich verstehe nicht, warum Sie mir das alles erzählen. Was soll das mit den Waffen?"

Sie spürte, wie ihr die Tränen in die Augen stiegen, und hoffte, dass er es nicht bemerken würde. Das Ganze war verrückt – und was noch viel schlimmer war, sie würde jeden Moment in Tränen ausbrechen. Sie hasste es, zu weinen, weil sie sich immer so hilflos dabei fühlte. „Ich habe überhaupt keine Ahnung von Waffen und erst recht nicht vom Nahkampf." Sie trat ein paar Schritte von den Kisten zurück. Dabei zwinkerte sie heftig mit den Augen, um die Tränen zurückzuhalten. Sie ärgerte sich über ihre Reaktion. „Erzählen Sie mir einfach die Wahrheit, Logan. Was soll ich hier tun?" Mit einer zornigen Geste deutete sie auf die offene Kiste. „Was hat das alles zu bedeuten?"

„Das hier", erklärte er grimmig, „ist nur ein Vorgeschmack auf das, was Sie wissen müssen." Er legte das Gewehr beiseite und musterte sie durchdringend. „Ihnen bleiben genau sechs Tage, Bailey. Sechs Tage, um zu lernen, was ich Ihnen beibringen muss. Und das ist erst der Anfang. Dann geht es los, egal, ob Sie so weit sind oder nicht."

Sie zitterte am ganzen Körper. „Und wenn ... wenn ich nicht so weit bin?" Sie konnte es nicht tun. Dessen war sie sich plötzlich so sicher wie noch keiner Sache in ihrem ganzen Leben. Es war unmöglich. Dazu war sie nicht in der Lage. Weder für die Freiheit noch aus Rache oder sonst irgendeinem Grund.

Logan trat auf sie zu. Wenige Zentimeter vor ihr blieb er stehen. Mit ausdruckslosem Gesicht sah er sie an. Ihr Puls raste, als die Angst wie eine Woge über ihr zusammenschlug.

„Dann haben Sie jetzt noch sechs Tage zu leben", sagte er ruhig – so ruhig, dass sie am liebsten laut geschrien hätte. „Denn am siebten werden wir beide tot sein."

3. KAPITEL

Sie war ziemlich langsam geworden. Logan widerstand der Versuchung, sein Tempo ebenfalls zu drosseln. Sie musste mit ihm Schritt halten oder es zumindest versuchen. Selbst wenn er sich die Zeit hätte gönnen können – was er allerdings nicht konnte –, hätte er sie nicht mit falschem Mitgefühl oder Bedauern verschwendet. Sie hatte sich verpflichtet mitzumachen, obwohl er ihr oft genug angeboten hatte, ihre Meinung zu ändern. Dabei war er eigentlich gar nicht berechtigt, ihr diese Alternative anzubieten. Er hatte es nur getan, um sich ihrer sicher zu sein.

Inzwischen hatte er Erin fünf Tage lang bis zum Äußersten gefordert. Sie hielt sich besser, als er erwartet hatte, doch allmählich geriet sie an die Grenze ihrer Leistungsfähigkeit. Erneut verkniff er es sich, sich umzudrehen und nachzusehen, wie es ihr ging. Fünf Tage, und er war immer noch nicht zu einem endgültigen Urteil gekommen; ja, er war sich seiner Sache unsicherer als je zuvor. Gewiss, körperlich kam sie über die Runden, jedenfalls einigermaßen. Vermutlich hatte sie regelmäßig gejoggt, bevor sie im Gefängnis gelandet war. Aber physisch fit zu sein reichte nun einmal nicht aus. Sie musste auch in der Lage sein, seelischem Druck standzuhalten.

Er biss die Zähne zusammen und zwang sich, weiterzulaufen. Seine Laufschuhe versanken im heißen Wüstensand, während die unbarmherzig brennende Morgensonne ihm den Schweiß aus allen Poren trieb. Er achtete nicht darauf. Das Bild von Erin, die am Rande des Zusammenbruchs kämpfte, vertrieb er aus seinem Kopf. In letzter Zeit verschwendete er wirklich zu viel Zeit damit, an sie zu denken. Er wollte sie nicht als Frau sehen ... sondern nur als Partnerin, deren Fähigkeiten er für diesen Auftrag brauchte.

Der Auftrag. Alles andere war unwichtig.

„Ich kann nicht mehr."

Logan versuchte vergeblich, den verzweifelten Schrei zu überhören. Sie war zehn Meter hinter ihn zurückgefallen. Er wünschte sich, dass dieser Auftrag schon zu Ende gebracht wäre, wollte so tun, als ob er nichts von dem sicheren Tod wusste, von dem sie keine achtundvierzig Stunden mehr trennten. Er wurde langsamer und blieb stehen, stemmte die Hände in die Hüften und ließ sich einen Moment Zeit, nach Luft zu schnappen und ein wenig zur Ruhe zu kommen, ehe er im Eilschritt zu Erin zurücklief. Sie hatte den Oberkörper vornübergebeugt und stützte sich mit den Händen auf den Knien ab. Ohne hinzuschauen, wusste er, dass ihre Arme und Beine vor Erschöpfung zitterten. Er hatte ihr heute mehr zugemutet als während der beiden vergangenen Tage.

„Reißen Sie sich zusammen, Partner. Es sind noch fünf Meilen bis zum Camp." Er wischte sich den Schweiß von der Stirn. „Wir haben nicht den ganzen Tag Zeit."

Sie ließ sich auf die Knie in den Sand fallen und blickte zu ihm hinauf. Die Sonne hinter seinem Rücken blendete sie, und sie musste die Augen zusammenkneifen. „Ich habe gesagt …", nach jedem Wort musste sie nach Atem ringen, „… dass ich eine Pause brauche."

Absichtlich trat er ein wenig zur Seite, sodass die Sonne mit voller Kraft auf sie hinunterbrannte. Instinktiv hob sie die Hand, um ihr Gesicht zu bedecken. „Erzählen Sie mir etwas über sich, während Sie sich ausruhen", verlangte er.

Es dauerte ein paar Sekunden, ehe sie ihm antwortete. In dieser kurzen Zeit bemerkte Logan viel mehr, als ihm lieb war. Obwohl sie ihr blondes Haar zu einem Pferdeschwanz zusammengebunden hatte, war ihre Frisur durcheinandergeraten. Ein paar lange seidige Strähnen hatten sich gelöst und klebten in ihrem Nacken. Ihr Gesicht war rot vor Anstrengung. Dick aufgetragene Sonnencreme verhinderte, dass ihre empfindliche Haut unter der sengenden Sonne verbrannte. Ihr Oberkörper, der sich rasch hob und senkte, erregte einen Moment lang seine Aufmerksamkeit. Er registrierte es widerwillig. Das schweißgetränkte T-Shirt klebte an ihrem Körper und betonte die Rundungen ihrer Brüste. Der Anblick ließ sein Herz schneller schlagen.

„Mein Name ist Sara Wilks." Sie fuhr sich mit den Händen durchs Gesicht, ließ sie auf ihre Knie fallen und rappelte sich auf. Einen Moment lang torkelte sie, während sie versuchte, ihr Gleichgewicht zurückzugewinnen. Logan widerstand der Versuchung, die Arme auszustrecken und ihr zu helfen.

Verdrossen zog sie die Stirn kraus. „Aber Sie nennen mich Baby."

Er hatte ihr den Kosenamen gegeben. Sie mochte ihn überhaupt nicht, aber es war die einfachste Möglichkeit, weil ihr keine Zeit blieb, um sich an Sara zu gewöhnen. Vor bestimmten Leuten hatte er Jess oft genug *Baby* gerufen, sodass es auch in ihrem Fall funktionieren musste. Sowohl er als auch Jess hatten sich zu ihrer eigenen Sicherheit andere Namen gegeben. Für Esteban war er Logan Wilks und Jess seine Frau Sara.

„Ich bin fünfundzwanzig Jahre alt", fuhr sie fort, „und ich komme aus Atl…" Entsetzt hielt sie die Luft an.

Er unterdrückte den Fluch, der ihm auf der Zunge lag. „Woher kommen Sie?", fragte er mit scharfer Stimme.

„Austin", zischte sie und legte die Hand schützend über die Augen, mit denen sie ihn wütend anfunkelte. „Austin, Texas. Ich mag Waffen … alle Arten von Waffen. Und wenn Sie mir dumm kommen, werde ich Sie umlegen."

Die letzten Worte sagte sie mit mehr Überzeugung als gewöhnlich. Logan spürte genau, dass sie sie auch so meinte. „Wie lange sind wir schon zusammen?" Er setzte sich wieder in Bewegung und warf ihr über die Schulter einen Blick zu, um sich zu vergewissern, dass sie ihm folgte.

„Drei Jahre." Sie lächelte zuckersüß, bevor sie sich in Bewegung setzte. „Meine Mummy hat mich vor Typen wie Ihnen gewarnt, aber ich habe nicht auf sie gehört. Ich wollte nur weg von Texas."

Logan grinste. Das war neu. Es gefiel ihm. „Was ist denn mit Typen wie mir?", wollte er wissen, als er in ein gemächliches Tempo fiel.

„Sie lügen. Sie betrügen. Sie stehlen." Jetzt hatte sie ihn eingeholt und lief neben ihm her. „Sie tun alles, was nötig ist, um Ihre Aufgabe zu erledigen. Sie waren mal Soldat. Sie sind wegen Drogenbesitzes verhaftet worden und haben sich ohne Erlaubnis von Ihrer Einheit entfernt, bevor man Sie vor ein Kriegsgericht stellen konnte. Sie haben fünf Menschen umgebracht – zwei davon, weil sie mich schief angesehen haben."

So weit, so gut. Nur dieser eine Patzer. Er war beeindruckt. Heute war sie viel besser als gestern. „Was haben wir zuletzt gemacht?"

„Für eine Privatarmee haben wir eine Ladung Waffen von Kanada nach Montana geschmuggelt." Sie warf ihm einen Blick von der Seite zu. „Dabei hätten wir fast dran glauben müssen, weil einer der Käufer sauer auf Sie war."

„Sehr gut." Logan wurde schneller, und sie hielt mit ihm Schritt. „Und davor?"

„Drogenschmuggel. Die mexikanischen Behörden sind immer noch hinter uns her."

„Dann sollten wir besser zum Lager zurück, ehe sie uns hier im Freien schnappen", sagte er leichthin.

Ihre Augen wurden weit vor Schreck. Ehe sie einen schnellen Sprint vorlegte, warf sie ihm einen vernichtenden Blick zu. Höchste Zeit, dass sie ihren toten Punkt überwindet, dachte Logan, während er vorwärtsstürmte und mit ihr gleichzog.

Ja, sie war wirklich fest entschlossen. So viel stand fest. Körperlich war sie in Form. Es war ihre Angst, die ihm Sorgen bereitete. Es gab nur eine Möglichkeit, um ihre Belastbarkeit in dieser Beziehung auf die Probe zu stellen. Er verdrängte seine Gewissensbisse. Schließlich hatte er keine Wahl. Erin Baileys Leben hing von ihren Reaktionen ab – und sein eigenes ebenfalls.

Über diese Reaktionen musste er sich Klarheit verschaffen.

Aber dazu blieb ihm nicht mehr viel Zeit.

„Meine Güte, Bailey, du bist längst tot. Wenn du im Ernstfall dein Ziel verfehlst, ist das für deinen Gegner die beste Gelegenheit, dich zu erschießen."

Erin schleuderte ihre Schusswaffe in den Sand und stampfte hinüber zu Logan. „Mir reicht's!" Wütend starrte sie ihn an, während ihr Puls raste. Gott, wie sie das verabscheute! Die ganze Woche über hatte sie gegen diese absurde Anziehungskraft gekämpft, die dieser verdammte Mistkerl auf sie ausübte. „Ich mache Schluss für heute." Es war sowieso schon fast dunkel, und sie war vollkommen erledigt. Dieses Spielchen machten sie nun schon fast seit Tagesanbruch. Sie konnte keinen klaren Gedanken mehr fassen, geschweige denn ein Ziel anvisieren.

„Und Sie werden mich nicht umstimmen können, egal was Sie sagen."

Sie stellte sich vor ihn hin und sah ihn herausfordernd an.

Das hätte sie besser nicht getan.

Seine dunklen Augen funkelten wütend. „Heb deine Pistole auf, Bailey."

Es war weniger der barsche Ton als der Ausdruck auf seinem attraktiven Gesicht, der ihr verriet, dass er fuchsteufelswild war. Das gab Erin zwar zu denken, aber sie dachte nicht im Traum daran, klein beizugeben.

„Sofort", fügte er mit schneidender Stimme hinzu.

Sie biss die Zähne zusammen und drehte sich um. „Idiot", murmelte sie, während sie zu ihrer Waffe zurückging. Eine ganze Menge anderer Schimpfworte schossen ihr durch den Kopf, als sie die schwarze Beretta aufhob. Was zum Teufel war bloß in sie gefahren, dass sie sich zu diesem idiotischen Deal bereit erklärt hatte? Offenbar hatte ihr die Tatsache, dass sie von Jeff betrogen worden war und deshalb einige Wochen im Gefängnis gesessen hatte, mehr zugesetzt, als sie sich eingestehen wollte. Mit ausladenden Schritten ging sie zurück zu ihrem diktatorischen Ausbilder, um ihn zu fragen, was er als Nächstes von ihr erwartete. Schmerzlich wurde ihr bewusst, dass sie ihm nur bis zur Brust reichte, als sie vor ihm stehen blieb.

„Nimm das Ziel ins Visier, und tu so, als ob du es treffen wolltest", befahl er ihr kurz angebunden.

Sie hätte gerne etwas getroffen, aber bestimmt nicht den Pappkameraden, der auf der anderen Seite des provisorischen Schießstands hing. Trotzdem befolgte sie seinen Befehl, denn sie war sich nicht sicher, was er tun würde, falls sie sich seiner Weisung widersetzte. Mit der linken Hand umklammerte sie ihr rechtes Handgelenk, kniff ein Auge zu und brachte den Lauf in Position.

„Füße schulterbreit auseinander."

Gleichzeitig mit dem bellenden Befehl umklammerte ein starker Arm ihre Taille und presste sie gegen einen gestählten männlichen Körper. Ihr stockte der Atem. Während Logan sie fest an sich drückte, trat er ihre Füße auseinander, bis sie die korrekte Stellung eingenommen hatte.

„Und jetzt schieß", kommandierte er.

Sie gehorchte. Mit dem Rückstoß flogen ihre Arme nach oben. Die Kugel schlug rechts neben dem Ziel ein.

Logan fluchte. Während er mit dem linken Arm ihre Taille immer noch fest umschlang, griff er mit dem rechten nach ihrem Ellenbogen, um ihren Arm ruhig zu halten. „Lass dir Zeit, Bailey", sagte er. Sein Mund war ganz nah an ihrem Ohr. Zu nahe. Sie konnte seinen warmen Atem an dieser empfindsamen Stelle spüren. „Konzentrier dich. Ein korrekter Schuss kann den Unterschied zwischen Leben und Tod bedeuten. Du möchtest doch leben, oder, Baby?"

„Ja", zischte sie.

Sie konnte es nicht leiden, wenn er sie so nannte, aber das Gefühlschaos in ihrem Kopf machte es ihr unmöglich, an eine schlagfertige Antwort zu denken. Sie spürte seinen stahlharten Körper, der sich an ihren Hintern und an ihre Schenkel presste. Sein Arm umschlang ihren Oberkörper, und seine Finger lagen nur wenige Millimeter unterhalb ihrer Brüste. Und dann dieser männliche Geruch ... Die sieben Monate ohne Sex waren nicht spurlos an ihr vorübergegangen.

„Du musst zielen", murmelte er mit belegter Stimme.

Erin zog die Stirn kraus. Bildete sie sich das bloß ein, oder hielt er sie jetzt tatsächlich fester umklammert? Ehe sie noch länger über seine Griffmethoden nachdenken konnte, befahl er: „Feuer!"

Sie gehorchte.

Und schoss wieder daneben.
Er fluchte leise, aber ausgiebig.
„Du musst zielen, Bailey!" Er ließ sie los und trat rasch ein paar Schritte zur Seite, als brauchte er unbedingt Distanz zu ihr. Zuerst starrte er sie an, dann die unbeschädigte Pappfigur.

Sie bemühte sich, das Gleichgewicht zu halten, nachdem sein Körper sich so unvermittelt von ihr gelöst hatte. Eine Menge neuer Emotionen stürzte über ihr zusammen. Ein Verlangen, stark und unbezähmbar. Und Lust, verdammt noch mal. Sehnsucht und Enttäuschung. Enttäuschung darüber, dass er nicht mehr in ihrer Nähe war ... und dass es ihr nicht gelungen war, ihn zufriedenzustellen.

Um Himmels willen! Hatte sie jetzt etwa noch den letzten Rest von Verstand verloren?

Er wandte sich ihr wieder zu, und unwillkürlich trat sie ein paar Schritte zurück, als sie seinen grimmigen Blick bemerkte. „Achtundvierzig Stunden, Bailey." Er kam näher. „Zwei Tage. Das ist alles, was uns bleibt. Du musst dich mehr anstrengen."

Als sie seinen vorwurfsvollen Ton hörte, schüttelte sie abwehrend den Kopf. „Ich tue mein Bestes."

„Das ist nicht gut genug." Wenige Zentimeter vor ihr blieb er stehen. „Erzähl mir was über die Waffe, mit der du offensichtlich so große Probleme hast."

Sie zögerte.

Logan verfluchte seine Blauäugigkeit.

Wie hatte Lucas auch nur eine Sekunde glauben können, dass er das hier bewerkstelligen konnte? Sie war unmöglich nach ein paar Tagen schon so weit. Körperliche Ausdauer allein reichte bei Weitem nicht aus.

„Die Pistole, Baby", knurrte er. „Du sollst mir was über die Pistole in deiner Hand erzählen."

„Nennen Sie mich nicht so!", antwortete sie mit lauter Stimme. Sie klang verärgert und sehr müde.

Er legte den Kopf schräg und funkelte sie an. „Gewöhn dich dran. Und jetzt erzähl mir endlich was."

Schlagartig versiegte die Wut. Plötzlich hatte sie nur noch das Gefühl, in die Enge getrieben zu sein. Bailey starrte auf die Waffe. „Es ist eine Neun-Millimeter ... äh ..." Sie schüttelte den Kopf und schaute ihn hilflos an. „Ich habe die Marke vergessen."

In ihren großen blauen Augen flackerten Unsicherheit und eine große Portion Angst. Wieder fluchte er, diesmal lautlos. Irgendwie musste er sie wieder wütend machen. Wenn sie zornig war, strengte sie sich mehr an und ließ sich nichts gefallen.

„Dann erzähl mir was von meiner." Er hielt die Waffe hoch, damit sie sie besser sehen konnte. „Vor ein paar Stunden habe ich dir eine Menge Informationen gegeben – und zwar über beide."

Sie nagte an ihrer Unterlippe. Ihr Gesichtsausdruck war ein Spiegel ihrer Gefühle. Jess wäre so etwas niemals passiert.

„Eine Vierzig-Millimeter-Glock", bellte er ungeduldig. „Heutzutage die bevorzugte Waffe von allen Bundesbehörden. Tupperware für jeden Kampf, sozusagen. Gleiches Gewicht und gleiche Größe wie die Beretta M9, aber die Wirkung ist viel durchschlagender."

Sie schüttelte den Kopf. Frustriert ließ sie die Schultern hängen. „Ich hasse Waffen", gestand sie. „Ich will überhaupt nichts darüber wissen."

Rasend vor Wut packte er ihre rechte Hand und hielt die Waffe hoch, sodass sie gar nicht anders konnte, als sie anzusehen. Ihm blieb nicht mehr viel Zeit. Er musste auf der Stelle herausfinden, ob sie dieser Aufgabe gewachsen war. Es war seine einzige Möglichkeit. Der Gedanke an das, was er ihr noch zumuten musste, war ihm zutiefst zuwider ... aber es gab keine andere Möglichkeit. Das war ihm in der vergangenen Nacht klar geworden, und deshalb hatte er sofort die notwendigen Vorbereitungen für ihre nächste Prüfung in die Wege geleitet.

„Das ist eine Beretta", erklärte er. „Eine sehr beliebte Waffe. Extrem leicht und sehr wirkungsvoll." Er umklammerte ihre Finger mit festem Griff. „Diese Waffe kann dein Leben retten."

Wieder schüttelte sie den Kopf, und diesmal traten ihr Tränen in die Augen. „Ich kann es nicht tun. Sie haben die falsche Frau für diesen Job erwischt."

Er ließ ihre Hand los. „Du musst es tun. Denn du bist die einzige Frau, die ihn erledigen kann."

„Warum schicken Sie mich nicht einfach zurück nach Atlanta?" Sie warf ihm einen verzagten Blick zu. „Ich könnte niemals auf einen Menschen schießen." Sie schloss die Augen. Ihr Atem ging stoßweise. „Ich kann es einfach nicht tun, Logan. Machen Sie sich nichts vor. Es wird nicht klappen."

Eine unpassende Bemerkung. Sie waren schon zu weit gegangen. Zurück konnten sie nicht mehr. „In außergewöhnlichen Situationen muss man zu außergewöhnlichen Mitteln greifen, Bailey. Vergiss das niemals."

Noch bevor sie die Tragweite seiner Worte verstand, hatte er den Lauf der Glock an ihre Stirn gedrückt. Ungläubig starrte sie ihn an. „Was machen Sie da?"

„Die Frage ist, was du jetzt machst, Bailey. Eine Waffe ist direkt auf deine Stirn gerichtet. Du musst also irgendetwas tun."

„Das ist doch Wahnsinn. Sie sind …"

„Tu etwas, Bailey! Wenn du noch lange zögerst, bist du tot."

„Warten Sie!"

„Ich habe dich in diese verdammte Situation gebracht. Ich habe dich Tag und Nacht gequält. Jetzt unternimm endlich etwas!"

„Ich … ich kann nicht tun, was Sie von mir erwarten."

„Dann wirst du jetzt sterben."

Ein vernehmliches Klicken war zu hören, als er die Waffe entsicherte. „Tu endlich etwas, Bailey. Und zwar sofort!"

Sie stand reglos wie ein Reh, das mitten in der Nacht auf einer Straße von Autoscheinwerfern geblendet wird. Kreideweiß im Gesicht, hob sie die Beretta. Sie schien all ihre Kraft zusammennehmen zu müssen, als sie die Mündung auf seine Brust richtete.

„Du musst schon etwas mehr tun. Schieß endlich", befahl er ihr. „Oder ich tu's."

Sie zitterte und begann zu zählen. Eins. Zwei. Ihr Rückgrat wurde starr. „Sie bluffen doch nur", sagte sie herausfordernd. Furcht lag in ihrem Blick, aber auch eine Spur von mutiger Entschlossenheit.

„Willst du das wirklich riskieren? Was weißt du eigentlich von mir? Bist du dir sicher, dass du mir vertrauen kannst? Ich könnte dich umbringen. Keiner würde es merken." Er beugte sich vor. Ihre Gesichter waren nur noch wenige Zentimeter voneinander entfernt. „Wem sollte das schon etwas ausmachen?"

Wütend presste sie die Lippen zusammen.

Das wurde auch höchste Zeit.

Er drückte die Mündung noch fester gegen ihre Stirn. „Wer ist der Erste, Baby, du oder ich?"

Er sah die Veränderung in ihrem Blick nur Sekundenbruchteile, bevor er das *Klick* hörte. Sie hatte den Abzug der Beretta tatsächlich gedrückt. Das Magazin war leer.

Ein breites Grinsen überzog sein Gesicht, als sich in ihrem Gesicht erst Überraschung, dann Verwirrung und schließlich Furcht zeigte. Und er hatte sich Sorgen gemacht, dass sie zu einer solchen Tat nicht fähig sei! „Sehr gut, Bailey."

Ihre kraftlosen Finger ließen die nutzlose Waffe fallen. „Du Mistkerl." Die Angst, die eben noch in ihren Augen geflackert hatte, wich einem Ausdruck von grenzenloser Wut. „Du hast gewusst, dass sie leer war. Du hast mich dazu gebracht …" Sie stellte sich vor ihn hin und funkelte ihn zornig an. „Du hast gewusst, dass sie leer war, und mich voll ins Messer laufen lassen."

Was sie sagte, stimmte. Er hatte gewusst, dass sie ihr Magazin leer geschossen hatte, und außerdem trug er eine kugelsichere Weste. Mit Anfängern betrat er nie einen Schießplatz ohne derartige Vorsichtsmaßnahmen. Schließlich hatte er nicht bis jetzt überlebt, weil er leichtsinnig war. „Wenigstens wissen wir jetzt, dass du einen Menschen töten kannst, wenn es nötig ist."

Ihr plötzlicher Stimmungswechsel kam für ihn vollkommen überraschend. Sie richtete sich zu voller Größe auf und trommelte mit beiden Händen auf seinen Brustkasten, sodass er für einen kurzen Moment das Gleichgewicht verlor. „Du bist ein Idiot, Logan! Und ich habe die Nase voll." Ihre Augen blitzten wütend. „Hör endlich mit diesem James-Bond-Schwachsinn auf, und sag mir, worum es eigentlich geht! Warum bin ich hier?"

Das sah ihr viel ähnlicher. Er hatte schon seit Längerem darauf gewartet, dass sie Antworten von ihm verlangte, und fast nicht mehr damit gerechnet, dass sie darauf bestehen würde. Er wollte verdammt sein, wenn diese Frau nicht voller Überraschungen steckte.

„Na gut." Er schob seine Waffe in den Bund seiner Jeans. „Pablo Esteban ist der mächtigste Mann im weltweiten Kokaingeschäft. Die CIA ist hinter ihm her, und die Drogenfahndung auch … Sie haben ihm schon oft eine Falle gestellt, aber er ist verdammt clever. Er macht niemals Fehler. Er hat Kolumbien noch nie verlassen. Und er ist noch nie in einer kompromittierenden Situation erwischt worden."

Logan wischte sich mit dem Arm den Schweiß von der Stirn und stützte die Hände in die Hüften. „Vor etwa einem Jahr ist er auch noch in den Waffenhandel eingestiegen. Er stiehlt Militäreigentum und verkauft es an Abschaum rund um den Globus. Wir sind dabei, ihm das Handwerk zu legen, aber zunächst müssen wir herausfinden, wer ihn darüber informiert, wo, wie und wann er an diese Waffen kommen kann."

Baileys schweißnasses Gesicht verfärbte sich ein wenig grün, während sie ihm mit offenem Mund zuhörte. Sie war immer noch wütend, aber gleichzeitig sah sie so aus, als würde sie jeden Moment ihr Mittagessen wieder von sich geben. „Meine Güte!"

Mit einer solchen Auskunft hatte sie nicht gerechnet. Das klang ausgesprochen erschreckend.

„Was können wir gegen ihn unternehmen?", fragte sie schockiert.

„Dazu kommen wir später", versicherte Logan ihr. Im Augenblick hatte sie genug mit den Informationen zu tun, die er ihr soeben gegeben hatte. „Fürs Erste solltest du froh sein, dass du tatsächlich bis zum Äußersten gehen kannst, falls es nötig sein wird." Er legte besänftigend die Hand auf ihre Schulter. „Und wenn du mich erschießen kannst, dann kannst du die bösen Jungs erst recht umlegen."

Aufs Neue wurde ihr bewusst, was sie getan hatte, und die Erkenntnis traf sie wie ein Faustschlag. Ihre Knie wurden weich, und ihre Wut verflog. In ihren großen Augen schimmerte es verdächtig. „Ich wollte nicht ... ich habe ..."

Er hob ihre Waffe auf und lud sie. „Du hast dich nur verteidigt", unterbrach er sie. „Das ist ja schon mal ein Anfang."

„Um Himmels willen!" Sie schlug sich die Hand vor den Mund. Wenn sie in diesem Moment in Ohnmacht gefallen wäre, dann wäre es das erste Mal in ihrem Leben gewesen. Aber gewundert hätte sie sich darüber nicht.

„Setz dich. Halte den Kopf zwischen deine Knie", befahl er.

Logan wurde durch ein Motorengeräusch abgelenkt, das aus westlicher Richtung kam. Phase zwei des Trainings begann. Wenn sie jetzt schlappmachte, dann wäre alles vorbei.

„Was ist das?"

Er sah ihr in die Augen. „Lauf!"

Sie erstarrte. „Was ist denn los?", fragte sie beunruhigt.

Er übersah die Angst, die in ihrem Blick lag. „Es sieht so aus, als hätte der Gouverneur ein falsches Spiel mit mir gespielt."

Sie runzelte die Stirn. Ein paar Sekunden lang war sie mehr verwirrt als ängstlich. „Was?"

Er warf ihr die Beretta zu. „Vergiss nicht, dass wir für die Behörden hier Drogenschmuggler sind, die weltweit auf der Fahndungsliste stehen. Lauf los, verdammt noch mal!"

Wie in Zeitlupe drehte Erin sich in die Richtung, aus der das Motorengeräusch kam. Es wurde immer lauter. Drei Jeeps näherten sich ihr in rasantem Tempo. Die Männer in den Fahrzeugen trugen kakifarbene Uniformen. Es dauerte ein paar weitere Sekunden, ehe ihr klar wurde, dass es Polizisten waren.

Logan riss sie mit sich.

Wie weit war es bis zum Lager? Zwei Meilen? Sie würden es nicht schaffen. Der Jeep, mit dem sie gekommen waren, stand fast einen Kilometer weit entfernt. Sie würden nicht einmal bis dahin kommen.

Eine Staubwolke nebelte sie ein. Motoren heulten auf, als sie von den Wagen eingekreist wurden. Erins Herz schlug schneller. Unvermittelt blieb Logan stehen und zog sie hinter sich. In ihrem Kopf überschlugen sich die Gedanken. Was konnten sie jetzt tun? Fieberhaft dachte sie über die Alternativen nach, doch eine war noch schlimmer als die andere.

Wie hatte das nur passieren können?

Zum zweiten Mal an diesem Tag wurde ihr fast schwarz vor Augen. Sie atmete tief durch und riss sich zusammen. *Jetzt bloß nicht schlappmachen!* Fieberhaft überlegte sie, was zu tun war. Von allen Seiten drangen Stimmen auf sie ein. Logan drehte sich um die eigene Achse und hielt sie dicht an seinen Rücken gepresst, ohne seine Gegner aus den Augen zu lassen.

Nachdem sich der Staub ein wenig gelegt hatte, sah sie mehr als ein Dutzend Gewehre auf sich gerichtet. Erin krallte sich in Logans Hemd fest. Was konnten sie tun? Nichts. Gegen diese Übermacht hatten sie keine Chance.

„Vergiss nicht, was ich dir beigebracht habe, Bailey", murmelte Logan über seine Schulter hinweg.

„*Caiga sus armas!*"

Erin zuckte bei dem harschen Befehlston zusammen, der sie anwies, ihre Waffen fallen zu lassen.

Es war vorbei.

Sie waren so gut wie tot. Dabei waren sie noch weit vom siebten Tag entfernt.

Sie lebte noch.

Allein das war schon ein Wunder.

Erin lief in der primitiven Zelle auf und ab. Sie war etwas größer als die, die sie in Atlanta ihr Zuhause genannt hatte, aber bei Weitem nicht so komfortabel eingerichtet. Sie schaute auf den Kübel und die Schale, die als Toilette und Waschbecken dienten, und verzog angewidert das Gesicht. Nun ja, wenigstens war sie noch am Leben.

In der Mitte des schmuddeligen Verschlags blieb sie stehen und betete, dass das auch auf Logan zutreffen möge. Die Polizisten hatten sie getrennt, sobald sie im Gefangenenlager angekommen waren. Man hatte sie von oben bis unten abgetastet und keinen Körperteil unberührt gelassen. Sie schloss die Augen und riss sich zusammen, um nicht in Tränen auszubrechen. Anders als in einem amerikanischen Gefängnis war keine Wärterin bei dieser Prozedur dabei gewesen.

Dann hatte das Verhör begonnen. Länger als zwei Stunden war sie ausgefragt worden. Erin hatte die Arme um sich geschlungen und versucht, das leichte Zittern ihres Körpers unter Kontrolle zu bekommen. Wenigstens hatte sie es geschafft, bei ihrer erfundenen Biografie zu bleiben. Sie war Sara Wilks aus Austin. Sie hatten ihr ein Fahndungsfoto gezeigt, das Logan und seine frühere Partnerin zeigte. Es war, als schaute sie in einen Spiegel, nur dass die Frau, die ihr entgegensah, schwarze Haare hatte. Die Ähnlichkeit war geradezu unheimlich. Der Mann, offenbar der Chef der Truppe, hatte sie einer gnadenlosen Befragung unterzogen. Mehr als einmal hatte er sie eine Lügnerin genannt und angedeutet, dass man vielleicht ein wenig nachhelfen musste, damit sie die Wahrheit sagte. Sie wusste natürlich, was er damit meinte. Sie hatte fest damit gerechnet, jeden Moment aus der Zelle geholt und gefoltert zu werden, bis sie ihnen erzählte, was sie hören wollten.

Erin fuhr sich mit den Fingern durchs Haar und stieß einen tiefen Seufzer aus. Vielleicht sollte sie ihnen gegenüber aufrichtig sein und ihnen sagen, wer sie war und woher sie wirklich kam. Aber Logan hatte ihr eingeschärft, nur ja nicht zu vergessen, was er ihr beigebracht hatte. Es musste einen Grund geben, warum er nicht wollte, dass diese Leute die Wahrheit erfuhren. Wieder begann sie, in ihrer Zelle auf und ab zu laufen. Würden sie sie töten, wenn sie erst einmal die Wahrheit wussten, oder wäre damit lediglich ihr Auftrag zunichtegemacht?

Sie runzelte die Stirn. Sie war verwirrt und ängstlich, und sie hatte Kopfschmerzen. Logan war doch sicher zu gewitzt, als dass er so etwas zulassen würde. Ein Mann, der genügend Einfluss hatte, um mitten in der Nacht in ein Bundesgefängnis zu kommen und es mit einer Gefangenen zu verlassen, kannte sich bestimmt in seinem Geschäft aus.

Und trotzdem waren sie hier gelandet. In einem mexikanischen Gefängnis, das alle Vorurteile bestätigte, die sie von solchen menschenunwürdigen Einrichtungen hatte.

Sie konnte noch genug Spanisch aus ihrer Schulzeit, um zu wissen, dass sie ganz schön in der Tinte steckten. Die Männer hatten sich freimütig unterhalten, da sie offenbar glaubten, von ihren Gesprächen würde sie nichts mitbekommen. Wieder durchfuhr sie ein Schaudern, als sie sich an die Worte eines der Männer erinnerte, der sich ausführlich darüber ausgelassen hatte, was er am liebsten mit ihr anstellen würde.

Sie hörte Schritte. Von ihrer Zelle aus konnte sie jedoch nicht sehen, wer die Person war, die zu ihr kam. Angstvoll starrte sie auf die Gitterstäbe. Sie hatte das Gefühl, nicht mehr atmen zu können. Logan, begleitet von zwei Wachmännern, blieb vor ihrer Tür stehen.

„*Abra la célula y déjenos.*"

Der Befehl, ihre Zelle zu öffnen und sie allein zu lassen, kam von Logan. Verblüfft und ungläubig sah Erin, wie die beiden Wachmänner gehorchten, ohne zu zögern.

Eine Minute lang herrschte absolute Stille – eine Minute, in der sie den Blick nicht von Logan abwenden konnte. Die Frau in ihr konnte sich an seinem markanten Gesicht und dem männlichen, durchtrainierten Körper nicht sattsehen. Ihr Verstand befahl ihr jedoch, misstrauisch gegenüber diesem Mann zu sein, den sie kaum kannte und dem sie vollkommen ausgeliefert war. Geradezu absurd erschien ihr allerdings die Tatsache, dass sie ihm irgendwie vertraute. Dabei war sie sich doch im Klaren darüber, dass sie genau das besser nicht tun sollte.

„Ich verstehe das nicht", brachte sie schließlich hervor. Das alles ergab keinen Sinn. Hatte sich Logan auf irgendeine Weise aus dieser misslichen Lage herausreden können? Waren sie auf einmal frei und konnten gehen? Oder gab es keinen Auftrag mehr?

„Du hast dich gut gehalten, Bailey", sagte er mit einem breiten Grinsen. „Ich habe nicht geglaubt, dass du es packst, aber du hast es geschafft."

Sie brauchte ein paar Sekunden, ehe sie die Bedeutung seiner Worte verstand. „Das alles war ein abgekartetes Spiel?" Ohnmächtige Wut stieg in ihr auf.

„Es war ein Test", bestätigte er. „Wir mussten sicher sein, dass du auch dem psychischen Druck gewachsen bist." Er lehnte sich gegen die geöffnete Zellentür. „Und das war die einzige Möglichkeit, um es herauszufinden."

„Ich habe gedacht, sie würden mich umbringen." Langsam ging sie zu ihm hinüber. Sie hatte mit dem Schlimmsten gerechnet, und er hatte es die ganze Zeit gewusst. Sie hatte ihre Zeit und Kraft darauf verschwendet, sich um ihn Sorgen zu machen ... und für ihn zu beten. „Ich hatte befürchtet, dass man dich foltert oder dir noch Schlimmeres antut." Sie bohrte den Zeigefinger in seine Brust. „Und die ganze Zeit hast du wahrscheinlich an einem Schreibtisch gesessen, die Beine hochgelegt und dich köstlich darüber amüsiert, wie leicht ich hinters Licht zu führen bin."

Er verschränkte die Arme vor der Brust. Vielleicht war es eine Schutzgebärde, denn in ihren Augen funkelte pure Mordlust. „Ich habe tatsächlich beobachtet, wie du dich im Verhör verhalten hast." Er zog die Augenbrauen hoch. „Ich bin beeindruckt, Bailey. Bis zum bitteren Ende hast du dich an die abgesprochene Story gehalten."

Erin war so empört, dass sie gar nicht auf seine Worte achtete. Sie versuchte sich zu beherrschen, aber das fiel ihr angesichts seines selbstgefälligen Benehmens von Sekunde zu Sekunde schwerer.

„Da wundert es mich aber, dass du mich nicht drei oder vier Stunden hast verhören lassen", schnaubte sie. „Wie kannst du dir so sicher sein, dass eine zweistündige Befragung ausreichend war? Vielleicht bin ich ja noch nicht genug gedemütigt worden?"

Seine Miene wurde plötzlich sehr ernst. „Weil alles andere Zeitverschwendung gewesen wäre. Esteban vergeudet nämlich keine Zeit. Wenn er bis dahin nicht überzeugt ist, bringt er dich sowieso um."

Sie hielt seinem Blick noch ein paar bange Sekunden stand, bevor eine neue Welle von Wut durch ihren Körper schoss. „Ich habe keine Lust mehr auf weitere Überraschungen, Logan." Sie stemmte die Hände in die Hüften und funkelte ihn an. Doch seine einzige Reaktion war wieder dieses unverschämte Grinsen. „Ich meine es ernst. Wenn ich in der Sache drin bin, dann aber richtig. Entweder informierst du mich über alle Einzelheiten, oder ich mache nicht mehr mit. Hast du mich verstanden? Keine Überraschungen mehr!"

„Das war laut und deutlich, Bailey." Er richtete sich zu voller Größe auf und blickte auf sie hinunter. „Da ist nur noch eine Sache, über die wir uns unterhalten müssen."

Sie wappnete sich für einen weiteren taktischen Schachzug. Und dann fiel ihr plötzlich siedend heiß ein, dass er sie während der Leibesvisitation in ihrer Unterwäsche gesehen hatte. „Du solltest mir von jetzt an besser vorher sagen, was du zu sagen oder zu tun gedenkst", warnte sie ihn. Diese Spielchen würde sie jedenfalls keine Minute länger mitmachen.

„Einverstanden."

Hm. Das war ja fast ein wenig zu einfach.

„Heute ist unser dritter Hochzeitstag, Baby."

Sie mochte es nicht, wenn er sie so nannte. Aber für Logan Wilks alias John Logan war dies die einfachste Methode, um sicherzugehen, dass sie nicht vergaß, wer sie war. Das gehörte zu ihrer Tarnung. Doch es war für sie noch lange kein Grund, es zu mögen.

„Was, bitte schön, hat das mit alldem hier zu tun?", schoss sie zurück. „Und nenn mich gefälligst nicht Baby, wenn es nicht absolut notwendig ist."

„Alles, was ich tue, ist absolut notwendig", entgegnete er in einem Ton, der keinen Widerspruch duldete. „Und unser Hochzeitstag ist der Grund dafür, dass wir das Treffen mit Esteban um eine Woche verschieben konnten. Er glaubt, dass wir auf den Bahamas unsere zweiten Flitterwochen verbracht haben. In etwas mehr als vierundzwanzig Stunden erwartet er ein Pärchen zu sehen, das eine Woche lang nichts anderes zu tun hatte, als sich mit sich selbst zu beschäftigen und die Landschaft zu fotografieren."

„Komm zur Sache, Logan", verlangte sie ungeduldig. „Was ist das für eine Sache, über die wir uns unterhalten müssen, bevor wir aus diesem Loch rauskönnen?"

Sie hätte damit rechnen müssen. Zumindest hätte sie es vermuten müssen. Aber der Gedanke war einfach zu abwegig gewesen.

Logan küsste sie. Er nahm ihr Gesicht in beide Hände, fuhr ihr mit den Fingern durchs Haar und hielt sie fest, während er seine Lippen fest auf ihre drückte.

Zuerst wehrte sie sich, doch als sein Mund immer mehr forderte, wurde sie schwach. Sie versuchte ihn wegzudrängen, indem sie die Handflächen gegen seine Brust presste, aber sie versagte jämmerlich. Stattdessen krallte sie ihre Finger in den Baumwollstoff seines Hemdes und zog ihn noch näher zu sich heran.

Heiß pochte das Blut in ihren Adern und hinterließ rote Flecken auf ihrer Haut. Das Begehren, das unterschwellig schon vorhanden war, erfasste jede Faser ihres Körpers und wurde immer stärker. Schon bei ihrer ersten Begegnung hatte etwas tief in ihrem Inneren reagiert. Und obwohl ihre Bekanntschaft nach außen hin von großem Misstrauen geprägt war, war dieses Gefühl immer stärker geworden, je mehr Zeit sie miteinander verbrachten und je näher sie sich kennenlernten.

Er schmiegte sich enger an sie und passte sich den Rundungen ihres Körpers an, sodass sie beinahe miteinander verschmolzen. Seine Zunge erkundete ihre Lippen, und sie öffnete den Mund, damit er tiefer in sie eindringen konnte. Sie reagierte mit jeder Faser ihres Körpers und genoss das aufflammende Begehren zwischen ihren Beinen, während ihr das Herz in der Brust hämmerte. Der Gedanke, dass die Wachmänner sie möglicherweise beobachteten, kümmerte sie nicht. Sie schmeckte, spürte und roch ihn mit all ihren Sinnen. Ihr Körper verzehrte sich nach ihm, sie zerfloss unter seiner Berührung, wobei sie sich immer enger und heftiger an ihn drängte. Wenn er ihr jetzt die Kleider vom Leib risse, sie gegen die morsche Zellenwand drückte und sie dort nähme, würde sie keine Gegenwehr leisten. Seine Berührung übte einen Zauber aus; sein Geschmack machte süchtig. Sie gehörte ihm mit Haut und Haaren.

Unvermittelt löste er sich aus der Umarmung. Sein Atem ging stoßweise und blies über ihre heißen Lippen. Dann ließ er sie los und trat ein paar Schritte zurück.

Sofort verschwand der Ausdruck der Lust aus seinen Augen. „Ich musste sicher sein, dass du die Rolle meiner liebenden Ehefrau ebenfalls perfekt beherrschst und nicht einfach davonläufst."

Sie erstarrte. Noch ein Test. Es war nicht so gemeint. Es war bloß eine weitere Prüfung. Das Blut schoss ihr in den Kopf, und ihre Wangen wurden knallrot. Für sie waren es echte Gefühle gewesen, aber das musste sie ihm ja nicht unbedingt auf die Nase binden. „Heb dir deine schauspielerischen Talente für dein Publikum auf, Logan", fuhr sie ihn an. „Du bist nicht der erste Mann, den ich geküsst habe, und du wirst auch nicht der letzte sein."

In seinem Mundwinkel zuckte es verdächtig, und das machte sie noch wütender. „Damit habe ich auch nicht gerechnet." Mit dem Daumen deutete er auf den Ausgang. „Verschwinden wir von hier. Es gibt noch einiges zu tun, bevor wir nach Kolumbien fliegen."

Ehe er sich abwenden konnte, griff sie nach seinem Arm. „Wir fliegen nach Kolumbien?" Wieder schlug ihr das Herz bis zum Hals. Keine weiteren Prüfungen mehr. Jetzt würde es ernst werden. Tod oder Leben. Sie durfte sich keinen Fehler mehr leisten.

„So ist es, Bailey. Wir fliegen morgen Abend. Und im Morgengrauen landen wir auf Estebans Hoheitsgebiet." Seine fast schwarzen Augen sahen sie durchdringend an. „Bist du bereit, dein Leben für mich aufs Spiel zu setzen, Baby?"

Erin wurde schwindlig. Es gab kein Zurück. Schließlich wollte sie ihre Freiheit, ihr Leben wiederhaben. Das hier war ihre Chance.

„Ja", sagte sie, „ich bin bereit, mein Leben für mich aufs Spiel zu setzen." Sie betonte jede Silbe ihres Satzes.

Sein Gesicht verzog sich zu einem breiten Lächeln, und zwischen ihnen schien es zu knistern. Da war etwas, das sie miteinander verband oder auf geheimnisvolle Weise anzog. Ein Gefühl, das beide tief in ihrem Inneren spürten.

„Dann lass es uns tun."

Erin folgte ihm durch den feuchten Korridor. Sie schickte ein letztes Stoßgebet zum Himmel, in dem sie darum bat, dass ihr nichts geschehen möge. Die Ereignisse der vergangenen sechs Tage liefen wie im Zeitraffer in ihrem Kopf ab. Sie war fähig, Dinge zu tun, die sie nie zuvor für möglich gehalten hatte. Sie war stärker, als sie gedacht hatte. Aber würde es ausreichen, um zu überleben?

Wird es ausreichen, fragte sie sich, um Logans Überleben zu sichern?

4. KAPITEL

Erins erster Eindruck von Kolumbien war atemberaubend. Die Anden bildeten eine scharf gezackte Linie gegen den Himmel, in den die smaragdgrünen Bäume hineinwuchsen, deren Kronen von tief hängenden Wolken eingehüllt waren. Die große Stadt, die zwischen diesen hoch hinaufragenden Gipfeln lag, wirkte auf seltsame Weise schutzlos. Aber Erin wusste aus Logans Erzählungen, dass Medellín alles andere als verletzlich war. In dieser Stadt lauerte das Verbrechen hinter Fassaden, die ganz alltäglich und harmlos aussahen. Es war ein Ort, wo niemand sicher sein konnte vor dem mächtigen Drogenkartell, das die Bevölkerung mit eiserner Unnachgiebigkeit kontrollierte. Obwohl bestimmt nicht jeder Einwohner der weitläufigen Metropole zum Kartell gehörte, hatte vermutlich jeder, der hier lebte, bereits auf die eine oder andere unangenehme Weise mit der Anwesenheit der Drogenbarone Bekanntschaft gemacht.

Hier konnte niemand fliehen.

Was für eine passende Beschreibung der Situation!

Erin wandte den Blick ab. Wieso war ihr Leben so verlaufen? Sie war doch eine harmlose und nette Person. Sie hatte nie jemandem wissentlich geschadet. Die Vorstellung, dass sie jetzt eine Kriminelle war, erschreckte sie zutiefst. In einer kleinen Stadt ein paar Meilen westlich von Atlanta aufgewachsen, hatten die Eltern ihr einziges Kind abgöttisch geliebt. Sie war ihr Ein und Alles gewesen, genauso wie es Vater und Mutter für sie waren. Eines Tages war ihre Mutter nicht zu Hause, als Erin von der Schule zurückkam. Den ganzen Tag hatte sie vergeblich auf sie gewartet. Kurz vor Einbruch der Dunkelheit war ein Streifenwagen vorgefahren und hatte sie zur örtlichen Polizeistation gebracht. Ihre Eltern waren an jenem Nachmittag bei einem Autounfall ums Leben gekommen.

Von einer Minute auf die andere hatte sich ihre Welt vollkommen verändert.

Erin schluckte die Tränen hinunter, die ihr unweigerlich die Kehle zuschnürten, wann immer sie an ihre Eltern dachte. Sie hatte keine weiteren Verwandten. Die Behörden hatten deshalb Adoptiveltern für sie ausgesucht, über die sie sich nicht beklagen konnte. Die Martins waren gut zu ihr gewesen; dennoch hatte sie sich nie dazu überwinden können, sie vorbehaltlos zu lieben oder ihnen vollkommen zu vertrauen. Es war nicht so, dass sie ihre Gefühle bewusst zurückgehalten hätte. Sie hatte einfach nicht aus ihrer Haut gekonnt.

Ein Teil von ihr hatte sich nach dem Verlust ihrer Eltern vollkommen verschlossen. Sie war ja auch erst zwölf Jahre alt gewesen. Ihre Gefühle ließen es nicht zu, sich zu anderen Menschen jemals so hingezogen zu fühlen wie zu ihren Eltern. Sie, die sich eigentlich um sie hätten kümmern müssen, waren plötzlich einfach nicht mehr da. Als sie erwachsen wurde, verstand sie allmählich, dass sie es nicht absichtlich getan hatten oder dass sie in irgendeiner Weise schuldig waren. Aber das einsame Kind mit dem gebrochenen Herzen, das in ihr weiterlebte, konnte ihnen nicht verzeihen, dass sie von ihnen verlassen worden war. Sie hatte die beiden doch so sehr geliebt. Erst nachdem sie Jeff kennenlernte, hatte sie solche Gefühle wieder zugelassen.

Und was hatte es ihr gebracht? Er hatte ihr versichert, ihre Arbeit sei vollkommen legal. Alle Firmen hätten die Erlaubnis gegeben, dass Erin in die Sicherheitssysteme ihrer Computer einbrach. Was für ein Lügner war er doch gewesen! Natürlich hatte er seine eigene Firma von jedem Makel reinwaschen können. Den Preis für seine kriminellen Machenschaften hatte sie zahlen müssen.

Niemals mehr würde sie einem Menschen aus tiefstem Herzen trauen.

Erin beschloss, diesen Überlegungen nicht weiter nachzuhängen und sich stattdessen auf die Gegenwart zu konzentrieren. Dasselbe Flugzeug, das sie von Atlanta nach Mexiko gebracht hatte, setzte gerade auf der Landebahn eines primitiven Flugfelds auf, das ein paar Meilen außerhalb der Stadt lag.

„Los geht's, Bailey." Logan erhob sich, sobald die Maschine stand. „Ab hier beginnt der Spaß."

Wieder warf er ihr dieses freche Grinsen zu, während Erin an ihrem Sitzgurt herumhantierte, ihn aufschnappen ließ und sich aufrichtete. Abgesehen von diesen herablassenden Bewegungen seiner Mundwinkel lächelte er niemals. Sie glaubte den Grund für diese provozierende und irritierende Geste herausgefunden zu haben: Er wusste, dass es sie auf die Palme brachte, und genau das war seine Absicht. Und jedes Mal, wenn sie von etwas genervt war, wurde sie wütend. Er wollte sie zornig machen. Jedenfalls hoffte sie, dass die Erklärung so simpel war. Doch schon bald wich ihr Zorn wieder einem Gefühl von Furcht, das ihr die Wirbelsäule hinaufkroch. Sie fühlte sich ganz taub davon, aber sie straffte die Schultern und versuchte die Angst zu überspielen. Er sollte davon nichts mitbekommen.

Doch ihr Versuch schlug hoffnungslos fehl.

Logan schaffte es immer wieder mühelos, in ihr Innerstes zu sehen. Sie hatte seinen wissenden Blick durchaus bemerkt, obwohl er nur kurz in seinen Augen gelegen hatte. „Wir haben einen Geländewagen gemietet, der draußen auf uns wartet. Er wurde gestern von Bogotá aus bestellt, zusammen mit einem Hotelzimmer, wo ein Mann und eine Frau, die uns ein wenig ähnlich sehen, bereits eine Nacht verbracht haben. Wir fahren jetzt erst einmal zurück nach Medellín und von dort aus zu Estebans Landsitz."

Als er losgehen wollte, fragte Erin: „Wie hieß das Hotel?" Rechtzeitig erinnerte sie sich daran, dass er ihr eingeschärft hatte, wachsam zu sein und vor allem auf solche Kleinigkeiten zu achten. Er hatte es ihr immer wieder gesagt. Von solchen Details konnte das Gelingen ihres Auftrags abhängen.

Logan drehte sich zu ihr um. „Das Bogotá Plaza." Das Lächeln, das über seine sonst stets kontrollierte Miene flog, schien echt zu sein. „Sehr gut, Bailey!"

Erin wurde ein wenig entspannter. Endlich hatte sie das Unmögliche geschafft. Sie hatte John Logan in einem Moment beeindruckt, als er es überhaupt nicht von ihr erwartet. Wow! Vielleicht gab es ja noch Hoffnung. Oder sollte er den Namen des Hotels absichtlich nicht erwähnt haben? Wollte er sie doch wieder auf die Probe stellen? Erin schlug sich diese Vorstellung aus dem Kopf. Sie konnte sich schließlich nicht den ganzen Tag darüber Gedanken machen, ob sie seine Erwartungen erfüllte. Immerhin standen sie auf derselben Seite.

Die Temperaturen waren hier wesentlich niedriger als in dem behelfsmäßigen Trainingscamp, das sie in Mexiko zurückgelassen hatten. Erin rieb sich die Arme und wünschte, sie hätte ihre Jacke angezogen, statt sie in die Reisetasche zu stecken. Außerdem war die Luft viel dünner. Logan hatte sie davor gewarnt – ebenso wie vor den Kopfschmerzen, die sie möglicherweise plagen würden, bis sich ihr Körper an die ungewohnte Höhe gewöhnt hatte.

Ramon, der Fahrer, lud Logans und Erins Reisetaschen in das Heck des Geländewagens. Maverick, der Pilot, war in ein Gespräch mit Logan vertieft. Erin war wie immer Außenseiterin. Teilweise wurde sie zwar in die Gespräche und Planungen einbezogen, aber so richtig gehörte sie nicht dazu. Sie hasste diesen Zustand. Logan weihte sie noch immer nicht in alle Einzelheiten ein. Nicht einmal jetzt, nachdem sie all seine Tests bestanden hatte. Schaudernd dachte sie an die Ereignisse der vergangenen Tage. Noch immer konnte sie nicht glauben, dass Logan sie tatsächlich dazu gebracht hatte, den Abzug der Pistole zu betätigen, während der Lauf auf ihn gerichtet war.

Und wenn er nun einen Fehler gemacht hätte und eine letzte Kugel im Lauf gesteckt hätte? Er hatte bloß gelacht und gesagt, dafür gäbe es ja kugelsichere Westen. Trotzdem gefiel Erin der Gedanke ganz und gar nicht. Sie konnte sich einfach nicht mit der Vorstellung anfreunden, dass er es so weit hatte kommen lassen.

Immerhin hatte er ihr damit deutlich genug zu verstehen gegeben, worum es ging. Ihr war klar geworden, dass sie zu Handlungen fähig war, von denen sie nicht im Traum gedacht hätte, sie ausführen zu können. Wer weiß, vielleicht lag es am Stress, der sich während der vergangenen Monate in ihr angestaut hatte, verbunden mit dem enormen Druck, der in den letzten Tagen auf ihr gelastet hatte. Wie auch immer – Erin musste zugeben, dass sie das Undenkbare durchaus tun konnte, wenn es von ihr verlangt wurde. Bei diesem Gedanken fröstelte sie. Was hätten ihre Eltern wohl von ihr gedacht?

Andererseits ...

Plötzlich verzogen sich ihre Mundwinkel zu einem Lächeln. Ob Jeff sie unter diesen Umständen immer noch so ohne Weiteres über den Tisch ziehen könnte? Bestimmt wäre sie nicht so leicht zu beeinflussen gewesen, wenn sie in der Vergangenheit nur halb so energisch aufgetreten wäre, wie sie es unter Logans Anleitung gelernt hatte. Auf einmal war sie fest entschlossen, ihren bisher nur halbherzigen Vorsatz in die Tat umzusetzen. Logan hatte ihr versprochen, dass Jeff seine gerechte Strafe bekäme, wenn sie bei diesem Auftrag mitwirkte. Das würde ab sofort ihr Beweggrund sein – sozusagen die Möhre vor dem Maul des Esels, damit er unermüdlich weiterlief.

Sie würde alles Mögliche tun, um der Gerechtigkeit zu dienen. Sie musste nur überleben, damit sie ihre Absichten verwirklichen konnte!

Bailey wirkt heute Morgen ziemlich zielstrebig, bemerkte Logan. Außerdem war er inzwischen ebenfalls der Meinung, dass es die richtige Entscheidung gewesen war, ihr blondes Haar nicht schwarz zu färben. Frauen wechselten schließlich andauernd die Haarfarbe. Esteban würde sich über diese Kleinigkeit wohl kaum lange den Kopf zerbrechen. Außerdem hatte er, wie Logan wusste, eine Vorliebe für Blondinen; es würde ihm also bestimmt gefallen. Aber das war nicht der eigentliche Grund für die Entscheidung gewesen.

Ramon war nicht nur ein verteufelt guter Fahrer und ein erstklassiger Schütze, sondern auch – in einem früheren Leben – Friseur gewesen.

Seiner fachmännischen Meinung nach war es nahezu unmöglich, den Farbton von Jess' Haaren genau zu treffen, sodass Baileys Haare entweder zu schwarz geraten oder so aussehen würden, als seien sie in einem Friseursalon bearbeitet worden. Es wäre also besser für sie, vorzugeben, blond geworden zu sein, denn ihre vermeintlich echte Haarfarbe hätte unter Umständen ein wenig unnatürlich gewirkt.

Darüber hinaus hatte Ramon vorgeschlagen, dass Baileys Erscheinung etwas sinnlicher wirken sollte. Deshalb hatte er ihre Haare toupiert und ihr gezeigt, wie sie die glatten Strähnen zu Locken drehen konnte. In ihren engen Jeans und mit dem knappen Top, das zwischen Saum und Hosenbund einen Streifen Bauch frei ließ, sah sie genauso aus wie die Person, die Jess gespielt hatte.

Aber sie war trotzdem nicht Jess.

Logan holte tief Luft, während er sich das klarmachte. Bis das hier alles überstanden war, durfte er das keine Minute lang vergessen. Er und Jess waren lange Zeit ein Team gewesen, und sie hatten sich sehr nahegestanden. Die Trauer darüber, dass das nun endgültig vorbei war, befiel ihn immer noch mehrere Male am Tag. Aber er musste einen kühlen Kopf bewahren, um seinen Auftrag zu erledigen. Jess würde es von ihm erwarten. Er musste es für sie tun. Und dann würde er mit Sanchez abrechnen. Egal, was Lucas und Casey sagten: Logan würde sich persönlich darum kümmern, dass dieser Mistkerl für seine Tat teuer bezahlte.

Logan konzentrierte sich wieder auf die Gegenwart. Er beobachtete Bailey dabei, wie sie um den Geländewagen herumging, als wollte sie sich jedes Detail einprägen. Er lächelte müde. Sie war eine gelehrige Schülerin, daran bestand kein Zweifel. Und sie hatte mehr Ahnung von Computern als Jess. Dieses Eingeständnis fiel ihm nicht gerade leicht. Sie hatte alle Sicherheitscodes und Internetbarrieren, die er ihr vorgelegt hatte, innerhalb kürzester Zeit geknackt. Bailey war gut. Kein Wunder, dass ihr Exverlobter mit seiner Firma für Computersicherheit so erfolgreich gewesen war. Für eine gewiefte Hackerin wie sie gab es keinen Ort im Cyberspace, der ihr verschlossen blieb, und daher wusste sie auch genau, was sie zu tun hatte, um ein System einbruchsicher zu machen. Solange sie nicht unter dem psychischen Druck zusammenbrach oder etwas Falsches in Estebans Gegenwart sagte, würde sie ihre Aufgabe schon meistern. Davon war Logan überzeugt.

Das Problem war nur, dass sie sich auf einem ihr vollkommen unbekannten Territorium bewegte. Würde sie die Ruhe bewahren können, wenn ihr erst einmal die Kugeln um den Kopf flogen? Wenn Menschen in ihrer Gegenwart umkamen? Oder wenn Esteban, der sich für einen unwiderstehlichen Frauenhelden hielt, sie anmachen würde? Würde sie das Spiel bis zum Ende spielen können – egal, welchen Preis sie dafür zahlen musste?

„Hallo, hörst du mir überhaupt zu?"

Logan schreckte aus seinen Gedanken auf. Er runzelte die Stirn, als er merkte, dass er gar nicht mitbekommen hatte, was Maverick ihm mitteilte. „Fassen wir die gestrigen Ereignisse noch mal zusammen", schlug er beiläufig vor, als ob er diesen Teil des Berichts noch einmal hören wollte. „Wann sind die Caldarone-Brüder auf dem Landsitz angekommen?"

„Um vier Uhr nachmittags", wiederholte Maverick mit unbeweglichem Gesichtsausdruck. Dann schüttelte er bedächtig den Kopf. „Versuch nicht, mich zum Narren zu halten, Johnnyboy", warnte er ihn mit einem wissenden Blick. „Ich habe Lucas erzählt, dass du das hier schaffen wirst. Oder sollte ich mich da etwa getäuscht haben?"

Logan hielt dem bohrenden Blick seines Gegenübers stand. „Ich brauche weder dich noch Lucas als Aufpasser. Wenn ich der Sache nicht gewachsen wäre, dann wären wir jetzt nicht hier. Du solltest mich wirklich besser kennen."

Maverick war etwa vierzig Jahre alt. Seine militärische Erscheinung verschaffte ihm überall Respekt, und mit seinem stechenden Blick brachte er das Selbstbewusstsein seiner Gesprächspartner schnell ins Wanken. Logans Selbstwertgefühl vermochte er allerdings nichts anzuhaben. Maverick hatte Logan zum Spezialagenten ausgebildet. Der Mann war für ihn fast wie ein Bruder, sodass er sich vor ihm überhaupt nicht fürchtete. Ramon und Maverick gehörten zu jener Abteilung von Mission Recovery, die für die überlebenswichtigen Kleinigkeiten bei den Einsätzen verantwortlich war. Sie kümmerten sich beispielsweise um Details wie Baileys Frisur, das falsche Paar, das im Bogotá Plaza abgestiegen war, und um die Reservierung des Geländewagens. Und wenn es nötig war, traten sie als *Putzkolonne* in Erscheinung – sie räumten nach einem Einsatz auf, damit keine Spuren zurückblieben.

Mavericks Blick wanderte von Logan zu Bailey und zurück. „Sie ist nicht Jess. Diese ganze verdammte Sache steht und fällt damit, dass du sie davor bewahrst, in Schwierigkeiten zu geraten. Und die einzige Möglichkeit, das hinzukriegen, besteht darin, dass du dir immer wieder klarmachst, wer Erin Bailey wirklich ist …"

„Ich weiß, dass sie nicht Jess ist", knurrte Logan. Seine Ungeduld verwandelte sich allmählich in Wut.

„Ich habe euch beide beobachtet, Johnny", fuhr Maverick ruhig fort. Seine Stimme klang angespannt, aber er hatte sich vollkommen unter Kontrolle. „Da ist etwas zwischen euch. Das sieht ein Blinder mit Krückstock." Abwehrend hob er die Hand, um Logan an einer Antwort zu hindern. „Das ist ja auch gar nicht so schlecht – jedenfalls bis zu einem gewissen Punkt. Esteban wird es auch merken. Nutze es zu deinem Vorteil. Es spielt keine Rolle, ob es nur dein alter Beschützerinstinkt ist oder auf sexueller Anziehungskraft beruht. Mach Gebrauch davon, aber missbrauche es nicht. Hast du mich verstanden, Johnnyboy? Auch die Besten haben ihre Achillesferse. Vielleicht ist es bei dir diese Frau – wenn man bedenkt, unter welchen Umständen ihr euch kennengelernt habt."

„Und vielleicht hat die Höhenluft ja dein Gehirn vernebelt", erwiderte Logan, ohne dem durchdringenden Blick seines Gesprächspartners auszuweichen. „Du solltest inzwischen wissen, dass mich nichts davon abhalten kann, diesen Auftrag zu erledigen – am allerwenigsten eine Frau."

Das Schweigen, das daraufhin entstand, dauerte nach Logans Einschätzung mindestens eine Minute. Maverick sah Logan lediglich stumm an, als überlegte er, wie ernst gemeint Logans letzte Bemerkung war. Schließlich brach Maverick in schallendes Gelächter aus, und die Situation entspannte sich. „Du hast recht, Johnnyboy. Dich kann nichts davon abhalten, diesen Auftrag zu erledigen." Er klopfte Logan auf den Rücken, während sie sich dem wartenden Geländewagen näherten. „Ich würde mit dir überallhin gehen, selbst mit dem ängstlichen Häschen da drüben im Schlepptau."

Zu seinem großen Unmut fiel Logans Blick auf das ängstliche Häschen genau in dem Augenblick, als Erin sich nervös mit den Fingern durchs Haar fuhr. Als Ramon etwas zu ihr sagte, zwang sie sich zu einem Lächeln und verschränkte die Arme vor der Brust. Sie war sichtlich aufgeregt, und sie hatte allen Grund dazu, wie Logan sich eingestand. Mit dem nächsten Schritt würde sie eine unbekannte Welt betreten, wo man niemandem trauen konnte und wo nichts so war, wie es zu sein schien.

Bis hierhin kamen Maverick und Ramon mit ihnen. Von nun an würden Logan und Bailey auf sich selbst gestellt sein. Er fragte sich, ob sie sich der Tatsache bewusst war, dass ihnen niemand mehr würde helfen können, wenn sie erst einmal in Estebans Haus waren. Aber vielleicht war es auch besser, dass sie davon nichts ahnte.

„Viel Glück, Logan", wünschte Ramon mit einem kurzen Kopfnicken. Dann zwinkerte er Bailey zu. „Lassen Sie sich von ihm nicht tyrannisieren, Honey. Er ist zwar der Boss, aber Sie sind der Schlüssel zum Erfolg."

Erin wusste nicht so recht, was sie darauf erwidern sollte. „Vielen Dank für den Tipp", meinte sie schließlich.

„Wenn wir in Chiapas ankommen, wird das Trainingscamp abgebaut sein, und dann fliegen wir sofort weiter in die Staaten", sagte Maverick zu Logan. „Diesmal ist Ferrelli dein Schutzengel", erklärte er. „Ferrelli wird in eurer Nähe sein und so gut wie möglich auf euch aufpassen, wenn ihr euch außerhalb des Anwesens bewegt. Lassen Sie sich nicht unterkriegen, Bailey", wandte er sich an Erin.

Ihr Lächeln sollte zuversichtlich wirken, aber mehr als ein Zucken ihrer Mundwinkel brachte sie nicht zustande. Das war ihr heute Morgen schon öfter passiert.

Jetzt wurde es ernst. Als sie sah, wie Maverick und Ramon ins Flugzeug kletterten, hatte sie plötzlich das Gefühl, dass sich die Wirklichkeit wie eine Schlinge um ihren Hals legte – eine Schlinge, die allmählich zugezogen wurde. Sie schaute der Maschine nach, bis sie am Himmel verschwunden war. Ihr Herz hämmerte, und ihre Beklommenheit war so groß, dass sie keinen klaren Gedanken mehr fassen konnte.

Das Geräusch einer Autotür, die geöffnet wurde, lenkte Erins Aufmerksamkeit auf den Geländewagen. Logan wartete an der Beifahrerseite.

„Höchste Zeit, an die Arbeit zu gehen, Baby."

Sie blinzelte und erschauerte. Es lag weniger an der provozierenden Art, mit der er das Wort sagte, sondern vielmehr an seinen dunklen Augen, die sie von oben bis unten musterten. Sie riss sich zusammen und ging zu ihm hinüber. Ehe sie einstieg, zögerte sie kurz. Sie musste aufpassen, dass sie im Umgang mit ihm nicht den Kürzeren zog. Sie wollte unbedingt auf gleicher Ebene mit ihm verkehren.

„Sag mal, Logan", begann sie im verführerischsten Ton, dessen sie fähig war, „hatte Jess eigentlich auch einen Kosenamen für dich?" Sie hob die Schultern. „Ich meine, schließlich sind wir ja ein verliebtes Paar, das gerade aus den zweiten Flitterwochen kommt. Da wäre es doch bestimmt angebracht, wenn ich dich nicht immer nur Logan nennen würde." *Vielleicht Blödmann oder etwas ähnlich Zutreffendes.* Aber das sagte sie natürlich nicht laut.

Der Blick, mit dem er sie maß, wurde noch durchdringender, und das bisschen Selbstsicherheit, das sie gerade erst gewonnen hatte, schmolz wieder wie Schnee in der Sonne. „Natürlich. Das hätte ich dir längst sagen sollen." Mit einer Geste bedeutete er ihr, in den Wagen zu steigen, und sie gehorchte sofort, denn plötzlich fühlte sie sich ein wenig unbehaglich bei diesem verbalen Kräftemessen. Energisch warf er die Tür ins Schloss und beugte sich durch das geöffnete Fenster. „Lover", sagte er – oder vielmehr: Er flüsterte es. „Wann immer du den Wunsch verspürst, nett zu mir zu sein, kannst du mich *Lover* nennen."

Abrupt drehte sie den Kopf nach vorn. Plötzlich fürchtete sie sich viel mehr vor der Aussicht, mit Logan allein und ihm so unerträglich nahe zu sein, als vor allen Bedrohungen, die von Esteban ausgingen. Gerade als sie dachte, vor lauter Frust schreien zu müssen, zog Logan den Kopf zurück. Sie beobachtete ihn, wie er um die Motorhaube herumging und Gott sei Dank keinen Blick in ihre Richtung warf. Nun ja, sie hatte ihn schließlich gefragt, oder? So etwas würde ihr nicht noch einmal passieren. Die Sache war auch ohne diese dummen Katz-und-Maus-Spiele schwierig genug. Aber er hatte nun einmal so eine Art an sich, die sie dazu reizte, mit ihm zu konkurrieren, und den Wunsch in ihr weckte, mit ihm ihre … Spielchen zu machen.

Erin schüttelte den Kopf und unterdrückte einen Seufzer. War sie immer noch nicht aus Schaden klug geworden? Eine Frau konnte eben keinem Mann vertrauen, dessen einziges Ziel es war, seinen Job zu erledigen. Und John Logan gehörte definitiv zu dieser Kategorie.

Aus der Nähe betrachtet erinnerte Medellín Erin ein wenig an die gleichförmigen Städte im Westen der USA. Einige Viertel zeichneten sich allerdings durch fröhliche Farben und quirlige Lebensfreude aus, die der Stadt eine altmodische südamerikanische Atmosphäre verliehen. Die Landschaft rund um die Metropole, die mitten in den Bergen lag, war atemberaubend und das Klima angenehm mild. Nicht zum ersten Mal fragte sie sich, wie es sein konnte, dass diese Stadt ein so brutales Drogenkartell beherbergte. Nach Logans Aussagen war Esteban die unangefochtene Autorität dieses Kartells. Allerdings beschränkte er sich in seinen Geschäften nicht auf Rauschgift. Die Abteilungen für Suchtkriminalität und Waffenschmuggel hatten herausgefunden, dass Esteban auch Unmengen von militärischen Waffen in seinen Besitz brachte und weiterverkaufte. Allerdings hatten sie bisher nicht herausgefunden, wie er es anstellte, durch ihre Sicherheitsnetze zu schlüpfen.

Logan hatte ihr erzählt, dass seine Leute mit dem Fall beauftragt worden waren, nachdem es keiner der staatlichen Behörden gelungen war, Estebans Informanten zu fassen. Alles Weitere kannte Erin bereits – unglücklicherweise. Natürlich versuchte sie, es unter dem Aspekt zu sehen, dass Logan ihr eine zweite Chance gegeben hatte, um in ihr altes Leben zurückzukehren … in dem sie sich dummerweise mit Typen wie ihrem Exverlobten eingelassen hatte. Ob sie allerdings die in Aussicht gestellte Freiheit überhaupt erleben würde, musste sich erst noch erweisen.

Ein paar Straßen weiter zeigte sich die Stadt von ihrer schäbigeren Seite. Gleichgültig, ob es sich um Medellín oder Atlanta handelte – alle Städte verfügten über diese hässlichen und gefährlichen Viertel. Sie betrachtete die heruntergekommenen Häuser und die Obdachlosen, die unter zerfetzten Markisen saßen und an den Straßenecken herumlungerten. Mit wachsendem Unbehagen stellte sie fest, dass viele Kinder dabei waren. Sie wollte den Blick abwenden, aber es gelang ihr nicht. Die ernsten Gesichter und die großen Augen übten einen Sog auf sie aus, dem sie sich nicht entziehen konnte.

„Wenn du sie so anstarrst, wirst du erst recht nervös."

Logans mit sanfter Stimme geäußerter Hinweis erschreckte Erin. Sie wandte sich zu ihm um und wunderte sich, dass ein offenbar so emotionsloser Mann so mitfühlend sein konnte. Obwohl in seiner grimmigen Miene wenig Mitgefühl auszumachen war.

„Das ist hier eine Art zu leben. Zwischen der Armut, der Gewalt und dem Machismo in dieser Gesellschaft müssen die Kinder eben zusehen, wie sie allein zurechtkommen."

Sie runzelte die Stirn. „Was meinst du mit Machismo?"

Er sah sie von der Seite an, während er weiterfuhr. „Oft verlassen die Väter ihre Familien. Es ist ihnen viel zu lästig, sich mit dem Nachwuchs abzugeben. Und da es hier weder Wohlfahrtsorganisationen noch Krankenversicherungen gibt, bleibt den Müttern nichts anderes übrig, als ihre ältesten Kinder zum Geldverdienen auf die Straße zu schicken, während sie sich zu Hause um die Kleinsten kümmern. Denn davon haben sie meistens auch noch eine Menge."

Die Falten auf Erins Stirn wurden noch tiefer, während sie über Logans Worte nachdachte. Es dauerte eine Weile, bis ihr die Bedeutung seiner Sätze klar wurde. „Womit sollen diese Kinder denn Geld verdienen? Wer würde ihnen denn Arbeit geben? Sie sind doch praktisch selber noch Babys."

Logan bremste vor einer Straßeneinmündung. Er schaute ihr in die Augen. „Willst du das wirklich wissen?"

Er hatte recht. Sie wollte es nicht wissen. Auch ohne genauere Erklärungen konnte sie sich alle möglichen Abscheulichkeiten ausmalen. Erin schluckte den bitteren Geschmack hinunter, der ihr in die Kehle stieg. Vor ein paar Minuten hatte sie von all diesem Elend noch nichts gewusst. Und jetzt war es zu spät. Ihr Leben lang würde sie den Anblick dieser Kinder nicht mehr vergessen können.

Logan parkte den Geländewagen am Straßenrand in Höhe einer *cantina*. Erin konnte allerdings nur vermuten, dass es sich um eine Kneipe handelte, denn kein Schild über dem Eingang verriet den Namen der Kaschemme oder den des Besitzers. Kaum verwunderlich, dachte Erin. Kein Geschäftsmann mit einem Rest von Selbstachtung würde sich dazu bekennen, der Eigentümer dieses Schuppens zu sein.

„Komm jetzt einfach hinter mir her."

Er sprach mit halblauter Stimme und ohne sie anzusehen. Wie auf ein Zeichen öffneten sie die Wagentüren gleichzeitig, und langsam stiegen sie aus. Erin nahm sich Zeit, ihre Umgebung in Augenschein zu nehmen, wie Logan es ihr beigebracht hatte. *Es kommt auf Kleinigkeiten an.* Das hatte er ihr beim Training während der vergangenen Woche immer wieder eingeschärft. *Lass dich niemals täuschen. Sei immer auf der Hut. Achte auf jedes Detail, als ob dein Leben davon abhängt, egal, wie unwichtig es zu sein scheint.*

Noch ehe Logan auf ihrer Seite des Wagens angelangt war, hatten sich schon wenigstens ein halbes Dutzend Kinder um Erin geschart. Sie redeten laut auf sie ein. *„Señorita! Señorita!"* Schmutzige Handflächen streckten sich ihr entgegen. Erwartungsvolle Gesichter schauten sie an … Gesichter voller Hoffnung.

„Geh weiter", sagte Logan und drängte sie hinüber zur *cantina*, an deren Eingangstür die Farbe abblätterte.

„Können wir ihnen nicht etwas geben?", protestierte sie, den Blick zu den Kindern gewandt, während Logan sie vorwärtsschob. „Sie haben doch bestimmt Hunger."

Unvermittelt blieb Logan stehen und drehte sie zu sich herum. Er schloss sie fest in die Arme und wisperte in ihr Ohr, sodass nur sie seine harsche Stimme und seine herzlosen Worte hören konnte. „Wir gehören jetzt zu den bösen Typen. Es ist uns egal, ob sie etwas zu essen haben oder nicht. Spiel endlich deine Rolle, Bailey, die Show hat begonnen! Und was mich betrifft, so würde ich gerne noch ein paar Tage länger leben!"

Ihr stockte der Atem. Sie hätte ihm am liebsten gesagt, er solle die ganze Sache abblasen. Dass es viel wichtiger sei, den Kindern zu helfen. Aber sie wusste, dass das letztlich auch nichts ändern würde. Vielleicht würde es den Kindern ja eher helfen, wenn sie Esteban zu Fall brachten. Und das wäre doch schon etwas, nicht wahr?

Logan löste seine Umarmung, aber eine Hand ließ er auf ihrer Schulter liegen, als er sie zu der *cantina* führte. Die Tür stand halb offen, und kurz bevor sie hineingingen, presste er seine Lippen an ihre Schläfe und murmelte: „Tu so, als wärst du gerne hier, Baby. Dafür haben wir schließlich hart gearbeitet."

Es dauerte einige beklemmende Sekunden, ehe Erins Augen sich an das Dämmerlicht im Innern des Lokals gewöhnt hatten. Als sie endlich etwas sehen konnte, wünschte sie, das Lokal niemals betreten zu haben. Auf dem mit billigen Kacheln gefliesten Boden standen Holztische und -stühle dicht nebeneinander. Kein Platz war frei. Sie hatte den Eindruck, dass alle Besucher der *cantina* wie Kriminelle aussahen. Das lag weniger an ihrer abgerissenen Kleidung als vielmehr am Ausdruck auf ihren Gesichtern. Ihre neugierigen Blicke wirkten ebenso herausfordernd wie hinterhältig.

Am anderen Ende des Raumes erstreckte sich eine lange Bar. Logan steuerte auf einen der leeren Barhocker zu, setzte sich und zog sie mit einer besitzergreifenden Geste zwischen seine weit gespreizten Schenkel.

Obwohl sie sich in dieser Umgebung ziemlich schutzlos fühlte, ging ihr Logans Verhalten zu weit. Sie machte sich steif und wollte sich ihm entwinden, aber er ließ sie nicht los, sondern presste sie mit einem Arm fest an sich. Es war wohl am besten, das Spiel mitzuspielen. Sie versuchte lässig zu bleiben und lehnte sich an ihn, doch es wirkte nicht besonders überzeugend.

Er bestellte eine Flasche Tequila. Sein Spanisch war perfekt; er sprach es nahezu akzentfrei. Der Barkeeper knallte die Flasche und zwei Gläser vor ihn hin, und nachdem Logan einen zerknitterten Dollarschein auf die Theke gelegt hatte, kümmerte der Mann sich nicht weiter um seine neuen Gäste. Erins Hände waren eiskalt, und ihr war ausgesprochen unbehaglich zumute, als sie die Augen der etwa zwanzig Männer auf sich gerichtet spürte, die sie lüstern mit Blicken verschlangen.

Logan knabberte an ihrem Ohrläppchen. Sofort spürte sie eine Hitzewelle in sich aufsteigen, verbunden mit einer Gänsehaut, die ihr über den ganzen Körper fuhr. „Lächle, Baby, das sind unsere Leute", wisperte er, und sie spürte seinen heißen Atem auf ihrer Haut. „Wir wollen doch nicht aus der Reihe tanzen."

Es gelang ihr tatsächlich zu lächeln, als sie die Hand ausstreckte, um Logans Wange zu streicheln. „Wie du willst, Lover", flüsterte sie zurück. Als ihre Finger sein markantes Profil berührten, verschlug es ihr fast den Atem.

Allmählich ließ das Interesse der Männer an den Tischen nach, und sie nahmen ihre Gespräche wieder auf. Vor lauter Anspannung hatte Erin ganz schwache Knie. Logan brauchte nicht länger zu befürchten, dass sie sich ihm entzog. Im Gegenteil, jetzt hielt sie sich sogar an ihm fest.

„Siehst du den Typen, der gerade reingekommen ist?"

Erin lehnte sich an Logans Brust, sodass sie seinem Blick folgen konnte, ohne verdächtig zu wirken. In ihrem Magen flatterten Hunderte von Schmetterlingen, als sie seinen starken männlichen Körper in ihrem Rücken spürte.

„Hmhmm", schnurrte sie. Der große breitschultrige Mann, der aussah, als käme er aus einem drittklassigen Wildwestfilm, blieb drei oder vier Sekunden lang im Türrahmen stehen, ehe er wieder auf die Straße trat.

Logan küsste ihren Nacken. „Das ist unser Kontaktmann."

Erin drehte sich zu ihm um. Sie legte die Hände auf seine muskulösen Schenkel und versuchte, das Gleichgewicht zu halten, obwohl diese intime Berührung ihr den Atem nahm. „Was tun wir denn jetzt?" Sie wäre am liebsten fortgerannt. Etwas anderes fiel ihr nicht ein. Das Herz schlug ihr bis zum Hals. Verdammt! Das lag sowohl an Logans Nähe als auch an der Ungewissheit, was als Nächstes auf sie zukommen würde.

Seine dunklen Blicke bohrten sich tief in ihre Augen. Er las in ihnen wie in einem offenen Buch. „Wir werden uns draußen mit ihm treffen." Er spreizte seine Finger über ihre Taille, streichelte ihre Hüften und tätschelte ihren Hintern. Er wusste genau, was das bei ihr auslöste. Dieses Ziehen in ihrer Leistengegend war schrecklich schön. Wie konnte er es wagen, das zu tun? Hatte sie ihm das etwa erlaubt?

Reiß dich zusammen, befahl sie sich.

Jetzt küsste er sie auch noch auf die Lippen. Es war nur eine ganz leichte Berührung, aber für Erin bebte die Erde. Als sie wieder klar denken konnte, führte er sie bereits hinaus in das grelle Tageslicht. Das Blut rauschte in ihren Ohren. Angst und Begehren lieferten sich in ihrem Inneren einen heftigen Kampf.

Wieder wäre sie am liebsten weggelaufen oder hätte laut geschrien – oder besser noch beides gleichzeitig getan. Gütiger Himmel! Weder das eine noch das andere war jetzt angebracht. Sie durfte nicht auffallen. Gleichzeitig durfte ihr nichts entgehen. Widerstrebend ließ sie sich von Logan zu dem Mann hinüberziehen. Er wartete am Eingang einer schmalen Gasse auf sie, nur wenige Meter entfernt von der *cantina*. Fast wäre Erin gestolpert, als Logan ein Bündel zerknüllter Geldscheine fallen ließ, aber er drückte sie an sich und zwang sie, mit ihm Schritt zu halten.

Ehe sie ihn darauf aufmerksam machen konnte, dass er sein Geld verloren hatte, war er schon in ein lebhaftes Gespräch mit dem Mann vertieft, den er als Kontaktperson bezeichnet hatte. Erin schaute zurück zu der Stelle, wo Logan die Scheine hatte fallen lassen. Dort balgten sich schon die Kinder, die auf sie zugestürzt waren, als sie aus dem Geländewagen gestiegen waren.

Über Erins Gesicht glitt ein verstehendes Lächeln. Er hatte das Geld absichtlich fallen lassen. Für die Kinder. Erin drehte sich wieder zu dem Mann, der noch immer ihre Hand umklammert hielt. Vielleicht war Logan doch nicht so gefühllos, wie er sie gerne glauben machen wollte.

Möglicherweise war er doch ein prima Kerl – ein gut aussehender, zielstrebiger und bedingungslos loyaler amerikanischer Held, der sein Land und alles, wofür es stand, verteidigte; ein Mann, der entschlossen war, ihr zu helfen, die Freiheit zurückzugewinnen und der Gerechtigkeit zu ihrem Sieg zu verhelfen.

Ihr Lächeln verschwand und machte einem missbilligenden Stirnrunzeln Platz.

Genauso gut hätte sie an den Weihnachtsmann glauben können.

5. KAPITEL

Estebans Anwesen erstreckte sich über ein hügeliges Gelände, von dem aus man das ganze Tal und die Straße, die zu seinem Besitz führte, überblicken konnte. Der rückwärtige Teil des weitläufigen Grundstücks wurde von Steilklippen begrenzt, die mehrere Hundert Meter tief abfielen. Mit Hilfe von Satellitenfotos hatte Mission Recovery bereits herausgefunden, dass es nahezu unmöglich war, von dieser Seite aus auf das Grundstück zu gelangen. Ein möglicher Angriff musste also von der Hauptzufahrtsstraße oder aus der Luft erfolgen. Da es allerdings überhaupt keine Deckungsmöglichkeiten gab, war dies ein praktisch unrealisierbarer Plan. Die lang gezogene, ungepflasterte Zufahrtsstraße verlief durch eine Landschaft, die meilenweit zu überschauen war und einen Überraschungsangriff von vornherein ausschloss.

Nach Logans Meinung verdienten es Männer wie Esteban nicht, am Leben zu sein. Die einfachste Methode, die Menschheit von Parasiten wie ihm zu befreien, bestand darin, eine zielgesteuerte Rakete abzufeuern und das ganze Gebiet zu vernichten. Aber dann wüssten sie immer noch nicht Bescheid über das wichtigste Element, das Estebans Existenz garantierte – trotz seiner zahlreichen Gegner und seiner schrecklichen Verbrechen gegen seine Mitmenschen. Das war der Mann im inneren Kreis der Organisation, der ihm die Informationen zukommen ließ. Dieser Unbekannte war der einzige Grund, warum Logans Leute sich nicht für die Radikalmethode entschieden, um das Krebsgeschwür namens Esteban zu beseitigen.

Logan dachte lieber nicht darüber nach, dass dieser Maulwurf mit an Sicherheit grenzender Wahrscheinlichkeit ein Mann aus ihren eigenen Reihen war. Ein Amerikaner in einflussreicher Position, der bereit war, für den allmächtigen Dollar jedes erdenkliche Opfer zu bringen. Logans Miene wurde grimmig. Sie würden schon der Gerechtigkeit zu ihrem Sieg verhelfen, davon war er fest überzeugt. Wenn sie erst einmal den Namen dieses Mannes herausgefunden hatten …

Bailey ist auffällig still, überlegte Logan, als er mit seinen Gedanken wieder zu den akuten Problemen seines Auftrags zurückkehrte. Während er dem Wagen vor ihnen auf dem holprigen Weg folgte, versuchte er, sich in ihre Lage zu versetzen. Er spürte, dass sie sich bemühte, nach außen hin gelassen zu wirken – besonders als das Ziel in ihrem Blickfeld auftauchte. Das Anwesen und die darauf verstreut liegenden Gebäude wurden durch hohe Mauern gesichert. Im Laufe der Zeit hatte Efeu die massiven Steinwände zum größten Teil überwuchert. Uralte Bäume, auf die man während des Bauens besondere Rücksicht genommen zu haben schien, überragten alles andere. Das mit roten Ziegeln gedeckte imposante Herrenhaus war aus demselben Material errichtet wie die Schutzmauern. Nach Schätzungen des Geheimdienstes betrug die Wohnfläche des Hauses rund zweitausend Quadratmeter.

Vor dem beeindruckenden Haupthaus erstreckte sich ein weitläufiger, quadratisch angelegter Park, auf dessen gegenüberliegender Seite das Gästehaus stand. Zahlreiche andere Gebäude, über deren Nutzung Logan nur Vermutungen anstellen konnte, waren über das riesige, streng bewachte Gelände verstreut.

Zu den scharfen Sicherheitsvorkehrungen gehörten auch die mächtigen Eisentore, die sich nun öffneten, um die beiden Fahrzeuge hineinzulassen. Kaum waren sie auf das Grundstück gerollt, richtete Bailey sich in ihrem Sitz auf und betrachtete den prächtigen Springbrunnen und die sorgfältig gepflegten Parkanlagen. Riesige Fenster und ein von Säulen gerahmter Eingang verliehen dem Haus die Atmosphäre eines Luxushotels.

„Mit so etwas habe ich ja überhaupt nicht gerechnet", meinte Erin. In ihrer Stimme klangen Überraschung und Bewunderung mit.

Logan parkte den Geländewagen ein paar Meter hinter dem anderen Fahrzeug. „Pass ab jetzt darauf auf, was du sagst", warnte er sie leise. „Hier gibt es vermutlich überall Wanzen."

Sie nickte. Nervös blickte sie sich um. Er bemerkte, dass sie krampfhaft schluckte. Die Muskeln an ihrem schlanken Hals bewegten sich ein paar Mal, dann sagte sie: „Ich bin so weit." Das Zittern in ihrer Stimme war kaum zu bemerken.

Es war nicht klug von ihm, so zu handeln, doch in dieser Sekunde konnte er sich einfach nicht zurückhalten. Er streckte die Hand aus und fuhr mit den Fingerspitzen über ihre weiche Wange. „Du hast was gut bei mir, Bailey."

Sie atmete schnell. Unvermittelt hatte er das Gefühl, seinen Wagen wieder starten und so schnell wie möglich davonfahren zu müssen – so weit, bis er sie in Sicherheit gebracht hatte.

Ein energisches Klopfen an der Fensterscheibe riss ihn aus seinen riskanten Gedanken. „Kommen Sie, kommen Sie!", befahl eine Stimme mit starkem Akzent. Sie gehörte Cortez, dem Mann, der sie hierhergeführt hatte. „Habt ihr beiden Turteltauben auf den Bahamas nicht genug voneinander bekommen? Esteban wartet."

Logan öffnete die Tür und stieg aus. Er zuckte mit den Schultern und sah dem missgelaunt wirkenden Mann in die Augen. „Von einer solchen Frau kann man nie genug kriegen." Er grinste Cortez an, als er um den Wagen herumging. Neben der Beifahrertür blieb er stehen. „Habe ich nicht recht, Baby?"

„Aber sicher doch, Lover", schnurrte sie und schmiegte sich an ihn.

Cortez knurrte etwas auf Spanisch, das Logan nicht verstand. Dann führte er sie durch den Park auf die breite Terrasse. Das Herrenhaus war sogar noch größer, als Logan es nach den Satellitenfotos eingeschätzt hatte. Über das Innenleben des Gebäudes hatten die Spezialisten nur Mutmaßungen anhand der Bilder mit den Außenansichten anstellen können. Es würde interessant sein zu sehen, wie akkurat ihre Schätzungen waren.

Bailey blieb eng an seiner Seite. Mit seinem linken Arm hielt er sie fest umschlungen. Um ihr ein Gefühl von Sicherheit zu geben, redete er sich ein. Es hatte überhaupt nichts damit zu tun, dass es ihm gefiel, sie zu spüren. Mavericks warnende Worte kamen ihm in den Sinn. Er musste diese verwirrend gut aussehende Frau lediglich zu seinem eigenen Vorteil nutzen. Die Anziehungskraft beruhte schließlich nur auf biologischen Gesetzmäßigkeiten – im besten Fall war es eine chemische Reaktion.

Erst nachdem sie das Haus betreten hatten, konnte Erin sich ein wenig entspannen. Das Dutzend bewaffneter Soldaten, vielleicht waren es auch mehr, die über das Grundstück liefen, hatte sie ausgesprochen nervös gemacht. Die Männer gehörten zu Estebans Privatarmee. Es waren die bestangezogenen Soldaten, die sie jemals gesehen hatte, wie sie zugeben musste. Wobei die eleganten Anzüge, die einige der Männer trugen, in scharfem Kontrast zu den bedrohlich wirkenden Maschinengewehren standen, die sie um die Schulter geschlungen hatten. Andere liefen in Tarnuniformen umher, aber auch sie hatten ihre Maschinengewehre schussbereit. Überraschenderweise waren es fast ebenso viele Weiße wie Latinos. Sie hatte nicht damit gerechnet, dass sich Esteban für seine persönliche Sicherheit mit anderen Leute als den eigenen umgeben würde. Aber Logan hatte ihr erklärt, dass jedes Mitglied in Estebans Truppe – egal, ob es sich um Sicherheitspersonal oder Kuriere handelte – handverlesen war. Wenigstens achtete er als Arbeitgeber auf die Quote.

Alle Gedanken an Sicherheit oder sonstige Dinge waren allerdings wie weggeblasen, als ihr Begleiter sie in den Salon brachte. Nach den luxuriösen Außenanlagen hatte sie zwar erwartet, dass die Zimmer großartig sein müssten. Aber als sie die prunkvolle Einrichtung sah, war sie doch ehrlich überrascht. Die mächtigen Rundbögen über der Eingangstür fanden ihre Entsprechung im Inneren des Gebäudes. Die weitläufige Empfangshalle war geschmackvoll eingerichtet, und durch die großflächigen Fenster, die es, soweit sie es von außen beurteilen konnte, in allen Räumen gab, strömte helles Tageslicht. Seltenes Kunsthandwerk, exquisite Gemälde und kostbare Skulpturen schmückten die Halle und verbreiteten eine Atmosphäre von Reichtum und purer Eleganz.

Eines musste man Esteban lassen: Er hatte Geschmack.

„Ah, Mr und Mrs Wilks!"

Eine dröhnende Stimme riss Erin aus ihrer Bewunderung für die Einrichtung. Beklommen sah sie dem Mann ins Gesicht, der so stilsicher bei der Auswahl seiner Kunstgegenstände war und sich dennoch nichts dabei dachte, Hunderte, vielleicht Tausende von Menschen mit seinen illegalen Drogen- und Waffengeschäften umzubringen.

Er war nicht so groß wie Logan, doch für einen Mann um die vierzig wirkte er sehr durchtrainiert. Sein kurzes schwarzes Haar und sein dunkler Schnurrbart waren grau gesprenkelt, und seinen ebenso schwarzen flinken Augen entging nicht die geringste Kleinigkeit. Selbst wenn Logan ihr nichts über Esteban erzählt hätte, so hätte Erin instinktiv gespürt, dass man diesen Mann fürchten musste.

Logan reichte ihm die Hand. „Señor Esteban! Wir wissen Ihre Gastfreundschaft zu schätzen."

Er schüttelte Logans Hand, doch dann wandte er schnell Erin seine ungeteilte Aufmerksamkeit zu. „Ich hoffe, Sie beide hatten einen angenehmen Aufenthalt auf den Bahamas?"

Erin widerstand dem Drang, unter den forschenden Augen des Mannes näher an Logan heranzurücken. Er musterte sie mit dem gleichen Blick wie die Typen in der *cantina* – ganz so, als ob sie sein Eigentum sei. Und er gab sich nicht die geringste Mühe, die Lüsternheit in seinen schwarzen Augen zu verbergen.

„Wir haben jede Sekunde genossen, nicht wahr, Baby?" Logan zog sie näher zu sich.

Erin hätte nicht sagen können, ob er seinen Worten mit dieser Geste mehr Glaubwürdigkeit verleihen wollte oder ob er instinktiv spürte, dass sie seinen Schutz brauchte. Jedenfalls war sie froh, dass Logan so reagiert hatte.

Estebans Blick wanderte wieder zurück zu Erin. „Sie haben ja eine andere Frisur."

In Erins Ohren klang dieser Satz so bedrohlich wie eine Anklage. Sie suchte nach einer passenden Antwort, aber auf die Schnelle fiel ihr nichts ein.

Plötzlich lag ein wölfisches Lächeln auf Estebans Gesicht. „Mir gefällt sie." Er wandte sich zu Logan, und sein Gesichtsausdruck wurde wieder geschäftsmäßig. „Es gibt viel zu besprechen. Cortez wird Ihre entzückende Frau jetzt zu Sheila bringen, die ebenfalls mein Gast ist. Sheila wird ihr alles zeigen und ihr dabei helfen, dass Sie beide sich in Ihren Zimmern wohlfühlen."

„Das hört sich gut an." Logan gab Erin einen flüchtigen Kuss auf die Stirn. „Viel Spaß, Baby."

Er ließ sie los und folgte Esteban aus dem Zimmer, ohne sich noch einmal nach ihr umzudrehen. Jetzt war sie allein mit diesem bewaffneten Fremden.

„Hier entlang, Baby", sagte Cortez mit spöttischem Unterton.

Ohne auf seine Bemerkung einzugehen, folgte Erin ihm mit klopfendem Herzen und feuchten Händen durch die Empfangshalle hinaus auf die geräumige Terrasse, die um das gesamte Gebäude verlief und deren abgenutzte Fliesen ihr einen altmodischen Charme verliehen. Sie gingen einmal um das Haus herum, vorbei an großen Balkontüren, die zu den ebenerdigen Räumen führten. Erin lief hinter Cortez her, ohne sich darüber Gedanken zu machen, wohin er sie führte oder was passieren würde, wenn sie ihr Ziel erreicht hatten.

Als sie um die Ecke bogen, erblickte Erin zum ersten Mal eine Frau auf dem Grundstück. Sie saß auf einem bequemen Stuhl an einem Gartentisch unter einem riesigen Baum, dessen mächtige Krone Teile der Terrasse und der angrenzenden Parkanlage beschattete. Sonnenflecken tanzten über das Gesicht der Frau, die sich vollkommen auf die lange schmale Zigarette in ihrer Hand zu konzentrieren schien. Erin schickte ein Dankgebet zum Himmel. In Gegenwart eines anderen weiblichen Wesens würde sie sich viel wohler fühlen – zumal eines, das offenbar keine Waffe trug, wie Erin feststellte, als sie näher kam.

Cortez warf der Frau einen Blick zu, der keine Zweifel daran ließ, dass er keine allzu hohe Meinung von ihr hatte. „Esteban will, dass du ihr alles zeigst." Dann drehte er sich auf dem Absatz um und verschwand.

Sheila musterte Erin mit einem Ausdruck, der ungefähr so freundlich war wie der eines Pitbulls. „Du bist also das neue Mädchen, wie?"
„Richtig." Erin setzte sich in einen der anderen Sessel, ohne auf eine Aufforderung zu warten. Sie hatte das untrügliche Gefühl, dass sie sehr lange darauf hätte warten müssen. Aus der Nähe betrachtet wirkte die Frau, die Sheila hieß, genauso bösartig und hinterhältig wie die bewaffneten Wächter. Und nach ein paar weiteren Sekunden war Erin davon überzeugt, dass Sheila gar keine Waffe benötigte, um beträchtlichen Schaden anzurichten. Ihre langen blutroten Fingernägel und die hasserfüllten Augen wirkten auch so schon mörderisch genug.

Sheila drückte die Zigarette aus und starrte Erin finster an. „Vergiss bloß nicht, dass ich zuerst hier war. Wer zuerst kommt, mahlt zuerst. Glaub ja nicht, dass du mir meinen Platz streitig machen kannst, nur weil du die Neue bist."

Erin runzelte die Stirn. Sie hoffte, dass es eher unschuldig als verstimmt aussah. „Ich bin nicht sicher, ob ich Sie verstehe."

Diese Bemerkung schien Sheila noch wütender zu machen. „Ich bin Estebans Lieblingsgericht." Ihr Lächeln wirkte ausgesprochen unangenehm. „Abgesehen von seiner Schwester bin ich die einzige Frau, die seit einem Jahr hier wohnt. Denk nur nicht, dass sich durch deine Anwesenheit irgendetwas ändern wird." Sie machte eine abfällige Handbewegung. „Du wirst hier nicht sehr alt werden", prophezeite sie.

Erins Erleichterung, die sie beim Anblick dieser Frau empfunden hatte, verschwand schlagartig. Sie war froh, dass es ihr gelang, äußerlich gelassen zu bleiben. „Das ist aber ein toller Ring", sagte sie, anstatt sich auf eine Auseinandersetzung mit Sheila einzulassen. Es schien angebrachter, das Thema zu wechseln. Erin war der protzige Ring an Sheilas linkem Finger aufgefallen, als sie mit ihren Händen durch die Luft wedelte. Der schmale goldene Ehering fiel neben dem Diamantklunker kaum auf.

„Sie sind verheiratet?", fuhr Erin fort. Wer immer an dieses Miststück erster Güte gebunden war, musste ein erbärmliches Leben führen. Andererseits: Wenn man die Männer betrachtete, die hier herumliefen, dann hatte dieses Paar vermutlich nichts Besseres verdient.

„Klar." Sheilas Gesicht nahm einen selbstgefälligen Ausdruck an. „Er heißt Larry. Du wirst ihn noch kennenlernen." Sie fuhr sich mit der Hand durch das üppige rotbraune Haar. „Er steht auf Rothaarige." Finster blickte sie Erin an. „Deine gefärbten Haare sehen bescheuert aus. Hoffentlich hast du den Idioten nicht bezahlt, der das gemacht hat."

Erst jetzt erkannte Erin, wie erfolgreich sie alle getäuscht hatte. Sie alle hatten Fotos von Jess gesehen oder sie sogar persönlich kennengelernt. Aber keinem war aufgefallen, dass Erin nicht Jess und Blond ihre natürliche Haarfarbe war. Logans Plan hatte funktioniert.

Insgeheim freute sich Erin darüber, ließ es sich natürlich nicht anmerken. Stattdessen zuckte sie beiläufig mit den Schultern. „Ich wollte nur mal sehen, ob Blondinen wirklich mehr Spaß haben."

Sheila verdrehte die Augen. „Du bist echt dämlich. Glaubst du wirklich, blonde Haare reichen aus, um einen Mann wie Esteban rumzukriegen?"

Ehe Erin eine passende Antwort einfiel, sprang Sheila auf. „Komm jetzt. Ich mache mit dir die große Besichtigungstour. Obwohl ich nicht glaube, dass es sich wirklich für dich lohnt."

Das rote Haar wehte wie die Mähne eines galoppierenden Wildpferds hinter ihr her, während sie auf hohen Absätzen über das Gelände stöckelte. Vorbei ging es an Wachposten zu einem kleinen, einstöckigen, von Efeu überwucherten Gebäude.

„Hier ist das Gästehaus", erklärte Sheila gelangweilt und öffnete die Tür.

Eine breite Treppe führte hinauf in den ersten Stock. Am Fuß und am oberen Ende der Treppe waren die Türen zu den zwei Apartments.

„Das ist eures", erklärte Sheila mit einer Handbewegung zur ersten Tür auf der rechten Seite. „Eure Sachen sind schon drin."

Erin folgte ihr in den Raum. Tatsächlich lagen die beiden Reisetaschen mitten auf dem Boden. Sie sah sofort, dass sie durchsucht worden waren, denn die achtlos zurückgestopften Kleidungsstücke beulten den Leinenstoff an allen Seiten aus.

„Die meisten Wachmänner wohnen in den Baracken." Sheila ging zum Fenster und zeigte mit dem Finger über den Hof. „Es sind zehn. Du wirst sie bei den Mahlzeiten kennenlernen." Sie drehte sich wieder zu Erin um. Die Arme hatte sie vor ihrer üppigen Brust verschränkt. „Esteban legt Wert darauf, dass wir so oft wie möglich gemeinsam essen. Er hat noch ein paar andere Macken, aber da wirst du schon selber drauf kommen."

Sheila ging zur Tür. „Sag mir Bescheid, wenn du sonst noch was brauchst", sagte sie über ihre Schulter hinweg. „Ich bin in meinem Apartment. Das liegt oben auf der anderen Seite des Korridors, nach vorne raus." An der Tür drehte sie sich noch einmal um und musterte Erin von oben bis unten. „Ich mag dich nicht, Baby", sagte sie schließlich mit zusammengebissenen Zähnen. „Also geh mir besser aus dem Weg. Das wird für alle Beteiligten das Beste sein."

Mit einem Knall fiel die Tür hinter ihr ins Schloss.

Erin atmete auf. Jetzt war sie gerade eine halbe Stunde hier und hatte sich schon eine Feindin gemacht. Und das sollte die große Besichtigungstour sein, die Sheila ihr versprochen hatte? Erin zog eine Grimasse.

Sie blickte aus dem Fenster. Bewaffnete Wachmänner liefen an der Ostseite des Haupthauses auf und ab. Eine Art Gefechtsturm auf der anderen Seite des Hauses ragte über das Dach hinaus. Obwohl sie sich mit solchen Dingen überhaupt nicht auskannte, war Erin sich ziemlich sicher, dass es sich um so etwas wie einen Kontrollraum handelte. Von dort aus sah man meilenweit über das Tal hinweg. Kein unangemeldeter Besucher konnte sich dem Anwesen nähern, ohne dass Esteban nicht mindestens fünfzehn Minuten vorher über dessen Ankunft informiert worden wäre.

Weitere Wachposten waren neben dem massiven Eingangstor stationiert. Jeder innerhalb dieser Mauern war praktisch ein Gefangener. Sofort hatte sie das Gefühl, dass sich diese Mauern enger um sie schlossen. Sie verschränkte die Arme und kniff die Augen zusammen, um die Angst und das Schwindelgefühl zu vertreiben, die sich immer bei ihr bemerkbar machten, wenn sie einen Anfall von Klaustrophobie bekam. Sie musste sich zusammenreißen, um nicht aus dem Zimmer zu laufen. Nur keine falsche Bewegung, hatte Logan ihr eingeschärft. Das Wichtigste war, nicht aus der Rolle zu fallen.

Erin musste ein paar Mal tief Luft holen, ehe sie die Panikattacke unter Kontrolle hatte. Als das Zittern allmählich nachließ, öffnete sie wieder die Augen. Ganz ruhig bleiben, beschwor sie sich. Kein Grund zur Nervosität. Den Rest würde Logan schon erledigen. Im Moment hatte sie eigentlich gar nichts zu tun … Sie musste nur den Anschein der liebenden Ehefrau wahren. Bei diesem Gedanken fuhr ihr ein neuer Schauder über den Rücken, aber der hatte weniger mit Angst zu tun … Sie straffte die Schultern, um auch dieses Gefühl in den Griff zu bekommen.

Auf sie wartete eine Aufgabe. Es wäre sinnvoller, die Unannehmlichkeiten ihrer Situation fürs Erste zu vergessen und sich mit dem Apartment vertraut zu machen, in dem sie nun einige Zeit wohnen würde. Sie könnte beispielsweise die Taschen auspacken und danach einen Spaziergang machen, um die Umgebung kennenzulernen, falls das erlaubt war. Sie hatte ganz vergessen, sich bei Sheila danach zu erkundigen. Vielleicht konnte sie einen der Wachposten fragen. Es war ohnehin besser, Sheila aus dem Weg zu gehen.

Im Wohnzimmer standen ein großes Sofa mit wulstigen Polstern und ein dazu passender Sessel sowie einige Tische. An der Wand hing ein Gemälde. Ein Fernsehgerät und ein DVD-Player füllten eine Ecke des Raumes aus, und in der gegenüberliegenden Ecke stand ein Regal mit ein paar Büchern. Dazwischen befand sich ein gemauerter Kamin.

Eine Arbeitsküche und ein kleines Esszimmer grenzten an den Wohnraum. Sie waren sauber und ordentlich, wenn auch nicht besonders üppig ausgestattet. Sie öffnete ein paar Schranktüren und den Kühlschrank. Überrascht stellte sie fest, dass er sehr gut gefüllt war.

Als Nächstes inspizierte sie Bad und Schlafzimmer. Das Bad war ein wenig luxuriöser eingerichtet als die Küche. Es gab einen Whirlpool und eine große Duschkabine. Obwohl das Schlafzimmer recht komfortabel war, gab es nur ein großes Bett. Sie seufzte und ließ sich auf das Fußende fallen. Schließlich galten sie und Logan als Mann und Frau. Sie warf einen kurzen Blick auf den goldenen Ehering an ihrem Finger. Würde sie es ertragen, mit ihm in einem Bett zu schlafen? Sie bezweifelte es. Andererseits konnte sie nichts dagegen unternehmen. Es würde seltsam aussehen, und das konnten sie nicht riskieren.

Reine Zeitverschwendung, sich über Dinge aufzuregen, die man sowieso nicht ändern kann, überlegte sie. Sie sollte sich besser mit dem Gedanken abfinden. Entschlossen zog sie die Reisetaschen ins Schlafzimmer, erst ihre eigene und dann die von Logan.

Prüfend ließ sie ihren Blick zwischen Spiegelschrank und dazu passender Kommode hin- und herwandern und entschied sich für den Schrank. Wenn sie beschäftigt war, würde sie nicht so viel über diesen Ort und Esteban nachdenken. Beim Einräumen malte sie sich ihren Racheplan für Jeff aus. Erin lächelte. Wenn das keine Ablenkung war!

Ihr Rachefeldzug stand bereits in allen Einzelheiten fest, noch ehe sie ihre Sachen ordentlich verstaut hatte. Sie wollte ihn dazu bringen, ein Geständnis abzulegen, das Logan heimlich auf Band aufzeichnen würde. Apropos Logan. Sie runzelte die Stirn und warf einen Blick auf die Digitaluhr auf dem Nachttisch. Wo blieb er nur so lange?

Bestimmt hatten er und Esteban wichtige Geschäfte zu besprechen. Mit einem Schulterzucken öffnete sie Logans Reisetasche. Sie war schließlich seine Frau, oder? Da gehörte es wohl zu ihren Aufgaben, sich um seine Kleidung zu kümmern.

Wie ein Mann sich anzog, verriet eine Menge über seinen Charakter. Jeff hatte sich stets zuvorkommend und charmant gegeben. Dazu wirkte er immer wie aus dem Ei gepellt. Wenn er keinen Anzug trug, bevorzugte er Designer-Freizeithosen und Pullover. Niemals hätte man ihn in T-Shirt und Jeans angetroffen.

Logan dagegen war ganz anders. Seine Jeans waren abgetragen. Er braucht keine Markenklamotten, um Selbstvertrauen auszustrahlen, überlegte sie, während sie die Hose in eine Schublade der Kommode legte. Er war selbstsicher genug, als dass er anderen mit derlei Äußerlichkeiten eine Persönlichkeit vortäuschen musste. Sie erschrak fast ein wenig bei dem Gedanken, als sie an all die Gelegenheiten dachte, bei denen ihr früherer Verlobter ihr das Gefühl vermittelt hatte, minderwertig zu sein – beruflich ebenso wie persönlich.

So etwas sollte ihr nie wieder passieren. Sie schloss die Schublade und widmete sich den Hemden. Wenn das hier erst einmal vorbei war, würde ihr keiner mehr weismachen, dass sie zu irgendeiner Sache, die sie sich vorgenommen hatte, nicht fähig sei. Nie mehr!

Singend tanzte sie durch das Zimmer, während sie Logans Hemden in den Schrank hängte. Sie hoffte, dass Esteban oder wer immer sie abhörte, an ihrem lauten Gesang seine helle Freude hatte.

Noch einmal griff sie in die Reisetasche, aber es war nichts mehr darin. Sie runzelte die Stirn. Jeans, Hemden, T-Shirts, Socken ... und was war mit seiner Unterwäsche?

Erin hob die Tasche, drehte sie um und schüttelte sie. Sie suchte nach versteckten Reißverschlüssen. Nichts. Schließlich legte sie die leeren Taschen in den Schrank und lehnte sich gegen die geschlossene Tür. Sie überlegte kurz, wo sie noch nicht nachgesehen hatte. Andere Taschen hatten sie nicht dabeigehabt, soweit sie sich erinnerte. Nein, ganz bestimmt nicht. Die beiden Reisetaschen waren ihr ganzes Gepäck gewesen.

Ihre Augenbrauen gingen nach oben. Vielleicht trug er keine Unterhosen oder Slips ... oder Boxershorts. Bei der Vorstellung wurde ihr Mund trocken, und sie musste schlucken. Das war absurd, jeder trug Unterwäsche. Sie schaute sich im Zimmer um, ließ ihren Blick über das Bett und den Teppichboden wandern. Offenbar benutzte Logan wirklich keine ... es sei denn, er hätte nicht daran gedacht, sie einzupacken. Nein, dazu war er zu penibel. Er hatte ja sogar Zahnseide mitgenommen. Ein Mann, der seine Zahnseide nicht vergaß, würde bestimmt nicht versäumen, seine Boxershorts mitzunehmen ... falls er welche trug.

Sofort tauchte vor ihrem inneren Auge das Bild von Logan im Adamskostüm auf. Ihr Puls beschleunigte sich.

Schluss jetzt! Höchste Zeit für den Spaziergang. Im Badezimmer machte sie sich ein wenig frisch und prüfte ihre neue Frisur. Für ihren Geschmack wirkte sie etwas zu gewöhnlich, aber das passte nun mal zu ihrer übrigen Kleidung.

Na wennschon! Es war ja nur eine Rolle.

Die Sonne stand hoch am Himmel, als sie aus dem Haus trat. Die Strahlen wurden reflektiert vom roten Ziegeldach und dem Wasser des großen Brunnens, der auf halber Strecke zwischen dem Herrenhaus und dem Gästehaus lag. Ein leichter Wind raschelte in den Blättern der mächtigen Bäume. Das Klima war einfach perfekt. Morgens ein wenig kühl, überlegte sie, aber jetzt absolut fantastisch. Genau wie die ganze Umgebung. Wieder staunte sie darüber, dass es so viel Verderbtheit inmitten dieses prächtigen Anwesens gab.

Erin betrachtete die hohen, mit Efeu bewachsenen Mauern und die gepflegte Gartenanlage. Steinpfade führten an blühenden Blumen vorbei, die sie in einer solchen Vielfalt noch nie zuvor gesehen hatte. Hinter dem Haus gab es einen Wachtturm, der in die Mauer hineingebaut war. Wie im Mittelalter, dachte sie. Sie entdeckte einen weiteren Springbrunnen und noch mehr Sitzgelegenheiten, entweder für geschäftliche Besprechungen oder einfach um die Umgebung zu genießen. Das Erdgeschoss auf der Rückseite des Hauses bestand zum größten Teil aus Glas. Als sie über die Mauer schaute, wusste sie auch, warum: In der Ferne konnte man die gezackte Hügelkette der Anden erkennen. Ihre schroffen Gipfel, die zum Teil in die Wolken ragten, waren beeindruckender als jedes Gemälde. Die Aussicht war schlicht atemberaubend.

Oh ja, Esteban hatte Geschmack. Dafür fehlte es ihm an Herz oder einfach nur Mitgefühl. Er war ein böser Mensch. Wenn Logan seinen Auftrag erfolgreich beenden konnte, dann würde diesem Verbrecher endlich das Handwerk gelegt werden.

Wieder runzelte sie die Stirn. Wo zum Teufel steckte Logan bloß? Langsam ließ sie ihre Blicke durch den Park bis hinüber zu den hohen Mauern wandern. Bis auf die allgegenwärtigen Wachposten war niemand zu sehen. Erins Herz wurde schwer. Wo waren denn all die anderen? War etwas passiert, und sie hatte es nicht mitbekommen? Sie hatte keine Schüsse gehört oder sonst etwas Auffälliges bemerkt. Allerdings hatte sie auch fast die ganze Zeit lauthals gesungen.

Und wenn Logan nun etwas zugestoßen war?

Die Vorstellung schnürte ihr die Kehle zu.

Was wäre, wenn man ihre Tarnung bereits entdeckt hatte?

Plötzlich wurde die Stille von einer Maschinengewehrsalve unterbrochen. Das Geräusch kam aus weiter Ferne. Schutz suchend sprang Erin hinter den nächsten Baum. Ihr Puls begann zu rasen. Sie konnte kaum noch atmen. Wo war Logan? Was hatten diese Schüsse zu bedeuten?

„Sie müssen in Ihr Apartment zurück."

Erin fuhr herum, als sie die unbekannte männliche Stimme hörte.

„Wo ist Logan?", wollte sie wissen.

„Gehen Sie in Ihr Apartment zurück", befahl der Mann in einem Ton, der keinen Widerspruch duldete. „Und zwar sofort!"

Nur keine Angst zeigen. Sie durfte nicht aus der Rolle fallen. Jess hätte ganz gelassen reagiert. Erin musste Logan beweisen, dass sie das auch konnte. Nein, falsch. Sie musste sich selbst beweisen, dass sie es konnte.

Sie straffte die Schulter und reckte trotzig das Kinn vor. „Ich gehe nirgendwohin, bis Sie mir sagen, was hier los ist."

Er war zu schnell für sie. Sie spürte den Schlag, noch ehe sie nachvollziehen konnte, was eigentlich geschehen war. Gerade hatte er sie noch drohend angestarrt, da sauste plötzlich sein Gewehrkolben auf sie hernieder.

Und dann versank die Welt um sie herum in tiefe Dunkelheit.

6. KAPITEL

„Diese drei Männer sollten euch allen ein warnendes Beispiel sein", brüllte Esteban. Wut und Hass funkelten in seinen Augen.

Er lief vor Logan und den anderen auf und ab. Die jüngsten Morde hatten nicht dazu beigetragen, seinen Zorn zu besänftigen. Logan war mit Estebans berüchtigten Wutausbrüchen vertraut. Die Szene, deren Zeuge er soeben geworden war, hatte seinen Abscheu vor diesem Mann nur noch vertieft. Kaltblütig hatte er drei Männer seiner Privatarmee erschießen lassen, während sie um ihr Leben bettelten. Logan hatte keine Ahnung, welcher Vergehen sich die Männer schuldig gemacht hatten. Was immer es gewesen sein mochte – es hatte ausgereicht, um bei Esteban einen Tobsuchtsanfall auszulösen.

Normalerweise empfand Logan für Verbrecher kein Mitleid. Jeder, der hier war, wusste um das Risiko, auf das er sich bei absolut klarem Verstand eingelassen hatte. Wer den Boss verärgerte, weil er mehr Geld wollte oder den Mund zu weit aufriss, bekam unweigerlich Ärger. Illoyalität wurde in Estebans Umgebung nicht geduldet. Logan wusste es ebenso gut wie die Männer, die rechts und links neben ihm standen, und die toten Männer hatten es auch gewusst.

Trotzdem fand er es erschreckend, mit ansehen zu müssen, wie wenig hier ein Menschenleben zählte. Er betrachtete den Mann, der noch immer im Zimmer auf und ab lief. Dass er nun zu ihm gehörte, verursachte ihm geradezu Übelkeit. Aber wenn dieses Täuschungsmanöver dabei helfen würde, diesen Bastard zu Fall zu bringen, würde sich Logan eben damit abfinden.

„Auf illoyales Verhalten steht die Todesstrafe." Esteban blieb vor einem seiner Männer stehen. „Habe ich nicht recht, alter Freund?"

„Vollkommen, *jefe*."

Larry Watters. Er war früher mal Soldat gewesen. In Texas wurde er wegen vorsätzlichen Mordes gesucht. Er und seine Frau standen bereits seit mehr als einem Jahr auf Estebans Gehaltsliste. Vielleicht sollte sich Logan mit diesem Typen ein wenig näher bekannt machen.

„Und Sie, mein neuester Freund ..." Esteban blieb vor Logan stehen. „Haben Sie noch irgendwelche Fragen?"

Logans Mundwinkel verzogen sich zu einem breiten Lächeln, und er schaute seinem neuen Boss direkt in die Augen. „Nur eine. Wann gibt's Essen?"

Esteban hielt seinem Blick scheinbar eine Ewigkeit stand. Logan hätte nicht sagen können, was in seinem Kopf vorging. Im Zimmer wurde es mucksmäuschenstill. Logan hielt dem Blick stand – ebenso wie sein Gegenüber.

Schließlich brach Esteban in schallendes Gelächter aus. Die anderen fielen nach und nach ein – devote Gefolgsleute ihres Führers. Logan grinste. Er hatte auf hohes Risiko gespielt, und er hatte nicht nur gewonnen, sondern es war ihm auch noch gelungen, dass Esteban seine Wut vergaß. Er fragte sich, wie viele von den Männern im Raum das wohl schon geschafft hatten … wie viele es überhaupt versucht hatten? Logans Herzschlag wurde wieder regelmäßiger, und er entspannte sich.

„Sie haben recht, Freund Logan." Esteban klopfte ihm auf die Schulter und zog ihn weg von dem Ort, wo die drei Männer exekutiert worden waren. „Es ist schon weit nach Mittag. Ich möchte, dass Sie und Ihre reizende Gattin mit mir essen."

Ja. Jetzt gehörte er dazu. Logan nickte. „Meine Frau wird entzückt sein." Er beugte sich ein wenig näher zu ihm hin. „Sie ist übrigens eine große Kunstliebhaberin." Logan grinste. „Gott sei Dank brauche ich mir darüber keine Sorgen mehr zu machen. Sie hat mit dem Sammeln aufgehört, als wir uns kennengelernt haben."

Wieder lachte Esteban. „Eine Kunstsammlerin? Da muss ich ihr unbedingt meine Privatkollektion zeigen. Sie wird bestimmt begeistert sein."

Die Augen des älteren Mannes funkelten wie die eines Raubtiers beim Anblick der Beute. Logan zeigte die Zähne, was wie ein Lächeln aussehen sollte. „Das ist sehr freundlich von Ihnen." Er würde Bailey warnen müssen, dass sie sich in Estebans Gegenwart in Acht nahm. Logan hatte sie gerade unbewusst zum Objekt eines anderen von Estebans berüchtigten Hobbys gemacht: die Eroberung von Frauen.

Als Logan ihr Apartment betrat, war er überrascht, dass es so still war, und sofort schrillten seine Alarmglocken. Wo zum Teufel steckte Bailey? Kein Grund zur Sorge, versuchte er sich einzureden – nicht sehr erfolgreich.

Das Wohnzimmer wies keine verdächtigen Spuren auf, keine Anzeichen eines Kampfes. Die Stille lastete im Raum. Doch dann hörte er etwas. Er öffnete die Schlafzimmertür und lauschte. Von der gegenüberliegenden Seite des Raums vernahm er einen unterdrückten Fluch. Logan lief hinüber zur geschlossenen Badezimmertür. Er griff nach dem Knauf, dann zögerte er und klopfte. Er wollte nicht so ohne

Weiteres ins Bad stürmen; dann hätte er sie vielleicht erschreckt. Und sie hätte möglicherweise etwas Verräterisches gesagt.

„Baby, bist du da drin?"

Lange Zeit kam keine Antwort. Dann rief sie von der anderen Seite der Tür: „Ich bin gleich fertig."

Logans Muskeln verspannten sich. Irgendetwas stimmte nicht. Wieder griff er nach dem Türknauf. Hoffentlich war sie nicht jetzt schon mit den Nerven am Ende. „Ich komme rein."

Er öffnete die Tür und stand einer zitternden Bailey gegenüber. Sie hatte Eiswürfel in einen Waschlappen gewickelt, den sie sich an die Schläfe hielt. Unter ihrem Auge klaffte eine dunkelrote Wunde, und ihr Gesicht war vom Weinen gerötet.

„Es ist nichts", sagte sie rasch. Ihre Stimme klang unsicher, und sie zitterte am ganzen Körper. Unwillkürlich trat sie einen Schritt zurück.

Logan wurde wütend. „Was zum Teufel ist passiert?"

Beschwichtigend hob sie die Hand. Er achtete nicht darauf, sondern kam näher. „Mir geht es wirklich gut." Sie zwinkerte heftig, doch er hatte die Tränen in ihren leuchtend blauen Augen bereits bemerkt.

Als er sie bis an die Wand gedrängt hatte, sodass sie nicht mehr ausweichen konnte, sah er sie von oben bis unten an. Er war zu aufgebracht, um jetzt tröstende Worte für sie zu finden. „Sag mir, was passiert ist."

Sie fuhr sich mit der Zunge über die Lippen und atmete tief durch. Es klang wie das Schluchzen eines Menschen, der vom vielen Weinen erschöpft war. „Ich bin ein bisschen spazieren gegangen." Mit dem Handrücken wischte sie sich die Tränen aus dem Gesicht. „Dann hörte ich die Gewehrschüsse und habe mir Sorgen gemacht …" Wieder blinzelte sie heftig und räusperte sich. „Einer der Wachposten hat mir befohlen, hierher zurückzugehen, aber ich wollte sicher sein, dass du … dass mit dir alles in Ordnung ist." Hilflos hob sie die Schultern. „Offenbar fand er meine Antwort unpassend."

Logans Zorn wurde unbändige Wut. „Er hat dich geschlagen?"

Sie nickte.

Eine Träne lief ihr über die Wange.

Er musste sich zusammenreißen, um nicht laut loszubrüllen.

„Ich werde mit Esteban darüber reden", stieß er schließlich zwischen zusammengebissenen Zähnen hervor. Er nahm ihre Hand beiseite und verzog das Gesicht, als er die Beule an ihrem Kopf sah. Die Verletzung begann am Haaransatz und reichte über ihre linke Schläfe bis zum Auge. „Und dann bringe ich den Kerl um, der das getan hat."

Er konnte keinen klaren Gedanken mehr fassen und seine Reaktionen kaum noch unter Kontrolle halten. Ebenso wenig wie seine Gefühle. Sanft streichelte er über ihre verletzte Wange. „Dieses Miststück!", murmelte er.

„Vergiss es einfach. Ich hätte auf ihn hören sollen. Es war mein Fehler." Verzweifelt umklammerte sie seine Hand und zog sie von der Verletzung zurück. Die Wunde sah wirklich übel aus. Da hatte jemand ziemlich brutal zugeschlagen. Es musste ihr höllische Schmerzen bereiten. „Mach es nicht noch schlimmer. Ich möchte nicht …" Die Stimme versagte ihr. Sie schloss die Augen. „Ich möchte keine Schwierigkeiten machen."

Was konnte er tun? Ihm fiel nichts Besseres ein, als sie in die Arme zu nehmen und fest an sich zu drücken. Etwas Besseres hätte er wirklich nicht tun können. Sie fühlte sich so weich und so zerbrechlich an. Stumm hielt er sie fest. Es war besser, als zu reden, denn er durfte nichts Falsches sagen. Jemand konnte sie hören. Und selbst wenn er etwas gesagt hätte – wären seine Worte ein Trost gewesen, eine Wiedergutmachung? Er hatte befürchtet, dass so etwas passieren würde. In dieser Umgebung konnte man niemandem trauen. Hoffentlich gelang es ihm, sie vor noch Schlimmerem zu bewahren. Sie hatte ja keine Ahnung, wie es in dieser Welt zuging … und das Schlimmste war: Er war nicht in der Lage, sie rund um die Uhr und an jedem Ort vor diesem Abschaum zu schützen. Sie waren umzingelt von Leuten, für die das Töten eine ganz normale Angelegenheit war. Brutalität war ein Teil ihres Lebens. Jeder aus Estebans Mannschaft würde für ihn morden … oder auch für ihn sterben, wenn es nötig sein sollte. Und zwar ohne mit der Wimper zu zucken.

Es war unmöglich, eine nichts ahnende Frau wie sie vor der Widerwärtigkeit von Estebans Welt zu bewahren. Selbst dann nicht, wenn er sie fest in seinen Armen hielt. Aber er wollte dafür sorgen, dass ihr keiner mehr wehtat. Wenigstens das. Logan schloss die Augen und legte ein stummes Versprechen ab.

Das musste er irgendwie schaffen.

Erin war in ihrem ganzen Leben noch nie so erleichtert gewesen wie bei Logans Anblick. Schließlich hatte sie mit dem Schlimmsten gerechnet. Sie hatte befürchtet, dass er tot war und sie als Nächste auf Estebans Liste stand. Als sie wieder zu Bewusstsein kam, lag sie quer über der Schulter des Wachpostens, der sie schon fast bis zu ihrem Apartment getragen hatte. Sie hatte getreten und mit den Fäusten um sich geschlagen, bis er sie auf den Boden gestellt hatte. Und dann hatte sie erst einmal tausend Ängste ausgestanden. Was würde ihr der Mann noch antun? Erst als sie ihm gedroht hatte zu schreien, war er endlich verschwunden. Eine Gänsehaut lief ihr über den Rücken, als sie sich vorstellte, was er alles mit ihr hätte anstellen können, wenn sie in bewusstlosem Zustand allein mit ihm in ihrem Apartment gewesen wäre.

Logan hatte recht. Sie hatte nicht die geringste Vorstellung von der Brutalität gehabt, zu der diese Menschen fähig waren. Außerdem war es die richtige Entscheidung gewesen, Logan nichts von ihren Ängsten zu erzählen, die sie in Gegenwart des Wachpostens ausgestanden hatte. Sie war allerdings überrascht, wie besorgt Logan um sie war. Vielleicht fühlte er sich auch nur rein beruflich für ihre Sicherheit verantwortlich. Bestimmt war es nur das und nichts anderes. Dennoch hatte er heftiger reagiert, als sie erwartet hatte.

Logan hatte ihr knapp geschildert, dass es sich bei dem Maschinengewehrfeuer um eine Exekution handelte, die Esteban an drei Verrätern vollzogen hatte. Erneut schauderte sie. Um Himmels willen – wie lange würden sie dieses Versteckspiel noch aufrechterhalten können? Erst als sie die Schüsse hörte, war ihr klar geworden, in welch großer Gefahr sie und Logan tatsächlich schwebten. So schlimm hatte sie sich das Ganze nun doch nicht vorgestellt. Natürlich hatte er sie gewarnt, aber offenbar hatte sie seine Warnungen doch zu sehr auf die leichte Schulter genommen. Ein schrecklicher Fehler. Das wusste sie jetzt.

Als sie kurz darauf das Herrenhaus betraten, betete Erin, dass diese unerwartete Einladung nicht weiteres Unheil bedeutete. Wenn sie Logan allerdings richtig verstanden hatte, so war es eher ein gutes Zeichen. Leider hatten sie nicht offen miteinander sprechen können, und Flüstern hätte nur das Misstrauen ihrer Lauscher erregt.

Solange Logan an ihrer Seite war, fühlte sie sich einigermaßen sicher. Sie warf dem schweigenden Mann neben ihr einen Blick zu. Ob ihn wohl alle Aufträge, die er zu erledigen hatte, in tödliche Gefahr brachten? Die Aussicht auf ein langes Leben schien bei dieser Art von Beruf eher gering zu sein. Ihr Respekt für ihn war in den vergangenen Stunden enorm gewachsen. Logan musste sehr gut in seinem Job sein … sonst wären sie nämlich beide schon längst tot.

„Ah, da sind Sie ja!" Am Kopfende des Tisches erhob Esteban sich von seinem Stuhl. „Bitte nehmen Sie doch Platz." Mit einer ausladenden Geste deutete er über die große, mit kostbarem Geschirr und Blumen gedeckte Tafel. „Die Watters haben Sie ja bereits kennengelernt."

Sheila und ihr Mann saßen am anderen Ende des Tisches. Sheila musterte Erin mit einem Blick, als wollte sie fragen: Was haben sie denn bloß mit dir gemacht? Ihr Mann wirkte teilnahmslos. Cortez stand neben Esteban; sein Gewehr hielt er fest in der Hand. Eine andere Frau von etwa Mitte dreißig saß Esteban gegenüber. Sie war elegant gekleidet und machte einen ausgesprochen intelligenten Eindruck. Die Ähnlichkeit zwischen den beiden stach Erin sofort ins Auge.

„Darf ich Ihnen meine geliebte Schwester Maria vorstellen", sagte Esteban stolz. Er strahlte förmlich vor Bewunderung oder Respekt ... oder einer Mischung aus beidem.

Logan machte eine höfliche Bemerkung, als die Frau ihm und Erin zunickte. Ihre Blicke trafen sich, und Erin beschlich eine merkwürdige Empfindung. Als ob diese Frau direkt in ihre Seele schauen konnte. Sie verdrängte das unheimliche Gefühl. Vermutlich war sie einfach nur nervös. Und das war ja schließlich kein Wunder angesichts ihrer schmerzhaften Bekanntschaft mit dem Gewehrkolben.

Logan rückte Erin den Stuhl zurecht, dann nahm er neben ihr Platz. Obwohl sie fürchtete, keinen Bissen herunterbekommen zu können, zwang sie sich, etwas zu essen, als die Speisen aufgetragen wurden. Die Unterhaltung bei Tisch drehte sich um belanglose Themen. Sie redeten über Politik, das Wetter und sogar die neuesten Filme, die im Kino angelaufen waren. Wie in einer ganz normalen gutbürgerlichen Familie, dachte Erin sarkastisch.

Nachdem die Teller des letzten Gangs abgetragen worden waren, stand Esteban auf. „Kommen Sie bitte zu mir, Sara."

Es dauerte ein paar quälend lange Sekunden, ehe Erin bewusst wurde, dass er mit ihr sprach. Da erst schaute sie ihn an. Er winkte sie mit der Hand zu sich. Nur keine Angst zeigen, befahl sie sich. Doch es fiel ihr nicht leicht, einen kühlen Kopf zu bewahren, wenn ihr das Blut laut dröhnend durch den Kopf schoss und wie Hammerschläge in den Ohren pochte. Auch Logan war sofort aufgestanden und hatte sich an Esteban gewandt.

„Ich möchte nicht ...", begann er hitzig.

„Es ist schon in Ordnung, mein Freund", schnitt Esteban ihm das Wort ab. Sein Tonfall war beschwichtigend. Auffordernd blickte er Erin an. „Kommen Sie."

Logan zog ihren Stuhl zurück. Mit weichen Knien stand sie auf. Für den Bruchteil einer Sekunde sahen sie sich an, aber selbst der aufmunternde Blick seiner tiefdunklen Augen konnte die Furcht nicht vertreiben, die von ihrem ganzen Körper Besitz zu ergreifen drohte. Als sie zu Esteban hinüberging, setzte Logan sich wieder auf seinen Platz, aber sie wusste, dass er jeden ihrer Schritte beobachtete. Sie konnte seinen Blick förmlich auf ihrem Rücken spüren.

Sie ließ sich ihre Angst nicht anmerken, als sie mit hocherhobenem Kopf zu Esteban ging. „Ja?", fragte sie, als sie vor dem Mann stehen blieb, in dessen Händen ihr Leben lag.

Esteban legte die Hand auf ihren Rücken. Sie biss die Zähne zusammen und hoffte, dass er ihr Zusammenzucken nicht bemerkt hatte. Esteban zeigte mit dem Finger auf die andere Seite des Raumes. „Ist das der Mann, der Sie heute Morgen geschlagen hat?"

Erin war schockiert, als der Wachposten das Zimmer betrat. Ohne sein Gewehr und mit einem anderen Wachmann, der ihn vorwärtsschob, wirkte er überhaupt nicht gewalttätig. Er sah vielmehr so aus, als sei er schrecklich ängstlich – genauso ängstlich wie sie. Der Mann blieb vor Esteban stehen. Für einen Südamerikaner war er ziemlich bleich.

„Sein Name ist Manuel. War er es?", fragte Esteban erneut. In seiner Stimme schwang eine leichte Ungeduld mit.

Erin schaute von Esteban zu Manuel und wieder zurück. „Ja."

Esteban wandte sich zu Cortez, der wie ein Leibwächter dicht hinter seinem Herrn und Gebieter stand. Esteban streckte die Hand aus. „*La arma, por favor.*"

Cortez reichte Esteban eine metallisch glänzende Pistole. Esteban drehte sich wieder zu Erin. „Dieser Mann hat Ihnen wehgetan, nicht wahr?"

Ihr Puls raste, während sie sich verzweifelt bemühte, nur ja nicht falsch zu reagieren. Sie fuhr sich mit der Zunge über die Lippen und tat das einzig Vernünftige: Sie sagte die Wahrheit. „Ja."

Esteban hielt ihr die Pistole hin. „Dann verdient er den Tod. Erschießen Sie ihn."

Eine Welle von Panik schlug über ihr zusammen. Das Atmen fiel ihr plötzlich schwer. Esteban sah sie aus schwarzen Augen durchdringend an. Sie wusste, dass Logan hinter ihr saß und sie angespannt beobachtete – bereit, jederzeit einzugreifen. Aber das würde ihre Tarnung zunichtemachen. Schlagartig fiel ihr jener Moment ein, in dem sie den Abzug der Waffe betätigte, die sie auf Logan gerichtet hatte. Die

Erinnerung an diese schrecklichen Sekunden war kaum zu ertragen. Das war allerdings eine vollkommen andere Situation gewesen. Sie war wütend gewesen ... jetzt hatte sie einfach nur entsetzliche Angst.

Sie wusste, dass alle Augen im Raum – auch die von Logan – auf sie gerichtet waren.

„Nein."

Hatte sie das gesagt? Sie konnte es kaum glauben.

Estebans stechender Blick wich ungläubigem Staunen.

Ehe er seinen Befehl wiederholen konnte, erklärte Erin rasch: „Ich habe einen Fehler gemacht." Sie warf dem Mann, der seinen Tod vor Augen hatte, einen Blick zu. „Er hat mich gebeten, in mein Apartment zurückzugehen, aber ich habe mich geweigert." Das Schlucken fiel ihr schwer. „Es war meine Schuld. Er hat schließlich nur seine Pflicht getan."

Niemand bewegte sich. Keiner sagte ein Wort, und die Stille schien sich zu Stunden zu dehnen. Ihr Herz klopfte so stark, dass sie das Gefühl hatte, es würde jeden Moment aus ihrer Brust springen.

Esteban gab Cortez die Pistole zurück. Ein unmerkliches Lächeln umspielte seine Lippen. „Meine Liebe, Sie sind eine sehr mutige Frau." Verächtlich blickte er den Wachposten an. „Und Sie haben Manuels Leben gerettet. *Vaya!*" Der Mann gehorchte sofort. Bei seinem hastigen Abgang wäre er fast über seine Füße gestolpert.

Erin fühlte sich ganz schwach vor Erleichterung. Noch ein paar Sekunden von diesem Stress, und sie hätte bestimmt einen Herzanfall erlitten.

Esteban schaute auf die anderen, die um den Tisch saßen. „Ich wünsche Ihnen einen angenehmen Nachmittag", sagte er zum Abschied. Dann richtete er sein Augenmerk wieder auf Erin, die gerade zu ihrem Platz zurückgehen wollte. „Ihr Gatte hat mir gesagt, dass Sie eine Schwäche für Malerei haben."

„Es ist meine einzige Schwäche", gab Erin zu. Als sie noch auf dem College war, hatte sie ihre Freizeit vorwiegend in Museen verbracht. Es hatte ihr den Kopf frei gemacht und geholfen, klare Gedanken zu fassen. Dass Logan darüber Bescheid gewusst hatte, war ihr allerdings neu. Sie runzelte die Stirn. Oder hatte sie ihm davon erzählt und es dann vergessen? In den ersten Tagen ihres Trainings hatte er sie schließlich ununterbrochen mit Fragen bombardiert. Andererseits schien er sowieso alles über sie zu wissen, egal, ob sie es ihm erzählt hatte oder nicht.

Erneut musterte Esteban sie von oben bis unten mit begehrlichen Blicken. „Nur eine Schwäche?"

Ehe Erin antworten konnte, fuhr Esteban fort: „Larry, unterhalten Sie unseren neuen Freund Logan, während ich diese reizende Lady durch die Galerie führe."

Logan ließ sie nicht aus den Augen, bis Esteban sie aus dem Zimmer geführt hatte. Er sah ganz und gar nicht glücklich über die Entwicklung der Dinge aus – aber was hätte sie schon tun können?

„Der Ostflügel ist mein privater Bereich", erklärte Esteban, als sie die breite Wendeltreppe hinaufstiegen. „Keiner darf ihn ohne meine Erlaubnis betreten."

Erin fügte sich in das Unvermeidliche. Obwohl sie zu Tode verängstigt war, wusste sie, dass sie nach außen hin gelassen bleiben und auf alle Kleinigkeiten achten musste. Es kommt auf die Details an, rief sie sich in Erinnerung. Details konnten von eminenter Bedeutung sein.

„Ihr Haus ist beeindruckend", hörte sie sich sagen. Gut, dachte sie. *Schmeichle seinem Ego.* Ein Mann wie er genoss seine gesellschaftliche Stellung und seine Macht über andere.

Auf dem zweiten Treppenabsatz blieb er stehen und schaute mit hungrigen Augen auf sie hinab. „Ich schätze mich glücklich, mich mit so vielen wunderschönen Dingen umgeben zu können."

Als das Schweigen zu lange dauerte, fragte sie: „Wie lange sammeln Sie schon?"

Er ging weiter. Erin bemühte sich, ruhig zu bleiben und gleichmäßig zu atmen. „Erst seit ein paar Jahren. Dennoch ist meine Sammlung bereits sehr umfangreich."

„Ich kann es kaum erwarten, sie zu sehen", schmeichelte sie ihm. Der Anblick wertvoller Gemälde wäre das einzig Positive bei diesem widerwärtigen Auftrag.

„Ich bin wirklich fasziniert von Ihnen, meine Liebe", sagte er, als er vor einer mit üppigen Schnitzereien verzierten Tür stehen blieb. „Eine Frau, die in meinem Auftrag Dinge entwendet und, nun drücken wir es so aus: verbotene Handelsware besorgt, riskiert meinen Zorn, um das Leben eines absolut entbehrlichen Wachpostens zu retten."

Oha! War das nun ein Kompliment oder eine geschickt verklausulierte Anklage? Erin verspannte sich innerlich. „Man kann mir vieles vorwerfen, Señor Esteban, aber eine Lügnerin bin ich bestimmt nicht. Ich sage die Dinge so, wie ich sie sehe."

Er lächelte. „In der Tat."

Mittlerweile war eine ganze Stunde vergangen. Logan und Larry hatten sich vor fünfzehn Minuten getrennt. Logan hatte sich die ganze Zeit Sorgen um Bailey gemacht, und nachdem er das Apartment betreten hatte, war er pausenlos im Zimmer auf und ab gelaufen.

Verdammt! Sie waren kaum angekommen, und schon ging alles schief. Hoffentlich gelang es Bailey, sich gegenüber Esteban zu behaupten. Ein unbändiger Zorn stieg in ihm auf. Er wollte nicht, dass Esteban oder sonst jemand sie anfasste.

Logan fluchte heftig. Eifersucht, Besitzdenken – nichts davon hatte bei diesem Auftrag irgendetwas zu suchen. Sie hatten einen Job zu erledigen. Er musste nur diese Sache zu Ende bringen und dafür sorgen, dass Bailey am Leben blieb. Das war das Einzige, das ihn zu interessieren hatte – und zwar genau in dieser Reihenfolge.

Dummerweise kam er nicht gegen seine Gefühle an. Er konnte den Blick nicht vergessen, mit dem Esteban sie betrachtet hatte … die Art, wie er sie berührt hatte. Logan fluchte erneut. Er musste sich auf das Wesentliche konzentrieren. Es gab zu viele andere Dinge zu tun, als dass er seine Energie darauf verschwenden durfte, über Estebans Vernarrtheit in Bailey nachzudenken.

Wirklich!

Doch warum verspürte er denn dann den unbändigen Wunsch, diesen Mann mit bloßen Händen in der Luft zu zerreißen? Mitten im Zimmer blieb Logan abrupt stehen und fuhr sich mit den Fingern durchs Haar. Er zwang sich, ruhig zu bleiben. Das war ganz bestimmt nicht die richtige Reaktion auf die Ereignisse des Tages. Er durfte seine eigentliche Aufgabe nicht aus dem Blick verlieren.

Eine Tür wurde geöffnet, und dieses Geräusch riss ihn aus seinen Überlegungen. Bailey kam herein und schloss die Tür hinter sich.

Logan biss die Zähne zusammen, bis er sich eine der Situation angemessene Frage zurechtgelegt hatte. „Wo zum Teufel bist du die ganze Zeit gewesen? Eine Stunde!"

Bailey sah ihn erschrocken an. Gut. Er wollte ihr Angst einjagen. Wenn sie zu vorwitzig wurde, vermasselte sie womöglich alles. Doch dann erkannte er seinen Fehler und berührte warnend sein Ohr.

„Du weißt, wo ich gewesen bin", antwortete sie vorsichtig. Offenbar hatte sie verstanden, was er mit seiner Geste sagen wollte: Jedes ihrer Worte wurde möglicherweise aufgezeichnet.

„Hast du mit ihm geschlafen?", wollte er wissen. Langsam ging er auf sie zu. Sein Gesicht war wutverzerrt.

Sie runzelte die Stirn. „Wie bitte?", fragte sie ebenso verwirrt wie verletzt.

Nur wenige Zentimeter vor ihr blieb er stehen und sah sie zornig an. Seine Gefühle wirkten auf einmal beunruhigend echt. „Ich habe dich gefragt, ob du mit ihm geschlafen hast?"

„Natürlich nicht. Bist du verrückt geworden? Wir haben uns nur seine Kunstwerke angesehen. Er hat eine großartige Sammlung. Sogar ein Monet ist dabei."

„Wenn du dich von ihm hast anfassen lassen ...", begann Logan warnend. Den Rest des Satzes konnte sie in seinem Gesichtsausdruck lesen.

„Beruhige dich", sagte Erin. Ihre Stimme klang verführerisch. Um die Lauscher zu täuschen, wie Logan vermutete. „Du bist der einzige Mann, der mir etwas bedeutet." Sie trat auf ihn zu. „Weißt du das immer noch nicht, Lover?"

Logans angespannte Muskeln verkrampften sich noch mehr. Er musste sich daran erinnern, dass das alles nur eine Komödie war. Sie spielte bloß Theater. Aber er spürte, dass es da eine Gegend in seinem Unterleib gab, die das alles für bare Münze nahm. „Na gut", lenkte er schließlich ein. „Ich hoffe, du vergisst es nicht."

Sie legte die Arme um seinen Hals und schnalzte mit der Zunge. „Wie könnte ich das vergessen?"

Logan hätte sie gerne wieder geküsst. Es kostete ihn Mühe, sich zurückzuhalten. Er schlang die Arme um ihre Taille und presste sie gegen seine Hüften. Ihre Augen weiteten sich vor Überraschung, als sie seine Erregung spürte, die sich hart zwischen ihre Beine presste.

Ein lautes Klopfen an der Tür beendete den erotischen Moment. Logan löste sich von ihr. Dankbar für die Unterbrechung, die ihn davor bewahrt hatte, sich vollkommen zum Narren zu machen, ließ er Bailey stehen und riss die Tür auf.

„Was gibt's?", fragte er.

Cortez stand vor ihm.

„Esteban will, dass Sie in den Konferenzraum kommen. Und zwar sofort." Er schaute an Logan vorbei. „Bringen Sie sie mit."

Der Konferenzraum unterschied sich durch nichts von anderen Besprechungszimmern, wie Erin fand. Stühle waren um einen langen, auf Hochglanz polierten Tisch aufgereiht, in dessen Mitte eine Telefonanlage für Konferenzschaltungen stand. An der gegenüberliegenden

Seite des Zimmers befand sich eine große Projektionswand. Neben dem Bildschirm hing eine Landkarte von Nord- und Südamerika. Stecknadeln mit verschiedenfarbigen Köpfen waren in strategisch wichtige Orte gesteckt. Auf einem Sideboard neben den Flügeltüren, durch die man den Raum betrat, stand ein Silbertablett mit mehreren Karaffen für Likör, Cognac und Whisky. Der Humidor daneben enthielt zweifellos die teuersten Zigarren, die man kaufen konnte.

Wie üblich war Cortez in Estebans Nähe. Larry und Sheila waren anwesend und zwei Männer, die Erin bislang noch nicht kennengelernt hatte. Vermutlich gab es hier eine ganze Reihe von Leuten, denen sie bisher nicht begegnet war. Logan hatte Erin zwar eine kurze Einführung in die Hierarchien in Estebans Herrschaftsbereich gegeben, doch sie hatte noch keine Gelegenheit gehabt, die Gesichter den Namen zuzuordnen. Sie hätte gerne mehr über seine Schwester erfahren, die schweigend an ihrer bisher einzigen gemeinsamen Mahlzeit teilgenommen hatte. Und Logan hatte vor ihrer Ankunft in Kolumbien so gut wie kein Wort über ihre Existenz verloren. Da war etwas in ihrem Wesen ... eine Eigenschaft, von der Erin nicht die geringste Spur in Estebans Charakter entdeckt hatte.

Esteban deutete mit dem Finger auf den Punkt der Landkarte, wo Texas lag. „Dort erwarten wir morgen eine neue Lieferung von militärischen Waffen. Und hier werden wir sie abfangen." Er klopfte mit dem Finger auf eine Stelle westlich von San Antonio. „Wir haben ein Zeitfenster von zwanzig Minuten. Auf keinen Fall dürfen wir uns einen Fehler leisten. Hector und Carlos übernehmen das Kommando."

Hector und Carlos? Ach richtig. Erin erinnerte sich an die Namen. Das waren die Caldarone-Brüder. Hector war der Ältere, Carlos der Schlauere. Zwei weitere Männer, die durchgefüttert werden mussten. Erin hatte das Gefühl, in einer Schlangengrube zu sein. Diese Typen schlugen ohne vorherige Warnung zu, wie sie am eigenen Leib erfahren hatte. Unwillkürlich berührte sie die Schwellung an ihrer Schläfe.

„Logan", fuhr Esteban fort, „Sie und Sara werden für die Deckung sorgen."

Erin fühlte sich auf einmal wie elektrisiert auf eine Weise, die sie nie zuvor erlebt hatte.

„Kein Problem", erwiderte Logan leichthin.

Esteban musterte ihn mit einem bedeutungsschweren Blick. „Dann werden wir sehen, wie gut ihr beiden wirklich seid." Er sah kurz in Erins Richtung. „Ich hoffe, Sie werden dem Ruf gerecht, der Ihnen vorausgeeilt ist." Er lächelte, doch die Drohung in seiner Stimme war unüberhörbar.

Logan legte die Arme auf den Tisch und beugte sich nach vorn. „Sie werden nicht enttäuscht sein."

Erin betrachtete das Profil ihres vermeintlichen Ehemanns. Er war so selbstsicher ... und vollkommen eins mit seiner Rolle. Sie waren gerade einen Tag hier, und schon musste sie sich anstrengen, den Vorstellungen zu entsprechen, die Logan und seine ehemalige Partnerin in monatelanger Arbeit aufgebaut und die ihnen Zugang zu Estebans Welt verschafft hatten. Würde sie ihre Rolle weiterspielen können, wenn es morgen ums Ganze ging? Sie brauchte alles Glück der Welt, um das zu schaffen.

Auf einmal wurde sie ganz ruhig. Vielleicht war der morgige Tag der letzte ihres Lebens. Aber heute Nacht ... nun, das war eine andere Geschichte. Die Nacht kam mit Riesenschritten, und sie musste sie gemeinsam mit Logan verbringen.

Im selben Zimmer.

Im selben Bett.

Und sie brauchte viel mehr als Glück, um diese Nacht unbeschadet überstehen zu können.

7. KAPITEL

Als der Morgen dämmerte, lag Logan schon lange wach. Er holte tief Luft. Bailey hatte sich an ihn geschmiegt wie ein schlafendes Kätzchen. Ein schwacher Lichtstrahl fiel durch die hölzernen Fensterläden auf ihr Gesicht. Logan hatte eine Weile vergeblich versucht, sich die Gedanken aus dem Kopf zu schlagen, die er gar nicht hätte haben dürfen. Es gelang ihm nicht. Er betrachtete die schlafende Frau und war so fasziniert von ihr, dass er fast die Kontrolle über sich verloren hätte.

Inzwischen fiel es ihm leicht, den Unterschied zwischen ihr und Jess zu erkennen. Erin Bailey war viel weicher und hübscher. Ihr Mund war größer und voller. Er spürte ein Ziehen in den Lenden, als er diese sinnlichen Lippen betrachtete. Die Tatsache, dass ihr ehemaliger Verlobter sie so rücksichtslos über den Tisch gezogen hatte, hatte sie keineswegs so desillusioniert wie Logan, dem der bittere Sarkasmus bei seiner Arbeit zur zweiten Natur geworden war. Sie war immer noch gutgläubig. Sie war immer noch der Ansicht, dass die meisten Menschen anständig waren und es gut mit ihr meinten. Obwohl sie es vermutlich heftig bestritten hätte, war sie in mancher Hinsicht immer noch viel zu vertrauensselig.

Sie bewegte sich und schmiegte sich noch enger an ihn. Fast hätte er vor lauter Begierde gestöhnt.

Jess hatte ihn niemals so angetörnt. Er hatte bei ihr nie das Gefühl gehabt, sie zu begehren. Diese Frau dagegen machte ihn auch dann an, wenn sie vollkommen angezogen neben ihm lag. Vorsichtshalber hatte sie nämlich auf das einzige Nachthemd verzichtet, das man ihr zusammen mit ihrer Kleidung besorgt hatte – ein dünnes durchsichtiges Stück Stoff –, und vorgezogen, sich wieder anzuziehen. Zu dem Entschluss war sie gekommen, nachdem sie unter dem Vorwand, sich in der Wanne entspannen zu wollen, mehr als eine Stunde im Bad verbracht hatte. Dabei hatte sie nur das Unvermeidliche hinauszögern wollen.

Nämlich mit ihm zu schlafen.

Und weil er um ihr Wohlergehen besorgt war, hatte auch er in seinen Jeans geschlafen. Natürlich hatte er ihren Körper durch den dünnen abgewetzten Stoff gespürt und entsprechend heftig reagiert.

Logan betrachtete ihren schlanken Hals, die Wangen, die dunklen Wimpern, die sich von der zarten hellen Haut abhoben. Er runzelte die Stirn, als sein Blick auf die tiefrote Verletzung unter ihrem linken Auge fiel. Erneut stieg die Wut in ihm hoch, und er musste sich zusammenreißen, um nicht auf der Stelle aus dem Bett zu springen und sich den Mann vorzuknöpfen, der ihr diese Wunde zugefügt hatte.

Seine Stirn glättete sich wieder, als er sich daran erinnerte, wie souverän sie die Situation gemeistert hatte, als Esteban von ihr verlangte, Manuel zu töten. Ob es einfach Glück war oder ausgeklügelte Strategie – sie hatte den Mann schlichtweg überrumpelt.

Esteban war amüsiert gewesen – und sehr zufrieden. Letzteres gab Logan zu denken, und er runzelte erneut die Stirn. Schon mehr als einmal war ihm aufgefallen, wie Esteban Erin ansah – Bailey, verbesserte er sich. Rein beruflich betrachtet, hätte er diese Strategie gern weiterverfolgt, um zu sehen, wie nahe sie an diesen Mann herankommen konnte. Doch ein anderer Teil von ihm, der sehr viel weniger rational dachte, hätte am liebsten gesehen, dass sie Esteban weit von sich wies. Nichts wünschte Logan sich mehr, als dass sie sich von diesem Mistkerl fernhielt. Aber das hätte die Erledigung ihres Auftrags natürlich verhindern können.

Und der Auftrag war im Moment das Wichtigste.

Sie bewegte sich und öffnete zögernd die Augen. Er sah die Verwirrung in ihrem Blick. Dann wurde sie sich schlagartig ihrer Lage bewusst. Er spürte, wie sich ihr Körper verspannte. Ihre dunkelblauen Augen sahen ihn an, und die träge Lust in ihrem Blick machte seinen Entschluss zunichte, ihr Verhältnis unter rein professionellen Gesichtspunkten zu betrachten.

„Guten Morgen", murmelte sie. Ihre Stimme klang schläfrig – oder klang da vielleicht noch etwas anderes mit, über das er momentan lieber nicht nachdenken wollte?

„Morgen."

„Müssen wir schon gehen?"

Er bemerkte, dass die Lust in ihren Augen schlagartig verschwand, als sie sich an die Ereignisse des vergangenen Abends erinnerte. Jetzt sah er nur noch Furcht in ihnen. Denn heute hatten sie einen Auftrag zu erledigen. Es war ihr erster, und er würde gefährlich sein. Und wenn sie nun plötzlich krank würde …?

Sie befreite sich aus seiner Umarmung und rutschte an die Bettkante. „Wir sollten besser aufstehen", sagte sie beiläufig, als ob sie seine Gedanken lesen könnte.

Er setzte sich auf, ohne sie aus den Augen zu lassen. Verschlafen, wie sie war, und mit ihrer zerzausten Frisur sah sie verdammt sexy aus.

Unter diesem Gesichtspunkt sollte er sie ausschließlich aus Gründen ihrer Tarnung betrachten. Allerdings war er nicht der Einzige, der lüsterne Blicke wandern ließ. Er trug kein Hemd, und von dem Moment an, da die Bettdecke ein wenig heruntergerutscht war, starrte sie begehrlich auf seine nackte Brust. Dann sprang sie hastig aus dem Bett, als sei sie auf frischer Tat ertappt worden.

„Ich mache Kaffee, wenn du …" Sie ging zur Tür, wobei sie es vermied, ihn anzusehen. „Wenn du duschen willst oder so …" Sie machte eine vage Handbewegung in Richtung Bad, drehte sich um und verließ das Zimmer.

Er warf die Decke zurück und stieg aus dem warmen Bett. Verdammt noch mal! Es war wirklich nicht leicht, den Tag so zu beginnen. Seine Lenden schmerzten vor unerfüllter Lust, und sie lief vor ihm davon wie ein aufgescheuchtes Kaninchen.

Logan fragte sich, wer Erin Bailey wohl mehr Angst einjagte – er oder Esteban? Manche Fragen bleiben besser unbeantwortet, dachte er, während seine Gedanken zu den Caldarone-Brüdern und dem Auftrag wanderten, den sie gemeinsam zu erledigen hatten.

Erin stellte die Kaffeekanne unter den Filter und schaltete die Maschine ein. Sie machte sich Vorwürfe, weil sie sich so albern benommen hatte. Es war geradezu lächerlich. Sie sollte sich lieber nicht in einen solchen Typen vergucken. Noch vor wenigen Tagen hatte sie ihn gehasst, weil er sie so gequält und gezwungen hatte, Dinge zu tun, die sie überhaupt nicht tun wollte. Und jetzt wurden ihre Knie schon weich, wenn sie nur seinen nackten Oberkörper sah.

Sie seufzte resigniert, verschränkte die Arme vor der Brust und lehnte sich an die Spüle. Diese Regungen, die sie bei seinem Anblick empfand – das Hämmern ihres Herzens, dieses köstliche Kitzeln zwischen ihren Schenkeln, die Schmetterlinge in ihrem Bauch –, das musste aufhören. Unbedingt. Hatte sie denn noch immer nicht ihre Lektion über Männer gelernt? Offenbar nein.

Sie war wirklich ein hoffnungsloser Fall!

Und dann war da noch Esteban. Ungeniert hatte er mit ihr geflirtet. Und keine Gelegenheit ausgelassen, eine harmlose Bemerkung bewusst zweideutig klingen zu lassen und aus jeder zufälligen Berührung eine Liebkosung zu machen. Dieser Mann war schamlos. Was konnte man auch anderes erwarten von einem Drogenschmuggler, einem Waffenhändler – einem Mörder?

Gütiger Himmel, was hatte sie hier bloß zu suchen?

Ach ja, ihre Freiheit – und ihr Lebensglück.

In Anbetracht der ersten vierundzwanzig Stunden in ihrem Job hegte sie allerdings erhebliche Zweifel, ob sie beides jemals erleben würde.

Als sie sicher sein konnte, dass Logan unter der Dusche stand und er nicht so schnell ins Schlafzimmer zurückkommen würde, zog Erin sich hastig an. Sie wählte ausgeblichene und abgetragene Jeans, die tief auf ihren Hüften saßen, ein enges ärmelloses Top, das nicht bis zum Hosenbund reichte, und teure Turnschuhe – der einzige Teil ihrer Kleidung, den sie selbst hatte aussuchen dürfen.

Sie kämmte sich die Haare und benutzte Gel für die Strähnen, wie Ramon es ihr gezeigt hatte. Schließlich fand sie, dass die Spitzen genug abstanden. Das musste ausreichen. Frauen änderten ihre Frisur und die Haarfarbe je nach Stimmung. Außerdem hatte sie heute Wichtigeres zu tun, als sich um ihre Frisur zu kümmern. Sie betrachtete die Waffen, die auf der Kommode lagen. Die schwarz glänzende Pistole gehörte ihr. Gott sei Dank war es eine Neun-Millimeter-Beretta. Damit kannte sie sich am besten aus.

Fast hätte sie laut gelacht. Alle Schulungen, die sie in der vergangenen Woche unter Logans Anleitung gemacht hatte, waren im Grunde nichts anderes als Trockenübungen gewesen. Viel hatten sie ihr gestern nicht geholfen. Sie hätte den Wachposten nicht umbringen können, als Esteban es von ihr verlangte, selbst wenn ihr Leben davon abgehangen hätte. Wahrscheinlich hatte es das sogar, aber irgendwie war es ihr gelungen, sich aus dieser Situation herauszuwinden … wenn auch nur um Haaresbreite.

Jetzt musste sie nur noch diesen kleinen Botengang überleben, auf den ihr Boss sie geschickt hatte.

Logan kam aus dem Schlafzimmer. Er trug enge schwarze Jeans und ein passendes T-Shirt. Sein Haar war noch feucht, und er sah unwahrscheinlich sexy aus.

In der Tat – dieser kleine Botengang heute Morgen war ihre geringste Sorge. Sich nicht in Logan zu verlieben war eine viel schwierigere Aufgabe.

„Hungrig?", fragte er mit seiner tiefen sonoren Stimme, die ihr Schauer über den Rücken jagte. „Ich bin fast verhungert."

Ihr ging es genauso. Nur – der Hunger, den sie verspürte, konnte nicht mit Eiern, Brot und Marmelade befriedigt werden.

Ein Frachtflugzeug, das um einiges größer und sehr viel unbequemer war als das, mit dem sie und Logan nach Kolumbien geflogen waren, brachte sie zu einem kleinen Flugplatz in der Nähe von Ciudad Acuña in Mexiko, nur einen Steinwurf von der Grenze zu Texas entfernt. Obwohl er ein ausgemachter Dummkopf war, stellte Hector Caldarone sich als Pilot ausgesprochen geschickt an. Nur einmal während des Fluges fürchtete Erin, sich von ihrem Frühstück trennen zu müssen, das sie früher am Morgen hastig verschlungen hatte. Ihr Magen hatte sich jedoch wieder beruhigt, als das Flugzeug sicher gelandet war.

Am Boden gab es außer der primitiven Landebahn und einigen wartenden Geländewagen nicht viel zu sehen. Kurz nachdem sie gelandet waren, fuhr ein Lieferwagen mit dem Logo eines bekannten Kurierdienstes vor. Vier bewaffnete Männer postierten sich neben ihn und schienen auf Befehle zu warten. Die Caldarone-Brüder unterhielten sich leise mit einem der Männer, während die anderen das Flugzeug rasch in einer verfallenen Scheune versteckten, die zu einem Lagerhaus umfunktioniert worden war. Dann teilte sich die Gruppe in drei Teams auf. Sie und Logan sollten mit Hector und Carlos fahren. Zwei andere Männer würden zurückbleiben und das Flugzeug bewachen, während die übrigen in die wartenden Fahrzeuge kletterten.

Kurz darauf hatten sie ihren Bestimmungsort erreicht. Gemäß Carlos' Anweisungen war der Lieferwagen zu einem modern ausgestatteten, geheimen militärischen Trainingslager im Süden von Texas gefahren. Die Waffen, die sie bei sich trugen, waren eine Neuentwicklung, gegen die die M16 und ihre Artgenossen absolut altmodisch wirkten.

Mit diesen Informationen konnte Erin allerdings nicht viel anfangen. Sie schloss daraus nur, dass es vermutlich gefährlich werden würde. Und die ganze Zeit staunte sie über sich selbst. Hier stand sie nun unter der sengenden Sonne von Texas und wartete auf eine Ladung militärischer Waffen, damit sie dabei helfen konnte, sie zu stehlen.

Diese Erkenntnis traf sie wie aus heiterem Himmel und mit der Gewalt eines Vulkanausbruchs. Möglicherweise wurde sie in den nächsten Minuten getötet. Leute, die stahlen – insbesondere Waffen –, wurden oft erschossen. Sie wusste doch überhaupt nicht, wie sie sich verhalten sollte. Das einzige Gebiet, auf dem sie sich auskannte, waren Sicherungssysteme für Computer. In dieser Hinsicht war sie Spezialistin – allerdings eine, die momentan über sehr viel Zeit verfügte. Eine, die man dazu verführt hatte, das Gesetz zu brechen. Und jetzt wurde ihr die Quittung für ihre Dummheit präsentiert.

Fast hätte sie lauthals gelacht. Das war doch verrückt. Sie wandte sich zu Logan und wollte ihm ihre Gedanken gerade mitteilen. Erst im letzten Moment besann sie sich eines Besseren. Sie hatte den Mund schon geöffnet, brachte aber keinen Ton hervor. Ihr Herz hämmerte so laut in ihrer Brust, dass sie einfach nicht sprechen konnte. Logan dagegen schien die Ruhe selbst zu sein.

Sie konnte nicht tun, was von ihr erwartet wurde.

Auf keinen Fall.

Sie gehörte überhaupt nicht hierher.

Probleme. Logan erkannte in Baileys Blick, was in ihr vorging. Diesen Ausdruck hatte er bei ihr schon einmal wahrgenommen. Als er sie beim ersten Mal darauf angesprochen hatte, war ihre Reaktion sehr feindselig gewesen. Verstohlen schaute er zu den anderen Männern hinüber, die geduldig neben ihren Fahrzeugen warteten. Das ist kein guter Zeitpunkt, um die Fassung zu verlieren, überlegte er. Sein Blick wanderte zu ihr zurück. Genau in diesem Moment verschwand alle Kraft aus ihren Fingern, und die Waffe fiel zu Boden.

Verdammt!

Wenn das jemand gesehen hatte … Instinktiv tat er das einzig Richtige in dieser Situation. Er packte sie bei den Schultern und küsste sie. Es war ein sehr leidenschaftlicher Kuss. Zuerst wimmerte sie vor Schmerzen und presste abwehrend die Hände gegen seine Brust, doch seine Lippen wurden nur noch fordernder. Seine Zunge bahnte sich einen Weg in die weiche nasse Höhle. Ein loderndes Verlangen stieg in ihm auf, und er spürte, wie sich sämtliche Muskeln seines Körpers anspannten. Unter dem Druck seiner Lippen wurde Erin weich und nachgiebig, und auf einmal war sein Kuss nicht länger bloß Mittel zum Zweck, sie am Sprechen zu hindern.

Die Männer lachten und machten obszöne Bemerkungen. Dann beachteten sie die beiden nicht weiter.

Logans Lenden hatten Feuer gefangen, ein Feuer, das alle seine Glieder erfasste. Am liebsten hätte er sie in den Sand geworfen und …

Verdammt!

Er ließ sie los. Und schob sie von sich fort.

Fast hätte auch er die Kontrolle über sich verloren. Es war schon schlimm genug, dass es ihr beinahe passiert wäre.

Sie blinzelte heftig, um den Nebel zu vertreiben, durch den sie auf einmal alles wahrnahm. Während er sie warnend anschaute, presste er einen Finger auf ihre Lippen und schüttelte fast unmerklich den Kopf.

Hoffentlich verstand sie, dass das jetzt nicht der richtige Moment war, um die Fassung zu verlieren. Die meisten der Typen hier waren schnell mit der Waffe bei der Hand. Beim geringsten Anlass würden sie das Feuer eröffnen.

Sie holte tief Luft, dann beugte sie sich hinunter und hob ihre Pistole auf. Als sie sich wieder aufgerichtet hatte, verschränkte sie lässig die Arme vor der Brust und lehnte sich gegen den Geländewagen.

Das war knapp gewesen.

Es war sogar verdammt knapp gewesen.

Nach zwanzig Minuten hatten sich ihre Kontaktleute immer noch nicht gemeldet. Hector Caldarone hatte begonnen, unruhig auf und ab zu laufen.

Logan machte sich auf das Schlimmste gefasst. Jedes Mal, wenn ein solcher Auftrag schiefging, gab es gewaltigen Ärger.

„Irgendetwas stimmt da nicht", meinte Hector schließlich. Er sprach aus, was alle dachten.

Carlos murmelte etwas Unverständliches auf Spanisch.

„Der Lkw kommt bestimmt gleich", beruhigte José, offenbar der Anführer der Gruppe. „Wartet nur ab." Wie zur Bekräftigung seiner Worte nickte er heftig. „Er kommt schon noch."

Logans Nackenhaare richteten sich plötzlich auf, während er José genauer betrachtete. Der Typ gehörte zu der Gruppe, die mit dem Lieferwagen gekommen war. Er benahm sich merkwürdig hektisch, obwohl er behauptete, dass alles normal sei. So, als ob er außer den anderen auch sich selbst überzeugen musste. Dieser José wusste, dass etwas nicht in Ordnung war.

Während Logans Instinkt ihn in höchste Alarmbereitschaft versetzte, tat er so, als könnte auch er vor lauter Anspannung nicht mehr stillstehen, und ging hinüber zu dem Lieferwagen. Als er vor dem nervösen José stehen blieb, musterte er ihn mit einem durchdringenden Blick. In seinen Augen sah er die Wahrheit, die der Mann nicht verbergen konnte. Mit einer schnellen Bewegung zog er seine Pistole und presste ihm die Mündung gegen die Stirn.

„Was verschweigst du uns, *amigo*?"

Hinter ihm klickten die Waffen. Logan beachtete es nicht.

„Was zum Teufel tust du da?", wollte Hector wissen.

„Der Typ hier weiß, dass irgendwas faul ist", erklärte Logan, ohne den Blick von Josés angsterfüllten Augen zu wenden. Der Kerl hatte wirklich die Hosen voll. Er wusste genau, was los war. „Das ist eine

Falle, stimmt's?", fragte Logan. „Vielleicht kommt dieser Lkw überhaupt nicht hier an."

„Er kommt. Der Lkw kommt ganz bestimmt. Ich schwör's", rief José verzweifelt.

„Keine Bewegung!"

Der Befehl kam von Bailey, die irgendwo hinter Logan stand. Er erstarrte. Das kann nicht gut gehen, dachte er mit wachsender Besorgnis. Er warf einen Blick über seine Schulter, und sein Herz setzte einen Schlag lang aus.

Verdammt!

Sie stand zwischen ihm und einem der anderen Kerle vom Lieferwagen. Mit beiden Händen hielt sie ihre Pistole fest und zielte mitten in das Gesicht von diesem Typ.

„Was soll das?", rief Hector. Vor lauter Panik überschlug sich seine Stimme.

Carlos hob die Hände und verfluchte alle Anwesenden und ihre Mütter gleich mit dazu. „Knall sie einfach ab", drängte er. „Esteban wird uns sowieso umbringen."

„Hör zu, Hector", unterbrach Bailey ihn. „Logan weiß, wovon er spricht. Er hat ein Gespür für solche Dinge", setzte sie hinzu.

Clever, musste Logan zugeben. Sehr clever.

„Ihr solltet besser etwas unternehmen", forderte Bailey die Männer auf, die unbeweglich um sie herumstanden. „Vielleicht bleibt uns ja nicht mehr viel Zeit."

Logan schleuderte Josés Waffe weg. „Wenn ich an deiner Stelle wäre, würde ich auf sie hören, Hector." Logan durchbohrte den Mann, der die Waffe schussbereit in der Hand hielt, mit seinem Blick. „Wir sind reingelegt worden."

Zehn lange Sekunden vergingen, ohne dass sich jemand rührte. Logan schob seine Geisel zu Carlos hin. „Frag ihn höflich, ob ich recht habe." Abrupt drehte Logan sich zu Bailey um und betrachtete den Kerl, den sie im Visier hatte, von oben bis unten. Dann blickte er sie an. Fragend runzelte sie die Stirn, ehe sie mit den Schultern zuckte, als wollte sie sagen: Was hätte ich sonst tun sollen?

Er schüttelte den Kopf. Wenn einer von ihnen das hier überleben würde, wäre das ein ziemliches Wunder.

Das folgende Verhör dauerte nur fünf Minuten. Zehn Minuten später rollte der entführte Lastwagen an. In der Fahrerkabine saßen die Freunde der toten Männer, deren Leichen hinter dem Lieferwagen versteckt worden waren. Die beiden Neuankömmlinge erwartete das gleiche Schicksal. Die Kisten mit den Gewehren wurden in Windeseile in den Lieferwagen umgeladen.

Die beiden Männer, die das Flugzeug bewachten, erlitten das gleiche Schicksal wie die anderen Denunzianten.

Logan fühlte sich erst erleichtert, als die Gewehre ins Flugzeug gepackt und sie in der Luft waren. Esteban würde es ganz und gar nicht gefallen, dass sich seine vermeintlich loyale Kontaktperson in Texas als Verräter entpuppt hatte. Nach Auskünften des Mannes, den Hector verhört hatte, hatte sein Boss beschlossen, die Gewehre für einen anderen Kunden beiseitezuschaffen. Esteban würde nicht eher ruhen, bis er diese Angelegenheit mit seinem Mann in Texas erledigt hatte. Das war so sicher wie das Amen in der Kirche. Logan fragte sich, ob der Überläufer sich im Klaren darüber war, dass er schon so gut wie tot war.

Aber im Moment hatte Logan andere Probleme. Er warf einen Blick hinüber zu Bailey. Er war ganz und gar nicht erbaut darüber, wie sie sich verhalten hatte. Sie hatte ein ziemliches Risiko auf sich genommen, als sie mitten in einem spannungsgeladenen Moment das Heft an sich gerissen hatte. Was hatte sie sich bloß dabei gedacht? Für eine solche Situation war sie doch überhaupt nicht ausgebildet. Zum Teufel, sie wusste ja kaum, wie man ein Gewehr abfeuerte, geschweige denn, wie man in so einem Augenblick die Kontrolle über die Situation behielt. Er musste sich wirklich zusammennehmen, um ihr nicht auf der Stelle Vorwürfe zu machen.

Er würde damit warten müssen, bis sie ungestört reden konnten. Und das würde vermutlich noch eine ganze Weile dauern.

Noch nie hatte Erin einen Menschen so wütend gesehen wie Esteban. Sie drehte das Wasser in der Duschkabine an, damit es sich erwärmen konnte, während sie sich auszog. Prüfend betrachtete sie ihre hässliche Narbe im Spiegel. Die Beule war fast verschwunden, aber ihre Schläfe und Teile ihrer Wange sahen immer noch entsetzlich aus und taten ziemlich weh.

Sie betrachtete ihr Spiegelbild noch ein paar Sekunden länger. Heute hatte sie wirklich gute Arbeit geleistet. Obwohl zunächst alles danach ausgesehen hatte, als würde sie es vermasseln, hatte sie den Kerl daran hindern können, auf Logan loszugehen und ihn womöglich umzubringen. Sie war echt stolz auf sich. Vermutlich hatte sie dem undankbaren Idioten das Leben gerettet, und seitdem war er sauer auf sie. Undank ist der Welt Lohn, tröstete sie sich. Sie konnte seine Reaktion einfach nicht verstehen. Hector und Carlos hielten sie für *muy buena*! Nur Logan behandelte sie wie einen Überläufer aus dem gegnerischen Lager.

Was musste sie nur anstellen, um es diesem Mann recht zu machen?

Die Erinnerung an seine nackte Brust und an das Gefühl, von seinen Armen umschlungen zu sein, ließ sie schwach werden. Und der Kuss, den er ihr heute gegeben hatte – es hätte nicht viel gefehlt, und sie hätte sich vor all den Leuten die Kleider vom Leib gerissen.

Vielleicht würde sie niemals herausfinden, womit sie Logan zufriedenstellen konnte. Sie wusste nur, dass sie in seinen Händen schmelzen würde wie Wachs.

Sie seufzte und starrte missbilligend in den Spiegel. Was für ein Schlamassel! Sie konnte einfach nichts richtig machen. Wenn sie diesen Auftrag überlebte, würde sie Logan sowieso nie wiedersehen. Sie betrachtete den schmalen goldenen Ring an ihrem Finger. Nichts von alledem hier war echt. Noch nicht einmal die Entschlossenheit und der Mut, die sie plötzlich empfunden hatte, als sie Logans Leben in Gefahr glaubte.

Alles war nur Schauspielerei … alles war Täuschung. Jeder spielte seine Rolle. Schon bald würde alles vorbei sein – so oder so.

Es bringt nichts, sich darüber den Kopf zu zerbrechen, entschied sie, während sie ihre Turnschuhe von den Füßen schleuderte und ihre Jeans aufknöpfte. Es wäre nicht das erste Mal, dass sie sich in den Falschen verguckte. Wieder seufzte sie. Warum hatte sie dann bloß das Gefühl, dass er der Einzige war, der wirklich zählte?

Die Tür zum Badezimmer wurde aufgestoßen, und Logan polterte herein.

Sie drehte sich um und sah ihm ins Gesicht. „Ich will duschen", fuhr sie ihn an. Plötzlich hatte sie das Gefühl, dass er auf irgendeine geheimnisvolle Weise ihre Gedanken von eben erraten hatte. Sie fröstelte, als sie in sein Gesicht sah. Ihre Wangen färbten sich rot.

„Ich auch", knurrte er zurück.

Ihre Augen wurden groß vor Überraschung, doch ehe sie ihn fragen konnte, was das alles zu bedeuten hatte, packte er sie und schob sie in die Dusche. Als sie in der Kabine standen, zog er die Tür hinter sich zu und funkelte sie wütend an.

Das heiße Wasser pikste ihre Haut wie tausend winzige Nadelstiche und ließ die T-Shirts an ihren Körpern festkleben. Der heiße Dampf machte es ihnen fast unmöglich zu atmen. Als sie wieder klar denken konnte und ihn energisch zur Rede stellen wollte, legte er ihr die Hand auf den Mund.

Dann presste er die Lippen an ihr Ohr und flüsterte: „Sag jetzt nichts. Hör einfach zu."

Plötzlich hatte sie entsetzliche Angst. Was war passiert? Hatte man ihre Tarnung entdeckt?

„Mach nie wieder so eine Dummheit wie heute! Hast du mich verstanden?", murmelte er barsch. „Dieser Mann hätte dich umbringen können. Für solche Situationen bist du überhaupt nicht ausgebildet. Von jetzt an hältst du dich gefälligst im Hintergrund, ist das klar?"

Die Angst, die ihr gerade noch die Kehle zugeschnürt hatte, wich kochendem Zorn. Als er sie loslassen wollte, packte sie ihn bei den Schultern und zog ihn an sich. Mit harten Worten gab sie ihm zu verstehen, wohin er sich seine Bemerkungen stecken und dass er sich zum Teufel scheren konnte. „*Comprende?*", presste sie zwischen zusammengebissenen Zähnen hervor. Dann stieß sie die Tür auf und bedeutete ihm unmissverständlich, aus der Duschkabine zu verschwinden.

Ungefähr zehn Sekunden lang funkelten sie sich wütend an, ohne ein Wort zu sagen. Schließlich stürmte er aus der Dusche, während der nasse Baumwollstoff seines T-Shirts und seiner Hose jeden Muskel seines attraktiven Körpers zur Geltung brachte. Leise fluchend lehnte Erin sich gegen die nassen Kacheln und schloss die Augen. Laut knallte er die Badezimmertür hinter sich zu. Die Glaswände der Duschkabine zitterten. Sie zwang sich, gleichmäßig zu atmen, als das heiße Wasser auf sie hinunterprasselte. Sie musste sich ernsthaft überlegen, was sie tun wollte. Für diesen Idioten hatte sie ihr Leben riskiert, und er war so unverschämt, ihr deswegen Vorhaltungen zu machen.

Während sie ihre nasse Kleidung auszog, murmelte sie alle Flüche und Schimpfwörter vor sich hin – die alten, die sie seit Langem kannte, und die neuen, die sie von den Wachposten gelernt hatte. Achtlos warf sie ihre Sachen auf den Boden und begann sich einzuseifen. Wenn sie lange genug duschte, würde sie vermutlich das ganze heiße Wasser aufbrauchen. Bei diesem Gedanken musste sie grinsen. Eine kalte Dusche wäre jetzt genau das Richtige für einen Hitzkopf wie Logan.

Später am Abend zögerte sie das Unvermeidliche so lange wie möglich hinaus, aber schließlich musste sie doch mit ihm in dasselbe Bett steigen. Sie legte sich so nahe an die Kante, dass sie aufpassen musste, nicht hinauszufallen. Sie musste bei ihm schlafen, ja, aber das bedeutete schließlich nicht, dass sie sich an ihn kuscheln musste. An so etwas wollte sie gar nicht erst denken.

Das Dumme war nur, dass sie an nichts anderes denken konnte.

Sie lauschte seinem Atem – langsame, gleichmäßige Züge. Sie konnte seinen männlichen Duft riechen. Und unglücklicherweise konnte sie sich auch genau daran erinnern, wie es sich angefühlt hatte, in seinen Armen zu liegen.

Erin kniff die Augen zu und versuchte, den Mann neben ihr zu vergessen. Sie brauchte nur einzuschlafen, dann würden diese Gedanken schon von allein verschwinden. Aber dann gab es ja immer noch diese Träume …

Sofort riss sie die Augen wieder auf.

Es gab wirklich kein Entkommen.

So oder so – sie war eine Gefangene; gleichgültig, ob sie im Gefängnis saß oder unter Logans Aufsicht stand.

Nichts hatte sich geändert.

Nein, das stimmte nicht ganz.

Alles war anders geworden.

8. KAPITEL

„Drei Tage!", schäumte Esteban. „Vor drei Tagen hat dieser Gauner versucht, meine Gewehre zu stehlen, und man hat ihn immer noch nicht gefunden."

Logan wartete geduldig darauf, was als Nächstes kommen würde. Seit einer halben Stunde tobte Esteban nun schon, während der er fast nur unverständliches Zeug gebrüllt hatte. Dabei lief er unentwegt hinter seinem ausladenden Mahagonischreibtisch hin und her, wobei der dicke Teppich seine Schritte dämpfte. Er war wütend, weil er seinen früheren Geschäftspartner in Texas nicht erreichen konnte.

„Sie!" Unvermittelt blieb Esteban stehen und zeigte mit dem Finger auf Logan. „Sie waren der Einzige, der rechtzeitig erkannt hat, dass etwas faul war. Hector und Carlos hätten ebenfalls bemerken müssen, dass mit diesem Mann etwas nicht stimmte – so nervös, wie er offenbar war." Er schüttelte den Kopf. „Dafür gibt es keine Entschuldigung."

„Ich stand näher bei ihm", versuchte Logan ihn zu besänftigen.

Wieder schüttelte er den Kopf. „Das ist auch keine Entschuldigung. Ihre Instinkte sind einfach besser, das ist der Grund. Allmählich habe ich das Gefühl, dass die Caldarone-Brüder ein wenig nachlässig geworden sind."

Ist das jetzt die Gelegenheit für eine Beförderung? überlegte Logan. Falls ja, dann würde er zugreifen. Denn seit ihrer Ankunft hatte er noch nichts wirklich Wichtiges herausbekommen. Selbst mit seinen engsten Vertrauten sprach Esteban nicht über seine Hintermänner, und wenn Logan nun Zugang zu seinen Computerdateien bekommen könnte, wäre dies ein gewaltiger Fortschritt. Logan musste zusehen, dass er seinen Auftrag so schnell wie möglich zu Ende brachte. Erin Baileys Gegenwart machte ihn fast wahnsinnig. Wenn er eine weitere Nacht mit ihr im selben Bett verbringen musste, ohne sie berühren zu dürfen …

Er zwang sich, nicht weiter darüber nachzudenken. Im Moment musste er sich auf die Gegenwart konzentrieren. Esteban starrte ihn so durchdringend an, dass Logan fast das Gefühl hatte, es mit einem Irren zu tun zu haben.

„Ich brauche frisches Blut in den Schlüsselpositionen", sagte Esteban jetzt. Unvermittelt blieb er stehen, stützte die Arme auf den Schreibtisch und beugte sich nach vorn. „Jemanden wie Sie, mein Freund."

Logan zuckte mit den Schultern. „Ich bin bereit, wann immer Sie mich brauchen. Sie müssen es nur sagen."

„Das glaube ich Ihnen." Jetzt änderte sich der Ausdruck in seinen Augen. „Und Ihre Gattin ist ebenfalls ein Gewinn."

„Für mich auf jeden Fall", sagte Logan mit Nachdruck.

Esteban richtete sich zu voller Größe auf und strich sich nachdenklich übers Kinn. „Ja, ja. Loyalität ist das Wichtigste überhaupt. Ohne Loyalität ist ein Mann – und eine Frau", fügte er hinzu, „nichts wert. Jemand, der seine Pflichten so vernachlässigt, kann nicht loyal sein."

„Da stimme ich Ihnen zu." Logan versuchte, entspannt zu wirken.

Esteban setzte sich auf die Schreibtischkante. „In ein paar Tagen steht ein wichtiger Auftrag an. Ich möchte, dass Sie und Ihre reizende Frau bei dieser Aktion das Kommando übernehmen."

Logan richtete sich in seinem Stuhl auf und tat begeistert. „Wir sind bereit."

Esteban nickte zufrieden. „Gut. Über die Einzelheiten werde ich Sie demnächst informieren."

Logan wollte aufstehen, aber mit einer Handbewegung hielt Esteban ihn zurück. „Da ist noch etwas."

Sofort schrillten sämtliche Alarmglocken bei Logan. Er ließ sich auf seinen Stuhl zurückfallen. „Was denn?"

Esteban klopfte sich ans Kinn und stieß einen tiefen Seufzer aus. „Sie und Ihre Frau scheinen ein ausgezeichnetes Team zu sein. Ich bin sehr beeindruckt von dem, was ich bisher erlebt habe." Seine Augenbrauen zogen sich zusammen. „Aber ist zwischen Ihnen auch alles in Ordnung – ich meine, persönlich? Sind die Flitterwochen schon vorbei?"

Logan wusste sofort, was die Stunde geschlagen hatte. Er war sich natürlich immer darüber im Klaren gewesen, dass ihr Apartment von Mikrofonen und Geheimkameras überwacht wurde. Deswegen hatte er sich so sehr darauf konzentriert, was sie sagten und wie sie es sagten, dass er sich überhaupt keine Gedanken darüber gemacht hatte, was sie nicht sagten und taten.

„Gibt es ein Problem?", bohrte Esteban weiter.

Na prima! Offenbar stand Logan der Frust, den er empfand, ins Gesicht geschrieben. „Überhaupt nicht." Abwehrend hob er die Hände. „Die Chance, für Sie arbeiten zu dürfen, bedeutet für uns selbstverständlich eine große Veränderung." Er zuckte mit den Schultern. „Wir waren einen sehr freien Lebensstil gewöhnt, und das hier ist natürlich das genaue Gegenteil." Logan gelang es, ein Lächeln zu zeigen, das nahezu aufrichtig wirkte. „Aber wir werden uns schon noch akklimatisieren."

Esteban quittierte seine Erklärung mit einem Nicken. „Ich verstehe, dass eine solche Veränderung vorübergehend zu Problemen führt. Nun denn." Er erhob sich, und Logan folgte seinem Beispiel. „Ich hoffe, dass bald alles wieder in Ordnung ist."

„Darauf können Sie sich verlassen", versprach Logan vollmundig. „Ich freue mich auf den Auftrag, von dem Sie gesprochen haben. Wir werden Sie nicht enttäuschen."

„Davon bin ich überzeugt."

Logan ließ Esteban in seinem Büro zurück. Er hatte nicht die geringste Ahnung, wie er aus diesem Dilemma herauskommen konnte. Sosehr er sie auch begehrte – er konnte, nein, er wollte Bailey nicht bitten, mit ihm zu schlafen, nur um Esteban nicht länger misstrauisch zu machen.

Es musste noch eine andere Möglichkeit geben.

Erin wurde langsamer, als sie um den hinteren Teil des Herrenhauses lief. Ihr Atem ging keuchend, und das Joggen hatte sie ganz schön ins Schwitzen gebracht. Wegen des Höhenunterschieds schaffte sie die Strecke nicht, die sie sonst immer beim Laufen zurücklegte, aber sie wollte in Form bleiben. Nur für den Fall, dass sie irgendwann einmal um ihr Leben rennen musste, ehe diese Sache hier ausgestanden war.

Falls sie jemals ausgestanden sein würde.

Ihr Verhältnis zu Logan war mittlerweile so angespannt, dass sie in seiner Gegenwart das Gefühl hatte, über hauchdünnes Eis zu gehen, das jederzeit unter ihr wegbrechen konnte. Und man wusste nie, wann es passieren würde. Sie redeten nur noch das Notwendigste miteinander, um ihre Tarnung aufrechtzuerhalten. Und sie schauten sich kaum noch an.

Am schlimmsten waren die Nächte. Wenn sie nebeneinander im Bett lagen. Einander begehrten, einander brauchten … und selbst die flüchtigste Berührung sorgsam vermieden. Es war eine schreckliche Situation. Sollte sie auch noch davon träumen, mit Logan Sex zu haben, würde sie vermutlich explodieren. Oder über ihn herfallen, wenn er am wenigsten damit rechnete.

Erin stieß einen sehnsüchtigen Seufzer aus. Sie wusste einfach nicht mehr, wie sie mit dieser verdammten körperlichen Anziehungskraft fertigwerden sollte. Irgendwie war Logan auch ein Gegner. Natürlich gehörte er zu den Guten und half ihr dabei, die Freiheit zurückzube-

kommen ... aber er war auch derjenige gewesen, der sie in diesen Schlamassel mit hineingezogen hatte. So betrachtet war er also ihr Feind.
Und sie schlief nur wenige Zentimeter von ihm entfernt.
Was die ganze Angelegenheit noch unerträglicher machte: Ebenso sehr, wie sie sich nach ihrer Freiheit sehnte, verzehrte sie sich danach, mit ihm Sex zu haben.
Gut, das war vielleicht etwas übertrieben, aber alles in allem entsprach es doch den Tatsachen.
„Na, sieh mal an! Miss Olympia persönlich und in Hochform!"
Erin hätte am liebsten die Augen verdreht, als sie Sheilas schrille Stimme hörte. Stattdessen zwang sie sich zu einem Lächeln und sagte: „Hallo, Sheila." In diesem Albtraum, den sie zurzeit durchmachen musste, gehörte auch Sheila zu den unangenehmen Mitwirkenden. Sie war eine entsetzliche Nervensäge. „Wie ich sehe, kümmerst du dich immer noch intensiv um deinen Lungenkrebs."
Sheila sprang mit einem Satz aus ihrem Sessel und kam drohend auf sie zu.
„Pass bloß auf, was du sagst", warnte sie und wedelte ihr mit der Zigarette vor dem Gesicht herum. „Sonst werde ich dafür sorgen, dass du hier bald nichts mehr zu lachen hast."
Erin ließ sich nicht wirklich von ihren Worten einschüchtern, aber sie war klug genug, diese Frau nicht zu unterschätzen. Abwehrend hob sie die Hände. „War doch nur ein Spaß. Nur ein Spaß." Sheila hasste sie wirklich. Das lag bestimmt an Estebans offensichtlichem Interesse, das er Erin gegenüber an den Tag legte.
Sheila funkelte sie an. Ihre blutroten Lippen waren wutverzerrt. „Ich habe dich gewarnt. Vergiss ja nicht, wo dein Platz ist. Du bist ziemlich leichtsinnig. Aber du wirst schon sehen, was du davon hast. Das ist meine letzte Warnung. Das nächste Mal ..."
„Mrs Watters."
Die weibliche Stimme kam vom anderen Ende des Hauses. Sheila und Erin drehten sich gleichzeitig um. Verblüfft erkannte Erin, dass es Estebans Schwester war, die aus dem Schatten der Terrasse trat.
„Ich würde gerne mit Mrs Wilks allein sprechen", sagte sie in einem Tonfall, der genauso imposant und würdevoll war wie ihre gesamte Erscheinung.
Sheila klapperte ungläubig mit den Augenlidern. Ihre Wut war wie weggeblasen. „Selbstverständlich." Sie verschwand mit einem aufreizenden Hüftschwung, ohne Erin eines weiteren Blickes zu würdigen.

Auch Erin war etwas aus der Fassung gebracht. Soweit sie sich erinnern konnte, hatte Maria in ihrer Gegenwart noch nicht ein einziges Wort gesagt – weder zu ihr noch sonst jemandem. Alle taten immer so, als sei sie überhaupt nicht vorhanden. Offenbar wollte Esteban es so. Erin hatte den Eindruck, dass er sie ziemlich herablassend behandelte. Bei ihrer ersten Begegnung hatte er sie ihr nicht einmal vorgestellt.

„Hätten Sie vielleicht Zeit, mit mir einen kleinen Spaziergang zu machen?"

Erin zögerte. Seit Kurzem war sie anderen Menschen gegenüber ein wenig misstrauischer geworden. Sollte das eine Falle sein? Würde sie noch mehr Schwierigkeiten mit Logan bekommen, wenn sie zustimmte? Oder würde Esteban sie vielleicht kaltblütig umbringen, wenn sie seiner einzigen Verwandten einen Korb gab? Andererseits hätte sie gern mehr über diese ruhige, würdevolle Frau erfahren. Immerhin war sie jetzt im Agentengewerbe tätig.

Zuletzt überwog Neugier ihre Bedenken.

„Natürlich. Ich habe sehr viel Zeit." Sie wischte sich mit dem Handrücken über die Stirn und hoffte, nicht allzu streng zu riechen. Sie schwitzte wie ein Leistungssportler, der sich beim Training total verausgabt hatte. Ob es zum Sieg reichte, stand in den Sternen. Genauso wie bei Erin.

Maria drehte sich um und ging zum Garten. Jedenfalls hatte man Erin gesagt, dass es auf der anderen Seite der Mauer einen Garten gäbe. Und dass niemand ihn betreten durfte.

Die knapp zwei Meter hohe Steinmauer, die als Abgrenzung diente, war von Efeu überwuchert, und soweit Erin sehen konnte, gab es nur einen einzigen Zugang. Eine wuchtige Holztür mit Rundbögen und einem beeindruckenden Schloss hielt Neugierige wie Erin fern. Zuerst hatte sie hinter der Mauer eine Folterkammer vermutet, die Esteban zu seinem Vergnügen hatte einrichten lassen. Wie eine Gartenmauer wirkte sie nämlich ganz und gar nicht. Warum sollte man auch einen Garten hinter Verschluss halten?

Jetzt wusste sie es. Der Bereich war ausschließlich für seine Schwester bestimmt, und er erlaubte niemandem, sie näher kennenzulernen.

Maria öffnete die schwere Tür und ging voraus. Sobald Erin den Garten betreten hatte, verschloss sie das Tor wieder.

„Dies ist meine erste Liebe", erklärte sie.

Mit vor Staunen offenem Mund betrachtete Erin die Szenerie: ein üppig wuchernder und kunstvoll angelegter Garten. Die einzigen Pflanzen, die sie kannte, waren Rosen; die anderen Gewächse hatte sie noch nie gesehen. Vermutlich waren es Blumen, die nur hier gediehen. Aber mit Botanik kannte sie sich ohnehin nicht besonders gut aus. Sie hatte ihre ganze Zeit in einem Büro verbracht, in dem nur ein Computer stand, mit dem sie im Internet surfen konnte. Es war praktisch ihr einziger Kontakt zur Außenwelt.

„Das ist ja fantastisch." Erin beugte sich hinunter, um an einer dunkelroten Rose zu riechen.

„Es sind meine Lieblingsblumen." Maria brach eine Rose ab und reichte sie Erin. „Diese Sorte ist in vieler Hinsicht bemerkenswert. Die Farbe, die Größe, der Duft. Und sie ist sogar noch ungewöhnlicher, als es auf den ersten Blick erscheinen mag."

Vorsichtig nahm Erin die Rose in die Hand, denn sie wollte nicht von den Dornen gestochen werden. Zu ihrer großen Überraschung gab es keine.

Maria lächelte. „Das Fehlen der Dornen macht diese Rose vollkommen. Man kann ihre Schönheit genießen, ohne eine Verletzung befürchten zu müssen."

Interessant. Erin hatte den Eindruck, dass diese Blume viel mit der Frau gemeinsam hatte, die sie so gut pflegte. Beide waren wunderschön und absolut ungefährlich. Eine überraschende Entdeckung in dieser Umgebung, in der Verrat und Mord an der Tagesordnung waren.

„Ich wusste gar nicht, dass es so etwas gibt", gestand Erin. Im Grunde kannte sie sich mit Rosen überhaupt nicht aus. Sie mochte sie hauptsächlich, wenn sie sie von einem Mann geschenkt bekam.

„Mir ist jedwedes Blutvergießen zuwider", erklärte Maria, als sie weiterging.

Erin folgte ihr. Ihre Blicke wanderten hin und her zwischen dieser unglaublich faszinierenden Frau und den prächtigen Pflanzen, die rechts und links des Weges wuchsen. „Ich nehme an, dass es Ihr Leben hier nicht gerade leicht macht."

Schweigen.

Erin hätte sich am liebsten die Zunge abgebissen. Warum zum Teufel hatte sie das bloß gesagt? War sie vollkommen verrückt geworden? Die Frau musste diese Bemerkung doch für Kritik an ihrem Bruder halten.

Maria schaute sie an. In ihren schwarzen leuchtenden Augen lag kein Vorwurf. „Ich finde es in der Tat schwierig."

Erin war so erleichtert, dass ihr fast die Knie weich wurden. „Ich habe es nicht negativ gemeint." Na prima. Noch so ein lahmer Satz.

Die Frau lächelte. „Ich weiß, dass Sie es nicht so gemeint haben. Sie sind anders als der Rest. Ich …" Sie schien nach dem passenden Ausdruck zu suchen. „Ich fühle, dass in Ihnen nichts Böses steckt."

Erins Puls schlug schneller. Das konnte gut oder schlecht sein, je nachdem, wie man es betrachtete. Das Letzte, was sie jetzt gebrauchen konnte, war eine Enttarnung durch diese liebenswürdige Frau. „Nun, ich kann nicht behaupten, dass ich unschuldig bin."

Maria ging weiter und konzentrierte sich auf den Weg, der sich durch Beete mit exquisiten Blumenbeeten schlängelte. „Ja, aber Sie sind trotzdem anders als die anderen. Das ist mir klar geworden, als Sie der Aufforderung meines Bruders, Manuel zu töten, nicht gefolgt sind."

Verflucht! Erin wusste, dass dieser Vorfall Folgen haben würde, die sie den Kopf kosten konnten. „Ich hätte ihn doch nicht umbringen können, nur weil ich mich falsch verhalten habe", erklärte sie hastig. „Es war allein meine Schuld."

„Das hätten nur wenige zugegeben. Mein Bruder hatte recht." Wieder schaute sie Erin mit ihrem gelassenen Blick an. „Sie sind eine sehr mutige Frau."

Jetzt haben wir aber genug über mich geredet, sagte Erin sich. „Seit wann leben Sie schon hier?", fragte sie beiläufig, um ihre Nervosität zu verbergen.

„Pablo hat vor zehn Jahren beschlossen, diesen Platz zu unserem Zuhause zu machen."

Zehn Jahre. Ob Maria jemals verheiratet war? Jemals ein eigenes Leben geführt hatte, ohne ihren Bruder? „Sie sind nicht verheiratet?"

Diesmal dauerte das Schweigen noch länger.

Jetzt war sie schon wieder ins Fettnäpfchen getreten. Allmählich bekam sie Routine darin.

„Nein", antwortete Maria schließlich. „Ich war nie verheiratet. Ich verlasse das Haus nur, um neue Pflanzen für meinen Garten zu kaufen. Und selbst dann ist Pablo jedes Mal krank vor Angst, bis ich wieder sicher zu Hause bin."

Mit anderen Worten, sie hatte kein Leben außerhalb des Anwesens, das ihrem Bruder gehörte. Sie war eine Gefangene … genau wie Erin.

Sie musste sie danach fragen. Ihr Unterbewusstsein warnte sie zwar vor einem neuen Fehler, aber sie beachtete es nicht. Sie musste es einfach wissen. „Haben Sie es ihm niemals übel genommen, dass er so überfürsorglich ist?"

Maria überlegte eine Weile, wobei sie Erin direkt in die Augen sah. „Manchmal schon, aber er liebt mich, und er will eben nur mein Bestes." Sie schaute nach Norden, und ihr Blick schien weit über die Mauer hinauszugehen, die ihre kleine, streng bewachte Welt einfasste. „Es ist eine sehr grausame Welt. Den Menschen ist kaum noch etwas heilig. Für meinen lieben Bruder ist es ein immerwährender Kampf. Er arbeitet viel zu viel."

Erin brachte nur ein Nicken zustande, um Zustimmung zu heucheln. Ob Maria genau wusste, womit ihr Bruder seinen Lebensunterhalt verdiente? Die Frage brannte ihr auf den Lippen. Diesmal aber siegte ihr gesunder Menschenverstand, und sie hielt den Mund.

Maria ging zum Eingang zurück. „Wir müssen uns bald wieder einmal unterhalten, Sara. Ich darf Sie doch Sara nennen?"

„Natürlich." Erin zeigte ein Lächeln. „Vielen Dank, dass Sie mir Ihren wunderschönen Garten gezeigt haben."

„Es war mir ein Vergnügen."

Erin ging zum Gästehaus. Ihr schwirrte der Kopf von den Neuigkeiten, die sie über Estebans Schwester erfahren hatte. Wirklich besorgniserregend war der Umstand, dass Maria den Nagel auf den Kopf getroffen hatte, was Erin anbetraf. Sie war tatsächlich nicht wie die anderen.

Sie musste diesen Eindruck unbedingt aus der Welt schaffen. Aber zuerst musste sie unter die Dusche.

Eine Stunde lang hatte Logan mit Larry Watters und den Caldarone-Brüdern zusammengesessen, um den Weitertransport der Waffen zu organisieren, die sie drei Tage zuvor gestohlen hatten. Auf diese Weise hatte Logan wenigstens schon einmal eine Kundenliste in den Händen, auf der ein halbes Dutzend Namen verzeichnet waren. Ein paar von ihnen waren ihm bekannt vorgekommen; von den anderen hatte er noch nie etwas gehört.

Die Leute von Mission Recovery würden sie alle hochnehmen, sobald es Logan gelang, Ferrelli die Liste zuzuspielen. Als ihr Schutzengel hielt Ferrelli sich irgendwo im Land auf. Er beobachtete jede Bewegung von Logan. Sobald sich die Möglichkeit ergab, würden sie Kontakt aufnehmen, sodass Logan seine Informationen weitergeben konnte.

Als er das Apartment betrat, hörte er gedämpftes Wasserrauschen. Logan warf die Tür hinter sich zu und ging zum Badezimmer. An dem, was er jetzt tun musste, führte kein Weg vorbei. Esteban hatte schon genug Verdacht geschöpft.

Die Luft im Bad war heiß und voller Dampf. Erins Jogginganzug lag auf dem Boden; ihre Schuhe hatte sie achtlos zur Seite geworfen. Sie summte ein Lied. Es klang ziemlich falsch, wie er amüsiert feststellte. Das gehörte zu den kleinen Dingen, die er an ihr so attraktiv fand. Er versuchte es zu ignorieren, aber er schaffte es nicht.

Gerade als er die Tür der Duschkabine öffnen wollte, blieb sein Blick wie gebannt auf der Silhouette hängen, die sich hinter dem beschlagenen Glas abzeichnete. Allein der Schatten der nur verschwommen wahrnehmbaren Rundungen ihres Körpers reichte aus, um seine Lust zu wecken. Er biss die Zähne zusammen und sagte sich noch einmal, dass dies jetzt eine rein dienstliche Angelegenheit war. Der Auftrag hatte oberste Priorität, und ihre Tarnung war ein wesentlicher Bestandteil für die erfolgreiche Erledigung.

Erst jetzt stellte er fest, dass er noch angezogen war. Er hatte nicht vor, noch einmal voll angekleidet unter die Dusche zu steigen. Gedacht, getan. Rasch zog er Schuhe, T-Shirt und Jeans aus, ließ sie neben Erins Sachen fallen. Dann öffnete er mit einem Ruck die Tür und stieg in die Kabine.

Erin spülte sich gerade das Shampoo aus den Haaren. Erschrocken riss sie die Augen auf und stieß einen unterdrückten Schrei aus. „Was zum …?"

Logan verschloss ihren Mund mit seinen Lippen. Er schlang die Arme um sie und zog sie fest an sich.

Energisch stemmte sie die Hände gegen seinen Brustkorb und versuchte sich aus seiner Umarmung zu befreien, aber seine Küsse machten sie schwach. Zärtlich fuhr er mit der Zunge in ihren Mund, während er mit beiden Händen über ihren Körper strich, bis sie glaubte, den Boden unter den Füßen zu verlieren. Mit einem leisen Stöhnen gab sie sich schließlich geschlagen. Erst da wagte er es, seine Lippen von ihrem Mund zu lösen.

„Esteban hört zu", murmelte er ihr ins Ohr. „Er hat Verdacht geschöpft, weil wir nicht miteinander schlafen."

Sie rang nach Atem und versuchte erneut, sich von ihm zu lösen.

„Das muss echt klingen", drängte er sie. „Vertrau mir. Ich werde dich nicht …" Jetzt kam der schwierige Teil. „Ich werde es nicht bis zum Äußersten kommen lassen. Ich verspreche es dir."

Sie zögerte. Dann nickte sie.

Er trat einen Schritt zurück und musterte sie. Konnte nicht anders. Sie strich sich die nassen Haare aus dem Gesicht und tat es ihm nach. Das begehrliche Flackern in ihren Augen entging ihm keineswegs.

Logan stellte das Wasser ab und zog Erin aus der Dusche. Er griff nach einem der flauschigen Handtücher und begann, sie abzutrocknen. Sanft fuhr er mit dem weichen Stoff über ihre Haut. Als er ihre Brustspitzen abtupfte, wurde ihr Atem schneller und unregelmäßiger. Ihm erging es nicht anders. Er versuchte, die Kontrolle zu bewahren, indem er sich mehr auf seine Tätigkeit als auf die Frau konzentrierte, denn seine Erregung war schon sehr weit gediehen und unübersehbar.

Er kniete sich vor sie hin und rieb ihre sonnengebräunten Schenkel und Waden ab, wobei er sich bei jedem Bein sehr viel Zeit ließ. Es kostete ihn einige Überwindung, das seidenweiche hellblonde Haardreieck zwischen ihren Schenkeln zu ignorieren. Das gehört zum Job, ermahnte er sich. *Es ist ein Teil des Auftrags.* Als sie sich umdrehte, trocknete er auch ihren Rücken ab. Die sanften Rundungen ihres Hinterns ließen ihn fast die Beherrschung verlieren, aber unter Aufbietung aller Kräfte gelang es ihm, seine Erregung im Zaum zu halten.

Erst als sie das Handtuch nahm und ihn abzutrocknen begann, wusste er, dass er schwach werden würde. Diesen Moment könnte er nicht überleben, wenn er nicht weitergehen durfte. Dabei hatte er ihr doch versprochen ...

Er führte sie zum Bett und drückte sie sanft in die Kissen. Was immer jetzt auch passierte, es musste sich zumindest überzeugend anhören. Er spürte ihre Unsicherheit, als er sich neben sie legte. Mit weit aufgerissenen Augen sah sie ihn an.

„Entspann dich, Baby. Lass mich dir einfach zeigen, wie viel du mir bedeutest."

Wieder küsste er sie, knabberte an ihren Lippen, und mit der Zungenspitze erforschte er die Tiefen ihres Mundes. Sie spreizte die Finger über seiner Brust, als wollte sie ihn zurückhalten, aber dadurch schien sie ihn nur noch entschlossener zu machen. Getrieben von der Lust, die in ihm loderte, fuhr er mit den Lippen über ihren weichen Hals, bewegte sich tiefer. Als er an ihren Brüsten angekommen war, erkundete er sie ausgiebig. Eine innere Stimme warnte ihn, dass er schon viel zu weit gegangen war – aber jetzt hätte ihn nur noch ein plötzlicher Herzstillstand aufhalten können.

Ihr Stöhnen wurde lauter. Sie packte ihn bei den Schultern und wollte ihn von sich stoßen, aber er gab nicht nach. Er umschloss mit den Lippen eine aufgerichtete Knospe, neckte sie mit der Zungenspitze, sog daran. Erin stieß einen heiseren Schrei aus, und anstatt ihn von sich fortzudrängen, zog sie Logan jetzt näher zu sich heran.

Er spielte mit den harten dunklen Beeren, knabberte erst an der einen, liebkoste dann die andere, bis Erin lustvoll unter ihm zuckte. Langsam bewegte er sich tiefer. Küssend bahnte er sich seinen Weg nach unten und stieß die Zungenspitze in ihren Bauchnabel.

„Oh, Logan!" Sie wiegte sich in den Hüften und hielt ihn fest an sich gepresst, damit er ihr endlich die Erleichterung verschaffte, nach der sie sich schon so lange gesehnt hatte. Die Augen fest zusammengekniffen, versuchte sie sich ganz auf den Höhepunkt ihres Sinnenrausches zu konzentrieren.

Er schob die Hände unter ihre Hüften und liebkoste mit seinen Lippen den sanften Hügel oberhalb ihrer Scham. Wimmernd drängte sie sich an ihn. Er kam ihr entgegen, kostete und reizte die empfindsame, heiße Stelle, bis Erin erneut aufschrie. Logan massierte sie mit leichtem Druck, genoss es, wie sie sich ihm entgegenbog. Kurz darauf merkte er an der Anspannung ihrer Bauchmuskeln, dass sie nur noch Sekunden vom Höhepunkt entfernt war. Und dann bäumte sie sich auch schon auf, explodierte förmlich unter seinen intensiven Berührungen. Die Laute, die sie von sich gab, verrieten ihm, wie heftig die Wellen der Lust sie im Griff hielten. Allmählich verebbten sie. Erin stieß einen wohligen Seufzer aus und lag matt da.

Das Herz klopfte ihm wie wild in der Brust; sein Körper war angespannt, und es fehlte nicht viel, dann wäre auch er gekommen. Der Wunsch, sie auf der Stelle zu nehmen, war so übermächtig, dass er sich kaum zurückhalten konnte. Er bemühte sich, flach zu atmen, um seine Erregung unter Kontrolle zu halten. Das Blut rauschte heiß durch seine Adern, und jeder Muskel seines Körpers zuckte vor unerfüllter Begierde. Er ballte die Finger zur Faust, während er sich Zentimeter für Zentimeter von diesem herrlichen, verführerischen Körper entfernte.

Plötzlich fühlte er eine schmale Hand dort, wo er heiß und hart war. Ihm stockte der Atem, und er schloss die Augen, um diesen lustvollen Moment bis zur Neige auszukosten. Erin rutschte näher zu ihm, liebkoste ihn mit geschickten Fingern. Aus seiner Kehle kam ein heiserer Ton. Dabei wollte er gar nicht, dass sie das für ihn tat, doch jeder Widerstand war zwecklos. Er brauchte es einfach zu sehr. Sein ganzer Körper konzentrierte sich auf den Augenblick der Erlösung.

Ihre Bewegungen, zunächst behutsam, schienen auch ihre Lust wieder anzufachen, und sie brauchte nicht lange, um ihn zum Höhepunkt zu bringen. Logan stieß einen rauen Schrei aus, als er kam.

Doch eine wirkliche Entspannung fand er nicht in seinen weichen Kissen. Die unerwartete Befriedigung hinterließ in ihm ein Gefühl von noch größerer Verzweiflung. Die Stille im Zimmer wurde nur von ihrem atemlosen Keuchen unterbrochen. Der Geruch von Sex umhüllte sie und übte einen unwiderstehlichen Zauber auf sie aus. Er wollte etwas sagen ... damit das, was sie gerade getan hatten, weniger animalisch wirkte, als es tatsächlich gewesen war. Aber es gab nichts zu sagen. Es war ein Akt der Verzweiflung gewesen ... allein für Estebans Ohren bestimmt. Sie waren nur hilflose Marionetten in einem Spiel, das sie unbedingt überleben wollten.

Als sie sich auf die Seite rollte, war der magische Augenblick vorüber. Sie ging ins Badezimmer und zog die Tür hinter sich zu. Logan schloss die Augen, und zum ersten Mal hasste er seinen Beruf – und sich selbst. Er verabscheute zutiefst, was er getan hatte.

Aber er hatte schließlich keine Wahl gehabt.

Ebenso wenig wie sie.

9. KAPITEL

Am Samstagmorgen stürzten eine ganze Menge neuer Sorgen und Probleme über Erin herein. Eigentlich hätte sie dankbar sein müssen, dass sie fünf Tage und Nächte als Estebans Gast überlebt hatte. Aber sie empfand nichts dergleichen.

Sie setzte sich auf das Fußende des Bettes und band ihren Turnschuh zu. Dabei ließ sie die Ereignisse der letzten Tage Revue passieren: Sie war von einem übereifrigen Wachposten niedergeschlagen worden; sie hatte zwei Begegnungen mit Sheila überlebt, die sie aus irgendeinem Grund nicht leiden konnte. Außerdem machte Esteban sie aus mehr als einem Grund immer nervöser …

Und sie hatte fast richtigen Sex mit Logan gehabt.

Sie legte den Kopf auf ihr Knie und seufzte.

Was war sie bloß für eine Närrin!

Sie atmete tief durch, als sie den rechten Fuß auf den Boden stellte und den linken Turnschuh anzog. Das alles wäre nur halb so schlimm gewesen, wenn sie sich bei seiner ersten Berührung nicht wie eine ausgehungerte Nymphomanin benommen hätte. Gut, sie hatte einen Intensivkurs in Spionage und Waffenkunde erfolgreich absolviert, aber sie war sich ziemlich sicher, dass sie einen Fortgeschrittenenkurs zum Thema John Logan niemals bestehen würde.

Als sie an diesem Morgen aufwachte, war sie Logan unendlich dankbar dafür, dass er bereits aufgestanden war. Sie bezweifelte nämlich, dass sie ihm nach dieser Nacht so schnell wieder unbefangen unter die Augen würde treten können. Würde sie ihm überhaupt noch ins Gesicht sehen können, ohne vor Scham im Boden zu versinken?

Sie hatten erst am Montag wieder etwas zu tun. Vielleicht gelang es ihr, ihm während des Wochenendes aus dem Weg zu gehen. Sie konnte Maria bitten, sie noch einmal durch ihren Garten zu führen. Oder vielleicht mit Sheila Kochrezepte austauschen.

Nein, das war wohl doch keine so gute Idee. Wenn Sheila überhaupt an etwas von Erin interessiert war, dann sicher nicht an ihren Kochkünsten, sondern an ein paar lebenswichtigen Organen – an ihrem Herzen zum Beispiel oder an ihrer Lunge.

Als letzte Alternative konnte sie sich immer noch zu den Wachposten gesellen und mit ihnen Karten spielen. Jetzt, wo sie Estebans neuer Liebling war, hatten nämlich alle Respekt vor ihr. Sie stand auf und fuhr sich mit den Fingern durchs Haar. So waren die begehrlichen Blicke, mit denen er sie ansah, wenigstens doch noch zu etwas gut.

Marias Gesellschaft wäre wohl das beste Mittel für ein paar Stunden Zerstreuung. Erin ging zur Tür. Vielleicht würde sie für sich auch einen Garten anlegen, wenn sie jemals wieder nach Hause kommen sollte.

Nach Hause. Sie hatte das Gefühl, dass Atlanta Millionen von Meilen entfernt war. Zu weit weg, um auch nur darüber nachzudenken.

Gerade als sie das Zimmer verlassen wollte, wurde die Tür geöffnet. Logan.

Sie biss sich auf die Unterlippe, um den Fluch zu unterdrücken, der ihr auf der Zunge lag. Verdammt, warum hatte sie sich nicht ein bisschen beeilt? Dann hätte sie dieses peinliche Zusammentreffen vermeiden können.

Und warum zum Teufel musste er so gut aussehen? Mit kaum verhohlenem Begehren ließ sie ihren Blick über seinen Körper wandern. Er trug Jeans, die seinen knackigen Hintern so richtig zur Geltung kommen ließen, und ein abgewetztes dünnes Baumwollhemd, dessen oberste zwei Knöpfe offen standen. Unwillkürlich musste sie schlucken. Der Typ hatte einen unwahrscheinlich sexy Körper und dazu noch dieses sympathische Gesicht. Da musste doch jede Frau schwach werden. Besonders, wenn sie seine Augen, das dichte Haar, die perfekt geformte Nase und dieses markante Kinn näher betrachtete.

„Nimm deine Tasche", sagte er beiläufig, als hätte sie ihn nicht gerade gemustert wie die Auslage in einer Metzgerei auf der Suche nach dem besten Stück Fleisch. „Wir machen einen kleinen Ausflug in die Stadt."

Fragend hob sie die Schultern und machte eine Handbewegung, mit der sie ihm ihr Erstaunen zu verstehen geben wollte.

Er legte einen Finger auf seine Lippen; dann sagte er: „Ich denke, es wird höchste Zeit, dass ich mein Baby zu einem Einkaufsbummel einlade. Ein neues Kleid ist angesagt. Schließlich findet morgen Abend eine Party statt."

Sie schaute ihn überrascht an. „Eine Party? Aber ... das ist ja toll!" Sie ging zum Tisch, um ihre Handtasche zu holen. „Genauso toll wie dein Vorschlag." Sie warf sich die Tasche über die Schulter. „Es ist ja schon ewig her, seitdem du mit mir einkaufen warst. Ich kann es kaum erwarten. Und dann noch eine Party!"

Er sah sie warnend an und bedeutete ihr, still zu sein. Man konnte es auch übertreiben.

Herausfordernd schaute sie zurück. Woher sollte sie denn wissen, wann es genug war? Diese alberne Schauspielerei. Auf dem Gebiet hatte sie nun wirklich keine Erfahrung.

Andererseits – war sie jetzt nicht eine richtige Geheimagentin? Eine Spionin, die allen Lebenslagen gewachsen sein musste? Die Erkenntnis traf sie wie ein Blitz. Natürlich: Sie war eine echte Agentin und musste sich entsprechend verhalten.

Eigentlich gar nicht so übel.

Mit hochgezogenen Augenbrauen betrachtete sie ihren Partner und verließ das Zimmer.

Sie war also immer noch sauer auf ihn wegen gestern Abend.

Seufzend lief Logan hinter Erin her.

Moment mal! Seit wann war sie für ihn *Erin*? Logan unterdrückte einen Fluch. Vermutlich, seit du sie in einen Lustrausch versetzt hast, dachte er und konnte nicht umhin, ihren sinnlichen Hüftschwung zu bewundern.

„Logan!"

Mit einem Schlag war er wieder in der Gegenwart, und fast hätte er sie angerempelt. „Was ist denn?", fragte er.

„Wie viel Geld hast du bei dir?"

Er verdrehte die Augen, obwohl sie es durch die dunklen Gläser seiner Sonnenbrille gar nicht sehen konnte. „Genug."

Grinsend drückte sie ihm die beiden Einkaufstüten in die Hand, die sie schon seit einiger Zeit mit sich trug. „Das ist gut. Ich finde bestimmt noch ein paar Sachen, die ich unbedingt brauche."

Wie zum Teufel sollte er sie beschützen, wenn er diese verflixten Tüten schleppen musste?

Ein langes, aufdringliches Pfeifen erregte seine Aufmerksamkeit. Ein paar Meter vor ihnen lehnte ein Mann an einer Mauer, der Erin – verdammt, Bailey – von oben bis unten mit unverschämtem Blick taxierte. Trotz der dunklen Sonnengläser und der Baseballkappe, die er tief ins Gesicht gezogen hatte, erkannte Logan ihn sofort.

Es war Ferrelli. Sein Schutzengel.

Bailey drehte sich zu ihm um und schenkte ihm ein aufreizend bezauberndes Lächeln.

„Oh, Honey, ich möchte dich glücklich machen", flötete Ferrelli mit dem übertriebenen italienischen Akzent, den er immer dann benutzte, wenn er es wirklich nötig hatte oder die Frauen beeindrucken wollte.

„Tut mir leid, Schätzchen", erwiderte Erin, ohne ihre Schritte zu verlangsamen. Sie deutete mit dem Daumen über ihre Schulter. „Ich habe schon einen Helden."

Logan war sauer, als er merkte, dass Erins Gang noch aufreizender geworden war. Das tat sie doch nur, um Ferrelli zu beeindrucken. Er fragte sich, wie sie wohl reagieren würde, wenn sie erfuhr, dass sie gerade mit dem Mann geflirtet hatte, der ihre einzige Verbindung zur Außenwelt war – dort, wo sie ein Leben ohne tödliche Bedrohung führen konnten.

Als er sie eingeholt hatte, nahm Logan die Einkaufstüten in die andere Hand und legte den Arm um ihre Schultern. „Wie wär's mit Essen, Baby?"

Sie zog die makellos gezupften Augenbrauen hoch. „Nur wenn du mir versprichst, dass wir noch in diese Boutique da drüben gehen, bevor wir zurückfahren."

Er folgte der Richtung ihres Zeigefingers und stöhnte auf. Ausgerechnet der teuerste Laden in der ganzen Stadt. Er bleckte die Zähne und zeigte ein wölfisches Grinsen. „Aber natürlich, Baby. Ich tu doch alles, was du willst."

Sie kam sich etwas überrumpelt vor, als er im Restaurant für sie beide bestellte, ohne sie nach ihren Wünschen zu fragen. Dennoch genoss sie jeden Bissen, als das Essen vor ihr stand. Sie ließen sich viel Zeit und sprachen nur wenig miteinander.

Den ganzen Morgen über hatte er sie beobachtet. Sie war ziemlich aufgekratzt. So hatte er sie noch nie erlebt. Sie war begeistert von den Angeboten in den Läden, den Modellen, den Mustern, den Stoffen – einfach von allem. Ihr Spanisch ist gar nicht so schlecht, stellte er anerkennend fest. Und die Art, wie sie sich bewegte, war faszinierend. Fast hätte er vor Sehnsucht laut geseufzt. Sie war nicht nur ausgesprochen hübsch, sondern auch eine sehr erstaunliche Frau – und das in jeder Beziehung. Ob sie sich der Tatsache bewusst war, wie erstaunlich sie war?

„Du isst ja gar nichts", holte sie ihn plötzlich aus seinen Tagträumen.

„Ich denke nach", erwiderte er aufrichtig. Allerdings verschwieg er ihr, dass er über sie nachdachte.

„Uh, das ist ja beängstigend", neckte sie ihn und trank einen großen Schluck Wein.

Das kann man wohl sagen, dachte er. Es war wirklich beunruhigend, wie besessen er von dieser Frau war.

Nein, es war verrückt. Genauso war es. Sie hatten nichts gemeinsam. Sobald dieser Auftrag erledigt war, würde sie aus seinem Leben verschwinden. Vorausgesetzt, sie überlebten den Einsatz. Und selbst wenn das Schicksal anderes mit ihnen vorhaben sollte: Ihre Beziehung wäre schlagartig zu Ende, wenn sie erst einmal die ganze Wahrheit erfuhr.

Lucas oder Casey, vielleicht auch beide, hatten sie in eine Falle gelockt. Sie hatten die ganze Sache auf die Schiene gesetzt. Sie waren es, die den Gefängniswärter und Erins Zellengenossin bestochen hatten, ihr das Leben ab dem ersten Tag im Gefängnis zur Hölle zu machen, damit sie bereitwillig auf ihr Angebot eingehen würde, falls sie jemals ihre Dienste in Anspruch nehmen müssten. Natürlich hatten sie auch schon längst die Beweise in der Schublade liegen, die sie von aller Schuld freisprachen.

Ihre Beziehung hätte keine Zukunft ohne absolute Ehrlichkeit. Darüber war Logan sich im Klaren. Wenn sie erst einmal die Wahrheit erfuhr, würde sie ihm das niemals verzeihen.

Eines Tages musste sie es erfahren. Und das wäre dann das Ende.

Er wandte den Blick ab. Warum erschien ihm diese Aussicht plötzlich als das Schlimmste, was ihm je in seinem Leben widerfahren war? Er hatte schon Dutzende von Affären hinter sich. Alle waren nur kurz, dafür sehr intensiv gewesen. Diesmal war es anders. Er konnte es nicht genauer beschreiben. Vielleicht war es ihre Verletzlichkeit, die seine Beschützerinstinkte weckte. Was immer es auch sein mochte: Das Gefühl war übermächtig. Er musste höllisch aufpassen. Andernfalls wäre er rettungslos verloren.

Als er sah, dass Erin den letzten Bissen ihres Desserts in den Mund schob, zog Logan die Serviette unter seinem Glas hervor und kritzelte die Namen von der Liste, auf der die Waffenkäufer verzeichnet waren, auf das Papier. Das war womöglich die einzige Gelegenheit, seine Informationen Lucas zukommen zu lassen. Mission Recovery musste unbedingt wissen, wohin die gestohlenen Gewehre gebracht wurden. Dann faltete Logan die Serviette zusammen und legte sie neben sein Glas.

„Fertig?", fragte er Erin.

Sie nickte. „Ich platze gleich." Sie schloss die Augen und seufzte genüsslich, als sie den letzten Schluck Wein trank. „Vielen Dank", schnurrte sie.

Logans Mund wurde trocken, als er sah, wie sie sich langsam und sinnlich mit der Zungenspitze über die Lippen fuhr.

Hastig warf er ein paar Münzen auf den Tisch, stand auf und trat hinter Erin, um ihren Stuhl zurückzuziehen. „Schön, dass es dir gefallen hat."

„Wenn ich ein Kleid brauche, heißt das, dass du einen Anzug haben musst?"

Er ging nicht auf ihre Frage ein, obwohl sie irgendwie logisch war. Esteban wollte, dass alle seine Leute auf der Party, die er so kurzfristig arrangiert hatte, einen guten Eindruck machten.

Vor dem Ausgang des Restaurants blieb Logan stehen, als suche er etwas in seinen Taschen. Aus den Augenwinkeln sah er, wie die Kellnerin ihren Tisch abräumte. Als sie an Ferrelli vorbeiging, der zwei Tische weiter saß, packte der sie am Handgelenk und sprach mit ihr. Sie beugte sich zu ihm hinunter, um ihm zu antworten. In dem Moment griff er unauffällig nach der gefalteten Serviette auf ihrem Tablett.

Zufrieden öffnete Logan die Tür und führte Erin ins Freie. Auf der Straße wimmelte es von Menschen. Innerhalb der nächsten Stunde lag die Liste auf Lucas' Schreibtisch. Jetzt musste Erin nur noch irgendwie in Estebans Büro hineingelangen und sich Zugang zu seinem Computer verschaffen. Das war die einzige Möglichkeit, diesen Bastard festzunageln, denn bei seinen geschäftlichen Transaktionen trat er niemals persönlich in Erscheinung. Und keiner von denen, die ihnen ins Netz gegangen waren, hatte es gewagt, ihn anzuschwärzen. Nicht ein einziges Telefongespräch oder auch nur eine E-Mail hatte einen Hinweis auf Estebans illegale Geschäfte geliefert. Erin war ihre einzige Hoffnung, um ihn und seinen Kontaktmann dingfest zu machen.

Logan hatte das ungute Gefühl, dass der Preis, den Erin für die Erfüllung dieses Auftrags zahlen musste, höher war, als sie zu geben bereit war. Und er selbst wollte erst recht nicht, dass sie ihn bezahlte.

Noch ein untrügliches Zeichen dafür, dass diese Angelegenheit zwischen ihnen außer Kontrolle geraten war.

Es war höchste Zeit, einen Gang zurückzuschalten.

Kaum waren sie zurückgekommen, wurde Logan von Watters und den immer noch bedrückten Caldarone-Brüdern in Beschlag genommen. Die beiden sahen aus, als hätten sie drei Nächte lang durchgezecht. Erin beschloss, Maria den geplanten Besuch abzustatten. Sich im Apartment zu langweilen oder mit Sheila auf der Terrasse zu sitzen waren keine reizvollen Alternativen.

Und sie musste unbedingt etwas unternehmen, um sich von Logan abzulenken.

Vielleicht hatte sie Glück, und die Männer würden für ein paar Stunden verschwinden. Dann hätte sie ihre Zeit zur freien Verfügung.

Genauso war es dann auch.

Erin schritt lässig über die weitläufige alte Hazienda, als ob sie die Eigentümerin sei. Warum auch nicht? Immerhin kannte sie sich im Wohn- und Speisezimmer aus. Sie war sogar schon im Konferenzraum am anderen Ende der Halle gewesen. Sie brauchte nur einen der Wachposten, die überall im Inneren des Gebäudes herumstanden, nach Maria zu fragen.

Wenn das kein Glück war: Der Typ namens Manuel, der ihr noch einen Gefallen schuldete, stand genau an der Stelle, wo sich die lang gestreckte Empfangshalle in einen Ost- und Westflügel teilte, die den unteren Teil des beeindruckenden Gebäudes bildeten.

„*Hola*", sagte sie so lässig wie möglich.

Manuel starrte sie einen Moment lang an. Dann murmelte er ebenfalls: „*Hola.*"

„Ich bin auf der Suche nach Maria." Sie steckte die Hände in die Gesäßtaschen ihrer Jeans. „Wir wollten uns über ihre Blumen unterhalten."

„Sie ist nicht hier."

Erin runzelte die Stirn. „Oh." Das war seltsam. Hatte Maria ihr nicht gesagt, dass sie das Haus so gut wie nie verließ? „*Gracias.*"

Manuel grunzte etwas Unverständliches.

Erin drehte sich um und schlenderte zurück. Was sollte sie jetzt tun? Warum hatte ihr Maria heute Morgen nicht gesagt, dass sie fortgehen würde? Erin versuchte die beunruhigenden Gedanken, die unwillkürlich in ihr aufstiegen, zu vertreiben. Vielleicht war Maria ja auch bloß in die Stadt gefahren. Das Land hatte sie bestimmt nicht verlassen.

Vielleicht sollte sie Logan und die anderen suchen. Sie mussten irgendwo in der Nähe sein.

„Und welchem Umstand verdanke ich das Vergnügen Ihrer reizenden Gesellschaft?"

Esteban stand hinter ihr!

Eine Gänsehaut lief ihr über den Rücken.

Zögernd drehte sie sich zu ihm um. „Ich bin auf der Suche nach Maria." Sie versuchte zu lächeln.

Esteban trat ein paar Schritte näher. „Maria ist übers Wochenende weggefahren." Er stellte sein Cognacglas auf einen Tisch neben sich. „Aber ich bin doch hier. Kann ich etwas für Sie tun?" Er kam so nahe an sie heran, dass sie sich zusammenreißen musste, um nicht wegzulaufen. „Ich bin sicher, dass Sie meine Gesellschaft genauso zu schätzen wissen."

Sie befeuchtete ihre Lippen und bemühte sich, sich ihre Nervosität nicht anmerken zu lassen. „Zweifellos. Aber ich glaube, Logan wartet bereits auf mich." Warum suchte sie krampfhaft nach Entschuldigungen? Dieses Zusammentreffen war doch ihre Chance!

Aber sie war noch nicht bereit dafür. Es wurde ihr in der Sekunde klar, als sie in seine schwarzen Augen sah. Andererseits – vielleicht würde sie ja nie wieder allein in einem Zimmer mit Pablo Esteban sein.

„Trinken Sie etwas mit mir, meine Liebe", drängte er sie. „Logan und die anderen sind in einer sehr wichtigen Angelegenheit unterwegs."

Sie bemühte sich um einen enttäuschten Gesichtsausdruck. „Ohne mich? Warum haben sie mir nichts gesagt?"

Esteban lächelte verführerisch. „Dazu bestand keine Veranlassung, und außerdem musste doch jemand hierbleiben, um mir Gesellschaft zu leisten." Er nahm ihren Arm und verschränkte ihn mit seinem. „Kommen Sie. Unterhalten wir uns ein wenig."

Erin entging nicht Manuels wachsamer Blick, als Esteban sie die breite Treppe in verbotenes Territorium hinaufführte ... in seine Privatgemächer. Und niemand war in der Nähe, der ihr zu Hilfe hätte kommen können.

Jetzt war sie ganz auf sich allein gestellt.

In ihrem Innern tobte ein Kampf der Gefühle. Einerseits hoffte sie, endlich an die notwendigen Informationen herankommen zu können. Andererseits fürchtete sie um ihre Sicherheit. Aber sie musste das Risiko eingehen. Ihre Freiheit hing davon ab. Je länger sie hierbleiben mussten, umso wahrscheinlicher war ihre Enttarnung. Das hatte Logan ihr immer wieder eingeschärft.

Cortez wartete vor Estebans Suite. Esteban gab ihm Anweisungen, die Erin nicht verstand. Er sollte offenbar irgendetwas kontrollieren. Wie auch immer der Befehl gelautet hatte: Der Mann, der Esteban normalerweise auf Schritt und Tritt bewachte, verschwand. Und das jagte ihr noch mehr Angst ein.

Erin versuchte, Zeit zu gewinnen, indem sie darauf bestand, seinen Monet noch einmal anzusehen. Esteban erfüllte ihr den Wunsch, doch nach ein paar Minuten wurde er ungeduldig. Ihr Herz klopfte immer schneller. Sie hatte ein sechstägiges Training hinter sich. Sie war eine Undercoveragentin. Ein Maulwurf. Sie musste es jetzt tun.

Ruhig bleiben, befahl sie sich.

Achte auf jede Kleinigkeit.

Als sie Estebans Salon betraten, schenkte er ihr einen Brandy ein. Eigentlich mochte sie keine harten Drinks. Aber sie musste sich Mut antrinken, und deshalb kippte sie die braune Flüssigkeit in einem Zug hinunter.

„Noch einen?" Er deutete auf die Karaffe.

Sie konnte nur nicken, denn der Alkohol brannte ihr in der Kehle. Trotzdem nahm sie sich vor, auch das nächste Glas hinunterzustürzen.

Kleinigkeiten. Achte auf die Kleinigkeiten! Regale, Bücher, noch mehr Kunstobjekte, ein grandioser Ausblick, edle Möbel. Kein Computer. Nicht einmal ein Schreibtisch. Wie alles andere im Haus war auch dieses Zimmer eine Augenweide. Sie hoffte inständig, dass ihre Bemühungen nicht vergebens waren.

Sie drehte sich zu Esteban um. Keine Sekunde zu früh, denn er schüttete gerade ein Pulver in ihren Drink. Die Angst legte sich wie eine eiserne Klammer um ihre Brust, und sie konnte sich nicht von der Stelle rühren. Wollte er sie umbringen oder nur betäuben, um sie sich gefügig zu machen? Eine Gänsehaut lief ihr über den Rücken. Weder die eine noch die andere Möglichkeit erschien ihr sonderlich verlockend.

Oh, Gott! Wenn er sie nun ausfragen würde?

Die langen Stunden in dem mexikanischen Gefängnis liefen wie im Zeitraffer vor ihrem inneren Auge ab. So etwas wollte sie auf keinen Fall noch einmal durchmachen müssen. Dabei hatten sie ihr noch nicht einmal Drogen gegeben. Sie hatten sie nur eingeschüchtert.

Esteban nahm die Gläser und wandte sich zu ihr. „Lassen Sie uns anstoßen!" Er hielt ihr den präparierten Drink hin.

Sie lächelte und trat näher zu ihm, als wäre sie seine Begleitung für diesen Abend, für die er viel Geld hatte springen lassen. Irgendwie musste sie seine Aufmerksamkeit von den Gläsern ablenken. „Warum machen wir es uns nicht ein bisschen bequem?", gurrte sie verführerisch.

Sein Blick wurde lüstern. „Oh, Sie sind wohl eine von den ganz Ungeduldigen." Er stellte die Gläser wieder hin und begann, die Knöpfe an seinem Hemd zu öffnen. „Aber ich kann Sie sehr gut verstehen." Hastig riss er sich das maßgeschneiderte Hemd vom Leib. „Ihr Ehemann kümmert sich wohl nicht genügend um Sie." Er warf das Hemd beiseite und stellte sich vor sie hin.

Sie schlang die Arme um seinen Hals und unterdrückte ihr Ekelgefühl, das sie empfand, als sie ihm so nahe war. „Ich hätte nie gedacht, dass ich so etwas tun könnte", flüsterte sie. „Aber ich brauche endlich mal einen richtigen Mann."

Esteban gab ein leises Geräusch von sich, das wie ein Grunzen klang. „Ich werde dir zeigen, was ein richtiger Mann mit dir anstellen kann."

Während er ihren Nacken küsste, griff sie nach dem Brandy, den er für sich eingegossen hatte. „Warte noch", murmelte sie. „Ich muss erst etwas trinken." Als er von ihr abließ, leerte sie das Glas. „Trink aus, damit wir endlich anfangen können."

Esteban lächelte verständnisvoll. Er griff nach dem anderen Glas und leerte es in einem Zug. „Auf die Dummköpfe dieser Welt", sagte er und stieß gegen ihr Glas. „Und Logan ist ganz sicher einer von ihnen."

Erin hatte keine Ahnung, was für eine Art Droge in dem Brandy war. Sie konnte jetzt nur auf Zeit spielen und hoffen, dass die Wirkung bald einsetzen würde. Mit aufreizender Langsamkeit knöpfte sie ihre Bluse auf und streifte sie ab. Als das Kleidungsstück zu Boden fiel, wich die freudige Erwartung in seinem Blick plötzlich wilder Gier. Zum Glück hatte er nicht bemerkt, dass sie die Gläser vertauscht hatte.

„Lass mich dir helfen", drängte er. Seine Worte kamen bereits etwas schleppend. Er legte die Arme um sie, um ihr beim Öffnen ihres BHs behilflich zu sein.

„Warte." Erin schob seine Hände fort. Ihr war auch ein bisschen schwindlig. Das muss am Brandy liegen, beruhigte sie sich. Sie war sicher, das saubere Glas erwischt zu haben. „Gehen wir ins Schlafzimmer, Schatz. Wir wollen doch richtig Spaß haben."

Er wirkte sehr benommen, als er ihr schelmisch mit dem Finger drohte. „Eine gute Idee." Mit eisernem Griff umschloss er ihr Handgelenk und zog sie ins Nebenzimmer.

Trotz seiner dominierenden Art und trotz der Angst, die sie immer noch empfand, bemerkte Erin den ausladenden Mahagonischreibtisch sofort. Es war das gleiche Modell, das in seinem Büro stand, aber auf diesem hier stand ein Computer, der auf dem neuesten Stand der Technik war. Endlich. Jetzt hatte sie ihr Ziel fast erreicht.

Ehe sie wusste, wie ihr geschah, hatte er sie aufs Bett geworfen und sich auf sie gelegt. Eine neue Welle der Angst schlug über ihr zusammen, als sie seine wild entschlossene Miene sah. Er war ein starker

Mann. Wenn die Wirkung der Droge nicht bald einsetzte, würde es ihr nicht gelingen, sich gegen ihn zur Wehr zu setzen. Beinahe hätte sie laut aufgeschrien.

Doch dann klappten seine Augen zu, und innerhalb weniger Sekunden war er eingeschlafen. Mit dem ganzen Gewicht seines Körpers fiel er auf sie und nahm ihr fast die Luft. Erin strampelte wie wild, um sich von dieser schweren Last zu befreien. Dabei presste sie die Lippen zusammen, um nicht vor Entsetzen zu schreien. Vielleicht wurde auch dieser Raum abgehört. Sie durfte nicht riskieren, dass jemand sie hörte.

Sie kroch aus dem Bett und blieb eine Weile regungslos stehen, um wieder zu Atem zu kommen. Außerdem wollte sie sichergehen, dass er nicht plötzlich wieder aufwachte. Sie presste die Hand auf den Bauch und schloss die Augen. Noch einmal schickte sie ein Dankgebet zum Himmel, weil der Gläsertausch so reibungslos funktioniert hatte.

Als ihr Atem wieder regelmäßig ging und Esteban sich immer noch nicht regte, ging sie zum Schreibtisch. Sie berührte die Maus. Der Bildschirmschoner verschwand und gab den Blick auf die Startseite frei. Plötzlich fiel ihr siedend heiß ein, dass sie möglicherweise belauscht wurde. Sie musste unbedingt ihre Rolle weiterspielen.

„Oh ja", schrie sie. „Da! Da ist es gut. Ja! Ja!" Sie kam sich wie eine Närrin vor. Aber das war immer noch besser, als entdeckt zu werden.

Erin befürchtete, der Ledersessel könnte knarren, wenn sie darauf Platz nahm. Deshalb stand sie vor dem Computer und versuchte in fieberhafter Eile, an die gesicherten Dateien zu gelangen.

Sie war schweißgebadet, während sie das Sicherungssystem zu knacken versuchte, das Esteban benutzte. Es war nicht besonders kompliziert, aber sie brauchte dennoch einige Zeit dafür, und das ärgerte sie. Alle paar Sekunden stieß sie einen schrillen Schrei aus oder rief Estebans Namen. Jeder, der sie jetzt belauschte, musste zu der Überzeugung gelangen, dass Esteban ein fantastischer Liebhaber war.

Auf dem Monitor erschien ein neues Fenster.

Sie hatte es geschafft!

Als hätte sie einen Zauberknopf gedrückt, rollten jetzt die Dateien über den Bildschirm. Erin konnte sich ein Grinsen nicht verkneifen. Sie war echt gut. Nein, ich bin die Beste, korrigierte sie sich mit berechtigtem Stolz. Niemand kannte sich mit Sicherheitssystemen für Dateien besser aus als sie. Normalerweise schuf sie sie allerdings selber und versuchte nicht, sie zu knacken.

Allmählich wich ihr Lächeln einem besorgten Stirnrunzeln. Keine der zahlreichen Dateien, die sie öffnete, enthielt Namen oder Liefertermine oder sonst irgendwelche Informationen, nach denen sie suchen sollte. Nichts als Datenmüll. Trotzdem nahm sie eine Diskette aus Estebans Schreibtisch und kopierte sämtliche Dateien. Es waren nicht sehr viele. Sie konnte nur hoffen, dass Lucas' Leute irgendetwas entdecken würden, das ihr entgangen war. Andernfalls wäre alles umsonst gewesen.

Esteban stöhnte.

Rasch loggte Erin sich aus und schob die Diskette in ihre Gesäßtasche. Sie lief zum Bett und überlegte, was sie tun sollte. Ein Blick auf die Uhr sagte ihr, dass mehr als eine Stunde vergangen war. Genug Zeit für ein erzwungenes Schäferstündchen. Inzwischen war ihr klar geworden, worum es sich bei dem Pulver gehandelt hatte.

Die Idee war ihr zuwider, aber es war die einzige Möglichkeit, ihre Tarnung aufrechtzuerhalten. Sie riss sich die Kleider vom Leib und zog auch Esteban komplett aus. Schnell schlüpfte sie unter die Bettdecke und schloss ganz fest die Augen. Vor lauter Abscheu hatte sie am ganzen Körper eine Gänsehaut. Sie hoffte nur, dass sie nicht noch weitere Zugeständnisse machen musste. Es war schon schlimm genug, dass er sie nackt sehen würde.

Langsam wurde er wach. Sie rutschte näher zu ihm hin und spürte, wie sich ihr Magen umdrehte. Wieder einmal fragte sie sich, ob die Aussicht auf ein Leben in Freiheit diese Demütigungen rechtfertigte … und das Risiko, das damit verbunden war.

Er schmiegte sich an ihren Rücken. „Ich muss wohl eingeschlafen sein", murmelte er mit belegter Stimme.

Sie reckte sich, als wäre sie ebenfalls gerade aufgewacht. „Ich auch."

Er nahm den Kopf zurück und sah ihr ins Gesicht. Verdutzt runzelte er die Stirn. „Ich bin …"

„Du warst großartig", beendete sie den Satz für ihn und fuhr mit einem Finger über sein Kinn. „Ich hoffe, es hat dir genauso viel Spaß …" Sie zog die Schultern hoch und hoffte, dass es kokett wirkte.

Seine Verwirrung schien noch größer zu werden. Erin hielt den Atem an. Sie war ihm ausgeliefert … vollkommen. Er konnte nach Cortez rufen, der vermutlich irgendwo in der Nähe wartete. Sie könnte sterben, einfach so, in seinem Bett. Sie schauderte innerlich.

Schließlich lächelte er. „Du warst genauso, wie ich es mir vorgestellt habe." Seine Hand strich über ihre Rippen, und sie spürte einen Eisklumpen in ihrem Magen. „Ich denke, wir sollten uns ein Dacapo gönnen."

Sie machte sich von ihm frei. „Ich muss leider gehen. Logan ist bestimmt schon zurück – und er ..."

Esteban zog sie zu sich heran. „Ich möchte, dass du bleibst."

Sie sah ihm direkt in die Augen und hoffte, dass ihre Masche wirkte. „Er darf es nicht erfahren. Er würde dich umbringen, wenn er es herausbekommt."

Esteban grinste verächtlich. „Du meinst, er wird es versuchen."

„Ja", sagte sie ernst. „Das wird er bestimmt."

Endlich schien er zu verstehen, was sie meinte. „Logan ist ein guter Mann. Ich will ihn in meinem Team." Estebans Blick wanderte über ihren nackten Körper. „Ich will dich wieder sehen, aber ich will ihn nicht wütend machen. Wir werden sehr diskret sein müssen."

Sie nickte nur, denn vor lauter Erleichterung konnte sie kein Wort sagen.

Hastig zog sie ihren Slip an und streifte sich die Bluse über. Dann erst drehte sie sich zu ihm um. Während sie in ihre Jeans stieg, achtete sie peinlich darauf, ihm nicht den Rücken zuzuwenden, damit er nicht die Diskette in ihrer Gesäßtasche entdeckte. Die Bluse ließ sie locker über ihre Jeans hängen, um die Ausbuchtung zu verdecken. Rasch schlüpfte sie in ihre Schuhe, machte sich aber nicht die Mühe, sie zuzubinden.

Esteban zog seine Hose an und ging in den Salon, um sich noch einen Drink zu mixen.

Als sie an ihm vorbeiging, packte er sie am Arm. „Du wirst bald wieder zu mir kommen. Dafür werde ich sorgen."

„Ja."

Er ließ sie los. „Diskretion", erinnerte er sie noch einmal.

Sie nickte und verließ eilig das Zimmer. Cortez grinste sie unverschämt an, als sie an ihm vorbeiging. Ihr war ein wenig übel, und sie fühlte sich schmutzig. Sie nahm zwei Stufen auf einmal, und um ein Haar wäre sie gestolpert. Ihr Herz klopfte so stark, dass es ihre Brust zu sprengen drohte. Sie musste unbedingt hier raus. Das leise Triumphgefühl, das sie noch vor wenigen Minuten empfunden hatte, verschwand im Handumdrehen, als ihr die Situation bewusst wurde, in der sie gerade gewesen war.

Erin zwang sich, langsam zu gehen, als sie im Freien war. Nur keine Aufmerksamkeit erregen, beschwor sie sich. Als sie ihr Apartment erreicht hatte, liefen ihr die Tränen über die Wangen. Sie warf die Tür zu, verschloss sie und lehnte sich dagegen.

„Wo zum Teufel bist du gewesen?"

Erschrocken schaute sie auf.

Logan stand vor ihr.

10. KAPITEL

Logan starrte auf die Diskette in Erins zitternder Hand. Estebans Dateien.

Und es gab nur eine Möglichkeit, wie sie in deren Besitz gelangt war.

„Ich habe dich gefragt", wiederholte er, „wo du gewesen bist, verdammt noch mal!" Der Ärger in seiner Stimme war leider nicht gespielt.

Sie bebte am ganzen Körper, denn ihr war klar, worauf er mit seiner Frage hinauswollte. Und er erkannte an ihrem Blick, dass sie ihn genau verstanden hatte. Die Furcht in ihren Augen machte ihn ganz konfus.

„Überall und nirgends", antwortete sie mit unsicherer Stimme. „Ich bin nur ein wenig spazieren gegangen."

„Das glaube ich dir nicht." Fieberhaft überlegte Logan, wo er die Diskette am besten versteckte, bis er sie Ferrelli übergeben konnte. „Du lügst", wiederholte er vorwurfsvoll.

„Ich sage die Wahrheit", beharrte sie. Sie ging zu dem Telefontischchen hinüber, auf dem ihre Tasche lag, und öffnete die Schublade. „Aber es ist mir egal, ob du mir glaubst oder nicht."

Sein Blick fiel auf die Bibel, die in der Schublade lag, und er nickte. „Nimm dich bloß in Acht", grollte er, während sie die Diskette zwischen den Seiten der in schwarzes Leder gebundenen Bibel versteckte. „Pass auf, dass ich nicht sauer auf dich werde, Baby." Eigentlich merkwürdig, dachte er plötzlich, dass ein Mann wie Esteban eine Bibel hat. Rasch schob er den Gedanken beiseite. Vermutlich war das Marias Einfluss zuzuschreiben.

„Willst du mir etwa drohen?" Ihre Stimme klang ganz dünn.

Logan drehte sich zu Erin um. Sie sah aus, als würde sie jeden Moment zusammenbrechen. Sie war kreidebleich. Was immer auch passiert sein mochte – es hatte sie fürchterlich mitgenommen. Plötzlich verspürte er den unwiderstehlichen Drang, Esteban umzubringen. Logan zog sie an sich. In seinen Armen konnte sie endlich schwach werden. Leise schluchzend schmiegte sie sich an seine Brust.

„Hat er dir wehgetan?", murmelte er in ihr Ohr. Er war so wütend, dass er sich kaum beherrschen konnte. „Sag mir, ob er dir etwas angetan hat."

Sie schüttelte den Kopf. Tränen liefen ihr über die Wangen. „Nein", wisperte sie.

„Es tut mir leid, Baby. Ich wollte dich nicht zum Weinen bringen", sagte er. Die Worte waren mehr für sie bestimmt als für die versteckten Mikrofone.

Er führte sie zum Sofa, setzte sich hin und legte schützend den Arm um ihre Schultern. „Schscht. Es ist alles okay. Ich bin nicht mehr sauer."

Und es stimmte. Er war wirklich nicht mehr ärgerlich. Auf einmal wollte er sie nur noch trösten. Diese ganze verfahrene Angelegenheit in Ordnung bringen. Es tat ihm weh, sie in diesem Zustand zu sehen, und er konnte die Vorstellung nicht ertragen, dass Esteban sie angefasst hatte. Er hätte sich besser geweigert, noch einmal mit Watters und den Caldarone-Brüdern nach Medellín zu fahren. Das Ganze war sowieso die reinste Zeitverschwendung gewesen. Er hätte wissen müssen, dass Esteban nur einen Vorwand suchte, um Logan für einige Zeit aus dem Weg zu haben.

Sie hatte ihre Arme um seinen Nacken geschlungen, und er spürte ihre weiche Wange an seiner Schulter. „Es war erfolglos", flüsterte sie.

Stirnrunzelnd beugte er sich näher zu ihr. „Die Dateien sind nichts wert", murmelte sie so leise, dass er sie kaum verstehen konnte.

Sein Arm schloss sich fester um ihre Schulter. Wenn das tatsächlich stimmte, dann war es ihm im Moment ziemlich egal. Sein Gesicht war nur wenige Millimeter von ihrem entfernt, als er sie fragte: „Hat er dich angefasst?" Es gelang ihm nicht, seinen Zorn zu unterdrücken. Seine Stimme klang gepresst, und seine Muskeln waren angespannt.

Sie stand auf und sah ihm direkt in die Augen. Dann schüttelte sie den Kopf.

Gott sei Dank! Logan stieß einen Seufzer der Erleichterung aus. Noch nie war er über eine Antwort so froh gewesen. Er hätte es nicht ertragen, wenn Esteban sie berührt hätte. Jetzt erst wurde ihm klar, wie wichtig es ihm war, dass dieser Mann seine Finger von ihr ließ.

Er wollte nicht, dass Erin von irgendeinem anderen angefasst wurde. Nur von ihm.

Doch nicht einmal er hatte sie verdient, und er war auch ihres Vertrauens nicht würdig. Er berührte ihre Wange und streichelte mit dem Finger ihr Kinn. Sie zitterte immer noch. Seine Schuld war es gewesen, dass ihr so etwas passieren konnte.

Wenn sie erst einmal die ganze Wahrheit erfuhr, würde sie ihm niemals verzeihen.

Den ganzen Samstagabend und Sonntagvormittag ging Logan Esteban aus dem Weg. Er befürchtete, sich nicht beherrschen zu können – vor allem, nachdem er die ganze Nacht damit verbracht hatte, Erin zu beruhigen. Er hatte sie festgehalten, obwohl er viel lieber etwas anderes mit ihrem Körper angestellt hätte. Aber sein Verstand sagte ihm, dass sie jetzt vor allem Trost brauchte.

Er warf das Tuch beiseite, mit dem er seine Pistole gereinigt hatte. Um nicht zu lange mit Erin allein zu sein, war er in die Waffenkammer gegangen. Er brauchte Abstand von ihr, um einen klaren Kopf zu bekommen.

Die Tür quietschte in den Angeln.

Logans Kopf fuhr hoch, und die Waffe in seiner Hand zielte in die Richtung, aus der das Geräusch gekommen war.

Cortez stand in der Tür.

„Esteban wünscht Sie in seinem Büro zu sprechen."

Logan steckte die Waffe in den Hosenbund seiner Jeans. „Und Estebans Wunsch ist uns Befehl, stimmt's?", fragte er sarkastisch.

Cortez' selbstgefälliger Gesichtsausdruck war Antwort genug. Logan spürte, wie die Wut in ihm wuchs. Wie sehr freute er sich auf den Tag, an dem er diesen Kerlen endlich das Handwerk legen konnte!

Esteban erwartete ihn in seinem Büro. In seiner Hand hielt er eine brennende Zigarre. „Logan, mein Freund, möchten Sie rauchen?", begrüßte er ihn.

„Nein danke."

„Wie Sie wollen." Esteban setzte sich auf die Schreibtischkante. „Bitte, nehmen Sie doch Platz."

„Ich bleibe lieber stehen." Am ärgerlichen Funkeln in Estebans Augen merkte Logan, dass er zu weit gegangen war, aber es war ihm egal. Im Gegenteil, er genoss seine Aufsässigkeit geradezu.

Esteban zog lange an seiner Zigarre und blies den Rauch aus. „Ich habe Sie beobachtet, Logan", sagte er schließlich. „Bei Ihrem ersten Einsatz haben Sie mich sehr beeindruckt. Aber in der vergangenen Woche ist mir klar geworden, über welches Organisationstalent Sie verfügen und wie sehr Sie sich unter Kontrolle haben."

Logan zuckte beiläufig mit den Schultern. „Ich nehme meine Arbeit eben ernst."

„Das kann man wohl sagen." Wieder zog er ausgiebig an seiner Zigarre. „Ich brauche mehr Leute von Ihrer Sorte. Man muss Ihnen nicht lange erklären, was Sie zu tun haben. Sie gehören zu den Männern, die eine Sache in die Hand nehmen und selbst die richtigen Entscheidungen treffen. Diese Sorte findet man nicht sehr oft in diesem Geschäft."

Logan verschränkte die Arme vor der Brust. „Beabsichtigen Sie mit dieser Unterhaltung etwas Bestimmtes?"

Esteban lächelte. „Sie sind böse auf mich." Er machte eine abwehrende Geste. „Sie sollten sich keine Sorgen machen." Sein Blick wurde stechend. „Ich habe einiges mit Ihnen vor, Logan. Und zwar Großes."

Diese Aussage konnte alles bedeuten: Beförderung ebenso wie ein ruhiger Platz, der einen Meter tief unter der Erde lag. „Das höre ich gerne", meinte er schließlich. Er musste aufpassen, dass er nicht zu provozierend wirkte.

Esteban drückte die Zigarre aus und legte sie in dem großen Kristallaschenbecher ab. „Heute Abend werde ich Sie mit vielen einflussreichen Männern bekannt machen, die auf anderen Geschäftsfeldern für mich tätig sind."

Drogenbarone, ergänzte Logan in Gedanken.

„Und am Montag werden Sie die Verantwortung bei einer wichtigen Transaktion übernehmen. Wenn Sie Ihre Arbeit ordentlich machen, werden Sie sehen, wie großzügig ich sein kann." Er erhob sich und musterte Logan warnend. „Wenn Sie mich allerdings enttäuschen sollten, werden Sie feststellen müssen, dass ich auch bei Maßregelungen äußerst großzügig bin."

Logan bemühte sich um einen verbindlichen Tonfall. „Das klingt fair."

Esteban reichte ihm die Hand. „Dann lassen Sie uns dieses Geschäft mit einem Handschlag besiegeln."

Logan ergriff die dargebotene Hand. Über die Bedeutung dieser Geste war er sich durchaus im Klaren: Er hatte Estebans unbeschränktes Vertrauen gewonnen.

Jetzt konnte Logan nichts mehr aufhalten.

Endlich war er seinem Ziel ganz nahe gekommen.

Erin schlüpfte in die hochhackigen Schuhe, die Logan ihr eigens passend für das kleine Schwarze gekauft hatte. *Klein* traf es wirklich sehr gut. Das Kleid schmiegte sich an sie wie eine zweite Haut und ließ der Fantasie nur wenig Raum. Sie hatte dieses Modell ganz bewusst ausgewählt – aber erst nachdem sie seinen Gesichtsausdruck gesehen hatte, als sie es anprobierte.

Prüfend betrachtete sie ihr Spiegelbild, während sie ihr Haar hochsteckte. Es sah nicht gerade sehr elegant aus, aber etwas Besseres fiel ihr nicht ein. Erin trat einen Schritt zurück und musterte kritisch, was sie sah. Gut genug, entschied sie, um einen Abend mit dem prominentesten Abschaum von Kolumbien zu verbringen.

Als sie einen anerkennenden Pfiff hörte, drehte sie sich zur Tür um. Logan machte kein Hehl aus seiner Bewunderung. „Ich bin mir nicht sicher, ob es vernünftig ist, dich in dieser Aufmachung in die Öffentlichkeit zu lassen."

Erin errötete. Wieso war er so beeindruckt von dem, was er sah – wo er doch schon viel mehr von ihr gesehen hatte? Ihr wurde wieder schwindlig, als sie daran dachte, wie er sie in der vergangenen Nacht im Arm gehalten und getröstet hatte. Er hatte nachempfinden können, wie schmutzig sie sich fühlte. Warum sonst hätte er ihr ein heißes Bad einlassen und ihr in die Wanne helfen sollen? Sie fragte sich, wie oft er in seinem Job schon Dinge hatte tun müssen, die er verabscheut hatte. Wahrscheinlich zu viele.

„Du siehst aber auch nicht übel aus, Lover", neckte sie ihn. Doch es stimmte. In seinem Anzug wirkte er umwerfend. Schwarze Hose, schwarzes Jackett, ein weißes Hemd mit offenem Kragen. Fantastisch. Und wahnsinnig sexy.

Logan bot ihr seinen Arm. „Wollen wir?"

Erin hakte sich bei ihm ein und holte einmal tief Luft.

Das weiche Licht des Vollmonds tauchte den Park in ein märchenhaftes Licht, als sie durch die kühle Nachtluft zum Herrenhaus gingen. In Logans Gegenwart fühlte sie sich absolut sicher. Nach den Ereignissen der vergangenen Nacht hätte sie ihm sogar ihr Herz anvertraut. Ihr Mund verzog sich zu einem traurigen Lächeln, als ihr bewusst wurde, was das für ein Gefühlschaos bewirken würde.

Sie hatte sich in diesen Mann verliebt.

Bei diesem Gedanken wurde sie melancholisch. Es war das Schlimmste, was ihr passieren konnte, und dennoch hätte sie um nichts in der Welt darauf verzichten mögen, ihn so kennengelernt zu haben. Sie musste sich allerdings mit der Tatsache abfinden, dass diese Beziehung überhaupt keine Zukunft hatte. Es gab nur das Hier und Jetzt ... und selbst das war nur eine Illusion.

Die Party war bereits in vollem Gange, als sie eintrafen. Hinter der Empfangshalle, hinter dem Speisezimmer und der daran anschließenden Küche befand sich ein riesiger Saal für Gesellschaften, der sich über die gesamte Längsseite des Hauses erstreckte. Durch zahlreiche Balkontüren konnte man von hier aus auf die geräumige Terrasse treten.

Als Erin ihren Blick wandern ließ, stellte sie fest, dass die Tische dort aufgestellt waren, wo Sheila am liebsten ihre Zeit verbrachte. Apropos Sheila ... Erin schaute über die Menge hinweg, bis sie sie entdeckt hatte. Sie trug ein dunkelblaues Kleid, das noch kürzer und enger als das von Erin war, und sie war umzingelt von einer Schar Bewunderer.

Esteban hatte Logan sofort zu einer Gruppe von älteren Männern geführt. Das müssen die Drogenbarone aus der Umgebung sein, überlegte sie. Logan hatte ihr am Nachmittag von seiner Unterredung mit Esteban und seinen Versprechungen berichtet. An diesem Abend geschah es zum ersten Mal seit ihrer Ankunft, dass sie und Logan gemeinsam auftraten. Ob es etwas zu bedeuten hatte, dass Logan plötzlich so viel Zeit mit ihr zusammen verbringen wollte? Bestimmt nicht, redete sie sich ein. Ihr gemeinsames Auftreten war für ihn vermutlich die einzig sichere Methode, auf unverdächtige Weise an so viele Informationen wie möglich zu gelangen.

Logan hatte ihr erklärt, dass Estebans neues Angebot äußerst vorteilhaft für sie war. Falls die Diskette nämlich keine brauchbaren Informationen enthielt, hätte Logan auf andere Weise Gelegenheit, an die benötigten Dateien zu gelangen. Erin war sich allerdings nicht sicher, wie lange sie noch in der Lage war, die Tarnung aufrechtzuerhalten. Wenn Esteban wieder Annäherungsversuche machen sollte ...

Das würde sie nicht überleben. Sie hatte es Logan bereits gesagt. Er war verständnisvoll gewesen und hatte ihr versprochen, sofort einzugreifen, was sie einigermaßen überraschte. Die Vorstellung, dass er für sie seine Tarnung aufs Spiel setzen würde, hatte sie zutiefst berührt. Sie griff nach einem Glas Champagner, als ein Kellner mit einem Tablett an ihr vorbeiging. Vielleicht hegte Logan ihr gegenüber doch intensivere Gefühle.

Mach dir nichts vor, Erin! befahl sie sich. Es gehörte zu seinem Job, sie zu beschützen. Vermutlich war es reines Wunschdenken, wenn sie glaubte, dass sich seine Gefühle ihr gegenüber verändert haben könnten.

Gerade als Erin sich fragte, wo Maria wohl stecken mochte und ob sie es nicht bedauern würde, diese Party zu verpassen, tauchte sie plötzlich auf. In ihrem weißen Kleid, das ganz schlicht und doch äußerst raffiniert geschnitten war, wirkte sie wie eine Königin. Sämtliche Geschäftspartner von Esteban drehten sich nach ihr um, als sie zur Tür hereinkam. Erin ließ ihn nicht aus den Augen, denn sie wollte sehen, wie er darauf reagierte: Es gefiel ihm überhaupt nicht. Esteban schaute verärgert in die Runde, die sich um ihn geschart hatte. Dann sagte er etwas, und sofort richteten sich alle Augen wieder auf ihn.

Erin nahm einen Schluck von ihrem Champagner, stellte das Glas ab und bahnte sich einen Weg durch die Menge zu Maria. Sie begrüßte gerade einige Gäste, und als sie damit fertig war, richtete Erin das Wort an sie.

„Maria, ich bin so froh, dass Sie zurück sind", sagte Erin aufrichtig. „Ich hatte schon befürchtet, dass Sie die Party versäumen würden."

Eine Sekunde lang wirkte Maria verwirrt, dann lächelte sie. „Ich verpasse nie die Gesellschaften meines Bruders. Wann erlebt man dieses Haus denn sonst so voller Fröhlichkeit?"

Erin empfand eine tiefe Sympathie für die Frau. Unter dem strengen Regiment ihres Bruders hatte sie offenbar keinerlei Freiheiten – abgesehen von ihren Blumen.

„War Ihr Ausflug erfolgreich? Haben Sie ein paar neue Pflanzensorten entdeckt?"

Maria tätschelte liebevoll Erins Arm. „Ja. Ich fürchte nur, die Namen sagen Ihnen gar nichts. Es wird noch ein paar Wochen dauern, ehe sich ihre volle Schönheit zeigt."

„Ich freue mich schon darauf", erwiderte Erin. Wieder meinte sie es ehrlich. „Ihr Garten ist das Schönste auf diesem Anwesen."

Maria lächelte, und ihre Wangen röteten sich leicht. Sie war der bescheidenste Mensch, den Erin je getroffen hatte. Wie kam es bloß, dass sie in dieser Umgebung so genügsam geblieben war? Ob sie überhaupt wusste, welcher Art von Geschäften ihr Bruder nachging? Erin bezweifelte es.

Andererseits war sie auch dabei gewesen, als Esteban Erin aufgefordert hatte, diesen Wachposten zu erschießen. Vielleicht gehörte das ja zum allgegenwärtigen Männlichkeitswahn, der in Kolumbien gang und gäbe war. Möglicherweise war das der Grund, warum Maria sich nicht gegen diese demütigende Lebensweise auflehnte. Erin dachte an die Straßenkinder und ihre Mütter, die man sitzen gelassen hatte und die sich nun allein um den Nachwuchs kümmern mussten. In Marias Augen war Estebans hartes Regiment sicher das kleinere Übel.

„Mischen wir uns unter die anderen Gäste", schlug Maria vor. „Wie Sie sehen, hat mein Bruder sehr viele Freunde."

Wollte sie damit andeuten, dass es nicht ihre Freunde waren? Erin fiel es schwer, nicht jedes Wort von Maria auf die Goldwaage zu legen. Es wollte ihr einfach nicht in den Kopf, dass eine offenbar so intelligente Frau sich mit ihrer niederen Stellung zufrieden gab. Erin hatte zwar auch unter ihrem Exverlobten gelitten, aber sie konnte sich nicht vorstellen, dass sie jemals auf die Gleichberechtigung verzichten würde, die ihr die amerikanische Verfassung garantierte. Maria war doch bestimmt schon dort gewesen und hatte gesehen, was ihr entging.

„Wo haben Sie denn Ihre neuen Blumen gefunden?", wollte Erin wissen, ehe sie über ihre Frage nachgedacht hatte. Fast wäre sie vor Scham rot geworden. Die Frau musste sie ja für furchtbar neugierig halten. Oder glauben – was noch schlimmer war –, dass sie sie ausspionieren wollte. „Es tut mir leid, ich wollte nicht indiskret sein", fügte sie rasch hinzu.

Wieder lächelte Maria. „Seien Sie nicht albern. Es ist doch kein Geheimnis, dass ich häufig unterwegs bin. Manchmal reise ich sogar nach Europa." Sie seufzte wehmütig. „Das sind die einzigen Gelegenheiten, bei denen ich mich wirklich richtig unbeschwert fühle. Dann kann ich mich nämlich rund um die Uhr meinem geliebten Hobby widmen."

Unvermittelt wurde ihre Miene abweisend, als hätte sie mehr gesagt, als sie preisgeben wollte. „Ich bin eine miserable Gastgeberin", fuhr sie fort. „Wir sollten lieber über Sie sprechen und nicht über mein langweiliges Leben."

Sofort war Erin auf der Hut. „Ach, da gibt es nicht viel zu erzählen."

Maria winkte einem Kellner. „Seien Sie nicht so bescheiden. Ich möchte wirklich mehr über Sie erfahren." Sie nahm einen Sektkelch von dem Tablett, das der Kellner ihr hinhielt. „*Gracias.*" Der Mann nickte und ging weiter.

„Haben Sie studiert?", bohrte Maria weiter, während sie einen Schluck von dem exquisiten Champagner nahm.

Erin lächelte unsicher, während sie sich krampfhaft an die Biografie zu erinnern versuchte, die man für sie erfunden hatte. Welche Universität gab es in Austin? Sie hatte keine Ahnung. Verdammt. „Ich habe an einer staatlichen Universität studiert", improvisierte sie. „Aber dann habe ich mich verlobt und das Studium abgebrochen."

„Aha." Maria nickte verständnisvoll. „Da haben Sie also Logan kennengelernt."

Sie und Logan sollten seit drei Jahren zusammen sein. Wie alt war sie noch gleich? „Eigentlich gab es einen anderen vor ihm", sagte sie ausweichend. Sie nahm einen Schluck Champagner und versuchte, sich ihre Nervosität nicht anmerken zu lassen. Plötzlich hatte sie ein Problem damit, eine so nette Person wie Maria anzulügen. „Er war ein absoluter Mistkerl, und …" Sie stieß einen tiefen Seufzer aus. „Nun, er hat mir das Herz gebrochen." Sie musste sich zusammenreißen, damit ihr bei der Erinnerung daran nicht die Tränen in die Augen stiegen. Verflixt! Darüber sollte sie doch nun wirklich hinweg sein. Es war weniger der Gedanke an Jeff, der ihr zu schaffen machte, als vielmehr ihre Naivität, die ihr zum Verhängnis geworden war. Wie hatte sie nur so blind sein können?

Bedächtig schüttelte Maria den Kopf. „Männer. Sie können so gemein sein." Sie schaute zu ihrem Bruder hinüber. „Richtige Schweine."

Die Heftigkeit ihrer Äußerung überraschte Erin. „Manche Kerle sind wirklich mies", pflichtete sie ihr bei.

„Die meisten", verbesserte Maria sie. „Passen Sie gut auf sich auf, Sara."

Erin hatte sich noch immer nicht an diesen Namen gewöhnt. Schließlich sprach sie kaum jemand so an.

„Man kann keinem von ihnen trauen", bekräftigte Maria. „Vielleicht ist Ihr Ehemann ja anders." Aufmerksam musterte sie Logan. „Es ist schwer zu sagen."

„Er ist wirklich etwas Besonderes", hörte Erin sich sagen. Plötzlich verschwanden alle Zweifel, die sie an ihm hegte. Es stimmte, was sie sagte. „Er passt gut auf mich auf."

Maria sah ihr in die Augen. „Trotzdem müssen Sie achtgeben. Man kann sich nämlich bei keinem Mann sicher sein, dass er eine Frau nicht ausnutzt."

„Ich werde achtgeben", versprach Erin.

Maria wandte sich einem Gast zu, der auf sie zukam. Sofort war sie wieder die pflichtbewusste Schwester und souveräne Gastgeberin. Was hatten Esteban oder seine Freunde ihr Entsetzliches angetan? Erin verspürte plötzlich den unwiderstehlichen Wunsch, Maria von hier fortzubringen. Vielleicht konnten Logans Arbeitgeber sie im Zeugenschutzprogramm unterbringen – oder wie immer das heißen mochte. Diese Frau war eine Gefangene. Vermutlich ließ Esteban sie auf Schritt und Tritt von zwei bewaffneten Wachposten begleiten, damit sie nur ja nicht mit den falschen Leuten sprach.

Das war schon ziemlich deprimierend. Erin fragte sich, was aus Maria werden sollte, wenn Logan ihren Bruder zur Strecke gebracht hatte. Würde sie dann mittellos sein und auf der Straße leben müssen? Der Gedanke verursachte Erin Kummer. Sie musste irgendwie dafür sorgen, dass das nicht geschah.

Erin überlegte, ob sie Maria warnen sollte, damit sie rechtzeitig verschwinden konnte. Der Gedanke ging ihr nicht aus dem Kopf. Sie durfte der Frau allerdings nur helfen, wenn Logans Leben dabei nicht gefährdet wurde. Immerhin war Esteban Marias Bruder. Maria und Erin waren unter vollkommen unterschiedlichen Bedingungen aufgewachsen. Vielleicht sah sie das alles gar nicht so wie Erin, wenn es um das Schicksal ihres Bruders ging.

Aber Erin blieb ja noch Zeit, um eine Entscheidung zu treffen. Zeit, um herauszufinden, ob diese Frau wirklich gerettet werden musste – oder ob sie überhaupt gerettet werden wollte. Die Heftigkeit, mit der sie über Männer gesprochen hatte, klang in Erins Ohren nach. Sie hatte das untrügliche Gefühl, dass Maria keine allzu große Zuneigung ihrem Bruder gegenüber empfand.

11. KAPITEL

Esteban hielt die Besprechung im Morgengrauen ab. Larry Watters war ganz und gar nicht glücklich darüber, dass Logan die Verantwortung übernehmen sollte, aber er hütete sich, zu protestieren. Alles geschah immer genauso, wie Esteban es wollte.

Das Flugzeug, mit dem die Watters, Logan und Erin zum Einsatzort flogen, war das gleiche, das Mission Recovery benutzte. Ein Learjet für Geschäftsleute. Luxuriös ausgestattet und sehr schnell. Der Traum eines jeden Waffenhändlers oder Drogendealers. Kurz vor Los Angeles, in der Nähe von Canoga Park, landete die Maschine auf einem abgelegenen Flugfeld. Es gehörte einem Syndikat, das für Esteban Geld wusch.

Jeder von ihnen trug einen Stahlkoffer in der Hand, als sie aus der Maschine stiegen. Eine schwarze Stretchlimousine wartete bereits auf sie. Logan schaute auf seine Armbanduhr. „In zwei Stunden sind wir wieder hier. Sorgen Sie dafür, dass die Maschine vollgetankt und abflugbereit ist", befahl er Hector Caldarone, der ihr Pilot war.

Die Koffer, in denen sich eine große Menge von jenem Pulver befand, mit dem Esteban seine Geschäfte machte, verschwanden umgehend im Kofferraum der Limousine. Dann bestiegen die vier das Luxusgefährt.

Logan beugte sich nach vorn zum Fahrer und fragte ihn: „Kennen Sie die Adresse?"

„Jawohl, Sir. Wir werden in ungefähr siebzehn Minuten dort sein."
Logan nickte. „Ausgezeichnet."

Niemand sagte ein Wort, während der Wagen sich seinen Weg durch den dichten Verkehr bahnte und sie ihrem Ziel immer näher brachte. Dieser Einsatz war Logans einzige Chance, die Diskette mit Estebans Computerdateien Lucas zukommen zu lassen. Doch Larry ließ ihn keine Sekunde lang aus den Augen, denn er hoffte inständig, dass er einen Fehler machen würde. Logan wollte unbedingt erfahren, ob die Informationen auf der Diskette von Wert für sie waren. Möglicherweise war sie ja codiert. Erin hatte es in der kurzen Zeit, die ihr zur Verfügung gestanden hatte, nicht herausfinden können. Vielleicht waren die Informationen ja wirklich nichts wert, wie sie behauptete. Hoffentlich irrte sie sich.

Als sie an einem Fast-Food-Restaurant vorbeifuhren, klopfte Logan auf die Glasscheibe, die sie vom Chauffeur trennte. Die Scheibe verschwand in der Versenkung, und er sagte: „Fahren Sie doch bitte zu dem Drive-in-Restaurant da rechts. Ich habe einen Bärenhunger. Wie ist es mit dir, Baby?"

Erin lächelte. „Mir geht es genauso."

„Wir können nachher essen", protestierte Larry. „Wir wollen doch nicht zu spät zu unserer Verabredung kommen."

„Verspäten wir uns, wenn wir diesen kleinen Umweg machen?", fragte Logan den Fahrer.

„Nein, Sir."

„Gut."

Wütend mussten Larry und Sheila mit ansehen, wie Logan den Chauffeur anwies, zwei Hamburger und zwei Colas zu bestellen. Und um die ganze Sache noch schlimmer zu machen, aßen Erin und er mit hörbarem Vergnügen.

Logan konnte sich ein Grinsen nicht verkneifen, als er Larrys finsteren Blick sah. Der Kerl musste noch eine Menge lernen, wenn er es in seinem Job zu etwas bringen wollte.

In diesem Geschäft war das einzig Beständige der Wandel. Die meisten Mitwirkenden lebten allerdings nicht lange genug, um das zu begreifen.

Als sie am vereinbarten Treffpunkt ankamen, stieg Logan zuerst aus und schaute sich prüfend um. Nachdem er sich vergewissert hatte, dass die Luft rein war, warf er achtlos die Tüte zu Boden, in der sein Hamburger gewesen war und in der nun die Diskette lag. Wenige Meter vor dem Gebäude blieb sie liegen.

Der Fahrer hatte zwischen zwei großen Lagerhäusern geparkt. Der Ort entsprach exakt Estebans Beschreibung – er lag ziemlich einsam und ruhig. Falls Estebans Informationen stimmten, standen beide Häuser zurzeit leer und warteten auf neue Mieter. Erneut wurde Logan schmerzlich bewusst, dass er immer noch nicht herausgefunden hatte, wer Estebans Informant war. Der Mann leistete wirklich ausgezeichnete Arbeit.

Während Larry und die beiden Frauen die Koffer ausluden, unterhielt Logan sich mit dem Fahrer.

„Steigen Sie aus", befahl er.

Der Mann zögerte.

„Machen Sie schon." Logan musterte ihn mit einem Blick, der keinen Widerspruch duldete.

Umständlich stieg der Fahrer aus. Vor lauter Angst bewegte er sich ziemlich unbeholfen. „Wenn irgendetwas nicht in Ordnung sein sollte, Sir ..."

„Es ist alles in Ordnung. Zeigen Sie mir bitte Ihre Brieftasche."
Der Chauffeur sah ihn verdutzt an.

Logan nickte zur Bekräftigung seiner Worte und streckte die Hand aus. Sekunden später hielt er die Brieftasche in der Hand. Er öffnete sie und studierte den Führerschein. „Danny Marsh." Er warf dem Fahrer einen Blick zu. „Wohnen Sie immer noch 103, Oakley Lane?"

Marsh nickte. Seine Augen waren weit aufgerissen.

Logan schaute die Fotos an, bis er auf ein Bild stieß, das Danny, eine Frau und zwei Kinder zeigte. „Sind das Ihre Frau und Ihre Kinder?"

Wieder nickte er.

„Eine nette Familie." Logan gab ihm die Brieftasche zurück. „Hören Sie zu, Danny. Wir haben hier sehr wichtige Geschäfte zu erledigen. Manchmal laufen die Dinge allerdings nicht so, wie wir sie geplant haben, und dann wird es etwas hektisch."

„Machen Sie sich keine Sorgen, Sir. Ich höre und sehe nie etwas." Er schüttelte den Kopf. „Niemals."

„Das ist gut." Logan trat näher. „Ich möchte nämlich nicht zurückkommen und diesen Platz leer vorfinden. Verstehen Sie, was ich meine?"

Danny nickte heftig.

„Gut. Also egal, was Sie sehen oder hören, Sie rühren sich nicht vom Fleck. Okay?"

Wieder ein energisches Nicken.

Logan sah ihn durchdringend an. „Vergessen Sie nicht, Danny: Ich weiß, wo Sie wohnen. Also lassen Sie mich besser nicht im Stich."

„Nein, Sir." Er wischte sich mit dem Handrücken über die schweißnasse Stirn. „Das würde mir nicht im Traum einfallen."

„Das ist sehr vernünftig." Logan klopfte ihm auf den Rücken und ging zurück zu den anderen, die neben dem Kofferraum der Limousine warteten.

„Glauben Sie, dass es Schwierigkeiten gibt?", wollte Larry wissen.

„Ich gehe niemals ein Risiko ein, alter Freund", antwortete Logan und nahm Erin den Aktenkoffer aus der Hand. „Niemals."

Das Lagerhaus, das sie betraten, war leer geräumt bis auf einen langen Tisch. Genauso, wie Esteban es ihnen gesagt hatte. Sie legten die Aktenkoffer nebeneinander auf den Tisch und öffneten die Deckel. Ihr

Kontaktmann musste jeden Moment eintreffen, und das Geschäft sollte rasch über die Bühne gehen.

„Baby, du und Sheila, ihr behaltet den Eingang im Auge", befahl Logan. „Larry und ich werden uns darum kümmern, dass hier alles in Ordnung geht."

Das Lagerhaus war ein lang gestrecktes Gebäude mit Rolltoren an den Kopfseiten und umlaufenden Gängen in luftiger Höhe.

Als Erin und Sheila auf ihren Plätzen standen, ging Logan zurück zum Tisch, wo Larry wartete.

„Mir gefällt das überhaupt nicht, ehrlich", sagte Larry missmutig.

Wenn das keine Überraschung war! „Das sehe ich." Logan versuchte, die Stimmung seines Gegenübers in seinem Gesichtsausdruck abzulesen. „Aber Sie werden damit leben müssen."

Die Spannung zwischen ihnen war geradezu mit den Händen zu greifen. Nach einiger Zeit antwortete Larry: „Vermutlich. Jedenfalls bis Sie Mist bauen und Esteban erkennt, was für einen Fehler er gemacht hat."

Logan legte den Kopf schräg. „Nur zu. Erzählen Sie mir, was Ihnen auf dem Herzen liegt."

Erin verfolgte den Wortwechsel zwischen Watters und Logan mit wachsendem Unbehagen. Sie wusste, dass man Sheila nicht vertrauen durfte, und sie bezweifelte, dass man sich auf Larry verlassen konnte. Bestimmt hatte Logan ihr deshalb diese Position zugewiesen – damit sie ihm Rückendeckung geben konnte.

Das Knirschen des Rolltores vom anderen Ende des Lagerhauses riss Erin aus ihren Überlegungen. Nach und nach wurde der vordere Teil einer zweiten schwarzen Limousine sichtbar, die genauso aussah wie die, mit der sie hierhergekommen waren.

„Das wird aber auch Zeit", murmelte Sheila.

„Kennen Sie diese Kerle?"

Sie sah Erin an, als sei sie zu begriffsstutzig, um ein einfaches Ja oder Nein zu verstehen. „Für wie blöd hältst du mich? Natürlich kenne ich die. Im Gegensatz zu dir arbeiten wir ja schon eine ganze Weile in diesem Geschäft."

Erin nickte verständnisvoll. „Und was haben Sie vorher gemacht? Waren Sie Kosmetikberaterin?" Sheilas Frisur leuchtete heute in einem anderen Rot. Allein in der vergangenen Woche hatte sie drei Mal die Haarfarbe gewechselt.

Sie grinste höhnisch. „Sehr witzig. Ich hab mal ein Mädchen gekannt, das genauso komisch war wie du." Sie zog ihre Pistole und strich sich mit dem Lauf über die Wange. „Ich musste sie umbringen. Sie ist mir nämlich fürchterlich auf den Wecker gegangen."

Die Limousine rollte durch die Halle und blieb neben Logan und Watters stehen. Drei Männer stiegen aus. Sie trugen dunkle Anzüge und Sonnenbrillen. An ihre eigene hatte Erin mal wieder nicht gedacht. Logan und die Watters' verließen das Haus niemals ohne ihre Designerbrillen. Sie hatte sich eben noch nicht an die Gepflogenheiten gewöhnt. Jetzt arbeitete sie schon eine ganze Woche in diesem Job, und noch immer achtete sie nicht auf die standesgemäßen Accessoires.

Die drei Männer versammelten sich um den Tisch, auf den Logan die Ware zur Begutachtung platziert hatte. Sie prüften die Päckchen und öffneten eines, um die Reinheit des Stoffes zu testen. Genau wie im Film, dachte Erin. Nur dass sie es diesmal nicht nur von einem Kinositz aus beobachten konnte, sondern persönlich an der Transaktion beteiligt war.

Eine Gänsehaut lief ihr über den Rücken. Wie oft würden sie das noch tun müssen, bis dieser Albtraum endlich vorbei war? Sie dachte daran, wie sie in der vergangenen Nacht neben Logan im Bett gelegen hatte. Lange hatte sie keinen Schlaf gefunden. Die Sekunden hatten sich zu endlosen Minuten gedehnt, und mit jeder wuchs ihr Verlangen. Sie verzehrte sich geradezu nach ihm. Er hatte sie auch begehrt; sie hatte es gespürt. Aber er hatte sich zurückgehalten. Er würde die unsichtbare Grenze nur dann überschreiten, wenn es zum Vorteil für ihren Auftrag war.

Als sie Logans Stimme aus dem allgemeinen Murmeln heraushörte, wäre sie am liebsten sofort zu ihm hingegangen und hätte sich an ihm festgehalten. Der tiefe sonore Klang seiner Worte brachte etwas tief in ihrem Inneren zum Vibrieren. Sie wünschte sich nichts sehnlicher, als ihn unter anderen Voraussetzungen kennengelernt zu haben und mit ihm zusammen sein zu können.

Ein vergeblicher Wunsch. Dafür war er viel zu pflichtbewusst. Er gehörte nicht zu den Männern, die für eine Ehe geschaffen waren. Er war nicht einmal dazu geschaffen, sich zu verlieben.

Erin seufzte. Manchmal war das Leben ganz schön frustrierend. Gerade wenn sie glaubte, dass es nicht schlimmer werden könnte, versetzte es ihr einen neuen Schlag in die Magengrube.

Jetzt wurde die hintere Tür der Limousine geöffnet, und ein junger Latino stieg vom Rücksitz. Im Gegensatz zu den anderen trug er keinen dunklen Anzug, sondern eine schwarze Sporthose und ein weißes Hemd. Sofort schrillten bei Erin die Alarmglocken. Er schnüffelte und fuhr sich mit dem Handrücken über die Nase, als hätte er gerade eine Prise Kokain genommen.

Erin verdrehte die Augen. Wie sie diese Leute verabscheute!

Logan hatte ihr versichert, dass das Rauschgift konfisziert würde, noch ehe sie einen Block von diesem Lagerhaus entfernt waren. Sie wollte auf keinen Fall dafür verantwortlich sein, dass auch nur ein Gramm davon auf der Straße verkauft wurde.

Der Mann, der gerade aus dem Wagen gestiegen war, ging zu den anderen hinüber. Als er einen flüchtigen Blick auf Erin warf, blieb er wie angewurzelt stehen. Mit großen Augen starrte er sie an. Das kann ich jetzt gut gebrauchen, dachte Erin sarkastisch. Ein blöder Junkie, der so aussah, als würde er gleich mit ihr zu flirten beginnen.

Als der hagere Mann näher kam, veränderte sich seine Miene unvermittelt. Er schaute sie an, als ob er sie kennen würde. Erin wäre am liebsten auf der Stelle weggerannt. Er hob die Hand und zeigte vorwurfsvoll mit dem Finger auf sie.

„Du bist doch tot", murmelte er. „Ich habe dich umgebracht."

Erin erstarrte. Wovon zum Teufel redete er?

„Wer ist dieser Idiot?", wollte Sheila wissen.

Er schüttelte ungläubig den Kopf. „Du bist tot!", schrie er und fuchtelte mit seinem Finger vor Erins Gesicht herum. „Ich habe dich erschossen!"

Ehe Erin etwas sagen konnte, hatte er seine Pistole gezogen und hielt sie ihr vors Gesicht. „Na gut. Ist mir doch egal, wie oft ich dich abknallen muss …"

Er konnte seinen Satz nicht zu Ende bringen. Plötzlich hatte er ein kleines rundes Loch mitten auf der Stirn. Er schwankte und stolperte in Erins Arme. Sie schrie auf. Das Herz pochte ihr bis zum Hals.

Und dann brach die Hölle los. Pistolenschüsse knallten durch die Halle. Erin ließ sich auf den Zementboden fallen und benutzte die Leiche des jungen Mannes als Deckung. Die Wände des Lagerhauses hallten wider von den Schüssen. Flüche wurden ausgestoßen, Befehle geschrien. Zitternd drängte sie sich an den toten Körper heran. Vor lauter Angst war sie starr. Sie hätte zu gerne gewusst, was mit Logan geschehen war, aber sie wagte nicht, den Kopf zu heben. Was sollte sie bloß tun? Während ihrer kurzen Ausbildung hatten sie eine solche Situation nicht durchgespielt.

Doch sie konnte nicht einfach untätig liegen bleiben. Sie musste wissen, was vor sich ging … und helfen. Irgendetwas musste sie tun!

Nur zwei Männer standen noch aufrecht, als sie aus ihrer provisorischen Deckung herauslugte: Logan und ein Neuankömmling, der ebenfalls ganz in Schwarz gekleidet war und dazu noch eine Skimaske trug.

Sheila kreischte. Sie ließ ihre Pistole fallen und lief zu ihrem Mann. Neben seinem reglosen Körper fiel sie auf die Knie.

Erin rappelte sich auf. Krampfhaft hielt sie die Pistole in der Hand. Mit unsicheren Schritten trat sie von dem leblosen Körper zurück, der ihr als Deckung gedient hatte.

Logan kam auf sie zu. Der andere Mann zog seine Maske ab, und Erin erkannte ihn sofort wieder. Er hatte mit ihr am vergangenen Samstag in Medellín auf der Straße geflirtet. Anschließend war er ihnen ins Restaurant gefolgt. Logan hatte ihn ihren Schutzengel genannt. Obwohl er ganz und gar nicht wie ein Engel ausgesehen hatte – was er jetzt übrigens auch nicht tat.

„Ist alles in Ordnung?" Logan musterte sie besorgt von oben bis unten. Erleichtert stellte er fest, dass sie nicht verletzt war.

„Mir geht's gut." Sie machte eine abwehrende Handbewegung. „Kümmere dich lieber um Sheila."

Ein ohrenbetäubender Schrei durchschnitt die Luft. Sheila riss ihrem Mann die Waffe aus der leblosen Hand und richtete sie auf Logan.

„Das war deine Schuld", kreischte sie.

Die nächsten Sekunden erlebte Erin wie in Zeitlupe. Aus einer Pistole löste sich ein Schuss. Automatisch versuchte sie, Logan zur Seite zu stoßen. Die Kugel verfehlte ihn. Dann war es totenstill.

Sheila brach über der Leiche ihres Mannes zusammen. Das war Ferrellis Werk gewesen. Erin hatte nicht einmal den Schuss gehört, den er abgefeuert hatte. Wie durch einen Nebelschleier nahm sie wahr, dass er einen Schalldämpfer benutzte. Das also erklärte die Stille. Hatte Logan ihr nicht während des Trainings erklärt, dass es diese Vorrichtungen gab?

„Die Diskette ist in einer Fast-Food-Tüte. Ich habe sie neben den Wagen gelegt." Logan steckte seine Waffe in das Halfter. „Mehr Infos habe ich nicht."

Ferrelli ließ seinen Blick über die Toten wandern, die es auf beiden Seiten gegeben hatte. Der Fahrer des Wagens, der die Käufer hergebracht hatte, gehörte ebenfalls zu den Opfern. Er saß zusammengesunken über dem Lenkrad. „Ich verständige die Putzkolonne."

„Danke."

Logan legte seinen Arm um Erins Schulter. Sie zitterte am ganzen Körper. „Wir müssen zurück. Wir nehmen die Drogen und das Geld. Vielleicht wird es Esteban besänftigen, wenn er erfährt, dass wieder alles schiefgegangen ist."

Erin schaute auf den toten Mann, der behauptet hatte, sie schon einmal ermordet zu haben. „Wer war dieser Kerl?"

„Sein Name ist Sanchez." Logan starrte hasserfüllt auf seine Leiche. „Er hat Jess auf dem Gewissen."

Kein Wunder, dass er ausgesehen hatte, als sei ihm ein Geist begegnet. Erin schauderte. Er hatte sie für die wirkliche Jess gehalten. Für Logans ehemalige Partnerin.

„Danke", sagte sie schließlich zu Ferrelli, „dass Sie mir das Leben gerettet haben."

Ferrelli lächelte. Dabei blitzten kleine Funken in seinen Augen. Erin hatte das Gefühl, noch nie einem Mann mit attraktiveren Augen gegenübergestanden zu haben. Abgesehen von Logan natürlich. Sie legte den Arm um seine Hüfte.

„Ich bin froh, dass ich ihn umgelegt habe", sagte Ferrelli. „Das war ich dir und Jess schuldig." Er zwinkerte Erin übermütig zu. „Kann ich sonst noch etwas für euch tun, bevor ihr beiden verschwindet?"

„Sag Lucas nur, dass er sich die Diskette gründlich ansehen soll. Hoffentlich findet er brauchbare Infos. Hier wird's nämlich langsam ungemütlich", entgegnete Logan.

„Wird gemacht."

Erin war zu erschöpft, um sich an dem Gespräch zu beteiligen. Aber sie wusste bereits, dass sie nichts finden würden. Wo immer Esteban seine Dateien aufbewahrte – auf seinem PC waren sie jedenfalls nicht.

Der Fahrer ihrer Limousine hatte sich nicht vom Fleck gerührt. Er wartete auf sie, wie Logan es ihm befohlen hatte.

Ferrelli und Logan packten das Geld und das Rauschgift in den Kofferraum. Ferrelli hob die zerknüllte Hamburger-Tüte vom Boden auf, winkte ihnen zum Abschied kurz zu und verschwand im Schatten des schmalen Durchgangs zwischen den Lagerhallen.

Erschöpft sank Erin auf den Rücksitz der Limousine. Plötzlich waren ihre Knie ganz weich. Die Wirkung des Adrenalins, das vor Kurzem noch durch ihre Adern gepumpt worden war, ließ rapide nach. Sie zitterte am ganzen Körper. Danny musterte sie im Rückspiegel. Auch er sah ziemlich ängstlich aus.

„Sie brauchen nichts zu befürchten." Ihre Stimme klang ziemlich müde. „Wir gehören zu den Guten."

Er stieß einen Seufzer der Erleichterung aus und versuchte ein Lächeln. Aber es wirkte nicht sehr überzeugend.

Logan setzte sich neben Erin und schloss die Tür. „Fahren Sie los."

Die Limousine setzte sich in Bewegung. Erin schloss die Augen und lehnte den Kopf an die Nackenstütze. Wie um Himmels willen sollten sie Esteban das alles erklären?

Sie waren so gut wie tot.

„Mach dir keine Sorgen", sagte Logan leise. „Es kommt schon alles in Ordnung."

Sie öffnete die Augen und sah ihn an. Lange ließ sie ihren Blick auf ihm ruhen. Sie fragte sich, warum er so gelassen war. Wie konnte er ruhig zurückfliegen und Esteban vor vollendete Tatsachen stellen, ohne dass ihm allein bei der Vorstellung davon der kalte Schweiß ausbrach?

Erin schüttelte den Kopf. „Das glaube ich nicht. Das werden wir niemals hinbiegen können."

„Ich werde dafür sorgen." Mit einem Finger streichelte er sanft ihre Wange. „Du hast mein Wort darauf."

Erin konnte den Blick nicht von Logans dunklen Augen wenden. In ihnen sah sie ihr Spiegelbild. Sie erkannte eine Frau, die einen Mann liebte, den sie niemals würde haben können. Sie durfte nicht einmal von ihm träumen. Dabei wurde ihre Zeit allmählich knapp. In ein paar Stunden waren sie vielleicht schon tot. Es wäre besser, jede Minute, die ihnen noch blieb, auszukosten.

„Dein Wort reicht mir aber nicht aus." Sie zog sein Gesicht zu sich hinüber und küsste ihn hingebungsvoll auf den Mund.

Er war überrascht, und deshalb erwiderte er ihren Kuss nicht ganz so leidenschaftlich. Aber sie merkte, dass sein Begehren von Sekunde zu Sekunde intensiver wurde.

Jetzt gab es für sie kein Halten mehr. Hastig knöpfte sie sein Hemd auf und fuhr mit den Handflächen über seinen muskulösen Brustkorb. Sie wollte ihn überall berühren … die Wärme seiner Haut spüren, sich an ihm reiben.

„Wow", murmelte er und umklammerte ihre forschende Hand. „Wir sollten nichts überstürzen."

„Doch." Sie packte sein Hemd und zog es aus seinen Jeans. „Ich will nicht länger warten. Ich will nicht länger so tun, als wäre überhaupt nichts passiert."

Sie schlang die Arme um seinen Nacken und zog ihn wieder an sich. Ihre Lippen trafen sich. Das war der Moment, in dem auch er endlich nachgab. Er ließ seiner Leidenschaft freien Lauf, und das lange unterdrückte Verlangen machte ihn kühn und fordernd. Er bedeckte ihre Lippen, ihr Kinn und ihren Hals mit Küssen.

Dann richtete er sich wieder auf und klopfte mit der Handfläche gegen die halb geschlossene Trennscheibe.

„Ja, Sir?"

„Wir möchten ein bisschen ungestört sein. Und dafür brauchen wir mehr als siebzehn Minuten."

„Wie Sie wünschen, Sir."

Erin hätte schwören können, dass die Stimme des Fahrers amüsiert klang. Die Glasscheibe zwischen Fond und Fahrerabteil glitt nach oben. Jetzt waren sie zum ersten Mal seit mehr als einer Woche wirklich allein. Niemand belauschte oder beobachtete sie. Es gab nur sie beide und diese unbezähmbare Lust aufeinander, die mit jedem Moment stärker wurde.

Logan zog sie hoch, schob die Hände in den Bund ihres Rocks, und seine Finger verhedderten sich im Saum ihrer Bluse. Er streifte sie ihr über den Kopf und warf sie achtlos beiseite. Dann ließ er sich viel Zeit, um den wundervollen Anblick ihrer Brüste zu genießen, die sich unter dem seidigen Stoff ihres BHs abzeichneten. Als er sich mit der Zunge über die Lippen fuhr, wurde Erin ganz feucht und erbebte lustvoll. Sie konnte es kaum erwarten, dass er sie an ihrer empfindsamsten Stelle berührte.

Die Limousine glitt sanft und geräuschlos über den Asphalt. Fast so sanft wie Logans Hände, als er ihre Brüste aus dem einengenden Stoff befreite. Warm und weich streckten sie sich ihm entgegen, als wollten sie seine Aufmerksamkeit erregen – was nun wirklich nicht nötig war. Er kniete sich vor Erin hin, beugte sich vor und erkundete mit der Zunge jeden Millimeter der sanften Rundungen. Erin stöhnte leise und stützte sich mit den Händen auf dem Ledersitz ab.

Seine Bewegungen waren quälend langsam. Endlich schloss er die Lippen um die harte Knospe und sog so heftig daran, dass Erin sich vorneigte, um ihm entgegenzukommen. Fast hätte sie laut aufgeschrien.

Dann widmete er sich der anderen Brust. Auch dabei hatte er es nicht eilig, liebkoste die empfindliche Spitze ausgiebig. Erin wurde fast wahnsinnig vor Begehren. Unwillkürlich begann sie mit den Hüften zu kreisen, und ihr Becken bewegte sich vor und zurück in jenem uralten Rhythmus, der am schnellsten zu höchster Lust und herrlicher Entspannung führte.

Bald konnte sie sich nicht länger zurückhalten. Sie musste ihn berühren. Ihre Finger wühlten sich durch sein dichtes Haar. Sie zog ihn an sich, wollte seinen hungrigen Mund überall spüren. Ihre Hände fanden den Weg hinunter zwischen ihre Beine, und sie flehte ihn an, sie dort anzufassen. Sie brauchte keine Worte, um ihm das mitzuteilen. Ihre Gesten machten ihm unmissverständlich klar, was sie sich ersehnte.

Logan ließ die Hände unter ihren Rock gleiten und erkundete die samtig weichen Schenkel. Er steckte einen Finger in den Beinausschnitt ihres Höschens und zog den zarten Stoff hinab, über ihre Knie und ihre Waden, ehe er es achtlos auf den Boden des Wagens fallen ließ.

Sie war bereit, öffnete sich ihm, drängte sich seiner Hand entgegen. Sie wollte mehr von ihm spüren, viel mehr, und zwar sofort.

„Warte." Erin schob ihn fort von sich, fort von ihrer bebenden Brust, und machte sich an seiner Jeans zu schaffen. Sie schluchzte vor Lust und Verzweiflung, als es ihr nicht sofort gelang, den Reißverschluss zu öffnen. Er half ihr, indem er es selbst tat. Erin wurde der Mund trocken, als sie sah, wie erregt er war. Sie hatte ganz vergessen, dass er keine Boxershorts trug. In diesem Moment kam ihr seine Angewohnheit sehr entgegen. Sie schloss die Finger um ihn, samtweich und doch so hart – ein Versprechen ungeahnter Lust. Logan stöhnte auf. Erneut durchflutete sie ungezügeltes Verlangen. Sie wollte ihn in sich spüren. Und zwar sofort.

Sie zerrte seine Hose über die Hüften und drängte ihn auf die Sitzbank. Mit gespreizten Beinen setzte sie sich über ihn.

Logan umklammerte ihre Hüften. „Noch nicht", keuchte er. Diesen Moment, ihr ganz nahe und doch nicht in ihr zu sein, musste er so lange wie möglich auskosten.

Sie schüttelte den Kopf. „Ich will nicht mehr warten." Sie senkte ihren Schoß. „Bitte", flehte sie.

Sein Atem kam stoßweise. „Da sind ein paar Dinge …", er stöhnte, als sie sich lockend bewegte, „… ein paar Dinge, die du wissen musst."

Erin hatte jedoch nur eins im Sinn. Langsam ließ sie sich auf ihn hinabsinken, öffnete sich ihm. Logan widerstand nicht länger, sah fasziniert auf ihr erhitztes Gesicht. Ihr Mund war geöffnet, aber sie gab keinen Laut von sich.

Fast hätte sie vergessen zu atmen. Sie spannte ihre Muskeln, um ihn noch intensiver zu spüren. Auf dieses herrliche Gefühl hatte sie so lange verzichten müssen. Oder war es Logan, den sie vermisst hatte?

Unvermittelt legte sie ihm die Hände auf die Schultern und schaute ihm fest in die Augen. „Ich weiß alles, was ich wissen muss."

In diesem Moment änderte sich etwas in seinem Blick. Ein Verstehen lag in seinen Augen, und alle Zweifel schienen wie weggeflogen. Jetzt endlich ließ er sich nur noch von seinem Verlangen treiben. In seinem Gesichtsausdruck las sie hemmungslose Leidenschaft. Sachte bewegte sie sich auf und ab, gab ihn frei, hielt auf halbem Wege inne und schob sich ihm erneut entgegen.

Sie kamen in derselben Sekunde. Der Höhepunkt machte beide atemlos.

Die köstlichen Wellen waren kaum abgeebbt, da umfasste Logan ihre Pobacken, hob Erin hoch und setzte sie auf die Rückbank. Wieder glitt er in sie, bewegte sich kraftvoll, schneller und immer schneller. Sein muskulöser Körper war schweißüberströmt, und sein wilder Blick schien mitten in ihre Seele zu dringen, während er spürte, wie sich der nächste Orgasmus aufbaute. Und dann landete Erin zum zweiten Mal im Paradies. Der Rausch war so intensiv, dass sie am ganzen Körper bebte.

Logan folgte ihr unmittelbar nach.

Seine Arme zitterten, als er sich abstützte, um nicht mit seinem ganzen Gewicht auf ihr zu lasten. Er küsste sie erneut, langsam und sinnlich, und die Zartheit seiner Berührungen ließ sie aufstöhnen. Während der letzten ekstatischen Minuten hatten sie das Küssen ganz vergessen, sondern sich nur angesehen, um in den Augen des anderen ein Spiegelbild der eigenen Lust zu entdecken. Doch nun dauerte sein Kuss unendlich lange, und die laszive Sinnlichkeit, mit der seine feuchten Lippen ihre Haut liebkosten, machte sie ganz schwindlig.

Schließlich hob er den Kopf und schaute sie an. „Wir müssen miteinander reden."

12. KAPITEL

„Wir haben nicht viel Zeit."

Erin lehnte sich gegen die Limousine und betrachtete Logan, während er vor ihr auf und ab lief. Der Fahrer hatte sie zu einer abgelegenen Stelle in der Nähe des Flughafens gebracht.

Wir müssen miteinander reden. Logan hatte diesen Satz gesagt, als sie noch miteinander vereint waren, und seitdem hatte er kein weiteres Wort gesprochen. Die Angst lag wie ein Stein in ihrem Magen. Auf einmal hatte sie das untrügliche Gefühl, dass sie gar nicht hören mochte, was er ihr mitteilen wollte.

„Dann sag's doch endlich", meinte sie und entfernte sich ein paar Schritte von dem schwarz glänzenden Fahrzeug.

Fünf lange Sekunden starrte Logan zu Boden. „Es ist meine Schuld, dass du hier bist."

Sie war so verdutzt über diese Bemerkung, dass sie in schallendes Gelächter ausbrach. Um den Lachanfall zu beenden, hielt sie sich die Hand vor den Mund. Ihr Verhalten musste eine hysterische Reaktion auf all das sein, was geschehen war. Im einen Moment starben die Leute rings um sie herum, im nächsten Moment hatte sie Sex mit Logan. Gut, Letzteres hatte sie ja so gewollt. Dafür war sie ganz allein verantwortlich.

Sie räusperte sich und sah ihm in die Augen. „Ich weiß, warum ich hier bin. Du warst zwar derjenige, der das Angebot gemacht hat, aber ich war diejenige, die entschieden hat, es zu akzeptieren."

Er schüttelte den Kopf. „Das meine ich nicht."

Sie verschränkte die Arme über der Brust. „Was meinst du denn dann?"

„Mission Recovery hat dich hinters Licht geführt."

Erin zog eine Grimasse. „Hinters Licht geführt? Wie kommst du denn darauf? Du hast doch gesagt ..."

„Ich weiß, was ich gesagt habe." Er schluckte hart. Sie bemerkte die Bewegung des Kehlkopfes unter der gebräunten Haut.

„Du hast gesagt, dass dieser Sanchez deine Partnerin umgebracht hat und dass Mission Recovery mich braucht, weil ich ihr zum Verwechseln ähnlich sehe."

„Bis hierhin stimmt auch alles."

Plötzlich fröstelte sie. Am liebsten hätte sie das Gefühl ignoriert, aber es ließ sich nicht vertreiben. Verwirrt breitete sie die Arme aus;

dann stemmte sie sie resignierend in die Hüften. „Okay, ich geb's auf. Was zum Teufel willst du mir eigentlich mitteilen?"

„Es gibt eine Abteilung in Mission Recovery, die Forward Research genannt wird." Er hob die Schultern. Sie hätte nicht sagen können, ob aus Ratlosigkeit oder Abscheu. „Deren Aufgabe besteht darin, die richtigen Leute für unsere Organisation zu finden und anzuheuern."

Eine Rekrutierungsabteilung. Na und? Sogar die Armee hatte eine. Wo war das Problem?

„Wenn sie eine Person mit entsprechender Qualifikation gefunden haben, heften sie sich an ihre Fersen", fuhr er fort. „Als du ins Gefängnis eingeliefert wurdest, haben sie deinen Namen auf eine Liste gesetzt und deine Fähigkeiten notiert."

Das klang ja noch ganz vernünftig. Sie war schließlich sehr gut in ihrem Job. Ihr einziges Verbrechen hatte darin bestanden, Jeff zu vertrauen. Sie wusste immer noch nicht, worauf er eigentlich hinauswollte. Vielleicht hatte Logan ein Problem damit, nach dem Sex klar zu denken. Begehrlich ließ sie ihren Blick über seinen Körper schweifen. Sie jedenfalls hatte dieses Problem, daran bestand kein Zweifel. Außerdem hatte sie immer noch Lust auf ihn. Das war ziemlich leichtsinnig. Schließlich wäre es ein sehr großer Fehler, sich zu fest an diesen Mann zu klammern.

Oder?

Aber hatte sie das nicht schon längst getan?

Ohne sie aus den Augen zu lassen, stützte er ebenfalls die Hände in die Hüften. „Manchmal müssen die Mitglieder, die rekrutiert werden sollen, motiviert werden. Sie brauchen einen gewissen Ansporn, wenn du verstehst, was ich damit sagen will."

Auf einmal wurde sie hellhörig. Und die Angst, die sich ein wenig gelegt hatte, war mit einem Schlag wieder da. „Na und? Was hat das denn alles mit mir zu tun?"

„Sie wussten, dass sie dir einen Anreiz bieten mussten."

Misstrauisch sah sie ihn an. „Einen Anreiz – wozu?"

„Um dein Leben zu riskieren. Damit du etwas tust, was du normalerweise nie getan hättest."

Wieder lachte sie, aber diesmal klang es mehr wie ein unterdrücktes Schluchzen. „Was für einen Anreiz? Von eurer Existenz habe ich doch erst in der Nacht erfahren, als mich der Wärter aus der Zelle geholt hat."

„Nachdem die Leute von Forward Research dich aufgespürt hatten, wollten sie dich unbedingt haben. Nicht sofort, aber irgendwann mal. Du hattest genau die Fähigkeiten, nach denen sie suchten. Der schreckliche Tod von Jess hat dummerweise dafür gesorgt, dass dein Name früher als erwartet auf den Computerschirmen auftauchte. Du hast das Know-how ... du siehst ihr ähnlich ... und sie hatten einen Auftrag zu erledigen."

Ungeduldig wedelte sie mit der Hand. „Ja, schon klar. Aber das habe ich doch ohnehin gewusst."

Er nickte. „Das meiste jedenfalls."

Sie seufzte frustriert. „Okay, Logan, raus mit der Sprache. Schließlich haben wir nicht den ganzen Tag Zeit. Was weiß ich noch nicht? Wie haben sie mich reingelegt?"

Logan wollte es ihr nicht sagen. Er wollte nicht, dass ihre Gefühle für ihn sich in puren Hass verwandelten und sie bereute, was soeben zwischen ihnen geschehen war. Er hätte keinen Sex mit ihr haben dürfen, solange diese Lüge zwischen ihnen stand. Wenn er es ihr doch nur vorher erzählt hätte ...! Jetzt kam jedes Wenn zu spät.

„Der Gefängniswärter, deine Zellengenossin." Ihre Miene wurde ausdruckslos, und er fühlte sich auf einmal ganz elend. „Sie gehören zu Forward Research. Sie haben dich ganz gezielt fertiggemacht, damit du dankbar sein würdest, wenn dir ein solches Angebot gemacht wurde. Es war reiner Zufall, dass es dann so schnell kam. Die Beweise für deine Unschuld hatten sie von Anfang an in der Schublade, aber sie haben sie erst herausgeholt, als sie dich brauchten. Das war das Ass, das sie im Ärmel hatten."

Ungläubig schüttelte sie den Kopf. „Das glaube ich dir nicht."

Ihre Stimme klang dünn und unsicher. Ihr verwirrter Gesichtsausdruck war mehr, als er ertragen konnte. „Es ist die Wahrheit. Für sie war es die einzige Möglichkeit, sich deiner Mitarbeit zu versichern, wenn sie dich brauchen würden."

Ihre Hände begannen zu zittern. „Die haben mir das Leben zur Hölle gemacht. Wochenlang. Ich habe solche Angst gehabt", entgegnete sie wütend. „Und das alles nur, damit sie sicher sein konnten, dass ich Ja sagen würde, wenn du mich um Hilfe bittest?"

Er nickte.

„Und du!" Sie trat einen Schritt auf ihn zu. „Du hast das alles von Anfang an gewusst?"

„Ja." Jetzt musste er ihr alles sagen. „Es war alles geplant. Sogar die Handschellen mitten in der Nacht. Das war meine Idee. Ich wusste, dass die Handschellen deine Entscheidung positiv beeinflussen würden."

„Warum hast du mir das nicht gesagt?" Ihre Augen wurden schmale Schlitze. „Glaubst du wirklich, dass ich dann weggelaufen wäre? Wie hätte ich denn das machen sollen? Wie hätte ich von hier wegkommen können?" Jedes ihrer Worte traf ihn wie ein Peitschenschlag.

Er holte tief Luft. „Ich habe einen Fehler gemacht", antwortete er stockend. „Ich hätte es dir ... früher sagen sollen. Ich ..."

Erin hob die Hand, um ihn zu unterbrechen. „Ich möchte nicht weiter darüber sprechen. Esteban wartet." Sie drehte sich auf dem Absatz um und stieg in den Wagen.

Sie hatte recht. Esteban wartete auf sie. Er würde außer sich sein. Egal, wie wütend er wäre – Logan würde es ganz bestimmt nicht so zusetzen wie das, was er sich gerade hatte anhören müssen.

Auf dem Rückflug nach Kolumbien wurde nicht viel gesprochen. Hector machte nur jedes Mal ein Kreuzzeichen, wenn er Logan ansah. Und Erin sagte kein einziges Wort.

Währenddessen versuchte Logan, Ordnung in das Chaos seiner Gefühle zu bringen. Einige waren darunter, die er vorher nie gekannt hatte. Seine Karriere war ihm bisher immer am wichtigsten gewesen. Nie hatte er auch nur einen Gedanken daran verschwendet, eines Tages vielleicht das Gefühl zu haben, dass ihm etwas fehlte. Er war doch erst fünfunddreißig. Eine Frau und Kinder – das hatte noch Zeit.

Darüber hatte er erst dann nachgedacht, als Erin Bailey in sein Leben getreten war. Verstohlen schaute er sich nach ihr um. Sie hatte sich so weit wie möglich von ihm weggesetzt. Sie erweckte in ihm eine unbestimmte Sehnsucht. Immer wenn er sie ansah, verspürte er den Wunsch, nach seiner Arbeit nach Hause kommen zu können – zu einer Frau, die auf ihn wartete. Und diese Frau sollte niemand anders sein als sie. Aber es würde niemals funktionieren, selbst wenn es stimmte, was er in ihren Augen gelesen hatte, als sie Sex miteinander gehabt hatten: dass sie ihn liebte. Denn sie würde seine Welt weder verstehen noch akzeptieren. Sie gehörte zu jenen ganz normalen Menschen, die glaubten, dass Männer wie er nur in Filmen oder Romanen existierten.

Er hatte gar keinen Platz in ihrem Leben. Er war ein Wesen aus einem Albtraum, und wenn sie beide Glück hatten, würde dieser Albtraum bald vorbei sein.

Dennoch hatte er, als sie sich geliebt hatten, ein Funkeln in ihren Augen wahrgenommen, das ihn hätte warnen müssen. Es hatte ihn so stark berührt wie noch nie etwas zuvor in seinem Leben.

Er bezweifelte, lange genug zu leben, um den Grund für dieses Funkeln jemals zu erfahren.

Esteban wartete auf sie.

Sie kamen eine Stunde später als geplant an. Esteban würde bestimmt schon vor Ungeduld platzen. Wenn er erst einmal erfuhr, was passiert war, würde er explodieren wie ein Vulkan und seine Wut an ihnen auslassen.

Vor allem an Logan. Er hatte schließlich die Verantwortung.

„Warte im Apartment auf mich", befahl er Erin. Er wollte sie nicht dabeihaben, wenn Esteban seinen Tobsuchtsanfall bekam.

Sie schüttelte den Kopf. „Das war auch mein Auftrag."

„Ich habe gesagt …"

„Es ist mir egal, was du sagst." Sie drehte sich um und folgte Hector, der bereits auf dem Weg ins Haus war.

Logan stieß einen langen Fluch aus. Sie war verdammt dickköpfig.

Er hatte richtig vermutet: Esteban lief bereits nervös im Zimmer hin und her. Geduld gehörte ganz gewiss nicht zu seinen Stärken.

„Wo ist mein Geld?", wollte er wissen.

Hector stellte die beiden Aktenkoffer mit dem Geld neben Estebans Schreibtisch.

Sein Gesicht war rot vor Zorn. „Ich verlange einen lückenlosen Bericht darüber, warum Sie eine Stunde später als geplant zurückgekommen sind. Und wo sind die Watters?"

„Larry und Sheila sind tot", erwiderte Logan barsch. „Und die vier Männer, die das Geld gebracht haben, ebenfalls."

Estebans gerötetes Gesicht wurde noch dunkler. Es sah so aus, als sei er kurz vor einem Herzanfall. „Was soll das heißen? Was ist geschehen?"

„Wir haben immer noch den Koks. Wenn Ihre Leute in Kalifornien ein neues Treffen arrangieren wollen, werde ich ihnen den Stoff persönlich bringen."

Esteban atmete schwer. „Sie werden mir jetzt von Anfang an erzählen, wie das alles passiert ist."

Logan blieb seelenruhig. „Da gibt es nichts zu erzählen. Das Treffen ist in die Hose gegangen. Ein paar Leute sind tot. Es ist vorbei. Mehr gibt es da nicht zu berichten."

Aus den Augenwinkeln sah Logan, dass Hector sich wieder bekreuzigte.

„Sie spielen wohl gern mit Ihrem Leben, Mr Logan Wilks?", fragte Esteban, während er zu der Beretta auf seinem Schreibtisch griff. „Ich dulde nämlich keinen Ungehorsam."

„Einer der anderen Typen war schuld", schaltete Erin sich ein. Ihre Stimme klang zwar dünn, aber zwischen den rauen Männerstimmen war sie nicht zu überhören. „Er hat versucht, mich anzumachen. Deshalb habe ich ihn erschossen. Und von dem Moment an lief alles schief. Sheila und Larry haben ihr Leben aufs Spiel gesetzt, um Ihr Geld zu retten."

Logan hätte die letzte Bemerkung am liebsten ungeschehen gemacht. Was zum Teufel dachte sie sich dabei, sich in seine Angelegenheiten zu mischen? Schließlich trug er die Verantwortung. Wusste sie denn nicht …?

Esteban schaute sie wütend an. „Sie sind für dieses Desaster verantwortlich?" Er sah aus, als würde er ihr kein Wort glauben.

Trotzig hob sie den Kopf und hielt seinem Blick stand. „Wenn mir ein Mann an die Wäsche geht und seine Finger auch dann nicht von mir lassen kann, wenn ich ihn ausdrücklich dazu auffordere, dann hat er verdammt noch mal eine Kugel verdient. Haben Sie mir das nicht selbst gesagt?"

„Das ist meine …"

Gebieterisch hob Esteban die Hand, um Logan am Weiterreden zu hindern. „Haben Sie diesen Mann mit einer Kugel getötet?"

Erin lächelte böse. „Genau zwischen die Augen."

Logan sah fasziniert zu, als sie diese makabre Show abzog, die eines Oscars würdig gewesen wäre. Er war sich nicht sicher, ob er sie umarmen oder umbringen sollte.

Zuerst klang Estebans Lachen gekünstelt. Doch dann wurde es immer lauter, und schließlich konnte er gar nicht mehr an sich halten. „Das ist ja in der Tat eine bemerkenswerte Geschichte!" Er wandte sich an Cortez. „Finden Sie nicht, dass sie bemerkenswert ist, mein treuer Freund?"

Cortez nickte gehorsam. „Ausgesprochen bemerkenswert."

Logan war ebenso erleichtert wie irritiert. Wenn er sie hier heil herausbekam …

„Ich werde meine Freunde in Kalifornien anrufen und ihnen sagen, dass die nächsten Männer, die sie schicken, um Geschäfte zu machen, besser keine Grapscher sind."

Esteban und Cortez lachten. Hector stimmte in ihr Gelächter ein.

Logan konnte sich an der allgemeinen Heiterkeit nicht beteiligen. Erin lächelte nur – viel zu verführerisch. Wollte sie sich damit an ihm rächen? Merkte sie nicht, dass sie dabei viel zu viel aufs Spiel setzte?

„Logan, Ihre Frau ist sehr gut", bemerkte Esteban. „Finden Sie nicht auch?"

Logan lächelte erst Esteban und dann Erin gequält an. „Dem kann ich wirklich nur zustimmen." Er wandte sich wieder zu Esteban. „Sie ist in der Tat erstaunlich."

Estebans Lächeln verschwand. „Geht jetzt, alle. Ich möchte mit dieser erstaunlichen Frau allein sprechen."

Cortez und Hector gingen zur Tür. Logan rührte sich nicht vom Fleck.

Esteban warf ihm einen drohenden Blick zu. „Haben Sie ein Problem, mein Freund?"

„Sie ist meine Frau. Ich möchte nicht, dass sie für einen Fehler bestraft wird, den ich zu verantworten habe."

Wieder lachte Esteban laut auf. „Sie brauchen sich keine Sorgen zu machen, Logan. Ich habe ganz und gar nicht die Absicht, Ihre reizende Gattin zu bestrafen. Ich möchte mich einfach nur mit ihr unterhalten. Ganz privat."

Logan wurde wütend. Er hatte nicht vor, ohne Erin das Haus zu verlassen.

Sie drehte sich zu ihm um. „Geh nur, Logan. Ich komme gleich nach."

Noch einmal musterte Logan Esteban mit einem zornigen Blick. „Ich warte draußen."

„Wie Sie wollen", entgegnete Esteban herablassend.

Als sich die Tür hinter Logan schloss, war Erin gewappnet für das, was Esteban nun vorhatte. Sie wollte nicht sterben. Noch weniger wollte sie, dass Logan starb. Falls Esteban von ihr Gefälligkeiten verlangte, damit Logan kein Haar gekrümmt wurde, würde sie ihm zu Willen sein. Unterschied sich das, was sie mit Logan vor ein paar Stunden getrieben hatte, wirklich so sehr von dem, wonach Esteban möglicherweise der Sinn stand?

Bei dem Gedanken stiegen ihr fast die Tränen in die Augen. Und ob es da einen Unterschied gab – und zwar einen gewaltigen! Leider. Sie liebte Logan. Aber dieser Mann – unverwandt sah sie Esteban an – war eine Gefahr für die menschliche Gesellschaft. Er verdiente es nicht, am

Leben zu sein, und falls ihr Körper der Preis dafür war, dass Logan ihn zu Fall bringen konnte – nun gut, dann würde es eben so sein.

„Setzen Sie sich doch bitte hin." Esteban deutete auf den Ledersessel vor seinem Schreibtisch. „Möchten Sie etwas trinken? Nach einem solch schrecklichen Erlebnis müssen Sie doch durstig sein."

Sie nahm den angebotenen Platz an. „Ja. Bitte einen Doppelten." Diesen Satz hatte sie schon immer einmal sagen wollen. Vermutlich würde sie nie wieder die Gelegenheit dazu haben.

Esteban goss einen Drink ein und reichte ihr das Glas. Dann ließ er sich in dem Sessel neben ihr nieder. „Meine Schwester ist sehr beeindruckt von Ihnen, Sara."

Erin nahm einen großen Schluck aus ihrem Glas und verzog das Gesicht, als der Alkohol durch ihre Kehle floss. „Ich auch von ihr", krächzte sie und räusperte sich energisch.

Esteban lachte glucksend. „Sie mag sie. Das ist interessant, wenn man bedenkt, mit welcher Art von Freunden ich mich umgeben muss, um meine Geschäfte zu tätigen."

Erin nickte. „Das kann ich verstehen." Sheila fiel ihr ein. Obwohl sie ihren Tod bedauerte, trauerte sie ihr nicht allzu sehr nach.

„Dann verstehen Sie sicher auch, wie wichtig es ist, diese Beziehung zu pflegen."

Als Erin diesmal das Glas an die Lippen setzte, zog sie keine Grimasse. Der Alkohol brannte nicht halb so schlimm wie beim ersten Schluck. „Auf so etwas verstehe ich mich sehr gut. Maria ist eine fantastische Frau. Soll ich etwas Bestimmtes für Sie tun?"

„Sie sind sich doch im Klaren darüber, dass Sie jetzt tief in meiner Schuld stehen, nicht wahr?"

Erin erstarrte, während ihr Puls zu rasen begann. Auf einmal hatte sie wieder schreckliche Angst. „Ja."

„Als Gegenleistung für meine Nachsicht, was das heutige Fiasko anbetrifft, möchte ich, dass Sie meine Schwester nicht aus den Augen lassen." Beschwichtigend hob er die Hand. „Manchmal kann ein Familienmitglied nämlich zu einer Belastung werden. Deshalb werden Sie mich über jeden ihrer Schritte informieren. Bis ich eine Entscheidung getroffen habe."

Erin runzelte die Stirn. Diese Unterhaltung verwirrte sie zutiefst. „Was denn für eine Entscheidung?"

Esteban sah ihr unverwandt in die Augen. „Wie Sie sie für mich töten werden."

Es wurde höchste Zeit, zurück ins Haus zu gehen.

Logan hatte lange genug vor der Eingangstür gestanden. Keine Sekunde länger wollte er jetzt noch hier draußen warten. Ohne auf die Proteste des Wachpostens zu achten, ging er zur Haustür, wobei seine Schritte immer schneller wurden. Erin war da drin, und er würde sie herausholen. Der Geländewagen, der sie hierher gebracht hatte, stand immer noch in der Einfahrt, und der Schlüssel steckte im Zündschloss. Er wusste, was er zu tun hatte. Aber erst einmal musste er sie aus diesem Haus befreien.

Plötzlich ging die Eingangstür auf, und sie trat in das Licht einer Lampe, die die Terrasse schwach erhellte.

Logan lief zu ihr hin und packte sie am Arm. Er zog sie in den Schatten der Bäume, sodass keiner, der ihnen womöglich nachspionierte, sie sehen oder hören konnte.

Er war erleichtert, weil sie lebte und offenbar keine Verletzungen davongetragen hatte. Gleichzeitig war er außer sich vor Wut.

„Wie konntest du nur so etwas tun? So etwas Idiotisches", zischte er sie durch zusammengebissene Zähne an. „Noch heute Nacht bringe ich dich weg von hier. Und zwar auf der Stelle."

Sie versuchte sich aus seinem Griff zu befreien. „Ich gehe nicht weg."

Den grimmigen Blick, den er ihr zuwarf, hätte er sich sparen können. In der Dunkelheit konnte sie ihn sowieso nicht sehen. „Bist du jetzt total übergeschnappt? Was zum Teufel hast du dir eigentlich bei dieser Showeinlage gedacht?" Er hielt ihren Arm fest umklammert. Zornbebend stellte er ihr die nächste Frage: „Was hast du ihm versprechen müssen, damit er mich ungeschoren davonkommen lässt?"

„Lass mich los."

Er tat ihr weh. Seine Finger waren hart wie Schraubstöcke, und er merkte, dass er ihr Schmerzen zufügte. Verdammt! Er lockerte seinen Griff. Sein Atem ging schwer.

„Ich muss dich von hier fortbringen. Du bist hier nicht mehr sicher."

„Ich bin hier nie sicher gewesen", erwiderte sie. Ihre Stimme klang verdächtig ruhig.

Irgendetwas stimmte nicht. Er spürte es ganz genau.

„Und dieser kleinen Showeinlage verdankst du möglicherweise dein Leben. Wie wär's mal mit einem Dankeschön?"

„Erwarte nur nicht, dass ich mich dafür bei dir bedanke", sagte er grimmig. „Du hast ein verdammt riskantes Spiel gespielt. Du bist ..."

„Ich habe getan, was getan werden musste", fiel sie ihm ins Wort. „Zuerst kommt der Auftrag. Hast du mir das nicht immer wieder eingebläut?"

Seine Miene wurde zu einer starren Maske, und er zählte bis drei. Als er weitersprach, klang er wieder einigermaßen beherrscht. „Heute Abend werde ich dich von hier wegbringen. Ich mache mit Esteban einen Deal. Du hast ab sofort mit der ganzen Sache nichts mehr zu tun."

„Nein."

Wenn es sein musste, würde er sie über die Schulter werfen und wegtragen. Aber damit würde er alle auf sich aufmerksam machen, und das durfte natürlich nicht passieren. „Warum zum Teufel willst du hier bleiben? Du kriegst von mir einen Freifahrtschein aus dem Gefängnis. Du kannst gehen. Du hast deinen Auftrag erledigt. *Finito*."

„Ich muss seine Schwester retten."

Das wurde ja immer schöner. „Was um alles in der Welt hat sie denn damit zu tun?"

„Er will sie töten lassen. Ich muss ihr helfen."

Logan versuchte, nicht die Beherrschung zu verlieren. Wie konnte er sie nur zur Vernunft bringen? „Du musst fort von hier. Noch heute Nacht. Außerdem – wie kommst du darauf, dass er seine Schwester umbringen will?"

Das Schweigen zwischen ihnen schien eine Ewigkeit zu dauern.

„Weil er möchte, dass ich das für ihn erledige."

13. KAPITEL

Noch vor Sonnenaufgang wurde Erin wach. Still blieb sie liegen, denn sie wollte Logan nicht aufwecken. Schlief er überhaupt noch? Er atmete zwar tief und regelmäßig und bewegte nicht einen Muskel. Aber sie konnte sich dessen nicht absolut sicher sein.

Sie konnte sich überhaupt keiner Sache mehr sicher sein.

Logans Leute hatten sie hinters Licht geführt, um ihr Ziel zu erreichen. Sie hatten dafür gesorgt, dass sie sich verunsichert und verletzlich fühlte, damit sie wie Wachs in ihren Händen war. Sie hatten die Beweise ihrer Unschuld. Wut stieg in ihr hoch. Warum sollte jemand einen Menschen ganz bewusst durch eine Hölle wie jene gehen lassen, die sie während ihrer letzten Wochen im Gefängnis durchlitten hatte? Es war kaum zu glauben, dass die Guten in diesem Spiel zu so etwas in der Lage waren. Doch genauso war es gewesen.

Sie hätte sie am liebsten dafür gehasst.

Abgrundtief und aus ganzem Herzen.

Merkwürdigerweise gelang es ihr nicht. Tief in ihrem Inneren wusste sie, dass sie dieser Aktion niemals zugestimmt hätte, wenn man ihr nicht einen Anreiz geboten hätte. Fast hätte sie gelacht, als sie daran dachte, wie naiv sie damals gewesen war. Damals? Es war doch gerade erst ein paar Wochen her. Erin Bailey hatte ihr Spiel mitgespielt. Nach den Regeln der anderen. Sie hatte überhaupt keine Schwierigkeiten gemacht. Keinem von ihnen. Sie war wirklich ein braves Mädchen.

Wäre das Leben im Gefängnis einigermaßen erträglich gewesen, dann hätte sie ohne zu klagen ihre Zeit abgesessen. Sicher – die Vorstellung, wieder frei zu sein und Jeff für das, was er getan hatte, bezahlen zu lassen, wäre verlockend gewesen. Aber so verlockend nun auch wieder nicht. Erin Bailey war ein Mensch, der sich ein Leben lang immer an die Regeln gehalten hatte.

Doch dieser Mensch existierte nicht mehr.

Sie hatte zu viel erlebt. Sie hatte erkannt, wie läppisch ihre Probleme waren im Vergleich zu den Schwierigkeiten, mit denen andere zu kämpfen hatten. Da gab es Leute wie Logan, die sich jeden Tag in Gefahr begaben, um Menschen wie sie zu schützen, damit die ihr Leben nach ihren Wünschen und Vorstellungen führen konnten.

Sie war wütend auf Logan und Mission Recovery, gewiss, aber sie konnte die Dinge nicht mehr in jenem Licht betrachten, wie sie es noch vor Kurzem getan hatte. Die Welt bestand eben nicht bloß aus Schwarz und Weiß. Es gab Hunderte von Grautönen. Und im Moment war ihr Leben so grau, wie sie es sich niemals hätte träumen lassen.

Sie würde diese Sache bis zum bitteren Ende durchstehen. Sie würde Logan jetzt nicht im Stich lassen. Dazu wäre sie gar nicht in der Lage. Sie liebte ihn, verdammt noch mal! Der leidenschaftliche Sex, den sie auf dem Rücksitz der Limousine gehabt hatten – sie errötete bei der Erinnerung daran –, hatte ihr Schicksal besiegelt, physisch und psychisch. Natürlich war ihr klar, dass er sie nicht liebte, dass eine Frau wie sie nicht in seinen Lebensplan passte. Das war schon in Ordnung; damit konnte sie leben. Na ja, es würde vielleicht nicht so einfach sein, aber sie müsste eben lernen, damit umzugehen. Gleichgültig, was sie in seinen Augen zu lesen glaubte oder in seine Handlungen hineininterpretierte, seitdem diese Sache zwischen ihnen begonnen hatte – sein Auftrag ging ihm über alles. Der gestrige Tag hatte daran nichts geändert. Hatte er nicht sogar versucht, sie davon abzuhalten?

Er hatte ihren Körper gewollt. Das war auch schon alles gewesen.

Sie wollte ihn immer noch. Egal, wie sauer sie auf ihn war. Gleichgültig auch, dass er sie niemals lieben würde …

Jetzt reicht's aber, rief sie sich zur Ordnung. Möglicherweise hatte sie Estebans Verdacht bei ihrem Gespräch zerstreuen können. Sie musste trotzdem auf der Hut sein. Der Fahrer oder sonst jemand, der zufällig mitbekommen hatte, wie es wirklich zwischen ihnen beiden stand, konnte ihre sorgfältige Tarnung im Handumdrehen aufdecken. Misstrauisch oder nicht – Esteban würde sie beide von nun an nicht mehr aus den Augen lassen. Sie musste sehr vorsichtig sein, wenn sie das Spiel zu Ende spielen wollte.

Es war ihre einzige Chance, dem Tod ein Schnippchen zu schlagen. Um Estebans Schwester zu retten.

Und um Logan bei der Erledigung seines Auftrags zu unterstützen.

Ein Pochen an der Tür riss Logan aus seinen sorgenvollen Gedanken. Er war sich ziemlich sicher, dass Erin bereits wach war, aber da sie sich nicht rührte, hatte er sich auch nicht bewegt. Inzwischen waren beide aufgestanden.

Er griff nach seiner Pistole und schlüpfte in seine Jeans. Dabei hastete er zur Tür. Er schaltete das Licht ein und riss die Tür auf. „Was gibt's?"

Vor ihm stand Cortez.

„In fünf Minuten ist eine Besprechung."

„Wir sind pünktlich."

Cortez starrte ihn an. „Nur Sie."

Logan fluchte leise, während er dem Mann nachschaute. Er knallte die Tür zu und fuhr sich mit den Fingern durchs Haar. Was jetzt? Für die nächsten Tage waren doch gar keine Ausflüge geplant. Die Anspannung in seinem Körper wuchs. Was hatte Esteban vor? Hatte er herausgefunden, was in Los Angeles geschehen war? Wenn er Logan heute Morgen exekutieren wollte, wäre Erin ihm auf Gedeih und Verderb ausgeliefert. Logan musste unbedingt einen Weg finden, um sie von hier fortzubringen.

Als er sich umdrehte, stand sie in der Schlafzimmertür. In ihrer Miene lag Angst.

„Was ist denn los?"

„Ich habe keine Ahnung." Er hätte gerne mehr gesagt, brachte aber kein weiteres Wort hervor.

„Ich ziehe mich schnell an."

„Nicht nötig. Er will nur mich sehen."

Ihre Blicke trafen sich. Er sah die Besorgnis in ihren Augen. „Gut, dann werde ich jetzt duschen."

„In Ordnung", entgegnete er steif.

Mit einem Finger winkte sie ihn zu sich hin. Während er zu ihr hinüberging, nahm sie einen Kugelschreiber von der Kommode und ging ins Badezimmer. Sie drehte die Dusche an und setzte sich auf den Toilettendeckel. Dann riss sie einen Streifen Toilettenpapier ab und begann zu schreiben.

Sie hielt ihm das Papier hin, und er nahm es ihr aus der Hand. Ihre Finger berührten sich kurz, und diese Berührung traf ihn wie ein Stromschlag, der bis in seine Lenden hineinfuhr. Er riss sich zusammen und las ihre Mitteilung:

Geh nicht. Was ist, wenn er Dich töten will?

Er nahm ihr den Stift aus der Hand und kritzelte seine Antwort hin.

Ich muss gehen. Das weißt Du. Verhalte Dich ganz normal. Ich komme zurück, um Dich zu holen.

Sie schüttelte heftig den Kopf, während sie seine Antwort las, und begann wieder zu schreiben.

GEH NICHT!

Logan schaute sie nur hilflos an, und sie wusste, dass er keine Wahl hatte.
Ihre Hände zitterten, als sie mit fahrigen Bewegungen weiterschrieb. Mit Tränen in den Augen reichte sie ihm das Stück Papier. Wie gerne hätte er sie in die Arme genommen und ihr versprochen, dass alles gut werden würde! Er spürte ein Brennen in den Augen und war verblüfft über seine eigenen Gefühle.
Er starrte auf ihre Handschrift.

Schwöre, dass Du zurückkommst. Schwöre, dass Du nicht zulässt, dass er Dich tötet.

Er zerknüllte das Toilettenpapier. So viele widerstreitende Gefühle kämpften in ihm um die Oberhand, dass er sie gar nicht alle beschreiben konnte. Er konnte sie nicht einmal verstehen.
Sie erhob sich und zwang ihn, ihr in die Augen zu schauen. Dann nahm sie ihm das Papier aus den Fingern, griff nach seiner Hand, legte sie auf ihr Herz und wartete auf seine Antwort.
Er blickte in diese tiefblauen glänzenden Augen, spürte ihren Herzschlag unter seiner Hand und wusste, dass er zu ihr zurückkommen würde, egal, was er dafür anstellen musste. Fest schloss er sie in die Arme und drückte sie enger an sich als jemals zuvor. Sie zitterte ... oder kam das Zittern von ihm?
„Ich schwöre, dass ich zu dir zurückkomme", flüsterte er dicht an ihrem Ohr.
Fest und intensiv presste er die Lippen auf ihren weichen Mund. Dann verließ er das Bad. Auf dem Weg zur Tür schnappte er sich sein Hemd und schlüpfte in seine Schuhe. Er drehte sich nicht mehr zu ihr um. Er hielt es für besser so.
Denn wenn er sich noch einmal umgeschaut hätte, wäre er nicht in der Lage gewesen, sie zu verlassen.
Erin stand in der Badezimmertür und sah ihm nach. In der Hand hielt sie immer noch das zerknüllte Toilettenpapier.
Das Herz hämmerte in ihrer Brust. Sie musste sich sofort auf die Suche nach Maria machen und herausfinden, was Esteban heute Mor-

gen vorhatte. Vielleicht konnten sie zusammen fliehen und Logan irgendwie helfen.

Erin drehte die Dusche ab, zerriss das Papier in schmale Streifen und spülte sie die Toilette hinunter. Sie musste sich beeilen. Hastig fuhr sie sich mit den Fingern durchs Haar und zog sich schnell an.

Zuerst musste sie Maria finden.

Eine halbe Stunde später war Erin noch immer auf der Suche nach Maria. Logan war mit Hector und Carlos im Geländewagen fortgefahren. Erin hatte an der Gartenmauer gestanden und sie beobachtet. Alles schien in Ordnung zu sein. Logan war bewaffnet. Sie hatte den Kolben der Pistole gesehen, die er hinten in seinen Hosenbund gesteckt hatte. Das war doch ein gutes Zeichen, oder?

Andererseits wäre es für die Caldarone-Brüder ein Leichtes, ihn zu überwältigen. Sie seufzte frustriert. Okay, eins nach dem anderen!

Maria hielt sich nicht in ihrem Garten auf, aber es war ja auch noch früh am Tag. Erst vor einer Stunde war die Sonne aufgegangen. Maria musste irgendwo im Haus sein.

Erin würde einfach hineingehen. Falls sie Esteban über den Weg laufen sollte, würde sie behaupten, sie sei gekommen, um mit Maria zu frühstücken und sie näher kennenzulernen. Hatte Esteban nicht selbst gesagt, dass die beiden Frauen ihre Beziehung vertiefen sollten?

Das war die Lösung. Damit hatte sie die perfekte Entschuldigung, um zu dieser frühen Stunde nach seiner Schwester zu suchen.

Im Haus war es unheimlich still. Gott sei Dank machten ihre Turnschuhe auf dem kostbaren Marmorboden nicht das geringste Geräusch. Marias Zimmer lagen bestimmt nicht im Parterre. Mittlerweile kannte Erin sich mit der Anlage des Hauses recht gut aus, aber sie beschloss, trotzdem nachzusehen.

Alle Räume waren leer. Auch auf der rückwärtigen Terrasse traf sie niemanden an. Sie musste also in den ersten Stock. Am Fuß der Treppe blieb sie stehen und atmete tief durch. Für diese Aktion musste sie ihren ganzen Mut zusammennehmen.

Sie konnte es schaffen.

Langsam stieg sie die Stufen hinauf. Ihre Schritte waren ganz leise. Als sie den ersten Treppenabsatz erreichte, blieb sie nachdenklich stehen. Estebans Zimmer lagen auf der rechten Seite, im Ostflügel des Hauses. Dann befanden sich Marias Räume wahrscheinlich im Westflügel.

Lautlos ging sie über den mit Teppichen bedeckten Korridor. Vorsichtig öffnete sie sämtliche Türen, an denen sie vorbeikam. Es handelte sich um Gästezimmer, und alle waren leer. Am Ende des Ganges befand sich eine Flügeltür. Sie sah genauso aus wie jene, die in Estebans Zimmer führte. Das musste Marias Suite sein.

Vor der Tür blieb Erin eine Weile stehen. Sie holte tief Luft, um sich Mut zu machen, und griff zum Türknauf. Ihre Hand zitterte. Sie ballte sie zur Faust und zwang sich, ruhig zu bleiben. Rings um sie her herrschte Totenstille. Langsam drehte sie den Knauf und stieß die Tür auf. Ohne ein Geräusch schwang sie nach innen.

Das große Wohnzimmer war ebenfalls leer. Still wie ein Grab. Erins Herz schlug so laut, dass sie davon überzeugt war, man würde es noch in zwanzig Metern Entfernung schlagen hören können.

Mit angehaltenem Atem trat sie in den halbdunklen Raum hinein. Eine Tischlampe verbreitete genügend Licht, um alles erkennen zu können. Mit einem Klicken fiel die Tür ins Schloss. Das Geräusch klang in Erins Ohren so laut wie ein Pistolenschuss, der das ganze Haus aufschrecken musste.

Als niemand ins Zimmer geeilt kam und keine Alarmanlage aufheulte, atmete sie erleichtert auf.

Das Wohnzimmer war genauso groß und elegant möbliert wie das von Esteban. Natürlich wirkte es weiblicher. Erin ging zur Schlafzimmertür. Vielleicht lag Maria noch im Bett.

Als sie an dem eleganten, mit Schnitzereien verzierten Schreibtisch vorbeikam, nahm sie aus den Augenwinkeln etwas wahr. Sie blieb stehen und betrachtete die Gegenstände auf der Schreibtischplatte. Ein moderner Computer. Papiere, Bücher, Kopfhörer, die an einen Kassettenrekorder oder CD-Player angeschlossen waren. Erin rieb sich die Stirn, um die quälenden Kopfschmerzen zu vertreiben, die sie plötzlich verspürte. Das alles war nichts Ungewöhnliches. Die Kontrollleuchten auf dem CD-Player oder Kassettenrekorder flackerten ein paarmal auf, um dann endgültig zu erlöschen. Vermutlich hatte Maria das Gerät nicht ausgeschaltet, als sie zu Bett gegangen war.

Gerade als Erin sich wieder umdrehen wollte, fiel ihr Blick auf den Titel eines der Bücher. Das Herz schlug ihr bis zum Hals, als sie den Schriftzug studierte. Sie kannte das Buch. Ein Exemplar davon stand bei ihr zu Hause im Regal. Der Autor war einer der berühmtesten Computerhacker. Was wusste Maria von Hackern? Oder was wollte sie darüber wissen?

Schließlich siegte die Neugier. Erin beugte sich hinunter und knipste die Messinglampe auf dem Schreibtisch an. Flüchtig blätterte sie durch die Papiere, die verstreut herumlagen. Sie entdeckte Fotos von sich und Logan. Erin drehte sich um und betrachtete die Bücher in den Regalen, die hinter dem Schreibtisch an der Wand standen. Eine neue Welle von Angst durchflutete sie. Es handelte sich ausnahmslos um Computerfachliteratur. Sie wandte sich wieder dem Computer auf dem Schreibtisch zu, bewegte die Maus, sodass der Bildschirmschoner verschwand und eine blaue Fläche voller Icons auftauchte. Hier gab es sämtliche elektronischen Werkzeuge, mit denen man in alle möglichen Computersysteme eindringen konnte.

Als sie sich mit dem Computer beschäftigte, wurde sie plötzlich erstaunlich ruhig. Das Gerät verfügte über zwei Festplatten; eine für das Internet, die andere für Dateien, die nicht für das World Wide Web bestimmt und auf diese Weise dem Zugriff von Hackern entzogen waren.

Erneut zogen die flackernden Kontrollleuchten des Kassettenrekorders ihre Blicke magisch an. Mit feuchten Fingern griff Erin nach den Kopfhörern und presste eine der Muscheln an ihr Ohr. Ihre Stimme. Sie klang so laut, dass sie beinahe zusammenzuckte. Ihre Schreie täuschten Lust vor, und sie hörte sich Estebans Namen rufen … sie forderte ihn auf, weiterzumachen, während er bewusstlos auf seinem Bett lag. Und sie vernahm das Klackern der Computertastatur.

Langsam legte Erin den Kopfhörer zurück auf den Schreibtisch.

Das konnte unmöglich wahr sein.

Ungläubig schüttelte sie den Kopf. Ihr Gesichtsausdruck wurde starr. Wie hatte das passieren können?

„Sie haben mein Geheimnis also entdeckt."

Maria.

Erin fuhr herum. Maria stand in der Flügeltür zum Korridor. Sie war bereits vollständig angekleidet und wirkte so würdevoll wie immer. Als sie näher kam, schien sie durch den Raum zu schweben – der Inbegriff von Anmut und Eleganz.

„Was hat das hier zu bedeuten?" Erin erkannte ihre eigene Stimme kaum wieder. Unvermittelt tauchte das Bild der Rose ohne Dornen in ihrem Kopf auf, deren Schönheit durch nichts beeinträchtigt wurde. Genau wie das Bild dieser Frau. Nichts an ihr deutete auf die Verbrechen hin, die in diesem Haus geplant wurden.

„Ich wollte Ihnen vertrauen, Sara." Marias Gesichtsausdruck verhärtete sich. „Falls das Ihr richtiger Name ist, was ich bezweifle. Sie haben mich getäuscht. Sie sind sogar noch schlimmer als die anderen."

Erin schüttelte ungläubig den Kopf. „Was haben Sie denn mit dieser Sache zu tun?" Verwirrt deutete sie auf die Papiere und die Bücher auf dem Schreibtisch. Dann wandte sie sich wieder der Frau zu. „Wer sind Sie?"

Maria reckte das Kinn vor und sah Erin in die Augen. „Ich bin diejenige, die hier das Sagen hat."

Es dauerte eine Weile, bis Erin die Bedeutung dieser Antwort klar wurde. Noch ehe sie etwas erwidern konnte, fuhr Maria fort.

„Ich habe die Verbindungen. Ich bestimme die Spielregeln. Und ich treffe die Entscheidungen. Esteban ist nur eine ... nun, sagen wir: Marionette."

„Aber warum?" Erin verstand noch immer nicht. „Warum diese Geheimniskrämerei? Warum spielen Sie nicht mit offenen Karten?"

Maria schnaubte undamenhaft. „In dieser von Männern dominierten Machogesellschaft? Sie machen wohl Witze! Vielleicht sind Sie auch nur naiv – wie die meisten Amerikaner. Frauen wird bei uns nicht der nötige Respekt entgegengebracht. Niemand würde mich ernst nehmen ... und erst recht keine Befehle von mir entgegennehmen."

Meine Güte! Deshalb also war Esteban nie erwischt worden. Er tat nur, was seine Schwester ihm befahl. Sie verfügte über die Kontakte, hatte sie gesagt. Niemand konnte ihm etwas nachweisen, weil er nicht auf dieser Geschäftsebene tätig war. Sie reiste umher und knüpfte die Verbindungen. Und das alles unter dem Deckmantel der leidenschaftlichen Gärtnerin, die auf der Suche nach neuen Pflanzen war.

„Genial, nicht wahr?", meinte Maria, als ob sie Erins Gedanken lesen konnte.

Oh ja, wirklich genial. „Und das da hat uns verraten?" Sie deutete auf den Kopfhörer und den Kassettenrekorder.

„Dummerweise ja." Maria wiegte den Kopf hin und her. „Es hat mir schon sehr zu denken gegeben, dass Sie beide unsere Sicherheitsvorkehrungen unterlaufen konnten. Normalerweise sind wir sehr viel vorsichtiger."

„Sie haben es also die ganze Zeit gewusst?"

„Eigentlich haben wir es erst heute Morgen herausgefunden", gestand Maria freimütig. „Cortez ist es als Erstem aufgefallen, dass die Aufnahme etwas gekünstelt klang. Deshalb habe ich sie mir selbst angehört." Sie lachte leise. „Ich habe meinen Bruder schon früher bei solch peinlichen Auftritten belauscht. Daher wusste ich, dass Sie das alles nur vorgetäuscht haben."

Mist! Das hatte sie also vermasselt.

„Ich war allerdings noch nicht vollkommen überzeugt." Maria kam näher. „Aus reiner Neugier habe ich die Aufnahme so lange analysieren und bearbeiten lassen, bis ich schließlich ganz deutlich das Klappern der Tastatur hören konnte."

Als sie nur noch wenige Zentimeter von Erin trennten, blieb sie stehen und schüttelte bedächtig den Kopf. „Dann war das Geräusch zu hören, das entsteht, wenn Disketten kopiert werden. Und da wusste ich, was Sie getan hatten. Natürlich wusste ich auch, dass Ihre Mühe umsonst war. In Estebans Computer sind nämlich nur unwichtige Daten gespeichert, weil er selber unwichtig ist."

Unvermittelt kehrte Erins Angst zurück und legte sich wie ein eiserner Ring um ihre Brust. „Wo ist Logan?"

Maria lächelte. „Ach ja, Ihr Ehemann. Sie brauchen sich keine Sorgen zu machen; noch ist er nicht tot. Er wird gerade zu einem unserer besten Freunde gebracht. Einem Mann, der lange Jahre als Nachrichtenoffizier für Fidel Castro tätig war. Inzwischen arbeitet er für mich. Erst wenn er alle wichtigen Informationen aus Logan herausbekommen hat, wird er ihn töten." Maria warf einen Blick auf ihre goldene Armbanduhr und seufzte. „Ich bin sicher, dass ihm noch ein wenig Zeit bleibt. Es sei denn, er bricht schneller zusammen als erwartet."

Erin musste das unbedingt verhindern. Aber wie?

„*Venido!*"

Auf Marias Befehl hin eilten zwei Wachposten in das Zimmer.

„Doch jetzt wollen wir erst einmal sehen, was Sie alles wissen", sagte Maria zu ihr.

Hector hatte darauf bestanden, dass Logan sich ans Steuer setzte.

Obwohl er den Weg nicht kannte, widersetzte er sich der Aufforderung nicht. Hector würde ihm schon sagen, wohin er fahren musste. Esteban hatte den drei Männern befohlen, einige seiner Fabriken zu kontrollieren, weil es ein paar unvorhergesehene Zwischenfälle mit der Kokainproduktion gegeben hatte. Es wurde also höchste Zeit, hatte er Logan erklärt, für ein paar überraschende Stichproben.

Logan hatte ihm kein Wort geglaubt. Irgendetwas war im Busch, und die ganze Sache sollte vermutlich mit seiner Exekution enden. Er hoffte inständig, dass Erin Esteban aus dem Weg gehen würde, bis Logan mit seinen schweigsamen Mitfahrern abgerechnet hatte.

Die Caldarone-Brüder waren in Gedanken versunken und sahen ungefähr so glücklich aus, wie Logan sich fühlte. Aber er war davon überzeugt, dass ihre Stimmungen völlig unterschiedliche Gründe hatten.

„Biegen Sie hier links ab", befahl Hector unvermittelt und so spät, dass Logan fast die Einmündung verpasst hätte.

Er schlug das Lenkrad des Geländewagens so scharf nach links, dass die beiden Brüder sich an ihren Sitzen festklammern mussten, um nicht das Gleichgewicht zu verlieren. Mit kräftigen Flüchen auf Spanisch kommentierten sie seine Fahrweise. Logan beschloss, ihre Nachlässigkeit zu seinem Vorteil auszunutzen. Bis auf ihn hatte sich keiner angeschnallt. Aufs Gaspedal drücken, in die Bremsen steigen, sodass Hector mit dem Kopf gegen die Windschutzscheibe schleuderte, und den beiden eine Kugel in den Kopf jagen, ehe einer der Männer das mit ihm tun konnte. Logan beschloss, genau nach diesem Plan vorzugehen. Er erschien ihm recht vernünftig.

„Fahr langsamer, du Idiot", schrie Carlos vom Rücksitz. „Diese Straße ist gefährlich."

„Da kommt noch eine Kurve …"

Glas zersplitterte. Mitten im Satz sackte Hector nach vorn auf das Armaturenbrett.

Logan schaute auf das kreisrunde Loch und die spinnennetzartigen Risse, die die Kugel in der Frontscheibe hinterlassen hatte.

„Was zum Teufel soll das?", murmelte er. Hatte Esteban etwa gehofft, alle drei mit nur einer Kugel beseitigen zu können?

„Schneller!", schrie Carlos. Offenbar schien ihm der Zustand der Straße plötzlich gleichgültig zu sein. „Such eine Deckung!"

Eine zweite Kugel ließ die Fensterscheibe direkt hinter Logan zerspringen. Carlos brach auf seinem Sitz zusammen. Logan fluchte und trat das Gaspedal durch. Wenn Esteban sie alle umbringen wollte, warum hatte er es dann nicht schon während ihres Gesprächs getan?

Eine dunkle Gestalt sprang mitten auf die Fahrbahn. Logan stieg in die Bremse. Der Geländewagen geriet ins Schleudern.

Ferrelli.

Nur wenige Zentimeter vor dem verdammten Hundesohn brachte Logan den Wagen zum Stehen. Er hätte es wissen müssen. So zielsicher konnte nur Ferrelli schießen.

Ferrelli ging um die Motorhaube herum, riss die Beifahrertür auf und zog Hector heraus. Dann kletterte er in den Wagen und ließ sich neben Logan nieder.

„Ich habe den Eindruck, dass du diese Sache mit dem Schutzengel ein wenig zu wörtlich nimmst, Ferrelli. Fast wärst du unter meine Räder gekommen."

„Und fast hätte es dich erwischt", erwiderte Ferrelli, ohne auf seinen Vorwurf einzugehen. „Die Jungs vom Abhördienst haben einen Anruf von Esteban an einen Typen namens Cruz mitgekriegt. Ein widerlicher Zeitgenosse. Hat mal zu Castros Truppe gehört. Diese Witzbolde hier ...", er deutete mit dem Daumen nach hinten zu Carlos, „... wollten dich zu Cruz bringen, damit ihr beide euch mal so richtig nett unterhalten könnt."

Logan legte den Rückwärtsgang ein und drückte das Gaspedal bis zum Anschlag durch.

Ferrelli schnallte sich an. „Verstärkung ist unterwegs. Wir werden sie bald treffen, und zwar gegen ..."

„Wir haben nicht mehr viel Zeit." Logan fuhr bis zu einer Stelle, die breit genug war, um den Wagen zu wenden. „Wir müssen Erin sofort rausholen."

Ferrelli sah ihn unverwandt an, während Logan den Geländewagen um hundertachtzig Grad drehte und Gas gab. „Vielleicht sind wir schon zu spät. Und wenn nicht, wird es nicht einfach sein, an den Wachposten vorbeizukommen, ohne dass Esteban Verdacht schöpft. Es könnte sogar sehr gefährlich werden."

„Ich fahre zurück", beharrte Logan. „Und zwar auf der Stelle."

14. KAPITEL

Das Tor zu Estebans Grundstück schwang sofort auf, als Logan sich mit dem Wagen näherte. Carlos war am Beifahrersitz festgeschnallt, und Ferrelli hatte sich vor dem Rücksitz auf den Boden gelegt. Offenbar wussten noch nicht alle, wie es mittlerweile zwischen Logan und Esteban stand.

Logan brauste die Einfahrt hinauf und parkte in der Nähe des Gästehauses. Es war verlassen – genau wie er befürchtet hatte. Mit seiner Pistole und der von Carlos fühlte er sich für die kommenden Ereignisse allerdings ausreichend geschützt. Und wie alle Spezialagenten war Ferrelli natürlich auch auf sämtliche Eventualitäten vorbereitet.

„Zwei bewachen die Einfahrt, sechs kontrollieren das Gelände, und zwei weitere sind sonst wo unterwegs", erklärte Logan mit halblauter Stimme, während er den Blick prüfend in die Runde schweifen ließ. „Ich gehe jetzt ins Haus und hole Erin. Vermutlich sind Estebans Leibwächter und die zwei Wachmänner, von denen ich gesprochen habe, da drin."

„Pass bloß auf, dass der Hund es nicht merkt, wenn du ihm den Knochen wegnimmst", warnte Ferrelli ihn.

Logan nickte und ging zum Haus hinüber, wobei er darauf achtete, nicht gesehen zu werden. Im Moment verschwendete er keinen Gedanken daran, dass die Gegner in der Überzahl waren. Ferrelli würde sich schon darum kümmern. Die Mitarbeiter von Mission Recovery waren ausnahmslos gute Schützen – die besten, wenn es darum ging, einen Feind zu besiegen. Im Vergleich zu ihnen waren die Eliteeinheiten des Militärs ungefähr so schlagkräftig wie ein mittelmäßiger Schützenverein. Die Spezialagenten erledigten Aufgaben, vor denen andere kapitulieren mussten.

Es war totenstill im Haus, als Logan es von der rückwärtigen Terrasse aus betrat. Geräuschlos ging er durch die im Halbdunkel liegenden Räume. Die Küche und das Speisezimmer lagen verlassen. Auch Estebans Büro war leer, ebenso der Konferenzraum und der vordere Salon. Sie mussten also im ersten Stock sein.

Leise drang Logan bis zum Fuß der Treppe vor. Gerade als er seinen Fuß auf die erste Treppenstufe setzen wollte, hörte er das Klicken einer Waffe, die entsichert wurde.

Wie angewurzelt blieb er stehen.

„Es war keine gute Idee, hierher zurückzukommen." Cortez streckte den Arm aus und nahm Logan die Pistole aus der erhobenen Hand.

Seine eigene Waffe presste er an Logans Schläfe. „Aber da Sie nun schon mal hier sind, können Sie genauso gut an der Party teilnehmen."

„Partys haben mir schon immer gefallen", erwiderte Logan trocken. Er war heilfroh, dass Cortez ihn nicht sofort niedergeschlagen hatte. Carlos' Waffe steckte immer noch in seinem Hosenbund. Beiläufig zupfte er an seinem T-Shirt, um sie zu verdecken.

Cortez stieß ihn die Stufen hinauf. „Ich denke, Ihrer entzückenden Frau wird die Party ebenfalls gefallen."

Logan biss die Zähne zusammen. Am liebsten hätte er sich umgedreht und den Mann verprügelt, aber das wäre keine gute Lösung gewesen. Wenn er jetzt erschossen würde, könnte er Erin nicht mehr helfen. Er hatte doch geschworen, zu ihr zurückzukommen. Auf keinen Fall würde er sie im Stich lassen.

Jetzt musste er nur noch den richtigen Moment abwarten, um zuzuschlagen.

Logan hatte den oberen Treppenabsatz erreicht.

Jetzt war der richtige Moment gekommen!

Er wirbelte um die eigene Achse und zog seine Waffe. Gerade als Cortez abdrücken wollte, rammte Logan ihm den Fuß in den Magen, sodass sein Gegner rückwärts die Treppe hinunterstürzte. Cortez' Schuss ging nach oben los. Logans Schuss traf genau.

Zuerst durchsuchte Logan die Zimmer im Ostflügel. Ohne Erfolg. Die Angst, womöglich zu spät zu sein, verursachte ihm Magenschmerzen. Er hatte ihr sein Versprechen gegeben. Er musste es halten.

Am Ende des Korridors im Westflügel hörte er unterdrückte Stimmen. Es waren zwei, aber er hätte nicht sagen können, ob es Männer- oder Frauenstimmen waren.

Abrupt blieb er stehen, als er in einem Durchgang einen toten Wachposten entdeckte. Warum sollte Esteban einen seiner eigenen Leute umbringen? Er trat näher und erkannte Manuel, dessen Leben Erin gerettet hatte, als sie am ersten Abend mit Esteban gegessen hatten. Vielleicht hatte sich der Mann bei Erin revanchieren wollen.

Ein Schrei ertönte.

Erin.

Logan zwang sich, ruhig zu bleiben. Er konnte sich auf seine Erfahrungen verlassen, die ihm und den Menschen, die er schützen musste, schon oft das Leben gerettet hatten. Gefühlsbetontes oder voreiliges Handeln bedeutete den Tod. Er musste umsichtig vorgehen.

Die Tür war nicht geschlossen, aber der Spalt war zu schmal, als dass er genau hätte sehen können, was im Zimmer vor sich ging. Er hörte Estebans wütende Stimme ... und Erins, die sehr ängstlich klang. Logan biss die Zähne zusammen. Er würde ihr nicht helfen können, wenn er sich von seinen Gefühlen leiten ließ.

Erin war an einen ledernen Drehstuhl gefesselt. Ihre Lippe blutete, und das rechte Auge war geschwollen. Logan hätte nicht sagen können, welches Gefühl stärker war: Wut oder Sorge.

„Ich frage Sie zum letzten Mal", drohte Esteban. Sein Tonfall war unheilvoll; er schien mit seiner Geduld am Ende zu sein. Mit dem Griff seiner Waffe schlug er gegen ihre Schläfe. „Wer hat Sie hierhergeschickt?"

Sie sah ihm ins Gesicht, ohne ein Wort zu sagen.

Logan empfand Hochachtung für sie. Sie war wirklich gut.

Auf keinen Fall würde er den Rest seines Lebens ohne diese Frau verbringen.

Er hob seine Waffe und zielte auf Estebans Kopf. Sein Finger legte sich um den Abzug ...

„Lassen Sie die Waffe fallen."

Die Stimme einer Frau.

Er spürte die Pistolenmündung in seinem Rücken. „Lassen Sie sie sofort fallen, oder ich töte Sie."

Estebans Schwester.

Maria.

Esteban fuhr herum. Seine Waffe hielt er unverwandt auf Erin gerichtet. Als er Logan erblickte, starrte er ihn ungläubig an. „Sie!"

Logan presste die Lippen zusammen, als Maria ihm den Pistolenlauf in den Rücken bohrte. „Lassen Sie die Waffe fallen, oder sie stirbt auf der Stelle", warnte Maria ihn.

Er ließ die Pistole fallen. Mit einem dumpfen Geräusch landete sie auf dem Teppichboden.

„Vorwärts!", befahl sie und trieb ihn voran.

Sie gehörte also auch dazu. Erin hatte darauf bestanden, zu bleiben, um diese Frau zu retten. Und dann war sie auf die Wahrheit gestoßen. Maria drängte Logan in die Mitte des Raumes.

Schluchzend rief Erin seinen Namen.

Am liebsten wäre er sofort zu ihr hinübergelaufen, aber er wagte nicht, sich zu bewegen, weil er befürchtete, eine tödliche Kettenreaktion auszulösen.

„Vielleicht bekomme ich jetzt ein paar Antworten", schnarrte Esteban.

„Es haben schon fähigere Männer als Sie versucht, mich zu verhören", provozierte Logan ihn. „Wenn Sie glauben, es schaffen zu können – nur zu!" Er deutete auf Erin. „Sie weiß überhaupt nichts. Lassen Sie sie laufen, und versuchen Sie Ihr Glück mit mir. Ich bin derjenige, der Ihnen sagen kann, was Sie wissen wollen."

Logan versuchte, Erin einen aufmunternden Blick zuzuwerfen. Tränen liefen ihr über die Wangen, aber sie saß jetzt aufrechter, denn sie war erleichtert, dass er bei ihr war. Am liebsten hätte er Esteban auf der Stelle erwürgt, als er sah, was sie hatte durchmachen müssen.

„Auf keinen Fall. Sie bleibt hier." Esteban trat einen Schritt auf Logan zu und fuchtelte wie ein Wahnsinniger mit seiner Waffe. „Und ich bin sicher, dass Sie reden werden, wenn Sie sehen, was ich mit Ihrer reizenden Gattin vorhabe."

„Schluss mit diesem theatralischen Getue!", unterbrach Maria ihn barsch. Sie war nicht länger die unterwürfige Frau, sondern eine wütende Furie. „Ich werde schon die Antworten bekommen, die ich haben will!"

Esteban funkelte sie an. „Ich! Ich! Ich!" Er schlug sich mit der Faust gegen die Brust. „Ich mache die ganze Drecksarbeit – und du", grollte er, „du machst nichts anderes, als überflüssige Befehle zu geben."

Sieh mal einer an, dachte Logan. Dunkle Wolken über dem Paradies. Interessant. Kein Wunder, dass Esteban seine Schwester am liebsten tot gesehen hätte. Er hatte es satt, von einer Frau herumkommandiert zu werden.

„Pass auf, was du sagst, mein lieber Bruder. Ohne mich wärst du nämlich nichts."

Obwohl seine Augen immer noch wütend blitzten, gab Esteban sich unterwürfig. „Wie könnte ich das vergessen? Du bist das Hirn. Ich bin die Hand." Er zeigte auf Erin. „Also lass mich meine Arbeit machen."

Maria entspannte sich ein wenig. „Bitte sehr", sagte sie.

Logan war auf dem Sprung, sich auf Esteban zu stürzen. Er durfte das nicht zulassen …

„Sagen Sie mir, wer Sie geschickt hat", fragte er Erin noch einmal. „Wenn Sie nicht antworten, werde ich Ihren Lover vor Ihren Augen Stück für Stück vernichten."

Erin schaute Logan an. Er bemerkte das Entsetzen in ihrem Blick, aber auch eine gewisse Entschlossenheit. Seine Nerven waren bis zum Äußersten gespannt. Lieber Gott, lass sie bloß nichts Unüberlegtes tun, betete er. Sie wandte sich wieder an Esteban und musterte ihn voller Verachtung.

„Sie haben es getan", antwortete sie mit rauer Stimme.

Esteban schlug ihr ins Gesicht. Sie schrie laut auf. Logan wollte zu ihr laufen, aber Marias Waffe bohrte sich tiefer in seinen Rücken. „Noch eine Bewegung", warnte sie ihn, „und ich werde abdrücken. Und sie werde ich auch erschießen."

Logan erstarrte. Frustriert ballte er die Fäuste. Es war höchste Zeit, dass dieses grausame Spiel beendet wurde. Wo zum Teufel steckte nur Ferrelli?

„Wer hat Sie hierhergeschickt?", brüllte Esteban und hob die Hand, um Erin erneut zu schlagen.

„Sie haben es getan!", schrie sie zurück. „Sie haben mich hierhergeschickt, damit ich Ihre Schwester umbringe."

Pablo Esteban erstarrte. „Was ist denn das für ein Blödsinn?" Er versetzte ihr den nächsten Hieb. „Geben Sie zu, dass Sie sich das gerade ausgedacht haben!"

Die Nervosität in seiner Stimme war nicht zu überhören.

Erin sah Maria in die Augen. „Er hat gesagt, dass Sie mich mögen … dass Sie mir vertrauen. Er wollte, dass ich Freundschaft mit Ihnen schließe, um Sie für ihn zu bespitzeln. Bis er sich entscheiden würde, auf welche Weise ich Sie töten soll."

„Lügen! Nichts als Lügen!", brüllte Esteban. Heftig riss er sie an den Haaren. „Diese gottverdammte Hure lügt wie gedruckt."

„Deshalb habe ich Sie gesucht", beendete Erin rasch ihren Satz. Vor Schmerz verzog sie das Gesicht. „Ich wollte Sie warnen."

„*Bastardo!*" Zornig wandte Maria sich Esteban zu. „Du wolltest mich aus dem Weg haben."

„Ich schwöre dir, sie lügt." Esteban ließ Erin los und trat einen Schritt zurück, um Marias unheilvollem Blick auszuweichen. Er fuchtelte mit der Waffe durch die Luft. „Du weißt doch, dass ich dir niemals wehtun könnte, Maria."

Blitzschnell richtete Maria ihre Pistole auf Esteban und drückte ab. Der Schuss kam so überraschend, dass er überhaupt nicht damit gerechnet hatte oder gar auf die Idee gekommen wäre, in Deckung zu gehen. Logan schleuderte Marias Arm nach oben, ehe sie ein zweites Mal feuern konnte. Diesmal wäre Erin das Opfer gewesen. Die Kugel zerschmetterte das Fenster hinter Erin. Maria wirbelte auf dem Absatz herum und nahm Logan ins Visier. Er stürzte sich auf sie und riss sie mit sich zu Boden. Die Waffe flog ihr aus der Hand. Sie robbte über den Teppich, um sie zurückzuholen. Aber ehe sie danach greifen konnte, hatte Logan sie überwältigt. Eine Sekunde später versetzte er ihr einen Schlag, der sie bewusstlos machte.

„Alles in Ordnung!", verkündete Ferrelli. „Die Putztruppe ist im Anmarsch."

Logan rappelte sich auf und starrte Ferrelli an, der in der Tür stand, ein breites Grinsen im Gesicht. „Das wurde aber auch höchste Zeit."

„Wie soll ich's dir erklären?" Ferrelli lachte glucksend. „Ich wollte dir nicht die Show stehlen."

Logan deutete mit einer Kopfbewegung auf Maria. „Kümmere dich um sie."

„Wird gemacht."

Logan durchquerte das Zimmer und sank neben Erins Stuhl auf die Knie. Schnell löste er ihre Fesseln. Ferrelli sagte etwas zu ihm, aber er achtete nicht darauf. Das Einzige, was für ihn jetzt zählte, war Erins Wohlergehen.

Sie sank in seine Arme. „Ich habe dir doch gesagt, dass ich zurückkommen werde", murmelte er.

Sie stieß einen tiefen Seufzer aus. „Das habe ich auch keine Sekunde lang bezweifelt."

Logan half ihr auf die Füße. „Lass uns von hier verschwinden."

Als die Anspannung der letzten Stunden allmählich nachließ, traf ihn die Erkenntnis, was alles hätte geschehen können, wie ein Schock. Schlagartig wurde ihm außerdem klar, dass ihre gemeinsame Zeit jetzt beendet war.

Der Auftrag war erledigt.

Erin würde wieder in ihr altes Leben zurückkehren.

Unwillkürlich drückte er sie enger an sich. Zum ersten Mal in seinem Leben hatte er das Gefühl, einen Menschen so sehr zu brauchen, dass die Vorstellung, ihn nicht bei sich zu haben, geradezu unerträglich wurde.

Und dieser Mensch war Erin.

Er konnte sie nicht gehen lassen.

Aber er wusste auch nicht, wie er sie hätte halten können.

Kurze Zeit später flogen Erin und Logan zurück nach Washington, um, wie er sagte, einen Abschlussbericht zu erstatten. Erin hatte ihm und Ferrelli bereits alles erzählt, was sie von Maria erfahren hatte. Als sie wieder zu sich gekommen war, hatte sie zwar eisern geschwiegen, aber sie waren auf ihre Aussagen ohnehin nicht angewiesen: In ihrem Computer fanden sie sämtliche Informationen, nach denen sie gesucht hatten – Termine, die Namen aller Geschäftspartner–, und noch eine ganze Menge mehr. In einer Datei entdeckten sie Marias sämtliche Decknamen, unter denen sie ihre Geschäfte in Venezuela, Brasilien und Mexiko machte.

Am ergiebigsten – und pikantesten – war ihre Verbindung nach Brasilien. Dort hatte sie jahrelang eine Affäre mit einem hochrangigen Militär gehabt, der nicht die geringste Ahnung von ihrem Doppelleben gehabt hatte. Sie hatte die Beziehung zu ihm genutzt, um an seine Computerdateien zu gelangen. Für sie als erfahrene Hackerin war es ein Kinderspiel gewesen, den Zugangscode zu knacken.

Die Nachrichtenabteilung hatte inzwischen sämtliche Informationen nachgeprüft und herausgefunden, wo die gestohlenen Waffen gelandet waren. Die Drogenfahnder würden sich darum kümmern, die Vertriebswege, die Esteban für den Rauschgifthandel benutzt hatte, ein für alle Mal zu blockieren. Und alle, die vor ein paar Tagen zu Gast auf Estebans Party gewesen waren, würden bald hinter Gittern sitzen.

Sie hatten ihren Auftrag erfolgreich erledigt.

Der Albtraum war vorbei.

Erin lief unruhig in dem Zimmer auf und ab, das man ihr für diese Nacht gegeben hatte. Sie hatte bereits geduscht, aber an Schlaf war nicht zu denken. Sie dachte daran, wie Logan sie in die Arme genommen hatte, nachdem Esteban erschossen worden war. Logan hatte sie so fest umarmt, als befürchtete er, sie könnte verschwinden. Und sie dachte darüber nach, dass er zu ihr zurückgekommen war, obwohl er wusste, wie gefährlich das für ihn war. Von Ferrelli wusste sie, dass Logan sich geweigert hatte, zu warten, bis Verstärkung kam.

Sie sank auf ihr Bett und erinnerte sich daran, wie er sie geliebt hatte. So falsch hatte sie seine Gefühle ihr gegenüber dann wohl doch nicht eingeschätzt. Und was ihre Gefühle für ihn anging – nun, die waren eindeutig. Sie betrachtete ihre Hand mit dem inzwischen schmucklosen Ringfinger. Der Ehering lag nun auf der Frisierkommode. Er war ein Teil ihrer Tarnung gewesen – ihres Spiels. Alles war nur ein Spiel gewesen.

Während der vergangenen zwei Wochen war Logan zu Hochform aufgelaufen. Die Arbeit als Spezialagent war sein Leben. *Der Auftrag.* Das hatte er schließlich selbst gesagt. Er wollte überhaupt keine Ehefrau. Vor allem keine, die nicht zu seiner Welt gehörte. Was würde sie tun, wenn er wieder unterwegs war, um einen lebensgefährlichen Auftrag zu erledigen – zu Hause sitzen und Plätzchen backen? So konnte sie unmöglich leben. Sie hatte jedenfalls nicht den Eindruck, dass sein Wunschtraum ein eigenes Haus mit einem weiß lackierten Zaun drum herum war.

Aber er hatte Gefühle ihr gegenüber. Dessen war sie sich sicher. Leider würden diese Gefühle nicht ausreichen für eine Beziehung, die auf so wackligen Füßen stand. In ihrer Welt würde er niemals glücklich werden. Und die, in der er momentan lebte, bot nicht gerade eine solide Basis für ein ideales Ehe- und Familienleben.

Sie musste einen Schlussstrich ziehen. Es war Zeit, Auf Wiedersehen zu sagen und zu verschwinden. Sie brauchte ihm ja nicht auf die Nase zu binden, wie ihr dabei zumute war.

Er würde niemals erfahren, wie sehr sie ihn liebte.

Und das wäre das Beste für alle Beteiligten.

Wieder schüttelte Logan sein Kissen auf und schlug mit der flachen Hand darauf. Es nützte nichts. Heute Nacht würde er keinen Schlaf mehr finden. Wie hätte er auch zur Ruhe kommen sollen? Erin war nur ein paar Türen weit entfernt. Er sehnte sich danach, mit ihr zusammen zu sein. Er wollte wieder mit ihr schlafen. Er wollte ihr und sich beweisen, dass seine Gefühle echt waren und nicht das Resultat einer stressbedingten Situation.

Es war unmöglich.

Obwohl Erin ihre Pflicht mehr als erfüllt hatte, musste er zugeben, dass das nicht ihre Welt war. Sie würde sich ein friedliches und bequemes Leben in Atlanta schaffen, einen kleinen sicheren Hafen, wo niemand auf sie schoss oder Informationen aus ihr herausprügelte.

Er konnte doch unmöglich von ihr verlangen, dass sie zu Hause auf ihn wartete, während er in der Weltgeschichte herumreiste, um seine lebensgefährlichen Aufträge zu erledigen. Es wäre viel zu grausam. Sie hatte weiß Gott ein schöneres Leben verdient. Frustriert seufzte er. Er musste den Tatsachen ins Auge sehen: Erin war besser dran ohne ihn. Darüber war er sich im Klaren. Und sie war sich dessen bestimmt auch bewusst – vor allem nach den qualvollen Stunden, die Esteban ihr bereitet hatte.

Es wäre für alle das Beste, wenn er sie gehen ließe.

Direkt nach der Besprechung am nächsten Morgen. Er würde ihr Auf Wiedersehen sagen, sich umdrehen und weggehen.

Plötzlich kam ihm ein anderer Gedanke in den Sinn. Dann schüttelte er den Kopf. Nein, es würde nicht funktionieren. Er nagte an seiner

Unterlippe ... nun, vielleicht klappte es ja doch. Plötzlich verspürte er so etwas wie Hoffnung. Er musste es einfach ausprobieren.

Und es gab nur einen Weg, das herauszufinden.

Nervös saß Erin in einem der beiden Sessel vor Lucas Camps Schreibtisch. Logan hatte sich in dem anderen Sessel niedergelassen.

Er war sehr freundlich zu ihr gewesen, von geradezu professioneller Höflichkeit, als wäre nichts geschehen.

Sie hätte am liebsten laut geschrien.

Doch was hätte es gebracht? Hatte sie nicht schon einmal ihr Herz für einen Mann aufs Spiel gesetzt? Und was hatte sie davon gehabt? Diese Schwäche würde sie sich nicht ein zweites Mal gestatten. Sie bewegte sich ohnehin schon auf ziemlich dünnem Eis.

Lucas hatte sie über die jüngsten Ereignisse auf Estebans Anwesen informiert. Das gehörte jetzt mit allem Drum und Dran der Regierung der Vereinigten Staaten von Amerika. Die kolumbianischen Behörden hatten ihre Einwilligung zum Erwerb gegeben. Der Verkauf des gesamten Besitzes würde mehrere Millionen Dollar einbringen, die dazu benutzt werden sollten, anderen Verbrechern vom Kaliber Estebans und Marias das Handwerk zu legen und den Straßenkindern in Kolumbien zu einer menschenwürdigen Existenz zu verhelfen. Bei dem Gedanken, dass sie dabei mitgewirkt hatte, konnte Erin ein Gefühl von Stolz nicht unterdrücken. Allerdings war nicht vorgesehen, dass sie bei diesem Geschäft ihr Herz verlor.

„Ausgezeichnete Arbeit, Erin", lächelte Lucas. „Sie haben unserem Land einen unschätzbaren Dienst erwiesen."

„Danke", sagte sie mit einem Tonfall, der genauso abweisend wie ihre Körperhaltung war.

„Es wird Sie sicher freuen zu hören, dass Jeff Monteberry vor drei Tagen offiziell angeklagt wurde und dass sämtliche Vorwürfe gegen Sie aus den Akten gestrichen wurden." Er reichte ihr einen Umschlag. „Die entsprechenden Dokumente sind hier drin. Sie können jetzt weiterleben, als ob das alles niemals passiert wäre."

Mit zitternden Händen nahm Erin den Briefumschlag entgegen. Seltsamerweise spürte sie in diesem Moment nichts von dem Triumph, den sie erwartet hatte. Jeff bekam seine verdiente Strafe, und sie war frei – wirklich frei. Und sie lebte. Gar kein so schlechtes Ergebnis nach allem, was sie durchgemacht hatte. Es war schon ein gutes Gefühl – und dennoch ...

„Herzlichen Glückwunsch."

Erin warf Logan einen flüchtigen Blick zu. Mehr wollte sie nicht riskieren. Aber selbst dieser Bruchteil einer Sekunde reichte ihm aus, ihr dieses strahlende Lächeln zu schenken, das ihr immer einen Stich ins Herz versetzte. „Danke", stammelte sie. Ihre Stimme zitterte genauso wie ihre Hände. Sie würde ihn nie wieder sehen.

Das war es also.

Das Ende.

„Da ist nur noch eine Sache", fuhr Lucas fort. „Logan hat mir erzählt, dass Sie als Geheimagentin verdammt gut gewesen sind."

Erin konzentrierte sich auf Lucas und hoffte, dass das Geräusch, das sie gerade gemacht hatte, auch wirklich wie ein Lachen klang. Sie spürte eine Hitzewelle in sich aufsteigen, und der Gedanke daran, dass Logan sie beobachtete, machte ihre Situation nicht besser. Sie vermied es, ihn anzusehen. Das hätte alles nur noch komplizierter gemacht. „Ich habe mich irgendwie durchgewurstelt. Vielleicht ist es das, was Sie meinen." Sie straffte die Schultern. „Ich habe eben Glück gehabt."

„Oh, das war zweifellos viel mehr als einfach nur Durchwursteln", entgegnete Lucas. „Und ich bin sogar davon überzeugt, dass Sie ein Gewinn für unsere Organisation wären." Er legte den Kopf schräg und musterte sie aufmerksam. „Das heißt, falls Sie auf der Suche nach einem Job sind."

Das Angebot traf sie wie ein Blitz aus heiterem Himmel. Hatte Logan etwa so viel Gutes über sie erzählt? Warum hätte er das tun sollen? Ihre Gedanken überstürzten sich, und verwirrt legte sie die Stirn in Falten, als sie über Lucas' Angebot nachdachte.

War sie wirklich geeignet für diesen Agentenjob? Sie lehnte sich in ihren Sessel zurück und warf dem Mann neben ihr einen Blick zu. Er erwiderte ihn durchdringend, aus dunklen Augen, und ihre Haut begann zu prickeln. Er hatte in der Tat eine erstaunliche Wirkung auf sie. Schnell schaute sie wieder zu Lucas. Was hatte er noch gerade gesagt? Er erwartete eine Antwort von ihr.

„Ich bin mir nicht sicher, ob ich für ein solches Leben geeignet bin", erwiderte sie aufrichtig.

Lucas nickte. „Ich verstehe." Er seufzte. „Schade. Mir ist gar nicht wohl bei dem Gedanken, Logan zu verlieren."

Erin runzelte die Stirn. Vor lauter Stress bekam sie Kopfschmerzen. Wovon redete dieser Mann? Ihr Blick wanderte von ihm zu Logan und zurück. „Warum sollten Sie Logan verlieren?"

Lucas zuckte mit den Schultern. „Er hat mir gesagt, dass er ohne Sie nicht bei uns bleiben will." Er verzog die Lippen zu einem Lächeln. „Es sieht ganz so aus, als hätten Sie Eindruck auf ihn gemacht."

Erin wollte ihren Ohren nicht trauen. Sie drehte sich zu Logan um und sah ihm ins Gesicht. „Stimmt das? Willst du das alles wirklich meinetwegen aufgeben?"

„Ohne mit der Wimper zu zucken."

Hätte seine Stimme sie nicht von seiner Aufrichtigkeit überzeugt – spätestens beim Blick in seine Augen hätte sie Bescheid gewusst. Plötzlich war sie überglücklich. Das hier war die Wirklichkeit. Es war nicht länger Schauspielerei.

In ihrem Kopf überschlugen sich die Gedanken. Es war ihr unmöglich, Ordnung in das Durcheinander zu bringen. Und dabei erwartete man eine Entscheidung von ihr. Sie presste die Hand an die Brust, als ob sie damit ihr rasendes Herz beruhigen konnte. Logan ergriff diese Hand und umschloss sie mit seiner. Seine Berührung oder sein Blick, vielleicht war es auch beides, ließen sie diesen Moment in einem strahlend hellen Licht sehen. Sie liebte ihn. Sie gehörte zu ihm, wollte ihr Leben mit seinem teilen – egal, wohin es sie führen würde.

„Unter einer Bedingung", sagte sie zu Lucas.

Fragend zog er die Augenbrauen hoch.

„Logan und ich arbeiten als Team. Entweder werden wir zusammen eingesetzt, oder Sie können die Sache vergessen."

„Ich fürchte, so einfach ist es nicht", erklärte Lucas ernst. „Da gibt es nämlich noch ein paar Fragen zu klären."

Erins Hoffnung sank. „Welche denn?"

„Sie müssen Logan fragen, ob er damit einverstanden ist", klärte Lucas sie auf.

Sie sprang auf und funkelte Logan an. Hier legte sie in aller Öffentlichkeit ihre Gefühle bloß, und er ließ sie zappeln. „Was zum Teufel denkst du dir dabei? Erst machst du mir Hoffnungen, und im nächsten Atemzug zerstörst du sie wieder?" Sie spürte einen heftigen Stich in der Herzgegend. Wie konnte er ihr nur so etwas antun?

Er erhob sich und sah ihr in die Augen. „Es ist in der Tat ein bisschen kompliziert. Weißt du, ich will nicht nur eine Partnerin für den Job. Ich will eine Ehefrau. Und zwar eine echte." Er schenkte ihr sein unwiderstehliches Lächeln – eins von der Sorte, das sie auf der Stelle dahinschmelzen ließ. „Die einzig akzeptable Antwort lautet ja."

Ein Vielzahl widerstreitender Gefühle stürzten auf sie ein. Eines davon erkannte sie auf Anhieb – Liebe. Sie schlang die Arme um seinen Nacken und zog ihn an sich. „Ja." Dann ließ sie ihn unvermittelt los und sah ihn mit einem spitzbübischen Lächeln an. „Aber nur, wenn du mir auf der Stelle einen Kuss gibst."

Logan gehorchte. Insgeheim nahm Erin sich vor, dafür zu sorgen, dass er für den Rest seines Lebens immer so fügsam war.

„Gott sei Dank", sagte Lucas Camp aufrichtig erleichtert. „Wenn ihr beiden nur einen Moment damit aufhören würdet, damit wir über Ihren nächsten Einsatz sprechen können."

„Erst nach den Flitterwochen", antwortete Logan zwischen zwei Küssen.

In diesem Moment wurde Erin klar, dass nicht die Arbeit, sondern sie selbst den ersten Platz im Leben des Mannes einnehmen würde, den sie mehr als alles auf der Welt liebte.

– ENDE –

Lindsay McKenna

Schöner als jeder Edelstein

Roman

Aus dem Amerikanischen von
Günther Kuch

1. KAPITEL

„Gehen Sie nicht hinein. Die Mine ist gefährlich." Eine kräftige Hand legte sich auf die Skizze der Smaragdmine, die Cat gerade studierte. In der Annahme, von dem Besitzer der Mine angesprochen worden zu sein, erhob sie sich und drehte sich um.

Normalerweise brauchte Cat kaum den Blick zu heben, um dem eines Mannes zu begegnen, weshalb es sie zunächst etwas aus der Fassung brachte, nur auf einen Brustkorb zu sehen. Erst als sie aufblickte, begegnete sie Augen von der dunkelblauen Farbe der Saphire und ebenso atemberaubend. Die Eindringlichkeit des Blickes wurde von dem eigensinnigen Kinn des Mannes noch unterstrichen. Wenn es nicht die feinen Lachfältchen gegeben hätte, die sich um seinen Mund und seine Augen zogen, hätte sie gewettet, dass er das Wort „Lächeln" nicht einmal kannte.

„Ich bin in der Mine gewesen. Sie ist nicht sicher."

Ein spöttisches Lächeln legte sich um Cats Lippen. „Welche Mine ist das schon?"

Der Blick des Mannes verriet Ungeduld. „Jetzt ist nicht die Zeit für Späße, Miss Kincaid. Ich war heute Morgen in der Grube. Der Besitzer muss verrückt sein, wenn er den wertlosen Stollen untersuchen lassen will. Nicht nur dass die Stützbalken verrottet sind, es sickert auch Wasser durchs Gestein, was den ganzen Stollen zum Einsturz bringen lassen kann."

„Da Sie offensichtlich nicht Mr Graham sind, könnten Sie sich vielleicht erst einmal vorstellen und mir sagen, woher Sie meinen Namen kennen."

„Nein, dieses wertlose Exemplar einer Mine gehört mir nicht. Und in unserem Geschäft kennt jeder den Namen Cat Kincaid." Mit einem warmen Blick streckte er die Hand aus. „Mein Name ist Stanley Donovan. Ich bin Geologe."

Cat spürte einen angenehm festen Händedruck. „Hat Mr Graham Sie auch damit beauftragt, die Emerald Lady Mine zu begutachten, Mr Donovan?" Verstohlen warf Cat einen Blick auf ihre Uhr. Die Zeit drängte.

Stan lächelte verschmitzt. „Nein, nicht ganz, Ms Kincaid. Ach, macht es Ihnen etwas aus, wenn ich Sie Cat nenne? Ich mag es lieber weniger formell."

Ein wachsamer Zug kehrte in Cats Blick zurück. „Stanley Donovan? Wo habe ich den Namen nur schon einmal gehört?"

„Bergbauingenieure und Geologen sind doch international eine fest verbundene Gruppe", gab er etwas zu schnell zurück. „Ich habe schon in Smaragdminen in Afrika und Südamerika gearbeitet."

Cat strich sich eine braune Haarsträhne aus der Stirn und musterte Stan aufmerksam. „Ich weiß genau, dass ich von Ihnen gehört habe."

„Das ist doch jetzt unwichtig." Er zeigte durch das schmutzige Fenster der alten Baracke. „Das ist wichtig. Lionel Graham hat in Fachkreisen einen schlechten Ruf." Seine tiefe Stimme mit deutlichem texanischen Akzent wurde nachdrücklich. „Die Stützpfeiler der Mine brechen zusammen, wenn man sie nur schief ansieht, Cat."

„Miss Kincaid bitte. Wenn der Besitzer Sie nicht geholt hat, was machen Sie dann überhaupt hier?" Cat verschluckte gerade noch eine spitze Bemerkung, wieso er ihr, einer Bergbauingenieurin, den Ratschlag geben wollte, ob sie eine Mine betreten sollte oder nicht. Sie musterte ihn erneut kritisch. Er schien ungefähr in ihrem Alter zu sein, so um die dreiunddreißig Jahre. Irgendwie gelang es ihm, sowohl lebenserfahren als auch jugendlich zu erscheinen, ein Eindruck, der durch die widerspenstigen braunen Locken, die ihm in die hohe Stirn fielen, noch verstärkt wurde.

Stan warf ihr sein bezauberndstes Lächeln zu, dem er offensichtlich die Fähigkeit zuschrieb, das Herz jeder Frau erweichen zu können. Auf Cat hatte es allerdings genau die entgegengesetzte Wirkung. Und so wartete sie nur, die Hände in die Hüften gestützt, auf seine Erklärung.

„Also gut, ich bin von Bogotá herübergeflogen, als ich erfuhr, dass Sie hier erwartet werden. Ich habe schon seit Tagen versucht, Sie aufzuspüren. Ich bin gestern Abend angekommen und …"

„Da sind Sie ja, Miss Kincaid." Lionel Graham, ein wohlbeleibter Herr in tadellos sitzendem Anzug, betrat das Büro. Die nackte Glühbirne beschien seinen kahlen Kopf, als er sich stirnrunzelnd an den großen Mann neben Cat wandte. „Was machen Sie denn in Hampton, Donovan? Ich denke, Sie sind in Südamerika."

Mit finsterer Miene nahm Stan ihn ins Visier. „Ich war heute Morgen in Stollen B, Graham, und ich kann nicht behaupten, dass mir gefallen hat, was ich gesehen habe."

Graham runzelte die Stirn. „Hören Sie, Donovan. Ich weiß nicht, was Sie hier machen, aber niemand hat Zutritt zur Emerald Lady Mine, es sei denn mit meiner Erlaubnis."

„Ich verstehe auch, warum", gab Stan bissig zurück. „Die Stützpfeiler sind verrottet und warten nur darauf, über jemandem zusammenzubrechen, der dumm genug ist, den Stollen zu betreten."

Vor Wut lief Graham rot an. „Was weiß denn schon ein Geologe von diesen Dingen? Sie sind kein Bergbauingenieur."

„Ich kenne mich mit Edelsteinminen aus, Graham, und Sie haben kein Recht dazu, jemanden in diese Mine zu schicken."

Cats Ärger hatte mittlerweile den Siedepunkt erreicht. Die Zeit drängte. Und sie sollte diesen beiden einfach zuhören? „Mr Donovan, Ihre Meinung ist weder erwünscht noch erforderlich. Ich habe mein Leben lang unsichere Minen befestigt. Sie auch?"

Stan bemühte sich, seinen Ärger im Zaum zu halten. Hin und wieder kam es vor, dass skrupellose Minenbesitzer etwas in scheinbar reiche Edelsteinminen investierten, um sie anschließend als katastrophalen Geschäftsverlust anzugeben und stattliche Steuerbeträge dafür einzustreichen. Die Emerald Lady Mine war eine solche Mine, und sowohl Stan als auch Graham wussten das. Nur Cat Kincaid wusste es eben nicht. Und er wollte verhindern, dass sie es unter viel Mühen und Gefahr selbst herausfinden musste.

„Die Emerald Lady Mine ist nichts weiter als ein interessantes Verlustgeschäft, das nur darauf wartet, von Graham vergoldet zu werden."

Graham lief tiefrot an. „Dieses Mal gehen Sie zu weit, Donovan. Falls Sie nicht zufällig gerade für die Minenkontrollbehörde arbeiten …"

Stan wandte sich Cat zu. „Das ist genau die Stelle, die hierfür zuständig ist. Stollen B kann jeden Moment zusammenbrechen. Doch dann, Graham", er wandte sich wieder dem Grubenbesitzer zu, „wäre dieses Geschäft geplatzt, denn Sie brauchen unbedingt die fachmännische Bestätigung von Miss Kincaid, dass Ihre Mine nicht nur unergiebig, sondern eine Katastrophe erster Ordnung ist."

„Donovan, Sie haben kein Recht dazu", begann Graham aufgebracht.

Doch Stan ignorierte ihn nur und wandte sich wieder Cat zu. „Sie sind seit über zehn Jahren Bergbauingenieurin. Und in unserer Branche gibt es niemanden, der nicht Ihre Fähigkeit, Stollen selbst unter unglaublichen Umständen zu konstruieren, respektiert und bewundert." Stan wies zur Mine hinüber. „Aber Ihr Leben und Ihr Wissen – um gar nicht erst Ihren Hals zu erwähnen – sind es nicht wert, für diese Grube aufs Spiel gesetzt zu werden."

Cat fühlte sich einen Augenblick lang von dem Nachdruck, mit dem Stan seine Einwände vorbrachte, verunsichert. Doch sofort erinnerte sie sich verärgert daran, dass er sie mit seiner einschmeichelnden Stimme nur wie in einem Spinnennetz umgarnt und gefangen hatte.

„Mr Donovan, ich glaube, Mr Graham und ich werden damit schon fertig. Übrigens, die Inspektion einer Mine gehört zu den Aufgaben von Bergbauingenieuren ... Nur für den Fall, dass Sie es vergessen haben."

Graham zog ein weißes seidenes Taschentuch hervor und wischte sich damit über seine feuchte Stirn. „So ist es. Miss Kincaids Spezialität sind schwierige Minen. Aus dem Grunde habe ich sie auch kommen lassen. Und ich weise Ihren Verdacht entschieden zurück, Donovan. Die Emerald Lady ist die beste Mine, für die nur die besten Leute gut genug sind."

Graham log wie gedruckt. Warum bloß durchschaute Cat nicht seine Masche? Hatte sie nicht gelernt, die Motive anderer Menschen kritisch zu hinterfragen? Stan versuchte es, eindringlich bittend, ein letztes Mal. „Bitte, gehen Sie nicht hinein. Gestern Nacht hat es hier stark geregnet. Warten Sie wenigstens einen Tag ab. Das Wasser sickert nur so hinein, und die Verschalung des Stollens ist total verrottet. Einen Tag. Bitte."

Erhobenen Hauptes trat Cat näher. „Mein Terminkalender erlaubt mir nicht den Luxus eines zusätzlichen Tages. Ich beabsichtige, die Mine unverzüglich zu untersuchen, Mr Donovan. Und ich habe nicht die Zeit dafür, darüber zu diskutieren. Heute Nachmittag", sie sah auf ihre goldene Armbanduhr, „um vierzehn Uhr genau, fliege ich nach New York zurück. Und morgen Abend bin ich schon wieder in Australien."

Draußen begann es zu regnen, und über die Wälder, die die Edelsteinmine umgaben, legte sich ein grauer Dunstschleier. Stan erschien es wie ein warnendes Zeichen.

Doch Cat ergriff ihren weißen Grubenhelm, auf dem sich schon einige Kratzer und Beulen von Gesteinsbrocken eingegraben hatten, die alle ausgereicht hätten, um sie ernsthaft verletzen zu können. Sie prüfte die Lampe vom am Helm, bevor sie ihn aufsetzte. Dabei bemühte sie sich standhaft, Donovan zu ignorieren, was jedoch schwierig war, da seine betonte Beherrschtheit die Atmosphäre in knisternde Spannung zu versetzen schien.

„Donovan", begann Graham gereizt. „Sie können sich einbilden, was Sie wollen, aber Sie befinden sich unbefugt auf Privatbesitz. Wenn

Sie nicht verschwinden, verständige ich den Sheriff und lasse Sie unverzüglich ..."

„Sparen Sie sich Ihre Drohungen, Graham. Ich bleibe, bis Miss Kincaid wieder unversehrt die Mine verlassen hat." Seine blauen Augen blickten Graham drohend an. „Und dagegen können Sie gar nichts machen, es sei denn, Sie halten sich für stark genug, mich hinauszuwerfen."

Kopfschüttelnd ergriff Cat ihre Grubenlampe und prüfte deren gelbes Licht.

„Begleiten Sie sie, Graham?", stichelte Stan bissig.

„Natürlich nicht, sie ist doch die Expertin."

Ein verächtlicher Zug legte sich um Stans Mundwinkel. „Um nichts in der Welt würden Sie hineingehen, denn Sie wissen genau, wie unsicher die Mine ist."

Cat öffnete die Tür. „Streiten Sie sich ruhig weiter über die Mine, ich werde sie mir währenddessen ansehen." Sie blickte Stan fest an. „Und folgen Sie mir nicht. Verstanden?"

Er verzog das Gesicht und nickte widerstrebend. „Wie immer Sie es wünschen, Lady. Aber ich würde Sie gern in einem Stück wiederkommen sehen."

Erneut versuchte sich Cat daran zu erinnern, was ihr über einen Mann namens Stanley Donovan zu Ohren gekommen war. Wenn sie die Mine überprüft hatte, wollte sie eingehender in ihrer Erinnerung kramen. Den Namen kannte sie irgendwie. Aber woher? Wahrscheinlich, wenn sie von Stans polterigem Verhalten ausging, das dem eines Elefanten im Porzellanladen glich, konnte er mit nichts Gutem in Verbindung stehen.

„Ich brauche ungefähr eine Stunde, Mr Graham, vielleicht etwas länger."

„Gut, gut, lassen Sie sich Zeit. Ich warte."

Stan trat einen Schritt auf Cat zu. „Machen Sie so schnell wie möglich. Jeder Fachmann erkennt nach spätestens zwanzig Minuten, dass der Stollen einstürzen kann."

Cat betrachtete ihn kühl und zog dann ihren Helm etwas tiefer. „Ungefähr eine Stunde, Mr Graham."

Hilflos beobachtete Stan, wie Cat in den Regen hinaustrat. Das verwaschene Blau ihrer Jeansjacke wurde sofort von der Nässe an einzelnen Stellen dunkel. Dann drängte er sich mit einer Verwünschung auf den Lippen an Graham vorbei und eilte hinter Cat her.

„Miss Kincaid – Cat – hier, nehmen Sie." Er drückte ihr ein Funkgerät in die Hand. Der Regen lief nur so über sein Gesicht, und seine Haare klebten schon an seinem Kopf. „Nur für den Fall, okay? Und sehen Sie mich nicht so an. Das ist eine reine Sicherheitsmaßnahme, falls doch etwas schiefläuft."

Sie hatten den Eingang der Mine erreicht. Stan sah Cat noch einmal bittend an, obwohl er wusste, dass sie sich von ihrem Vorhaben nicht abbringen lassen würde. Er hatte schon gehört, dass sie eigenwillig war, und er musste sich jetzt damit abfinden.

Cat steckt das Gerät, zum Schutz vor dem Regen, unter ihre Jacke. Aus der Mine roch es feucht und muffig, und sie spürte ein leichtes Frösteln. „Okay, ich nehme es. Aber bleiben Sie hier. Ich habe genug von Ihren Einmischungen, Mr Donovan. Sie können froh sein, dass Mr Graham nicht den Sheriff gerufen hat, denn sonst steckten Sie jetzt bis zum Hals im Ärger. Auch wenn er nicht den besten Ruf hat, so hat Mr Graham doch großen Einfluss."

„In der Tat, Lady", bestätigte Stan spöttisch. „Graham hat mehr wertlose Minen besessen, als ich Erze geprüft habe."

„Kann ich jetzt endlich an meine Arbeit, Donovan?"

„Sicher, machen Sie nur. Aber was halten Sie davon, wenn wir hinterher zusammen essen?"

Cat konnte es nicht leugnen, Stanley Donovan hatte irgendwie etwas Fesselndes, das sie nicht klar benennen konnte. Und so drängte sie ihr sechster Sinn – oder war es weibliche Neugier? – auf seinen Vorschlag einzugehen. „Essen? Aber nur ein kurzes."

„Ich weiß, Sie müssen Ihr Flugzeug erreichen." Stan lächelte, und seine angespannten Züge verloren etwas von ihrer Strenge.

Cat tippte an ihren Helm und hob die Grubenlampe. „Wir sehen uns später, Donovan."

Vorsichtig machte Cat sich auf den Weg und folgte dem sanften Gefälle des Stollens. Die Dunkelheit schloss sie ein, die nur von dem gedämpften gelben Licht ihrer Grubenlampe durchbrochen wurde. Sie atmete tief den modrigen Geruch ein. Wie bei den meisten Edelsteinminen war auch dieser Stollen nicht tief. Er folgte den Gesteinsschichten und -adern, in denen Edelsteine vermutet wurden. Überall auf dem Boden lagen Bruchstücke von Kalkstein herum. Es war offensichtlich, dass die Mine schon lange außer Betrieb war.

Cat hielt immer wieder an und betrachtete sorgfältig und mit geübtem Blick die Stützkonstruktion. Von oben, durch den grünlichen Kalkstein hindurch, tropfte es unaufhörlich. Feuchtigkeit in einer Mine war nichts Ungewöhnliches. Doch Stanley hatte recht gehabt: Rinnsale von Wasser folgten den Ritzen in den Gesteinsschichten und hatten sich ihren Weg bis in den abgesicherten Teil der Mine gegraben. Die Wände brauchten unbedingt eine zusätzliche Absicherung, andernfalls drohte die Feuchtigkeit sie zu zerstören. Und als Cat die Stützbalken befühlte, erkannte sie sofort, dass deren Erneuerung die erste und vordringlichste Aufgabe sein musste.

Der Hauptstollen gabelte sich, und es begann der Stollen B, in dem es noch feuchter und modriger roch. Erneut musste sich Cat eingestehen, dass Stan recht hatte: Graham hatte noch nicht einmal damit begonnen, sich um das Notwendigste zu kümmern, um hier sichere Arbeitsbedingungen zu schaffen. Wenn er, wie Donovan behauptete, die Sachkenntnisse besaß, dann gab es keine Entschuldigung dafür, dass er an den notwendigen Belüftungsmaßnahmen und Geräten zum Wasserabpumpen gespart hatte. Die Nässe zerstörte die mächtigen Eichenstützbalken und Deckenverstrebungen, sodass irgendein unglücklicher Bergarbeiter leicht unter ihnen begraben werden konnte.

Cat folgte dem Stollen und prüfte sorgfältig jeden weiteren Stützbalken. An den Stellen, wo das Wasser von oben herunterfloss, hatte das Gestein eine rostrote Färbung bekommen, ein eindeutiges Zeichen, dass innerhalb des Felsens metallhaltige Adern steckten. Grimmig verzog Cat den Mund: Stan hatte die Beschaffenheit der Mine exakt bestimmt. Hier konnten keine Smaragde gefunden werden. Die verbargen sich nie in metallhaltigem Gestein. Auch wenn sie keine Geologin war, hatte sie sich im Laufe ihrer Arbeit doch ausreichende Kenntnisse darüber erworben.

Je tiefer Cat in den Stollen eindrang, desto drückender wurde die Luft. Als das Gefälle plötzlich steil abfiel, blieb sie stehen. Sie hob die Grubenlampe, um den Grund des jähen Abstiegs des Stollens zu erkennen. Normalerweise nahmen in solchen Fällen die Gesteinsadern eine unerwartete Richtung. Doch es war nichts Derartiges erkennbar. Cat fuhr mit dem Finger über die Stützpfeiler. Sie waren mit glitschigen Algen bedeckt und nass von dem ununterbrochen herabsickernden Wasser. Der Hauptbalken der Deckenabsicherung über ihr war zerbrochen und hing herunter. Und wieder erinnerte sie sich an Stans Warnung.

Cat presste die Lippen zusammen und lauschte. Von überallher hörte sie das Platsch, Platsch, Platsch des Wassers. Im Schein der

Lampe glänzten die Stollenwände feucht. Sollte sie weitergehen? Aller Wahrscheinlichkeit nach würden die anderen Deckenbalken auch bald durchbrechen. Es war nur noch eine Frage der Zeit, wann der Kalkstein von dem stetig durchsickernden Wasser so brüchig sein würde, dass er herunterbrach. Was bezweckte Graham eigentlich damit, sie Untersuchungen über die Wertlosigkeit seiner Mine anstellen zu lassen? Es war ein totales Verlustgeschäft. Allein in die Absicherung dieses Stollens musste so viel Geld gesteckt werden, dass es fraglich war, ob der angenommene Ertrag der Mine überhaupt im Verhältnis zu solchen Ausgaben stand. Sie bezweifelte das. Doch das ging sie schließlich nichts an. Es war Grahams Entscheidung.

Der Boden des Stollens war schlüpfrig durch Schlick und Schlamm. Cat setzte vorsichtig einen Fuß vor den anderen, da sie keine unnötigen Erschütterungen verursachen wollte, die die Sicherheit der Tragebalken noch weiter herabsetzen könnte. Unwillkürlich presste sie die Hand auf die Stelle ihrer Jacke, wo sie das Funkgerät spürte. Und sie musste sich eingestehen, dass Stan doch ein fähiger Mensch war. Seine Einschätzung hatte sich als richtig erwiesen, und das Funkgerät konnte ihr wirklich von Nutzen sein.

Doch sofort schob Cat die Gedanken an Stan wieder beiseite und konzentrierte sich auf die Deckenverschalung. Alle paar Meter blieb sie stehen und untersuchte sie nachdenklich. Ungefähr hundert Meter, nachdem der Stollen so jäh abgefallen war, bückte sie sich plötzlich, um die linke Stollenwand genauer betrachten zu können. Im Kalkstein war ein tiefer Riss, durch den das Wasser ins Innere der Mine sprudelte. Das sah gar nicht gut aus. Vorsichtig erhob sie sich und wandte ihre Aufmerksamkeit der anderen Stollenwand zu.

Nach ungefähr weiteren hundert Metern – nach der Karte musste es kurz vor dem Ende von Stollen B sein – hallte plötzlich ein bedrohlich lautes Bersten durch die Minenanlage. Cat wirbelte herum und rannte zurück. Schon ertönte ein lautes Rumpeln und Poltern, ein Geräusch wie heftiger Donner, das anschwellend durch den Stollen rollte. Irgendwo war die Grubenwand zusammengebrochen, und das Wasser stürzte Cat entgegen. Durchnässt arbeitete sie sich vor und erreichte das Ende des abfallenden Stollenteils. Dort rutschte sie im Schlamm aus und fiel auf die Knie. Die Grubenlampe flackerte und erlosch dann.

Außer Atem richtete sich Cat wieder auf. Sie hatte jetzt nur noch das Licht vorn an ihrem Helm. Stetig stieg das Wasser. Es reichte schon bis zu ihren Knöcheln. Irgendwo vor ihr war ein Loch in der Grubenwand, wodurch es eindringen konnte. Oder war sogar die ganze Wand zusammengestürzt und schnitt ihr jeden Fluchtweg ab?

Hinter ihr knirschte es in der Kalksteindecke. Automatisch duckte sich Cat und rannte los, auf die Gabelung des Hauptstollens zu. Es konnten keine hundert Meter mehr sein. Da krachte es direkt neben ihr, und Gesteinsbrocken fielen von oben herunter. Nach Luft ringend blieb sie stehen. Sollte sie zurück? Da regnete es um sie herum auch schon faustgroße Kalksteinbrocken. Schützend legte sie die Hände vors Gesicht und taumelte und stolperte vorwärts.

Der Staub füllte Cats Mund, Nase und ihre Lungen, dass sie zu ersticken glaubte, und er ließ sie nichts mehr sehen. Sie stolperte und fiel nach hinten. In dem Augenblick brach die Decke genau vor ihr ein, wo sie noch Sekunden zuvor gestanden hatte. Ein Gesteinsbrocken von der Größe eines Baseballs krachte auf ihren Helm und riss ihn vom Kopf. Der Helm rollte über den Boden, und seine Lampe warf einen schwankenden Lichtstrahl durch das undurchdringliche Grau. Cat legte ihre Hände schützend über ihren Kopf und wich zurück. Dabei prallte sie gegen kantige Gesteinsbrocken. Sie war gefangen. Um sie herum lagen tonnenweise Felsbrocken vermischt mit Erdreich. Sie schrie auf, als der Rest der anderen Stollenwand auch noch zusammenbrach und sie fast unter sich begrub. Heftiger Schmerz bohrte in ihrer rechten Seite, und sie verlor das Bewusstsein.

Stan stieß eine wilde Verwünschung aus und stürzte in den Eingangsschacht der Mine. Er hörte das bedrohliche Bersten der Stützpfeiler, die – einer nach dem anderen – wie Streichhölzer zusammenbrachen. Laut rief er Cats Namen, doch seine Stimme wurde von einem tiefen Donnern übertönt, das ihm eiskalte Schauer über den Rücken jagte. Eine dichte Staubwolke hüllte ihn ein, und keuchend und hustend musste er sich zurückziehen.

Lionel Graham kam mit vor Schreck aufgerissenen Augen aus der Baracke. Stan rannte auf ihn zu und packte ihn am Kragen seines eleganten englischen Regenmantels.

„Verdammt, Graham, es ist passiert! Setzen Sie sich in Bewegung und rufen über Ihr Autotelefon Hilfe. Und zwar sofort!"

„Ja, sicher, natürlich", stotterte der und eilte zu seinem Wagen.

Stan war schon wieder auf dem Weg zurück zum Mineneingang. Unterwegs zog er das Sprechgerät aus dem Lederetui, das an seinem

Gürtel befestigt war. Das rote Lämpchen blinkte auf, ein Zeichen dafür, dass die Batterie geladen war.

Er drückte auf den Knopf. „Cat? Cat, können Sie mich hören? Hier ist Stan."

Nichts. War sie tot? Oder lebendig begraben? Oder hatte sie Glück im Unglück gehabt und war eingeschlossen? Falls es so war, wie viel Luft hatte sie noch? Und er wusste von eigenen schlimmen Erfahrungen, dass Staub einen Menschen ersticken lassen kann.

Stan rannte in den Eingangsstollen, bis ihn der Kalksteinstaub am Weitergehen hinderte. Wieder rief er Cat durchs Funkgerät – und wieder keine Antwort. Verdammt! Liebend gern hätte er jetzt die Hände um Grahams dicken Hals gelegt und den Bastard erwürgt. Denn der hatte gewusst, welcher Gefahr er Cat ausgesetzt hatte.

Stan drückte erneut auf den Knopf des Sprechgeräts und betete im Stillen, dass Cat ihn dieses Mal hörte.

„Cat? Cat Kincaid, hören Sie mich? Hier spricht Stanley Donovan. Wenn Sie mich hören, dann geben Sie mir ein Lebenszeichen."

Der Druck des Funkgerätes auf ihrem Brustkorb brachte Cat langsam wieder zu Bewusstsein. Blut tropfte aus ihrer Nase auf ihre Lippen. Sie wollte es ablecken, doch ihre Zunge traf nur auf eine dicke Staubschicht. Ein stechender Schmerz brachte sie ganz zu sich. Es fühlte sich an, als wütete ein Feuer in ihrer rechten Seite. Benommen schätzte Cat ihre Situation ab. Sie lag bis zu den Hüften unter Geröll. Links von ihr erkannte sie das schwache Licht ihres Helms, das durch den dichten Staubschleier kaum wahrnehmbar war.

Das Funkgerät drückte immer noch. Vorsichtig hob Cat die Hand. Jeder Atemzug, jede Bewegung schmerzte. Eine Schwächewelle erfasste sie. Sie wusste, sie war verletzt. Sie wusste nur nicht, wie sehr. Und sie wusste nicht, wie groß der unverschüttete Raum war, in dem sie lag. War er klein, würde sie früher oder später an Sauerstoffmangel ersticken. Wenn sie Glück hatte, konnte etwas Sauerstoff durch Ritzen in die sie umgebenden Gesteinswälle dringen.

Ihre Finger umschlossen das Funkgerät, und sie bewegte sich etwas, um es unter ihrer Jacke hervorziehen zu können. Sofort musste sie nach Luft schnappen, als die Bewegung erneut eine Schmerzwelle hervorrief, die ihr fast wieder das Bewusstsein nahm. Sie atmete vorsichtig und mit flachen Zügen die staubige Luft ein. Denn tiefe Atemzüge verursachten einen messerscharfen Schmerz in ihrer rechten Seite.

Gebrochene Rippen, dachte sie und zog vorsichtig das Sprechgerät hervor.

Das Licht von ihrem Grubenhelm war schwächer geworden, doch Cats Aufmerksamkeit galt jetzt nur dem Funkgerät. Ob es ging? Ob Donovan noch draußen war? Mit heftig zitternden Händen schaltete sie das Gerät ein. Das rote Lämpchen blinkte auf, und ein kratzendes Geräusch begrüßte sie. Sie drehte am Einstellknopf, bis sie die Frequenz klarer hatte.

Ihre blutig abgeschürften Finger drückten den Knopf, der sie hoffentlich mit der Außenwelt verbinden würde. Sie versuchte zu sprechen, doch aus ihrer Kehle drang nur ein leises Krächzen. Wenn sie doch nur etwas Wasser hätte!

„Donovan." Sie schaffte gerade ein heiseres Flüstern. Der Staub klebte in ihrer Kehle und verursachte einen Hustenreiz, den sie jedoch aus Angst um ihre gebrochenen Rippen unterdrückte. In diesem Augenblick knackte es im Gerät, und eine unglaubliche Woge der Erleichterung erfasste Cat, als sie Donovans texanischen Bariton vernahm.

„Cat. Ich kann Sie kaum verstehen. In welcher Verfassung sind Sie?"

„Ich bin von beiden Seiten eingeschlossen. Meine Beine sind unter Geröll begraben. Keine Ahnung, wie groß das Loch ist, in dem ich stecke. Zu viel Staub."

„Verletzungen?"

„Rechte Lunge schmerzt – kann nicht gut atmen. Die Beine sind taub, aber wenn es mir gelingt, sie von den Steinen zu befreien, geht es wahrscheinlich."

„Kopfverletzungen?" Tiefe Besorgnis klang bei dieser Frage durch.

Cat musste sich erst selbst vergewissern. Langsam hob sie die Hand und tastete den Kopf ab. Sie fühlte ihr mit dichtem Staub bedecktes Haar und spürte eine warme Klebrigkeit. Ihr Schädel pochte, als wollte er, so wie der Kalkstein um sie herum, in tausend Stücke zerspringen.

„Vielleicht eine leichte Gehirnerschütterung."

„Sauerstoff?"

„Ich muss mir selbst erst ein Bild machen. Ich versuche jetzt, meinen Helm zu erreichen."

„Gut, bleiben Sie ruhig. Wir holen Sie da raus. Graham hat einen Hilfstrupp angefordert, der innerhalb der nächsten Stunde eintreffen wird. Versuchen Sie herauszufinden, wie groß der Raum ist, in dem Sie stecken, und geben Sie mir dann Bescheid."

Durch den beruhigenden Ton von Stans Stimme schaffte es Cat, die Panik, die sie zu überschwemmen drohte, in den Griff zu bekommen. Irgendwie war es ihm gelungen, sein Versprechen, sie zu befreien, glaubwürdig zu machen. Vorsichtig setzte Cat das Funkgerät ab. Was würde sie jetzt für einen Schluck Wasser geben! Immer wieder wurde sie von einer Schwächewelle erfasst, und Übelkeit stieg in ihr auf – alles Symptome einer Gehirnerschütterung.

Cat streckte langsam die linke Hand aus und bekam glücklicherweise ihren Helm zu fassen und zog ihn zu sich herüber.

Als sich der Staub allmählich legte, konnte sie sich endlich auch ein Bild über ihr Gefängnis machen. Gesteinsbrocken von unterschiedlicher Größe – zum Teil waren sie bestimmt eine gute halbe Tonne schwer – häuften sich um sie herum. Aber sie hatte Glück gehabt. Wäre sie nicht an dieser Stelle hingefallen, hätte sie einer dieser dicken Brocken tödlich treffen können. Die Vorstellung verursachte erneut ein Schwächegefühl, und entkräftet schloss sie die Augen.

Wie ein gefangener Tiger lief Stan draußen erregt auf und ab. Immer noch regnete es ununterbrochen, und das Grau des Himmels war noch trostloser geworden. Verärgert schüttelte er die ihn bedrängenden Gedanken und Gefühle ab. Cat lebte, nur das zählte. Wie gern hätte er jetzt seine Wut an Graham ausgelassen, der blass in seinem silbernen Mercedes saß.

Der verängstigte Minenbesitzer hatte keine Mühe gescheut und Grubenarbeiter aus der Umgebung angefordert, die früher in dieser Mine gearbeitet hatten, und außerdem noch Bergungsgeräte aus der nächsten Stadt. Und die örtliche Feuerwehr würde in Kürze mit Sauerstoffmasken und Rettungsausrüstung hier eintreffen. Stan wollte dann sofort mit einer Sauerstoffmaske in den Stollen einsteigen, um die Stelle ausfindig zu machen, an der Cat verschüttet war. Er hielt inne. Sie hätte sich doch längst wieder melden müssen.

Fünfmal rief Stan sie vergeblich über Funk. War Cat bewusstlos? War sie an Sauerstoffmangel gestorben? Hin- und hergerissen starrte er ins dunkle Eingangsloch der Mine. Er verdrängte die Erinnerung an den schleppenden Klang von Cats Stimme vorhin und den Schmerz, den sie offensichtlich bei jedem Atemzug gehabt hatte.

Wieder rief er sie, und dieses Mal bekam er endlich eine Antwort.

„Cat, wie geht's Ihnen?"

„Schwindelig. Tut mir leid, ich hatte nicht die Absicht, bewusstlos zu werden."

Stans Gesicht drückte Besorgnis aus, doch seiner Stimme war davon nichts anzumerken. „Sie verhalten sich großartig. Haben Sie sich Ihr Gefängnis schon genauer ansehen können?"

„Sechs Meter lang und drei Meter breit. Die Decke wird von einem Pfeiler abgestützt."

„Wunderbar." Die Nachricht erleichterte Stan. „Und wie steht's mit der Luftzufuhr?"

„Der Staub ist noch zu dicht. Ich konnte noch nichts feststellen. Brauche aber dringend Wasser."

„Ich weiß. Versuchen Sie, sich auszuruhen."

„Geht nicht, muss erst versuchen, die Beine frei zu bekommen."

„Die Feuerwehr ist mit Sauerstoffmasken unterwegs. Sobald sie eintrifft, komme ich zu Ihnen, Cat."

Cats Mund und Kehle waren wie ausgetrocknet, und die Feuchtigkeit kroch ihr in die Glieder, sodass sie am ganzen Körper zitterte. Vorsichtig nahm sie mit der unverletzten linken Hand einen Stein nach dem anderen von ihren Hüften. Bewegungen mit dem rechten Arm verursachten solchen Schmerz, dass sie darüber das Bewusstsein verlor.

Cat war zwar an Dunkelheit gewöhnt, da sie immer nur mit Grubenlampe und dem Licht an ihrem Helm arbeiten musste. Aber ganz ohne Licht war sie bisher kaum gewesen. Die undurchdringliche Dunkelheit lastete jetzt auf ihr, und Cat spürte, wie Panik sie zu überwältigen drohte.

Die Minuten krochen dahin, und jede von ihnen schien eine Ewigkeit zu sein. Cat klammerte sich an den Gedanken, dass sich Stan wieder melden würde, dass eine menschliche Stimme ihr das Entsetzen der Dunkelheit zu ertragen helfen würde. Ihre Atemzüge kamen stoßweise, und jeder war wie ein Messer, das durch ihre Lunge gestoßen wurde. Schweiß vermischte sich mit der Staubkruste auf ihrem Gesicht und brannte in ihren Augen.

Cat musste jetzt mit ihrer rechten Hand die Steine von ihrem rechten Bein räumen. Doch schon beim ersten Versuch löste sich unwillkürlich ein gequälter Schrei von ihren Lippen. Ihr wurde schwarz vor Augen, und schluchzend sank ihr Kopf zur Seite.

2. KAPITEL

"Hier!" Stan winkte die Wagen der Feuerwehr zur Minenöffnung. Auch Graham stieg jetzt zögernd aus seinem Wagen. Endlich, dachte Stan und eilte dem Einsatzleiter entgegen.

Kurz darauf wurde Stan eine Maske und ein Sauerstoffbehälter ausgehändigt. Er setzte den Grubenhelm auf, ergriff eine Grubenlampe und betrat die Mine. Sein Puls raste. Wie tief in Stollen B hatte sich das Unglück ereignet? Falls er auf eine riesige Wand aus Gesteinsbrocken stieß, konnte es Tage dauern, bis sie sich zu Cat vorgearbeitet hätten. Er betete, dass das Gegenteil der Fall sein würde … dass nur eine dünne Trümmerwand zwischen ihr und der Freiheit liegen würde.

Die Geröllwand befand sich in der Nähe des zweiten Stützpfeilers in Stollen B. Sorgfältig untersuchte Stan die restlichen Balken. Sie machten einen relativ stabilen Eindruck. Man konnte also schweres Bergungsgerät in die Mine schaffen, ohne ein weiteres Zusammenstürzen befürchten zu müssen. Es lag immer noch dichter Staub in der Luft. Schweißtropfen rannen über Stans Schläfen. Das Felsgestein war in kleineren Stücken heruntergebrochen und konnte mit Hacken, Schaufeln und Schubkarren weggeschafft werden.

An einer Stelle drang aus der Geröllwand Wasser. Wenn das Wasser seinen Weg durch das Hindernis fand, dann konnte auch der lebensnotwendige Sauerstoff in die steinerne Kammer gelangen, in der Cat gefangen war.

Stan zog das Funkgerät heraus und rief Cat. Geduldig wartete er und wiederholte seinen Ruf drei Mal, bevor er ihre heisere und erschöpfte Stimme hörte. Sie hatte offensichtlich entsetzliche Schmerzen.

„Wie geht's meinem tapferen Mädchen?"

Ein unterdrückter Laut kam aus dem Funkgerät. „Wunderbar."

„Bergbauingenieure haben doch immer mehr Glück als Verstand", gab Stan trocken zurück. „Ich bin jetzt direkt vor der Mauer, die Sie einschließt. Geben Sie mir einen Zustandsbericht."

„Der Sauerstoffgehalt scheint gleichbleibend zu sein. Links von mir fließt Wasser ein."

„Hervorragend. Und was ist mit Ihnen?"

„Würde es etwas verbessern, wenn ich es erzähle?"

„Lassen Sie die Späße. Ich will wissen, wie schwer Ihre Verletzungen sind und wann sich Ihr Zustand verschlechtert."

„Die Masche wenden Sie doch bestimmt bei jeder Frau an, Donovan."

Ein flüchtiges Lächeln zog über sein besorgtes Gesicht. „Bei Ihnen würde ich doch keine Masche anwenden. Aber ernsthaft, wie geht es Ihnen?"

„Ich habe meine Beine von den Steinen befreien und mich umdrehen können. Die rechte Stollenwand sieht brüchig aus, und die Verschalung über mir ächzt und kracht."

Stan schluckte. Eile war geboten. Cat konnte jederzeit von herunterstürzenden Steinbrocken begraben werden. „Und was ist mit der Gehirnerschütterung, die Sie so beiläufig erwähnt haben?"

„Nicht gut. Ich döse immer ein. Auch eben hat mich erst das Knacken des Funkgerätes geweckt."

Verdammt! Cat musste doch eine schwerere Kopfverletzung haben, als er angenommen hatte. „Okay." Stan bemühte sich um einen beruhigenden Tonfall. „Und was machen die Rippen?"

„Wenn ich nicht atme, fühle ich mich wunderbar."

Sie lässt sich nicht kleinkriegen, dachte er anerkennend. „Und wenn Sie atmen?"

„Ein Gefühl, als würde mir jemand ein Messer zwischen die rechten Rippen bohren."

„Meinen Sie, es sind komplizierte Brüche?" Wenn ja, könnte sich bei Bewegungen eine Rippe in die Lunge bohren.

„Ich weiß nicht. Ich kann die Stelle nicht abtasten, der Schmerz ist zu groß."

„Bewegen Sie sich möglichst nicht." Entweder hatte Cat gebrochene Rippen oder einen verletzten Lungenflügel oder beides. „Gibt es irgendwo Wasser?" Mit genügend Wasser und Sauerstoff könnte sie es dort noch lange überstehen. Doch falls sie tatsächlich innere Verletzungen hätte, würde es ein Wettlauf mit der Zeit werden, da sie sofort ärztlich versorgt werden müsste.

„Ja, das kleine Rinnsal in der linken Wand. Alle nur denkbaren Annehmlichkeiten, Donovan."

„Außer dass ich nicht bei Ihnen bin. Aber dem werde ich schnell abhelfen. Wie viele Stützpfeiler sind denn in Ihrem Wohnzimmer?"

„Einer, Donovan, und der sieht nicht gerade stabil aus."

„Rücken Sie so nah wie möglich an ihn heran."

„Ja, wenn ich es schaffe, hinzukriechen. Mir ist so schwindelig. Ich könnte mir dabei die Knie aufschürfen."

Jetzt hätte Stan doch beinahe gelacht. „Ich will Sie auf keinen Fall dazu veranlassen, sich diese wunderbaren Knie aufzuschürfen."

„Sie haben auch nur texanischen Unsinn im Kopf, Donovan."

„Ich habe es Ihnen doch gesagt, Cat, und Ihnen gegenüber bin ich ehrlich."

„Ein ehrlicher Geologe. Das wäre doch einmal etwas."

„Ich muss es Ihnen wohl erst beweisen."

„Im Augenblick brauche ich eher einen Ritter auf einem weißen Pferd. Kommen Sie, und holen Sie mich, Donovan."

„Würden Sie stattdessen auch Feuerwehr – und Bergleute mit entsprechendem Rettungsgerät akzeptieren?"

„Klingt wunderbar."

War da nicht ein leichtes Beben in Cats Stimme gewesen, als ob sie den Tränen nahe wäre? „Sehen Sie, Cat, es trennt uns ungefähr eine drei Meter dicke Erd- und Gesteinswand. Falls wir nicht auf tonnenschwere Felsbrocken stoßen, könnten wir es ungefähr in vierundzwanzig Stunden schaffen, zu Ihnen vorzudringen."

„Stan?"

Die Schweißtropfen brannten in Stans Augen, und zum ersten Mal konnte er deutlich Angst aus Cats Stimme hören. „Was ist, Schätzchen?"

„Könnten Sie – meine Eltern benachrichtigen? Ihnen sagen, was passiert ist? Vor allem meinem Bruder Rafe? Sie leben in Colorado, auf der Triple K Ranch. Ich gebe Ihnen die Nummer. Rufen Sie sie an? Bitte."

„Sicher, alles, was Sie wollen."

Erleichterung klang aus Cats Stimme. „Danke."

Stan wiederholte die Telefonnummer, um sie sich zu merken. „Ich schließe jetzt, Cat. Die Bergarbeiter treffen jeden Moment ein. Wenn Sie etwas auf dem Herzen haben, dann rufen Sie mich einfach. Andernfalls melde ich mich in einer Stunde wieder."

„Geben Sie mir Bescheid, ob Sie meine Familie erreicht haben. Es bedeutet mir viel."

„Das kann ich verstehen."

Stan kannte nur sehr wenig Geologen oder Bergbauingenieure, die sesshaft geworden waren und eine Familie gegründet hatten. Und von Cat Kincaid wusste er, dass sie nicht verheiratet war. Doch wie konnte ein Mann mit auch nur etwas Verstand etwas so Außergewöhnliches wie diese Frau überhaupt wieder aus seinem Blickfeld – geschweige denn aus seinem Leben – lassen? Es war etwas ganz Besonderes an ihr, und es drängte ihn, das zu ergründen. Irgendwie wirkte sie auf ihn wie eine unerschlossene Smaragdmine: lockend, geheimnisvoll und voller reicher Versprechungen.

Doch etwas hatte er schon über Cat erfahren: Ihre Familie bedeutete ihr viel. Und Rafe war offensichtlich ein Bruder, zu dem sie aufsehen und auf den sie sich in schweren Situationen stützen konnte. Glücklicher Mann, gestand sich Stan fast neiderfüllt ein.

Als Stan die Dunkelheit der Mine verlassen hatte, regnete es immer noch ununterbrochen aus tiefen grauen Wolken. Das durchsickernde Wasser würde die Rettungsarbeiten erheblich erschweren. Stan hatte ein gutes Gespür für drohende Komplikationen, was ihm früher schon häufig das Leben gerettet hatte. Und diese innere Stimme warnte ihn jetzt vor einem drohenden weiteren Einsturz. Und Cat, das spürte er ebenso deutlich, würde noch viel emotionalen Beistand brauchen, um wieder ihren Mut zu finden.

Cat saß mit dem Rücken an den Pfosten gelehnt. Sie konnte den Kopf kaum bewegen. Fünf Stunden waren vergangen, und jede Stunde hatte sich pünktlich Stan gemeldet. Immer hatte er es geschafft, ihr neuen Mut zu geben und ihr die sie verzehrende Angst zu nehmen. Und doch wurde es von Stunde zu Stunde schwerer, die steigende Panik zu kontrollieren.

Als Stan ihr mitteilte, dass es ihm nicht gelungen war, jemanden auf der Ranch ihrer Eltern zu erreichen, flackerte Cats Angst erneut wieder auf. Sie fühlte sich allein und in einem bisher nicht gekannten Ausmaß verletzbar. Rafe – sie brauchte jetzt Rafes Zuversicht spendenden Beistand. Er hatte ihr schon früher aus allen Gefahren geholfen, in die sie als Kinder in den wilden Rocky Mountains geraten waren. Er hatte ihr immer so viel Sicherheit vermittelt, dass sie jede Notsituation mit ihm bestehen konnte.

Endlich gelang es Stan, eine Verbindung mit der Ranch der Kincaids herzustellen. Nach dem Gespräch versuchte er wieder, Verbindung mit Cat aufzunehmen, als sie sich nach drei Versuchen nicht meldete, wuchs seine Besorgnis. Weitere fünf Versuche. Nichts. War Cat bewusstlos? War sie wegen der Gehirnerschütterung wieder eingeschlafen? Er zwang sich dazu, seine Unruhe zu beherrschen.

Langsam kam Cat wieder zu Bewusstsein und hob schwach den linken Arm. Das Leuchtzifferblatt ihrer Uhr verriet ihr, dass sie fast sechs Stunden geschlafen hatte. Neben ihrem Kopf lag das Funkgerät. Cat drückte den Knopf.

„Stan?"

„Cat? Um Himmels willen, ist alles in Ordnung?"

Sie verzog leicht den Mund. „Wunderbar. Ich muss wohl geschlafen haben."

„Ja, sechs Stunden. Ich habe eine Höllenangst ausgestanden. Aber ich habe Ihre Familie erreicht. Sie sind schon unterwegs. Sie kommen alle, Ihre Eltern, Ihr Bruder und Ihre Schwester mit Schwager." Tränen liefen Cat übers Gesicht, und ihre Stimme bebte. „Die ganze Familie kommt?"

Stan lachte. „Ja, ich bin beeindruckt."

„Wir haben alle ein enges Verhältnis zueinander."

„Und wie halten Sie durch?"

„Ich hatte bessere Tage, Donovan. Wie sieht's draußen aus?"

„Dreißig Mann arbeiten für Sie, Schätzchen. Wir schaffen ungefähr eine Tonne pro Stunde. Alle paar Meter stütze ich den Stollen mit neuen Balken ab."

Cat fuhr sich mit der Zunge über die ausgetrockneten Lippen. „Und wie viele Tonnen befinden sich zwischen uns?"

Stans Stimme klang entschuldigend. „Ungefähr fünfzig. Wenn wir in dem Tempo weitermachen, können wir Sie in etwa fünfzig Stunden herausholen."

Weitere fünfzig Stunden in dieser feuchten, undurchdringlichen Dunkelheit? Eine Ewigkeit. Konnte sie ihre Panik so lange unter Kontrolle halten? Und sie war so durstig. Ihre Kehle fühlte sich rau wie Schmirgelpapier an. Sie würde über den Boden zur gegenüberliegenden Wand kriechen müssen, um an das durchsickernde Wasser zu gelangen.

„Sie leisten gute Arbeit, Donovan. Ich stehe tief in Ihrer Schuld, wenn Sie mich erst hier herausgeholt haben."

„Keine Sorge, ich werde schon meine Forderungen stellen, Lady." Cat lächelte und genoss die Trost spendende Wirkung, die Stans beruhigende Stimme auf sie ausübte. „Was Sie wollen, Donovan – im Rahmen des Vernünftigen."

„Keine Sorge, der Preis wird nicht zu hoch sein. Ich melde mich in einer Stunde wieder."

Erneut meldete sich Panik und drohte, Cats brüchige Selbstbeherrschung ganz zu zerstören. „Aus irgendeinem Grunde vertraue ich Ihnen. Donovan. Ich sollte nicht, aber ich tue es."

Heiser, aber samtweich kam seine Stimme wieder, um sie aufzurichten. „Bewahren Sie sich den Glauben, Cat. Sie können sich auf mich verlassen. Das ist ein Versprechen."

Zwei Dinge ereigneten sich in der nächsten Stunde. Die Kincaid-Familie erschien, und Stan konnte keine Verbindung mit Cat mehr herstellen. Ihr Bruder Rafe bombardierte ihn mit einem Schwall von Fragen. Dann vertauschte der große kräftige Colorado-Rancher seinen Stetson mit einem Grubenhelm, krempelte die Ärmel hoch und betrat zusammen mit seinem Schwager, Jim Tremain, die Mine, um bei der Rettungsaktion zu helfen.

Der Rest der Familie, Sam und Inez Kincaid, Cats Eltern, und Dal Tremain, ihre jüngere Schwester, bereiteten zur Stärkung der schwer arbeitenden Rettungsmannschaft Kaffee und Sandwiches. Währenddessen hütete Millie, die Haushälterin und offensichtlich festes Mitglied der Familie, Dals einjähriges Baby Alessandra.

Cat schmeckte Blut. Sie lag zitternd auf ihrer linken Seite. Wie lange war sie bewusstlos gewesen? Das erleuchtete Zifferblatt ihrer Uhr verschwamm vor ihren Augen, und sie blinzelte. Ihre Sehkraft war beeinträchtigt, und das erschreckte sie. Das Funkgerät hatte sie schützend an ihre Brust gedrückt. Mit zittrigen Händen stellte sie es ein, und das rote Lämpchen leuchtete in der Dunkelheit. Und sofort erklang – wunderbar beruhigend für ihre angegriffenen Nerven – Stans Stimme.

„Cat?"

Sie hörte deutlich seine Angst und war dankbar für seine unverhüllte Sorge. „Ich lebe." Etwas zittriger als beim letzten Mal klang ihre Stimme doch.

„Gott sei Dank. Was ist los? Sie haben sich zehn Stunden lang nicht gemeldet."

„Ich konnte mich einfach nicht wach halten. Habe wieder das Bewusstsein verloren."

„Machen Sie sich darüber keine Sorgen. Ich hole jetzt Ihre Angehörigen. Sie haben alle sofort mitgeholfen, und Rafe und Jim Tremain haben Axt und Schaufel seit zehn Stunden nicht mehr aus der Hand gelegt. Ich muss schon sagen, das ist eine Familie."

Beim vertrauten Klang der Stimme ihrer Eltern traten Cat die Tränen in die Augen. Doch sie wollte nicht weinen. Sie wollte tapfer, ruhig und gefasst wirken. Erst als sie Rafe hörte, verriet das Beben in ihrer Stimme ihre wahren Gefühle, und sie verlor fast völlig ihre Selbstbeherrschung. Es gab so viel zu sagen, doch stattdessen flossen ihr die Tränen über die schmutzverkrusteten Wangen, und ihre Stimme war zittrig und zusammenhangslos.

„Du musst jetzt durchhalten", sprach ihr Bruder ihr Mut zu. „Der Krankenwagen und die Sanitäter warten nur darauf, dich zum nächsten Krankenhaus zu bringen. Kopf hoch, Schwesterchen. Wir lieben dich alle. Und denke immer daran, wie oft wir beide in Gefahren steckten und immer gewonnen haben. Dieses Mal ist es das Gleiche."

Mit versteinerter Miene gab Rafe Donovan das Funkgerät zurück. Die beiden Männer vermieden es, sich anzusehen. Sie konnten beide ihre beherrschte Fassade nur mit Mühe aufrechterhalten.

„Cat?"

„Ja?"

„Noch fünfunddreißig Stunden, Schätzchen. Und vergessen Sie nicht, es wartet hier eine Menge Leute auf Sie, die Sie alle lieben."

Verbissene unrasierte Männer mit rot umränderten, brennenden Augen und aufgeschürften blutigen Händen arbeiteten und arbeiteten. Der Tag ging in die Nacht und wieder in den Tag über. Der Regen hatte aufgehört, doch ebenso der Funkkontakt mit Cat. Die Entschlossenheit der Kincaids trieb die Männer der Bergungsmannschaft an, und es gab nicht einen, der sich zwischendurch mehr als nur eine kurze Verschnaufpause gönnte.

Stan rieb sich die müden Augen und blickte dann auf die Uhr. Ein Generator lieferte Licht in der feuchten Weite des Stollens. Fünf Stunden. Noch fünf Stunden, ehe sie den Durchbruch schafften und zu Cat gelangen konnten. Hoffentlich hatte sie es geschafft, sich zum einsickernden Wasser zu schleppen. Menschen, die von Stans eigenen lebensgefährlichen Erfahrungen wussten, behaupteten, er habe neun Leben. Die sollte auch Cat besitzen, um das eine retten zu können.

War es die frische Luft, die plötzlich in den stickigen Raum drang, war es das Geräusch der Schaufeln, die die Wand ihres Gefängnisses durchstießen, oder war es der Klang von Rafes und Stans Stimmen, was Cat veranlasste, ihre letzten Reserven zu mobilisieren und langsam den Kopf zu wenden?

Das Licht von Stans Helm durchbrach die Dunkelheit des Raumes. Cat lag in dem Wasserrinnsal. Sie war bedeckt von Schmutz und Staub, und das schlammverschmierte Haar klebte an ihrem bleichen Gesicht. Zum Glück hatte sie zum Wasser gelangen können, so brauchte sie nur den Kopf zu wenden, um zu trinken.

Stan erreichte Cat als Erster. Er kniete nieder und flüsterte, ganz nah an ihrem Gesicht, zweimal ihren Namen. Ihre langen Wimpern flatterten leicht, und sie öffnete die Augen.

Als Erstes bemerkte sie ein kleines Lächeln auf Stans Lippen. Sonst war sein Gesicht ernst, und seine Augen verrieten ungeheure Erschöpfung, aber auch Hoffnung. Ihre aufgesprungenen Lippen versuchten, seinen Namen zu formen, doch nur ein heiserer Laut war zu vernehmen.

„Pst, Schätzchen. Ihre Ritter in glänzender Rüstung sind angelangt. Wir werden Sie jetzt auf der Trage hinausbringen und Sie dann wie eine Weihnachtsgans aufpäppeln."

Cat war gar nicht in der Lage, Stans Worte zu begreifen. Sie spürte nur die Wärme seines Atems, hörte den Klang seiner Stimme und fühlte, wie neue Kraft sie erfüllte.

Stan brachte Sam Kincaid einen Becher Kaffee. Sie warteten jetzt schon seit über einer Stunde im Aufenthaltsraum des Krankenhauses. Warum kam bloß niemand von den Ärzten oder Schwestern, um sie über Cats Zustand aufzuklären?

Stan und Rafe waren immer noch schlammverschmiert, und ihr vom Schweiß verklebtes Haar verriet deutlich die Anstrengungen unzähliger Stunden. Ihre Körper sehnten sich nach Ruhe und dem Genuss eines heißen Bades. Stan rümpfte die Nase, als er den muffigen Geruch wahrnahm, den sie verbreiteten.

Endlich trat ein Arzt durch die Schwingtür, sein Gesicht verriet nichts. Sofort umringten ihn die ganze Familie Kincaid und Stanley Donovan.

„Doktor, wie geht es meinem Mädchen?"

„Sind Sie Mr Kincaid?" Als Sam Kincaid nickte, reichte ihm der Arzt die Hand. „Ich bin Doktor Scott. Cathy ist in einer ernsten Verfassung. Sie hat zwei gebrochene Rippen, und wir haben sie an den Tropf gehängt."

Stan ballte eine Faust. „Und ihre Kopfverletzung?"

Dr. Scotts Miene wurde noch undurchdringlicher. „Schwere Gehirnerschütterung. Heißen Sie Stan?"

„Ja. Stanley Donovan."

„Cathy fragt nach Ihnen. Wir müssen alles tun, um sie wach zu halten, damit sie nicht in ein Koma versinkt."

Inez Kincaids Gesicht wurde noch blasser. „Ein Koma, Doktor?"

„Ja. Wenn Stan bei ihr wäre, könnte sie vielleicht neue Kräfte sammeln, um dagegen anzukämpfen." Er wandte sich wieder Stan zu. „Sie werden sich jetzt etwas säubern und bleiben dann, wenn es Ihnen nichts ausmacht, eine Weile bei Cathy."

Stan nickte und folgte Dr. Scott. Eine Schwester gab ihm einen grünen Kittel und eine Hose, damit er seine schmutzigen Sachen wechseln konnte. Dann nahm er eine heiße Dusche. Dabei musste er heftig gegen die Müdigkeit ankämpfen, die bleiern auf ihm lag.

Die Schwester, eine kleine Blonde mit blauen Augen, lächelte, als er wieder erschien. „Jetzt sehen Sie wie ein Arzt aus, Mr Donovan. Folgen Sie mir bitte."

Cat wirkte wie tot. Ihr Gesicht unterschied sich kaum von der Farbe der Bettwäsche. Ihr Haar war gewaschen worden, und eine Eispackung lag auf der Beule an ihrem Kopf. Der Anblick der medizinischen Geräte, an die sie angeschlossen war, ließen Stans Besorgnis noch wachsen.

Die Schwester stellte einen Stuhl neben Cats Bett. „Setzen Sie sich, Mr Donovan."

Doch er stellte sich direkt neben das Bett und ergriff Cats kühle und leblose Hand.

„Sie sehen etwas ausgehungert aus, Mr Donovan. Man hat mir gesagt, dass Sie und die Kincaids gearbeitet, aber nicht gegessen haben. Ich habe die Küche beauftragt, Ihnen eine Stärkung heraufbringen zu lassen."

Stan lächelte dankbar. „Danke." Dann wandte er seine Aufmerksamkeit wieder Cat zu. Merkwürdig, dachte er, als er ihre Hand in seiner wärmte. *Noch vor drei Tagen warst du eine Fremde für mich. Woran liegt es nur, dass du mich so tief berührst?*

Lag es an der Verletzbarkeit, die aus ihren Zügen ablesbar war? Lag es an ihren Lippen, die, selbst in ihrem jetzigen Zustand, üppig und rot lockten? Oder lag es an ihrem fein geschnittenen Gesicht mit den hohen Wangenknochen, die ihr ein fast exotisches Aussehen verliehen? Ein Lächeln stahl sich auf Stans angespannte Züge, als er zart über die leichte Wölbung ihrer Nase mit den kleinen Sommersprossen strich. Sie musste sich einmal diese hübsche Nase gebrochen haben.

„Cat?", sprach er sie zärtlich an. „Können Sie mich hören? Ich bin's, Stan." Fest schlossen sich seine Finger um ihre Hand. Bildete er sich etwas ein, oder hatten ihre Wimpern tatsächlich gerade leicht geflattert?

Als Cat erwachte, wusste sie zunächst nicht, wo sie war. Ein Geräusch drang in ihr Bewusstsein, und sie fühlte warme schwielige Finger, die ihre Hand umschlossen hielten. Ungeachtet ihrer Schmerzen, drehte sie den Kopf nach rechts. Auf dem Stuhl saß, in sich zusammengesunken, das Kinn auf der Brust, Stan und schlief. Eine warme Woge floss durch sie, und sie schloss die Augen. Sie lebte. Stan hatte sie aus der Tiefe der Mine geholt.

Als sie ihn beim Namen nennen wollte, versagte ihre Stimme. Sie nahm ihre ganze Kraft zusammen, drückte seine Finger und beobachtete, wie er aus seinem tiefen Schlaf erwachte. Das Herz wurde ihr schwer, als sie seine rot geäderten Augen mit den tiefen Schatten bemerkte. Auf seinem stoppeligen Gesicht hatten sich deutlich die Anstrengungen der letzten Tage eingegraben.

Stan blinzelte. „Cat?" Fast ungläubig flüsterte er ihren Namen. Er erhob sich, beugte sich über sie und legte eine Hand auf ihre Wange. „Tatsächlich, Sie sind erwacht."

Cat lächelte schwach. „Ist das ein Traum?"

Stan lachte, und seine blauen Augen strahlten vor Glück. „Wenn, Schätzchen, dann träumen wir zusammen." Er beugte sich vor und drückte auf einen Knopf. „Eine ganze Schar von Ärzten wartet schon ungeduldig darauf, dass Sie erwachen."

Cat war durstig, und die Zunge klebte am Gaumen „Was ist mit meiner Familie?"

„Alle warten nur darauf, dass Sie Ihre wunderschönen Augen öffnen." Er küsste ihre Stirn. „Herzlich willkommen wieder zurück in der Welt der Lebenden."

3. KAPITEL

In den nächsten zwei Tagen wurde Stan ganz in den Kreis der Kincaids aufgenommen. Er aß mit ihnen und wohnte in demselben Hotel. Am dritten Morgen erschien Sam Kincaid mit düsterer Miene zum Frühstück.

„Dr. Scott sorgt sich um Cats Gehirnerschütterung und meint, sie brauche mindestens acht Wochen lang Ruhe und Pflege." Er warf seiner Frau einen zärtlichen Blick zu. „Deine Hüftoperation ist in zwei Wochen. Wir werden Cat nicht die erforderliche Pflege geben können."

„Ich habe Platz", warf Rafe ein. „Nur die Zeit ist schlecht. Eine staatliche Kommission führt bei uns gerade Bodenuntersuchungen durch, was eine Zeit lang für Unruhe sorgt. Doch die Familie kommt zuerst. Ich nehme Cat mit. Sie ist wichtiger als die Untersuchungen."

Stans Miene hellte sich auf. „Ich kann helfen. Unter den gegebenen Umständen wäre Cat wahrscheinlich besser bei mir aufgehoben."

Rafes Mundwinkel verzogen sich. Dies war für ihn offensichtlich eine Familienangelegenheit, in die sich Fremde nicht einzumischen hatten. Stan spürte, er müsste Rafe überzeugen, dann würde auch der Rest der Familie seinem Vorschlag zustimmen. Plötzlich fühlte sich Stan wie in einem Pokerspiel, bei dem es um hohe Einsätze ging. Eigentlich wusste er selbst nicht genau, warum er wollte, dass sich Cat auf seiner Ranch erholen sollte. Von Anfang an hatte sie irgendetwas in ihm berührt, und es drängte ihn einfach danach, die Gelegenheit zu nutzen, um sie näher kennenzulernen.

„Ich habe im südwestlichen Texas eine kleine Ranch – um genau zu sein, in Del Rio. Und meine Nachbarn, Matt und Kai Travis, würden auch eine große Hilfe sein. Kai ist ausgebildete Krankenpflegerin. Cat wird jetzt viel Beistand brauchen. Ich war selbst dreimal in einer Mine eingeschlossen und weiß darum, was sich hier abspielt." Stan tippte dabei an seine Stirn.

„Ich weiß nicht, ob Cat Ihnen im Krankenhaus von unserer Beziehung erzählen konnte, aber ihr Wohlergehen liegt mir sehr am Herzen. Die Stunden, als sie verschüttet war, waren auch die schlimmsten in meinem Leben." Stan spürte etwas Schuldgefühl wegen der Beziehung, die er erwähnt hatte. Doch es war ja keine völlige Lüge. „Gerade weil ich auch schon eingeschlossen war, kann ich ihr besonders gut helfen." Seine Stimme wurde nachdrücklich. „Ich kann ihr helfen. Ich kann sie wieder aufrichten und dazu beitragen, die Auswirkungen ihres Erlebnisses zu verarbeiten."

Rafe rieb sich das Kinn. „So, als wäre jemand vom Pferd gefallen und traut sich dann nicht mehr, eins zu besteigen?"

Stan nickte. „Ja, nur schlimmer. Und bei ihr kommt noch die Gehirnerschütterung hinzu, sodass sie ständige Überwachung braucht." Er sah von Vater zu Sohn. „Ich weiß, dass das eigentlich eine Familienangelegenheit ist, doch in diesem Fall kann ich Cat wohl am besten die Art von Pflege bieten, die sie braucht."

Sam sah seinen Sohn an. „Fragen wir doch einfach Cat, bevor wir für sie entscheiden."

Abwehrend hob Stan die Hand. „Das ist nicht nötig. Ich weiß genau, dass sie mit zu mir kommen will. Außerdem steht meine zweimotorige Maschine hier auf dem Flughafen, Cat hätte also einen bequemen Transport. Dagegen wäre es für Sie viel problematischer. Cat würde mir bestimmt zustimmen. Ich weiß zwar, wie eng Ihre Familie zusammenhält, doch Sie haben im Augenblick alle andere Verpflichtungen."

Zögernd zuckte Rafe die Achseln. „Klingt, als wäre es so die beste Lösung für Cat. Und nur das zählt jetzt, Dad."

Sam Kincaid betrachtete Stan eine Weile, wobei er den Vorschlag abzuwägen schien. „Also, abgemacht. Cat fährt zu Ihnen, Stan."

Stan ergriff die Hand des Ranchers. „Danke, Sie werden Ihren Entschluss nicht bedauern."

Inez küsste ihre Tochter auf die Wange. „Pass auf dich auf, Liebling." Liebevoll drückte sie Cat die Hand.

Verunsichert sah Cat auf. „Ihr fahrt ab?"

Stan trat neben ihr Bett, ergriff ihre Hand und schenkte ihr sein bezauberndstes Lächeln, um sie von ihrer Frage abzulenken. Cat wusste noch gar nichts von dem, was er und die Kincaids abgemacht hatten. „Es ist für alles gesorgt, Cat. Sie brauchen nichts weiter zu tun, als ruhig zu liegen, schön auszusehen und sich zu erholen." Stan drückte ihr fast verschwörerisch die Hand, worauf Cat ihn verständnislos aus ihren großen grünen Augen anblickte.

Rafe beugte sich vor und küsste sie aufs Haar. „Wir bleiben in Verbindung, Cat. Stan hat uns die Telefonnummer gegeben, und ich werde dich alle paar Tage anrufen, um zu erfahren, wie es dir geht." Er lächelte. „Ich werde dich auch über alles auf dem Laufenden halten, was sich auf der Ranch ereignet."

Dann war ihr Vater an der Reihe. „Du bist in den besten Händen, Cat."

„Aber …"

„Entspannen Sie sich", besänftigte Stan sie. Er wünschte nur, dass die Kincaids sich mit ihrem Abschied beeilten, damit seine Pläne nicht im letzten Augenblick über den Haufen geworfen werden würden.

Jetzt verabschiedeten sich Dal und Jim Tremain. „Stan hat uns versprochen, dass du bei ihm gut aufgehoben bist. Wir würden dich gern bei uns haben, aber das Baby würde dir nicht die nötige Ruhe lassen. Ich hoffe, du verstehst das."

Cat blickte von Dal zu Stan, der verdächtig unschuldig wirkte. „Sicher verstehe ich. Alessandra beansprucht dich ja auch ganz."

Erleichtert über das Verständnis ihrer Schwester, küsste Dal Cat noch einmal auf die Wange. „Und wir rufen dich auch sofort in Texas an. Stans Ranch scheint ideal für dich zu sein."

Stans Ranch? Cat wandte sich ihm so schnell zu, dass der Schmerz sie nach Luft schnappen ließ. Stan lächelte etwas gequält und winkte der Familie zu.

„Wir rufen dich einmal die Woche an", versprach Cats Vater noch einmal in der offenen Tür. „Mach's gut, Liebling."

Cat versuchte zu sprechen, um sie zum Bleiben zu veranlassen. Doch die sie daran hindernde Schmerzwelle verebbte erst, als sich die Tür wieder geschlossen hatte und sich lähmende Stille ausbreitete. Mit gerunzelter Stirn blickte sie zu Stan auf. Seine Finger lagen immer noch wärmend um ihre. Gern hätte sie ihm die Hand entrissen, doch sie wusste, dass die Bewegung nur wieder unerträgliche Schmerzen verursachen würde.

„Also gut, Donovan. Was wird hier gespielt?"

„Donovan? Vorher haben Sie mich Stan genannt."

Cat hob in der ihr eigentümlichen Art kampfbereit das Kinn. „Welche Karten wollen Sie eigentlich noch aus Ihrem Ärmel ziehen? Alle denken, ich fahre auf Ihre Ranch, aber niemand fragt mich. Wenn Sie glauben, sie könnten mich entführen, dann müssen Sie sich etwas Besseres einfallen lassen."

Stan machte ein betont schuldbewusstes Gesicht, während sein Daumen weiterhin zarte Kreise auf ihrem Handrücken zog. „Sie entführen?" Er brachte einen bühnenreifen Augenaufschlag fertig. „Cat, ich stelle nur mein Flugzeug und meine Ranch zur Verfügung, damit Sie sich auch wirklich erholen können." Verstohlen warf er ihr einen

Blick zu, um zu sehen, welche Wirkung seine Neckerei hatte. Doch als er sah, wie sich Cats Wangen röteten und ihre Augen Blitze schossen, stellte er sich auf Kampf ein. Sie mochte krank sein, aber hilflos war sie noch lange nicht.

Darum schlug er einen besänftigenden Ton ein. „Regen Sie sich nicht auf, Cat. Ich habe Ihrer Familie gesagt, welche Pflege Sie bei mir haben können – genau wie Dr. Scott es verordnet hat. Außerdem", fuhr er schnell fort, um ihre Einwände im Keim zu ersticken, „ist Ihr Bruder durch eine Kommission in Anspruch genommen, und Ihre Mutter wird in zwei Wochen operiert." Er lächelte. „Und so habe ich meine Ranch als besten Erholungsort für Sie angeboten. Ich habe nur getan, was mir für uns als Bestes erschien."

„Uns? Es gibt kein Uns. Sie und ich, wir sind uns vollkommen fremd", fügte sie etwas zu schnell hinzu.

Stan wirkte etwas verlegen. „Vielleicht war es so vor einer Woche, doch jetzt ist es anders, nach allem, was wir gemeinsam durchgemacht haben." Seine Stimme wurde nachdrücklicher. „Vorher habe ich Ihre Arbeit als Bergbauingenieurin respektiert. Doch dann, als Sie verschüttet waren, habe ich auch ihren Mut gespürt. Wir wissen beide, Ihre Überlebenschancen waren hauchdünn."

Kaum hatte Stan das entsetzliche Erlebnis angesprochen, spürte Cat auch schon, wie die nackte Angst und sie überwältigende Panik in ihr aufstiegen. Der kalte Schweiß brach ihr aus. Es ist doch alles in Ordnung, versuchte sie sich selbst vergeblich zu beruhigen. *Ich bin in Sicherheit.*

Erst als sie sich wieder unter Kontrolle hatte, sah sie Stan an. „Das gibt Ihnen noch lange nicht das Recht, meine Familie einfach fortzuschicken, Donovan. Ich will meine Familie, nicht Sie."

Stan fuhr ihr leicht über die Wange. „Ich weiß, wie es tatsächlich in Ihnen aussieht, Cat. Vergessen Sie nicht, ich war selbst schon verschüttet gewesen. Ich weiß am besten, was Sie noch durchzumachen haben, und das habe ich Ihrer Familie klargemacht. Regen Sie sich jetzt nicht mehr auf. Die Ärzte haben Ihnen Ruhe verordnet."

„Dann sollten Sie sich nicht einfach zwischen mich und meine Familie drängen." Cat atmete schwer, und jeder Atemzug verursachte ihr einen brennenden Schmerz im Brustkorb. Der Schweiß brach ihr aus, und sie legte sich mit geballten Fäusten zurück. Ihre grünen Augen funkelten vor Zorn. „Sie machen das doch nicht aus reiner Menschenfreundlichkeit. Wenn ich nur wüsste, woher ich Ihren Namen kenne, dann würde ich wahrscheinlich eins und eins zusammenzählen können."

Stan wand sich innerlich. Er kannte die Gründe seines Handelns selbst nicht genau. Es stimmte, er hatte ein geschäftliches Interesse im Hinterkopf, doch das war nicht der Hauptgrund, warum er Cat nahe sein wollte. Es drängte ihn einfach danach, ihre Persönlichkeit näher kennenlernen zu können.

„Ich verstehe Ihren Ärger", begann er vorsichtig. „Wir hätten Sie fragen müssen, ob Sie auf meine Ranch wollen. Und dafür schulden wir – besser ich – Ihnen eine Erklärung. Ich habe Ihre Familie davon überzeugt, dass Sie gern mit mir nach Del Rio in Texas kommen." Er hielt Cats ärgerlichem Blick stand. „Sie werden sich dort bestimmt wohlfühlen. Und ich habe Ihre Familie davon überzeugt, dass Sie dort in Ihrem jetzigen Zustand am besten aufgehoben sind. Außerdem wollte ich – wenn es Ihnen besser geht – eine geschäftliche Angelegenheit mit Ihnen besprechen."

Misstrauisch, doch etwas besänftigt musterte Cat ihn.

„Ich biete Ihnen doch nur Ruhe und Pflege für acht Wochen an, Cat. Und das ich kein Verdammungsurteil. Wenn es Ihnen nicht gefällt, können Sie jederzeit wieder fort. Es dreht sich doch nur darum, dass Sie Ruhe brauchen und ich die Zeit und den Platz habe."

Aus Enttäuschung heraus hätte Cat am liebsten geweint, doch sie nahm sich zusammen. Stan hatte immerhin ihr Leben gerettet, obwohl sie seine Warnungen einfach in den Wind geschlagen hatte. „Also gut, Donovan", lenkte sie leise ein. „Ich habe nicht daran gedacht, dass die Operation meiner Mutter schon so bald ist. Und ich hasse es, als Invalide anderen zur Last zu fallen – vor allem Ihnen. Sie haben schon genug für mich getan, als dass Sie sich mit einer mürrischen kranken Bauingenieurin abgeben."

Ein verschmitztes Lächeln zuckte um seine Lippen. „Ich liebe mürrische kranke Bergbauingenieurinnen. Sie sind einfach mein Gast, erholen sich und müssen es ertragen, dass Ihnen der beste Geschichtenerzähler im westlichen Texas Geschichten erzählt – nämlich ich. Ich hoffe nur, Ihnen gefällt meine Gesellschaft ebenso wie mir Ihre."

Cat vermied es, Stan anzusehen. „Ich bin kein kleines Kind, dem man Gutenachtgeschichten erzählen muss."

Stans Lächeln vertiefte sich. „Wir werden sehen." Dann sah er auf seine Uhr. „Zeit für ein Nickerchen. Sie schließen jetzt Ihre schönen Augen, und ich erkundige mich bei Dr. Scott, wann wir diese Zelle endlich verlassen können."

Cat rümpfte die Nase. „Warum sollte ich es eilig damit haben, ein Gefängnis mit dem anderen zu vertauschen?"

Stan küsste sie leicht aufs Haar. „Tatsächlich bin ich doch Ihr Gefangener."

Cat fühlte sich schon wieder viel ruhiger. Spätestens seit ihrem Eingeschlossensein wusste sie, wie einsam ein Mensch sein konnte. Und Stan hatte sie während der schrecklichen Stunden nicht allein gelassen. „Normalerweise bin ich nicht so launisch", gestand sie entschuldigend ein.

Wenn Cat schmollte, bekam ihre volle Unterlippe einen trotzigen Zug. Und in Stan war der Wunsch gewachsen – den er jetzt schnell zur Seite schob –, diese Lippen zu küssen. „Ich verstehe Sie, Cat. Es ist auch heute alles etwas zu schnell gegangen." Er ging zur Tür und öffnete sie. „Ruhen Sie sich jetzt aus, sonst bekommen Sie noch Schatten unter Ihren schönen Augen. Träumen Sie einfach von der Mourning Dove Ranch."

Cat sah Stan nach. Er schaffte es mit seiner unwiderstehlichen Art doch immer wieder, sie aufzurichten und ihr die Schatten der Angst zu verscheuchen. Aber sie verstand ihre Gefühle ihm gegenüber nicht, und verunsichert versuchte sie, sie zu verdrängen.

Erst einmal hatte es Cat bisher erlebt, dass ihr Selbstbewusstsein ähnlich zerstört gewesen war: als sie und der Geologe Greg Anderson ihre Beziehung gelöst hatten. Doch dieses Mal war es anders. Sie dachte an die Zärtlichkeit, die jedes Mal in Stans blauen Augen aufleuchtete, wenn er sie ansah. Und sie brauchte gerade jetzt Hilfe wie noch nie in ihrem Leben – und die hatte Stan ihr angeboten. Zögernd musste sie sich eingestehen, dass wahrscheinlich gerade er ihr helfen könnte, den Albtraum des Verschüttetseins zu überwinden und zu ihrem alten Selbstvertrauen zurückzufinden.

„Nun, Cathy, Sie kommen bestimmt in beste Hände." Dr. Scott lächelte und prüfte dann die Entlassungspapiere.

Mithilfe einer Schwester hatte sich Cat eine zimtfarbene Hose und ein weißes T-Shirt angezogen. Es war ein wunderschöner, für Maine außergewöhnlich sonniger Augustmorgen.

„Wir werden sehen, Doktor", entgegnete sie nur trocken und befühlte automatisch ihren fest bandagierten Brustkorb.

„Mr Donovan ist Sanitäter", erwiderte der Arzt, während er die Papiere unterschrieb.

„Tatsächlich?", überrascht sah Cat auf.

„Ja, sogar ein sehr guter. Ich habe ihm genaue Anweisungen wegen Ihrer Kopfverletzung gegeben. Informieren Sie ihn sofort, wenn Sie sich schwindelig fühlen sollten."

Schwindelig? Als sie das erste Mal aufstehen wollte, wäre sie fast umgefallen, wenn Stan sie nicht reaktionsschnell gestützt hätte. Ihr erster Impuls war gewesen, sich seiner Fürsorge zu entziehen, da sie es nicht gewohnt war und es verabscheute, wenn sie umsorgt wurde. Doch selbst nach drei Tagen hatte Stan seine liebenswürdige Art nicht verloren, und sie hatte ihn direkt bitten müssen, keine Witze mehr zu erzählen, da sie Angst hatte, lachen zu müssen, was ihr entsetzliche Schmerzen bereitete. Während dieser Tage hatte sich Stan von einer ganz neuen Seite seiner Persönlichkeit gezeigt: als charmanter Unterhalter.

Eine Schwester erschien mit dem Rollstuhl, um Cat zum Eingang zu fahren. Dr. Scott half ihr hinein. „Jetzt verlassen Sie uns also. Mit Mr Donovan haben Sie sich einen guten Piloten ausgesucht."

Unwillkürlich musste Cat lächeln. „Hat er Ihnen das gesagt?"

„Nein, aber ich bin selbst Pilot und kann es darum beurteilen. Ich glaube, er hat viel Interessantes aus seinem Leben zu erzählen."

„Stan Donovan ist der geborene Erzähler. Vielen Dank für alles, Doktor."

Vor dem Krankenhaus wartete Stan neben einem Leihwagen auf Cat. Er trug ein blaues Hemd, genau in der Farbe seiner Augen, wie Cat sofort bemerkte. Sein schwarzes Haar war noch feucht von einer wahrscheinlich gerade genommenen Dusche. Cat musste sich richtig zusammenreißen, um ihn nicht anzustarren wie ein unbeholfener Teenager.

Sie ergriff Stans hilfsbereit ausgestreckte Hand und erhob sich. Wie immer, durchfuhr es sie bei seiner Berührung warm. Ein leichtes Schwindelgefühl erfasste sie. Stan spürte ihre Schwäche und war sofort an ihrer Seite, um sie möglicherweise stützen zu können.

„Wie schön, wieder draußen in der Sonne zu sein!" Vorsichtig atmete Cat tief die frische Luft ein.

„Daraus spricht doch der echte Bergwerksmensch." Stan half Cat auf den Beifahrersitz. „Maggie ist startbereit und wartet schon."

„Maggie?"

„Ja, meine zweimotorige Cessna. Sie ist so schön wie ihr Name." Stan warf Cat ein umwerfendes Lächeln zu und setzte sich hinters Steuer. „Rot und weiß und schlank und rank."

„So mögen Sie die Frauen, Donovan?"

„Eifersucht ist sinnlos. Maggies Herz ist groß genug, um uns beide aufzunehmen. Fertig, junge Lady? Ein klarer Himmel wartet auf uns."

„Übrigens", und leichte Verletztheit sprach aus Stans Stimme, „meine Freunde nennen mich Stan."

Cat betrachtete ihn von der Seite. „Nach allem, was wir gemeinsam erlebt haben, ist ‚Freund' wohl auch ein Wort, das für uns gilt."

Stan konzentrierte sich jetzt aufs Fahren. Freundschaft ist eine Sache, dachte er im Stillen. Er wollte aber auch noch andere Möglichkeiten erkunden. Cat zog ihn an wie noch nie eine Frau zuvor. „Freunde", meinte er leise. „Ein guter Anfang für uns."

„Ich hoffe, Sie haben viel Geduld." Cat fühlte sich plötzlich irgendwie verlegen.

Stan sah sie fest an. „Warum?"

„Weil ich im Augenblick nicht ich selbst bin. Ich bin ungehalten, wenn ich es eigentlich gar nicht so meine. Sie haben aber immer noch die Möglichkeit, Ihr Angebot zurückzunehmen, mir Ihre Ranch als Sanatorium zur Verfügung zu stellen."

„Kommt nicht infrage. Warum versuchen Sie eigentlich, Ihr Innerstes so tief zu verschließen, Cat Kincaid? Aber ich finde es schon heraus, wer dafür verantwortlich war. Denn ich weiß genau, in Wirklichkeit gleichen Sie nicht den Felsen, die ich normalerweise bearbeite, sondern kostbaren Edelsteinen: schwer zu finden, gefährlich zu gewinnen und zerbrechlich beim Schleifen zum Schmuckstück." Er lachte tief und volltönend.

Warme Röte stieg in Cats Wangen. „Meine Arbeit macht mich verschlossen. Sie als Geologe sollten das wissen."

Stan wusste es, doch er konnte nicht widerstehen, sie zu reizen. „Sicher, aber ich sehe so gern die grünen Blitze in ihren Augen aufflammen. Nun genug davon. Dr. Scott hat mich ernst ins Gebet genommen, Sie nicht zu sehr zu reizen. Für den Augenblick jedenfalls."

Cat lehnte sich zurück „Wie großzügig!", konterte sie. „Jetzt sollte ich wohl dankbar für die Gnadenfrist sein."

„Vorsicht, sie wird kurz sein."

Cat lächelte. Stans Gegenwart tat ihr gut. Doch das sollte sie diesem großen arroganten Texaner namens Stanley Donovan besser nicht sagen. „Welche Art von Pilot sind Sie eigentlich?", wechselte sie darum schnell das Thema.

„Meine Lizenz habe ich im Disneyland bekommen. Sind Sie beeindruckt?"

Jetzt musste Cat doch alle Kraft aufbringen, um ihr Lachen zu unterdrücken. „Sie stecken doch voller Unsinn."

„Also gut, wenn Sie sich dann wohler fühlen: Der Pilot ist fünfunddreißig Jahre alt, ein Meter fünfundneunzig groß, alleinstehend, umwerfend freundlich, mit anständigem Lebenswandel und ohne Schulden." Betont unschuldig sah er sie an. „Wie ist Ihr Wohlbefinden jetzt?"

„Es hat gerade einen Sturzflug gemacht. Ich würde mich besser fühlen, wenn Sie mir erzählt hätten, dass Sie ein erfahrener Pilot sind, der schon um die Welt geflogen ist, statt mir Ihre persönliche Situation offenzulegen."

„Ich wollte Ihnen nur verständlich machen, dass Sie nicht das fünfte Rad am Wagen sein werden. Sie können sich glücklich schätzen … Außer Pilar, der Frau meines Verwalters, sind Sie die einzige Frau auf meiner Ranch."

„Irgendwie bin ich mir nicht ganz sicher, ob ich glücklich darüber sein sollte oder nicht, Donovan."

„Es ist unbestreitbar ein Glück. Warten Sie ab, Miss Kincaid." Stan lächelte verschmitzt.

„Ist das eine Drohung oder ein Versprechen?"

„Ihre Wahl. Suchen Sie es sich aus."

„Sie sind unmöglich, Stan, absolut unmöglich."

„Das behaupten viele. Übrigens, wenn wir schon bei meinen unmöglichen Qualitäten sind: Ich habe einige Edelsteinfunde in Brasilien gemacht." Seine Stimme wurde weicher. „Haben Sie schon einmal etwas von der El Camino Mine gehört?"

Cat sah ihn überrascht an. Vor zwei Jahren hatte diese Mine in der Fachwelt für Aufregung gesorgt, da sie Turmaline von ungewöhnlich makelloser Qualität lieferte.

„Sie wollen doch nicht andeuten … Augenblick … Sie haben den Fund gemacht. Daher kenne ich also Ihren Namen. Ich hätte damals auch beinahe dort mitgearbeitet."

„Ja, ich habe die Besitzer dazu überredet, Sie dorthin zu holen. Aber Vertrag ist Vertrag, Sie waren damals schon bei einer anderen Firma gebunden."

Cat konnte es immer noch nicht fassen. „Sie haben El Camino entdeckt."

„Sie verletzen meine zarte Seele mit solchen Banalitäten."

„Ich habe eher das Gefühl, dass durch Ihr dickes Fell nicht viel dringen kann."

„Vorsicht. Die richtige Frau hat freien Zutritt zu meinem zärtlichen Herzen und meiner liebenden Seele."

„Aufhören, Stan, Lachen bereitet mir Schmerzen."

Ein schwaches Lächeln lag auf ihren Lippen. Sie ist anders als die meisten Frauen, sagte sich Stan. Aber das hatte er auch erwartet. Immerhin verbrachte sie nicht ihr Leben als Bettgefährtin und Hausfrau eines Mannes, sondern musste sich in der rauen Welt der Bergleute zurechtfinden. Und das ist ihr bestimmt nicht leicht gemacht worden, fügte er im Stillen bewundernd hinzu.

Stan hatte den Flughafen erreicht und wies nach vom auf die Landebahn. „Das ist Maggie, die Nummer zwei meines Herzens."

„Und wer ist die Nummer eins?"

Stan lächelte. „Den Platz reserviere ich für eine Frau, die meinen Namen tragen will, ihre Schuhe unter mein Bett stellt und ebenso viel Abenteuerlust in ihrer Seele hat wie ich."

„Bestimmt haben Sie, wie all die anderen Ingenieure und Geologen auch, eine Braut in jedem Hafen."

„Möglich", entgegnete Donovan nur und half Cat dann aus dem Wagen.

„Aber Maggie ist wunderschön", meinte Cat bewundernd.

„Ich wusste doch, dass Sie einen Blick für Schönheit haben. Fertig?"

„Ja, ich bin fertig." Cat fühlte sich plötzlich voller Spannung und Erwartung auf das Kommende.

Und als sie die Kabine des Flugzeugs betraten, kam zu diesen Gefühlen noch Dankbarkeit hinzu. Stan hatte nämlich einige Sitze herausgenommen und durch eine bequeme Liege ersetzt. „Dr. Scott meinte, Sie würden den zehnstündigen Flug sitzend nicht aushalten."

„Verwöhnen Sie alle Frauen so?"

„Nur Sie, Cat, nur Sie."

„Das nehme ich Ihnen nicht ab", entgegnete Cat leichthin. Ihre Miene war jedoch nachdenklich.

„Sie verletzen mein texanisches Gemüt", beklagte sich Stan. „Vielleicht bin ich ja Ihr Ritter in glänzender Rüstung und entführe Sie in mein Schloss. Wie wäre das?"

„Sie sind schon mein Ritter gewesen, Stan", meinte sie zögernd. „Sie haben mir das Leben gerettet."

Stan lächelte unbekümmert. „Nun, Lady, Sie haben die Wahl: Sie können sich entweder vorn zu mir setzen, oder Sie legen sich hin."
„Ich setze mich ins Cockpit."
„Aha, um bei mir zu sein. Gute Wahl."
„Nein, um zu sehen, wie Sie mit dem Flugzeug umgehen können."
„Oh." Ein Schatten flog über sein Gesicht.

Cat war noch nie einem Mann begegnet, der seine Gefühle so offen zeigte wie Stan. Die meisten Männer errichteten dicke Mauern um ihre Emotionen und ihre innersten Regungen.

Cat setzte sich und beobachtete jede von Stans Bewegungen. Sie fühlte sich magisch von seinen Händen angezogen. Obwohl sie groß und kräftig waren, führten sie doch jede Bewegung mit einer natürlichen Anmut aus. Plötzlich durchfuhr eine Hitzewelle ihren Körper. Stan zog sie doch mehr an, als sie es sich bisher eingestanden hatte. Als sie beobachtete, wie zärtlich seine Finger den Starthebel umschlossen, fragte sie sich unwillkürlich, wie es wäre, von diesem Mann gestreichelt zu werden. Und ein leichtes Lächeln spielte um ihre Lippen, als ihre Fantasie Konturen bekam.

Als sie dann vom Boden abhoben, warf Stan ihr einen verschmitzten Blick zu. Und Cat lächelte zurück.

„Maggies Mannschaft lässt die hochgeschätzte, berühmte Passagierin fragen, ob sie Kaffee will."

„Obwohl mir das ‚hochgeschätzt' und ‚berühmt' nicht ganz klar ist", erwiderte Cat lächelnd, „ja, die Passagierin hätte gern eine Tasse Kaffee."

Stan holte hinter seinem Sitz eine Thermosflasche hervor, stellte die Steuerung auf Automatik und goss Cat einen Becher Kaffee ein. Als sich ihre Finger berührten, zog leichte Röte über Cats blasse Wangen.

„Sie sehen schon viel entspannter aus. Liegt das an dem bevorstehenden Abenteuer?"

„Sie besitzen die verwirrende Fähigkeit, meine Gedanken lesen zu können", erwiderte Cat etwas abwesend.

„Warum verwirrend?"

„Weil es nach meiner Erfahrung kaum Männer gibt, die mehr als das Äußere wahrnehmen."

„Machen Sie uns armen Männern deswegen keinen Vorwurf, vor allem, wenn es sich um etwas so Außergewöhnliches wie Sie handelt." Erneut stieg eine Hitzewelle in ihr auf. „Man kann mich kaum außergewöhnlich nennen." Cat hob ihre Hände. „Das ist nicht außergewöhnlich, Donovan. Ich habe Hände bekommen wie Millionen von Frauen in der Dritten Welt, die täglich auf einem Stein im Fluss Wäsche waschen. Ich habe Muskeln wie Frauen, die täglich Bodybuilding machen." Sie zeigte auf ihr Haar. „Und ich muss mein Haar so kurz tragen, dass man mich manchmal von hinten mit einem Mann verwechselt." Sie verzog ihr Gesicht. „Ist das etwa außergewöhnlich?"

„Dann halten Sie mich also für einen Süßholzraspler? Aber ich meine es tatsächlich so. Und eines Tages werde ich Ihnen zeigen, warum Sie eine so unglaublich außergewöhnliche Frau sind."

Wieder spürte Cat eine Hitzewelle in sich aufsteigen, und etwas gezwungen lachte sie auf. „Das einzige Rätselhafte hier sind Sie. Erzählen Sie von sich. Aber lassen Sie ihren texanischen Unsinn."

Stan lachte übermütig. „Es gibt wohl keinen Texaner, der die Wahrheit nicht ein wenig ausschmückt. Aber ich werde mich bemühen. Also, ich wurde in Galveston, Texas, vor fünfunddreißig Jahren geboren. Mein Vater ist als junger Bursche aus Irland eingewandert und lebt immer noch als Fischer in Galveston. Meine Mutter, eine waschechte Texanerin, hat ein kleines Geschäft mit aus Irland importierten Artikeln."

„Schwestern? Brüder?"

„Sieben. Ich kam an fünfter Stelle."

„Und wie fanden Sie zur Geologie?"

„Ich wollte nicht, wie meine Familie, mein Leben mit Fischfang verbringen. Ich beobachtete immer die Wellen und fragte mich, woher sie kämen. Welche Küste hatten sie verlassen? Welche Schiffe waren ihnen auf ihrer Reise begegnet? Welche Fische hatten sie begrüßt? Als ich so klein war", Stan hielt die Hand in Kniehöhe, „sagte mein Vater, ich sei wie mein Urgroßvater, der der Abenteurer in der Familie war. Er hielt es auch nie länger als nur wenige Monate an einem Ort aus."

„Und sie spüren die gleiche Unruhe?"

„Unruhe? Nein. Das Leben ist für mich ein einziges Abenteuer. Ich will immer wissen, was sich hinter dem nächsten Hügel verbirgt und wer im nächsten Tal lebt."

„Und warum fasziniert Sie dann die Geologie? Eigentlich müssten Sie doch bei der Seefahrt sein und die Ozeane überqueren."

Stan lächelte. „Steine üben eine ungewöhnliche Faszination auf mich aus. Schon als Kind habe ich mich gefragt, warum einige schwarz und andere gestreift waren. Ich hielt sie in der Hand und versuchte, mit Ihnen zu reden."

Cat konnte sich direkt den dunkelhaarigen Jungen vorstellen, der gebannt einen Stein in seiner Hand betrachtete. Diese Fähigkeit, zu träumen und sich Geschichten auszumalen, hatte er sich erhalten. Etwas Ungewöhnliches in dieser rein vernunftbestimmten Welt, gestand sich Cat ein.

„Und hat einer mit Ihnen gesprochen?"

„Natürlich." Er lachte.

„Und wo haben Sie Ihre Ausbildung gemacht?", fragte Cat, neugierig, mehr aus seiner Vergangenheit zu erfahren.

„Wo wohl? In Colorado."

„Wie ich. Ich bin beeindruckt."

In bester Schauspielerart hielt sich Stan die Hand aufs Herz. „Endlich! Wir haben etwas gemeinsam."

Cat musste lachen. „Und was haben Sie nach der Ausbildung gemacht?"

„Durch die Welt gezogen und die Gesteinsschichten untersucht wie all die anderen verrückten Geologen. Aber genug von mir. Was ist mit Ihnen? Ich hatte ja das Glück, Ihre ganz Familie zu treffen, sodass ich schon ein wenig über sie weiß."

„Bestimmt haben Dal und Rafe wieder ihren Mund nicht halten können. Was haben sie Ihnen denn alles erzählt?"

„Moment, welche Adjektive benutze ich am besten?"

„Wenn sie jetzt wieder ‚außergewöhnlich' sagen, werde ich alles Weitere als hundertprozentigen Unsinn einstufen, Donovan", warnte ihn Cat.

„Manchmal können Texaner auch ernsthaft sein", versicherte Stan. „Wir werden sehen. Was denken Sie also von mir, nachdem Sie alles von meiner Familie erfahren haben?"

„Sie sind ein echter Wagehals. Rafe hat erzählt, wie Sie beide auf Pferden über einen Abgrund gesprungen sind."

„Hat er auch gesagt, dass mein Pferd auf der anderen Seite gestrauchelt und gestürzt ist? Ich habe mir den Arm und die Nase gebrochen."

Stan spürte, wie sich Cat entspannte. Sie hatte lange allein gelebt und war Männern gegenüber zunächst zugeknöpft. Doch jetzt lag ein weicher Zug auf ihren Lippen, war neues Leben in ihrer Stimme, und er bemerkte etwas Farbe auf ihren Wangen. Während der nächsten acht Wochen wollte er sie an diesen weiblichen Teil ihres Selbst erinnern und den Rest davon sanft an die Oberfläche holen. Er wusste, dass er es konnte. Es lag eine tiefe Anziehungskraft zwischen ihnen.

„Rafe hat gesagt, dass Sie und er den Sprung gewagt hätten, während Dal gekniffen habe. Ich hätte es wahrscheinlich wie sie gemacht." Stan musterte sie. „Aber Ihr Verhalten passt genau zu dem Beruf, den Sie gewählt haben. Bergbauingenieure müssen sowohl Erhaltungssinn als auch Wagemut besitzen."

„Sie wollten doch sagen, mein Verhalten sei dumm gewesen."

„Hey, wir waren alle einmal jung und haben unsere törichten Kraftakte vollbracht."

„Um die Wahrheit zu sagen, ich hatte fürchterliche Angst. Rafe war wütend, weil Dal einen Rückzieher gemacht hat und … Nun, dann habe ich mich von ihm überreden lassen."

„Aber Sie wollten eigentlich nicht?"

„Machen Sie Witze? Das Pferd war ein unerfahrener Vierjähriger und hatte noch nie einen Abgrund gesehen, geschweige denn einen übersprungen. Ich wusste nicht, ob es springen oder scheuen würde, hineinfallen oder was auch immer."

„Interessant, das gibt mir wieder eine neue Information über sie." Er lächelte. „Nichts Schlimmes, falls Sie das befürchten. Es verrät nur, dass Sie etwas trotz überwältigender Furcht erfolgreich durchgeführt haben. Das nenne ich Mut."

„Das Abenteuer war eher töricht. Was Mut erforderte, war, Dad zu erzählen, woher meine Brüche stammten. Sie haben mich aber dann vor der Dresche bewahrt, die Rafe allein einstecken musste."

„Ich glaube eher, dass diese Situation beispielhaft für Sie war. In Ihnen steckt Mut. Das gefällt mir."

Das Kompliment tat Cat gut, und die Anerkennung in Stans Stimme wirkte fast wie eine körperliche Liebkosung. Während der Arbeit war sie sonst Männern gegenüber eher emotional zugeknöpft. Doch sie war eben nicht bei der Arbeit. Der Gedanke daran ließ sie plötzlich die Stirn runzeln.

„Was ist los?", fragte Stan sofort.

„Ich dachte gerade daran, dass ich wegen des Unfalls meinen Vertrag nicht erfüllen kann." Schon allein bei der Vorstellung, wieder eine Mine zu betreten, brach bei Cat der kalte Schweiß aus.

„Sie brauchen aber die längere Erholung, Cat. Jeder muss einmal abschalten."

Das stimmte. Immerhin hatte sie schon seit fünf Jahren keine Ruhepause eingelegt. Doch wie war es möglich, dass ein einziger Stolleneinbruch ihr die geliebte Arbeit zu einem Albtraum werden ließ? „Sind Sie gerade vertraglich frei?"

„Ja, und zum ersten Mal seit einem Jahr wieder nach Hause gefahren. Ihnen wird die Mourning Dove sicher auch gefallen. Fürs westliche Texas ist es ein richtig schönes Fleckchen."

„Wahrscheinlich viel Sand, Gestrüpp, Kaninchen und Hirsche. Aber erzählen Sie von der Ranch. Ist sie noch in Betrieb?"

„Nicht mehr. Ich habe mehr oder weniger ein Rotwildgehege daraus gemacht. Während meiner Abwesenheit kümmert sich eine mexikanische Familie aus der Nachbarschaft um alles." Stans Stimme wurde warm. „Pilar ist die beste Köchin weit und breit. Ich kann es kaum erwarten, von ihr wieder verwöhnt zu werden."

Cat lächelte. Stan zeigte sich ihr immer stärker in einem ganz neuen Licht. Er war anders als all die Männer, mit denen sie bisher zu tun gehabt hatte. Und er war überhaupt nicht der Frauenheld, als den sie ihn zunächst eingeschätzt hatte. Wahrscheinlich würde der Aufenthalt auf seiner Ranch gar nicht so übel werden.

„Ihr Bruder Rafe hat viel von ihnen erzählt", griff Stan nach einer Weile das alte Thema wieder auf. „Dass Sie das Land und die Tiere lieben und wie Sie ein Sonnenaufgang oder ein neugeborenes Fohlen bewegt. Ich mag es, wenn meine Frau ein offenes Herz für alles um sie herum hat."

Bei seinen letzten Worten durchfuhr es Cat heiß, doch sie fragte lieber nicht, wie er sie gemeint hatte. Seine Art, alles auf eine persönliche Ebene zu bringen, brachte sie immer wieder aus der Fassung.

„Leben ist für mich ein unaufhörliches Werden", bekannte sie. „Wir müssen nur die Herzen und Sinne dafür offenhalten."

Ein kleines Lächeln zeigte sich auf Stans Lippen. „Und warum fürchten Sie sich davor, diesen Teil von sich zu zeigen?"

„Wir verbergen wohl alle Teile unseres Selbst", wehrte Cat ab. „Welche Art von Geologe sind sie eigentlich?", lenkte sie dann auf ein anderes Thema über.

„Ich bevorzuge die sedimentären Gesteine. Ah, die Augenbraue geht in die Höhe, und die Augen werden groß. Habe ich Sie also doch aus der Reserve locken können."

„Das gelingt Ihnen doch immer. Aber warum sedimentäres Gestein? Die meisten Geologen haben doch kein Interesse daran."

„Weil nur dort größere Edelsteinmengen stecken, darum."

„Aha, jetzt verstehe ich langsam. Sie haben weniger die Geologie als die Edelsteine im Sinn."

Lächelnd überprüfte Stan die Instrumentenanzeiger. „Sie meinen doch Schatzgräber oder moderner Goldschürfer."

„Das haben Sie gesagt, nicht ich."

„Ich höre Ablehnung aus Ihrer Stimme", stellte er betont unverbindlich fest.

Es erinnerte Cat an Greg. Der hatte die Edelsteinsuche über ihre Liebe gestellt und ihre Beziehung dadurch zerstört. Doch sie durfte jetzt nicht einfach diese Erfahrung auf Stan übertragen. „Es ist nichts Schlimmes daran, das reichhaltigste Turmalinvorkommen zu finden. Es kann Sie reich machen."

Stan sah Cat eine Weile an. Ihr Gesicht spiegelte deutliches Unbehagen wider. „Und Sie glauben, dass das mein Motiv sei, nach Edelsteinen zu suchen?"

„Ich weiß nicht. Sie sehen eigentlich nicht wie ein typischer Schatzjäger aus." Stan war – im positiven Sinne – Greg tatsächlich vollkommen unähnlich.

Stan war froh darüber, dass Cat dieses Thema offen zur Sprache gebracht hatte. Denn er wusste auch, dass die meisten Edelsteinsucher Männer waren wie die Goldschürfer früher während des Goldrausches. Sie wurden nur von einer Kraft angetrieben: der Gier nach Reichtum, die ihr ganzes Leben beherrschte.

„Edelsteine üben eine ganz besondere Wirkung auf mich aus, Cat. Sie sind wie Menschen. Wenn man sie entdeckt, sind sie rau und ungeschliffen. Man trägt sie dann an die Oberfläche und weiß, dass sie noch nie das Sonnenlicht gesehen haben. Und dann beobachtet man als Erster, wie sich das Licht in ihnen bricht. Es ist, als beobachte man, wie sich ein Mensch langsam vor einem öffnet." Stan lächelte weich. „Und dann betrachtet ein Juwelier die ungeschliffene Kostbarkeit und erweckt mit seinem Schliff das natürliche Feuer zum Leben, als hätte es Millionen von Jahren nur darauf gewartet."

„Eine anregende Sichtweise." Wenigstens hatte er nicht Geld als Motiv genannt.

Kleine Lachfältchen zogen sich um Stans Augen, als er Cats Blick erwiderte. „Es gibt natürlich auch Menschen, die undurchdringlich wie Eisenerz sind."

„Auf wie viele Diamanten sind Sie denn in ihrem Leben gestoßen, im Vergleich zu den reinen Eisenerztypen?"

Stan lachte auf. Es gefiel ihm, wie leicht sich Cat auf seine Sichtweise der Welt einstellen konnte. „Ich bin sowohl bei Männern als auch bei Frauen auf viele ungeschliffene Edelsteine gestoßen."

Cat schloss die Augen, sie fühlte sich plötzlich ohne ersichtlichen Grund erschöpft.

„Müde? Oder gelangweilt durch den Eisenerztyp?"

„Das sind Sie sicher nicht, Stan Donovan. Ich fühle mich nur plötzlich so müde. Ich lege mich etwas hin."

„Vielleicht liegt das an meiner Gesellschaft?"

„Sie sind nicht langweilig, Stan", versicherte Cat ihm mit blitzenden Augen. „Und Sie wissen es auch."

Er lächelte verhalten. „Das wollte ich nur hören."

„Sie Egoist." Langsam erhob sich Cat und ging in den anderen Teil der Maschine zur Liege in der Kabine. Vorsichtig legte sie sich auf die linke Seite und schlief sofort ein.

4. KAPITEL

Ein leichtes Ruckeln und ein verändertes Geräusch der Motoren weckten Cat. Sie war eingeschlafen, als sie gerade die Grenze von Pennsylvania überflogen hatten. Nun schienen sie zu landen. Wahrscheinlich zum Auftanken, dachte sie noch erschöpft und schlief dann sofort wieder ein.

Es war früh am Abend, und die untergehende Sonne ließ die Schatten länger werden. Stan brachte die Maschine herunter und setzte weich auf der texanischen Landebahn auf. Endlich waren sie zu Hause. Er sah nach hinten zu Cat. Ja, sie waren zu Hause.

Behutsam trat Stan neben die Liege. Cat machte einen erschöpften Eindruck, und tiefe Schatten lagen unter ihren langen Wimpern. Doch es war ihr Mund, der ihn plötzlich und mit fast quälender Heftigkeit spüren ließ, wie sehr diese Frau ihn anzog. Er spürte eine ähnlich gespannte Erwartung in sich, wie wenn er, kurz vor der Entdeckung der Gesteinsader im Felsen, mit den verborgenen Schätzen war.

Cat war so ein Schatz. Er kniete nieder und atmete ihren Duft ein. Hungrig beugte er sich vor. Wie verletzbar sie doch wirkte! Zärtlich suchte sein Mund ihre leicht geöffneten Lippen.

Cats Wimpern bebten leicht, als sie die Wärme und den Druck von Stans Mund spürte. Wie eine Woge stieg die Hitze in ihr hoch. Stans Atem streichelte ihre Wange. Ihr Herz schlug heftig, und sie erwiderte seinen Kuss wie von selbst.

Sie gab sich ganz der liebevollen Zärtlichkeit des Augenblicks hin. Ihre Brustspitzen reagierten sofort und zeichneten sich durch den Stoff der Bluse ab. Stan war so stark und gut und schmeckte wunderbar. Ihre Nasenflügel bebten, als sie seinen männlich herben Duft einsog.

„Du bist so wunderbar wie das Feuer eines Smaragdes", flüsterte Stan ganz nah an ihren feuchten weichen Lippen.

Cat zwang sich, die Lider zu öffnen. In Stans Gesicht stand unverhülltes Begehren. Sein Blick, der direkt zu ihrem Herzen ging, hielt sie gefangen. Dieser Mann war der Inbegriff von selbstbewusster Männlichkeit.

„Habe ich mich während des Schlafs in einen Frosch oder so etwas verwandelt?", fragte sie lächelnd mit belegter Stimme.

Stan strich über ihr Haar. „Kaum. Du bist eher die schlafende Schönheit."

Cat schwirrte der Kopf, und sie konnte kaum denken. Erst nach einer Weile merkte sie, dass sie nicht mehr in der Luft waren. „Wo sind wir?"

Stan erhob sich, da er sonst der Versuchung, Cat erneut zu küssen, nicht widerstehen konnte. „Wir sind in Del Rio, Texas. Wir sind rechtzeitig auf der Mourning Dove Ranch gelandet, um in Kürze den Sonnenuntergang beobachten zu können."

„Wir sind auf der Ranch? Schon? Wie lange habe ich denn geschlafen?"

„Lange." Stan fuhr ihr zart über die geröteten Wangen. „Aber du hast es gebraucht. Komm, ich helfe dir hoch."

Cat ergriff seine Hand und konnte gerade noch einen Schmerzensschrei unterdrücken, als sie sich aufrichtete. Stan öffnete die Tür des Flugzeugs, und die untergehende Sonne schien herein. Trockene Hitze erfüllte die Kabine. Vorsichtig atmete Cat tief ein und spürte dann, wie sich die Spannung von ihr löste.

Lächelnd winkte Stan dem sich ihnen nähernden Jeep mit Carlos, seinem Verwalter, zu. „Unser Triumphwagen, Lady", verkündete er Cat. „Bereit, um zu deinem Schloss zu fahren?"

„Führe mich, mein Prinz", erwiderte sie geziert. „Ich bin gespannt auf dein in der Wüste verstecktes Schloss."

Denn eine Wüste war es. Die Erde schien ausgedörrt und war hier und da von struppigem Gewächs bedeckt, und die Sonne strahlte noch heiß.

Mit Stans Hilfe stieg Cat aus dem Flugzeug. Dann beobachtete sie, wie Carlos aus dem olivfarbenen Jeep kletterte. Er begrüßte sie auf Spanisch und schwang dabei übermütig seinen Strohhut. Als die Männer sich herzlich umarmten, lächelte Cat. Sie wirkten eher wie Verwandte als Arbeitgeber und Angestellter.

Den Arm um Carlos gelegt, drehte sich Stan um und stellte ihn Cat vor. Der verbeugte sich höflich, ergriff dann ihre Hand und küsste sie.

„Señorita Kincaid, willkommen auf Mourning Dove. Wir haben Sie schon lange erwartet."

Cat warf Stan einen Blick zu. „Ihr habt mich schon lange erwartet?"

„Sí, Señorita", bestätigte Carlos, ohne Stans Unbehagen zu bemerken. „Kommen Sie, meine Frau Pilar hat Ihr Zimmer gerichtet. Señor Stan hat uns von Ihren Verletzungen erzählt, und Pilar kann es kaum erwarten, Sie zu bemuttern wie ihre sechs Kinder. Sie hat eine Hühnerbrühe vorbereitet."

Lächelnd ging Cat neben Stan zum Jeep. „Sechs Kinder?"

„Sí. Señor Stan hat zwei von ihnen aufs College geschickt. Die anderen vier helfen nach der Schule auf der Ranch."

Während der Fahrt über die staubige Straße zu dem verschachtelten, von Pappeln umgebenen Ziegelsteinhaus musste sich Cat mit aller Kraft von den heftigen Schmerzen in ihrem Brustkorb ablenken. Sie entdeckte Solarzellen auf dem Dach des Hauses, und die Anzahl der Fenster ließ sie die Augen aufreißen. Sie wandte sich zu Stan um.

„Du hast nicht zufällig etwas mit dem Design des Hauses zu tun?", fragte sie betont unschuldig.

Er lächelte. „Warum? Sieht man das?"

„Ja. Wie viele Umbauten hat es denn nach deinem Einzug gegeben?"

„Nach meinem Glück bei El Camino konnte ich mir unter anderem die Fensterfront leisten."

Das Haus musste mindestens fünfzehn Räume besitzen. Vom Dach erhoben sich vier Schornsteine. Es macht bestimmt Spaß, dieses Haus zu erkunden, dachte Cat. Was es wohl alles über Stan enthüllte?

Carlos parkte den Jeep neben einer offenen Garage, bei der eine Frau von ungefähr vierzig Jahren – offensichtlich Pilar – stand. Das schwarze Haar war fest geflochten und aufgesteckt, und sie trug eine einfache weiße Bluse und einen roten Rock. Ihr Begrüßungslächeln erinnerte Cat an Stans, und sie fühlte sich plötzlich unbeschwert und glücklich wie schon lange nicht mehr.

Pilar ergriff Cats Hand, drückte sie und stellte sich in gebrochenem Englisch vor. Mit einem warmen Blick machte sie Cat ein Zeichen, ihr zu folgen.

Die Ranch erinnerte Cat an eine der mit Kristallen ausgefüllten Hohlräume in Gesteinen: von außen unscheinbar und grau doch im Innern von strahlender Schönheit. Staunend ging Cat vom Foyer in das riesige Wohnzimmer. Die Decke, die nach Westen hin aus Glas war, schien in den Himmel zu ragen und fing die letzten Strahlen der Abendsonne auf. In einer Ecke erhob sich ein riesiger Kamin aus schwarzem Feldspat und Glimmer. Überall standen Bäume und grüne Pflanzen. Die Borde an der Wand dem Fenster gegenüber enthielten eine Edelsteinsammlung, die einem den Atem nehmen konnte. Durch geschickt verteilte Lichtquellen wurde die Schönheit der ungeschliffenen Steine hervorgehoben.

Überwältigt starrte Cat die Sammlung an. Stan trat neben sie. „Gefällt sie dir?"

„Gefallen? Sie nimmt es mit den besten Museen auf." Cat strich über einen großen blauen Topas. „Ich wette, jeder von ihnen enthält eine Geschichte."

„Ich habe dir doch gesagt, ich bin ein unerschöpflicher Geschichtenerzähler."

„Einige davon musst du mir erzählen." Im Stillen schätzte Cat die Edelsteinsammlung auf eine viertel Million Dollar.

„Aber nicht heute. Pilar hat mich schon böse angeschaut, weil ich dich noch nicht auf dein Zimmer und in dein Bett gebracht habe, damit du dich ausruhen kannst."

„Stan, ich bin doch kein Invalide. Außerdem hasse ich es, bettlägerig zu sein. Gebrochene Rippen lassen es sicher nicht zu, dass ich ein Pferd reite, aber sie binden mich nicht ans Bett."

Stan führte Cat durch eine große Halle und öffnete eine Tür, die zu einem hellen, sonnigen Zimmer führte. Die eine Wand war ganz aus Glas, und in den Ecken standen große Palmen. Eine handgewebte, bunte Decke lag auf dem Doppelbett aus Zedernholz. Auch der Schrank war aus Zedernholz und offensichtlich handgeschnitzt. Der Raum war sparsam, aber gemütlich möbliert.

„Dort drüben ist ein Schreibtisch, falls du einen Brief schreiben oder telefonieren willst. Und in dem kleinen Nebenraum findest du Stereoanlage und Fernseher, falls dir unsere Gesellschaft einmal langweilig werden sollte."

„Stan, welcher Gedanke!"

„Carlos bringt sofort dein Gepäck. Das Bad ist dort drüben. Ich sehe dich später." Und damit ließ Stan sie allein, damit sie sich in Ruhe an ihre neue Umgebung gewöhnen konnte.

Schon kurz darauf klopfte es an die Tür, und Carlos brachte Cats Gepäck. Und einige Minuten später erschien Pilar und räumte die Sachen in den Schrank. Cat fühlte sich völlig überflüssig und entschloss sich dann, eine heiße Dusche zu nehmen. Sie wählte eine blaue Baumwollhose aus und eine dünne, farblich passende Bluse. Jetzt konnte sie sich ja eine femininere Kleidung leisten. Denn während ihrer Arbeit trug sie ausschließlich Hosen.

Dann zog sie sich aus und löste vorsichtig die feste Bandage von ihrem Brustkorb. Nachdem sie sich unter der Dusche entspannt hatte, wickelte sie sich in ein weißes Badelaken und betrat wieder das Schlafzimmer. Jetzt war sie nicht mehr im Krankenhaus, wo eine der Schwestern ihr die elastische Bandage fachmännisch angelegt hatte. Cat hatte das Problem schon mit Stan besprochen, und er hatte erwidert, dass Pilar es bestimmt schaffen würde.

Pilar gab sich auch alle Mühe. Doch nach dem vierten Versuch, als Cat vor Schmerz schon der Schweiß ausbrach, musste sie aufgeben.

„Tut mir leid, Señorita. Vielleicht geht es ja auch ohne."

„Ich wünschte, es ginge, Pilar. Würden Sie bitte Stan holen. Er weiß, wie es anzulegen ist."

Pilars Pupillen weiteten sich leicht, doch sie sagte nur: „Ich hole ihn sofort, Señorita. Un momento."

Cat spürte zwar, wie sie vor Unsicherheit errötete, aber sie hatte keine Wahl. Oder sollte sie die Bandage etwa nicht ablegen und sich nicht mehr waschen?

Es klopfte, und Stan kam herein. „Pilar sagte, du hättest Probleme?"

„Sie hat sich alle Mühe mit der Bandage gegeben, doch es ging nicht. Würdest du sie mir anlegen?"

Stan nickte, während er sich ganz bewusst bemühte, seinen Blick oberhalb Cats Schultern zu halten. Er ergriff die Bandage, und Cat hob vorsichtig die Arme, damit er sie ihr anlegen konnte.

Stan betrachtete den schwarzblauen Fleck, der sich über ihre rechte Seite zog, und fuhr vorsichtig mit dem Finger darüber. Sofort schnappte Cat leicht nach Luft.

„Tut's weh?"

„Es ist okay."

„Erzähl das anderen, nicht mir."

„Es tut fürchterlich weh."

„Umfasse jetzt fest mit der linken Hand meine rechte Schulter." Stan bemerkte eine Narbe auf der linken Seite ihres Brustkorbes. „Offensichtlich war dies nicht deine erste Rippenverletzung. Atme jetzt aus, ich mache es so schnell wie möglich."

Cat wappnete sich für den Schmerz. Glücklicherweise war Stan geschickt und schloss schnell den Verschluss der Bandage auf der linken Seite ihres Brustkorbes unter dem BH.

„Du bist eine gute Patientin, Cat Kincaid", lobte er sie leise mit einem Blick auf ihr Gesicht, aus dem alle Farbe gewichen war. Trotz der offensichtlichen Schmerzen hatte sie keinen Laut von sich gegeben. Er führte sie zu ihrem Bett, damit sie sich setzen konnte. Dann nahm er ihre Bluse und half ihr hinein. Zu guter Letzt kniete er nieder und knöpfte sie zu.

Cat zwang sich zu einem kleinen Lächeln. „Danke." Jede seiner Berührungen hatte sie innerlich erbeben lassen und ein Feuer in ihr entfacht, dessen Flammen immer höher schlugen.

„Wir haben zwei Möglichkeiten. Entweder bringe ich Pilar bei, wie sie es machen muss. Oder ich tue es selbst." Er sah sie offen an. „Ehrlich, ist es dir unangenehm, wenn ich dir täglich einmal die Bandage anlege?"

Cat schüttelte den Kopf. „Nein, alles ist besser, als wenn jemand erst an mir üben muss. Das ist einfach zu schmerzhaft."

„Wir schaffen das schon." Stan schloss den Knopf über ihrem Brustansatz. Seine Stimme hatte sich etwas belegt. Er musste sich jetzt zurückhalten, sonst würde Cat vielleicht doch in Zukunft lieber Pilar und die damit verbundenen Schmerzen ertragen. Wenn er sie wieder küsste, sollte es ohne Schmerzen und vor allem von ihr gewollt sein. Doch wenn er den Blick aus ihren grünen Augen richtig deutete, würde der Augenblick nicht lange auf sich warten lassen.

„Fertig." Stan erhob sich entschlossen. „Ich war gerade dabei, einen typischen texanischen Begrüßungstrunk zu bereiten. Kommst du mit?" Er streckte Cat die Hand entgegen. Lächelnd erkannte er Verwirrung in ihrem Blick, als hätte sie erwartet, dass er die Situation ausnutzen würde.

Cat ergriff seine Hand, und sofort bewirkte die Berührung wieder ein erregendes Prickeln auf ihrer Haut. „Ich hätte gern einen besonders starken."

„Für den Schmerz oder die Verlegenheit?"

„Ich habe dich gar nicht so zurückhaltend und feinfühlig eingeschätzt", gestand sie.

„Texaner sind ein Musterbeispiel an Diskretion und Galanterie. Wusstest du das nicht?"

„Vorsicht. Sonst glaubst du selbst noch deine Geschichten."

Stans Lachen erfüllte die Halle, als sie auf das Wohnzimmer zugingen. „Schon wieder ertappt."

Cat folgte ihm zu der Bar aus Zedernholz gegenüber dem riesigen Kamin. Sie setzte sich auf einen der ledergepolsterten schwarzen Barhocker, während Stan seine unterbrochene Arbeit wieder aufnahm. Dann füllte er zwei Gläser, stellte sie auf ein Tablett und machte Cat ein Zeichen, ihm auf die Terrasse zu folgen.

Stan rückte einen Stuhl zurecht. Cat setzte sich und nahm den angebotenen Drink. Er nahm ihr gegenüber Platz und schlug ein Bein über das andere. Einige Meter von der Terrasse entfernt schlängelte sich ein kleiner Wasserlauf durch die Pappeln hindurch. Stan seufzte glücklich. Alles was ihm teuer war, hatte er um sich – diese schlanke junge Frau inbegriffen, der er versprochen hatte, sie hier zu pflegen.

„Was hast du genommen, hundertfünfzigprozentigen Tequila?", fragte Cat nach dem ersten Schluck.

„Du wolltest ihn stark", antwortete er unschuldig. „Ich habe dich nur beim Wort genommen. Trink es einfach langsam. Texas ist ähnlich wie die Karibik oder Südamerika: Man lebt hier gemächlicher."

Vorsichtig nippte Cat an dem starken Drink und nickte. „Ich kenne das von einigen Jobs her."

Stan lächelte. „Ja. Wenn man fragt ‚Wie weit ist es?', antwortet man hier ‚Nicht weit, nicht weit'. Und wenn man fragt ‚Wann?', antwortet man ‚Bald, bald'."

„Vielleicht ist das die richtige Haltung, Stan. Vielleicht sind wir anderen viel zu gehetzt und wissen uns gar nicht mehr zu entspannen."

„Weißt du es denn?"

„Nein. Wenn ich an diese mir aufgezwungenen acht Wochen Ruhe denke, glaube ich, verrückt zu werden. Was soll ich tun?"

Vielsagend zuckte Stan die Achseln. „Auf mich wartet hier viel Arbeit – Berichte und Karten ausarbeiten, Gesteinsproben prüfen. Wenn du dich langweilst, könntest du dich ja einmal hineinstürzen."

Lachend hob Cat ihr Glas. „Keine Chance, Stan, keine Chance."

Cat fand einfach keinen Schlaf, wie sehr sie sich auch bemühte. Immer, wenn sie die Augen schloss, tauchten Bilder von ihrem Eingeschlossensein in der Mine vor ihr auf. Zum Glück hatte Stan sie in der Situation aufgerichtet, sonst hätte sie es nicht durchstehen können. Stan. Der Name ließ sie plötzlich von den quälenden Bildern loskommen, und langsam glitt sie – mit der Erinnerung an das Gefühl seiner Lippen – in den Schlaf hinüber.

Gegen vier Uhr wachte Cat plötzlich auf und fand sich vor der verschlossenen Tür nach draußen wieder. Obwohl ihr kalt war, perlte der Schweiß auf ihrer Stirn. Sie lehnte den Kopf gegen die kühle Tür. Wie lange stand sie schon hier?

Irgendwo war das Öffnen einer Tür zu hören, und kurz darauf kam Stan mit verschlafenem Blick auf sie zu. „Cat?"

„Alles in Ordnung", erwiderte sie schwach. Er hatte das Zittern in ihrer Stimme gehört und trat näher. Selbst in dem dämmrigen Licht war deutlich die Spannung auf Cats Gesicht zu erkennen. „Schlechte Träume?", erriet er und ging zur Bar.

Mit unsicherem Auflachen folgte ihm Cat. „Ja. Mein australischer Auftraggeber rief mich, wo zum Teufel ich bleibe. Immer wieder hielt er mir unseren Vertrag vor."

Das war einer der Träume. Doch der schlimmste bezog sich auf ihr Verschüttetsein in der Mine. Aber ihr Stolz hinderte sie, Stan so viel einzugestehen. So setzte sie sich nur auf einen Barhocker und beobachtete ihn beim Zubereiten eines Kaffees. Schon allein seine Gegenwart hatte ihr viel von der schrecklichen Angst genommen.

Stan strich sich das Haar zurück und stellte zwei Keramikbecher auf die Bar zwischen sich und Cat.

„Wie willst du denn jetzt deinen Vertrag erfüllen können?", fragte er mit deutlicher Sorge in der Stimme. „Du musst dich mindestens zwei Monate lang schonen. Jeder Vertrag hat doch eine Klausel, die sich auf höhere Gewalt bezieht."

Cat wandte sich ab. Stan war so anziehend zerzaust, und sie spürte den überwältigenden Drang, die Arme um diese breiten Schultern zu schlingen und die Ruhe zu suchen, die er ihr bieten konnte. Und zweifellos würde er ihr geben, wonach sie sich sehnte. Von diesen Gefühlen und ihrer Angst, wieder eine Mine betreten zu müssen, hin- und hergerissen, schwieg Cat.

„Hey." Sanft berührte Stan ihren Arm. „Was ist los, Cat? Du kannst es mir erzählen."

Sie senkte den Kopf, um ihre tränenerfüllten Augen zu verbergen. „Ich …"

„Großartiger Anfang", scherzte er. „Und was noch?"

Schniefend brachte Cat ein halbes Lachen und ein halbes Schluchzen heraus. „Du hältst mich bestimmt für dumm, kindisch."

Stan hätte gern länger ihre weiche warme Haut gespürt, doch er zwang sich, seine Hand zurückzuziehen. „Okay, bringen wir es auf den Punkt. Ich glaube nicht, dass du wegen des Vertrages weinst." Seine Stimme wurde samtweich. „Es ist wohl eher die Angst davor, wieder eine Mine zu betreten. Stimmt's?"

„Ich fühle mich so verdammt dumm, Stan." Ungeachtet ihrer Tränen hob sie den Kopf. „Hier bin ich, eine reife Frau – kein erschrecktes kleines Kind. Gut, ich war in einer Mine verschüttet. Aber ich sollte doch meiner Angst gegenübertreten können, statt in mich zusammenzusacken und fast zu sterben, wenn ich nur daran denke – oder davon träume."

Lächelnd schüttelte Stan den Kopf. „Als Kind hatte ich Angst vor Donner. Und so ist es noch heute. Wenn ein Blitz zu nah ist, wirst du sehen können, wie ich zusammenzucke und mich ducke."

„Ich bezweifle, dass du vor irgendetwas Angst hast, Stan."

„Meinst du, ich flunkere?"

„Ich weiß auch nicht. Ich fühle mich einfach nur verwirrt. Vielleicht sagst du nur etwas, damit ich mich besser fühle."

Stan musste sich beherrschen, um Cat nicht an sich zu ziehen. Gerade jetzt machte sie einen extrem zerbrechlichen Eindruck. „Du wirst diese schreckliche Angst am Tag wie in der Nacht erleben", begann er sanft. „Das Wichtigste ist nur, dass du sie nicht in dir verschließt. Du musst darüber reden, Cat. Das ist einer der Gründe, warum ich dich auf meiner Ranch haben wollte: Ich bin schon mehr als einmal aus einem verschütteten Stollen gerettet worden. Ich weiß also, was du durchzumachen hast. Ich kann dir dabei helfen, wenn du es nur zulässt." Er ergriff ihre Hand und spürte nach kurzer Zeit, wie sie sich entspannte.

Seine Wärme erfüllte Cat und beruhigte ihr klopfendes Herz. Offen erwiderte sie seinen zärtlichen Blick. „Gab es jemanden, der dir in Nächten wie dieser geholfen hat?"

„Meistens nicht. Und ich gestehe auch offen ein, dass ich nach dem ersten Mal in den Alkohol geflüchtet bin, um der Hölle, die du gerade erlebst, zu entkommen. Erst nach einigen schlimmen Wochen war ich in der Lage, mich dem Schrecklichen zu stellen, und habe es verarbeitet – wie es auch dir gelingen wird."

Stans Eingeständnis hatte eine Riesenlast von Cat genommen. „Ich war unsicher, wie du es aufnehmen würdest, Stan. Ich kann im Augenblick einfach nicht allein sein. Und das ist etwas ganz Neues für mich." Er drückte zärtlich ihre Hand. „Wir haben alle unsere inneren Barrieren, Schätzchen, die wir nicht allein bewältigen können. Und ich verspreche dir, du wirst dabei nicht allein sein."

Cat gelang ein entspanntes Lächeln. „Danke für dein Verständnis, Stan. Der nächste Schritt ist, die Albträume in den Griff zu bekommen, dass ich gezwungen werden soll, meinen Vertrag einzuhalten."

Eine Woche später erfüllten sich Cats schlimmsten Ängste, als sie den gefürchteten Anruf von Ian Conners, dem Besitzer der Mine in Australien, erhielt. Sie saß gerade mit einer Tasse Kaffee über einem Buch, das Stan über Edelsteine geschrieben hatte, als das Telefon klingelte. Pilar nahm den Anruf entgegen.

„Ein Mr Conners, Señorita?"

Ein heftiger Stich im Magen brachte all die sorgfältig versteckte Angst in Cat wieder an die Oberfläche. Mit geschlossenen Augen übernahm sie den Hörer. Ihr Mund war plötzlich wie ausgetrocknet, und das Herz schien ihr in der Kehle zu klopfen, sodass sie kaum ein normales Hallo herausbekam.

Aufgeschreckt durch Cats beunruhigendes Verhalten, war Pilar sofort zu Stan hinausgestürzt und holte ihn. Mit grimmigem Gesicht und verschränkten Armen wurde er Zeuge des erhitzten Gesprächs.

„Verstehen Sie doch, Mr Conners", erklärte Cat gerade mit leicht zittriger Stimme. „Ich kann einfach nicht kommen. Der Arzt hat mir zwei Monate Ruhe verordnet. Es gibt genügend andere fähige Bergbauingenieure, die meine Arbeit machen können."

„Ich weiß, was in meinem Vertrag steht, Mr Conners. Sie brauchen mich nicht daran erinnern. Und es gibt keinen Grund zu schreien, das führt uns zu nichts. Glauben Sie denn, ich freue mich über die Verletzungen, die ich mir durch das Minenunglück zugezogen habe?" Nervös rutschte Cat auf dem Stuhl hin und her und wischte die Schweißperlen von der Stirn. „Nein, ich kann den Vertrag jetzt nicht erfüllen. Sie wollen was? Machen Sie Spaß? Sie wollen mich verklagen?" Sie verdrehte die Augen und unterdrückte den Wunsch zu fluchen. „Okay, dann versuchen Sie es nur. Vorher können Sie sich bei mir noch die Nummer des Arztes geben lassen, der mir das Leben gerettet hat. Er kann Ihnen alle Einzelheiten schildern."

Schwer atmend warf Cat den Hörer auf die Gabel zurück und bedauerte die heftige Bewegung sofort. Sie hielt sich die rechte Seite und trat in den Innenhof hinaus.

Kurz darauf folgte ihr Stan mit zwei Glas eisgekühlter Limonade. Mit grün blitzenden Augen sah ihm Cat entgegen.

„Ich vermute, du hast es gehört."

„Er ist eben wütend. Komm, trink eine Limonade mit mir, und lass uns darüber reden."

Doch Cat konnte sich noch nicht beruhigen und schritt erregt auf und ab. „Es ist unglaublich, Stan, Ian Conners will mich verklagen, weil ich den Vertrag gebrochen habe."

Stan streckte die Hand aus. „Komm", überredete er sie sanft, „lass uns einen Spaziergang am Fluss entlang machen."

Wie selbstverständlich ergriff Cat Stans Hand. Und als sie hinunter zu den Pappeln und dem Wasserlauf gingen, konnte sie sich schon wieder etwas entspannen. Sie warf Stan einen warmen Blick zu. „Du bist so gut zu mir."

„Ich versuche es, Cat. Du verdienst es."

„Ich wollte, Greg hätte auch so gedacht. Wir wollten eigentlich heiraten", fügte sie hinzu.

Sie hatten den Fluss erreicht. Die unterschiedlichst gefärbten Steine waren unter der Wasseroberfläche zu erblicken und schimmerten in der Morgensonne. Stan setzte sich neben einen Baumstumpf, und Cat folgte seinem Beispiel.

„Willst du darüber mit mir reden?"

Sie riss zwei Grashalme aus, gab Stan einen und steckte den anderen in ihren Mundwinkel. Dann legte sie den Kopf zurück und starrte nach oben in die dunkelgrüne sonnendurchflutete Baumkrone.

„So nah war ich noch nie einer Heirat gewesen."

„Es klingt fast nach einer Krankheit." Stan beobachtete, dass die Spannung langsam aus Cats Gesicht wich.

„So habe ich es nicht gemeint. Ich hatte mich bis über beide Ohren in Greg verliebt. Stell dir das vor, eine Siebenundzwanzigjährige auf dem verliebten Höhenflug eines Teenagers."

Stan lächelte leicht. „Dazu muss es aber eine gewisse Anziehungskraft gegeben haben."

„Sicher, wenigstens habe ich es geglaubt."

„Und was lief schief?" Stan widerstand dem Drang, die schmale Hand zu ergreifen, die neben ihm lag. Ob sich Cat ihrer sinnlichen Ausstrahlung überhaupt bewusst war? Er liebte die weibliche Rundung ihrer Hüften und ihren lockenden Mund. Und ihr Lachen ließ ihn manchmal ganz schwach werden.

„Greg war Geologe wie du. Er war dreißig, und sein Leben drehte sich nur darum, eine wertvolle Ader zu finden."

Stan hörte deutlich den Abscheu aus Cats Stimme. „Also ein Schatzsucher?"

„Im höchsten Grad. Es beherrschte ihn völlig."

Stan erinnerte sich wieder an Cats Reaktion auf dem Flug von Maine, als sie ihn auch als Schatzsucher eingeschätzt hatte. Er wollte auf keinen Fall, dass sie in ihm den gleichen Typ wie Greg sah. Oder tat sie es schon?

„Greg hat Geld über Menschen gestellt?"

Mit gerunzelter Stirn warf Cat den abgekauten Grashalm weg und pflückte sich einen neuen. „Ja. Ich habe aber das Ausmaß seines Schatzrausches nicht erkannt. Es wurde erst deutlich, als er Gold fand und über Nacht ein sehr reicher Mann wurde." Tiefe Bitterkeit sprach aus Cats Worten.

„Und?" Stan ergriff ihre Hand.

„Unsere Beziehung stand plötzlich an zweiter Stelle. Greg stellte das Gold über alles. Er brauchte es einfach nicht, was ich ihm bieten konnte. Das Gold wurde seine Frau, sein Freund und seine Geliebte."

Zart strich Stan mit dem Daumen über ihren Hals. Wie sehnte er sich danach, Cat in die Arme zu schließen und zu halten! Er spürte deutlich ihre Trauer. Sanft legte er die Hände auf ihre Schultern.

„Cat", sagte er zärtlich. „Greg hat dich nicht verdient. Jemand, der Geld dem unbezahlbarsten Geschenk der Welt vorzieht, muss nicht ganz richtig im Kopf sein."

Cat kämpfte tapfer gegen ihre Tränen an. „Bist du auch so, Stan?"

Er schüttelte den Kopf und verstärkte den Griff um ihre Schulter. Es war ihm wichtig, dass Cat ihm glaubte. „Ich weiß genau, was ich mit Geld kaufen kann und was nicht. Glaubst du mir?" Bitte, bat er sie im Stillen inbrünstig.

Impulsiv beugte sich Cat vor und küsste ihn auf die Wange. „Ich glaube dir." Sie lächelte über seine überraschte Miene und lehnte sich wieder zurück.

Ihre spontane Geste brachte Stan aus der Fassung, und ihre Berührung löste eine Welle verzehrender Hitze in ihm aus. Es gelang ihm ein zögerndes Lächeln. „Ich hoffe, Cat, du weißt immer, dass du mir wichtiger bist als jede geschäftliche Angelegenheit." Er nahm den ganzen Mut zusammen. „Ich mag das, was wir beide haben. Es ist nicht für Geld zu kaufen."

Cat legte ihre Hand in seine. „Ich mag es auch, Stan. Ich weiß nur nicht, wozu es führen wird."

„Ist das denn jetzt wichtig?"

„Nein", antwortete sie weich. „Das, was zwischen uns ist, hat mich aus der Hektik meines Berufes geholt, woraus mein ganzes Leben vorher bestand. Und dafür bin ich dankbar. Du bist zuverlässig und hast mir angeboten, mir eine Stütze zu sein. Und das brauche ich im Augenblick." Sie lächelte zärtlich. „Vielleicht hat die ruhelose, umherziehende Bergbauingenieurin das gebraucht und war nur zu blind, um es zu bemerken."

„Wie doch eine Krise die Dinge in ihr richtiges Licht stellen kann! Ich weiß auch nicht, wohin alles führt, aber ich mag es, mag, was du in mir bewirkst und wie wir zusammen reden. Du bist wichtig für mich."

Cat legte die Arme um Stans Schultern. Viel mehr als diese Andeutung einer Umarmung ließen ihre verletzten Rippen nicht zu. „Du hast eine merkwürdige Art, dich zu einem Teil meines Lebens zu machen", sagte sie leise ganz dicht an seinem Ohr.

Stan legte die Hände um ihre Taille. „Du bist wichtiger als jede Goldmine, Schätzchen. Das musst du von ganzem Herzen glauben." Als er dann aufstand und Cat hochhalf, fühlte er sich von einem wunderbaren Glücksgefühl erfasst.

5. KAPITEL

*D*rei Tage später saß Stan vor einem Stapel von Papieren, die dringend zu erledigen waren, und kritzelte irgendetwas vor sich hin. Mit seinen Gedanken war er ausschließlich bei Cat. Er drehte sich in seinem Ledersessel herum und starrte auf die Terrasse hinaus.

In diesem Augenblick tauchte draußen Cat in grünen Shorts und weißem T-Shirt auf. Sie ging auf und ab und wirkte einsam – so einsam, wie er sich fühlte. Unruhig legte er den Stift aus der Hand. Die wenigen Minuten, die er Cat morgens sah, wenn er ihr die Bandage anlegte, und die eine Stunde während des Essens reichten ihm nicht mehr.

Er erhob sich, trat ans Fenster und beobachtete sie. Fragen schwirrten ihm durch den Kopf. Wann sollte er nur das Thema anschneiden, dass er Cat gern für sich arbeiten lassen würde? Im Augenblick war sie nicht einmal sicher, ob sie weiterhin Bergbauingeneurin bleiben wollte. Ihre Angst, wieder verschüttet zu werden, war zu groß. Und die vergangene Zeit hatte Stans ursprünglichen Grund, warum er sie zu dem Aufenthalt auf seiner Ranch überredet hatte, immer mehr in den Hintergrund gedrängt. Nein, jetzt wollte er mehr und mehr allein sie.

Zum Teufel mit der Arbeit, er wollte den Rest des Nachmittags mit Cat verbringen. Sie konnten zum Beispiel einen Spaziergang zum Fischteich machen. Und leise pfeifend verließ er sein Arbeitszimmer.

„Das bist du ja", begrüßte er sie freundlich.

Cat saß im Schatten der Spalierpflanzen. Sie hob den Kopf, und ihr Puls ging augenblicklich in die Höhe, als sie Stans Blick begegnete. „Du machst den Eindruck, als wärst du auf der Pirsch."

Stan setzte sich zu ihr auf den Terrassenstuhl und sah bewundernd auf ihre langen, durch die Tage in der Sonne gebräunten Beine. Sofort drängte sich ihm der Wunsch auf, sie zu streicheln und Cats Reaktion zu spüren.

„Bin ich", warnte er. „Ich war auf der Jagd nach dir." Er zeigte in die Richtung der Nachbarranch. „Der Tag ist zu schön, um zu arbeiten. Hättest du Lust, unser Abendessen zu fangen?"

„Fischen?"

„Ja. Matt und Kai Travis haben einen kleinen Fluss voller Barsche. Die Angelausrüstung habe ich schon geholt. Jetzt muss meine Herzensdame nur mitkommen."

Cat zeigte jetzt offen ihre Freude über den Plan. „Einverstanden. Aber ich bin keine gute Anglerin – im Gegensatz zu meinem Bruder Rafe. Wenn mir einmal etwas am Haken hängt, dann aus reinem Glück."

Lächelnd erhob sich Stan und streckte Cat hilfreich die Hand hin, die sie ohne Zögern ergriff. Die Sonne hatte ihr blasses Gesicht gebräunt, und ihre grünen Augen blitzten übermütig. „Ich wette, du bist besser, als du zugibst. Aber lass uns jetzt aufbrechen. Falls Kai zu Hause ist, begleitet sie uns vielleicht."

Auf der Fahrt zur Travis-Ranch gestand Cat plötzlich: „Ich bin froh, dass du deine Arbeit auch einfach mal beiseiteschieben kannst."

„Ich bin kein Arbeitsfanatiker wie einige Leute, die du gekannt hast."

Sie verstand sofort die Anspielung auf Greg, schwieg aber.

„Der Goldrausch kann Körper und Seele erfassen", fuhr Stan fort. „Und du willst also einen Mann, der spontan ist und nicht Sklave seiner Arbeit. Wie muss er noch sein?"

„Mein Traummann würde unsere Beziehung über alles stellen."

„Selbst wenn ihr bettelarm wäret?"

„Einerseits arm, aber andererseits auch reich." Sie lachte. „Aber das sind Träumereien. So etwas wie Traummänner oder -frauen gibt es nicht. Aber ich würde mit meinem Traummann gern ein Picknick in der freien Natur machen und mit ihm eine Flasche Weißwein leeren, oder er sollte mit mir in der Küche Schokoladenplätzchen backen."

„Hey, das machen wir, wenn wir zurück sind. Ich liebe Schokoladenplätzchen."

Wieder durchfuhr es Cat warm. Sie konnte kaum den Blick von Stans Mund wenden. Sie sehnte sich danach, wieder von ihm geküsst zu werden. Doch er hielt sich ihr gegenüber zurück. Wenn er ihr die Bandage anlegte, war seine Berührung fast unpersönlich, und er hatte sie erst einmal kurz umarmt. Sie wollte mehr, gestand sich Cat ein, viel mehr.

„Meinst du das ernst?", neckte sie ihn.

Gespielt feierlich hob er die Hand zum Schwur. „Kein Spaß. Ich sterbe für Schokoladenplätzchen. Und Vanilleeis. Und eine bestimmte außergewöhnliche Frau."

Wieder spürte Cat die Hitzewelle in sich aufsteigen. „Danke", brachte sie heraus, ohne seinem eindringlichen Blick standhalten zu können. Knisternde Spannung lag plötzlich zwischen ihnen. Noch nie hatte ein Mann Cat sich so sehr als Frau fühlen lassen.

Von Stans Gedankenversunkenheit angesteckt, stand Cat schweigend neben ihm am Fluss. Große Weiden ließen ihre Zweige tief herabhängen und boten angenehmen Schatten. Kai Travis hatte sie begrüßt, als sie bei ihr angekommen waren, und mit Eislimonade versorgt, hatte es aber abgelehnt, sich ihnen anzuschließen. Und wenn Cat aufmerksamer beobachtet hätte, wäre ihr dabei nicht deren zufriedener Blick entgangen, der Bände sprach.

„Hey, pass auf."

Sofort wurde Cat in die Wirklichkeit zurückgeholt. Sie hatte gar nicht mitbekommen, wie ihr Schwimmer am Ende der Leine plötzlich nach unten gezogen wurde. Aufgeregt riss sie kurz an der Leine und spürte ein Gewicht am anderen Ende.

„Ich habe ihn, Stan." Ungeschickt bemühte sie sich um den Sicherheitsmechanismus. Sie hatte seit Jahren keine Angel mehr in der Hand gehabt.

„Scheint ein großer zu sein." Auch aus Stans Stimme sprach erwartungsvolle Spannung. „Ich hole das Netz. Halte die Leine straff, sonst reißt er sich wieder los."

Aus den Augenwinkeln heraus sah Cat, wie Stan mit dem Netz ans Wasser ging. Langsam zog sie den Fisch näher. „Welch ein Kämpfer!", brachte sie atemlos heraus.

„Du machst das wunderbar, Schätzchen. Zieh ihn jetzt hübsch langsam heran. Hey, der wiegt mindestens fünf Pfund."

Mit einem triumphierenden Lachen legte Cat die Angel weg, nachdem Stan den Fisch gefangen hatte. Fachmännisch löste er den Haken und hielt ihn stolz hoch.

„Du hast vielleicht ein Glück", beglückwünschte er Cat. Dann tat er den Fisch ins Netz und hängte es ins Wasser, um ihn am Leben zu erhalten, bis sie nach Hause fuhren. Das Erfolgsgefühl hatte Cats Wangen leicht gerötet, und ihr Lächeln ging Stan direkt ins Herz.

Unverhüllt sprach aus seinen blauen Augen sein Gefühl, als er Cat in die Arme nahm und an sich zog. „Du", sagte er leise mit belegter Stimme, „du bist schon etwas ganz Besonderes." Und dann suchte sein Mund ihre leicht geöffneten Lippen.

Wie von selbst schlang Cat die Arme um seine Schultern. Stans Zunge malte die Linie ihrer Lippen nach. Dann küsste er zart ihre Mundwinkel. Sein Mund war fordernd und doch weich. Ein verhaltenes Stöhnen stieg in Cat auf, und sie schmiegte sich an ihn, verloren in dem auflodernden Feuer ihrer gegenseitigen Liebkosungen.

Cat erwiderte den Kuss mit gleichem Nachdruck und entfachte in Stan eine ebenso verzehrende Glut. Er konnte keinen klaren Gedanken mehr fassen und wurde nur noch von seinen Gefühlen bestimmt. Er folgte einfach dem inneren Drang seines Herzens und vergaß sich ganz darin.

Als Stan ihre Lippen freigab, sah Cat enttäuscht auf und fühlte sich sofort von der Eindringlichkeit seines Blickes umhüllt. Alles schien sich plötzlich vor ihr zu drehen, und sie umfasste Halt suchend Stans Arm.

„Cat? Alles in Ordnung?"

In Ordnung? Sie schien in einem Taumel zu sein. „Bringst du die Frauen immer so aus der Fassung, Stan?"

Er umfasste ihr Kinn und betrachtete ihr verträumtes Gesicht. „Es gibt nur eine Frau, die ich aus der Fassung bringen will, und das bist du, Schätzchen, nur du."

Warme Wellen fuhren durch Cat und ließen sie die Augen schließen. Sie schmiegte ihr Gesicht in seine Hand. „Noch nie hat mich jemand schwindelig werden lassen, Stan Donovan, nie."

Cats ehrliche Offenheit ihm gegenüber vermittelte Stan ein tiefes Glück. Hier war der weibliche Teil von ihr, deren Existenz er geahnt hatte, und öffnete sich ihm ganz. Wieder zog er sie zärtlich an sich. „Es ist allein deine Schuld."

„Was? Der Kuss?"

Stan rieb die Wange an ihrem weichen Haar. „Genau. Du hast mir Schokoladenplätzchen versprochen. Und immer wenn eine Frau mir Plätzchen backen will, werde ich verrückt."

Mit gespieltem Ernst löste sich Cat aus seinen Armen. „Du bist ja besessen."

Stan ergriff Cats Hand und zog sie zurück. „Moment, ich habe über die Plätzchen gescherzt, nicht über den Kuss."

„Wirklich?"

Stan musterte sie und fragte sich, ob sie es ernst meinte oder ihn mit seinen eigenen Waffen schlagen wollte. „Ohne Plätzchen halte ich es aus, aber nicht ohne dich."

„Schön zu wissen, Donovan, ich bin nämlich höher als Plätzchen einzuschätzen."

„Du stehst verdammt viel höher, und du weißt es auch."

Übermütig entzog sich Cat ihm. „Wirklich?" Herausfordernd sah sie ihn an. „Ich werde dich einem Test unterziehen. Heute Abend werde ich drei Dutzend Schokoladenplätzchen backen, übrigens nach Mutters Rezept, danach schmecken sie besser, als du es dir träumen lassen kannst."

„Wunderbar."

„Es gibt nur einen Haken dabei, Donovan."

Er runzelte die Stirn. „Welchen?"

Lächelnd setzte sich Cat an die Weide. „Du musst wählen: ein Kuss von mir heute Abend oder drei Dutzend Plätzchen."

Stan spielte ihr Spiel mit. „Cat, wie kannst du mir das antun? Weißt du überhaupt, wie selten mir selbst gemachte Schokoladenplätzchen angeboten werden?"

Mit aller Macht hielt Cat ihr Lachen zurück. „Hast du nicht gerade behauptet, ich stünde über ihnen?"

„Das ist nicht fair. Natürlich bist du wichtiger als sie."

Cat warf ihm einen unschuldigen Blick zu. „Wenn das so ist, wirst du auch auf sie verzichten können."

„Und was geschieht dann mit den Plätzchen?"

„Meinst du nicht auch, dass sich Pilars Kinder darüber freuen würden?"

„Du bist einfach nicht fair."

Cat schaffte es kaum noch, ernst zu bleiben. „Du hast jetzt nur einmal deine eigenen Waffen gespürt. Wie gefällt dir die Wirkung, Donovan?"

Stan setzte sich und warf ihr einen grimmigen Blick zu. „Dafür wirst du zahlen, Miss Kincaid."

„Oh, Drohungen."

Mit einem Glücksgefühl betrachtete Stan Cat, die wie ein übermütiges Kind lachte. Und fast hätte sie ihn mit seinen eigenen Waffen geschlagen. Die kleine Gerissene. Doch die letzte Runde war noch nicht entschieden. Welch süße Rache würde es sein?

Abends ging Cat in die Küche, um zu backen. Immer wieder beugte sich Stan über ihre Schulter, um vom Teig zu naschen und ihr einen kleinen Kuss zu geben. Sie sah sehr weich und feminin in ihrem hellen Sommerkleid aus.

„Habe ich dir schon gesagt, wie schön du in diesem Kleid aussiehst?"

Cat rollte gerade den Teig aus und warf Stan einen spöttischen Blick zu, der die Cappuccino-Maschine einschaltete. „Willst du dir so Plätzchen ergaunern? Durch Schmeicheleien? Ich kenn' doch deine niederen Beweggründe, die nur meine Entschlossenheit schwächen wollen."

„Schätzchen, wenn ich das wollte, hätte ich verdammt wirksamere Mittel."

„Oh, ihr Texaner geht wohl immer aufs Ganze."

„Texaner sind nur ehrlich."

Cat schob das Blech in den Ofen und schloss die Tür. „Ungefähr in zehn Minuten ist das erste Dutzend fertig. Was macht dein Cappuccino?"

Stan zwang sich, den Blick von Cat zu wenden. Ihre geröteten Wangen und die Heiterkeit, die sie ausstrahlte, machten sie noch anziehender. Aber er durfte ihr jetzt nicht das Gefühl geben, bedrängt zu werden.

„Erst müssen die Plätzchen fertig sein."

Als die Plätzchen gebacken waren und abkühlten, reichte Stan ihr einen dampfenden Becher mit Cappuccino und führte sie zur Couch im Wohnzimmer.

„Für ein Plätzchenmonster hältst du dich erstaunlich gut. Aber ich habe sie gezählt, Stan. Schleiche dich also nicht nachts herein, um eins zu stehlen. Oder zwei. Oder eher gleich ein halbes Dutzend."

Stan fiel in ihr Lachen ein und ergriff ihre Hand. „Ich habe doch etwas viel Besseres bekommen, Cat."

„Was?"

„Ich durfte dir bei der Arbeit in der Küche zusehen."

„Wenn ich auch Bergbauingenieurin bin, heißt das noch lange nicht, dass ich sonst nichts mehr kann."

„Das war doch ein Kompliment. Du hast hier ganz wie zu Hause gewirkt. Das gefiel mir." Er senkte die Stimme. „Verstehst du, was ich meine?"

„Ja, ich verstehe", antwortete Cat kaum hörbar.

Widerstrebend ließ Stan ihre Hand los. „Was zwischen uns ist, ist so gut, Cat."

Cat stellte ihren Becher auf den Tisch und erhob sich. Verwirrt sah Stan hinter ihr her, als sie zur Küche ging. „Habe ich etwas Falsches gesagt? Cat?"

Cat kam mit einer Schale voller Plätzchen zurück. „Nichts Falsches." Sie setzte sich und reichte Stan die Schale.

Stan nahm ein Plätzchen, zögerte aber dann. „Bekomme ich trotzdem meinen Kuss?"

„Hiermit entlasse ich dich aus der Qual der Wahl", erwiderte Cat mit blitzenden Augen.

„Hier, für die Köchin. Sie ist eine verdammt feine Lady."

Lächelnd nahm Cat das Plätzchen und hob es wie zum Toast. „Auf einen verdammt feinen Mann."

Glücklich stieß Stan sein Plätzchen an ihres und aß dann gleich vier hintereinander.

Lachend zog Cat die Beine hoch und machte es sich auf der Couch bequem. „Du bist so leicht zu erfreuen, Stan Donovan. Bist du immer so schnell glücklich zu machen?"

Lächelnd betrachtete er Cat. „So sieht es unter meiner rauen Schale aus, Schätzchen. Die einfachen Dinge sind die besten im Leben. So wie der Kuss von heute Nachmittag."

„Oder die Plätzchen."

„Die auch. Aber der Kuss war besser. Und am besten ist, dass ich nicht nur diese wunderbaren Plätzchen bekomme, sondern auch noch meinen Gutenachtkuss."

„Du kommst mir jetzt vor wie mein Bruder Rafe. Der will auch immer alles auf einmal."

Einige Tage später rief Rafe an. Glücklich nahm Cat den Hörer, als Pilar ihr sagte, wer es war. Die frühe Nachmittagssonne schien herein, und Cat machte es sich auf der Couch bequem.

„Wie geht es dir?"

„Es könnte besser sein, Cat."

Sie runzelte die Brauen. „Rafe, was ist los?"

„Erinnerst du dich, dass ich dir von Jessica erzählt habe?"

Cat spürte deutlich den unausgesprochenen Kummer ihres Bruders. „Ja, was ist denn geschehen? Ich weiß doch, wie sehr du sie magst. Wolltest du nicht zu ihr nach Wyoming fliegen?"

„Ja, aber die Dinge haben sich anders entwickelt, als ich es wollte. Aber genug von meinen Problemen. Wie geht es dir? Du machst einen besseren Eindruck. Glücklicher."

Der Liebeskummer ihres Bruders ging Cat zu Herzen. Wie oft hatte er ihr von Jessie erzählt? Jeder Blinde konnte sehen, dass er sich total in diese Frau verliebt hatte. „Oh, ich überlebe."

„Behandelt dich Stan Donovan etwa nicht gut?"

Die Drohung in Rafes Stimme ließ sie leise auflachen. „Jetzt brumme doch nicht wie ein alter Bär, der gerade aus seinem Winterschlaf erwacht ist. Stan ist wirklich wunderbar, Rafe."

„Was gibt es dann für ein Problem? Ich höre doch genau, dass du Sorgen hast."

„Es sind nur die Anrufe, die ich laufend von Minengesellschaften bekomme. Alle scheinen zu wissen, dass ich dem australischen Vertrag nicht nachkommen konnte, und jetzt versuchen sie, mich in andere Jobs zu locken. Sie sind wie unser Adler Nar, wenn er sich auf ein Kaninchen stürzt."

Rafe lachte schallend. „Hast du schon gehört, dass er sich letztens Goodyear gegriffen hat?"

Rafes Ausgelassenheit wirkte ansteckend. „Nein. Was ist geschehen? Hat sich Millie auf ihren Besen geschwungen und ist hinter ihm hergeflogen?"

Lachend erzählte Rafe die letzte Eskapade des Adlers und der dicken Katze Goodyear. „Du weißt doch, wie der Adler immer im Sturzflug herunterkommt?"

„Ja, der Versager."

„Er wäre beleidigt, wenn er das hören würde."

„Jim Tremain hat ihn ein fliegendes Schwein genannt, und das stimmt. Aber weiter. Was ist geschehen?"

„Der Adler hat Goodyear erspäht, der wahrscheinlich seine erste Maus überhaupt gefangen hatte."

„So fett, wie die Katze ist, wundert mich das. Bist du auch sicher, dass die Maus nicht lahm, blind und aus Altersschwäche schon gestorben war?"

„Keine Ahnung" Rafe lachte. „Auf alle Fälle ist Nar dicht neben ihr gelandet. Die Katze hatte die Maus nicht getötet, sondern hielt sie nur zwischen den Vorderpfoten. Und ehrlich gesagt, ich glaube nicht, dass Goodyear überhaupt wusste, was sie damit sollte."

„Und was hat Nar gemacht?"

„Er breitete seine Flügel aus und kam drohend auf Goodyear zu. Die Katze legte sich über ihre Maus und wollte sie dem frechen Vogel nicht überlassen. Nar schoss plötzlich wie der Blitz vor, ergriff die Katze beim Schwanz und versuchte, mit ihr aufzusteigen. Kannst du dir das Bild vorstellen, wenn ein dreizehn Pfund schwerer Adler eine dreißig Pfund schwere Katze hochheben will? Nun, die Maus rannte quietschend weg, Goodyear schrie wie am Spieß, und mir liefen vor Lachen die Tränen herunter. Schließlich lagen beide am Boden, und – du hättest es sehen sollen – Federn, Erde und Katzenfell flogen nur so durcheinander."

Cat musste aus vollem Herzen lachen, wobei sie sich sicherheitshalber den Arm vor den Bauch legte.

„Ich wollte sie schließlich auseinanderbringen. Doch als ich sie erreichte, schoss Goodyear mit dem Mund voller Federn an mir vorbei und ließ einen zutiefst beleidigten Nar zurück. Die Katze hatte sich endlich für all die Male gerächt, in denen sie von Nar geneckt und gejagt worden war."

Cat wischte sich die Lachtränen aus den Augenwinkeln. „Hast du Dal erzählt, dass ihr Adler in dieser Auseinandersetzung den kürzeren gezogen hat?"

„Ja, und ich weiß nicht, wer von uns beiden am meisten lachen musste."

„Das tut so gut, Rafe. Ich muss mich jetzt immer nur an den letzten Kampf von Nar und Goodyear erinnern, wenn ich lachen will."

„Hast du eigentlich etwas über den Besitzer der Emerald Lady Mine gehört?", wechselte Rafe plötzlich das Thema.

„Lionel Graham hat eine hübsche Geldstrafe bekommen. Er wird jetzt keine Minen mehr bauen können, ohne von den Behörde genau kontrolliert zu werden. Er hat bekommen, was er verdient hat."

„Stan hat ihn von Anfang an richtig eingeschätzt."

„Ja, hätte ich bloß auf ihn gehört, dann hätte ich mir einiges erspart. Andererseits hätte ich dann aber auch nicht die Zeit hier bei Stan erleben können. Ich bin hier sehr glücklich, und die Nachbarn, Kai und Matt Travis, sind wunderbar. Du solltest ihren kleinen Sohn Josh sehen, ein pfiffiger kleiner Kerl."

Sofort verstummte Cat. Warum hatte sie das Thema Kinder bloß angeschnitten? Sie wusste doch, wie sehr Rafe darunter litt, seitdem ihm vor Jahren Frau und Kind während der Geburt gestorben waren.

Nach Minuten angespannter Stille räusperte sich Rafe. „Ich rufe dich einmal die Woche an, um mich zu vergewissern, dass du dich weiterhin so gut erholst, Cat."

„Keine Sorge. Bei Stan und Kai bin ich in den allerbesten Händen."

Kai löste die Blutdruckmanschette von Cats Arm. „Ganz normal. Nicht schlecht nach vier Wochen." Dann prüfte sie die Narbe auf Cats Kopf.

„Sie sind fast so zäh wie Stan", scherzte sie. „Sind etwa alle im Bergbau Tätigen aus dem gleichen genetischen Material?"

Cat erwiderte ihr Lächeln. Kai strahlte immer eine so tiefe Wärme aus. „Ich bin gar nicht so zäh, wie ich wirke."

„Unsinn. Kommen Sie, wir wollen uns noch etwas auf der Terrasse bei einem Drink entspannen. Maria passt während meiner Abwesenheit

auf Josh auf, und ich kann nicht mehr lange bleiben." Sie ergriff Cats Hand und drückte sie. „Ich bin wirklich froh, dass Sie hier sind. In dieser texanischen Einöde habe ich sonst kaum weibliche Gesellschaft."
Cat folgte Kai ins Wohnzimmer und setzte sich an die Bar. Kai mixte die Drinks.
„Ohne Ihre Hilfe wäre Stan ganz schön aufgeschmissen."
„Wie meinen Sie das?"
„Er hat Ihnen doch bestimmt erzählt, warum er Sie in Maine aufgesucht hat. Schließlich will er nur den besten Ingenieur, der ihm seine Mine unten in Kolumbien bauen soll. Seit Monaten hat er sich schon überlegt, wie er Sie von Ihren anderen Verpflichtungen fortlocken könne. Und wenn er etwas will, dann lässt er nicht locker. Aber das brauch' ich Ihnen wahrscheinlich nicht zu erzählen, Sie werden ja seine Überredungskünste erlebt haben." Sie zwinkerte Cat zu und beugte sich vor, wobei ihr langes kastanienbraunes Haar ins Gesicht fiel. „Nur zwischen uns, ich glaube, Stan genießt Ihre Gesellschaft so, dass er seine Mine schon vergessen hat."
Kais Bemerkung war ein Schock für Cat. Sie spürte kaum den starken Drink, sosehr hatte sie der Strudel ihrer Gefühle erfasst. Stan wollte sie anwerben, damit sie ihm eine Mine baute? Er hatte einmal ein Geschäft erwähnt, doch sie hatte das ganz vergessen. Vielleicht war ja sein Angebot, sich auf seiner Ranch zu erholen, auch nur ein Teil seines Geschäftsplanes. Welch idealistische Närrin war sie doch gewesen.
„Der Drink ist gut." Cat musste alle Kraft zusammenreißen, um sich nichts anmerken zu lassen.
Lächelnd kam Kai um die Bar herum. Ihre natürliche Schönheit wurde durch ihre weiße Hose und die grüne Bluse noch unterstrichen. „Wir sollten demnächst einmal einen Einkaufsbummel machen. Stan könnte uns für einen Tag nach Houston fliegen. Er hat dort sowieso laufend mit Alvin, seinem Partner, zu tun."
Stan hatte also auch einen Geschäftspartner. Und seine Fürsorge und sein Begehren ihr gegenüber waren wahrscheinlich nichts weiter als Berechnung, um sie für seine Mine zu gewinnen. Der Gedanke schmerzte entsetzlich. Gehörten seine Küsse auch zu seiner Taktik? Kein Wunder, dass er ihre Probleme mit Ian Conners heruntergespielt hatte. Natürlich wollte er vor diesem Hintergrund, dass sie vertraglich frei war.
Heftig umklammerte sie ihr Glas. Sie musste auf irgendeine Art herausfinden, warum Stan sie auf seine Ranch gebracht hatte. Sie musste herausfinden, ob es wirklich nur aus der Großzügigkeit seines Herzens

heraus geschehen war, wie sie angenommen hatte. Irgendetwas starb in Cat. Bisher war sie noch nie wirklich mit der Tiefe ihrer Gefühle für Stan konfrontiert worden. Und jetzt erkannte sie unter entsetzlicher Qual, wie viel er ihr bedeutete.

Nachdem Kai gegangen war, blieb Cat noch eine Weile in der Stille des Wohnzimmers. Schließlich ging sie auf die Terrasse hinaus und starrte ins Leere. Gedankenverloren strich sie ihren bunten mexikanischen Rock glatt, den ihr Kai kürzlich mit dazu passender Bluse geschenkt hatte.

Cats Gedanken drehten sich um Stan. Jeden Tag verschwand er für Stunden in seiner Werkstatt. Ob er dann alles für die Konstruktion seiner Mine plante? Ob er ihr gegenüber wirklich geheime Absichten hatte? Sie suchte in ihrer Erinnerung nach eindeutigen Hinweisen. Doch es fiel ihr schwer. Gleich würden sie sich wieder beim Essen begegnen. Sein Erscheinen auf der Terrasse, wo Pilar gewöhnlich den Tisch deckte, hatte immer eine verheerende Wirkung auf Cat. Eine ganz besondere Wärme durchströmte sie dann, und ihr Herz schlug heftig.

Cat runzelte die Stirn, ob es nun falsch oder richtig war, auf alle Fälle fühlte sie sich stark von Stan angezogen – und es war mehr als nur eine körperliche Anziehung. Ihre Gefühle ihm gegenüber und seine Absicht ihr gegenüber bekämpften sich in ihr. Sie musste jetzt einfach mit ihm reden und die Situation klären.

Entschlossen erhob sie sich und durchquerte den Garten und den Innenhof. Als sie den Weg zu Stans Werkstatt einschlug, wurden ihre Hände feucht, und sie überlegte sich alle möglichen einleitenden Sätze.

Stan stand über eine Edelstein-Schleifmaschine gebeugt, an der er gerade einen Stein polierte. Als hätte er trotz des Lärms Cats Gegenwart gespürt, drehte er sich zu ihr um. „Komm herein – falls du überhaupt einen Platz zum Sitzen finden kannst." Er nahm seine Sicherheitsbrille ab.

„Ich … Danke." Cat setzte sich auf einen freien Stuhl.

„Du siehst aus, als würdest du dich langweilen."

Irgendwie machte er einen noch anziehenderen Eindruck auf sie als gewöhnlich. Er trug ein verwaschenes rotes T-Shirt, das seinen kräftigen Brustkorb und die festen Muskeln hervorhob. Seine Jeans waren auf den Oberschenkeln voller Schmutz und Staub, wo er sich offensichtlich während der Arbeit immer die Hände abwischte.

„Ich wusste gar nicht, dass du auch Edelsteinschleifer bist", begann Cat etwas lahm, da sie nicht wusste, wie sie beginnen sollte.

Lächelnd setzte Stan die Brille wieder auf und wandte sich erneut seiner Arbeit zu. „Es ist mein Hobby, Schmuck herzustellen." Fasziniert beugte sich Cat vor. „Ein ungewöhnliches Hobby."

„Aber nicht für einen Geologen." Mit einem zufriedenen Ausdruck gab er ihr den Edelstein. „Sieh ihn dir an. Das ist ein rosa Turmalin aus der El-Camino-Mine. Ist es nicht ein wunderschönes Exemplar?"

Cat betrachtete den Edelstein. Er hatte mindestens vier Karat, und Stan hatte eine ovale Schliffform angewandt, um das herrliche rosa Feuer aus der Tiefe des Steines herauszuholen. „Er ist wunderbar", meinte Cat überwältigt mit leiser Stimme.

„Es gibt nirgendwo eine Farbe, die damit vergleichbar ist." Er fuhr mit dem Finger über den Edelstein.

„Du bist kaum ein Anfänger auf dem Gebiet", stellte Cat fest, als sie ihm den Stein zurückgab.

Stans Lächeln vertiefte sich, als er sich an den Tisch neben der Drehbank setzte. „Meine Mutter hat mich gelehrt, Bescheidenheit zu üben. Was hast du denn geglaubt, was ich hier tue?"

„Informationen und Daten über deine nächste Arbeit zusammenstellen", warf ihm Cat das Stichwort zu, von dem sie hoffte, dass er es aufgriff.

„Ich will jetzt nichts weiter, als an diesem Stück arbeiten. Es wird ein Ring zum Geburtstag meiner Mutter. Es sind nur noch zehn Tage", fügte er mehr für sich hinzu.

„Es ist ein wunderbarer Stein. Ich bin sicher, sie wird begeistert sein."

„Hoffentlich. Aber wollen wir nicht für heute unsere Pläne ändern? Wie würde es dir gefallen, mit mir ein Picknick zu machen?"

„Ein Picknick?" Die wunderbare Vorstellung hatte Cat aus ihrer zurückhaltenden Wachsamkeit gerissen. „Nun – ich – es gibt etwas, worüber wir reden müssen, Stan."

„Sicher, wir können während des Essens darüber reden. Warum gehst du jetzt nicht zu Pilar und sagst ihr, was wir vorhaben. Sie wird sich freuen, etwas für uns zuzubereiten."

Cat stand auf. Vielleicht wäre ein Picknick die beste Situation, um das Thema anzuschneiden. „Wird Pilar uns denn überhaupt aus ihrer strengen Kontrolle entlassen?"

„Sicher, sie bearbeitet mich schon länger, mit dir ein Picknick zu machen. Doch bisher war das wegen deiner Rippen nicht möglich. Jetzt bist du ja wieder fast hergestellt. Ich habe mir selbst einmal bei einem

Footballspiel vier Rippen gebrochen. Ich weiß also, welche Schmerzen du im letzten Monat ertragen musstest. Du hast dich als sehr tapfere Lady erwiesen."

Cat lächelte schwach und ging zur Tür. „Stell mich nicht auf ein so hohes Podest, Stan. Ich falle schneller hinunter, als du gucken kannst. Ich habe genügend Einschlüsse in mir, um es mit jedem Edelstein aufnehmen zu können." Einschlüsse waren haarkleine Risse, die die sonst makellose Oberfläche eines Edelsteines beeinträchtigten. Es waren – mit anderen Worten – Fehler.

„Das macht dich doch erst gerade interessant, Schätzchen. Wer will denn schon einen völlig makellosen Edelstein? Der ist doch im Vergleich dazu langweilig."

6. KAPITEL

Als Cat zur Küche ging, um Pilar über ihre Picknickpläne zu informieren, kämpfte sie gegen die Angst an, die sich in ihr ausbreitete. Die Wochen, in denen sie und Stan unter einem Dach gelebt hatten, waren friedlich gewesen, ohne Spannungen und Ärger. Nein, die einzige Spannung war aus dem Wunsch ihres Herzens entstanden, Stan näherzukommen. Sie musste während des Picknicks unbedingt mit ihm über die Mine sprechen.

Stan stellte den Korb auf den Rücksitz des Jeeps und öffnete Cat die Tür zum Beifahrersitz. Wie schön war sie doch im letzten Monat geworden! Die Sonne warf goldene Lichter in ihr dunkles Haar, das länger geworden war. Sie war – und das würde jeder anerkennen – eine sehr bemerkenswerte Frau. Pilar hatte ihr einen großen Strohhut mitgegeben, damit sie ihr Gesicht vor der sengenden Sonne schützen konnte.

„Wohin fahren wir überhaupt?"

„Zu einem ganz besonderen Ort für eine ganz besondere Lady." Stan steuerte den Jeep über die staubige Straße, wobei er vorsichtig den Löchern auswich, um Cat unnötige Schmerzen zu ersparen. „Er liegt auf Kais und Matts Ranch, und zwar auch wieder an dem Fluss, wo wir schon waren. Doch die Stelle, zu der wir heute fahren, ist wunderschön mit Hickorybäumen bepflanzt. Ich dachte mir, eine Abwechslung würde dir gefallen."

Cat hielt den breitkrempigen Hut mit einer Hand fest. „Kai hat mich gefragt, ob ich mit ihr für einen Tag nach Houston zum Einkaufen fahre."

„Uh-oh. Frauen, die einkaufen, bedeuten eine Katastrophe. Houston wird nie mehr das alte sein. Hast du ihr zugesagt?"

Cat zuckte die Schultern. „Ich habe gesagt, ich würde es mir überlegen."

Stan bemerkte Cats Zögern, doch er verstand es nicht. Normalerweise gaben Frauen doch alles für die Möglichkeit, in einer so weltstädtischen und kultivierten Stadt wie Houston einen Einkaufsbummel machen zu können. Cat war eben keine dieser durchschnittlichen Frauen. Sie schien, aus welchen Gründen auch immer, die Ranch nicht verlassen zu wollen. Ob ihre Albträume ihre sonst so ausgeprägte Reiselust gedämpft hatten? Stan wollte das zum geeigneten Zeitpunkt herausfinden.

Stan breitete das baumwollene Tischtuch über den grünen Picknicktisch, während Cat den Korb brachte. Pilar hatte Roastbeefsandwiches, Kartoffelsalat, Äpfel und eine Flasche von Stans bevorzugtem Weißwein eingepackt. Die vielen großen Hickorybäume trugen schon einige Früchte. Im Herbst würden sie während einer fünftägigen Feier geerntet werden. Die Mittagssonne war heiß, doch unter den Bäumen war es angenehm, und ein kleines Lüftchen bewegte das Wasser des träge fließenden Flüsschens. Stan nahm neben Cat Platz, was er normalerweise auf der Ranch nicht tat.

Das war Cat natürlich nicht entgangen. Zuerst wollte sie eine Bemerkung machen, ließ es dann aber lieber. Ob das eine geschickte psychologische Taktik war, damit sie bereitwillig auf seine Pläne einging? Doch dann schüttelte sie, verärgert über sich selbst, den Kopf. Bisher war Stan der perfekte Gastgeber gewesen, sie sollte ihren Argwohn beiseiteschieben und das Picknick mit ihm einfach nur genießen.

„Ich wusste gar nicht, dass du so geschickt darin bist, Schmuck herzustellen. Bist du jeden Tag damit beschäftigt?"

Stan reichte Cat einen Plastikbecher mit Wein. „Ja. Sobald ich mir eine Unterbrechung bei dem Papierkram leisten kann, gehe ich sofort in die Werkstatt."

„Ich würde gern einige der fertigen Stücke sehen. Ist das möglich?"

„Sicher. Ich bewahre diese zaghaften Versuche voller Fehler im hinteren Raum auf."

„So wie ich dich kenne, bezweifle ich, dass es fehlerhafte Versuche gibt."

Stan stellte einen vollen Teller vor Cat. „Ich habe viele Fehler gemacht. Ich laufe nur nicht damit herum und zeige sie jemandem."

„Und warum mir?"

„Was wäre, wenn ich dir sagte, dass du mich mit und ohne Fehler kennenlernen sollst?"

Ihr Herz schlug heftig, als wollte es die tiefere Bedeutung dieser Frage noch unterstreichen. „Dann würde ich fragen, warum gerade ich dieses Vorrecht habe." Würde er ihr jetzt von seiner Mine erzählen?

„Und würdest du?" Er sah sie fest an.

Cat nickte und nippte an dem Wein. „Meiner Meinung nach weist es auf eine wesentliche Veränderung einer Beziehung hin, wenn beide ihre Vorsicht fallen lassen und dem anderen alle Teile ihrer Persönlichkeit zeigen."

„Das ist auch wieder etwas, was ich bei dir mag, Miss Kincaid. Du spielst nicht diese Spiele, die Männer und Frauen so oft miteinander spielen."

„Aber du spielst Spiele, Stan."

Die plötzliche Traurigkeit in Cats Stimme ließ ihn innerlich zusammenzucken. Er wischte sich Mund und Finger an einer Papierserviette ab, ergriff dann Cats Hand und drückte sie zärtlich. „Nicht mit dir, Schätzchen."

Cat musterte ihn schweigend, und aus ihrem Blick sprach Unsicherheit. Dann schüttelte sie den Kopf, als wollte sie die sie bedrängenden Gefühle unterdrücken. „Ich weiß nicht, was ich denken soll, Stan. Vom ersten Augenblick an hatte ich das Gefühl, als wenn du irgendetwas von mir wolltest. Zuerst habe ich gedacht, du seist nur an mir als Frau interessiert.

Später, nachdem wir Freunde geworden waren, habe ich meine Meinung über dich geändert. Doch jetzt frage ich mich, was du wirklich von mir willst. Kai hat eine Mine in Kolumbien erwähnt. Erklärt das vielleicht, warum ich hier auf deiner Ranch bin?" Sie betete, dass es nicht so wäre.

Mit gerunzelter Stirn schob Stan seinen Teller zur Seite und wandte seine ganze Aufmerksamkeit Cat zu. „Ja, Cat, ich bin nach Maine geflogen, um dich zu überreden, für mich zu arbeiten. Aber", es gelang ihm ein kleines Lächeln, „als ich dich gesehen habe, war das plötzlich alles unwichtig. Ich hatte einfach nicht mit der Wirkung gerechnet, die du auf mich ausübst. Und da zählten nur noch die persönlichen Gründe, warum ich dich bei mir haben wollte." Immer noch hielt Stan Cats Hand, und mit der anderen strich er jetzt zart über ihre Wange und ihr Kinn. „Und als es so persönlich wurde", seine Stimme wurde fast brüsk, „weißt du eigentlich, wie verdammt schwer es mir gefallen ist, mich zurückzuhalten, damit du deine Verletzungen auskurieren konntest? Immer wollte ich dich in die Arme nehmen, dich an mich drücken und dich küssen, doch ich wusste gleichzeitig, dass ich das nicht durfte."

Plötzlich sah Stan Hoffnung in Cats großen Augen aufflammen. „Lass uns die Missverständnisse zwischen uns klären. Ja, zuerst wollte ich dich für mein Projekt gewinnen." Er suchte nach geeigneten Worten. „Ich bin kein guter Redner, Cat. Ich will dir einfach zeigen, was ich für dich empfinde."

So lange hatte er sich danach gesehnt, ihre Lippen wieder zu spüren, ihre Lippen, die so weich und lockend waren. Heftig stieg heißes Begehren in ihm auf. Cat schlang die Arme um seinen Hals und schmiegte sich an ihn. Mit aller Gewalt musste er sich zurückhalten, nicht ihre kleinen festen Brüste zu umfassen, die er an seinem Körper spürte. Stattdessen umfasste er ihr Gesicht, liebkoste ihre feuchten Lippen und kitzelte mit der Zunge ihre Mundwinkel.

„Du machst einen Mann hungrig nach mehr", sagte er leise und drang mit der Zunge tiefer in ihren Mund ein. Das Begehren erfasste ihn immer heftiger, und sein Körper spannte sich durch das innere Feuer an. Cat atmete heftig, und er spürte ihre Glut. Er strich über ihren schlanken Hals und umfasste ihre Schultern. Widerstrebend löste er sich von ihr und betrachtete sie innig. Sie war sein, alles an ihr war sein.

„Hör mir zu." Seine Stimme war rau vor sinnlichem Begehren. „Ich will dich, wie ich noch nie eine Frau gewollt habe, Cat. Und das hat nichts mit dem zu tun, was ich von dir beruflich will." Stan streichelte ihre Wange und verlor sich fast in ihren glänzenden Augen. „Kannst du die zwei Ebenen voneinander trennen? Es ich wichtig für mich, dass du es kannst."

Cat konnte kaum einen klaren Gedanken fassen. Wie hatte sie sich nach Stans Berührung gesehnt! Sein Kuss brannte noch auf ihren Lippen und hatte das schwelende Feuer in ihr erneut entzündet. Noch nie hatte ein Mann sie so tief in ihrem Herzen berühren können.

Doch Cat war vorsichtig genug, nicht zu sehr auf diese unerwartete und unbekannte Gefühlstiefe zu hoffen. Das Leben hatte sie gelehrt, dass die Zeit zeigen würde, was echt an einer Beziehung ist. Und jetzt wartete Stan auf eine Antwort von ihr. Tief in seinen Augen erkannte sie Furcht, verbunden mit Hoffnung.

„Ich würde die Ebenen gern trennen wollen, Stan. Warum erzählst du nicht einfach, was du von mir willst, damit es möglich ist. Ich will dich nicht laufend verdächtigen müssen. Aber du kannst es mir auch nicht vorwerfen. Versetze dich einmal in meine Lage."

Stan ließ es nicht zu, dass Cat ihre Hände zurückzog. „Auf der beruflichen Ebene will ich, dass du dir überlegst, für mich eine Mine zu bauen. Das ist alles. Die Entscheidung liegt bei dir, und ich werde dich nicht drängen." Er drückte zärtlich ihre Finger. „Aber einiges an deiner Reaktion ist nicht berechtigt, wenigstens nicht, was mich und uns angeht."

Cat senkte den Kopf. Sie wollte Stan glauben. „Vielleicht haben mich all die Jahre in den Minen einsamer gemacht, als ich dachte. Vielleicht brauche ich einfach nur einen Ort, an dem ich mich zurückziehen kann, wenn mir alles zu viel wird."

„Hast du denn kein Apartment oder eine Eigentumswohnung?" Zart kreiste Stans Daumen über ihren Handrücken.

Sie entspannte sich unter seinen Liebkosungen, und ein herrliches Prickeln fuhr über die Haut ihres Armes. „Die Triple K ist mein Zuhause."

„Das ist das Haus der Familie. Hast du denn nichts nur für dich?"

„Nein. Ich lebe bei der Mine, wo ich gerade arbeite, in einem Wohnwagen wie alle anderen auch."

„Offensichtlich reicht dir das nicht. Heute hast du zum ersten Mal diese Ranch dein Zuhause genannt."

Das stimmte, und Cat spürte tiefe Sehnsucht in sich. „Habe ich das wirklich?" Sie schüttelte leicht den Kopf.

„Ich glaube, der Unfall hat dir den Weg zu einigen deiner Gefühle frei gemacht", meinte Stan ruhig. Er hoffte, er könnte so eine Brücke zu dem schlagen, was sie in ihren unruhigen Nächten bewegte.

„Ich werde die Albträume nicht los, Stan."

Er nippte an seinem Wein und gab sich entspannt. „Hast du eine Ahnung, warum sie dich immer noch verfolgen?"

Cat nahm einen blanken roten Apfel und drehte ihn langsam zwischen ihren Händen. „So dumm es auch klingt, ich sehe mich immer wieder am Eingang einer Mine. Und dann bricht mir der kalte Schweiß aus."

„Angst davor, hineinzugehen?"

„Ja. Ich habe die letzten zehn Jahre meines Lebens in Stollen verbracht, selbst in solchen, die die Bergleute gemieden haben, und noch nie habe ich Angst verspürt."

„Bist du schon einmal von einem Pferd gefallen?"

„Öfter, als ich zählen kann. Warum?"

„Rafe sagte, man könnte die gleiche Erfahrung auf Bergleute anwenden. Es gibt keinen Bergmann, Ingenieur oder Geologen, der nicht schon einmal eingeschlossen war und nicht die gleiche erstickende Angst erlebt hat."

Auf Cats Gesicht zeigte sich Erleichterung. „Du hast das richtige Wort verwandt: erstickend. Manchmal, wenn ich daran denke, kann ich kaum atmen. Ich habe das Gefühl, eine unsichtbare Hand hält mir die Luft zurück, und ich ersticke langsam."

„So wie du es erlebt hast, als du verschüttet warst."

Kalte Angst packte sie wieder. „Ja."

„Nun", begann Stan langsam. „Es gibt zwei Möglichkeiten, Cat. Entweder du betrittst nie wieder eine Mine und verzichtest auf den größten Teil deiner Arbeit. Oder du stellst dich der Angst, indem du wieder in einen Stollen gehst. Es ist, als wäre man vom Pferd gefallen und besteigt es dann sofort wieder. Je früher man es tut, umso schneller verblasst die Angst."

„Verschwindet die Angst je?"

„Das ist bei jedem unterschiedlich."

„Du warst selbst schon eingeschlossen. Wie wirkt es sich bei dir aus, wenn du in einen Stollen gehst?"

„Tief in mir steckt immer etwas Furcht", gestand Stan ein. „Doch dann konzentriere ich mich ganz darauf, warum ich dort unten bin, und der Gedanke an die verborgenen Edelsteine überwiegt die Furcht."

„Und was hast du gelernt aus den drei Malen, in denen du verschüttet warst?"

Ein leichtes Lächeln lag auf seinen Lippen. „Jede Minute von jedem Tag zu genießen, als gäbe es keinen neuen. Vorher habe ich in der Zukunft gelebt, jetzt nicht mehr."

Erleichterung breitete sich in Cat aus, und sie schloss die Augen. „Ich bin so froh, dass du mich verstehst. Jeden Tag erlebe ich es, wie ich mich an Dingen erfreue, die ich früher übersehen habe. Ich habe so viel einfach nicht beachtet. Stan."

„Aber du tust es nicht mehr", erwiderte er und schenkte ihr ein zärtliches Lächeln, das so viel versprach.

Kurz darauf packten sie die Reste des Picknicks wieder in den Korb, und Stan stellte ihn in den Jeep. Cat stand am Flussufer und beobachtete einen Barsch, der nach einer Libelle schnappte. Stan konnte Traurigkeit in Cats Zügen lesen. Sie versuchte es nicht vor ihm zu verbergen, sie ließ ihn offen ihre Gefühle erkennen. Er musste unwillkürlich lächeln. Immer wenn sie eine Aussprache gehabt hatten, schien es, als wenn ein neues Blatt ihrer Beziehung aufgeschlagen worden wäre.

Stans Gefühle Cat gegenüber waren tief, und er verdrängte sie nicht. Wie oft schon hatten ihn die Gedanken an sie nachts nicht schlafen lassen? In einigen Bereichen war sie wie er, immer unterwegs auf der Suche nach einem neuen Abenteuer. Und sie war stark und unabhängig. Jetzt aber, als er ihr Profil betrachtete, wurde er sich betroffen ihrer Verletzbarkeit bewusst.

Er zog sie sanft an sich und küsste ihr Haar. Zärtlich strich er über ihre Schultern. „Die Sonne spielt in deinem Haar, und ich erkenne das Gold darin."

Sie lächelte weich. „Nur Schwefelkies. Das Gold für Dumme."

„Überhaupt nicht, Lady. Du bist eine reine Goldader, und nur wenige haben das Glück, sie zu sehen."

Ihre Nasenflügel bebten, als sie seinen männlichen Duft einsog. „Ich habe Angst, Stan."

Beunruhigt von dem Klang ihrer Stimme, verstärkte sich sein Griff. „Wovor?"

„Vor dir."

„Ich werde dich nicht verletzen."

„Nicht absichtlich."

„Bist du immer misstrauisch, Cat?"

Sie spürte Stans männliche Kraft und Zärtlichkeit, die er ihr bot. Sie brauchte es so sehr. „Nein, aber bei dir ist es etwas anderes."

Seine Lippen streiften ihr seidiges Haar. „Erkläre es."

„Du zeigst deine Gefühle. Sonst sind die Männer immer verschlossen wie die Minen, die wir ausheben. Ich habe wenig Erfahrung mit einem Mann, der so offen ist wie du."

„Ich verstehe." Er drückte einen Kuss auf ihre Schläfe. „Noch nie mit Texanern zu tun gehabt?" Er neckte sie absichtlich, da er ihre Spannung spürte. Und sein schmeichelnder Ton hatte auch offensichtlich den gewünschten Erfolg.

„Nein. Nie."

„Und was beunruhigt dich noch an mir?"

„Nur das." Sie hob den Kopf und betrachtete sein lächelndes Gesicht. „Und was wolltest du beruflich von mir?"

Stan spürte die weiche Haut ihrer Wange an seiner. „Entschuldigung, dass ich die Angelegenheit nicht früher mit dir besprochen habe, Cat. Aber die Mine ist für mich zweitrangig geworden. Du und dein Hiersein waren wichtig für mich. Du musst es mir glauben. Ich wünschte nur, du hättest früher gefragt."

„Ich hatte Angst vor der Antwort, Stan. Niemand will es gern wahrhaben, von jemandem benutzt zu werden."

Stan seufzte tief. „Ich wollte mit dir erst über die Mine reden, wenn du wieder ganz auf dem Damm bist." Er küsste ihre Schläfe.

Cat lehnte sich an ihn. „Es würde mich interessieren, warum du nicht verheiratet bist. Ein Mann mit deinen Eigenschaften müsste doch jeder Frau den Kopf verdrehen."

Sein Gesicht wurde ernst, doch er legte zärtlich beide Arme um sie. „Einige Male war es dicht davor."

„Aber?"

„Aber welche Frau würde sich schon auf mein unstetes Leben einlassen und monatelang allein zu Hause bleiben?"

„Sie könnte dich begleiten."

Er schüttelte den Kopf. „Aber nicht die Frauen, in die ich mich verliebt hatte. Sie wollten ein Zuhause und eine Familie. Und die Sicherheit konnte ich ihnen nicht bieten. Du weißt, wie Geologen in der Welt umherziehen. Und welche Frau ist schon bereit, ein Jahr in der Wüste oder im Dschungel zu leben, während man auf der Jagd nach Edelsteinen ist? Sie hätten sich also nur Einsamkeit eingehandelt. Und das ist der Hauptgrund, warum ich nicht geheiratet habe." Er sah auf Cat nieder. „Ich habe es dir schon gesagt, ich suche eine Frau, die ähnlich unstet ist wie ich."

Cats Gedanken bewegten sich auf einer ähnlichen Linie. Ihr Beruf und ihr Lebensstil hatte ebenfalls die Anzahl möglicher Kandidaten auf ein Minimum reduziert. „Ich habe auch nicht viele Männer getroffen, die sich auf meinen Lebensstil eingelassen hätten."

„Also zwei reisemüde Veteranen der Bergwerksbranche, huh?"

Cat lächelte. „Die aber noch Energie für einige Jahrzehnte haben." Falls sie ihre Angst vor dem Betreten einer Mine bezwingen konnte.

„Ich glaube, ich werde selbst mit achtzig noch im Herzen ein alter Bergwerkshase bleiben."

„Die Erde ist zu lebendig, sie lässt uns nicht los", stimmte Cat zu.

„Die Haltung gefällt mir, Lady. Übrigens, mir ist an dir bisher nicht viel aufgefallen, was mir nicht gefällt."

„Abwarten." Cat lachte. „Hin und wieder bekomme ich meinen großen Bammel. Dann werde ich kratzbürstig und ziehe mich in mein Schneckenhäuschen zurück."

„Rückzug ist ein Beweis von Tapferkeit." Stan küsste noch einmal ihre Schläfe, bevor er sich von ihr löste. Bald, versprach er Cat im Stillen, bald wirst du in meinen Armen liegen, wie ich es mir schon lange erträume.

Als sie zum Jeep zurückgingen, warf Stan ihr einen Seitenblick zu. „Ich will keine Missverständnisse mehr zwischen uns. Sage mir, wenn du vollkommen wiederhergestellt bist, dann werde ich dir alles über meine Mine erzählen."

Sie setzte sich auf den Beifahrersitz. „Klingt fair."

Während der Rückfahrt über die staubige Landstraße fühlte sich Cat von einer Last befreit. Stan hatte sie nicht nur aus beruflichem Interesse auf seine Ranch geholt. Und die intime Offenheit, die sich zwischen ihnen nach dem Essen entwickelt hatte, hatte ein heftiges Sehnen in ihr entfacht, das ihr fast schwerer ertragbar schien als ihre gebrochenen Rippen. Doch sofort zwang sie sich, an etwas anderes zu denken. Mit einem verstohlenen Blick auf Stan nahm sie sich vor, mehr über sein geheimnisvolles Minenprojekt zu erfahren.

Kaum waren sie zu Hause aus dem Jeep gestiegen, brachte Cat die Sprache auch schon auf das Thema.

„Stan, ich möchte nicht länger auf die Geschichte deiner Mine warten." Sie legte die Hand auf seinen Unterarm. „Hast du heute Nachmittag Zeit?"

„Ich habe gehofft, dass du fragen würdest."

Stan versorgte sie mit Kaffee und frischem Gebäck aus der Küche, und dann setzten sie sich auf die Veranda.

Cat musterte ihn. „Warum hast du gehofft, ich würde fragen?"

„Ich habe einmal erkannt, Cat, dass Menschen nur dann etwas wirklich wollen, wenn sie danach fragen. Meine Mutter hat mich gelehrt, meine Meinung und Ratschläge so lange für mich zu behalten, bis ich danach gefragt werde. Und sie hatte recht – wie immer."

„Weise Wort von deiner Mutter. Und jetzt erzähl mir alles von deiner Mine."

Stan lehnte sich zurück. „Vor langer Zeit, im Jahre 1531, landete der spanische Eroberer Francisco Pizarro in Peru. Zu seinem gierigen Entzücken sah er dort und in Chile und Ecuador wunderbare Edelsteine. Er quälte und folterte zahllose Indianer, um zu erfahren, woher diese Steine stammten. 1537 kannten die Eroberer endlich die Antwort: Chivor in Kolumbien. Jeden Indianer, der ihnen unter die Finger kam, versklavten sie daraufhin und ließen alle unter Tage mit einer Essensration arbeiten, von der nicht einmal eine Ratte überleben konnte. Doch die spanische Monarchie konnte auf Dauer diese Lebensbedingungen der Indianer nicht hinnehmen und verbot ihre weitere Versklavung. Und so kam die Produktion allmählich zum Erliegen, und der Dschungel holte sich die Mine Chivor zurück.

Erst 1896 wurde Chivor von einem kolumbischen Bergbauingenieur wiederentdeckt. Und seitdem ist Chivor eine der größten privaten Edelsteinminen der Welt."

Cat lächelte versonnen. „Du klingst, als wärest du gern dieser Bergbauingenieur gewesen."

Wie schön war Cat doch, wenn sie sich entspannte! „Das kannst du mir glauben. In Kolumbien gibt es noch eine bekannte Edelsteinfundstelle: das Muzo-Tal in einem östlichen Ausläufer der Anden. Im Vergleich zu Chivor ist es dort heiß, feucht und ein Paradies für Stechfliegen.

Die Edelsteine von Muzo haben viele Einschlüsse, weshalb sie nicht so klar sind wie die Chivor-Edelsteine, dafür aber eine schönere Farbe haben. Und eben wegen ihrer Farbe sind die Muzo-Edelsteine wertvoller, obwohl ich persönlich einen klaren Stein vorziehe. Wie dem auch sei, Muzo hat den Ruf, dass dort Mörder und Diebe Amok laufen. Das wurde so schlimm, dass die Besitzer schließlich nur noch um ihr Leben und die Erträge ihrer Minen fürchten mussten. Und so haben sie die Regierung um Schutz gebeten, den sie aber erst bekommen haben, nachdem sie der Regierung ihre Minen verpachtet haben.

Trotzdem haben die Guaqueros – das sind die Schatzgräber – weiterhin ihre Tunnels in die Edelsteinminen gegraben. Viele von ihnen sind durch Einstürze ums Leben gekommen oder sind erstickt, weil diese Rattenlöcher keine richtige Luftzufuhr hatten. Und wenn es doch einem Guaquero gelungen ist, an die Steine zu kommen, hat er auf der Suche nach einem Edelsteinhändler – des Esmeralderos – wieder sein Leben riskiert."

„Und ist es der Polizei gelungen, das Blutvergießen zu stoppen, Stan?"

Er verzog das Gesicht. „Nun, die Polizei ist entweder von den Guaqueros dafür bezahlt worden wegzusehen, während sie die Minen plündern. Oder sie hatte einfach nur Mitleid mit diesen Leuten, die aus den Elendsgebieten von Bogotá herbeiströmen, um ihr Glück zu versuchen."

„Das ist die Geschichte. Und wie passt du hinein?"

„Dazu muss ich dir erst von meinem Partner, einem texanischen Draufgänger, erzählen, der jetzt in Houston lebt. Sein Name ist Alvin Moody, und er hat sein Glück gemacht, indem er immer auf die richtige Ölbohrung gesetzt hat. Doch dann hat ihm das Gas- und Ölspiel nicht mehr gereicht. Edelsteine hatten ihn schon immer fasziniert. Er hörte von den Minen in Kolumbien. Und, so gerissen und pfiffig er ist, hat er sich gedacht, dass dort noch mehr Edelsteinfundstellen sein müssten."

„Und wie alt ist Alvin?"

Stan rieb sich sein Kinn. „Lass mich überlegen – um die dreiundsiebzig. Er hat schneeweißes Haar, funkelnde blaue Augen, die dich aus zehn Meter Entfernung zur Salzsäule erstarren lassen, falls du ihm falsch kommst, und eine Stimme, die es mit jedem Bären aufnehmen könnte."

„Klingt nach einer echten Persönlichkeit", meinte Cat lachend.

„Der Stolz von ganz Texas", stimmte Stan trocken zu. „Ich habe ihn in einer zwielichtigen Bar am Rande Bogotás getroffen."

„Ich frage lieber nicht, was du da zu suchen hattest."

„Das Gleiche wie er: Geschichten über die edelsteinreichen Berge Kolumbiens zu hören. Ich habe einige Tage dort verkehrt, mir viel Quatsch anhören müssen und in der Zwischenzeit mit den Diamantenhändlern gepokert."

„Spielst du gut?" Cat wusste die Antwort auch so, doch sie konnte nicht widerstehen, ihn zu necken.

Stan lächelte verschmitzt. „Abwarten. Alvin kam in diese schmutzige, rauchige Bar, riesengroß, ausstaffiert mit einem Safarianzug, Cowboyhut und Stiefeln. Er sah unser Spiel und setzte sich unaufgefordert dazu. Außer mir und Alvin saßen noch vier schmutzige Edelsteinhändler vom Muzo-Tal am Tisch. Das war schon ein abenteuerliches Bild. Alle in der Bar hörten auf zu reden und sahen zu uns herüber."

„Und dann habt ihr gepokert?"

Stan machte es spannend. „Es setzte sich noch ein fünfter Esmeraldo namens Juan Cortez zu uns, ein durchtrieben aussehender Bursche. Er hatte kein Geld, doch wir ließen ihn mitspielen, weil er sagte, dass ihm hundertachtunddreißig Hektar in der Nähe von Muzo gehörten. Und er hatte eine Karte von diesem angeblich edelsteinreichen Gebiet. Das setzte er ein, weil er unbedingt Geld brauchte."

„Und wo hatte Cortez die Karte her?"

Sein Blick verdüsterte sich. „Cat, frage nie einen Esmeraldo, woher er etwas habe, sonst zieht er sofort seine Pistole."

„Oh."

„Die Einsätze stiegen, bis mein Bargeld nicht mehr reichte. Ich sah den Glanz in Alvin Moodys Augen, der, ebenso wie ich, an Cortez' Geschichte glaubte. Und als Cortez keine Kreditkarte akzeptieren wollte, erbot sich glücklicherweise Alvin, mir das Geld zu leihen. Falls ich gewänne, wollte er die Hälfte des Gewinns. Wie gesagt, er war ein cleverer Bursche. Er hatte schlechte Karten und spürte, dass ich ein gutes Blatt hatte."

„Er hat dir also nicht aus Großzügigkeit geholfen?"
„Alvin ist Geschäftsmann. Ich hätte mich genauso verhalten."
„Cortez muss aber auch gute Karten gehabt haben."
„Sicher", sagte Stan lächelnd. „Es lagen zu der Zeit zwanzigtausend Dollar auf dem Tisch. Alle Gäste drängten sich um uns. Es lag eine solche Spannung in der Luft, dass ich meinen Revolver direkt neben meine rechte Hand legte, wo ihn jeder sehen konnte. Alvin grinste, Cortez schwitzte, und die vier anderen Esmeraldos hatten sich mit einem Fluch verabschiedet, als die Einsätze weiter anstiegen. Zehn Minuten später lagen vierzigtausend Dollar auf dem Tisch, und es waren nur noch Cortez und ich im Spiel. Alvin zog weiterhin völlig ungerührt die Tausenddollarscheine aus seinem Geldbündel." Gespannt richtete sich Cat auf. „Und was geschah?"

Stan strich sich das Haar aus der Stirn. „Ich ließ mir Cortez' Blatt zeigen. Er grinste boshaft und zeigte seine dunklen Zähne. Er sagte: ‚Señores, ich freue mich über euer Geld', und deckte Kreuzzehn, Karobube, Kreuzdame, Pikkönig und Kreuzass auf."

„Eine große Straße", fasste Cat atemlos zusammen. „Und dann?"

„Cortez' Grinsen wurde breiter, und er legte die Hände über das Geld. Alvin hielt sie fest und sah mich fragend an. Darauf legte ich eine Karte nach der anderen auf den Tisch: Herzzehn, Herzbube, Herzdame, Herzkönig und schließlich Herzass."

„Gütiger Himmel", entfuhr es Cat, „ein Royal Flash. Welch Glück!" Dann sah sie ihn fest an. „Du hast doch nicht etwa betrogen?"

Stan setzte eine verletzte Miene auf. „Ich?" Er hob beschwörend die Hände. „Ich habe immer ein verdammtes Glück. Noch mehr als Alvin, und der ist auch nicht ohne."

Cat stimmte in sein Lachen ein. „Und was hat Cortez gemacht? Geschrien?"

„Du musst wirklich noch viel über diese Verbrecher lernen. Nein, er wollte sich meinen Revolver schnappen. Aber Alvin war schneller und hielt ihn fest, wobei sich eine Flut von Flüchen über ihn ergoss. Ich stopfte unser hart verdientes Geld in alle Taschen, sogar in Alvins Safarijacke und seinen Hut. Jeden Moment konnte das Höllentheater losgehen, es brauchte uns nur einer der Männer anzuspringen. Ich schoss zur Warnung dreimal in die Luft. Alle traten zurück, beobachteten uns aber wie ein Rudel Wölfe.

Widerwillig musste Cortez uns dann das Land überschreiben. Und dann war es höchste Zeit zu verschwinden, sonst hätten wir die Bar nicht lebend verlassen können. Alvin stieß Cortez von sich und holte seinen großen Revolver hervor. Er richtete ihn auf die Menge, während wir uns aus der Bar zurückzogen. Draußen sprangen wir in meinen Jeep und rasten zum Tequendama-Hotel, wo Alvin wohnte und wir in Ruhe prüften, ob die Urkunde die ganze Mühe wert war."

Cat hielt es vor Aufregung plötzlich nicht mehr auf ihrem Stuhl aus. „Das ist alles wahr, Stan?"

„Ja, doch es kommt noch besser. Willst du einen Drink? Ich kann einen gebrauchen."

Stan erhob sich und führte Cat ins Haus zurück. Im Wohnzimmer setzte sie sich auf einen Barhocker, während Stan die Drinks mixte. „Und woher wusstest du, ob die Urkunde echt war?"

„Wir haben sie sofort in Bogotá prüfen lassen. Und hinsichtlich der möglichen Edelsteine mussten wir natürlich hinfahren und uns das Land ansehen. Cortez hätte uns ja auch ein Stück Dschungel mit nichts als Moskitos und Schlangen andrehen können. Also luden wir am nächsten Tag den Jeep voll und fuhren zum Silla-de-Montar-Tal."

„Und wo liegt das?"

Stan lehnte sich lässig an die Bar und hob sein Glas. „Was hältst du von zwei Tälern von der Muzo-Mine entfernt?"

Cat riss überrascht die Augen auf. „So nah an einem anderen Edelsteinfeld?"

„Ja, Ma'am. Und die Sohle des Gesteins bildet kalziumkarbonhaltiger Kalkstein." Ich habe sie, dachte Stan, als er das plötzliche Auffunkeln in Cats Augen sah. „Die hauptsächliche Lagerstätte von Edelsteinen, wie du weißt." Er holte einen Bleistift und ein Notizbuch aus der Tasche. „Hier, die Gesteinsschichten im Profil. Das ist idealer Kalkstein für Edelsteine, darunter ist eine Blackshale-Schicht. Ich vermute, dass es dieselbe Schicht wie die der Muzo-Mine ist, nur dass sie bei uns viel tiefer liegt."

„Und warum vermutest du die Edelsteine im Kalkstein, wo doch alles stattdessen auf die Blackshale-Schicht weist, Stan?"

„Moment", erwiderte er nur und verschwand.

Cat wartete eine Ewigkeit, obwohl es nach ihrer Uhr gerade fünf Minuten waren. Schließlich kam Stan mit einem rätselhaften Gesichtsausdruck und einem Lederbeutel in der Hand zurück.

„Öffne ihn."

Cat merkte gar nicht, wie sie den Atem anhielt, als sie das Band aufzog. Dann holte sie fünf noch in weißes Gestein gebettete Edelsteine hervor. In den grünen glänzenden Kristallen brach sich fantastisch das Licht über der Bar. Es war ein atemberaubender Anblick.

„Unglaublich, Stan."

„Grünes Feuer", sagte er leise. Ihre Köpfe berührten sich fast, während sie auf die Steine starrten. „Edelsteine für Götter. Menschen würden dafür ihren besten Freund ermorden oder ihre Seele dem Teufel verkaufen."

„Ich – sie sind einfach schön. Es lässt sich nicht in Worte fassen." Sie hielt einen Stein hoch, drehte ihn langsam und beobachtete, wie sich das Licht in seiner klaren Tiefe brach. „Sie sind von seltener Reinheit. Edelsteine dieser Qualität sind ein Vermögen wert, Stan."

Stan legte seine Hände über ihre und sah sie fest an. „Deine Augen sind noch schöner. Vielleicht hast du jetzt eine Ahnung, was ich sehe, wenn ich dich anblicke."

Die Innigkeit in seiner Stimme und das Gefühl seiner Hände auf ihren entfachte wieder die heiße Sehnsucht in ihr. „Und – und was machst du mit den Steinen?"

Stan gab ihre Hände frei. „Ich lege sie dort aufs Bord. Eine neue Geschichte, die ich meinen Besuchern erzählen kann."

Behutsam packte Cat die Steine wieder in den Beutel. „Die meisten würden sie verkaufen."

„Die ersten Edelsteine, die ich in einer Mine finde, hebe ich immer auf." Er sah sie fest an. „Ich habe es dir doch gesagt, Geld ist nicht alles." Er lächelte unergründlich. „Und für dieses Projekt will ich nur die Besten. Die Gesteinsschichten dort sind zum Teil sehr brüchig, weshalb die Gefahr eines Einbruchs sehr groß ist. Ich wollte jemanden, der an schwierige Minenbedingungen gewöhnt ist ... Ich wollte dich für diese Aufgabe, Cat. Für die Konstruktion der Mine müssen besondere Probleme berücksichtigt werden, die sich zum Beispiel aus dem vulkanischen Boden und möglichen Erdbeben ergeben. Es ist eine Aufgabe, die genau deine speziellen Talente erfordert."

Die Idee begeisterte Cat. Doch schon Sekunden später spürte sie panische Angst in sich aufsteigen. Ja, in Kolumbien waren Erdstöße für Stollen in solch brüchigen Gesteinsschichten eine große Gefahr. Ihr brach der kalte Schweiß aus, und die Angst hatte sie vollkommen im Griff.

Besorgt beobachtete Stan Cat. Alle Farbe war aus ihrem Gesicht gewichen, und das Funkeln, das eben noch in ihren Augen aufgeleuchtet war, war erstorben. Er ergriff ihre Hand. „Was ist denn?", schmeichelte er.

Der Kloß in ihrem Hals wurde immer größer. „Ich habe Angst."

„Sieh mich an, Cat. Der einzige Weg, die Furcht zu besiegen, ist, ihr entgegenzutreten. Ich weiß, es ist nicht leicht, und es wird auch nicht erfreulich sein. Aber ich bin dort, falls das einen Unterschied macht." Stans tiefe Stimme wurde eindringlicher. „Cat, wenn ich nicht davon überzeugt wäre, dass es zu deinem Vorteil wäre, würde ich es nicht vorschlagen. Du musst irgendwann und irgendwo in der Welt wieder eine Mine betreten. Wenn es unsere wäre, könnte ich bei dir sein und dir helfen, die Angst zu überwinden."

„Ich überlege es mir", sagte sie leise und entzog ihm die kalte Hand.

„Cat, ich habe nicht viel Zeit. In den sechs Wochen, während du dich erholt hast, habe ich schweres Gerät angefordert. Alvin ist schon in Bogotá, um alles zu beaufsichtigen. Du weißt selbst, was es bedeutet, die ganze Ausrüstung und Versorgung in ein Dschungelgebiet zu schaffen."

Zögernd nickte Cat.

Abwesend schob Stan den Lederbeutel über das glänzende Holz der Bar. „Wir müssen zudem mit äußerster Vorsicht ans Werk gehen. Sobald es sich herumspricht, sind uns Tausende von schatzhungrigen Guaqueros auf den Fersen. Ein Höllentheater wird beginnen. Wir versuchen, es zu unterbinden, doch die Zeit ist kurz."

Cat hob den Kopf und begegnete Stans Blick. „Sosehr ich dir auch helfen möchte, Stan, ich weiß nicht, ob ich noch einmal eine Mine betreten kann." Sie ließ wieder den Kopf sinken. „Es ist so demütigend. Noch nie habe ich aus Angst kapitulieren müssen."

„Du bist bisher noch nie in die Knie gezwungen worden, Cat", begann er ruhig. „Und es ist nicht das Ende der Welt, auch wenn es dir jetzt so erscheint. Und von wegen keine Courage und Rückgrat, davon hast du mehr als genug. Du wirst einen Weg in dein Innerstes finden und eine Quelle neuer Kraft."

Cat hielt mit aller Kraft die Tränen zurück. „Ich bin leer, Stan. Wie kann ich da etwas in mir finden?"

Er lächelte weich und küsste ihre geschlossenen Augenlider. „Vertraue mir, es steckt in dir. Und du wirst es hervorholen können, wenn du wieder eine Mine betreten musst."

Von ganz tief stieg ein Schluchzen in ihr auf. Sie fühlte sich verletzt und verlassen wie noch nie in ihrem Leben. Sie hatte eigentlich von sich selbst geglaubt, dass sie wisse, was Verlassenheit bedeutet. Doch sie hatte es nicht gekannt – nicht so. Als sie dann Stans Arme um sich fühlte und er sie an sich zog, überließ sie sich ganz seiner Kraft. Sie hatte keine mehr.

Stan küsste ihr Haar und hielt sie im Arm, als würde er ein verletztes Kind beschützen. Er wiegte sie hin und her und ließ ihren aufgestauten Ängsten ungehinderten Lauf. Er litt mit ihr und flüsterte Worte des Trostes. Die Macht seiner Gefühle und das Schutzbedürfnis Cat gegenüber überraschten ihn selbst. Er wollte ihr helfen, sich von dem Schrecken zu befreien, der sich in ihr eingegraben hatte. Schließlich verebbte das Schluchzen, und er zog ein Taschentuch aus der Tasche, hob Cats Kopf und trocknete ihr Gesicht.

„Als ich dich das erste Mal sah, ist irgendetwas geschehen. Und ich weiß, dass du es auch gespürt hast. Zwischen uns gibt es eine tiefe Anziehungskraft, und ich will sie zusammen mit dir ergründen. Verdammt, wir sind keine Kinder mehr, und die rosa gefärbten Brillen haben wir schon lange abgelegt. Ich weiß, wie hart es ist, was ich von dir fordere. Aber du musst lernen, mir zu vertrauen."

Cat lag wie gelähmt in seinen Armen. Sie war nicht fähig, etwas zu erwidern, sogar zu verzweifelt, ihm zu glauben.

„Ich werde dir wieder auf die Füße helfen", fuhr er fort. „Ich habe die Mine und werde dort mit dir zusammen deine Furcht bekämpfen." Er streichelte ihre erhitzten Wangen. „Zusammen sind wir stark. Flüchte jetzt nicht und verstecke dich." Immer noch lag Cat wie erstarrt in seinen Armen. Was sollte er bloß noch tun oder sagen? Die Verwirrung in ihrem Blick spiegelte ihren inneren Zwiespalt wider, ob ihre Gefühle für ihn ihre Angst besiegen konnten oder nicht.

Er musste etwas finden, was sie zum Standhalten zwang. „Wenn du es nicht aus den von mir vorgebrachten Gründen heraus machen willst, dann mache es, weil du mir etwas schuldest. Ich habe dir das Leben gerettet, und dafür bitte ich dich, mir die Mine in Kolumbien zu bauen." Stan hielt inne, als er den Schock in Cats Gesicht bemerkte. Was hatte er dadurch angerichtet, dass er mit dem ersten Argument herausgeplatzt war, das ihm in den Sinn gekommen war? Hatte er einen Fehler gemacht, indem er sie auf diese Weise zwingen wollte, ihre Angst zu besiegen?

Cat mied seinen Blick. Sie spürte nur noch den Drang, zu flüchten und sich in der Abgeschiedenheit ihres Zimmers zu verbergen. „Ich muss jetzt schlafen, Stan. Lass mich gehen."

Stan spürte, wie Cat sich ihm gegenüber verschloss. Seine Bemerkung hatte ihr Vertrauen in ihn erschüttert. Er würde jetzt sehr behutsam vorgehen müssen, wenn er ihr wieder zum Vollbesitz ihrer Kräfte verhelfen wollte.

„Ja, geh", redete er ihr ruhig zu. „Du bist müde und hast Schlimmes durchgemacht. Überschlaf es erst einmal."

Schlafen? Jetzt? Cat lag auf ihrem Bett, das Kissen umklammert und das Gesicht darin vergraben. Die Sonne strahlte ins Zimmer, doch sie fühlte sich, als wäre sie wieder in dem schwarzen Schacht. Ihre Vernunft kämpfte mit ihrer Furcht.

Stan hatte recht: Sie stand in seiner Schuld. Aber warum hatten seine Worte sie dann so verletzt? Ihr Inneres war ein einziges Durcheinander, sie konnte nicht mehr klar denken. Ihr Verstand hatte keinen Zugang mehr zu ihren Gefühlen.

Der innere Kampf dauerte fast eine Stunde. Sie weinte aus tiefster Seele, wie sie es bisher noch nie bei sich erlebt hatte. Erschöpft von der Macht ihrer ungestümen Gefühle, fiel sie schließlich in einen traumlosen Schlaf.

7. KAPITEL

Stan saß gedankenverloren mit einem Whiskyglas in der Hand an der Bar, als Pilar ins Wohnzimmer trat.

„Señor Stan?"

Er hob kaum den Blick. „Ja?"

„Ich bin gerade an dem Zimmer der Señorita vorbeigekommen. Sie weint so verzweifelt wie jemand, der alles verloren hat." Bittend sah sie ihn an.

Noch fester umfasste er das Glas. „Danke, Pilar."

Sie zögerte. „Sie wollen nicht zu ihr, um zu sehen, ob sie Hilfe braucht?"

Mit aller Gewalt musste er die Gefühle zurückhalten, die ihn zu überwältigen drohten. „Nein", erwiderte er kurz angebunden, sah sie aber sofort entschuldigend an. Pilar konnte schließlich nichts für seine eigene Dummheit. „Nein", wiederholte er freundlicher.

Pilar runzelte die Stirn und musterte ihn. „Sí, Señor", erwiderte sie schließlich und verließ den Raum.

Stan fluchte lautlos und schob heftig den Stuhl zurück. Dann ging er hinaus auf die Terrasse und hinüber zu dem Flüsschen, das sich träge zwischen den Pappeln hindurchschlängelte. Finster starrte er auf das grüne, von goldenen Sonnenlichtern glänzende Wasser. Er kippte den Rest des Whiskys hinunter, der heiß in der Kehle brannte wie der Schmerz, den er für Cat empfand.

Er sollte zu ihr gehen, sie brauchte ihn. Nein, wenn sie ihn brauchte, wäre sie geblieben und nicht in ihr Zimmer gerannt. Doch sofort richtete er heftigen Ärger gegen sich selbst. Er hatte es doch heraufbeschworen. Warum hatte er ihr auch gesagt, sie stehe in seiner Schuld! Erregt fuhr er sich durchs Haar.

Er brauchte jetzt einfach einen Rat. Kai Travis war schon immer sein Kummerkasten gewesen, wenn er sich in irgendetwas verrannt hatte. Er brauchte ihren gesunden Menschenverstand, weil er selbst nicht wusste, wie er die Verstrickung, in die er sich und Cat eben gebracht hatte, wieder lösen konnte.

„Stan? Was ist los? Du machst ja einen entsetzlichen Eindruck."

„Entschuldigung, Kai, dass ich dich einfach so überfalle."

Kai nahm ihn beim Arm und führte ihn zur Couch ins Wohnzimmer. „Seit wann brauchst du eine Einladung? Was ist passiert? Stimmt etwas nicht mit Cat?"

Stan setzte sich und rieb sich müde das Gesicht. „Ich glaube, ich habe wieder alles zwischen uns zerstört, Kai."

„Erzähle doch, was geschehen ist."

Endlich konnte er all den unterdrückten Ärger und die Sorgen loswerden, und langsam legte er Kai die unglückliche Verstrickung der Ereignisse offen.

Als er fertig war, legte sie entschuldigend die Hand auf seinen Arm. „Es tut mir leid, Stan. Als ich Cat gegenüber deine Mine erwähnte, war ich mir sicher, dass du mit ihr schon darüber gesprochen hättest."

„Es ist nicht deine Schuld, Kai. Zuerst hat Cat gedacht, ich hätte sie nur auf die Ranch geholt, weil ich es auf ihr berufliches Können abgesehen hätte. Den Punkt konnten wir glücklicherweise heute während eines Picknicks klären. Doch dann habe ich aus lauter Dummheit wieder alles aufs Spiel gesetzt. Ich habe mich als Amateurpsychologe betätigt. Und es endete damit, dass sich Cat in meiner Schuld fühlt, weil ich ihr das Leben gerettet habe, und sich darum gezwungen fühlt, die Mine zu bauen. Die Worte sind mir einfach so unbedacht entschlüpft. Aber auf Cat hatten sie eine verheerende Wirkung."

Seufzend erhob sich Kai und schenkte zwei Cognacs ein. Sie reichte Stan ein Glas und setzte sich wieder. „Trink, du kannst es gebrauchen." In der folgenden Stille starrte Stan stirnrunzelnd auf sein Glas, das er in einem Zug geleert hatte.

„Bestimmt verlässt sie jetzt fluchtartig die Ranch", meinte er schließlich. Abrupt erhob er sich, weil der Ärger über sich selbst ihm zu sehr zusetzte.

Kai beobachtete ihn einige Minuten. „Was verlierst du damit, Stan?"

Er hielt inne. „Cat."

„Du liebst sie?"

„Ich habe es selbst erst vor einer halben Stunde im ganzen Ausmaß erkannt. Ich hätte nie gedacht, dass einmal eine Frau meinen Lebensstil tolerieren könnte. Doch von ihr weiß ich, dass sie es tut. Cat ist in vielen Punkten wie ich."

„Und liebt sie dich, Stan?"

Erregt fuhr er sich durchs Haar. „Wer, zum Teufel, soll das wissen?"

„Ich glaube, ja. Aber jetzt setz dich erst einmal wieder ruhig hin."

Stan setzte sich. „Manchmal steht Sehnsucht in ihrem Blick, und ich höre es aus ihrer Stimme heraus, Kai. Immer, wenn ich mit ihr zusammen bin, ist es etwas ganz Besonderes. Aber was auch immer zwischen uns war, ich habe es gerade zerstört."

„Vielleicht, vielleicht auch nicht. Warum sprichst du nicht einfach mit ihr? Zeige ihr, dass du ihr kein Schuldgefühl geben wolltest oder sie zwingen wolltest, die Mine für dich zu bauen. Dass du nichts anderes wolltest, als dass sie sich ihrer Flucht stellt."

„Ich habe wirklich angenommen, es sei der einzige Weg für sie, darüber hinwegzukommen."

Freundlich klopfte Kai ihm auf die Schulter. „So würdest du es machen, wenn du an ihrer Stelle wärst. Aber frage sie doch einfach, wie sie selbst mit ihrem Problem zurechtkommen will. Sprich mit ihr darüber. Das bringt dich weiter."

Dankbar drückte Stan Kais Hand. „Ich spreche mit ihr. Aber trotzdem würde ich ihr auch gern etwas Selbstgemachtes schenken."

Sie zwinkerte ihm zu. „Da ich deine Talente in der Schmuckherstellung kenne, wird sie bestimmt entzückt sein."

„Lass uns alle vier doch einmal nach Houston fahren." Aus Stans Stimme sprach jetzt etwas Hoffnung. „Dort könnte ich es Cat geben, eine Art Wiedergutmachung für mein Verhalten."

Kai begleitete ihn hinaus. „Gute Idee. Und sei unbesorgt, dein Herz war am richtigen Fleck, Stan. Du hast nur die falschen Worte gewählt. Cat wird dir verzeihen."

Stan gelang ein kleines Lächeln. „Hoffentlich, Kai. Wünsche uns Glück. Machst du das?"

„Immer."

Cat legte etwas Rouge auf ihre blassen Wangen und benutzte einen dezenten Lippenstift, um die letzten Spuren zu beseitigen, die die Tränen auf ihrem Gesicht hinterlassen hatten. Stan hatte einmal an ihre Tür geklopft, doch sie hatte nicht reagiert. Sie wollte sich zuerst wieder ganz in der Gewalt haben. Sie hatte eine warme Dusche genommen und eine Hose und ein legeres T-Shirt angezogen. Jetzt sah sie wieder aus wie früher. Der einzige Unterschied war, dass sie das Haar länger trug, was sie femininer machte.

Sie wollte es auch nicht wieder abschneiden lassen. Vielleicht aus Trotz, weil Stan einen Bergbauingenieur und keine weiblich wirkende Frau wollte. Das hatte er ihr deutlich zu verstehen gegeben. Okay, sie stand in seiner Schuld, und sie würde sie begleichen. Das war etwas, was allen Kincaids heilig war: Jemand rettet einem das Leben, und man steht in seiner Schuld. So einfach war das.

Cat versuchte, den Schmerz in ihrem Herzen zu ignorieren. Hatte sie ihr Minenunglück so verwirrt, dass sie Stan so falsch beurteilt hatte? Sie hatte das Gefühl gehabt, dass es mit ihm etwas Besonderes wäre, doch tatsächlich hatte er sie nur für seine Interessen gewinnen wollen. Eingehend prüfte Cat ihr Spiegelbild. In den Tiefen ihrer grünen Augen erkannte sie Schmerz und Qual und Ärger. Ja, Ärger über Stans Betrug. Er hatte sie einfach benutzt, denn er wollte eine fähige Bergbauingenieurin. Gut, er sollte sie bekommen.

Sie unterdrückte den Schmerz und Ärger nicht, denn beides war ihr Selbstschutz – die einzige Quelle, aus der sie Kraft ziehen konnte. Sie wappnete sich für die bevorstehende Konfrontation und verließ entschlossen den Raum.

Stan hörte das Klopfen an der Tür seines Arbeitszimmers. Als er Cat vor der Glastür erkannte, sprang er sofort hoch und öffnete die Tür.

„Komm herein."

Cat bemerkte Erschöpfung, aber auch Hoffnung in Stans Gesicht. Und sie zwang sich, sich davon gefühlsmäßig nicht beeinflussen zu lassen. „Ich werde meine Schuld begleichen, Stan. Der Arzt hat mir noch zwei Wochen verordnet, bevor ich wieder meiner Arbeit nachgehen kann. In der Zeit will ich alle nötigen Unterlagen, um die Bedingungen des Silla-de-Montar-Tales zu studieren."

Ein weicher Zug zeigte sich auf Stans Gesicht, und er trat einen Schritt vor. „Cat ..."

Sie trat zurück und hob abwehrend die Hand. „Nein."

Stan erstarrte, und seine Hoffnung zerbrach. „Ich habe noch einen Arbeitsraum im westlichen Flügel des Hauses. Ich bringe dir alles Erforderliche dorthin", meinte er schließlich.

„Gut."

„Aber stürze dich doch nicht hinein. Ich möchte nicht, dass du gleich acht Stunden täglich arbeitest. Du brauchst noch Ruhe."

„Mein Leben für deine Mine. Wolltest du es nicht so?" Cats Wangenmuskeln spannten sich an. „Und ich arbeite, solange ich will. Es überrascht mich sowieso, wie lange du schon gewartet hast. Die sechs Wochen müssen dich doch innerlich zerrissen haben ... sechs Wochen, in denen du eigentlich in Kolumbien hättest sein können."

Stan kniff die Augen vor unterdrücktem Ärger zusammen. „Das ist unfair, Cat. Wir müssen miteinander reden."

Sie lächelte angespannt. „Ist das Leben denn fair? Wir sind beide von unserer Arbeit geprägt, und ich bin so hart, wie es eine Situation erfordert. Wenn ich alle Unterlagen bekomme, hast du in zwei Wochen die Konstruktionsskizze der Mine."

„Cat, ich habe es nicht so gemeint, als ob du mir etwas schuldest. Was ich gesagt habe, war ein Fehler."

Ihr Lächeln war dünn, und ihre Augen glänzten vor unterdrückten Tränen. „Wir machen alle Fehler, Donovan. Mein Fehler war, dir und deinen Absichten zu trauen. Aber du hast deutlich gemacht, was du willst. Deine Mine für mein Leben. Okay, du bekommst es."

„Verdammt, kann ich es dir endlich erklären, Cat?"

„Nein."

Stan hätte sie gern geschüttelt, und zur selben Zeit hätte er sie gern in die Arme geschlossen, um ihr den Schmerz zu nehmen, den er deutlich in ihren Zügen las. Ihr Verhalten war reiner Selbstschutz. Und sie wussten es beide. In Wirklichkeit war sie wie sprödes Glas, das jeden Augenblick zerbrechen konnte. Er durfte sie jetzt nicht bedrängen. Er musste es akzeptieren, dass sie sich zurückziehen und von ihm Abstand halten wollte. Vielleicht – nur vielleicht – würde sie ganz vorsichtig ihren Schutzschild wieder ablegen und ihm eine zweite Chance geben.

„Also gut, abgemacht. Komm mit." Er bemühte sich, seine Stimme fest klingen zu lassen.

Cat folgte Stan zum westlichen Flügel der Ranch. Als er eine Tür öffnete, erkannte Cat überrascht ein mit Computern, Rechenmaschinen und Zeichentisch vollständig eingerichtetes Arbeitszimmer. Alles, was sie brauchte, war da. Ob Stan das extra für sie eingerichtet hatte? Doch sie verkniff sich die Frage. Sie wollte ihre Kräfte jetzt nicht auf ihn, sondern ausschließlich auf die Arbeit richten. In einer Ecke stand eine Schlafcouch mit Kissen und Decken. Gut, sie würde hier leben, essen und schlafen.

Stan zeigte auf die Schrankwand. „Dort sind alle Gesteinsproben, Berichte über die Bohrungen und Karten des Tals. Ich glaube nicht, dass du außerdem noch etwas benötigst. Wenn ja, dann sag mir Bescheid."

Alles war sorgfältig beschriftet, nummeriert und geordnet. Stan hatte gute Arbeit geleistet, das musste sie widerwillig anerkennen. Cat zog eine Karte aus einem Fach und entrollte sie. „Ich glaube, das reicht, um mich beschäftigen zu können."

Stan ging zur Tür. „Essen ist in zwei Stunden."

Cat stand schon am Zeichentisch über eine Karte gebeugt. „Sag Pilar, sie möchte es mir bringen."

Ruhig, doch mit Bitterkeit im Herzen schloss Stan die Tür hinter sich. Das war die andere Seite von Cat Kincaid: die herausragende, hartnäckige Bergbauingenieurin, die sich in dieser harten Branche ihren Namen gemacht hatte. Die dort erworbene Konstitution würde sie jetzt wahrscheinlich wie einen Panzer tragen. Und er hatte sie dazu getrieben. Verdammt!

Die Nacht verschmolz mit dem Tag und der Tag mit der Nacht. Cat hatte sich ganz in die Arbeit gestürzt, um zu bestimmen, welche Minenkonstruktion für die Verde Mine – „Grüne Mine", so hatte Stan sie passend genannt – die beste sei. Müde rieb sich Cat die Augen, erhob sich und blickte auf ihre Uhr. Im Osten zeigte sich die erste Röte der aufgehenden Sonne.

Schlafen. Sie würde jetzt wie immer, seit sie die Arbeit in Angriff genommen hatte, drei bis vier Stunden schlafen, dann duschen und frische Sachen anziehen.

Als der Schlaf sie langsam einlullte, kam ihr Stan in den Sinn. Zu ihrem Ärger war es Cat nicht gelungen, ihn über der Arbeit zu vergessen. Immer wieder tauchte sein Bild vor ihr auf, und jedes Mal verwies sie ihr Herzklopfen auf das unkontrollierte, unbestimmte Gefühl, das er in ihr auslöste. Sosehr Cat ihn auch verabscheuen wollte, sie konnte es nicht. Nur die Enttäuschung blieb – und das Gefühl, ihm nie wieder trauen zu können.

Stan unterdrückte sein Erstaunen, als Cat am zehnten Tag in der gläsernen Schiebetür seines Arbeitszimmers auftauchte. Erfolgreich hatte sie es seit fast zwei Wochen geschafft, ihm nicht begegnen zu müssen.

„Komm herein." Er erhob sich und bot ihr einen Stuhl an.

Zu ihrem Ärger fühlte sich Cat erröten, als sie seinem besorgten Blick begegnete. Er wirkte ähnlich übermüdet wie sie. Unter seinen Augen lagen Schatten, als hätte er nur wenig geschlafen. Seine Kleidung war zerdrückt, was bei ihm eigentlich nicht üblich war. Doch er war ein äußerst attraktiver Mann, das war einfach nicht zu übersehen. Er mochte ein Bastard sein, aber körperlich zog er sie an. Sie konnte die Gefühle, die sein Anblick in ihr erweckte, nicht verleugnen.

„Ich habe die grundsätzlichen Berechnungen fertig, und ich muss sie mit dir besprechen. Kannst du ein paar Stunden erübrigen?"

Wie hatte er sie vermisst! In den zehn Tagen ohne Cat hatte er sich wie im Gefängnis gefühlt. Er hatte sich nach ihrer Stimme gesehnt, nach ihrem fröhlichen Lachen und nach ihrer ruhigen Ausgeglichenheit.

Jetzt wirkte sie wie ein scheues Reh, bereit, bei dem ersten Zeichen von Gefahr zu flüchten. Betroffen bemerkte er ihre Blässe. Sie trug Jeans, ein kurzärmliges Hemd und bequeme braune Schuhe. Es fehlten nur der Schutzhelm und die Stiefel, dann wäre sie gekleidet wie bei ihrer Arbeit. Und doch schmälerte ihre Kleidung in seinen Augen nicht ihre Weiblichkeit. Die vollen, leicht geöffneten Lippen erinnerten ihn heiß daran, wie er diesen Mund geküsst hatte.

„Sicher, ich habe Zeit." Er klang wie ein übereifriger, unsicherer Schuljunge.

Wortlos drehte sich Cat um und machte sich wieder auf den Weg zu ihrem Arbeitszimmer. Die Hände waren ihr feucht, und sie hätte sie gern an ihrer Jeans abgewischt. Doch Stan würde das bemerken und ihre Nervosität erkennen. Sein verschlossenes Gesicht hatte einen weichen Zug bekommen, als er sie eben erblickt hatte. Ob das zu seiner Rolle gehörte? Oder war es echt? Aber warum machte sie sich überhaupt Gedanken darüber? Hatte er nicht längst seinen wahren Charakter gezeigt?

„Was willst du mit mir besprechen?", fragte Stan, nachdem er sich neben Cat an den Zeichentisch gesetzt und seine feuchten Hände an der Jeans abgewischt hatte. Großartig, Donovan, spottete er über sich selbst – wie ein zwölfjähriger Junge, der seine Stimme nicht in der Gewalt hat.

Cat breitete die Papiere zwischen ihnen aus, wobei sie überdeutlich Stans Nähe spürte. Sie räusperte sich. „Ich habe zunächst die Chivor- und Muzo-Mine untersucht, um entscheiden zu können, wie unsere konstruiert werden muss. Die Edelsteine von Muzo werden in einer losen Blackshale-Schicht gefunden, die direkt unter der Erdoberfläche liegt. Man braucht also nichts weiter zu tun, als den Dschungel zu roden, um an die Steine zu kommen. Dabei arbeiten sie mit veralteten Methoden – wie man auf diesen Fotos sehen kann –, die für die Umwelt katastrophale Folgen haben. Sie benutzen Dynamit und karren dann alles mit Bulldozern in große Waschanlagen, wo die Edelsteine dann später herausgewaschen werden."

Cat warf Stan einen Blick zu und verlor den Faden. Wie zog sie dieser Mund an, der sie liebkost und unbändige heiße Lust in ihr erweckt hatte! Unsicher fuhr sie mit ihrem Bericht fort. „Der Gesteinsabfall wird dann einfach hinunter in den Fluss, den Río Itoco, geworfen, wo die Guaqueros mit der Hoffnung nach Edelsteinresten noch einmal alles durchsieben."

Stan nickte und stütze den Kopf auf. Er bemerkte ein leichtes Zittern in Cats Hand, und es drängte ihn, ihre Hand zu nehmen und ihr zu versichern, dass alles gut werden würde. Doch leider stimmte das nicht. Wenn er die Dinge zwischen ihnen nur klarstellen könnte! Mit großer Anstrengung konzentrierte er sich wieder auf Cats Bericht.

„Tagsüber suchen sie im Wasser des Flusses, und nachts versuchen sie, trotz der schweren Bewachung durch die kolumbianische Polizei Tunnels in die Minen zu graben."

„Ja." Cat schluckte heftig. Sie hatte die Zärtlichkeit in Stans Blick bemerkt, mit der er sie betrachtete. Immer noch gelang es ihm, einen Weg zu ihrem Herzen zu finden, musste sich Cat widerstrebend eingestehen. Wie gern würde sie seine Wange streicheln und die Spuren des Schmerzens, die sich um seinen Mund eingegraben hatten, tilgen! Ja, sie litten beide.

Welch verlorenen Eindruck Cat machte! Es schmerzte Stan, dass er dafür verantwortlich war, wenn sie jetzt nur noch wie ein Schatten ihrer selbst wirkte. Ihre Haut hatte den samtigen Glanz verloren – und ihre grünen Augen: ohne dieses Funkeln voller Leben. Wenn sie ihn ansah, erkannte er nur Furcht und ... War das Sehnsucht? Konnte es möglich sein? Er klammerte sich an diese Möglichkeit und konnte sich kaum noch auf ihre Worte konzentrieren. Er sah nur ihre vollen Lippen, und es durchfuhr ihn heiß. Er liebte sie.

Unter Stans intensivem Blick konnte sich Cat immer weniger entspannen und zog sich ganz auf die Sicherheit zurück, die ihr ihr Fachwissen gab. „Für deine Mine schlage ich die Kombination der offenen Abbaumethode und der Anlegung eines Schachts vor, da die veraltete Dynamitmethode viele Edelsteine zerstört. Ich vermute, dass die Kalksteinschicht auf diesem Hügel direkt unter der Erdoberfläche liegt und sich dann hier langsam in die Erdtiefe verlagert", Cat warf schnell eine Skizze der Gesteinsformation aufs Papier, „in der Edelsteine enthalten sein könnten."

„Was ist deine Meinung? Lohnt es sich für uns?"

Cat richtete sich auf und fuhr sich gedankenverloren durchs Haar. Dann gab sie ihm ein anderes Blatt. „Wenn meine Berechnungen und deine Voruntersuchungen stimmen, dann müsste in der Verde Mine auf zwanzig Millionen Teile Erdreich ein Edelstein kommen. Ja, es lohnt sich für dich."

Stan starrte mit einem klaren Lächeln auf Cats Berechnungen. „Das ist besser, als ich mir vorzustellen wagte."

„Du hast alles, was du wolltest, Stan."

Verärgert über ihre unausgesprochene Anklage, biss Stan die Zähne zusammen. Cats Augen waren jetzt von einem kalten Grün. Verdammt, er hatte es zwar nicht anders verdient, doch es schmerzte, wenn sie noch zusätzlich in die offene Wunde stach.

„Und wie sieht der Konstruktionsplan für die Mine aus?"

Sofort war Cat wieder ganz hinter der Maske ihrer Berufserfahrung verschwunden und ging mit ihm ruhig und methodisch die einzelnen Faktoren durch.

Zwei Stunden später fasste sie zusammen: „Der Grubenausbau wird also nicht einfach sein. Schon allein der Transport der verschiedenen Bauholzarten in den Dschungel wird ein Problem werden. Du musst wahrscheinlich eine feste Straße bauen, die die tropische Regenzeit durchsteht." Sie zuckte die Schultern und zeigte auf die Unterlagen auf dem Tisch. „Das ist alles dort ausführlich festgehalten, und du kannst es in deiner freien Zeit nachlesen."

Stan nickte nachdenklich. Cat hatte sich, die Hände in die Hosentaschen gesteckt, ans Fenster gestellt. Die Sonne schien herein und warf goldene Lichter auf ihr dunkles Haar. Wie sehnte er sich nach ihr!

„Du hast wirklich gute Arbeit geleistet, Cat, verdammt gute. Nun verstehe ich auch, warum du dir in unserer Branche einen solchen Namen machen konntest. Für diese Voruntersuchung hätten die meisten einen guten Monat gebraucht. Du hast es in zwei Wochen geschafft."

Die Anerkennung und das Lächeln, mit dem Stan sie ansah, schufen in Cat ein wunderbares Gefühl. „Du hattest alles, was ich brauchte. Normalerweise verbringt man zunächst einen großen Teil der Zeit damit, alle erforderlichen Informationen zu bekommen. Du verstehst deine Arbeit auch gut, Stan."

Das Lob tat ihm gut. „Ist das nicht ein Grund zum Feiern? Matt und Kai haben mich gefragt, ob wir nicht heute Abend nach Houston fliegen könnten. Wir würden in einem netten Restaurant essen und uns entspannen. Wir hätten es beide nötig."

Cats erste Reaktion war abzusagen. Andererseits hatte sich Kai in den ersten zwei Wochen hier rührend um sie gekümmert, sodass sie ihr Dank schuldete. Darüber hinaus war sie ihre Freundin geworden. Cat war unsicher. Denn jede Minute, die sie mit Stan verbrachte, schwächte ihre Abwehr und ihre Verletztheit wegen seines Verhaltens.

„Nun sag schon Ja", drängte Stan. „Kai hat in den letzten zehn Tagen mindestens dreimal angerufen und wollte dich sprechen. Sie sehnt sich nach weiblicher Gesellschaft."

Cat sah auf ihre Schuhe hinunter. „Okay."

„Ich werde auch Distanz wahren."

„Gut." Sie hob den Kopf. „Es ist am besten, wenn zwischen uns alles rein geschäftlich bleibt." Sie betrachtete ihn. Zuerst war sie über sein gemeines Verhalten wütend gewesen und hatte eine dicke Schutzmauer zwischen ihm und sich errichtet. Doch nach zehn Tagen hatte sich der anfängliche Ärger verändert, und ihr war bewusst geworden, wie sehr sie ihn noch mochte. Und sie hatte Angst vor diesen Gefühlen. Je weniger sie ihn sah, desto besser würde sie sie kontrollieren können. Stan erhob sich. „Sie kommen um sechs Uhr."

„Ich bin ungefähr um halb sechs fertig."

„Welche Farbe wird dein Kleid haben?"

„Türkis."

Stan lächelte unergründlich. „Wunderbar."

Warum gebe ich mir nur solche Mühe, gut auszusehen, dachte Cat verärgert und betrachtete sich in dem großen Spiegel. Sie trug ein elegantes türkisfarbenes Modellkleid aus Georgette und glänzendem Satin. Es betonte ihre schmale Taille und lief dann in einem weiten Rock aus, der bei jeder Bewegung mitschwang. Die Ärmel waren bauschig weit. Das ist ein Kleid zum Tanzen, egal welch schlechte Tänzerin ich bin, dachte sie mit eisiger Miene.

Sie wählte goldgefasste Perlenohrringe und legte sie an. Doch irgendetwas fehlte, irgendein Halsschmuck, der sich von dem Kleid abhob. Es lässt sich nicht ändern, dachte sie bedauernd. Widerstrebend musste sie sich eingestehen, dass sie für Stan schön sein wollte.

Es klopfte, und Cat öffnete die Tür. Stan trug einen schwarzen Smoking mit weißem Hemd und schwarzer Fliege. Er war frisch rasiert, und sein Haar war noch feucht. Auf den Anblick war sie nicht vorbereitet, und hilflos starrte sie in die Tiefe seiner blauen Augen.

„Du siehst wunderschön aus", sagte er leise und streckte die Hand aus. Cats unvergleichliche Erscheinung und der feine Duft ihres Parfums brachten ihn völlig aus der Fassung. Ihre schrägen grünen Augen wurden durch das türkisfarbene Kleid besonders betont. Noch nie war sie ihm so begehrenswert erschienen. Sie war so weich und feminin, und er musste sich beherrschen, um sie nicht in die Arme zu schließen und an sich zu drücken. So lächelte er nur unsicher. Doch zu seiner Erleichterung spürte er, dass Cat ebenso nervös war wie er. Ihre Finger waren feucht, als sie leicht seine Hand ergriff.

„Danke", erwiderte Cat etwas gepresst.

„Wir haben noch Zeit für einen Drink." Stan betrat mit Cat das Wohnzimmer, wo Kai und Matt schon warteten. „Und dann fliegen wir nach Houston und essen im ‚Brownston'."

„Im ‚Brownston'?" Ungläubig sah Cat ihn an. Dieses exklusive Restaurant war das beste weit und breit. Als Stan sie vorhin gefragt hatte, hatte es geklungen, als würde der Abend weniger intim werden.

Stan lächelte übermütig und führte sie zur Couch, der gegenüber das Ehepaar Travis bereits saß. „Wir beide brauchen eine Abwechslung." Seine weiche dunkle Stimme war ganz nah an ihrem Ohr. „Möchtest du das übliche trinken?"

Verblüfft starrte Cat ihn an. Sie bemerkte den übermütigen Glanz in seinen Augen. „Nein, gib mir einen doppelten Scotch mit Eis." Sie brauchte eine Stärkung für die weiteren Überraschungen. So hatte er sich das also ausgedacht. Sie hatten eine rein geschäftliche Ebene vereinbart. Wie sollte sie bloß ihre Gefühle ihm gegenüber den ganzen Abend in einem der romantischsten Restaurants unter Kontrolle halten?

Unschlüssig wiederholte Stan: „Einen doppelten?"

„Ich muss nicht fliegen, Stan. Ich möchte einen doppelten mit Eis." Vor den Gästen bemühte sich Cat um eine beherrschte Miene, aber innerlich kochte sie.

„Das war eine wunderbare Idee", fiel Kai ein. Zum langen schwarzen Rock aus Moiré trug sie eine perlgraue Bluse, die die Strähnen in ihren schulterlangen kastanienbraunen Haaren betonte. Die goldenen Ohrringe und der schlichte Halsschmuck passten zu ihren leuchtenden Augen. „Als Stan uns anrief, hatten wir uns für die Stadt zurechtgemacht, aber nicht ans ‚Brownstone' gedacht." Sie lachte fröhlich. „Ich mag dieses Restaurant. Es ist so romantisch."

Nach dieser Bestätigung warf Cat Stan einen vernichtenden Blick zu. „Ja, er heckt immer etwas aus, nicht wahr?" Sie nahm den Drink, den er ihr reichte. Als er sich setzte und wie beiläufig den Arm um sie legte, hätte sie ihn fast zurechtgewiesen. Er lächelte nur und schien die Situation zu genießen, da er genau wusste, sie würde im Beisein anderer keine Szene machen.

„Das ist eine der Eigenschaften, die diese Lady an mir mag."

Cat nahm einen kräftigen Schluck Scotch und schluckte ihren Protest über das Spiel, das Stan mit ihr spielte, hinunter.

Kai beugte sich mit blitzenden Augen vor. „Stan hat etwas von einer Überraschung für dich erzählt. Ich kann es kaum abwarten zu sehen, was er gemacht hat."

„Er hat schon genug gemacht", erwiderte Cat betont nett.

Kai wechselte einen wissenden Blick mit ihrem Mann. „Stan, warum gibst du es Cat nicht jetzt? Stan, bitte? Ich brenne darauf, ihre Reaktion zu sehen."

Stan stöhnte. „Kai, wenn du mich so ansiehst, wie kann ich dir da etwas abschlagen?" Er erhob sich.

Matt lächelte und zog seine Frau an sich. „Verstehst du jetzt, wie ich mich immer fühle, Stan? Diesen wunderschönen Augen kann man nicht widerstehen."

Stan neigte den Kopf und betrachtete Cat. „Nichts gegen Kai, aber das sind die schönsten smaragdgrünen Augen, die ich jemals gesehen habe."

Cat fühlte, wie die Hitze in ihr über das Kompliment aufstieg.

„Zugegeben", erwiderte Kai lächelnd.

„Da Kai es nicht erwarten kann, werde ich Cat also das Geschenk jetzt und nicht erst nach dem Essen geben."

Nervös räusperte sich Cat, nachdem Stan den Raum verlassen hatte. „Was geht hier eigentlich vor?"

Kai lächelte nur warm, während Matt über die Hand seiner Frau strich. „Wir kennen Stan nun schon lange. Aber in der letzten Zeit haben wir eine positive Veränderung bei ihm bemerkt. Er ist viel ruhiger geworden."

„Ich habe es schon zu Matt gesagt", fiel Kai ein und senkte verschwörerisch die Stimme. „Stan ist für die Ehe geschaffen. Bevor du hier warst, war er immer voller Unruhe, Cat. Doch seitdem ist er so zufrieden, dass wir es kaum glauben konnten. Ich weiß nicht, wie deine Beziehung zu ihm ist, Cat, aber er hält unglaublich viel von dir. Wir beide drücken euch auf alle Fälle die Daumen."

„Was flüstert ihr denn so geheimnisvoll miteinander?" Mit einem taubengroßen Kästchen betrat Stan wieder den Raum.

Cat verschluckte sich fast an ihrem Drink. „Oh, nichts, nur ein Gespräch unter Frauen."

Er setzte sich neben Cat. „Hm, Gespräch unter Frauen? Wie ich Kai kenne, kommt dabei bestimmt nichts Gutes heraus."

„Das ist nicht fair, Stan", protestierte Kai lachend. Sie und ihr Mann erhoben sich und stellten sich neben ihn. „Mach schon, zeig es ihr."

Cat ergriff ihr Glas, als wäre es ihr letzter Halt, während Stan das samtbespannte Kästchen zwischen ihnen auf die Couch legte.

„Geduld, schöne Lady." Stans ungeteilte Aufmerksamkeit und Lächeln galten jetzt Cat. „Vor zehn Tagen habe ich mit einer Arbeit begonnen. Ich wollte etwas für dich machen, das dir meine Gefühle für dich verrät, Cat." Er beugte sich vor und nahm ihr die Ohrringe ab. „Die brauchst du heute Abend nicht."

Cat schluckte schwer. Sie spürte deutlich Stans Unsicherheit. Und plötzlich wollte sie ihm nur noch zu verstehen geben, dass sie ihn nicht abweisen oder in Verlegenheit bringen würde. Niemals. „Vor zehn Tagen?", wiederholte sie.

Stan verzog das Gesicht und sah Kai und Matt an. „Wir hatten da eine heftige Auseinandersetzung", erklärte er, ohne die Einzelheiten zu verraten. Dann öffnete er den Deckel des Kästchens.

Überwältigt starrte Cat darauf nieder. Auf dunkelblauem Samt lag ein unvergleichlich schöner Opalschmuck: ein Paar Ohrringe, eine Goldkette mit Anhänger und ein Ring.

„Menschen erinnern mich an Edelsteine", durchbrach Stan leise die beredte Stille. „Und der Opal ist für mich der Inbegriff eines Edelsteins, den du auf eine gewisse Weise verkörperst." Er nahm die Kette aus dem Kasten und legte sie um Cats Hals. Erst jetzt wagte er, sie anzublicken, und betete im Stillen darum, nicht sehen zu müssen, was er zu sehen befürchtete. Doch dann erstarben ihm die Worte, als er in der strahlenden Tiefe ihrer Augen zu ertrinken glaubte, aus der ihm Leidenschaft und Wärme entgegenleuchteten.

Plötzlich wünschte sich Stan, dass Kai und Matt nicht da wären. Er wollte jetzt nichts weiter, als Cat in die Arme nehmen, sie in sein Schlafzimmer tragen und sie ganz besitzen. Nur sie konnte ihm den Frieden geben, nach dem seine Seele verlangte. Zärtlich streichelte er ihre Hand. Es gab so viel, das er ihr sagen wollte, um sich zu rechtfertigen und ihr Verzeihen zu erlangen. Doch jetzt war dafür nicht der geeignete Zeitpunkt. Aber der leidenschaftliche Blick von Cat war ein Versprechen, ihm zu vergeben.

Er legte ihr die Ohrringe an, deren Opale im Wettstreit mit Smaragden, Rubinen, Topasen und Saphiren glänzten. Die Farben brachten die natürliche Schönheit von Cats Augen erst richtig zur Geltung, und im Stillen dankte er dafür, dass er eine zweite Chance bekommen hatte, die er eigentlich nicht verdiente.

Als er schließlich auch noch den Ring über ihren Finger gestreift hatte, meinte Stan ruhig: „Ein Opal ist unvergleichbar, Cat, seine Farbe changiert bei jeder Bewegung. Aber du bist genauso, immer wieder erlebe ich dich von einer unerwarteten, wunderbaren Seite. Du hast mich so verzaubert, dass nichts anderes mehr für mich zählt." Er sah sie tief an, und seine Hände schlossen sich um ihre. „Du bist für mich alles geworden, Schätzchen, und es gibt nichts, was dir in seiner Bedeutung ähnelt. Das musst du mir glauben. Der Reichtum des Herzens lässt jeden sonstigen Reichtum bedeutungslos werden. Wenn ich in deine Augen sehe, bekomme ich einen Reichtum an Gefühlen, den mir keine Edelsteinmine je geben könnte. Verstehst du das?"

Scheu berührte Cat den Opal an ihrem Hals. Unter Stans wunderbaren Worten waren all ihre Enttäuschung und Verletztheit geschmolzen. Sie hatte gespürt, dass ihm jedes einzelne Wort aus tiefstem Herzen gekommen war. Sie legte ihre Hand in seine und erwiderte fast feierlich seinen ängstlichen Blick. „Ja", antwortete sie ganz leise. „Ich verstehe, Stan."

Zärtlich drückte er ihre Hand. Cats smaragdfarbene Augen strahlten vor Zärtlichkeit, und ein übermächtiges Gefühl der Erleichterung und des Glücks erfasste ihn.

8. KAPITEL

„Freust du dich, Cat?" Ganz dicht an ihrem Ohr flüsterte Stan die Worte, während sie zu der ruhigen Musik eng miteinander tanzten. „Ich sollte nicht, aber ich tue es."

Stan lachte leise auf und zog sie enger an sich. „Ich bin ein großes Risiko eingegangen." Er küsste sie aufs Haar.

„Ich bin immer noch verärgert über dich, Stan."

Doch in Cats Blick war nichts von Ärger zu sehen, nur strahlender Glanz und Sinnlichkeit. „Weswegen? Weil ich dieses Wochenende in Houston mit Matt und Kai arrangiert habe?", fragte er ganz unschuldig.

Lachend schüttelte Cat den Kopf. „Was bist du doch für ein Halunke. Zuerst machst du mir etwas vor, dann gibst du mir das schönste Geschenk, das ich jemals bekommen habe. Und dann lässt du Pilar einen Koffer für mich packen und im Flugzeug verstecken. Wenn ich früher erfahren hätte, dass du ein ganzes Wochenende und nicht nur einen Abend in Houston planst, hätte ich dir wahrscheinlich sonst was an den Kopf geworfen."

Lächelnd drehte Stan sie im Takt der Musik, sodass der weiche Stoff ihres Kleides um ihren Körper schwang. „Du würdest nie mit irgendetwas nach mir werfen. Dazu bist du viel zu beherrscht."

„Da bin ich mir gar nicht so sicher. Mit dir zusammen sein ist so, als ob man ohne Versicherung ein Risiko einginge."

„Danke."

„Das war kein Kompliment. Und lass dein gewinnendes Unschuldslächeln. Es bringt dir nichts."

„Bis jetzt doch."

Cat musste sich eingestehen, dass sie seinem Lächeln tatsächlich nicht widerstehen konnte. „Und was hast du noch geplant?"

„Ich habe im ‚Westin Hotel' Zimmer reserviert. Wenn du Lust hast, kannst du mit Kai Samstagmorgen einkaufen gehen. Matt und ich wollten Golf spielen. Am Abend gehen wir in ein ausgezeichnetes französisches Restaurant." Verschmitzt sah er Cat an. „Und anschließend gehen wir in einen Vergnügungspark. Es soll hier eine der besten Autoskooter-Anlagen geben. Es macht bestimmt Spaß, einfach herumzubummeln oder zu versuchen, einen Teddy zu gewinnen."

Cat lachte begeistert auf. „Das klingt wunderbar. Und dann?"

„Sonntagmorgen stehen wir bestimmt spät auf. Dann treffen wir uns

alle mit verschlafenen Augen beim Sektfrühstück. Und später geht's wieder zurück nach Del Rio. Nun, wie klingt der Schlachtplan?"
„Wunderbar."
„Und im Gegensatz zu dem, was du wahrscheinlich denkst, habe ich zwei Zimmer für uns im ‚Westin' bestellt."
Erleichterung erfasste Cat. „Danke, Stan."
„Ich wollte es eigentlich nicht." Er bedeckte ihren Scheitel mit kleinen Küssen. „Aber ich habe es trotzdem getan."
„Bestimmt hat es dich fast umgebracht", meinte Cat trocknen, während ihre Knie jedoch bei jedem seiner Küsse ein wenig weicher wurden.
Er lachte auf. „Ja, dieses Mal wollte ich nichts verderben." Er sah sie eindringlich an. „Nach dem Tanzen, wenn wir wieder im Hotel sind, müssen wir unbedingt miteinander reden."
„Ja, über vieles."
„Ich war ein Esel, Cat. Es tut mir leid. Ich hatte wirklich nicht die Absicht, dich zu verletzen." Stan holte tief Atem und zwang sich zu einem kleinen Lächeln. „Komm doch nachher in mein Zimmer."
Cat hob den Kopf und verlor sich in dem warmen Blau seiner Augen. „Ja, ich komme."

Pilar hat sich beim Packen wirklich alle Mühe gegeben, dachte Cat, als sie den Koffer öffnete und als Erstes das pfirsichfarbene seidene Nachthemd mit dazu passendem Negligé erblickte. Ob sie das tragen sollte, wenn sie zu Stan ging? Oder sollte sie anbehalten, was sie trug? Sie war unschlüssig, obwohl sie eigentlich wusste, was sie wollte. „Zum Teufel", stieß sie schließlich hervor und flüchtete unter die Dusche.
Stan stand am Fenster und betrachtete das funkelnde Lichtermeer Houstons. Es war ein Uhr nachts. Er hatte Jackett und Schuhe ausgezogen, die Fliege entfernt und den obersten Hemdenknopf geöffnet. Nervös hatte er sich einen Cognac eingeschenkt. Mit Recht würde Cat ihm gleich bestimmt Vorhaltungen machen. Er würde sie lieber lieben und sich auf diese Art entschuldigen. Doch das wäre keine vernünftige Lösung. Nein, die Aussprache war schon längst überfällig. Nur so war die Hoffnung auf eine Zukunft mit Cat möglich. Und jede Hoffnung war besser als nichts.
Es klopfte leise. Er drehte sich um, und sein Blick weitete sich überrascht, als Cat in einem weich fließenden Negligé wortlos den Raum betrat. Ihr Anblick entfachte eine tiefe Hitze in ihm. Ihre Haarspitzen waren noch feucht und verrieten, dass sie gerade geduscht hatte.

„Setz dich", sagte er und zeigte auf die Couch. Dann bemerkte er die Röte auf Cats Wangen und ihre Unsicherheit. Eine Last fiel von seinen Schultern, als er erkannte, dass sie beide gleichermaßen befangen waren. Er goss ihr einen Cognac ein.

„Danke." Sie hatte die Beine angezogen und trank einen Schluck. Wohlige Wärme breitete sich in ihr aus. Sie lächelte zögernd. „Ich glaube, wir brauchen das jetzt beide."

„Ja", stimmte ihr Stan zu. Er bemerkte, dass Cat immer noch den Opalring trug, und es gab ihm Mut. „Du trägst den Ring noch?" Lächelnd betrachtete Cat die irisierenden Farben des ovalen Steins. „Wie könnte ich ihn nicht tragen?" Dann sah sie Stan offen an. „Du hättest den Schmuck nicht machen müssen."

„Was glaubst du, warum ich ihn gemacht habe?"

Cat schwieg eine Weile und zuckte schließlich die Schultern. „Ich weiß es nicht."

„Rate."

Sie verzog das Gesicht. „Darin war ich noch nie gut. Warum sagst du es mir nicht einfach?"

„Weil ich wissen will, was du dachtest, welche Absichten ich damit verfolgen wollte."

Cat schloss kurz die Augen. „Stan, du machst es mir wirklich nicht einfach. Also gut, die schlechteste Möglichkeit wäre, du wolltest dir mein Verzeihen dafür erkaufen, dass du mich für etwas benutzen wolltest."

Stan drehte langsam sein Glas zwischen seinen Fingern. „Das wäre also das Schlechteste. Und die anderen Möglichkeiten?"

„Das Geschenk wäre eine Entschuldigung."

„Möglich. Und was sonst?"

„Nichts. Gibt es noch eine andere Absicht?"

Er nickte. „Mein ganzes Leben lang verfolgt mich das grüne Feuer der Smaragde. Irgendetwas an diesem Edelstein zieht mich in seinen Bann. Und ich habe alles getan, den Traum, eine solche Mine zu finden, zu verwirklichen." Stan sah Cat fest in die Augen. „Nicht wegen des Geldes, es war ausschließlich die Herausforderung, diesen seltenen Stein zu finden. Als ich die Turmalin-Vorkommen von El Camino fand, wurde ich verschüttet. Aber das hat mich nur noch entschlossener gemacht. Und ich spürte es wie ein Goldgräber, der sich einer Goldmine nähert, dass ich der Verwirklichung meines Traumes nahe war. Und dann geschah es. Das Pokerspiel in Bogotá veränderte mein Leben. Zumindest glaubte ich es", fügte er trocken hinzu.

„Dann machte ich mich auf die Suche nach den besten Bergbauingenieuren und wählte dich aus. Aber ich wusste nicht, was mich erwartete. Ich wusste nur, dass du in deinem Fach unschlagbar, aber nicht wie schön du bist. Und dann brach der Stollen ein, und die drei Tage, in denen ich über Funk mit dir in Kontakt stand, haben etwas in mir verändert. Zuerst war ich mir dessen gar nicht bewusst, wie sehr ich von dir angezogen wurde. Und dann erkannte ich, dass ich dich aus viel mehr als nur beruflichen Gründen wollte."

Stan stellte sein Glas auf den Tisch und erhob sich. Als er, die Hände in die Hosentaschen gesteckt, fortfuhr, spiegelten seine Züge deutlich seinen inneren Aufruhr wider. „Seit acht Wochen lebst du bei mir. Doch bis zu unserem Streit und meinem Versuch, Amateurpsychologe zu spielen, hatte ich nicht erkannt, wie viel du mir bedeutest." Aufgewühlt fuhr er sich durchs Haar.

„Ich habe meine Edelsteinsammlung durchsucht. Ich wollte etwas finden, das dir zeigen konnte, was du für mich in dieser Zeit geworden bist." Langsam löste sich die Spannung aus Stans Zügen. „Die Opale sollten weder eine Entschuldigung sein, noch wollte ich mir etwas damit erkaufen, Cat. Sie sollten dir nur beweisen, was ich dir mit Worten nicht hatte verständlich machen können, dass du mir mehr bedeutest als das grüne Feuer."

Tief bewegt berührte Cat den Opal an ihrem Finger. „Es tut mir leid, dass ich dir eine niedere Absicht unterstellt habe. Ich wusste es nicht."

Stan setzte sich wieder neben sie. „Ich habe mich auch nicht gut ausdrücken können, Cat. Und dafür muss ich mich entschuldigen." Er ergriff ihre rechte Hand und sah sie fest an. „Ich wollte dir nur helfen, weil das Minenunglück dich innerlich so zerbrochen hat. Und da bin ich eben mit der ersten unausgegorenen Idee herausgeplatzt, die mir in den Sinn kam. Ich dachte, wenn du gezwungen wärst, deiner Angst entgegenzutreten, dann würdest du sie verarbeiten können." Er senkte die Stimme. „Ich habe nicht einmal im Traum daran gedacht, meine Mine als Gegenleistung dafür zu sehen, dass ich dir das Leben gerettet habe. Meine besten Absichten, dich deine Angst überwinden zu lassen, haben sich als Schuss nach hinten erwiesen. Manchmal, wenigstens, wenn es sich um dich dreht, ist mein Mund einfach schneller als meine Gedanken."

Zärtlich sprach Cat seinen Namen aus und strich über seine raue Wange. „Ich glaube dir, Stan. Irgendetwas ist zwischen uns, das uns immer wieder zueinander hinzieht, wie sehr wir uns auch gegenseitig verletzt haben mögen."

Stan schloss die Augen und spürte die liebkosende Wärme ihrer Hand. Dann schloss er Cat in die Arme, und sie schmiegte sich an ihn. Er bedeckte ihren Hals und ihre Schultern mit Küssen und atmete tief ihren weiblichen Duft ein. Als er sie zwischen ihre vollen Brüste küsste, spürte er, wie sie sich versteifte. Doch als er den Kopf hob, sah er nur sinnliches Locken in der grünen Tiefe ihre glänzenden Augen.

„Die letzten zehn Tage waren für uns beide die Hölle, Cat. Aber du stehst nicht in meiner Schuld. Wenn du dich an dem Projekt in Kolumbien beteiligst, dann nur, wenn du es willst. Ich fliege Montagmorgen dorthin. Wenn du mich begleitest, wunderbar. Wenn nicht, verstehe ich es. Du stehst unter keinem Druck, Cat. Kai hat mir die Augen darüber geöffnet, dass niemand dir vorschreiben kann, wie du dein Leben gestaltest. Wenn du vor einem Stollen Angst hast, dann musst du damit auf deine Art und zu deinem Zeitpunkt umgehen. Niemand kann es erzwingen, wenn du es nicht selbst willst." Er küsste zart ihre leicht geöffneten Lippen.

„Warte", bat sie atemlos und drückte ihn von sich. „Stan, wer würde dir denn stattdessen die Mine bauen?"

„Ich weiß es noch nicht. Es ist egal."

„Es ist nicht egal."

Stan streichelte ihre Arme. „In diesem Augenblick ist es egal."

Mit aller Kraft widerstand Cat der Hitze der Sinnlichkeit, die sich über sie beide legte. „Stan, hör mir zu. Unsere Aussprache ist noch nicht beendet."

Er spürte ihre Entschlossenheit. „Also gut, fahre fort."

„Aufgrund der Beschaffenheit der Gesteinsschichten ist die Konstruktion der Mine schwierig. Es gibt nur wenige Bergbauingenieure, die darin solche Erfahrungen haben wie ich."

Sie stellte die Sicherheit seiner Mine über ihre Angst. Stan hätte sie dafür am liebsten in den Arm genommen. „Ich weiß. Aber ich finde schon jemanden."

Cat erhob sich und ging im Zimmer auf und ab. Schließlich wandte sie sich wieder Stan zu. „Stan, ich habe mich seit zehn Tagen mit der Verde Mine beschäftigt. Ehrlich, es gibt niemanden, der sie sicherer als ich bauen kann."

„Ich glaube es, Cat. Aber du musst es nicht. Ich will nicht, dass du hineingehst, bevor du nicht sicher bist, dass du es auch willst."

„Verdammt, Stan, man könnte fast glauben, das ist wieder so eine psychologische Methode, um mich herauszufordern." Frustriert stampfte sie leicht mit dem Fuß auf. „Außerdem vermittelst du mir das Gefühl, ein Kind zu sein. Niemand hat es bisher geschafft, solche Gefühle in mir zu erwecken." Sie ballte die Hände zu Fäusten. „Ich kann nicht mit dir leben, und ich kann nicht ohne dich leben. Andererseits habe ich eine solche Angst vor einer Mine, dass es mich eiskalt überläuft, wenn ich sie nur erwähne."

Stan erhob sich. Nur ein Satz hatte sich ihm eingeprägt. „Du kannst nicht ohne mich leben?" Er umfasste Cats Schultern.

Sie sah ihn gereizt an. „Das habe ich doch wohl gesagt."

„Du willst also bei mir sein, trotz allem, was war?"

„Stan, genauso wenig kann ich mit dir leben. Du machst mich verrückt. Ich war ein ausgeglichener, vernünftiger Mensch, bevor du mir über den Weg gelaufen bist. Jetzt weiß ich nicht mehr, was oben und unten ist. In deiner Gegenwart verblasst alles, und es gibt nur dich ..."

Mit einem innigen Lächeln zog er sie an sich. „Es gibt nur dich und mich, Cat, nur dich und mich. Nur das zählt." Und er presste den Mund auf ihre so lockenden Lippen.

Ein verhaltenes Stöhnen löste sich tief in Cat, als sie sich unter dem zärtlichen Kuss immer mehr aufzulösen schien und zu keinem klaren Gedanken mehr fähig war. Eine Welle der Lust erfasste sie, und sie spürte, dass nur Stan das Zaubermittel besaß, sie zu völliger Hingabe führen zu können. Noch hielt er sich mit seinen Liebkosungen zurück. Doch ohne Worte gab er ihr deutlich das Versprechen auf mehr, wenn sie es wollte.

Atemlos löste sich Cat aus dem Kuss und sah ihn an. Deutlich spiegelte sich das sinnliche Feuer in seinen glänzenden blauen Augen wider. Und dann spürte sie eine wunderbare Wärme in sich, als Stan sie auf seine Arme hob. Sie schloss die Augen und schmiegte die Wange an ihn. „Du bist wirklich kein Mann, der leicht zu begreifen ist."

Stan trug Cat hinüber in sein dunkles Schlafzimmer. „Ich weiß, Schätzchen. Aber wir wollen jetzt einige der Wunden heilen, die wir einander zugefügt haben und die immer noch nicht ganz verheilt sind."

Cat lächelte, als er sie behutsam auf die Satindecke des riesigen Bettes legte. Dann beobachtete sie ihn, wie er sich langsam entkleidete. Es war ein wunderbarer Anblick, dieser gebräunte Körper, bei dem alle Proportionen harmonisch stimmten. Stans Brust war mit dichtem schwarzem Haar bedeckt. Seine Schultern waren breit und kräftig, und der schlanke Körper lief in schmale Hüften und lange Beine mit muskulösen Schenkeln aus.

Dann legte sich Stan neben sie. „Du bist schön", sagte sie leise. Sie strich zart über seine Schultern und spürte seine Kraft. Langsam glitten seine Hände über ihren Körper und jagten einen prickelnden heißen Schauer über ihre Haut hinunter zu den angespannten Bauchmuskeln.

Stan stöhnte auf, als Cat über seine Brust strich und dem straffen Bauch zärtlich immer tiefer folgte. Er holte tief Luft und zog sie heftig an sich. Sein Kuss schien ihr fast die Lippen zu versengen. Die harten Knospen ihrer Brüste rieben sich erregend an seiner Brust. Seine Hand glitt unter ihr Negligé und umfasste erst die eine und dann die andere Brust, während er ihre vollen Lippen erneut mit einem heißen und fordernden Kuss verschloss, der sie ihm völlig unterwarf. Heute Nacht wollte er Cat verwöhnen, wie er noch nie eine Frau verwöhnt hatte.

Stans sinnliche Glut zog Cat in einen schwindelerregenden Strudel. Seine Lippen hinterließen eine heiße Spur von ihrem Ohrläppchen, ihrem Hals und ihren Schultern hinunter und tiefer. Heftig atmete sie ein, als seine Lippen ihre eine Brustspitze berührten. Unwillkürlich gruben sich ihre Nägel in seine Schultern, während sich ihr Körper anspannte und ihm entgegenbog. Heiße Wellen jagten durch ihren Körper. Je länger Stan an ihren Brustspitzen saugte, desto mehr verlor sie das Gefühl für die Wirklichkeit. Unentrinnbar wurde sie in eine Höhe gezogen, in der nur noch Sinnlichkeit und Empfinden vorherrschten.

Cats schrankenlose Hingabe, ein Zeichen ihres restlosen Vertrauens, gab Stan ein tiefes Glücksgefühl. Er lag auf dem Rücken und zog sie sanft auf sich. Als er ihren Körper auf seinem spürte, musste er unwillkürlich Luft holen. Ihre Augen waren halb geschlossen und ihre Lippen eine einladende Verlockung.

„Deine Rippen", erklärte er leise. „Wenn ich auf dir liege, könnte ich dich verletzen." Er umfasste ihre Hüften, um ihr behilflich zu sein. „Komm jetzt, süße Cat, einzige Frau, meine Frau."

Ein Schrei der Lust löste sich aus Cat, als er in sie drang. Das Feuer, das so lange in ihr geschwelt hatte, entfachte sich zur verzehrenden Glut, zur mächtigen Welle der Lust, die sich über sie ergoss. Jeder Stoß, jede Bewegung war ein gegenseitiges, immer tiefer gehendes Geben und Empfangen. Und mit jedem Mal verschmolzen ihre Körper fester. Fast andächtig flüsterte er ihren Namen und gab ihr alles, was er für sie empfand. Sie schrie auf, als er sie in ein grenzenloses Universum entführte, erfüllt von einer fast kaum zu ertragenden Süße. Auch sein Körper spannte sich an, er stöhnte laut und presste sie an sich, als wäre sie das Leben selbst. Und als Cat ihre Wange an seine warme feuchte Brust legte, wusste sie, dass sie sich gegenseitig das Wertvollste geschenkt hatten, das sie besaßen – sich selbst.

Verloren in ihrer Schönheit, strich Stan über Cats Rücken. Sie lag neben ihm, eine Hand auf seiner Brust und ein Bein über ihn gelegt. Er lächelte in die Dunkelheit. „Hat dir schon einmal jemand gesagt, wie wunderbar du Liebe schenken kannst?"

„Nicht so wie du", erwiderte sie leise. Tiefes Glück gesellte sich zu dem Gefühl höchster Befriedigung und Erfüllung.

Er drückte sie zärtlich an sich und küsste ihre Schläfe. „Du bist wie die Erde: der Inbegriff des Lebens. Du bist warm, hingebend, fruchtbar und unglaublich lebendig."

Mit einem weichen Lächeln streichelte sie über seine Brust. „Dann bist du das Meer: fantastisch, geheimnisvoll und voller Emotionen." Stan drehte sich auf die Seite, legte die Hand auf Cats Wange und sah sie fest an. „Du musst mir glauben, noch nie habe ich eine Frau so lieben können, wie ich dich soeben geliebt habe."

„Du findest wohl immer die passenden Worte?" Cat genoss seine Berührungen, seinen zärtlichen Ton und seine Männlichkeit.

Er lachte auf. „Nein. Das solltest doch gerade du wissen."

Er schloss Cat zärtlich in die Arme. „Ich will dich ganz nah an meinem Herzen spüren."

Zufrieden, wie noch nie zuvor, schmiegte sie sich an ihn. Sie spürte keine Ängste mehr. Stan hatte sie davon befreit, als wäre seine Kraft auf sie übergegangen. Langsam sank sie in den Schlaf und flüsterte noch: „Du hast mich geheilt, Stan."

Die ersten Strahlen der aufgehenden Sonne zeigten sich gerade am Horizont, als Cat langsam aus wunderbaren Träumen erwachte. Stan schlief noch. Eine Strähne seines schwarzen Haares hing ihm über einer Braue, und zärtlich strich sie sie zurück.

Wohin führt uns das alles, dachte sie, während sie ruhig in seinen Armen lag. *Unsere Beziehung gleicht einer Berg- und Talbahn. Du hast mich in eine mir bisher unbekannte Höhe geführt, aber du hast auch die Fähigkeit, mich so tief in einen Sumpf zu ziehen wie noch nie jemand.*

Lange betrachtete sie Stans schlafendes Gesicht. Als er ihr gestern Abend gesagt hatte, sie brauchte die Mine nicht für ihn bauen, hatte sie ein tiefes Gefühl der Erleichterung gespürt. Er hatte ihr gegenüber also keine Hintergedanken, das hatte er bewiesen, als er sie aus ihrer Verpflichtung ihm gegenüber entließ.

Erst jetzt erkannte sie, wie viel Stan ihr bedeutete. Aber was hieß das? Liebte sie ihn? Sie wusste es nicht. Was hatte ihr Stan gestern gestanden: dass sie ihm wichtiger als alles andere in seinem Leben geworden sei? Liebte er sie? Er hatte es nicht in Worten ausgedrückt. Doch sie kannte ihn schon so gut, um zu wissen, dass er es ihr zur richtigen Zeit sagen würde, wenn es so wäre. Ja, Zeit ... die Zeit würde zeigen, was zwischen ihnen war und was nicht.

Und plötzlich wünschte sich Cat die Chance, herauszufinden, wohin das Leben sie führen würde.

Sie hatten einen steinharten Anfang gehabt, doch es würde noch härter werden, weil ihnen noch eine besondere Bewährungsprobe bevorstand: das Betreten einer Mine. Doch jetzt kämpfte Cat nicht mehr gegen ihre Angst an, denn sie wusste, Stan würde in dieser Situation bei ihr sein und ihr helfen.

„Fertig?" Stan legte einen Arm um Cat, mit der anderen Hand hielt er sich an der Stange des Karussellpferdes fest, auf dem sie beide saßen.

Aus Stans Augen blitzte der Übermut. „Wie wäre es anschließend mir einer Runde Autoskooter?" Er verstärkte den Griff um Cat, als das Pferd im Takt der Musik zu schaukeln begann. „Wo ist denn nur deine Lust für Herausforderungen geblieben?"

„Herausforderungen, aber nicht waghalsige Mutproben. Oh." Fast hätte sie die Balance verloren, als sich Stan zu ihr umdrehte, und sie musste Halt an der Karussellstange suchen. Das Pferd war einfach nicht groß genug für sie beide. „Kein Autoskooter. Soll ich mir wieder die Rippen brechen?"

„Oh, Entschuldigung, daran habe ich nicht gedacht." Seine Miene erhellte sich wieder. „Dann das Riesenrad?"

Lachend drehte Cat den Kopf, um sich aus der Gefahrenzone seiner Zunge zu bringen, die ihr Ohrläppchen gekitzelt hatte. „Geh mit Matt ins Riesenrad. Kai und ich suchen uns etwas Harmloseres."

„Komm Kai", sagte Cat etwas später und zeigte wieder zum Karussell. „Wir Mädchen müssen zusammenhalten. Die Männer sollen doch ihre wilden Fahrten machen, aber ohne uns."

Kai lachte auf und folgte Cat zu den bunt bemalten Pferden. Die Männer hatten ihnen vorher Zuckerwatte gekauft. Lachend setzten sich die beiden Frauen damit auf ihre Schlachtrösser und warteten auf den Einsatz der Musik.

„Merkwürdiges Gefühl, wieder in einem Vergnügungspark zu sein", meinte Kai. „Das letzte Mal war ich vierzehn Jahre."

„Stan wird wohl nie erwachsen werden", gab Cat trocken zurück und zeigte hinüber zum Riesenrad.

„Seit er unser Nachbar ist, hat sich in Del Rio einiges getan", meinte Kai lachend. Die Musik setzte ein, und die Pferde begannen langsam ihre Runde.

„Das kann ich mir vorstellen. Er bietet immer neue Überraschungen."

„Willkommen im Club. Matt und ich haben uns immer gewünscht, Stan würde jemanden wie dich finden, Cat." Kai lächelte warm. „Er liebt dich."

Fast wäre Cat vom Pferd gefallen. Sie starrte Kai an. „Stan liebt mich?"

„Als es zwischen euch vor zwei Wochen dieses Missverständnis gab, kam er ganz mondsüchtig zu uns herüber."

„Mondsüchtig?"

Kai lächelte. „Ein texanischer Ausdruck. Er bedeutet traurig. Stück für Stück habe ich dann alles aus ihm herausgezogen. Er hat sich entsetzlich gefühlt. Ohne mich jetzt einmischen zu wollen, muss ich doch das eine erwähnen! Stan hat manchmal die unglückliche Fähigkeit, ins Fettnäpfchen zu treten, wenn er eigentlich nur das Beste im Sinn hat."

Cat nickte. „Das stimmt, Kai. Er hat sich jedoch entschuldigt."

„Dann steht es also wieder besser zwischen euch?"

Besser? Eine Hitzewelle erfasste Cat. „Ja, Viel besser."

„Wunderbar."

Fünfzehn Minuten später schlichen sich Stan und Matt von hinten an die Frauen an.

„Hab ich dich." Und schon zog Stan Cat von dem Pferd und in seine Arme.

Sie verlor fast die Balance. „He, du bringst mich noch um, Stan Donovan."

Er lachte auf und küsste ihr Ohrläppchen. „Vertraue mir."

Lächelnd schmiegte sie sich an ihn. „Das tue ich, und du weißt es."

Während der nächsten drei Stunden fühlte sich Cat wieder wie ein Teenager. Es störte sie auch nicht, dass sie an diesem Samstagabend hier zu den älteren Paaren gehörten. Sie beobachtete mit Kai, wie die Männer Autoskooter fuhren. Stan wollte sich vor ihr großtun, indem er Matt auf der spiegelglatten Fläche jagte. Doch stattdessen knallte er mit zwei Zehnjährigen zusammen. Cat brach in Lachen aus, bis ihre Rippen wieder schmerzten. Die Kollision hatte zum Glück nur Stans Stolz einen Stoß versetzt. Er winkte ihr zu. In diesem Augenblick hatte Matt eine Lücke erspäht und erwischte Stans Wagen an der Seite. Als dieser es endlich schaffte, sich aus seiner Ecke zu befreien, machten sich all die ausgelassenen Kinder einen Spaß daraus, ihn wieder zurückzudrängen. Und dann brach ein Gelächter aus, als er ein weißes Taschentuch hervorzog und es als Zeichen seiner Kapitulation über dem Kopf schwenkte.

Als sie später zu einem nahe gelegenen Autorestaurant fuhren, brach Cat wieder in Lachen aus. Denn irgendwie wirkte ihr silberner Mercedes-Benz hier doch etwas fehl am Platz. Doch Stan kümmerte das nicht, ihm machte es zu viel Spaß, vom Auto aus die Bestellung aufzugeben. Und kurz darauf brachte ihnen die Bedienung auf Rollschuhen ein voll beladenes Tablett mit Hamburgern, Bier und Pommes frites. Das Gelächter wollte keine Ende nehmen, und Cat traten schon die Tränen in die Augen.

„Ehrlich", brachte sie unter Lachen heraus. „Ich habe mich noch nie so amüsiert." Und schon steckte ihr Stan wieder ein paar Pommes frites in den Mund.

„Mein Bauch tut schon weh vor Lachen", gestand Kai ein. „Und ich habe blaue Flecken am Rücken", fügte Matt mit einem anklagenden Blick auf Stan hinzu.

„Meine Rippen schmerzen", klagte Cat. „Aber das war es wert."

„Komm schon, alter Bursche", neckte Kai Stan. „Irgendetwas musst du auch haben. Schließlich warst du doch der Kamikazepilot, der all die hilflosen Kinder mit dem Autoskooter gejagt hat."

Stan lachte dröhnend und hob kapitulierend die Hände. „Ich bin eben das Kind, das in einen fünfunddreißig Jahre alten Körper gezwängt worden ist." Er zeigte seinen Ellenbogen. „Seht. Wahrscheinlich bekomme ich als Dank für meine Anstrengungen einen blauen Fleck."

Und erneut hallte das Innere des Wagens von ihrem lauten Lachen wider. Cat fühlte sich von einer wunderbaren Wärme erfasst. Wie schnell sich doch alles veränderte. Eine Nacht in Stans Armen, und schon fühlte sie sich wieder wunderbar.

„Glücklich?", fragte Stan und zog Cat an sich.
Sie schmiegte sich an ihn und schlang die Arme um seinen Hals.
„Glücklich? Ich schwebe."
Er lachte auf und küsste ihre Wange, ihre Augen, ihre Nase und ihre einladend geöffneten Lippen. „Selbst mit dem blauen Fleck, den ich auf deinem süßen Hintern entdeckt habe? Was hast du angestellt? Vom Karussellpferd gefallen?"
Cat überließ sich ganz dem wunderbaren Gefühl der Wärme, das der Austausch ihrer Liebkosungen schuf. Sie spürte Stans raue Wange an ihrer, seine Haut roch nach Seife, und seine Haare waren noch feucht. „Ich weiß genau, dass ich ihn bekommen habe, als du mich vom Pferd gezerrt hast." Stan verschloss ihren Mund mit einem heißen Kuss, und seine erfahrenen Hände entfachten erneut die Glut in ihr.
Als sie wieder die Augen öffnete, seufzte sie leicht. „Du tust mir gut, ich fühle mich wie verzaubert. Ich weiß nicht, wann ich glücklicher war oder so viel gelacht habe."
Stans Finger glitten durch ihr seidiges Haar. „Wir tun uns gegenseitig gut, das ist keine Einbahnstraße, Cat." Er verzog das Gesicht. „Wir hatten einen rauen und – entschuldige die Anspielung – felsigen Start. Und es kann noch felsiger werden."
Sie runzelte die Stirn, als sie die plötzliche Besorgnis in seiner Stimme hörte. „Wie meinst du das?"
„Willst du Montag mit nach Bogotá fliegen?"
„Ja."
Stan legte die Hände auf ihre Hüften. „Cat, ich habe es ernst gemeint. Du kannst auf der Ranch bleiben, wenn du es willst, oder einen anderen Vertrag übernehmen." Die letzte Möglichkeit würde ihn allerdings doch schmerzen. „Du musst dir erst ganz sicher sein, ob du mich begleiten willst, und du stehst auch nicht in meiner Schuld."
„Ich bin mir sicher, Stan. Und ich begleite dich auch nicht aus einem Schuldgefühl heraus."
Er streichelte ihre Wange, und ihre weiche Haut ließ erneut eine Welle des Begehrens in ihm entstehen. „Es wird gefährlich werden, Cat."
„Welche Mine ist das nicht?"
„Ich meine außerhalb. Du wirst die ganze Zeit eine Pistole tragen und selbst im Hinterkopf Augen haben müssen, um aufzupassen."
„Ich habe auch schon vorher einige ganz schön brisante Situation erlebt, Stan. Und wenn es sein muss, kann ich auch mit einer Pistole umgehen. Mein Vater hat es mir beigebracht."

„Die Guaqueros sind hart und gefährlich. Sie stammen aus den finsteren Winkeln der Slums von Bogotá. Und wenn sie bei dir einen Edelstein vermuten, würden sie dir sogar die Kehle durchschneiden, um ihn zu bekommen."

„Stan, warum bist du bloß plötzlich so darum bemüht, mich davon abzuhalten, dich zu begleiten?"

„Weil", antwortete er leise und beugte sich zu ihren Lippen hinunter, „du mir mehr bedeutest als das grüne Feuer."

9. KAPITEL

Stans helles kurzärmliges Hemd war dunkel verschwitzt. Cat wischte sich mit dem Handrücken über die feuchte Stirn. Seit gut hundertzwanzig Kilometern fuhren sie jetzt schon in dem alten Jeep über die holperige Straße, die Bogotá mit den Edelsteinminen des Muzo-Tales verband. Als sie sich jetzt langsam den Guaqueros näherten, legte Cat unwillkürlich die Hand auf den Griff ihrer Pistole und warf Stan einen Blick zu, der sich ganz aufs Fahren konzentrieren musste. Am Tag vorher hatte es ein Gewitter gegeben, und entsprechend katastrophal sah die Straße aus. Alles war voller Schlamm.

Sie überquerten den Río Itoco. Das einst klare Wasser des Flusses war durch die Massen sandigen Schiefers, die die Bulldozer in ihn schütteten, schwarz geworden. Cat sah Hunderte von Guaqueros, die mit gebeugtem Rücken den Gesteinsschutt wuschen. Sie suchten nach den Steinen, die ihnen ein besseres Leben bringen würden. Stan hatte ihr gesagt, dass ein Guaquero schon glücklich war, wenn er im Jahr einen Edelstein fand. Und dann hatte er ihr gesagt: „Und wenn er einen Edelstein gefunden hat, wird ihn ein kluger Guaquero sofort verstecken. Denn sonst würden ihm die anderen auf der einzigen Straße, die nach Bogotá führt, auflauern. Am klügsten verhält er sich, wenn er ihn gleich einem der Esmeralderos verkauft, die überall am Río Itoco auf diese Geschäfte warten."

Plötzlich bemerkte Cat, dass dort unten in dem seichten Wasser nicht nur Männer, sondern auch Frauen und Kinder waren. „Du hast nie etwas davon erwähnt, dass auch Frauen und Kinder hier sind, Stan." Er verzog das Gesicht. „Ich wollte dich nicht bedrücken, Cat. Es ist eine traurige Angelegenheit. Die Frauen und selbst die Kinder graben nachts Tunnels in die Minen. Manchmal kommen sie dort unten aus Sauerstoffmangel um, manchmal durch Einstürze." Er warf ihr einen prüfenden Blick zu und bemerkte den Ausdruck von Mitgefühl vermischt mit Grauen und Wut. Das war auch etwas, was ihm an Cat gefiel.

Sie konnte ihre Gefühle nicht verbergen. Er ergriff ihre Hand und drückte sie kurz.

Der Dschungel nahm sie wieder auf. Das leuchtende Rot, Blau und Gelb der Aras füllte die Dämmrigkeit der üppigen Vegetation mit Leben. Einmal sah Cat sogar kurz einen weißen Affen, bevor er wieder irgendwo verschwand. Der Boden war von zum Teil mannshohem Farn, von Flechten und Sträuchern bedeckt. Doch am schönsten waren die farbenprächtigen Orchideen, die überall aus dem undurchdringlichen Grün hervorlugten.

Sie näherten sich dem Gato-Tal, und die Luft wurde frischer und war nicht mehr so feucht. Im Vergleich zu Muzo war hier kein menschliches Wesen zu sehen. Es gab nur Wildnis, Vögel und die Jaguare, die dem Tal den Namen verliehen hatten.

Als sie Silla de Montas, das dritte und letzte Tal, erreichten, hing die Sonne als roter Ball tief am Horizont. Links erhob sich der Caballo Mountain, wo Stans und Alvins Land lag. Von Dschungel bedeckt, ließ der Caballo nicht ahnen, was sich unter seinem grünen Mantel verbarg. Cat lächelte. Wie geschickt die Erde doch ihre Schätze den flüchtigen Blicken verschloss.

„Es ist wunderschön hier."

Stan steuerte den Jeep die steile Straße hinunter ins Tal. „Hier oben ist die Luft auch nicht so feucht." Er lächelte abgespannt. „Zum Glück arbeiten wir nicht im Tal, sondern oben auf dem Caballo. Glaub mir, das ist ein großes Plus."

Cat nahm das rote Halstuch ab, das sie immer draußen in den Minen trug, und wischte sich über ihr schmutziges, verschwitztes Gesicht. In der Feme konnte sie jetzt eine kleine Ansiedlung aus Zelten erkennen. Allmählich sah sie auch Maschinen und das Baumaterial zur Errichtung der Mine. Schwach war auch schon das Geräusch von Dieselgeneratoren zu hören, die die Baustelle mit Strom versorgten. Komfort wie zu Hause, dachte Cat zufrieden. Und plötzlich sah sie gespannt der Begegnung mit Alvin Moody, Stans Partner, entgegen.

Als Cat Alvin sah, musste sie unwillkürlich lächeln. Stan hatte wirklich nicht übertrieben, als er ihn ihr beschrieben hatte. Mit dem riesigen Strohhut auf dem silberweißen Haar und der langen Zigarre, die ihm zwischen den Zähnen steckte, wirkte er wie eine zum Leben erweckte texanische Legende.

„Alvin sieht aus, als wäre er gerade aus einem Buch von 1860 entstiegen", meinte Cat zu Stan. „Mit seiner Lederweste und den zwei Colts tief auf den Hüften könnte er ein Marschall von Dodge City sein." – Stan lächelte und schlug die Tür des Jeeps zu. „Hier ist Dodge City, und hier im Lager ist er der Sheriff. Seine beiden Colts sich auch echt, das kannst du mir glauben."

Cat stieg aus dem Jeep und konnte endlich ihre von der anstrengenden Fahrt verspannten Muskeln strecken. „Wo ist sein Abzeichen?"

„Seine Colts sagen alles Notwendige." Stan kam um den Jeep herum und ergriff ihren Arm. „Komm, er wartet schon darauf, dich kennenzulernen."

Sie lachte. „Die große Frage ist nur, ob ich bereit bin, ihn kennenzulernen. Er ist wirklich ein Riese von Mann."

„Aus echtem texanischen Schrot und Korn, Schätzchen. Dort begnügt man sich mit nichts Kleinem."

Als sie auf Alvin zutraten, nahm er mit einer betont galanten Bewegung den Hut vom Kopf. „Du hässlicher Wüstenfuchs, du hast mir nie gesagt, welch süßes Fohlen das ist."

„Hallo, Alvin. Mein Name ist allerdings Cat, Cat Kincaid."

Alvin ergriff ihre ausgestreckte Hand, als wollte er sie nie wieder loslassen.

„Wenn ich dir gesagt hätte, wie hübsch sie ist, hättest du doch das Loch hier verlassen und wärst nach Texas gekommen", gab Stan zurück und schlug ihm auf den Rücken.

„Darauf kannst du wetten, Stan. Miss Cat, herzlich willkommen auf der Verde Mine." Er zwinkerte ihr zu. „Wir sind wirklich froh, dass Sie hier sind, um uns zu helfen."

„Danke, Alvin. Ihr Partner musste allerdings alle Überredungskünste aufbringen, um mich hierherzulocken."

Alvin lachte auf, ließ endlich Cats Hand los und setzte sich seinen großen Hut wieder auf. „So ist dieser Texaner, mit allen Wassern gewaschen. Ich wusste doch, dass nur er es schaffen könnte, Sie für uns zu gewinnen."

Stan beugte sich über den großen Kessel, der über einem Feuer hing. „Was kocht denn da, Alvin?"

Der lächelte leicht. „Falls du die Lage um den Caballo herum meinst, da braut sich so einiges zusammen."

„Wie viele?"

„Ungefähr ein halbes Dutzend Guaqueros schleichen sich dort oben herum und warten. Sie sind dem Materialtransport gefolgt."

Cat bemerkte, wie sich Stans Mine verdüsterte. „Warten worauf, Alvin?"

Alvin nahm drei Blechteller, die auch schon bessere Tage gesehen hatten, von einem Baumstumpf. „Sie riechen das grüne Feuer, Miss

Cat. Sie haben eine Nase für Edelsteine wie ein verhungerter Kojote für Schlachtvieh. Im Augenblick verhalten sie sich noch ruhig, weil El Tigre sich erst ein Bild über seine Situation machen will."

„Wer ist El Tigre?", fragte Cat interessiert.

Alvin begann, das Essen auszuteilen. „Eine der gemeinsten Schlangen unter den Guaqueros, ein ganz hinterhältiger Bastard. Dünn wie ein Windhund mit Augen wie eine Viper. Den Spitznamen hat er in Muzo wegen seines Rufs bekommen, alle Guaqueros anzufallen, wenn sie Edelsteine gefunden haben."

Stan fluchte verhalten. „Er wird gesucht wegen Kidnapping, Vergewaltigung und Raub, wobei es nicht unbedingt diese Reihenfolge sein muss."

Cat riss ihre Augen erschrocken auf. „Vergewaltigung?"

Alvin reichte ihr einen gefüllten Teller. „Die Männer sind hier nicht nur hinter den Edelsteinen her. Unter den Guaqueros befinden sich auch einige unerschrockene Frauen. Und El Tigre ist es egal, ob er die Steine Männern oder Frauen wegnimmt. Wenn sie sie ihm nicht geben, macht er vom Quälen bis zum Mord alles, um sie zu bekommen. Wer schlau ist, gibt ihm die Beute freiwillig und dankt dem Schicksal, mit dem Leben davongekommen zu sein. Denn manchmal fällt er dann trotzdem über sie her, nur so zur Abschreckung für die anderen. Auf seinen Kopf sind hunderttausend Pesos ausgesetzt. Aber El Tigre ist in diesen Bergen aufgewachsen, darum wird dieses windige Wiesel lebend niemandem in die Hände fallen." Er schlug leicht auf seinen Colt. „Aus dem Grund tragen sie den hier immer. Miss Cat. Sie essen, leben und schlafen damit."

Cat roch vorsichtig an ihrem Teller, der mit Bohnen und etwas Undefinierbarem in roter Soße bedeckt war. „Sind Sie sich auch sicher, dass mir davon keine Haare auf der Brust wachsen, Alvin?"

Alvin schlug sich auf die Schenkel und lachte dröhnend. „Ist sie nicht ein wildes kleines Fohlen, Stan? Sie gefällt mir. Sie hat wirklich einen eingefleischten Sinn für Humor." Er setzte sich mit seinem Teller ihnen gegenüber und machte sich wie ein Wolf über sein Essen her. „Ich koche nur echte Cowboygerichte aus Texas. Das sind Rumbohnen: Bohnen mit Speck, etwas Sirup und Senf und eine halbe Tasse mit hochprozentigem Rum. Und das andere ist Pooch, eine alte Cowboynachspeise. Das gibt Ihnen etwas zwischen die Rippen."

Die Bohnen waren wirklich schmackhaft. Vielleicht lag es aber auch nur daran, dass Cat ausgehungert war. Sie lächelte Alvin an. „Ich weiß, dass Sie mich nicht vergiften wollen, Alvin. Es schmeckt ausgezeichnet."

Alvin war sichtlich stolz über das Lob. „Morgen Abend werde ich Ihnen ein richtiges Willkommensessen machen, Miss Cat. Sie bekommen sogar den ‚Pferdedieb-Spezial' zum Dessert. Teufel, es gibt keinen Cowboy, der nicht schnell wie ein Pferdedieb reiten würde, um eine Portion davon zu bekommen." Er zwinkerte Stan verschwörerisch zu. „In null Komma nichts kriegen wir auf dieses dünne Gerippe schon einige Pfunde drauf."

„Alvin, ich bin keine Mastkuh."

„Mir gefällt sie so schlank auch besser", fiel Stan lachend ein.

Alvin betrachtete sie mit schalkhaft blitzenden Augen. „Gut, dann mache ich nur eine halbe Portion ‚Pferdedieb-Spezial'."

„Nein, mach so viel du willst", warf Stan schnell ein. „Ich halte mich dann an den Rest."

„Sehen Sie, was ich meine, Miss Cat? Männer tun alles, um dieses Dessert zu bekommen."

Allmählich ging das Gespräch auf ihre Arbeit über. Die Sonne verschwand hinter den Bergen, und aus dem Dschungel drang laut der Gesang der Moskitos, die jetzt immer angriffslustiger wurden. Die drei schützten sich mit einem Mittel vor den blutdürstigen Tieren und konnten so weiter am Feuer sitzen bleiben.

Gegen elf Uhr konnte Cat die Augen kaum noch offen halten. „Wo ist mein Schlafplatz, Alvin?"

Beide Männer erhoben sich. „Sie und Stan teilen sich das größere Zelt dort links. Das kleinere dort rechts ist meins."

„Sind die Wachen aufgestellt?"

„Ja."

„Sind sie auch vertrauenswürdig?"

Alvin lächelte verschmitzt. „Habe ich es dir nicht erzählt? Ich habe einige von meinen Leuten von der Ranch mitgebracht."

„Wie hast du das wieder geschafft?", fragte Stan anerkennend.

„Ich zahle ihnen das Doppelte wie zu Hause. Dafür tragen sie hier gern Gewehre und passen auf, dass uns niemand die Kehlen durchschneidet."

Cat fröstelte bei der unangenehmen Vorstellung. Stan bemerkte es und legte den Arm um ihre Taille.

„Gute Nacht, ihr beiden."

„Gute Nacht, Alvin."

Stan führte sie zum Zelt, das von einer Laterne erleuchtet wurde. „Ich habe dich vor dieser Gegend gewarnt, Cat. Aber du kannst immer noch abspringen."

Sie schüttelte den Kopf. „Eine Kincaid springt nicht ab, Stan. Für uns gibt es nur eine Richtung: vorwärts."

Der Boden im Zelt war aus Holzbohlen, zum Schutz vor Schlangen und anderen unangenehmen Überraschungen. An beiden Seiten stand je ein Feldbett, und in der Mitte befand sich eine Waschschüssel mit Wasser.

„Mit El Tigre hätte ich nicht gerechnet", meinte Stan, während er sich sein verschwitztes Hemd auszog und sich den Oberkörper und das Gesicht wusch.

„Könnt ihr nicht die kolumbianische Polizei rufen?" Cat saß auf ihrer Pritsche und musste sich wieder einmal eingestehen, welch schöner Mann er war. Dann lächelte sie, als sie sich daran erinnerte, wie ungern Stan diese Bezeichnung für sich hörte. Sie zog ihre Stiefel und Baumwollsocken aus.

„Alvin und ich wollen hier wie in Chivor vorgehen: eine private Mine ohne staatlichen Einfluss." Er trocknete sich ab, schüttete das Wasser vor das Zelt und füllte die Schüssel aus einem großen Plastiktank neben dem wackligen Tisch erneut, damit Cat sich waschen konnte.

„Was macht El Tigre hier überhaupt? Wir haben doch noch gar nicht richtig angefangen." Besorgt blickte Cat ihn an. Doch seine Gedanken drehten sich schon um etwas ganz anderes. Cat hatte ihr Hemd ausgezogen, und die Kerosinlampe beschien golden ihre braune Haut. Sein Körper spannte sich an. Ihr Quartier mochte primitiv sein, doch das konnte ihn nicht daran hindern, sie zu lieben. Lächelnd beobachtete er, wie sie sich wusch, und ließ den Blick über ihren schlanken Körper gleiten. Die entfachte Hitze in seinem Unterleib zeigte ihre Wirkung immer deutlicher.

Er setzte sich auf seine Pritsche. „Er wird beobachten und auskundschaften, wer hier der Boss ist und wer die Lagerstätte der Edelsteine kennt."

Cat trocknete sich ab. Sie bemerkte das kobaltblaue Aufflackern in Stans Blick und schluckte. Wie konnte es möglich sein, dass nur einer dieser Blicke von ihm genügte, und schon spürte sie die Hitzewelle in sich aufsteigen? Noch nie in ihrem Leben hatte ein Mann sie so ihre weibliche Macht über ihn fühlen lassen.

Stan nahm sie bei der Hand und zog sie an sich. „Wir wollen jetzt die Banditen vergessen, Schätzchen", meinte er mit belegter Stimme. „Das ist jetzt viel wichtiger."

Und langsam glitt seine Hand von ihrem Bauch hinauf und umfasste ihre Brüste. Sie musste nach Luft schnappen und gab sich ganz der Umarmung hin. Und dann fuhr eine heiße Welle der Lust durch sie, als Stans Daumen zärtlich über ihre Brustspitze kreiste und sie seine warmen, erfahrenen Lippen spürte. In Cat und Stan wuchs gleichermaßen der sinnliche Hunger.

Mit einem unterdrückten Stöhnen gab Stan sie frei. „Ich will dich", sagte er leise.

„Ich weiß."

Er schlug ihr zärtlich auf ihren süßen Hintern und spürte, wie er sich immer schneller dem völligen Verlust seiner Selbstbeherrschung näherte. Doch er sah auch die Erschöpfung in Cats Augen und musste sich eingestehen, dass die lange Fahrt ihn ebenso ermüdet hatte wie sie. Sosehr sich auch seine Sinne danach sehnten, sie trotzdem zu lieben, so bot er doch seiner Lust Einhalt. Wenn er sie in sein Bett holte, dann sollten sie beide hellwach und entspannt sein.

„Morgen, während der Arbeit, kann ich dich nicht in den Arm nehmen oder dich küssen. Doch wir werden jede Nacht im Zelt alles nachholen. Abgemacht?"

Mit einem leisen Lachen umarmte Cat ihn. „Abgemacht. Und wenn wir zu erschöpft sind?"

„Das werden wir nicht sein." Er küsste Cats Hals hinunter bis zum Ansatz ihrer Brüste. „Aber jetzt wollen wir etwas schlafen. Wir haben es beide nötig."

Widerstrebend musste sich Cat eingestehen, dass er recht hatte. Sie ging zu ihrer Pritsche, kontrollierte das Moskitonetz und legte sich hin. Stan löschte die Lampe. Das Surren der Insekten und die Schreie der Affen durchdrangen als merkwürdige Symphonie die Dunkelheit. Doch Cats Gedanken drehten sich um ihre Beziehung zu Stan. Er war für sie mit der Zeit sowohl Freund als auch Liebhaber geworden. Bisher hatten die Männer sie entweder nur als Frau, mit der sie ein sexuelles Abenteuer erleben konnten, betrachtet oder als Kameradin, die in der Arbeit tapfer an ihrer Seite stand. Stan hatte sowohl ihr Herz als auch ihren Körper erobert und zu neuem Leben erweckt. Sie spürte einen grenzenlosen Hunger, alle nur denkbaren Freuden mit ihm zu erleben, und sank mit dem Gefühl größten Glücks in den Schlaf – trotz ihrer Ängste, mit ihm nach Kolumbien gefahren zu sein.

Die ersten Bulldozer wurden gestartet, und das Dröhnen der riesigen Maschinen hallte laut durch den Dschungel. Gleich würden sie die Erde von ihrem grünen Mantel an der Stelle freilegen, wo der Eingangsstollen der Verde Mine angelegt werden sollte.

Cat drehte sich um und ging wieder in die neu errichtete Baracke, die ihnen als Büro diente. Sie setzte sich und betrachtete die letzten Pläne zur Konstruktion und Ausschachtung der Mine. Jetzt, wo sie bei den Schlussberechnungen war, hatten sich ihre anfänglichen Befürchtungen über die Schwierigkeit und Komplexität dieses Projektes zum größten Teil wieder gelegt.

Als die Nacht gegen neun Uhr einbrach, saß Cat immer noch in ihrem Büro auf dem Hügel über den Plänen gebeugt, als die Tür geöffnet wurde. In der Annahme, es sei Stan, drehte sie sich um. Sofort erstarrte sie und legte automatisch die Hand auf den Colt, den sie auf der Hüfte trug.

„Lassen Sie das, falls Sie nicht sterben wollen, Señorita."

Cat starrte den dunkelhäutigen kleinen Mann an, über dessen Oberkörper sich kreuzweise zwei Patronengurte zogen. Eine stattliche Anzahl an Messern und anderen Waffen steckte in seinem Gürtel. Zwei etwas weniger gut ausgerüstete Männer betraten nach ihm den Raum und schlossen lautlos die Tür. Cats Puls raste, und ihre Kehle schien wie ausgetrocknet.

Der Anführer zeigte auf die Pläne und sagte in gebrochenem Englisch: „Das sind die Karten über die Stelle, wo die Edelsteine sind?"

Cats Finger schlossen sich um den Griff des Colts, obwohl sie wusste, dass ihre Situation aussichtslos war. „Nein", brachte sie heraus. „Ich bin Ingenieurin, ich baue Minen. Und das sind die Konstruktionspläne."

Lächelnd zeigte er seine gelben Zähne und näherte sich ihr langsam. „Ich bin El Tigre, Señorita. Sie haben von mir gehört?" Er drehte ein Ende seines schmierigen Schnurrbartes, der ihm über den Mund hing, zwischen den Fingern.

Sie nickte vorsichtig. „Ja, ich habe von Ihnen gehört."

„Dann wissen sie auch, dass Sie mich nicht anlügen sollten." Er ließ die Hand auf den großen Revolver fallen, der in einem Lederhalfter an der Hüfte hing.

„Ich lüge nicht."

El Tigres kalte braune Augen musterten sie erbarmungslos in der nicht enden wollenden Stille. „Nein? Und wer weiß, wo die Edelsteine stecken?"

„Hören Sie, die Besitzer wissen nicht einmal, ob es hier Edelsteine gibt, Señor Tigre."

Er lachte rau. „Niemand schafft so viele Maschinen und Arbeitskräfte heran, wenn es keine Edelsteine gäbe, Señorita. Halten Sie mich nicht für dumm."

Es gab keine Möglichkeit zu entkommen, und Cat hatte das untrügliche Gefühl, der Guaquero würde sich in einen tollwütigen Hund verwandeln, wenn sie auch nur den kleinsten Fluchtversuch unternehmen würde.

„Ich bin hier, um eine Mine zu bauen, das ist alles. Ich bin keine Geologin."

El Tigre kam näher. „Wer ist es dann?"

Der strenge Geruch seines ungewaschenen Körpers ließ sie zusammenzucken. „Der Geologe ist noch in den Staaten."

„Vielleicht, vielleicht auch nicht." Er hob die Hand, um ihre Wange zu berühren.

Cat reagierte instinktmäßig, und das Geräusch der Ohrfeige hallte durch den Raum. Sie sprang auf, stellte sich mit dem Rücken an die Wand wappnete sich für die zu erwartende Vergeltung.

Fluchend hielt El Tigre sich die Wange. „Das werden Sie bereuen. Wir sind noch nicht fertig, Señorita." Er riss einige der Pläne an sich und gab seinen Männern grob irgendwelche Befehle, woraufhin sie die Tür öffneten und in der Nacht verschwanden.

Bevor El Tigre ihnen folgte, hob er drohend einen Finger. „Niemand berührt mich, vor allem keine Gringofrau. Ich komme zurück, Señorita. Und nächstes Mal sollten Sie die Informationen, die ich will, haben, sonst wird ihr hübsches Gesicht so aussehen." Er riss ein Messer aus der Scheide und stieß es in den Holztisch.

Stan saß gerade auf einem Bulldozer, als er drei Männer bemerkte, die den Hügel zur Konstruktionsbaracke hinaufgingen. Doch bis er beim Jeep anlangte und den holprigen Weg hochfuhr, waren sie schon wieder verschwunden. Als er den Raum betrat, saß Cat in sich zusammengesunken und den Kopf aufgestützt am Tisch.

„Cat? Was ist los?"

Mit einem unsicheren Lächeln sah sie auf. „El Tigre und zwei seiner Männer sind auf ein kurzes Schwätzchen vorbeigekommen."

Besorgt war Stan sofort bei ihr. „Hat er dich verletzt?"

„Nein, aber zu Tode erschreckt." Sie sank in seine Arme und lehnte sich an seine kräftige Brust. Erst jetzt zeigte sie, wie ihr wirklich zumute war.

Als Cat ihm den ganzen Vorfall geschildert hatte, rollte er die restlichen Pläne zusammen und verstaute sie mit gerunzelter Stirn im Jeep. Erst als sie den Weg hinunter zum Lager rumpelten, meinte er: „Ich hätte nicht gedacht, dass er so schnell zuschlagen würde."

„Vielleicht sollten wir ihm dankbar sein, Stan. Wenn er tatsächlich eine so gute Nase für Edelsteine hat, dann wissen wir jetzt wenigstens, dass unsere Arbeit erfolgreich sein wird."

Stan umfasste das Steuer fest, sodass seine Köchel weiß hervortraten. „Zum Glück warst du schlagfertig. Es war eine gute Idee, ihm zu sagen, dass der Geologe noch in den Staaten ist."

„Nur wenn er es glaubt." Wenn El Tigre wüsste, dass Stan der Geologe war, dann wäre er in einer echten Gefahr. Cat versuchte, die schreckliche Vorstellung von sich zu schieben, mit welchen Quälereien El Tigre die Informationen aus Stan herausholen würde. Denn jetzt, nachdem sie den Banditen erlebt hatte, wusste sie, wozu er fähig war. Eiskalt fuhr es ihr über den Rücken.

„Gibt es hier keinen sicheren Ort?", fragte sie dumpf.

Stan brachte den Jeep neben ihrem Zelt zum Stehen und ergriff ihre Hand. „Nein. Aber wir wollen jetzt Alvin erzählen, was sich ereignet hat. Wir werden uns etwas überlegen."

Die nächste Woche verlief ohne Zwischenfall. Zwei von Alvins Cowboys bewachten Cat, während sie in der Baracke arbeitete. Draußen schritt die Arbeit immer mehr voran. Die Männer waren schnell auf eine dünne Kalksteinschicht gestoßen, die sie sorgfältig nach Hinweisen auf Edelsteinlagerstätten untersuchten. Die ganze Zeit über wurde Cats Blick wieder und wieder von dem undurchdringlichen Dschungel angezogen. Irgendwo dort steckten El Tigre und seine Mörderbande.

Am Tage sah Cat Stan kaum. Er kam nur ab und zu unerwartet zu ihr, und die verstohlenen Küsse in der Baracke gaben ihr immer wieder neuen Mut. Die wenigen Stunden, die sie nachts allein im Zelt waren, wurden darum immer wichtiger. Dann streichelte Stan ihren erhitzten Körper und entzündete in ihr das Feuer ihrer Lust und ließ sie ihre Ängste über ein erneutes Auftauchen El Tigres vergessen.

Eine Woche später bezahlte die Erde sie für ihre Mühen. In der drückenden Nachmittagshitze entdeckte ein Arbeiter in der Kalksteinschicht das brüchige Muttergestein.

Alvin und Cat standen um Stan, der mit einem fast feierlichen Gesicht ein faustgroßes Stück Muttergestein aus der Kalksteinschicht herausbrach. Mit einem triumphierenden Lächeln zeigte er es den beiden.

Cat holte tief Luft, und Alvin lachte vor Freude auf: In der Mitte des Muttergesteins lagerten vier sechseckige, grüne, zwischen zwei und fünfzehn Zentimeter große Edelsteine. Überwältigt beobachtete Cat, wie die Sonnenstrahlen sich in den Kristallen brachen und ihre Reinheit zeigten.

„Grünes Feuer", stieß Stan hervor und hielt die Kristalle in die Sonne.

„Lieber Himmel", sagte Alvin leise, „Wie klar sie sind!"

Stans Gesicht glänzte vor Schweiß. „Die tiefe Farbe von Muzo und die Reinheit von Chivor. Das war es, worauf ich die ganze Zeit gehofft hatte."

Wie ein Lauffeuer verbreitete sich die Nachricht des Fundes unter den Arbeitern. Seit einer Woche hatten sie nur erfolglos die Kalksteinschicht vorsichtig durchstochert und abgetragen. Cat beobachtete jetzt das Spektakel und sah, wie sich Hoffnung auf den Gesichtern der eigeborenen Arbeiter abzeichnete. Und plötzlich stieg die Angst wieder in ihr auf. Irgendwo war auch El Tigre und beobachtete sie ... Sie konnte seinen Blick direkt spüren.

Sie wandte sich ab und ging wieder zur Baracke. Um vier Uhr würde die erste Dynamitladung gezündet werden und ein Loch schaffen. Dann würde die Mine – ihre Mine – Gestalt annehmen, und bald würde sie dann das Innere der Erde wieder betreten müssen.

Trotz der mörderischen Hitze und Luftfeuchtigkeit war es Cat plötzlich kalt. Sie wischte sich über die Stirn. Der gefürchtete Tag war gekommen. Und so konnte sich nur ein Teil von ihr über den Edelsteinfund freuen, der, wie sie ganz genau wusste, nicht der letzte hier sein würde. Sie atmete tief ein, um ihren ganzen Mut zu sammeln, als sie vor der Tür der Baracke Tony Alvarez, einen Sprengstoffexperten aus den USA, erblickte.

„Wir sind so weit, Cat."

Cat zwang sich zu einem Lächeln, holte ihr Funkgerät aus der Baracke, steckte es in das Etui an ihrem Gürtel und nahm im Jeep Platz.

Tony sprang auf den Beifahrersitz. „Die Löcher sind gebohrt und mit Dynamit gefüllt. Und die Zünder sind angebracht."

Cat warf ihm einen kurzen Blick zu, während sie den Jeep die staubige Straße hinunter ins Tal lenkte. „Haben Sie auch an die winzigen Verzögerungen zwischen den Detonationen gedacht, um das Felsgestein optimal zu zersplittern?"

„Sicher, Boss. Und wir haben möglichst geringe Sprengstoffmengen angebracht, um keine Edelsteine zu zerstören, die sich vielleicht dort befinden könnten, wo wir Mutter Erde öffnen wollen."

„Gut." Cat parkte den Jeep in sicherer Entfernung von den Stellen, wo die Detonationen stattfinden würden. Der Dschungel und die Erde waren entfernt und hatten die hellgrüne Kalksteinschicht freigelegt. Cat gab Tony das Zeichen, die Sirenen ertönen zu lassen, um alle vor den Explosionen zu warnen.

Cat warf durchs Fernrohr einen letzten Blick über das Gebiet. Ihr Mund war plötzlich wie ausgetrocknet. „In Ordnung, Tony, geben Sie Ihren Leuten das Zeichen."

In Abständen von Bruchteilen von Sekunden erschütterten zehn Explosionen den Caballo. Kalksteinbrocken wurden hochgewirbelt, und eine riesige Staubwolke legte sich über die Gegend. Cats Ohren dröhnten schmerzhaft, als sie das Fernglas hob. Als sich der Staub langsam verteilte, gelang ihr ein erster Blick auf die Öffnung im Boden.

„Sieht gut aus, Tony", lobte sie. Sie hatte sich für eine abfallende Mine entschieden, die der Kalksteinader folgte, in der sich die Muttergesteinsschichten mit den Edelsteinen verbargen. Das Dynamit hatte den Berg geöffnet. Nun würden die Ausschachtungsarbeiten beginnen und die ersten hölzernen Stützpfeiler aufgerichtet werden. Die Verde Mine war gerade geboren worden.

10. KAPITEL

„Komm, ich begleite dich." Stan legte eine Hand auf Cats Schulter und spürte die Anspannung in ihrem Körper. Als er ihren verwirrten Blick bemerkte, lächelte er. „Was ist? Hast du gedacht, ich würde dich nicht in die Verde Mine begleiten?"

Cat entspannte sich unter dem zärtlichen Druck von Stans Fingern. Sie hatte es so lange wie möglich hinausgezögert, die Mine zu betreten. Als sie Stan das letzte Mal gesehen hatte, hatte er Seite an Seite mit den Arbeitern nach weiteren Muttergesteinsnestern gesucht. Ein angenehmes Gefühl der Wärme durchströmte sie jetzt, während er langsam neben ihr auf die ihr unheimliche Öffnung zuging.

„Ich dachte, du seist anderswo beschäftigt", erwiderte sie, ohne ihrer Stimme ganz den angespannten Ton nehmen zu können.

„Hast du es vergessen?" Stan setzte seinen Sicherheitshelm auf. „Ich habe dir doch gesagt, dass du mir wichtiger als das grüne Feuer bist."

Ein etwas gezwungenes Lächeln spielte um Cats Lippen. „Nach dem Blick zu urteilen, mit dem du das Muttergestein mit den Edelsteinen betrachtet hast, war ich mir da nicht mehr so sicher."

Sein breites Lächeln war umwerfend. „Nicht doch. Ich habe dir versprochen, hier zu sein, wenn du mich brauchst."

Der Schatten des Berges legte sich auf sie, und einige Meter vor dem Stolleneingang verlangsamte Cat unwillkürlich ihren Schritt. Die Befestigung des Eingangs war schon fast fertig, es fehlte nur noch der Beton, der zwischen die Holzverschalung gegossen werden musste. Riesige Stapel zurechtgeschnittener Stützpfeiler lagen daneben.

Cats Magen zog sich zu einem schmerzenden Knoten zusammen. Ihr Mund war wie ausgetrocknet. Doch vor den Arbeitern, die sie genau beobachteten, durfte sie kein Zögern zeigen. Und sie trat in das Loch, wobei sie kaum den Temperaturunterschied wahrnahm. Stan blieb dicht neben ihr. Immer wieder warf er ihr einen prüfenden Blick zu. Selbst im dämmrigen Grau der Mine konnte er sehen, wie blass Cat geworden war. Schweißtropfen hatten sich auf ihrer Stirn gebildet. Sie betrachtete mit kritischem Auge die Decke. Stolz überkam ihn. Trotz ihrer Furcht hielt sie stand.

„Wir brauchen noch Felskrampen." Cat zeigte nach oben zu den spinnwebenartigen Rissen im Felsen.

Stan nickte zustimmend. Der fachmännische Gebrauch von Felskrampen konnte unsichere Minendecken absichern oder Minenwände vorsorglich gegen Erdstöße stärken.

Plötzlich spürte Cat den Drang, zu rennen und laut zu schreien. Sie schluckte heftig und zwang sich dazu abzuschätzen, in welchen Abständen die ersten Stützpfeiler errichtet werden müssten. Die Konzentration auf ihre Arbeit half ihr, die Angst zu bezähmen. Und als sie sich dann mit dem eingeborenen Vorarbeiter auf Spanisch unterhielt, legte sich die Panik noch mehr.

„Ich will die Felskrampen mit hoher Spannung angebracht haben, Pablo."

Der Vorarbeiter, ein fast fünfzigjähriger Mann mit grauem Haar unter dem roten Sicherheitshelm, nickte. „Sí, Patrona."

„Ich werde sie kontrollieren", warnte sie ihn.

Stan lächelte in sich hinein. Das würde sie auch tun. Und es würde bedeuten, dass sie eine Menge Zeit hier unten in der Mine mit Messgeräten verbringen müsste.

Eine ganze Zeit später verließ Stan mit Cat die Mine. Er tauschte einen verständnisvollen Blick mit ihr, als sie ihren Helm abnahm und sich über ihr feuchtes Gesicht fuhr.

„Glückwunsch", sagte er leise. „Du hast es geschafft. Das erste Mal ist immer das schwerste."

Mit einem schwachen Lächeln setzte Cat den Helm wieder auf. Sie beobachtete, wie die Holzpfosten zur Mine gezogen wurden. Der Ausbau der Mine würde jetzt vierundzwanzig Stunden am Tag in drei Schichten vorangetrieben werden. Sie selbst würde sechzehn Stunden am Tag das weitere Vordringen des Stollens überwachen, bis sie auf eine Ader mit Muttergestein stoßen würden. Dann würden sie sie öffnen und nach Edelsteinen suchen.

„Ich bin noch ganz zittrig, und meine Knie sind aus Pudding, Stan."

„Was hältst du davon, wenn ich dich heute Nacht festhalte?"

Die Wärme seiner gedämpften Stimme erfüllte sie, und sie tauschten ein weiches Lächeln. Fast wären ihr die Worte „Ich liebe dich" entschlüpft. „Klingt wunderbar."

„Heute Abend will Alvin den Beginn der Mine mit einem ganz besonders festlichen Essen für uns feiern."

Alvin hatte sich wirklich als guter Koch erwiesen, und Cat freute sich meistens auf seine Cowboygerichte. „Was steht auf dem Speiseplan?"

Stan lachte auf. „Texanisches Rind, Hunkydummy, Kartoffelknödel

und Bratäpfel. Ein Essen, das jedem König und jeder Königin zur Ehre gereichen würde. Mir läuft schon das Wasser im Mund zusammen."
Das konnte Cat nicht unbedingt von sich behaupten. „Hunkydummy? Was ist das?" Einigen von Alvins Gerichten stand sie doch skeptisch gegenüber. Darum ließ sie sich abends, bevor sie einen Bissen aß, immer erst sämtliche Zutaten aufzählen.
„Das ist eine Art Brot mit Rosinen und Zimt."
„Oh, das klingt gut."
Stan lachte. „Was bist du doch für ein ängstlicher Feinschmecker", neckte er sie.
„Ich komme aus Colorado, Stan, nicht Texas. Einige von Alvins derben Gerichten sind wirklich nur von einem wilden Texaner zu verdauen. Gib mir also noch eine Chance."

Cat betrat wieder ihre Baracke und setzte sich an den Tisch. Unkonzentriert betrachtete sie einige Aufzeichnungen, und als sie einen Stift ergriff, zitterte ihre Hand noch leicht. Immer noch fühlte sie sich ganz im Bann ihrer nackten Angst. Wie war es nur möglich, dass sie bis jetzt nicht gewusst hatte, was wirkliche Angst ist? Und doch, die schreckliche Angst hatte nicht nur ihre negativen Seiten. Denn erst dadurch hatte sie die Erfahrung machen können, dass ein anderer Mensch ihr die notwendige Kraft geben konnte, um weiterzumachen.
Hatte Stans Liebe ihr diese Unterstützung gegeben? Er hatte ihr nie gesagt, dass er sie liebte, ebenso wenig, wie sie ihm das gesagt hatte.
Doch sie fühlte sich gefestigt und als vollkommener Mensch wie nie zuvor trotz ihrer Furcht, die Mine zu betreten. Sie lachte weich auf und schüttelte den Kopf. War das die wahre Liebe, dieses Gefühl von Vollkommenheit, das ihr durch Stan vermittelt wurde? Sie konnte sich ein Leben ohne ihn nicht mehr vorstellen. Durch ihn wurde ihr jede Minute, jede Stunde wertvoll. Und mit ihm waren sie es auch.
Schließlich wandte sich Cat wieder ihrer Arbeit zu. Doch die Papiere und Zahlen konnten es einfach nicht mit den machtvollen Gefühlen ihres Herzens aufnehmen. Immer wieder verschaffte sich die ganze Skala ihrer Emotionen Geltung und schuf in ihr ein Gefühl von Lebensglück, wie sie es so rein noch nie empfunden hatte.
Gegen vier Uhr betrat Stan die Baracke. Cat saß am Tisch, konzentriert über ihre Arbeit gebeugt. Stolz und Liebe stiegen bei ihrem Anblick in ihm auf. Und als sie sich umdrehte und ihn bemerkte, strahlten

ihre grünen Augen plötzlich vor Glück. Stan fühlte sich tief bewegt. Lächelnd streckte er ihr die Hand hin.

„Komm, ich will dir einen ganz besonderen Ort zeigen."

Cat ergriff seine Hand. „Wo?" Ihre Stimme drückte gespannte Erwartung aus.

„Während El Tigre damit beschäftigt ist, Alvin und die Männer bei der Schatzsuche zu beobachten, machen wir beide uns aus dem Staub und gönnen uns endlich etwas Zeit für uns allein. Was meinst du? Bist du bereit, von deinem Ritter auf dem weißen Pferd entführt zu werden?"

Glücklich setzte Cat den Helm ab und folgte Stan. „Mehr als bereit, mein Lord. Sei mein Führer."

Er warf Cat einen entschuldigenden Blick zu, als sie in den Jeep stiegen. „Nicht unbedingt ein weißes Pferd, aber es geht. Immer noch entschlossen?"

„Darauf kannst du wetten. Ist das eine Überraschung, oder kannst du mir verraten, wohin wir fahren?"

Er sah Cat zärtlich an und spürte dabei den heftigen Wunsch, seine Finger durch ihr Haar gleiten zu lassen und ihre weiche Haut zu spüren. „Eine Überraschung. Lehn dich einfach zurück, und genieße die Fahrt, meine Lady."

Der Fahrtwind kühlte Cats erhitzte Haut, als sie den Bereich der Mine hinter sich ließen. Stan hatte eine Hand auf ihre gelegt, und sie drückte sie zärtlich. Ich liebe dich, flüsterte es in ihr. Und die Liebe, die ihr aus Stans dunkelblauen Augen entgegenstrahlte, ließ sie vor Sehnsucht erzittern.

Stan bog nach einiger Zeit nach links auf einen kleinen Pfad ab. Er konnte nur noch langsam fahren, da die Zweige und Blätter des Dschungels tief auf sie herunterhingen. Die bunten Aras krächzten heiser, als das Autogeräusch sie in ihrer nachmittäglichen Siesta störte. Cat fühlte sich ganz berauscht von dem schweren Duft der Orchideen, die sich in leuchtenden Farben von dem dunklen Grün abhoben.

„Wenn ich es nicht besser wüsste", gestand sie ein, „würde ich meinen, dies sei ein Stück vom Paradies, das Mutter Erde vor uns Menschen versteckt."

„Es ist eins der Paradiese auf dieser Welt. Schließ jetzt vor dieser Kurve deine Augen. Ich sage dir, wenn du sie wieder öffnen sollst."

Gespannt vernahm Cat kurz darauf ein neues Geräusch. Der Jeep hielt an, und sie spürte Stans Arm um ihrer Schulter. Er zog sie an sich, und sie hörte seine Stimme leise und dunkel ganz nah an ihrem Ohr.

„Jetzt kannst du sie wieder öffnen. Willkommen in unserem Paradies, Cat."

Entzückt schrie sie leise auf, als sie zehn Meter über sich einen kleinen Wasserfall erblickte. Sie standen direkt unter ihm auf einer kleinen grasbewachsenen Lichtung, die mit leuchtend bunten Blumen bedeckt war. Der Wasserfall ergoss sich in einen runden See von einladend blauer Farbe. Am Ufer lagen Felssteine, von dichtem grünem Moos bedeckt. Und an einer ruhigen Stelle bewegten sich rosa und weiße Wasserlilien majestätisch auf der Oberfläche des Sees.

„Stan – es ist unglaublich." Cat fühlte sich wie verzaubert durch die sie umgebende Schönheit.

Er half ihr aus dem Jeep. „Das alles gehört uns, uns allein", unterstrich er. Er führte sie an den Rand des Sees und legte die Hände auf ihre Schultern. Cat hob den Kopf, und aus ihren grünen Augen strahlte aufregende Sinnlichkeit. Er küsste sie und spürte den Duft ihres Haares und die Wärme ihrer Haut. Sie schmiegte sich an ihn und legte die Arme um seine Schultern. Heftig entflammte in ihm die Glut. Er konnte nicht genug von Cat bekommen, niemals.

„Cat, heute, dort draußen in der Mine", brachte er schließlich abgehackt heraus.

Ganz benommen zwang sich Cat, die Augen zu öffnen. „Ja?"

Stan nahm ihr Gesicht zwischen beide Hände und sah ihr tief in die Augen. „Ich wollte dich küssen und dir sagen, wie verdammt mutig du warst. Verschüttet gewesen zu sein, ist eine Sache, wieder eine Mine zu betreten, eine andere. Du hast es getan, und ich bin so verdammt stolz auf dich."

Ihr gelang ein schwaches Lächeln, und ihre Finger glitten leicht über seine Schultern. „Sei stolz auf uns. Du glaubst gar nicht, wie froh ich über deine Anwesenheit war."

„Du bist hineingegangen, ob ich nun dabei war oder nicht. Nur das zählt." Er beugte den Kopf und suchte erneut ihre Lippen, um sich in dem Gefühl und dem Geschmack zu verlieren, die allein seine Sehnsucht stillen konnten.

Langsam löste sich Cat von ihm. Ihr Herz klopfte wie wild, ihre Brüste waren geschwollen und die Knospen hart. Sie brauchte Stans Berührung, es war schon fast eine süchtige Begierde. Er hatte ihre Sinne so erregt, dass sie kaum noch fähig war, zu denken.

„Ich habe erkannt, ich kann nicht ohne dich leben, Stan", brachte sie leise heraus.

Er lächelte und küsste ihre Wimpern, ihre Nase und ihren Mund. „Daran ist nichts Falsches, meine stolze Schönheit." Seine Zunge fuhr aufreizend über ihre Lippen und kitzelten sie, bis es sie prickelnd durchfuhr und ihr Begehren immer heftiger wurde.

„Ich habe gar nicht gewusst, wie einsam ich war, bevor du in mein Leben getreten bist", gestand sie ihm weich ein.

Die Zärtlichkeit, die aus der Tiefe ihrer Augen strahlte, erwärmte ihn. „Ich habe mein ganzes Leben auf dich gewartet, Cat. Lass uns jetzt ein wohlverdientes Bad nehmen. Und hinterher will ich dich lieben."

Cat fühlte sich wie auf Wolken. Stan knöpfte ihr Baumwollhemd auf und zog es ihr aus. Aus seinem Blick sprach nichts als Liebe. Als sie sich gegenseitig entkleidet hatten, führte er sie in den See, dessen Wasser ihnen bis zur Taille reichte. Stan nahm eine Handvoll Moos, schöpfte Wasser über ihre Schultern und Brüste und wusch sie. Er sprach kein Wort, doch jede seiner Bewegungen war eine Liebeserklärung. Anschließend nahm Cat das Moos und wusch ihn ebenso.

„Ich habe diese Stelle entdeckt, als wir das erste Mal bei der Verde Mine waren." Er nahm das Moos und ließ es auf dem Wasser wegtreiben. Dann legte er die Hände auf ihre Schultern und sah sich um. „Das ist ein Ort außerhalb jeder Zeit. Er hat etwas Besonderes. Man kann es direkt fühlen."

Sie legte die Handfläche auf seine Brust. „Es gibt Orte, die haben eine einzigartige Ausstrahlung." Mit kleinen Küssen folgte sie der eigensinnigen Linie seiner Wangenknochen. „Einzigartig wie die Ausstrahlung, die du auf mich ausübst." Ihre Zunge fuhr über seine Lippen, und dann küsste sie ihn mit all der Glut, die sie in sich spürte.

Eine Woge der Hitze erfasste seinen Körper, als sich ihre Brüste an seinen Oberkörper pressten. Er spürte ihre Hüften einladend an seiner kraftvollen Härte, und seine Selbstbeherrschung zerbrach. Hungrig suchte er ihre Lippen, ganz beherrscht von den elementaren Trieben, die Cat in ihm geweckt hatte.

Cat verlor sich in der Hitze ihrer Leidenschaft und nahm es kaum wahr, als Stan sie auf die Arme nahm, sie aus dem See heraustrug und auf den Rasen legte. Noch nie hatte sie einen Mann so begehrt, noch nie so sehr die enthemmte Liebe teilen wollen, die in ihr pulsierte. Sie spürte seine Hände auf ihren Hüften, und dann öffneten sie sanft ihre Schenkel. Allein die Berührung des Zentrums ihrer Hitze ließ sie heftig nach Luft schnappen. Erregt zog sie Stan auf sich nieder, um ihn in sich zu empfangen.

Durch das Laubdach über ihnen tanzten die Sonnenstrahlen. Der Duft des Grases und Stans männlicher Geruch vermischten sich. Jeden von Stans kraftvollen, aus der Macht seines Triebes gelenkten Stößen beantwortete Cat mit gleicher Enthemmtheit. Ungeahnte Empfindungen erschlossen sich ihr, während Stan sie einem Glück entgegenführte, wie sie es so noch nie erlebt hatte. Und dann schien es weißglühend in ihr zu explodieren. Sie schrie auf und grub ihre Finger tief in seine Schultern.

Heftig umfasste Stan sie. „Fühle mich, Cat. Fühle es, wie viel du mir bedeutest", brach es aus ihm heraus. Und in ihm löste eine Explosion die andere ab, die ihn in Stücke zerreißen und wieder zu vereinigen schienen. Die Franzosen nennen das „la petite mort", also den kleinen Tod. Er nannte es Liebe. Er starb nicht diesen kleinen Tod der Franzosen, nein, noch nie hatte er sich lebendiger, von Freude erfüllt und seines Schicksals sicherer gefühlt als in dieser Vereinigung mit Cat.

Seufzend ließ sie sich in seine Arme sinken. Ein kleines Lächeln spielte um ihre Lippen. Sie ließ die Finger durch sein dunkles Haar gleiten.

„Du nimmst mir den Atem", sagte sie leise.

Stan legte den Kopf auf ihre Brüste und spürte deutlich den heftigen Schlag ihres Herzens. „Du lässt mich so tief fühlen, dass ich kaum noch denken kann." Er lachte weich. „Erst durch dich habe ich das Gefühl, ganz zu sein."

„Ich möchte hier mit dir ewig liegen. Du hast mich frei gemacht. Ich wusste gar nicht, welche Fesseln ich trug, Stan. Erst du hast so viele Geheimnisse in mir erschlossen."

Zärtlich streichelte sie ihn und spürte seine Kraft und seine Liebe.

Mit halb geschlossenen Augen strich Stan über ihre Hüfte und ihren Schenkel. „Liebe erschließt in allen von uns das Beste."

„In dieser kurzen Zeit hast du mir die Augen für so vieles geöffnet, Stan. Ich wusste gar nicht, wie allein ich war. Du hast mich hungrig nach dir in einer mir bisher unbekannten Art gemacht." Sie legte eine Hand auf seine Wange. „Du hast den Schlüssel zu meinem Herzen. Weißt du das auch?"

Er drehte den Kopf und küsste ihre Handfläche. „Niemand weiß das besser als ich, Schätzchen." Ihr Blick verdunkelte sich.

„Was ist? Hast du Angst?"

„Ja."

„Ich auch. Dann lass uns doch einfach gemeinsam Angst haben." Lachend umarmte Cat ihn. „Du verrückter Texaner. Was habe ich bloß gemacht, bevor du in mein Leben geplatzt bist?"

Stan fiel in ihr Lachen ein. Er rollte sich auf den Rücken und zog Cat auf sich. Das Glück war wieder auf ihr Gesicht zurückgekehrt. Wie liebte er sie!

„Aber eins ist sicher."

Cat küsste seine Nasenspitze. Das Glücksgefühl machte sie richtig schwindelig. „Was?"

„Seit wir uns kennen, ist das Leben nicht eintönig gewesen."

„Das ist eine Untertreibung, Stan Donovan."

„Bedenke, wir haben uns durch einen Stolleneinbruch kennengelernt. Das ist symbolisch."

„In welcher Weise?" Spielerisch kitzelte sie seinen Hals.

„Ich glaube, das Leben spricht zu uns immer in Symbolen. Ein Vogel steht zum Beispiel für Neuigkeiten."

„Und wie deutest du einen Stolleneinbruch?" Sie legte ihre Hand auf seine Brust und lächelte in seine blauen Augen.

„Überlege. Was bewirkt er?"

Sie verzog das Gesicht. „Auf alle Fälle hat er mein Leben verändert."

Stan lächelte. „Genau. Es bedeutet, dass jeder von uns auf den anderen eine unglaubliche Wirkung ausübt. Und er steht für die Möglichkeit eines gemeinsamen neuen Anfangs."

„Ich mag es, wie du das Leben siehst", erwiderte Cat nachdenklich. „Ich habe darüber noch nie in dieser Weise nachgedacht, aber es ist reizvoll."

„So wie du." Und zärtlich ließ er die Hand über ihren Rücken und ihre Hüfte gleiten.

Cat ging den Stollen der Verde Mine hinunter. Nach drei Wochen ununterbrochener Arbeit waren sie schon gut fünfhundert Meter in den Caballo Mountain eingedrungen. Alle paar Meter waren ins Gestein über ihr Felskrampen angebracht worden. Das Rattata einiger Generatoren hallte durch den Tunnel und lieferte den Arbeitern Licht, die mit dem Fortschaffen des Gesteinsschuttes und dem Aufrichten der Stützkonstruktion beschäftigt waren. Die Angst steckte immer noch in Cat, doch nicht mehr als das Monster wie vorher. In der ersten Woche war Stan wie durch ein Wunder immer dann an ihrer Seite aufgetaucht, wenn sie in die Mine gehen musste. Sie konnte sich nicht erklären, woher er wusste, wann es wieder so weit war, aber sie war ihm zutiefst dankbar.

Cats Hauptsorge galt jetzt der Wetterführung. Die Abgase der Generatoren erfüllten die Luft mit farb- und geruchlosem Kohlenmonoxid. Diese Gefahr musste fachmännisch beseitigt werden. Der Boden war selbst vom geringsten Gesteinsschutt gereinigt worden, wie sie es angefordert hatte, obwohl die Arbeiter zunächst über den Grad von Sauberkeit gemault hatten. Doch in Minen legt sich jeder Staub im Lungengewebe der Menschen fest.

Am Ende des Tunnels wurde mit Brecheisen vorsichtig wertloses Gestein von den Wänden gebrochen. Gestern hatte Cat eine Kalksteinader mit Kalziummuttergestein entdeckt, und seitdem war die Hoffnung von allen fast in einen Fieberrausch übergegangen. Eine gespannte Stille lag über den schwitzenden, bis zu den Gürteln entblößten Männern.

Cat prüfte die Stützpfeiler, Balken und Felskrampen und befühlte die Beschaffenheit des Kalksteins. Allem Anschein nach wurden die Wände stabiler, je tiefer sie in den Berg drangen. Das war nur gut, denn man musste immer mit Erdstößen rechnen.

Es war schon tiefe Nacht, als Cat den Stollen wieder verließ und hinunter zum Lager fuhr. Überall waren Scheinwerfer angebracht, die die Dunkelheit erleuchteten, damit die Arbeit im Übertagebetrieb auch nachts weitergehen konnte. Cat setzte ihre zwei Wächter bei deren Unterkunft ab und fuhr weiter.

Stan stand neben Alvin am Feuer und rührte in einem der Kessel. Er sah, wie sich Cats Jeep näherte. Plötzlich tauchten vier Schatten aus dem Dschungel auf. Das nackte Entsetzen packte ihn, und er hob die Hand, um Cat zu warnen. Zu spät. Schon waren die Guaqueros hinten auf den Wagen aufgesprungen, und einer hielt ihr ein Messer an die Rippen. Stan trat zwei Schritte vor und legte die Hand auf die Pistole.

„Und jetzt", hörte Cat plötzlich die Stimme von El Tigre ganz nah an ihrem linken Ohr, „fahren Sie hübsch weiter." Er nahm ihr die Pistole ab und gab sie einem seiner Männer. Mit einem eiskalten Lächeln drückte er ihr das Messer ein wenig fester gegen die Rippen. „Comprendre?"

Cat ließ den Fuß auf dem Gaspedal. „Sí."

„Bueno. Und fahren Sie schön langsam."

Der säuerliche Geruch seines Körpers, der dicht hinter ihr war, nahm Cat fast den Atem. Ihr Herz schlug heftig. Auf wen hatte er es bloß abgesehen? Auf Stan? Auf Alvin? Auf alle? Einige Meter vor den Zelten zischte El Tigre: „Halt."

Stan sah, wie der Guaquero sein Messer an Cats Kehle hielt. Unwillkürlich legte sich seine Hand um den Pistolengriff. „Was Sie auch wollen, Sie bekommen es", rief er den Banditen auf Spanisch zu. „Aber lassen Sie sie los."

„Señor, ich bin El Tigre. Diese Frau hat schon meine Bekanntschaft gemacht. Kommen Sie."

Kaum merkbar drehte Stan den Kopf zu Alvin, der fluchend hinter ihm stand. „Folge uns, wenn du kannst." Dann ging er schnell auf den Jeep zu. Cats Augen waren weit aufgerissen, und sie saß wie erstarrt. Die nackte Wut packte ihn, als El Tigre das Messer ein wenig stärker an Cats Hals drückte.

„Stehen bleiben, Señor", befahl El Tigre. „Sie sind der Geologe?"

„Sí"

Spöttisch warf El Tigre Cat einen Blick zu. „Ihre Frau wollte uns weismachen, Sie seien in Texas. Sie ist listig wie ein Jaguar. Aber wir haben gewartet und beobachtet. Immer wenn ein Edelstein gefunden worden ist, hat man Sie gerufen. Nicht sie, nicht den Gringo mit dem weißen Haar. Nur Sie."

„Was wollen Sie?"

„Sie und die Frau. Setzen Sie sich in den Wagen." El Tigres Augen blitzten. „Nur eine falsche Bewegung, und sie ist tot, Señor. Sehen Sie."

Cat spürte, wie das rasierklingenscharfe Messer durch ihre Haut drang. Der Atem stockte ihr, als sie warm das Blut über ihren Nacken fließen fühlte. Dann schloss sie die Augen, um ihre plötzliche Schwäche zu bekämpfen; Stans wilder Fluch riss sie wieder hoch.

„Das reicht."

El Tigre lächelte erbarmungslos. „Für jetzt, Señor. Dieses Messer hat schon viele getötet. Ihm ist es egal, ob es ein Mann oder eine Frau ist. Mir auch. Legen Sie jetzt Ihre Pistole auf den Boden und kommen Sie. Und warnen Sie ihre Leute. Wenn sie auf uns schießen oder versuchen, uns zu folgen, dann hat Ihre Frau ihren letzten Atemzug gemacht."

Stan löste den Pistolengurt und ließ ihn zu Boden fallen. Dann wandte er sich Alvin zu und wiederholte El Tigres Anweisungen, bevor er zum Jeep ging. Kaum hatte er auf dem Beifahrersitz Platz genommen, war auch schon einer der Guaqueros bei ihm und fesselte seine Hände. Endlich ließ El Tigre das Messer sinken.

„Fahren Sie, Señorita. Drehen Sie, und nehmen Sie die Straße in Richtung Muzo."

Cat gab Gas. Kurz darauf legten sich die Schatten des Dschungels auf sie, der sich auf beiden Seiten der engen, holprigen Straße erhob. Als sie außer Sichtweite des Lagers waren, entspannte sich El Tigre und lachte.

„Aiyee, compadres. Habe ich euch nicht gesagt, wie einfach es ist, sie zu fangen?"

Thomas, der zweite Anführer, der von hinten Stan das Gewehr in den Rücken drückte, nickte. Die zwei anderen Männer brachen in ein Freudengeschrei aus und schwenkten wild ihre Waffen.

Anzüglich fasste El Tigre Cats Schulter an und ließ seine schmutzigen Finger über ihren Arm gleiten.

Heftig riss sie den Arm weg. „Lassen Sie das!"

„Die hat Krallen", lachte er laut.

Stans Augen hatten eine gefährliche dunkle Farbe bekommen. Er drehte sich zu dem Banditen um. „Wenn Sie sie noch einmal anfassen, werden Sie die Folgen tragen."

El Tigre lächelte nur. „Sie werden sowieso reden, Señor. Sie werden uns genau sagen, wo Sie die Edelsteine verstecken."

„Nur über mein Leiche."

El Tigre lachte auf und zeigte auf Cat. „Nein, Señor, über ihre Leiche. Sie ist so etwas wie unsere Versicherung. Wenn Sie nicht sprechen, wird sie immer ein wenig mehr sterben."

Der eiskalte Ton verursachte Cat eine Gänsehaut. Er meinte es ernst.

Die Scheinwerfer des Jeeps durchbrachen die sonst vollkommene Dunkelheit der Nacht. Es musste eine Möglichkeit zur Flucht geben. Denn wenn sie erst El Tigres Lager erreichen, waren sie schon so gut wie tot. Cat wagte nicht, Stan anzusehen. Die Guaqueros hätten sonst einen Verdacht schöpfen können. Sie hatten jetzt das Tal verlassen, und die Straße stieg an. Fieberhaft arbeitete es in Cat. Bald würden sie den kurvenreichen Bergkamm erreichen, bevor es wieder hinunter zum Gato Valley ging.

Als Cat plötzlich aufs Gas drückte, spannte Stan alle Kräfte an. *Warum, zum Teufel, rast Cat so in dieser Dunkelheit?* Wusste sie nicht, dass direkt vor ihnen einige scharfe S-Kurven lagen? Der Jeep würde auf der Schotterstraße ins Rutschen kommen, wenn sie sie zu schnell nahm. Vorsichtig warf er ihr einen Blick zu.

Ihr Gesicht war grimmig und entschlossen. Und plötzlich erkannte er ihre Absicht und hätte fast gelächelt. Wenn sie dieses Abenteuer lebend überstehen sollten, das versprach er sich im Stillen, dann würde er Cat sagen, wie sehr er sie liebte.

„Langsamer!", schrie El Tigre Cat ins Ohr und schlug ihr heftig mit der Faust auf die Schulter.

Bei dem zweiten heftigen Schlag zuckte Cat zusammen. Doch die Scheinwerfer hatten schon die erste Kurve erfasst. Sie drückte das Pedal bis zum Anschlag. Der Jeep schoss nach vorn. El Tigre fluchte und wurde nach hinten gerissen. Der Wagen rutschte und bekam eine gefährliche Schlagseite. Als Cat dann das Steuer nach links riss, quietschten die Reifen laut.

„Spring, Stan!"

Stan sprang aus dem Wagen und rollte sich instinktiv zusammen, um sich vor dem Aufprall zu schützen. Ein Stück Fleisch wurde ihm herausgerissen, doch er spürte kaum Schmerz. Er hörte, wie die Räder ins Leere griffen. Es folgte eine Stille, und dann schlug der Jeep mit einem Krach auf und polterte den steilen Fels hinunter.

Cat! Wo war Cat?

Benommen erhob sich Stan. Die Dunkelheit war wie eine undurchdringliche Mauer, und der aufgewirbelte Staub legte sich in die Lungen. Er stolperte über die Körper von bewusstlosen Guaqueros. Ein Gewehr lag daneben. Er hob es auf. Ob jemand mit dem Jeep in die Tiefe gerissen worden war? War Cat …?

„Stan!" Von links rannte Cat geduckt auf ihn zu, das Gesicht verschmutzt, die Bluse zerrissen und blutig. Der Sprung vom Wagen hatte bei beiden seine Spuren hinterlassen. Sie fasste seinen Arm. „Komm."

„Wo sind die …?"

„Zwei sind mit dem Jeep abgestürzt. Komm, wir müssen hier weg. Gib mir das Gewehr."

Sie hatten jetzt nicht die Zeit, seine Fessel zu lösen. Cat entsicherte das Gewehr, um jederzeit schießen zu können. Und dann rannten sie um ihr Leben. Immer wieder sah sich Cat um. Als sie schließlich kaum noch Luft bekamen, zog Stan sie in den schützenden Dschungel neben der Straße.

Er hielt ihr die Hände hin. „Befrei mich davon."

Sie legte das Gewehr auf den Boden und löste mit zittrigen Händen die Knoten. „Ich glaube, wir sind in Sicherheit."

„Sei nicht zu sicher. Diese Schurken haben neun Leben."

Sie lächelte entschlossen. „Wir aber auch. Fertig."

Stan rieb sich die wunden Handgelenke und sah dann Cat aufmerksam an. „Hast du etwas abbekommen?"

„Risse und Abschürfungen – nichts, was nicht heilt."

„Gut, dann komm. Die Guaqueros – werden es uns nicht leicht machen, das Lager wieder zu erreichen."

Nervös sah Cat die dunkle Straße hinunter. Jeden Augenblick erwartete sie, dunkle Schatten auftauchen zu sehen. „Hier, nimm du das Gewehr, ich weiß nicht, ob ich überhaupt schießen kann. Meine Hände zittern wie Espenlaub."

Stan nickte. „Du läufst vor mir. Halte Augen und Ohren offen. Wenn du das kleinste Geräusch hörst, dann gib mir ein Zeichen. Aber nicht sprechen. Wir müssen so leise wie möglich sein."

Die schweren Stiefel fühlten sich wie Blei an ihren Füßen an. Cat hatte nicht unbedingt die beste Kondition, aber auch nicht die schlechteste. Doch irgendwann konnte sie nicht weiter. Ihre Kehle brannte, und ihre Lungen schienen zu platzen. Sie versteckten sich zwischen Bäumen, und Cat rang nach Luft.

„Das hast du mir alles verschwiegen, Donovan."

Stan wischte sich übers Gesicht. „Ich habe dir gesagt, es würde rau werden. Das ist Dodge City der Achtzigerjahre. Hier ist das einzige Gesetz das Gewehr."

„Ich verlange eine Gefahrenzulage."

Stan ergriff ihre Hand und drückte sie. „Falls auch El Tigre umgekommen ist, bekommst du hunderttausend Pesos Belohnung von der Muzo-Mine. Reicht das?"

Cat bekam plötzlich eine Gänsehaut. Der Todesmut, der sie bis jetzt angetrieben hatte, war mit einem Schlag verschwunden. Unglücklich schüttelte sie den Kopf. „Ich hoffe, ich habe ihn nicht getötet."

Stan stieß unwillig die Luft aus. „Ich hoffe, doch. Der Bastard wollte uns töten."

Sicher, doch das erleichterte Cat nicht, die Vorstellung zu ertragen, dass sie vielleicht einen oder mehrere Menschen getötet hatte. Ihr war plötzlich ganz schwindelig, und sie lehnte sich an Stan.

„Alles in Ordnung?", fragte er leise und küsste ihr staubiges Haar. Die Rast war wohl doch nicht so eine gute Idee gewesen. Denn als sich Cat jetzt wieder in Bewegung setzte, schmerzte jeder Knochen, jeder Muskel, und die Abschürfungen auf ihren Armen und Schultern brannten. Die Stiefel hingen ihr tonnenschwer an den Füßen. Hebe die Füße, und senke sie wieder, befahl sie sich selbst.

Allmählich bewegten sich ihre Beine wie von selbst. Als Cat einmal auf die Mitte der Straße wollte, wo es weniger holprig und darum einfacher zu laufen war, zog Stan sie wieder zurück an den Straßenrand. Er wollte ihnen die Möglichkeit offenhalten, wenn nötig, jederzeit mit einem Sprung im Dschungel Schutz zu suchen. Doch das erklärte er ihr gar nicht erst, da er spürte, dass Cat kurz vor der völligen Erschöpfung war.

Plötzlich hallte ein Schuss durch die stille Nacht. Fluchend warf sich Stan nach vorn auf Cat und rollte sich mit ihr ins schützende Dickicht. Wo sie noch Sekunden vorher gestanden hatten, ließen weitere Kugeln den Schotter aufspritzen. Und dann erkannte Stan die Umrisse von zwei Männern, die auf sie zurannten. Fluchend wandte sich Stan nach Cat um, die nach Luft ringend auf dem Boden lag. „Cat", presste er hervor. „Auf – schnell."

Aufstöhnend rappelte sie sich hoch und tauchte im Gestrüpp unter. Stan hob das Gewehr, zielte und feuerte zweimal. Der zweite Schuss traf einen der Banditen. Doch dann musste er in Deckung gehen, als eine ganze Salve aus einem automatischen Gewehr abgegeben wurde, und das Erdreich nach allen Seiten flog. Aber Stan hatte sich schon geduckt und war in dieselbe Richtung geflüchtet, die Cat eingeschlagen hatte.

Der feuchte Boden des Dschungels strömte einen modrigen faulen Geruch aus. Immer wieder fiel Cat über Baumwurzeln und Schlingpflanzen, die sie in der Dunkelheit nicht sehen konnte. Als sie das Gewehrfeuer hörte, gab ihr das wieder neue Kräfte. Stan? Wo war Stan? Ob er verwundet war? Entschlossen machte sie kehrt und hätte ihn fast umgerannt.

Er packte sie, und sie spürte seinen Atem heiß auf ihrem Gesicht. „Einen habe ich erwischt. Der andere ist uns auf der Spur."

Cat stöhnte auf und drückte sich an ihn. „Was sollen wir machen?"

Fest packte er Cat bei den Schultern. „Hör zu. Halte dich östlich, dort ist das Lager."

Verzweifelt sah sie ihn an. „Und du?"

„Ich erwarte ihn hier. Das ist die einzige Möglichkeit, hier wieder lebend herauszukommen."

„Aber ..."

„Geh, und diskutier nicht länger."

„Nein, verdammt, ich bleibe. Wie soll ich nachts durch den Dschungel kommen? Ich werde mich verirren."

Mit gefährlich zusammengekniffenen Augen sah Stan in die Richtung, aus der der Guaquero kommen musste. „Aber dann bleibst du wenigstens am Leben, falls der Bastard mich zuerst erwischen sollte. Und nun los. Hör auf, mit mir darüber zu streiten."
Entschlossen straffte sich Cat. „Ich bleibe, Stan."
Mit einem Fluch zog er sie hinter einen Baumstamm und drückte sie zu Boden. „Du bleibst hier und atmest nicht. Hast du mich verstanden?"
Sie nickte. Als er sich wieder von ihr entfernen wollte, ergriff sie seine Hand. „Stan?"
Ungeduldig sah er zu ihr zurück. „Was?"
„Ich liebe dich."
Für den Bruchteil einer Sekunde zeigte sich ein weicher Zug auf seinem angespannten Gesicht. „Ich weiß es. Aber leg dich jetzt hin, und verhalte dich ruhig."

Cat nickte und kauerte sich hinter dem Baumstamm zusammen. Sie hatte die Hand über den Mund gelegt, um ihren Atem abzudämpfen, während sich Augen und Ohren ganz auf den Weg konzentrierten, auf dem sie gekommen waren. Stan war irgendwo in der Dunkelheit verschwunden. Die Zeit schien stehen geblieben zu sein, während das Insektengesurre unerträglich wurde. Welcher Guaquero war übrig und lauerte irgendwo? El Tigre? Thomas? Cat fröstelte. Die Männer waren hier aufgewachsen und ausgezeichnete Jäger und Spurensucher.

Und dann kamen Cats eigene Jagdinstinkte zurück. Sie erinnerte sich wieder daran, wie ihr Vater ihr und Rafe beigebracht hatte, wie man jagt und sich anschleicht. Noch konzentrierter lauschte sie in die Dunkelheit. Und dann konnte sie eine kaum wahrnehmbare Änderung in der Anzahl der surrenden Insekten feststellen. Schlich Stan dort noch herum, oder war es der Guaquero? In den folgenden Minuten wurde sie immer sicherer: Irgendjemand bewegte sich auf sie zu.

Ihr Herz klopfte zum Zerspringen. Cat presste eine Hand auf die Brust und fragte sich, ob noch jemand ihr Herz so deutlich hören könnte wie sie selbst. Ein ganz leises Knacken rechts von ihr ließ sie erstarren. Ihre Nasenflügel bebten, als sie einen sauren Geruch wahrnahm.

El Tigre.

Diesen Geruch würde sie nie vergessen. Und schon löste sich sein Schatten aus dem Dickicht nur einige Meter von ihrem Versteck entfernt.

Wo war Stan? Wusste er, dass El Tigre hier war? Der Guaquero drehte sich um, das Gewehr in der Hand, und kam auf Cat zu.

Fast hätte sie entsetzt aufgeschrien. Sie war plötzlich wie schweißgebadet. Sie presste sich so fest an den Baumstamm, als wollte sie mit ihm verschmelzen.

El Tigre war jetzt nur noch ein paar Schritte von ihr entfernt. Konnte er sie sehen? Wenn sie ihm in die Hände fiel, würde er kein Erbarmen kennen. Ihre Augen weiteten sich vor Schrecken, als er einen weiteren Schritt vorsichtig auf sie zukam, die hässliche Mündung seiner Waffe direkt auf sie gerichtet.

Plötzlich löste sich von links Stans Schatten und riss El Tigre zu Boden. Dabei verlor der Guaquero seine Waffe. Sofort sprang Cat vor und ergriff sie. Die Männer wälzten sich am Boden, und sie zuckte zusammen, als sie einen heftigen Faustschlag und darauf das Geräusch eines brechenden Knochens hörte. Sie schrie auf und drückte die Gewehrmündung in El Tigres Brust.

„Keine Bewegung", warnte sie den Guaquero. „Stan?"

„Alles in Ordnung." Er erhob sich. „Aufstehen!", befahl er.

Hasserfüllt starrte El Tigre Cat an und hielt sich seinen gebrochenen Kiefer. Vorsichtig hob sie die Gewehrmündung von seiner Brust und gab Stan die Waffe. Plötzlich war das Geräusch von Motoren zu hören. Cat sah in Richtung Straße. „Alvin?"

„Ja. Geh schnell hin, und halte sie an. Ich komme mit unserem Freund nach."

Cat stolperte durch das Dickicht und über Wurzeln und Schlingpflanzen. Doch sie erreichte die Straße, als gerade der erste Jeep vorbeifuhr. Am Steuer des zweiten Jeeps saß Tony Alvarez.

„Ihr Anblick ist eine Wohltat für kranke Augen!", rief er aus und sprang aus dem Wagen. „Wo ist Stan?"

Cat lächelte erschöpft. „Kommt mit El Tigre."

„Sagen Sie nur, Sie haben diese Schlange erwischt."

„Ich denke schon. Dort kommt Stan."

Die folgenden Stunden bekam Cat nur noch nebelhaft mit. Die Wächter der Verde Mine gerieten ganz aus dem Häuschen, als sie erfuhren, dass ihnen El Tigre lebend in die Hände gefallen sei.

Alvin bemutterte Cat wie eine Glucke, säuberte ihre Wunden und bestrich sie mit Jod. Dabei traten Cat Tränen in die Augen, ohne dass sie hätte sagen können, ob sie wegen der brennenden Tinktur oder ihrer nachträglichen Angst darüber kamen, was geschehen wäre, wenn sie El Tigre nicht entkommen wären.

11. KAPITEL

Cat saß erschöpft auf ihrer Pritsche. Ihre Hände zitterten, als sie ihre Stiefel ausziehen wollte.

Stan kniete sich vor ihr nieder. „Lass mich das machen, entspanne dich einfach nur."

„Danke." Sie hatte das Hemd schon aufgeknöpft. Darunter trug sie Unterwäsche aus Seide mit Spitzen. „Warum zittern deine Hände eigentlich nicht?"

Stan verzog das Gesicht. „Es ist nicht das erste Mal, dass ich so etwas erlebt habe, Cat. Wahrscheinlich habe ich mich schon mehr an die Gewalt gewöhnt als du. Sie entsteht automatisch im Umfeld von Edelsteinminen."

„So schlimm habe ich es mir nicht vorgestellt, Stan. Die Gewalt liegt ja förmlich in der Luft." Wieder überlief sie eine Gänsehaut.

Stan legte den zweiten Stiefel zur Seite und strich über Cats schlanke Beine. Dann umfasste er zärtlich ihr Gesicht. „Die nächsten Tage werden noch hektisch sein. Ich werde El Tigre nach Muzo bringen, wo ihn die kolumbianische Polizei sicher freudestrahlend abholen wird."

Cat seufzte leicht. „Aber das bedeutet kein Ende der Gewalt?"

„Nein. Solange es das grüne Feuer gibt, wird es auch Menschen geben, die alles tun, um in seinen Besitz zu gelangen."

Wieder zitterte Cat. Er beugte sich vor und küsste zärtlich ihren Mund, jetzt, nach ihrer knappen Rettung, hatte sie einfach einen Zusammenbruch – eine ganz natürliche Reaktion.

Sie schlang die Arme um ihn und zog ihn näher. „Halte mich, Stan. Halte mich fest, bitte."

Sofort setzte er sich neben sie auf die Pritsche. Und als er sie an sich zog, kamen auch schon die ersten Tränen. Er sagte ihr leise tröstende Worte und wiegte sie sanft.

„Schätzchen, wir stützen uns gegenseitig. Manchmal bin ich schwach und du stark. Manchmal bin ich stark und du schwach. So wie jetzt. Doch bei dieser Kurve warst du verdammt stark. Das hätte leicht ins Auge gehen können."

Cat schniefte. „Das war reines Glück, Stan." Sie blickte auf und nahm das Taschentuch, das er ihr hinstreckte.

Er lächelte und strich ihr über das Haar. „Du bist eine richtige Teufelsfahrerin. Du hast das genau abgeschätzt und uns dadurch die Möglichkeit gegeben abzuspringen."

„Ich hatte eine Todesangst, Stan. Ich wusste ja nicht, ob du mein Vorhaben überhaupt erkanntest. Ich habe nicht gewagt, dich anzusehen."

Stan zog ihren Kopf an seine Brust. „Es muss wohl Gedankenübertragung gewesen sein." Er küsste sie auf ihr frisch gewaschenes Haar. „Aber viel wichtiger ist, dass ich auf diese Weise etwas erfahren habe."

Cat hatte die Augen geschlossen und fühlte sich wunderbar geborgen in Stans Armen. An ihrem Ohr spürte sie seinen gleichmäßigen Herzschlag, der sich beruhigend auf ihren inneren Tumult auswirkte. „Was?"

„Erinnert du dich noch daran, was du mir im Dschungel gesagt hast? Dass du mich liebst?"

Zögernd nickte sie. „Ich wusste nicht, ob wir das überleben, Stan", begann sie mit belegter Stimme. „Vielleicht fühlst du ja nicht das Gleiche, aber das war mir in dem Moment egal."

„Und wie lang liebst du mich schon?"

„Ich weiß nicht. Dieses Gefühl ist irgendwie entstanden und hat sich dann weiterentwickelt."

„Wie Schimmel."

Sie lachte. „Bei dir klingt es, als sei Liebe ein Virus."

„Ist sie das nicht?"

„Nein."

„Cat, was ich für dich empfinde, habe ich noch bei keiner Frau empfunden."

Sie entzog sich ihm, richtete sich auf und sah ihm tief in die Augen. „Offenbar sind wir vom gleichen Virus befallen."

Ein Lächeln spielte um seine Lippen. „Ich weiß nicht. Vielleicht sollten wir die Symptome vergleichen. Was meinst du?"

Cat konnte Stans Lächeln einfach nicht widerstehen. Und die Wärme und Zärtlichkeit in seinem Blick machten sie glücklich.

„Eine verdammt merkwürdige Art, um die Tatsache herauszufinden, dass wir uns lieben."

Stan ergriff ihre zerkratzte Hand und drückte sie sanft. „Menschen wie wir müssen wahrscheinlich mit der berühmten Holzhammermethode dazu gebracht werden."

„Durch dich habe ich überhaupt erst erkannt, wie einsam ich war, Stan. Während der zwei Monate auf deiner Ranch habe ich es wirklich genossen, mit dir zusammen zu sein. Ich habe mich immer so gern mit dir unterhalten."

„Und ich habe dich immer so gern angesehen." Stan legte seine Wange an ihre. „Weißt du überhaupt, wie schön du für mich bist? Jeden Tag habe ich die Stunden zwischen Frühstück und Mittag gezählt und dann die zwischen Mittag und Abendessen."

„Du hättest dich eben nicht in dein Arbeitszimmer einschließen sollen."

„In der Zeit musste ich alles für unsere Arbeit hier vorbereiten."

„Und wenn du nicht in deinem Arbeitszimmer warst, dann hast du dich in deiner Werkstatt verkrochen."

Lachend hob er kapitulierend die Hände. „Schuldig im Sinne der Anklage. Ich hätte gern mehr Zeit mit dir verbracht, aber ich hatte das Gefühl, wenn ich es getan hätte, hättest du gedacht, ich wolle etwas von dir." Er legte die Hand unter ihr Kinn und ließ sie ihn ansehen. „Aber trotzdem habe ich mich in dich verliebt."

„Wegen meines Aussehens?"

„Nicht nur. Mir gefällt auch, wie dein Verstand arbeitet. Ich habe nämlich auch den Situationen entgegengefiebert, wenn wir uns wieder einmal zusammensetzten und die Zeit miteinander mit Reden und Diskussionen verbracht haben." Er küsste sie auf den Mund. „Doch mehr als alles mag ich einfach dich, Cat Kincaid, so wie du bist."

„Es gibt viele Männer, die sich durch mich bedroht fühlen."

„Das ist ihr Problem, Schätzchen. Wenn sie mit einer intelligenten Frau nicht klarkommen, dann lass sie doch laufen."

Unwillkürlich musste Cat lachen, und müde ließ sie den Kopf auf seine Schulter sinken. „Ich liebe dich, Stanley Donovan, im Guten und im Schlechten."

„Das Schlechte hatten wir gerade."

Sie nickte. „Ich dachte immer, meine Angst vor der Mine sei mein größter Feind. Jetzt weiß ich, es gibt einen schlimmeren: die Guaqueros."

Stan streckte Cat auf der Pritsche aus, legte sich neben sie und zog das Moskitonetz zurecht. „Denke einfach an Bogotá", sagte er leise. „Wenn wir Glück haben, fahren wir in weniger als einer Woche hin."

„Was ist in Bogotá?" Cats Stimme war vor Müdigkeit und Erschöpfung schon ganz schwer.

„Eine Riesenüberraschung für dich, etwas, was ich schon sehr lange geplant habe."

Cat stand in der brennenden Hitze und spürte wieder den Knoten der Angst in ihrem Magen wie jedes Mal, wenn sie die Mine betreten musste. Sie hatte einen Spannungsmesser in der Hand, da sie die Felskrampen überprüfen musste, die in dem neuen Abschnitt der Mine angebracht worden waren. Der neue Stollen gabelte sich nach links, der Kalksteinader folgend.

Irgendetwas beunruhigte Cat, ohne dass sie das unbestimmte Gefühl einordnen konnte. Der Himmel hatte einen ungewöhnlichen Gelbton, wie sie es über dem kolumbianischen Urwald noch nie erlebt hatte. Sie lächelte unwillkürlich: Kolumbien hatte sie immerhin schon einiges Neue gelehrt.

Die Mine hatte bisher nur einige wenige Edelsteine gebracht. Sie schien sich zu einer Enttäuschung zu entwickeln, ganz im Gegensatz zum Übertagebetrieb in der offenen Grube, die reichhaltige Edelsteinfunde brachte.

Cat nickte einer Gruppe von verschwitzten, schmutzigen Arbeitern zu, die die Mine verließen. Es war Mittag, Zeit zum Essen. Auch ihr Magen knurrte, doch sie überhörte es. Die Überprüfung der Spannung der Felskrampen war wichtiger, und jetzt, im leeren Stollen, konnte sie es schneller erledigen. Die Dunkelheit zwischen den an beiden Seiten des Stollens angebrachten Lampen erinnerte sie an die Verschüttung. Doch sie bekämpfte den Anflug von Panik, indem sie sich darauf konzentrierte, prüfend die Stützbalken und Pfeiler zu betrachten.

Die Gabelung des Stollens kam in Sicht, und sie verlangsamte den Schritt, dass sie sie erst recht an die Mine in Maine erinnerte, die fast ihr Leben gefordert hatte. Sie presste die Lippen zusammen und begann, die Felskrampen zu überprüfen, wobei sie ihre Gedanken auf Stan konzentrierte.

Heute würde er zurückkehren. Man hatte ihn noch einmal wegen El Tigre nach Bogotá gerufen. Lächelnd erinnerte sich Cat an seine mürrischen Bemerkungen: Wenn er gewusst hätte, welcher Papierkrieg ihn erwartete, hätte er den Guaquero lieber laufen lassen. Denn unter anderem wegen dieser Angelegenheit hatte es mit ihrem Wochenende in Bogotá bisher immer noch nicht geklappt.

Seit der Nacht, in der sie sich ihre Liebe gestanden hatten, war ihre Beziehung noch inniger geworden, auch wenn sie nur verstohlene Küsse tauschen konnten und nachts ihre Leidenschaft der Erschöpfung abringen mussten. Aber bald …

„Cat?" Stans Stimme hallte durch die Mine.
Cat wirbelte herum. Er war zurück. Schon von Weitem bemerkte sie sein schönstes Begrüßungslächeln, das ihr direkt ins Herz ging.

Stan setzte den Helm ab, nahm Cat in die Arme und drückte sie an sich.

„Mm, Schätzchen, du riechst nicht nur gut, du fühlst dich auch gut an."

Mit einem glücklichen Lachen schlang sie die Arme um ihn. „Stan. Du bist früh zurück."

Er suchte und fand ihre vollen Lippen. „Ich habe dich vermisst." Sie spürte seinen Atem auf ihrer Wange. „Ich brauche dich", sagte sie leise und hielt ihn ganz fest.

„Nicht mehr, als ich dich brauche, meine schöne Lady."

Im Bewusstsein, mit ihm allein zu sein, schmiegte sich Cat an ihn und ließ sich von der Leidenschaft einhüllen, die sein Körper deutlich verriet. Der Geschmack seiner Haut und der Geruch, der unverwechselbar seiner war, bedrängten ihre Sinne, bis ihr ganz schwindlig wurde.

Der sinnliche Hunger sprach unverhüllt aus Stans Blick, als er sie jetzt ansah. „Morgen früh fahren wir nach Bogotá. Wie findest du das?" Entzückt schrie Cat auf und drückte ihn an sich. „Wunderbar. Dann ist El Tigres Fall also endlich abgewickelt?"

„Ja, endlich. Er ist zu fünfundzwanzig Jahren verschärfter Zwangsarbeit verurteilt worden."

„Gut."

„Und was hat der neue Seitenstollen gebracht?" Widerstrebend löste sich Stan aus der Umarmung.

„Bis jetzt nicht mehr als der Rest der Ader", gestand sie ein.

Die Verde Mine war eine riesengroße Enttäuschung. Millionen von Dollar hatte sie bisher schon verschlungen. Kopfschüttelnd fuhr Stan mit der Hand über den Kalkstein. „Ich verstehe das nicht, Cat. Ich habe doch Probeaushebungen gemacht. Die Edelsteine, die du bei mir auf der Ranch gesehen hast, stammten aus dieser Ader. Es ergibt einfach keinen Sinn, wenn wir nicht wieder auf Muttergestein stoßen."

„Edelsteinsuche ist nun einmal keine todsichere Sache. Vielleicht bist du ja mit deinem texanischen Glück in das einzige Nest von Muttergestein mit Edelsteinen in der ganzen Ader bei deiner Probeaushebung gestoßen. Das wäre nicht das erste Mal."

Stan verzog das Gesicht. „Sag so etwas nicht."

„Wenn wir nicht bald etwas finden, sollten wir das hier aufgeben. Du kannst nicht Geld für ein wertloses Projekt verpulvern. Wir wissen das doch beide."

Stan starrte auf den Kalkstein. „Ja, ich weiß es. Verdammt. Aber bei dieser Ader habe ich einen sechsten Sinn. Ich weiß, dass irgendwo Edelsteine stecken. Ich kann sie fast riechen."

Mit einem weichen Lächeln strich Cat über seinen Arm. „Du hast das Grüne-Feuer-Fieber, Stan. Das ist alles."

„Draußen, in der offenen Grube läuft es doch. Sicher, die Funde gleichen nur die Verluste hier aus."

„Sei doch dankbar. Wenigstens ist die Grube ertragreich. Das ist doch schon etwas. Du hättest auch mit beiden Pech haben können." Lächelnd nahm er Cat in die Arme und küsste sie lange und zärtlich. „Du bist wichtig, Schätzchen. Du bist mir viel wichtiger als die Edelsteine …"

Plötzlich riss Stan den Kopf hoch und legte beschützend die Arme fester um Cat. Und auch sie spürte, wie die Erde plötzlich bebte. Ein Geräusch wie von einem Zug ertönte tief im Innern der Erde und rollte mit unglaublicher Geschwindigkeit auf sie zu. Schreckensweit riss Cat die Augen auf.

„Stan."

„Verdammt!"

Und dann kam der Erdstoß mit unglaublicher Wucht und riss sie beide zu Boden. Cat schlug mit dem Kopf auf und verlor fast das Bewusstsein. Stan wurde über sie geschleudert. Und schon rollte die zweite Welle des Stoßes durch den Stollen. Felskrampen knallten wie Gewehrschüsse, und Felsbrocken brachen von oben herunter. Eine Staubwolke breitete sich sofort über den Trümmern aus.

Nach dem letzten Beben erhob sich Stan fluchend und heftig hustend auf die Knie. Plötzlich packte ihn die Panik.

„Cat?"

„Alles in Ordnung." Sie richtete sich auf und wischte sich etwas Blut vom Mund.

Der Staub ließ sie fast ersticken. Stan nahm Cat das Tuch vom Hals. „Leg dich hin", sagte er unter Husten. Dann legte er es auf ihren Mund und ihre Nase, um es als Filter gegen den tödlichen Staub zu benutzen.

Stan legte sich beschützend halb über sie. Cat bemühte sich, normal zu atmen. Eingeschlossen. Sie waren durch einen unerwarteten Erdstoß eingeschlossen. Das schwache Licht ihres Grubenhelms war die einzige Lichtquelle.

„Wie viel Felsgestein wohl heruntergekommen ist?", meinte Stan, während er angestrengt auf weitere Geräusche lauschte, denn es war mit Sicherheit zu erwarten, dass es noch einige Nachbeben geben würde.

„Hoffentlich nicht viel." Er hörte die Panik aus ihrer Stimme und legte den Arm noch fester um sie.

Auch Stan musste sich bemühen, seine Stimme ruhig und furchtlos klingen zu lassen. „Wenn wir Glück haben, haben die meisten Felskrampen gehalten. Mach dir keine Sorge, Alvin wird uns hier schnell herausholen." Wegen Cat zwang er sich zu einem Lachen. „Er will doch nicht seinen ersten Geologen und die beste Bergbauingenieurin der Welt verlieren."

„Nein, er wird uns ausgraben, weil wir seine Cowboygerichte so mögen."

Stan lachte auf. „Lady, wie liebe ich dich doch!"

„Ich liebe dich auch." Die Worte kamen etwas abgehackt, da Cat auf keinen Fall Stan merken lassen wollte, dass ihr die Tränen über die Wangen liefen.

„Wir kommen hier heraus, Cat, ich verspreche es dir." Er richtete sich langsam auf. „Bleibe du hier bei diesem Stützpfeiler. Wir müssen noch mit Nachbeben rechnen. Ich will herausfinden, wo es den Einbruch gab. Hast du ein Funkgerät bei dir?"

„Ja. Ich versuche, mit Alvin in Kontakt zu treten, während du die Wände prüfst."

Cat fuhr sich mit der Zunge über die Lippen. Dieses Mal gab es kein Wasserrinnsal, an dem sie ihren Durst stillen konnte. Sie zog das Funkgerät aus der Ledertasche an ihrer Seite und schaltete es auf Empfang. Das Herz wollte ihr stehen bleiben, als das rote Lämpchen nicht aufleuchtete. Und dann erinnerte sie sich daran, dass sie zuerst mit der Hüfte und dann mit dem Kopf auf dem Boden aufgeschlagen war. Als sie das Gerät ins Licht ihres Helms hielt, erkannte sie einen langen Riss im Gehäuse. Alvin würde also nicht erfahren, ob sie tot oder lebendig waren.

Mit zittrigen Händen fuhr sie sich durch das staubige Haar und verstaute das nutzlose Gerät wieder. Sie erhob sich. Merkwürdigerweise war sie ruhig. Als sie sich umdrehte, um die Schäden bis zur Gabelung des Stollens hin zu prüfen, schrie sie unwillkürlich auf.

„Stan! Stan! Komm her! Schnell!"

Sofort war er wieder bei ihr. „Was?"

Cat packte ihn beim Arm und zog ihn zur Wand. „Sieh doch. Sieh dir das an." Sie zeigte auf die Ader.

Stan stockte der Atem. Der Erdstoß hatte die Kalksteinader geöffnet und eine schier endlose, grün kristallene Schicht zum Vorschein gebracht.

„Grünes Feuer", brachte er heiser heraus und berührte zögernd einige Kristalle.

Cats Lachen hallte durch den Stollen. „Allein diese müssen mindestens hundert Millionen Dollar wert sein."

„Achte auf ihre Farbe. Dunkles Grün und ganz rein. Sieh nur." Er nahm den Helm ab und richtete sein Licht direkt auf die Edelsteine, die es funkelnd brachen. „Sie sind vollkommen rein, Cat. Ich habe so etwas noch nie gesehen."

Ungläubig schüttelte sie immer wieder den Kopf. Es war, als hätte die Erde ihren wertvollen Schatz vor ihnen geöffnet. „Unglaublich schön."

„Und ich setze mein Leben darauf: Es gibt auf der ganzen Welt keine Mine, in der Edelsteine von besserer Qualität gefunden werden. Ich kann es nicht glauben. Es ist ein Wunder."

Stumm nickte Cat. Sie hatte noch nie eine so durchgehend lange Ader mit Edelsteinen gesehen.

Als wollte er sich von einem Traumbild befreien, drehte sich Stan wieder zu ihr um. „Sie haben die Farbe deiner Augen", flüsterte er. „Klar und schön und außergewöhnlich."

Cat schlang die Arme um ihn. Es war nicht in Worte zu fassen, was sie gerade jetzt für Stan empfand. „Ich freue mich so für dich, Stan. Dein Traum ist Wirklichkeit geworden."

Zärtlich lachte er auf. „Schätzchen, als ich dich getroffen habe, ist mein schönster Traum Wirklichkeit geworden. Und jetzt habe ich dich und eine Mine mit den schönsten Edelsteinen, die ein Mensch jemals zu Gesicht bekommen hat."

„Ohne ein Spielverderber zu sein: nur wenn wir hier herauskommen."

„Ich weiß. Dort liegt noch Werkzeug. Nimm du dir das Brecheisen, ich nehme die Spitzhacke."

Cat folgte Stan bis zu der Stelle, wo die Decke eingestürzt war.

Überall lagen Felskrampen herum, die durch den Erdstoß herausgerissen worden waren.

Stan zog das Hemd aus. „Wenn du die Felskrampen nicht so dicht beieinander angebracht hättest, wäre noch viel mehr eingestürzt und hätte uns begraben."

Cat fröstelte. „Wir sind hier noch nicht raus, Stan."

„Spielverderber", neckte er und reichte ihr sein Hemd und seinen Helm. Er ergriff die Hacke mit beiden Händen. Sein kräftiger Oberkörper glänzte vor Schweiß im dämmrigen Licht. „Richte du die Lichter von beiden Helmen hierher, damit ich arbeiten kann. Wir dürfen nicht einfach auf Alvin warten, denn der Sauerstoff reicht schließlich nicht ewig."

In der Wand, die sich vor ihnen auftürmte, war keine Lücke erkennbar. Sie wussten auch nicht, wie dick sie war. Falls zu viel herabgebrochen war, wäre es möglich, dass sie erstickten, bevor sie gerettet werden konnten. Cat betete im Stillen, dass die Felskrampen das Schlimmste verhindert hätten. Gleichmäßig hallten die Schläge der Hacke durch den Stollen, und der Kalkstein löste sich problemlos. Stans Körper glänzte im Licht der Grubenlampen, der Schweiß rann ihm über die heraustretenden Muskeln auf Rücken und Schultern, und das schwarze Haar klebte ihm am Kopf.

Cat hatte keine Ahnung, wie lang Stan arbeitete. Die Minuten wurden zu Stunden, doch der entschlossene Ausdruck auf seinem Gesicht änderte sich nicht, mit dem er die Gesteinsmasse bearbeitete, die sie hier gefangen hielt. Schließlich hielt er inne und fuhr sich mit dem Unterarm über die feuchte Stirn. Eine dicke Staubschicht klebte auf seinem Körper.

Cat gab ihm sein Hemd, damit er sich das Gesicht abwischen konnte. Dann räumte sie mit dem Brecheisen den von Stan herausgeschlagenen Gesteinsschutt aus dem Weg, damit er anschließend wieder Platz zum Arbeiten hatte. Als sie einige größere Steine aus dem Weg räumte, klebte ihr das Hemd am Körper, und der Schweiß brannte in den Augen. Nach einer halben Stunde war es geschafft.

„Gute Arbeit", lobte Stan und legte den Arm um sie.

Sie lehnte sich an ihn und legte eine Hand auf seine Brust. „Bist du nicht erschöpft?"

„Nicht wenn ich an die Alternative denke." Und damit ergriff er auch schon wieder die Hacke. Doch bevor er sich wieder an die Arbeit machte, küsste er ihre Wange und ihren Mund.

Düster dachte Cat über das nach, was Stan nur angedeutet hatte. Der Sauerstoffgehalt der Luft wurde immer weniger. Mit jedem Atemzug kamen sie dem Erstickungstod etwas näher. Sie betrachtete Stan, der mit einer noch entschlosseneren Kraft und Energie dem Wall zu Leibe rückte. Die Felsbrocken flogen nur so heraus, und der Stollen hallte wider von den unglaublich kräftigen Schlägen. Wie lange konnte er dieses mörderische Tempo noch durchstehen? Doch als sie sein entschlossenes Gesicht sah, wusste sie, dass sie die Hoffnung nicht aufzugeben brauchte. Niemals.

Fünf Stunden später saßen sie aneinandergeschmiegt im dunklen Stollen. Das batteriegespeiste Licht musste für die Arbeit gespart werden. Cat nahm Stans Hemd und wischte damit über seinen feuchten Rücken. Sie spürte ein kaum wahrnehmbares Zittern. Er musste kurz vor dem körperlichen Zusammenbruch sein.

„Ich massiere dir den Rücken, sonst bekommst du Muskelkrämpfe." Erschöpft legte Stan den Kopf auf die Arme, die er auf den angezogenen Knien verschränkt hatte. „Danke." Was würde er jetzt für ein Glas Wasser geben! Doch er sagte nichts, da Cat ebenso an Durst litt wie er.

„Danke, Schätzchen", sagte er eine Viertelstunde später leise, als sie ihre wohltuend entspannende Massage beendet hatte.

Sie ließ einen Augenblick lang den Kopf auf seinen Rücken sinken und schloss die Augen. „Ich liebe dich, Stan. Du bist ein unglaublicher Mann."

Er schnaubte durch die Nase und strich über ihren Schenkel. „Ich liebe dich auch. Aber unglaublich? Kaum."

„Deine Kraft ist unglaublich."

„Das nennt man Todesangst. Und genau die treibt mich jetzt wieder an."

Cat schlang die Arme um ihn und spürte den kräftigen Schlag seines Herzens unter den Handflächen. „Du musst mindestens eine Tonne Felsgestein weggeräumt haben. Das ist eine Menge."

Stan wusste genau, was sie unausgesprochen ließ: Mehr und mehr sah es danach aus, als wäre ein riesiger Teil der Decke eingebrochen. Dann würden sie noch lange in der Falle sitzen, vielleicht länger, als der Sauerstoff reichte.

„Komm, setz dich zwischen meine Beine."

Vorsichtig tastete sich Cat in der Dunkelheit vor und setzte sich. Sie lehnte den Kopf an seinen Körper und schlang einen Arm um seine Taille. „Wenigstens bist du dieses Mal bei mir", stieß sie erschöpft aus. „Das nimmt mir etwas von meiner Angst."

Stan streichelte ihre warme weiche Wange. „Hast du nicht solche Panik wie vordem?"

„Nein." Ihr gelang ein kurzes Auflachen. „Vielleicht habe ich mich daran gewöhnt."

„Ich erlebe das jetzt zum vierten Mal. Nach einer Zeit bekommt man richtig Routine darin. Es gibt dann eigentlich nur noch eine Sache, die einen beschäftigt: Wie viel Sauerstoff ist noch vorhanden?"

„Und Wasser. Was würde ich jetzt dafür geben."

„Ich würde die Edelsteinader gegen ein Glas für uns beide eintauschen."

Sie fiel in sein Lachen ein. „Erstaunlich, wie gewisse Augenblicke des Lebens alles in eine andere Perspektive rücken."

„Ja." Und nach einem längeren Schweigen: „Cat?"

Sie vernahm ein merkwürdiges Zittern in seiner tiefen Stimme. „Was ist?" Wollte er ihr sagen, dass es keine Chance mehr gab? Dass sie hier wahrscheinlich gemeinsam sterben mussten? Als sie daran dachte, fühlte sie sich von einem unbändigen Gefühl der Liebe für ihn ergriffen.

„Heirate mich."

„Was?"

„Ich weiß, es ist etwas früh, und wir haben noch nicht darüber gesprochen, aber ich will, dass du mich heiratest. Ich kann mir ein Leben ohne dich nicht mehr vorstellen, Lady."

Es folgte ein langes Schweigen, und dann spürte Stan ihre Tränen auf seinen Fingern, und gleichzeitig stieg der Zorn in ihm auf. „Verdammt! Das Leben ist nicht fair. Jetzt habe ich dich gefunden, und es ist zu spät."

Eigensinnig schüttelte Cat den Kopf und vergrub ihr Gesicht an seinem Hals. „Nein, es ist nie zu spät. Nie."

„Ich liebe dich, Cat."

„Ich heirate dich, Stan."

„Du willst?"

Sie schluchzte halb und lachte halb. „Natürlich will ich."

Sie strich durch sein vom Schweiß feuchtes Haar und küsste seine Stirn, seine Augen und schließlich seinen Mund.

Stan zog sie noch fester an sich. „Das wird eine Ehe! Immerhin muss ich mich gegen den Kincaidschen Eigensinn durchsetzen."

„Du bist ja nun unbedingt auch nicht gerade der Nachgiebigste."

Er lachte auf. „Aber wir haben beide einen guten Sinn für Humor." Er verbarg sein Gesicht zwischen ihren Brüsten. „Ich brauche dich, Cat", sagte er dann mit leiser, belegter Stimme. „Jetzt und immer. Das Zusammenleben mit dir in den letzten Monaten hat mich erkennen lassen, wie sehr ich dich für immer bei mir haben will."

Ein Lächeln spielte um Cats Lippen. Sie schloss die Augen im Wissen um die Aussichtslosigkeit ihrer Situation. „Warum hast du mich eigentlich plötzlich gefragt, ob ich dich heiraten will, Stan?"

Er streichelte ihre Taille und ließ die Hand auf ihrer Hüfte ruhen. „Schätzchen", er schluckte, „falls es mir nicht gelingt, die Felsmauer zu durchbrechen, wollte ich dich doch wissen lassen, wie verdammt viel du mir bedeutest."

Cat wusste nicht, wie lange sie sich umschlungen hielten. Es spielte keine Rolle mehr. Ihr kleines Gefängnis war erstickend und heiß, und der Staub kratzte in ihren Hälsen. Als Stan schließlich wieder die Hacke nahm, hörte Cat plötzlich ein leises Geräusch von der anderen Seite der Mauer her.

„Stan!"

Erleichterung zeigte sich auf seinem abgekämpften Gesicht.

„Ich höre es."

Cat ergriff den Helm und richtete das Licht auf die Wand. „Alvin ... Er kommt durch. Das sind Bohrgeräusche."

Lächelnd legte Stan den Arm um Cat und zog sie zärtlich an sich. Dann küsste er sie fest und lang. „Nun, Mädchen, es sieht so aus, als müsstest du dein Versprechen, mich zu heiraten, doch einlösen", meinte er schließlich.

Sie lachte, ganz schwindelig vor Freude darüber, dass die Rettung kam. „Heißt das, dein Antrag war kein Schwindel, Stanley Donovan, weil du glaubtest, dein letztes Stündchen hätte geschlagen?"

Sein Lächeln vertiefte sich. „Komm mit mir nach Bogotá, und finde es heraus."

Als Stan und Cat das „Hilton" in Bogotá betraten, drehte sich alles nach ihnen um und blickte sie beobachtend an. Lächelnd führte Stan Cat zum Empfang.

„Wir sind offensichtlich eine richtige Augenweide."

Sie verzog das Gesicht und sah an sich herunter. Nach ihrer Rettung hatten sie sich zwar gewaschen und frisch angezogen, waren aber sofort nach Bogotá aufgebrochen.

Mit amüsiert blitzenden Augen trug Stan ihre Namen ein. „Wir kaufen uns eben neue Sachen." Nachdem er seine Kreditkarte abgegeben hatte, wurde ihm sofort der Schlüssel ausgehändigt. „Komm, Cat, wir werden jetzt ausgiebig und heiß duschen. Zusammen."

Der rote Feuerball der untergehenden Sonne schien in das angenehm kühle Zimmer. Cat war aus ihrem wohlverdienten Schlaf erwacht und hatte sich in den weißen Bademantel des Hotels gewickelt. Lächelnd setzte sie sich auf das kleine seidene Sofa, das gegenüber dem großen Bett stand, zog die Beine hoch und betrachtete Stan, der immer noch schlief.

Nachdem sie ins Hotelzimmer gegangen und unter der warmen Dusche gestanden hatten, hatten sie nichts anderes als ihre körperliche Erschöpfung spüren können. Sie waren in das angenehm kühle und frische Bett gesunken, und Cat hatte sich in Stans Arme geschmiegt und war sofort eingeschlafen. Jetzt war es schon fast neun Uhr abends.

Als ihr Magen knurrte, erinnerte sich Cat daran, dass sie den ganzen Tag nichts gegessen hatten. Ruhig erhob sie sich, um telefonisch Essen zu bestellen.

Stan erwachte, als ihm der Geruch von Steaks das Wasser im Mund zusammenlaufen ließ. Cat saß auf dem Rand des Bettes und dachte lächelnd, wie jungenhaft er jetzt doch wirkte.

„Wie spät ist es?", fragte Stan mit schlaftrunkener Stimme und legte sich einen Arm über die Augen.

Cat küsste ihn auf den Mund. „Zehn Uhr. Zeit, aufzustehen und zu essen."

Stan strich über ihre Schenkel. „Du hast wunderbare Beine. Habe ich dir das eigentlich schon gesagt?"

„Ich dachte, du hättest alle Eingeständnisse dort unten im Stollen gemacht."

Stan lächelte, nahm den Arm von den Augen weg und öffnete sie. Cats Haar war lang geworden, es berührte schon fast die Schulter. In dem viel zu großen Bademantel sah sie fast komisch aus.

„Welch vorlautes Mädchen", neckte er sie und setzte sich im Bett auf.

„Anders würdest du mich doch nicht wollen." Cat strich über seinen straffen Bauch. „Komm jetzt, ich bin ausgehungert und habe uns texanisch große Portionen kommen lassen."

Stan warf einen Blick auf den beladenen Servierwagen. „Was? Wo sind meine Bohnen? Mein Johnnycake?"

Lachend gab Cat ihm einen Klaps und erhob sich. „Wenn du Alvins Kochkünste erwartest, dann vergiss es."

Stan ging ins Bad und kam kurz darauf mit dem Bademantel überm Arm und einem merkwürdigen Blick zurück. „Lass uns tauschen, Cat. Du hast meinen Mantel an, dieser passt mir überhaupt nicht." Überrascht erhob sich Cat und zog ihren Mantel aus.

„Ich habe gelogen." Nackt, wie sie war, warf Stan sie aufs Bett. Lachend setzte sie sich auf und schlang die Arme um Stan. „Was bist du doch für ein Witzbold, Stanley Donovan!"

Er küsste sie. „Liebst du mich trotzdem?"

„Ja, ich liebe dich trotzdem."

„Genug, um mich morgen früh zu heiraten?" Er küsste ihr Ohrläppchen und dann ihren Hals hinunter, wo er das heftige Pochen ihre Pulsschlages spürte.

Sie streichelte seine Brust und schloss die Augen, als Stans Lippen zwischen ihren Brüsten angelangt waren. „Ja."

„Wie gut du riechst und schmeckst! Bist du auch sicher? Du wirkst etwas zweifelnd."

Ein wunderbares Gefühl stieg in Cat auf. Sie stöhnte leise, als seine zärtlichen Finger ihre Schenkel öffneten. „Stan", stieß sie fast atemlos aus, „liebe mich, liebe mich jetzt. Ich brauche dich so."

Er nahm eine ihrer harten Brustspitzen zwischen die Lippen und saugte zärtlich daran. Cat presste sich an ihn. Als er dann über ihren Bauch und tiefer streichelte und ihre Glut zu heißen Flammen auflodern ließ, schrie sie vor Lust auf. Eine glühende Woge nach der anderen schoss durch sie. Die brennende Qual verstärkte sich, bis ihr Körper sich automatisch gegen seine Handfläche bewegte.

„Ja." Leise und rau war Stans Stimme ganz nah an ihrem Ohr. „Zeige mir, wie sehr du mich brauchst, zeige es mir, meine süße Lady." Als die höchste Lust sie fast zerreißen wollte, lag sie in Stans Armen, während Welle auf Welle der wunderbar entspannenden Hitze ihren Körper erfasste. Schließlich öffnete sie lächelnd halb die Augen. Die Befriedigung, die sie auf Stans Gesicht sah, spiegelte nur ihr eigenes Gefühl wieder. Schwach hob sie die Arme und zog ihn auf sich.

„Lass mich dir auch so viel geben, wie du mir gegeben hast."

Und Stan umfasste ihre Hüften und beobachtete, wie sich ihre Augen schlossen, als er langsam in die Wärme ihres Körpers eindrang. Dann spürte er, wie ihr Feuer ihn erfasste und es ihn noch tiefer in sie zog. Sein Atem kam stoßweise, und tief in ihm löste sich ein Stöhnen. Sie ist wie das Sonnenlicht auf der Wasseroberfläche, dachte er noch, bevor alles Denken unter ihrem Zauber verschwamm. Noch nie hatte eine Frau ihn so schrankenlos und mit solch verzehrender Leidenschaft geliebt. Sie war wie die Erde: warm, fruchtbar und allumfassend. Auf der höchsten Stufe der Lust spürte er noch einmal, wie sich Erde und Sonnenlicht berührten, bevor er langsam aus dem Zauber, in den Cat ihn gehüllt hatte, wieder auftauchte.

Und dann lag Stan mit dem Kopf auf ihren Brüsten und spürte den heftigen Schlag ihres Herzens, während ihm der Schweiß über die Schläfen rann. Zärtlich strich er über ihren Körper und schloss entspannt die Augen, als Cats Finger langsam durch sein Haar fuhren. Für das, was er für Cat empfand, waren keine Worte nötig. Er hielt sie lange Zeit im Arm und ließ sie so wissen, wie sehr er sie liebte.

„Jedes Mal wenn wir uns lieben, ist es schöner."

„Es ist immer wie das erste Mal", gab Cat leise zurück und küsste ihn auf die Wange. „Du gibst mir ein Gefühl, als würde die Erde von Regen und Sonnenlicht berührt: ein Regenbogen der Farben und Empfindungen."

„Du bist die Erde, Schätzchen. In dir ist Wärme, und du gibst mir davon, wenn ich sie brauche."

„Ich hätte nie gedacht, dass diese Art von Liebe und Erfüllung möglich ist."

„Ich auch nicht." Stan legte eine Hand unter den Kopf und starrte zur grauen Decke hoch. „Matt hat mir einmal gesagt, dass er nicht daran glaube, dass Träume wahr werden könnten. Natürlich hat Kai seine Meinung geändert. Ich war in vieler Hinsicht wie er. Ich hätte nie geglaubt, dass die Frau meiner Träume je Wirklichkeit werden könnte."

„Aber du hast geträumt, Stan, und das ist wichtig."

„Sicher. Wir beide haben daran gezweifelt, dass sich unsere Träume je erfüllen könnten. Und wir haben uns geirrt."

„Männer", seufzte Cat mit einem Lächeln.

„Nun, nun, sei doch etwas geduldig mit uns Neandertalertypen. Wir mögen etwas langsam sein, aber wenn wir erst etwas begriffen haben, dann richtig."

Wie gewöhnlich hing ihm eine widerspenstige Locke in die Stirn, und seine blauen Augen blitzen übermütig. „Neandertaler", rief sie lachend. „Das bist du kaum. Ein gerissener Zeitgenosse, das kommt der Wahrheit näher."

Stan legte die Hand aufs Herz und gab sich alle Mühe, verletzt auszusehen. „Ich bin Texaner. Das sagt alles."

Sie warf ihm einen vernichtenden Blick zu. „Das sagt zunächst nichts. Es war ja wohl ein gemeiner Trick, mir zu sagen, der Bademantel sei zu klein, Stanley Donovan."

„Es war die einfachste Art, dich aus dem Mantel und in meine Arme zu bekommen."

„Wärst du nicht vielleicht zu dem gleichen Resultat gekommen, wenn du mich einfach gefragt hättest?"

Er unterdrückte ein Lächeln. „Ich habe angenommen, du würdest um nichts auf der Welt dein Steak aufgeben."

„Wahrscheinlich hattest du damit recht. Ich war hungrig." Sie erhob sich, zog einen der Mäntel über und gab Stan den anderen. Doch er ergriff ihre Hand und zog sie wieder zu sich auf das weiche breite Bett zurück.

„Ich bin noch nicht fertig mit dir, meine stolze Lady."

Cat lachte, war sich seines nackten Körpers auf sich überdeutlich bewusst. „Was führst du jetzt wieder im Schilde? Ich sehe doch genau diesen Blick in deinen Augen."

Mit einer Hand griff er in die Nachttischschublade. „Siehst du? Schon wieder beschuldigst du mich." Er legte ein kleines eingepacktes Päckchen auf ihre Brüste.

„Du hast wieder diesen Glanz in den Augen, Stan. Was soll ich denn sonst denken? Was ist das?"

„Öffne es doch. Vorsichtig – es könnte dich beißen." Erwartungsvoll wickelte sie das Päckchen aus. „Du bist ein echter Gauner, Stan Donovan."

„Und darum liebst du mich."

„Ja." Auf das erste Papier folgte ein zweites. „Du hast wohl Stunden mit dem Einwickeln verbracht." Doch dann weiteten sich ihre Augen, und sie setzte sich auf, als sie das letzte Papier öffnete und einen Goldring mit rechteckigem Edelstein erblickte. „Stan."

Er beugte sich vor und legte sein Kinn auf ihre Schulter. „Gefällt er dir?"

„Gefallen?" Sie strich leicht über den Edelstein. „Er ist wunderschön, er ist unvergleichlich. Und sieh, wie rein er ist."

„Sicher, er ist ja auch aus unserer Mine. Der erste Verde-Edelstein, den wir gefunden haben." Er sah sie zärtlich an. „Und er ist unvergleichlich – so wie du für mich. Cat."

Mit einem kleinen Schrei drehte sich Cat um und schlang ungestüm die Arme um Stan. „Was bist du doch für ein Romantiker. Ich liebe dich so sehr."

Stan hielt sie fest. „Wir beide, Schätzchen, werden ein wunderbares Leben zusammen haben."

Lächelnd küsste sie seine Wange und sah ihm dann tief in die Augen. „Unser Leben wird von jetzt an sein wie nie zuvor. Denn jeden Tag werden wir neu unsere Liebe spüren, Stan."

Zärtlich und tief bewegt umfasste er ihr Gesicht. „Das grüne Feuer ist nicht damit zu vergleichen, wie du meine Seele und mein Herz gefangen hast. Für immer."

– ENDE –

„In Touch" mit MIRA!

→ Das **Verlagsprogramm** elektronisch abrufbar

→ Interaktiv dabei sein: **Buchbesprechungen**, **Gewinnspiele**, **Aktionen**, **Leseproben** und vieles mehr.

→ Folgen Sie uns auf **Twitter**, **Facebook**, **Instagram**, **Pinterest** und **google+**

→ www.mira-taschenbuch.de

MIRA TASCHENBUCH

4 Romane in einem Band!

Band-Nr. 25816
9,99 € (D)
ISBN: 978-3-95649-110-8
eBook: 978-3-95649-401-7
512 Seiten

Susan Mallery u. a.
Wo die Liebe hinführt

Susan Mallery – Ja, ich will – ein Date mit dir!:

Katie braucht einen Begleiter! Aber wo hernehmen, wenn nicht stehlen? Die Auswahl an Männern in ihrer Heimat Fool's Gold ist nicht groß. Da arrangiert ihre Mom ein Date für sie, das zu einer wahren Überraschung wird …

Beth Kery – Heißes Wiedersehen in Chicago:

Durch eine Tragödie wurden Mari und Marc getrennt. Jetzt haben sie sich wieder, wenn auch nur für eine Nacht in Chicago. Allerdings wissen beide nicht, dass sie ein gemeinsames Reiseziel haben: Harbor Town.

Roxanne St. Claire – Verlockende Leidenschaft:

Wie elektrisiert ist Laura beim Anblick von Colin, ihrem heimlichen Schwarm. Drei Wochen muss sie mit ihm in einem alten Herrenhaus verbringen. Erfüllt sich auf „Edgewater" Lauras Traum vom Happy End …

Debbie Macomber – Ist das alles nur ein Spaß für dich?:

Unvorstellbar! Susannah scheitert an einem Baby. Ihre kleine Nichte hört nicht auf zu schreien. Zum Glück eilt Susannah ihr Nachbar Tom zur Hilfe …

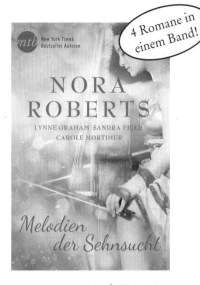

4 Romane in einem Band!

Band-Nr. 20054
9,99 € (D)
ISBN: 978-3-95649-115-3
528 Seiten

Nora Roberts u. a.
Melodien der Sehnsucht

Nora Roberts –
Entscheidung in Cornwall:

Mit jedem Lied verliert die Sängerin Ramona ihr Herz ein bisschen mehr. Warum hat sie sich nur darauf eingelassen, mit ihrem Exfreund Brian an ihrem Album zu arbeiten – ausgerechnet in seinem romantischen Landhaus in Cornwall?

Lynne Graham –
Nur Sehnsucht brennt heißer:

Eine Ehe ohne Liebe und Zärtlichkeit – jetzt reicht es der Musikerin Leah. Sie fordert von ihrem Mann Nik die Scheidung. Doch statt einzuwilligen, entführt er sie auf seine traumhafte Privatinsel …

Sandra Field – Wie ein schöner Schmetterling:

Seth hat eine Nacht mit einer bezaubernden Unbekannten verbracht. Als er sie wiedertrifft, erwartet ihn eine Überraschung: Es ist die berühmte Violinistin Lia D'Angeli! Hat er überhaupt eine Chance, ihr Herz zu gewinnen?

Carole Mortimer – Heut sing ich nur für dich:

Drei Jahre herrschte Funkstille zwischen Maggie und ihrem Mann Adam, die früher als Duo große Erfolge feierten. Bis er bei einem Festival plötzlich neben Maggie auf der Bühne steht …

Mitten ins Herz!

Mit exklusiver Postkarte!

Carly Phillips & Jennifer Crusie
Wenn Amor zielt …

Jennifer Crusie –
Ein Mann für alle Lagen

Kat sucht den perfekten Mann – das kann doch nicht so schwer sein! Auf den Rat ihrer besten Freundin hin verbringt sie ihren Urlaub in einem Golfhotel für Singles. Prompt jagt ein Date das andere. Aber mit keinem der Jungunternehmer und Börsenmakler funkt es richtig. Wie gut, dass es Jake Templeton, den stillen Teilhaber des Hotels, gibt! Er ist ein echter Freund – und plötzlich noch mehr …

Band-Nr. 25773
9,99 € (D)
ISBN: 978-3-95649-050-7
eBook: 978-3-95649-395-9
336 Seiten

Carly Phillips – … und cool!

Noch eine Woche bleibt Samantha, dann ist ihr Schicksal besiegelt! In sieben Tagen wird sie heiraten – nicht aus Liebe, sondern aus Vernunftgründen. Doch bevor Samantha diese Ehe eingeht, will sie ein letztes Mal pure Leidenschaft erleben. Als sie dem attraktiven Mac begegnet, weiß sie: Der Barkeeper ist der Richtige für ihr erotisches Abenteuer. Allerdings ändert dieser One-Night-Stand alles!